▲ 1980年吴岩(右)与肖建亨在哈尔滨松花江边

▲ 1988年3月19日，顾

青散幼时在家中

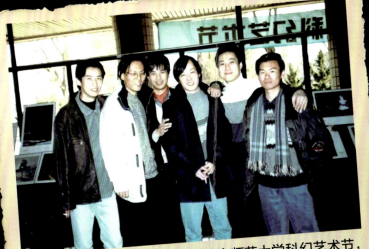

▲ 20世纪90年代末杨平参加北京师范大学科幻艺术节，左起：严蓬、裴晓庆、金霖辉、杨平、李可、喻京川

▲ 阿来年轻时摄于若尔盖草原

▲ 1998年，何夕在海南潜水

▲

▲ 1997年7月谢云宁在都江堰

▲ 1989年冬，慕明于成都动物园摄

▲ 20世纪80年代，贾煜(前排左一)与家人合影

▲ 中年考古学家时期的刘兴诗与童恩正

▲ 20世纪90年代苏学军在新疆天池留影

▲ 1988年分形橙子（左）与双胞胎弟弟及父亲在德令哈市

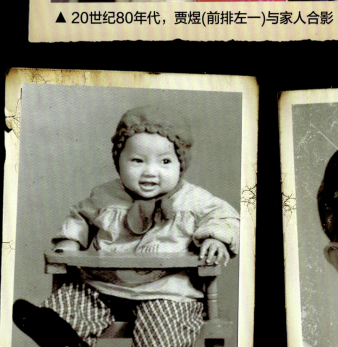

▲ 1973年凌晨留影于贵阳大十字一家照相馆

▲ 儿时的李兴春（摄于贵州）

▲ 超侠的青葱岁月

睛硕士毕业
钟楼合影

▲ 双翅目幼年时在云南昆明滇池海埂公园留影

故山松月

中国式科幻的故园新梦

程婧波　石以　主编

科学普及出版社
·北　京·

图书在版编目（CIP）数据

故山松月：中国式科幻的故园新梦 . 山 / 程婧波，
石以主编 . -- 北京：科学普及出版社，2024.5
ISBN 978-7-110-10706-5

Ⅰ. ①故… Ⅱ. ①程… ②石… Ⅲ. ①幻想小说 – 小
说集 – 世界 – 现代 Ⅳ. ① I14

中国国家版本馆 CIP 数据核字（2024）第 062286 号

策划编辑	王卫英
责任编辑	王卫英
封面绘图	林碧君
封面设计	北京中科星河文化传媒有限公司
正文设计	中文天地
责任校对	吕传新　邓雪梅　张晓莉
责任印制	徐　飞

出　　版	科学普及出版社
发　　行	中国科学技术出版社有限公司
地　　址	北京市海淀区中关村南大街 16 号
邮　　编	100081
发行电话	010–62173865
传　　真	010–62173081
网　　址	http://www.cspbooks.com.cn

开　　本	720mm × 1000mm　1/16
字　　数	1364 千字
印　　张	71.75
版　　次	2024 年 5 月第 1 版
印　　次	2025 年 1 月第 2 次印刷
印　　刷	北京长宁印刷有限公司
书　　号	ISBN 978-7-110-10706-5 / I · 703
定　　价	168.00 元（全 3 册）

序

科幻的故乡，虚拟的乡愁

宋明炜

我本不弃世，世人自弃我。
一乘无倪舟，八极纵远舵。
燕客期跃马，唐生安敢讥。
采珠勿惊龙，大道可暗归。
故山有松月，迟尔玩清晖。

这三卷小说的总标题，出自李白这首有名的古诗《送蔡山人》，写在天宝年间，距今一千三百年了。李白写到无倪和八极，在汪洋恣肆的想象中漫游神仙世界。如果活在今天，这位中国最著名的诗人，很可能也会写科幻。李白一生云游天下，唐帝国鼎盛时代，开元天宝年间地图展开，填满了李白的诗句。一如八百年后，欧洲大航海时代，随着世界重新打开，诞生了有关遥远国度的《乌托邦》，以及启蒙时代假托理想、投射现实的各种异托邦。随后五百年间，科幻这个文类从无到有，渐渐成为世界性的文学想象方式，直到今天最浪漫的画风可以是太空漫游、星球大战、星际穿越、流浪地球。

《故山松月：中国式科幻的故园新梦》这部小说集的编者用心则在“故山有松月，迟尔玩清晖”，当中国科幻走向世界的时候，他们提示，走得再远再异域，仍然是“举头望明月，低头思故乡”，科幻也可以有故乡，有乡愁。这本选集的编发，在所有我见过的科幻图书中可谓别出心裁，正是特别强调科幻的地域性，科幻面向传统、面对本土的方面。在科幻的世界地图上，这寄托着一种对于中国本土科幻独特性的追求。

我与中国科幻的缘分，还是在科幻走向世界的时候，差不多有十几年我都在远离中国科幻的地方，向世界介绍中国科幻——很可能，那时候对我来说中国科幻就隐含了一层乡愁的意味。但在交流的意义上，我相信，科幻是一种世界共享的文学语言，比其他的文学更容易跨越各种界限。我和一些同道中人乐此不疲去做的，是要让中国科幻融入世界的科幻版图；这甚至不是中国科幻“走向”世界的问题，而是要苦口婆心地说明白，中国科幻本来就在世界之中，在文本空间中展开世界构建时，《三体》《地铁》《荒潮》这样的小说也用各自前所未有的诗学方式，创造了多层次的世界，或是为我们的世界增加了不可思议的新维度。通过阅读，我们会发现自己身居其中的这个世界也变得更美妙、更神奇、更幽深了。

随着与国内科幻圈的朋友的接触越来越多，我同时也渐渐了解，中国科幻作家，如所谓的四大天王刘慈欣、王晋康、韩松、何夕等，都并不自居世界的中心。不仅是因为他们过度的谦虚——有很长一段时间里，当中国科幻居于文学领域的边缘时，他们并不愿意被人看见；也不仅是因为他们生性豁达，心远地自偏。而且事实上，他们都来自中国的腹地，来自故山松月的风景线内。二十一世纪作为文坛新浪潮崛起的中国科幻作家，他们在中国的中国（middle kingdom）。中国科幻新浪潮的重镇，也是远离北上广深的四川、山西、陕西这些地点。

有趣的是，要看到这一点，或许不仅要自识身在此山中，还需要一种外在的眼光。以下要描述的经历，或许跟“故乡有松月”有一个更大尺度的相关性。十几年前，记得有一次我在远离四川平原的新英格兰，驱车远离波士顿的平原，开进佛蒙特州苍翠的大山之中，渐渐有一种天高地远的感觉，那时我忍不住联想到，大刘的家是不是也在这样一个地方，他看着同样辽远的星空，写出《三体》；在佛蒙特演讲的开头，我就特别提到刘慈欣也住在一个天高地远的地方，那是长城上的娘子关。我是联想到刘慈欣笔下的“三体世界”与大都市如纽约、上海之间保持着的距离，以及这距离带来的吸引力。当然，把佛蒙特州和山西阳泉娘子关比较，这本身是我最自我的一种想象关联。对于曾经长期生活在娘子关的大刘来说，可能美国才是天高地远的地方，而他一直都是怡然在家的。然而，就是住在娘子关的大刘，仰望天空，想象半人马座的三体星系，看见宇宙深处的渊黑，从流浪地球到黑暗森林，这一个个壮丽的奇观景象诞生了。科幻就是这样一个神奇的文类，需要有这一系列空间的折叠——异世界的联想，时空距离的错落，直到故乡变成了远方——就像比所有人类走得更远、即将走出太阳系的“旅行者一号”，回望那个黯淡的蓝点。

我过去经常被问到一个最难回答的问题是，中国科幻有什么样的中国性？外国的观众和中国的观众都问到这个问题，他们的期待或许有所不同。我的标准答案一向就是，科幻是最具有世界文学性质的一种文学想象，那些我们认为是中国性的元素，也是一种在世界中展开的元素。但这个答案我回答的次数多了，也知道自己的不足，答案有点儿过于现成了，我没有开动脑筋；但我也实在不愿按照观众预设的期待，将“中国科幻的中国性”变成一个投射各种意识的确定话语合体。

至今我不能确认找到回答这个问题的方式，但今后我可以推荐他们去读这三卷《故山松月》。

飞氘收入此集的《九章算术》和美籍华人作家刘宇昆的《计时器交响曲》及其后记构成一种对照，飞氘可以把一些外国电影用中国传统典故来重讲一遍，得出来的是否是中国故事？而刘宇昆用一种诗意的方式告知我们：

在《计时器交响曲》中，人类散居到星际之间，可是他们确实参与到一个共同的故事之中，也就是如何定义“1 秒”的基本测算，从而为自己创造一个时间上的 homeland。不过从这个奇妙的基础出发，从间航员到世代移民，他们详细阐述了无数种不同的时间体验，永远都会以全新的方式给他们带去家的感觉。

两者都是用了从外面来看的眼光。但相比之下，刘宇昆的小说所写的，是一种旅行者、离家在外的人所想象的家园，用我从飞氘同样充满诗意的小说《河外忧伤一种》获得的灵感来说，这是一种“虚拟的乡愁”（virtual nostalgia）。这是从最远的距离开始看，在科幻的视域中，即便是一百年前鲁迅《故乡》、沈从文《边城》开启的“想象的乡愁”（imaginary nostalgia），如今已经有了更虚拟，也更幽深的表达。

在飞氘那篇有着卡尔维诺的智慧和博尔赫斯的神秘的小说中，遥远、遥远的未来——“归乡者”们迷失在茫茫星海，不论怎样也找不到那个叫作太阳系的存在。有人甚至怀疑，“乡愁”是植入人们意识的虚拟记忆和情感。母星早已荡然无存，宇宙本身就是离散（diaspora）。但无论乡愁有多么泛滥，却再也无法证实故乡的真实。直到虚拟的小宇宙里微蓝星球出现，又神秘消失，根据一份可靠的情报……这个博尔赫斯式欲言又止的句式，结束了这一长段百科全书引文，飞氘《河外忧伤一种》最后的几句话简洁有力，在光年尺度上拉开更大的时空距离：银河系原来也早已是废墟，当维度漫游者“漫游”过整个银河废墟，却仍旧体会到乡愁的滋味，但他们克制了言说的冲动——是否乡愁一经说出，便不复可以再度体验？

这不仅是一篇语言高度精准的作品，而且兼有意在言外的效果。小说写的是乡愁，但何为乡愁？辞源来自古希腊语的乡愁（nostalgia），指的是怀念永远失去的事物；设若连失去事物的记忆都已经失去，乡愁的对象又是什么呢？小说中提到分离主义者怀疑地球根本不曾存在，然而乡愁如潮水一般侵袭，甚至直到银河系不复存在之后，仍是忧伤的根源。在切断了所有线索的未来，失去的只有失去的感觉，怀念的只是怀念的感受，乡愁的对象，便是乡愁。微蓝星球在虚拟小宇宙中的诞生和神秘消失，是否只为了启示人们，当忘却乡愁何为时，乡愁只是一种虚拟？①

① 引自宋明炜《中国科幻新浪潮：历史 · 诗学 · 文本》。

回到现实中来——2019年大年初一，地球不再在原来的位置上了，人类带着地球去流浪,《流浪地球》让中国人对故乡的认识，发生了前所未有的改变。就像这三卷小说中收入的56位科幻作家笔下的九州、四川、重庆、上海、北京、山西、贵州、浙江、山东、广东、海南、云南……它们在作者的科幻描述中，都经历了时空中的位移和变形。如何作为中国人，去看清《三体》《流浪地球》中漫漫无边的宇宙底色，去认知《地铁》《红色海洋》里经历几世几劫之后的迷宫世界，去体验《逃出母宇宙》和《我们生活在南京》中荒凉或是凄凉的善意，在《且放白鹿》《风起华西》《晋阳三尺雪》《寻梦西湖》《潜入贵阳》《泉下之城》等作品中看到历史与现在、历史与未来的联结。在阅读这些作品的时候，我们真的是透过作者的眼睛，能够面对一个实有的故乡，还透过作者经营的文字，进入一个存在于语言中的故乡，一个虚拟的纸上世界，一个情动与情感的符号世界。

写到这里，我再回到“故山松月”这个意象。这是李白在一千三百年前为我们书写的，即便有那个山，那棵松，那轮明月——那个时空已经不在，李白在千里万里之外的心事浩渺无边；我们如今所思所想的，又是哪个山，哪棵松，哪轮明月？科幻的乡愁，不是乡土文学的对应，而是一种漂泊的语言。透过《故山松月》的56篇小说和56篇作者自述，我们是透过“故山松月”这个总体意象，以科幻作为媒介，去体验在虚拟之海中呈现、成像的那个故乡，那个中国。

从李白到我们，这是我们共同的“故山松月”。

宋明炜，美国韦尔斯利学院东亚系教授、系主任，现任（美国）中国文学与比较文学学会会长，兼任哈佛大学博士生导师，哈佛大学费正清中心研究员，主要从事中国现当代文学研究、科幻文学研究。

目录

CONTENTS

序

科幻的故乡，虚拟的乡愁 / 宋明炜 001

无名之城

九城万未 / 吴岩 001
寻找不存在的故乡 / 吴岩 013

北京

魔镜算法 / 顾适 015
在科幻故事里呈现北京的重量 / 顾适 030

广寒生或许短暂的一生 / 梁清散 032
青灰色的记忆 / 梁清散 044

山民记事 / 杨平 046
变迁 / 杨平 056

四川

白虎之年 / 阿来 059
我写到的，都是我的原乡 / 阿来 065

伤心者 / 何夕 068
科幻视角下的人文精神 / 何夕 095

且放白鹿 / 程婧波 098
与李白杜甫同享一座诗意成都 / 程婧波 126

五块石传奇 / 谢云宁 129

九天开出一成都 / 谢云宁 153

风起华西 / 慕明 155
讲述传与变的故事 / 慕明 165

喀斯特标本 / 贯煜 168
“聚宝盆”里的故事 / 贯煜 198

童恩正归来 / 刘兴诗 200
我与老友童恩正 / 刘兴诗 225

西北

炎黄 / 苏学军 228
遥远的故乡 / 苏学军 247

出冷湖记 / 分形橙子 250
故乡的星空 / 分形橙子 275

贵州

潜入贵阳 / 凌晨 277
贵阳印象 / 凌晨 312

路煞 / 李兴春 314
我们身处故园，仍然在遥望家乡 / 李兴春 325

云南

绿巨虫 / 超侠 327
我和我的故园 / 超侠 333

稻语 / 杨晚晴 335
他乡与故乡 / 杨晚晴 346

我的家人和其他进化中的动物们 / 双翅目 348
面食、米饭与折耳根 / 双翅目 361

无名之城

九城万末

吴岩

雪　季

我们在雪季相遇。

漫天飞舞的大雪，鹅毛一样地穿越天空。

我跟父母一起到达游乐场，等着父母去租用尖舟。就在那时候，我看到了她。一个很美丽，眼睛大而明亮的小姑娘。她自己在整理一个尖舟。她做这件事情的时候有条不紊，完全不像是五六岁的年龄。去掉上面的敷装膜，拿出悬缆，在座位上铺好新草。穿着豹纹一样棕色斑点的呢子大衣，梳着竖立朝天的小辫子。

雪季最大的好处就是可以在庞大的城市 CBD 的房顶玩雪。因为大雪可能连下 40 天，把一切都覆盖在雪白之下。大楼的楼顶高高低低，两楼之间有巨大的深渊，从这里滑下去，可以像古代人飞跃峡谷一样，飞跃城市的高楼之谷。

小姑娘一定是看到我了的。因为她虽然一直在工作，但时不时用眼睛的余光扫我几眼。我呢，也等着她的邀请。

但是，姑娘没有邀请我。她独自整理好自己的尖舟，在房顶的最高端上拴好悬缆，扒住船的外壳艰难地爬上去，坐到前舱。

不，不能让她自己离开。这太危险了。我心里想。

爸爸妈妈从来都是这么说的：在城市中生活，四处都有看不见的危险。就算小姐姐比自己大那么一点点，但还是不能让她这么滑下去。万一掉下去，下面的世界就算已经铺满了雪，也仍然有粉身碎骨的危险。

我在这个小小的平台上轻轻地跑过去，短短的双腿艰难地破开厚雪。遥远的地方，太阳正在城市连绵不断的大楼中间朦胧地升起。雪片和雾霭让阳光呈现出一种猩红色。

在她准备松下滑翔制动器的时候，我终于成功地站在了尖舟的前面。

“嘿，走开！”她跟我说话了。

“你不能自己滑！你会摔死在地面！”

“走开好吗？”

“你爸爸妈妈在哪里？一个人不能这么滑尖舟！这是我们城市的规矩。”

“快点走开！*丝丝丝丝丝*！”她咧开嘴，把牙齿咬得紧紧的，做出驱逐我的声音和鬼脸。

我坚信自己是对的。她快速叹了口气，然后以迅雷不及掩耳的速度解开安全带，扶住尖舟的外船帮翻了下来。

“你想打架吗？时间马上就到了！我要马上起飞！”

我不说话，也不放她走。她跑过来拽我，但我的身体很重。

“求求你放我走，行吗？”她开始求我。从近处看，她说话的时候小小的嘴唇挺夸张地时不时外翻一下。上嘴唇那颗小痣让她的外表显出一种决不罢休的坚毅。

突然，她改变了方法。

“两个人可以吗？我看到你爸爸妈妈去租大尖舟了，那要好久好久。我们可以先飞一次，我后面还有个座位，你上来就行。”

“但你也还是个小孩。”

“我有飞行执照！看！”

她用指尖在空中一刷，立刻在飞舞的雪片中出现了许多她飞翔在城市上空的照片。这些照片浮动着，慢慢在我周围移动。里面的她，驾驶尖舟穿越巨大的楼群，还做出各种高难度动作。

“我跟朋友们说好了，要在太阳没有完全升起之前，拍摄一张飞翔在最高的大楼边的照片。快跟我走，一小会儿就能返回。你爸爸妈妈至少要半个小时才能拿到你们的尖舟，所以，时间正好够我们飞行一次。”

她二话不说，就开始把我往尖舟上拉。

我的道德感开始解锁，半推半就地跟着她来到尖舟前面，然后翻过船帮坐在了后座。她帮我系好安全带。

“太帅了！记住，滑动开始之后要一直抱紧我。”她说着自己爬进前座。

悬缆被松开的一刹那，我们开始下滑。朝下走的这前三百米，简直是一场加速度的盛宴。我只能听到她欢快的叫声和时不时提醒我看这边看那边的指点。然后，在向下滑动很久之后突然有一个小小的回升。

“抓牢，我们起飞啦！”

我使劲抱住她的腰，把自己紧贴在她的背上。而我们的尖舟猛然间像炮弹一样高高地腾起，用动能的余温飞跃楼间的空隙。然后，在第二个楼顶再度弹起，再飞过另一栋高楼的间隙。

太阳殷红的光芒，四处飞舞的雪片，突然腾空的感觉让我应接不暇，这些感觉一个连着一个，转瞬即逝。我只有紧紧搂住她的身体，鼻子上蹭满了她脖子上因为激动和紧张冒出的汗水。

她的汗味是那种我喜欢的温香。

雨　季

在那个年代，我并不知道雪季会很快过去，恼人的雨季会随之到来。

我们都在长大，我指的不是身体，而是心理。成熟的过程，还显得遥远而漫长。

在这座可以堪比长安城、巴比伦或者拜占庭的雄伟城市中，天空总是下雨。大雨滂沱的时候，我们都待在家里。有的孩子干脆就打开虚拟现实，在里面整天整天地泡着。

自从认识了她之后，时光荏苒，一晃我们已经走进了初中。在这个城市中，我们一直保持着联系。

我甚至选择了她所在的那所学校，而且，全心全意地成了她的粉丝。我发现她是那种特别具有决断力，在许多时候总能引领生活方向的姑娘。虽然仅仅大我两岁，但她所知道、所思考的东西，远远超过我。在我仍然贪玩好动的阶段，她已经在思考我们的星球，特别是城市的未来问题。

“每一个城市都有生有死。死去的城市把土地归还自然，让那里继续孕育新的世界。你去过楼兰或者庞贝吗？”

我摇摇头。

“那都是消失了的城市。有的毁于战乱，有的毁于自然的变迁。但我们今天的人类，过多地挖掘了自然的土地，过多地使用了自然的资源，现在是让城市停止生长的时候了。我们要打造一种弹性城市，能让城市逐渐收缩，甚至消失。让这个地方回归自然。”

“那里面的人去哪里？”

“弹性城市是一种可以让城市在这里消失在那里生长的构造。”

“这不是一样，仍然占据星球上的土地？”

“当然不一样。农民是怎么做的？如果这块土地耕种太久，就必须休耕。原有的城市必须还给大自然。然后，在新的地址，建立新的城市。如果你仔细观察，雪季拍摄到的全球照片，跟雨季拍摄到的全球照片必定是不同的。许多城市消失，许多城市新建，还有城市换位，而人类也会因此认识地球上更多不同的地方。”

“为什么不彻底让城市消失呢？把土地全部还给大自然不是更好？”

“这也不是不可能。你知道我们已经成立了城市研究小组，我们会找到改变城市的万种新方法。”

“多少种？”我觉得没有听清。

“万种！”

“怎么说呢，我真的不想城市有什么改变，一切都是原来那样最好。人也不用去学校，就尽情地玩。像我们一起在雪季的最后飞跃黎明，多好。”

我也不知道为什么，个性里面天生就有这种突然性的一点点忧郁。

她的目光从自己的设计图上转过头望向我，好像想读懂我，她突然亲切地对我深情一笑。我喜欢她笑的时候那颗顽皮的小痣在嘴角轻轻移动。

然后，我们一起穿上雨衣走到街上。雨仍然在下，排水管“哗哗哗”地响了好几千个日夜。雨水裹走了雾霾，但天空仍然不能放亮。路边的商店里永远开着炫目的灯，雨伞架子摆放在每一个店门的旁边。

我们穿过咖啡馆的干雨门走进去想吃东西，热烘烘的暖气烤干了我们湿漉漉的发梢，让紧缩的身体恢复了放松。还有几个像我们一样的中学生也在那里，这些人她似乎都认识。她走到哪里都是明星。

“雨季什么时候才能结束？”吃饭的时候，我问她。

“几年？或者十几年？不知道。”

“这么久？”

“嗯。”她点点头。

“你干吗要盼着雨季过去？雨季过后是旱季。所有的河都会干掉。”

“越过旱季呢？”

“那个季节现在只能推测，好像是水晶季。那是我们必须防范的一个季节。在那之前，我们的城市，如果你还想要在城市中生活的话，必须找到活下去的方法。”

“城市会死吗？”我问她。

她点点头。

“那我们呢？”

“要么逃走，要么学会在死去的城市中生活！”

“学会在死去的城市中生活难吗？”

“你不是已经会了。在雨季，建立更多的干雨门。像过去城市中的驿站，给汽车加油的加油站一样，我们现在必不可少的就是干雨门。有一次我去迪拜游学，看到那里到处都是干雨门，像电话亭一样多。”

“我还是想回到雪季，那才是人类的黄金时代。”

“哈哈哈，倔脾气给了你什么好处，让你总是不能放弃过去。其实，季节不在外面，就在我们的心里。”

她说这话的时候，有一种暧昧。我喜欢她这种暧昧。因为她对其他人都是风风火火，唯有跟我在一起的时候，才有这种暖心的暧昧。

我们偎依着走在雨中。为了说话方便，她找到一个连体防雨帽罩在我们两个头上，这样无论多大的雨我们也能相互听清彼此的声音。我喜欢这种双人防雨帽，因为它让我又闻到了她脖子上的香味。

我是那种胸无大志，一生只会按照过往人们的生活方式安排自己的人。这一点没有办法。人们常说，一个历史老师的孩子知道的就是那点儿历史。当然，我的父母不是真正的历史老师，而是那种把历史神圣得教条化的人。在这样的家庭中长大，我完全不知道除了历史，还有什么。所以，她的存在，使我与我原有的知识体系和家庭风格彻底对立，构成了一个我永远期待去了解、去追随的精神圣殿。

但她的世界完全不像我想的这样。她根本就不是一个仅仅囿于思考的人。她是个行动派，总是激情澎湃，创造的热望一浪高过一浪地在胸中翻涌。我知道这跟我之间有多大的鸿沟。但恰恰是这种鸿沟边的对望，让我对她总是充满了好奇和感动。

雨季的最后几年，我们之间的关系达到了前所未有的紧密，会时不时在城市的一个角落见面。她在大学选择了城市规划学科。不是那种传统的脱胎于地理学的城市规划，而是来自系统环境关系且夹杂着民间文化的新学科。城运学，好奇怪的名字。城市的运输？城市的运动？还是城市的运气？

我觉得，城市的运输或运动可能是最合适的解释。因为在她给我讲解弹性城市之后，有更多让城市运动起来的方案在全世界生成和发酵。飞城是最先出现的一种，这一方案让整个城市飞翔在超出地面几千米甚至上万米的空中。那里风和日丽，阳光灿烂。飞城可以在地球上空四处浮动。城市成了超级旅客列车，就连南极、北极和太平洋腹地，也能俯瞰而过。飞城之所以能够实现，是因为他们找到了用阿基米德浮力原理改进，并通过暗物质加倍提供浮力的方法。

除了物理学，应用电子学改进城市的方案也早已有之，且被广泛批判。这种观点认为，通过虚拟现实创造的人际关系空间，人类完全可以抛弃城市这种形式，即便人们各自生活在互不相关的孤立住所，通过虚拟现实，他们也依然是城市大家庭的一员。这样，城市被自然而然地取消了。至于基本生活物资的供应，早就通过自主智能无人系统和物联网获得了满足。考虑到种族繁衍、区域之间的地缘关系等，多数国家过去不允许这样的虚拟城市成为现实。但现在，季节的变化使人类变得越来越难以生存，过去考虑的东西还能否成立，已经是一个迫在眉睫的问题。

她仍旧全身心地投身到自己喜欢的工作之中，设计，绘图，制造，实验，增设新的内容，在更大规模上实验。可是城市真的能收缩吗？像是一卷挂轴，铺开后还能卷曲，让背景仍然恢复到原先的模样？有好几年，她的团队在实验中深陷泥淖。后来，他们也找到了解决方案。以暗能量为支撑，他们可以剥离被人类开发过的地面，让人造的归人造，自然的归自然。

但是，有哪座城市愿意这样被卷曲收缩后转移到其他地方呢？他们的申请被屡屡拒绝。他们的行动被媒体所诟病。他们从智者圣殿的高度被贬低成一群想要破坏人类生活的亡命之徒。许多人离开了他们的研究中心，放弃了他们的环境归化信仰。但她会放弃吗？

“所有的技术都成熟了。必须赶在雨季结束之前马上开始我们的实验。”毫无悬念地，她毕业后就当了城运学研究所的助理研究员。

“雨季的地面基本是湿润的，物理性的剥离比较容易。而且，剥离后的土地可以马上被雨水浇灌，重新变成植被。这是缩小的一边。拓展的一边呢，就是在一个选定的新城址上，地基会因为雨水的冲刷不太稳固。但是，随后马上就到的旱季，会帮助我们。”

说这些的时候，她的眼睛里仍然闪烁着那种澎湃的激情。

“你想想，在这里住过一段时间之后，你就会突然到达另一个地点，居住在另一个地方的城市之中。梦醒时分，旧地已去，轻舟已过万重山！城市还是你的城市，但转移的过程中，可能有新的组合。这是宏观的量子开闭门，是上天协助人类掷骰子，换天地。”

“你要多加小心！”

“没事！造福人类的事情，即便是现在无法被人理解，也只是短暂的一瞬间。放心！我们会很快回来！”

“你去哪儿？”

一瞬间，我有一种强烈的愤懑。我看到她最近怎样活跃在自己的那个团队之中，也看到许多跟我一样的异性用充满热情甚至诱惑的眼光凝望她。这样的日子我不想再过下去了。我们应该把一切都挑明了。

但我还是无法承受她那种亲切的眼神。我相信她对我跟对其他人是大不一样的。这是那个早晨她看到我挡住她的尖舟不让起航时候的眼神，是把我推到后舱一起出发的眼神，是那种信任超过信任，理解超过理解的眼神。热望和坚定过后，这眼神会回归一种孤独。而她孤独的眼神一定会从我脸上移开，转向土地。我想这孤独是我承受不了的。这孤独只有我能知道，只有我有能力化解。

我就这样放走了她。

“答应我一定要小心。”

她温顺地朝我点头。

“现在，各种舆论对你们不利。那些反对你们的人还会变本加厉。”

“你觉得我是怕这些人的吗？”她嘲讽地撇了撇自己的嘴唇。

我又看到了那颗小痣。

好美的一个姑娘。

她的美是永恒的。

旱　季

雨季的最后两年我总是穿过街道，去那个咖啡馆。走过干雨门之前，我还总要猜想一下是否能在里面见到她的身影。但是，我从来是兴冲冲地进去，忧心忡忡地离开。

旱季在不知不觉中到来。开始是雨水越来越少，晴天越来越多。那时候大家都欢欣鼓舞。毕竟，几十年的大雨终于停歇了，我们的城市逐渐在日照之中获得了重生。但是，很快，这种感觉就消失了。旱季比雨季更加让人烦躁。高温的天气，火辣辣的太阳，干涸的水塘，好像随时随地都能被热浪点燃的城市。

我不断地走出房间，带好各种各样的遮阳器具。父母现在已经老了。他们焦虑地望着我。他们一直怨恨自己那个早晨怎么就去了那么久，让我体验到了这一生挥之不去的幸福。他们不反对她，只是觉得她这种用永无答案的方式吸引我的做法，会把我们带向堕落。

城市中修好了许多地下水道。据说，是否有地下水道是判定一座城市是否存在文明的标准。龙山文化的那些陶排水管道，至今让世人敬仰。但是，现在即使有这些地下水道，人类还是前途未卜。

我们怎么能回到雨季？回到比较凉爽的时代？现在我比过去更懂得城市改造的重要性，也更懂得她为什么要投身这么一个看起来遥远而不切实际的工作。我相信她能够成功。

日月如梭，我就这么等待着。岁月的年轮逐渐生长，但旱季似乎在无限延长。

有一次，一觉醒来，我突然觉得好像世界改变了。因为天空阴暗了下来，太阳很久没有出现。等我快乐地跑出家门，却发现整个天空被一个巨大的物体遮蔽了，只有天边还留下一点点亮光。

“飞城！”

那是我第一次见到飞城，它携带着自己的祥云，庞大得难以想象。

在黑乎乎的飞城下面，我还能看见时不时有雷电穿过云层！

飞城终于建造成功了。

飞城飘过城市上空的那些日夜，我们一直激动着。这是解决我们地球问题的第一种城市解决方案。我们受惠于它带来的荫庇，感激它给我们的信心。飞城经过这里的时候，曾放下一些交通工具邀请我们的人上去参观。上去的人回来说，在他们那里，并没有我们想象的那么舒服。因为顶层的阳光还是太烈。而且，他们所用的反物质资源需要不断补给。但我还是觉得，当时她没有把飞城方案当成一个重要的选择是错误的。飞城至少可以协助我们遮蔽阳光，而且也有移动和释放地面自然空间的功能。

但是，很快我就知道她的想法是有道理的。在飞城离开我们的城市三个月之后，一颗来自太空的陨石击中了它。因为正好撞击到敏感的受力位置，飞城当场解体坠落。碎落的残片重回地球的表面，第一代飞城居民也就此为城市的转移而殉难。

飞城的悲剧也是我们人类的悲剧。我们只不过想要逃过命运，让生活变得更好，但命运惩罚我们的时候，丝毫不管我们的动机是怎样的。

此后，这种巨大的飞城没有再次出现在我们这里。只有一次，我见到了一个竖直建造的飞城，它像一把高耸入云的刀子一样，是三角形，如同一块蛋糕切下来细细的一块，从顶端到底端至少有三百层！竖直飞城据说是改进了的普通飞城，减小了平铺的面积，不会有撞击到受力点就粉碎的危险。它以垂直的状态飞行，便于控制方向，转弯也迅速。而且，叠加的高层有利于减少热量传递，制造更大的凉爽空间。

虽然这些城市的改造令我惊诧，但我们知道这些都不能带来根本的变化。事实上，在旱季，人们更期待的，是海面的浮动城市，海底城市，或者地下城市，也有设想通过深空飞行建立星空城市的设计。这其中，海底城市的建造会大规模损毁海洋生物的栖息地，因此很快被放弃。星空城市，则因为运载能力的不足，多数停留在优美的模型阶段。只有浮动城市和地下城市进展顺利。浮动城市建立在海面上，其实就是一个浮岛，人类可以通过海水净化获得饮用水，通过钢板隔热。有人说《海底两万里》和《机器岛》就是浮动城市的先驱。这种城市要求人类的生活习惯做出改变。泥土不够，蔬菜不足，大量的食品只能从海洋中获得。能够对标浮动城市的是地下城市。但对于旱季的自然状况，地下城市能带来多少改变还要等到充分利用之后才能知道。

水晶季

时间匆匆而过，我仍然在原地等待。旱季的地球表面，四处都是干涸的土地。我常常来到城乡接合部的那条小路边，遥望着无尽的远方。她会从这里回来吗？呵呵，当然不会。那么，回到城市中心的大楼旁，在那个我们曾经飞跃楼顶的天空下等她，是不是更好？日复一日，年复一年。我能看到自己鼻子尖上都出现了皱纹。我知道水晶季已经到来。

因为旱季的蒸发，物质的核心内容正在被凝练，星球在走向坍缩，我们如果仍然这么滥于消费，这个世界将无法支撑人类继续繁衍。所有人都忧心忡忡，就连我每天去咖啡店买那杯咖啡的时候，漂亮的女店员都皱起眉头。

"还在继续等她带给您一场震撼的收缩？"她问我。

我点点头。我知道她是想拿我开玩笑，现在的孩子太聪明了。她有一条独立的辫子，这种发型真的是老早老早的遗风了。

"她为什么不用社交媒体？现在的社交网络，把这个杯子外壳上的小小纸片贴到前额上，马上就能运行。全世界的人都会马上看到你的上线。你也能马上跟他们中所有愿意跟你交往的人联系。这里面应该也有她！"

我摇摇头。

"为什么？"顾客不多，所以，她仍然继续跟我说话。

等大家都走开，我低声伏在她耳边说："许多人都反对他们的工作。所以，她不能随便出现在社交媒体，一点儿信息都不能有，直到她完成那个任务。"

"哦，好吧。不过，让城市消失，回归自然星球的想法早就有人在做了。而且，好像有些人还做成了。我那天听了一场演讲，是关于隐匿城市的。就是让现在的城市消隐到虚无中，城市还在，但从星球的外部看不见，类似进入时间空间的缝隙。"

"别听他们胡扯。这是办不到的。"

"为什么？"

"即便形象被隐匿，城市中的人还是要生活，要消费自然资源。跟外部的交换马上就会让隐匿的城市显现出来。玩魔术，只能欺骗自己。"

"那凸凹城市呢？"

"A 和非 A，把城市 A 变成非 A，是有意思的设计。但这不是减法，而是加法。一旦从城市 A 所没有的东西里面创生出城市非 A，等于全世界的城市增加一倍。深圳 + 深圳所没有的一切组成了新城市——非深圳，是不是增加了一倍？而且，这一倍了不得，深圳没有的东西，差不多就是整个宇宙了。凸凹城市的想法是彻底的胡扯。"

"我要下班了。你呢？要跟我一起走一段吗？"

我们一起走在已经废旧的城市道路上，像一个老人带着孙女。

"人们都在说水晶季的事情。您知道水晶季是怎么回事吗？我妈妈跟我都很怕这个季节，而且我听说，季节对人的影响是一瞬间的。"

"像雪下在头上？雨水淋湿衣服？阳光蒸干嘴唇？"我摇摇头。

有关水晶季的想法，都是一些传闻。据说是科学家在研究每一个星球的变化之后得到的一种推测。雪季、雨季、旱季之后，最有可能的就是水晶季。但因为相关的研究得到的结论挺怕人的，科技共同体决定把这些研究限制在极小范围之内，而且，对所有资料都进行了加密。因此，普通人没有科学的引导，只有自己猜测。

“可能比您说的更可怕。水晶季其实是自然界用来消灭城市的最终方法。有个科幻故事说，在这个季节真正到来的时候，人和人之间眼光不能接触。一旦眼光相互碰撞，两人的瞳孔必会变成水晶！水晶是什么？是无限的透明。如果光穿过眼睛，您的大脑中就无法留下世界的痕迹。”

“哈哈哈，水晶季会带给我们一座盲城？”

“嗯嗯，一座僵尸城！”

“所以，要戴墨镜？”

“嗯嗯，您一定要戴上墨镜。其实，我已经给您买了一个！在这里。”

“啊，你真是一个善良的姑娘。”

“最好别站在人流密集的地方。万一跟谁对上眼……”

我很喜欢这个姑娘。她让我想到她。我想看看她的眼睛，有没有那么明亮。但是，她戴着黑黑的墨镜。墨镜将阻止所有人和人的交往。

“我到家了。你慢慢走，千万小心前面的路！”

我想跟她握握手，或者拥抱一下，但我克制住了。我还在等人，等雪季早晨的那些承诺。

可是，所有的承诺、所有激情的陈述或雄壮的辩驳，静心想来，都有很多漏洞。

城市是这些年我想得最多的一种人类的存在。为什么城市仍然在？为什么它没有像人类热衷的许多东西一样曾经红极一时却最终烟消云散？回答很简单。因为我们想共生，想抚心，想填补个体的空虚，想满足渺小的虚荣，想让生活方便、快捷、简单，甚至想寻求密集的社会历险。而人类每每得到欲望的满足，其实是对未来的消耗。现在，反过来了，如果在水晶季，城市的衰亡将势不可当，那么人类是否能获得时间和资源，能在这个宇宙中存活得更长久？弹性城市的设计和建造，到头来其实不能解决什么实际问题，但能延缓人类的灭亡，让我们有更充足的时间去生活，去面向未来。

年复一年，我还是每天一次在城市中央与城乡接合部之间来回巡视。

她什么时候回来？

城市什么时候开始按照她想象的那样收缩，回归自然？

而我们，何时才能按照她说的那样，在城市的收缩中创造新生？

我变得更老了。

咖啡馆的姑娘离开了咖啡馆，而我则仍然巡游在城市广场的地面和城乡接合部的小路旁。

水晶季里，我的眼睛是最早水晶化的。光线横穿我的瞳孔，留不下任何痕迹。

但我仍旧等待着。

我还有脚，能感受土地的颤动；有鼻子，能闻到气味的变化；有手，能摸索出物体的外观轮廓；有头脑，能思考和储存记忆。

在这些记忆之中，还存留着水晶季的某一个早晨，我来到城乡接合部那条小路时的感觉。湿润的水汽扑向我的面孔，四处飘舞着植被才能发出的清香，我蹲下去抚摸地面，原本已经被旱季的太阳晒化了的土地，出现了多年也没能触碰过的小草。郊区的旷野逐渐侵蚀到城市，原本固化的边界正在逐渐被跨越。

是城市在收缩！

一切都不是梦想。

她所做的，看来已经成功。

我们将在这里逝去，然后，在那里诞生。

逝去的过程并不痛苦，季节的创伤将会被抚平。

重生充满希望，因为水晶的瞳孔，能看到宇宙深处的光亮。

寻找不存在的故乡

吴　岩

我是一个没有故乡观念的人，这到底是源于我出生于北京，还是因为我在部队大院长大，我无法弄清。对所有在北京出生、北京长大的孩子来说，北京就是世界顶端的“天空之城”，而大院里永远充满各种可能的秘密，探险之途永无止境。但天空之城也好，秘境探险也好，丝毫没有带给我对故乡的特别感受。我不到 10 岁就成了科幻迷，志在宇宙，心系远方。

我们这一代科幻迷的童年，没有不对克拉克顶礼膜拜的。从中学开始，我就把谭允基翻译的《2001：太空漫游》放在床头，有空就拿来翻翻。克拉克小说大都充满宇宙神秘的景观，我常常暗地里把自己当成观摩这一景观的人。就连创作的风格，也尽量对他进行模仿。我曾模仿克拉克创作过的一篇短篇小说题为《日出》。这篇作品中我特别中意的，就是其中写了航天员对家乡的怀念。

写这篇文章的时候我就在想，我之所以对故乡没有太多体验，是否跟我的记忆力差有关？但我很快就否定了这个思绪。因为我仍然记得我生活的那个小院子，有三棵大树。我还记得这些植物散落下来的地面的样子。除了这些，从我家到学校的路径、道路周围的墙壁上剥落的墙皮构成的形状，也都在我大脑之中。既然这一切都这么忠实地伴随着我，那么走到哪里家乡也不会失落。而且众所周知，北京人是不离家的。我到五十多岁之前，除了出国工作的两年，都一直住在北京，从没挪过地方。

直到我心血来潮选择了深圳，突然离开以为永不离开的家乡，真正的家乡才通过各种形式在生活中冒出来。

到深圳的第二年和第三年，我突然被北京的一些街景所困扰。脑海中只要一有空闲，就会自动出现北京某条街的街景。街景是移动的，就像我正在驾车通过那些地方。让我奇怪的是，这些地方并不是我小时候特别熟悉的王府井一带，也不是少年时代常常去玩的故宫、景山、北海或什刹海。我看到的是被“重建过的”北京，是我根本不熟悉的北京。而恰恰是这些我根本不熟悉的北京，给我一种奇异的、类似思乡的感受。与此同时，让我震惊和难过的是，随着年龄的增长，我突然发现，过去那些伴随着我，以为永远不会消失的照相式的童年记忆，已经彻底不见。这时候我才明白，我是永远无法回到故乡了。

回忆的远去是人从青年走向老年的必然过程。除非有些事件伴随有强烈的情感发生，才会记得长久一点。在我生活的那个空政文工团大院里有个游泳池。池子不大，是一个脚丫的形状。从浅水到深水是一个 35 度到 45 度的斜坡，没水的时候，这个小坡是我们玩耍的重要地点，特别是在冬天，鹅毛大雪下来的时候，这个斜坡就成了我们理想的滑雪场。我们反复从无水的浅水区滑到深水区。我们的滑雪板都是自己做的。一块木头上用两根粗铁丝固定成两个土冰刀，坐着或者站着，或者干脆就用自己的棉鞋塑料底岔开两腿很潇洒地滑下去。写到这时我才想到,《九城万未》中那个站在楼顶下滑的情节，一定跟这个游泳池冬季滑雪的经历有关。当然，我也要把这部分归功于我曾经看过的一幅很好看的画作，画面是在纽约城市中心那些高楼大厦之间铺上气垫滑行的场景。童年的经历和看到绘画的想象，共同形成了小说中的场景。

让没有故乡感的人写故乡，对我是一个很大的负担。但我又从这篇文章的写作中发现，我的思乡情感也许是通过创作过程被纾解的。毕竟，我们遭遇的这个文类还很年轻，我们还有很多事情要做。未来的未来在向我们招手。

吴岩，科幻作家，南方科技大学人文科学中心教授，博导，科学与人类想象力研究中心主任，中国作家协会科幻文学委员会副主任委员，中国科普作家协会副理事长。著有科幻小说《心灵探险》《生死第六天》《中国轨道号》等，科幻哲理剧《云身》，以及学术著作《科幻文学论纲》《20世纪中国科幻小说史》等。曾获得中宣部“五个一工程”奖、全国优秀儿童文学奖、冰心文学奖、中国科幻银河奖、全球华语科幻星云奖、百万钓鱼城科幻大奖科幻教育家奖、美国科幻研究协会（SFRA）托马斯·D.克拉里森奖。

北京

魔镜算法

顾适

1

“楚楚姐，咱们楼着火了。”

视域里弹出这条信息的时候，我正在相亲。对面的男人名字叫作……一下子忘了，总之我肯定无视了他，并且迅速戴上耳机回电话给郑蕾：“什么情况？”

“你先别回来。”她气喘吁吁，“着火的是顶层，我们正在疏散。”

“都要疏散了？”

“嗯，消防员刚跟我们说在家待着，别出去，没十分钟就又来了，挨家敲门，让大家赶紧下楼。”

“严重吗？”

“楼道里味儿特大。我看他们已经冲上去在救火了，应该还行吧。给你看别的业主拍的——”她给我的视域发来一段影像：是顶楼的一户人家，黑烟正从窗户缝里滚滚涌出。

“这是哪家啊？”我一下子没分辨出来是塔楼里哪个户型，只认出和我家不同。

“西北边的，好像是 33F，你记得咱们楼里那个腿脚不利索的大爷吧，听说着火的是他们家。”

——啊，那个大爷。

电话另一边有点嘈杂：“我先挂了啊，总之你现在别回来，乱着呢。”

通话结束之后我还是有点儿蒙，心脏狂跳。打开业主群，果然一片混乱，有人说是“那大爷”在家抽烟，引起火灾，又有人在说谁家已经下楼了，谁家还没消息，还有说自己忘了贵重东西在家里，但出了楼门也回不去。抓不到什么有用的消息。又看了几个黑烟滚滚的视频，想着我家在 15 层，应当影响不大，倒是郑蕾家在 31G，楼层和朝向都离着火的人家更近。最后，才把视线焦点落到对面的男人身上。

“怎么了？”他微微抿了抿嘴角。在今天见面之前，我打开了视域里的微表情分析 App“魔镜”，所以他的脸旁边标注了三个字——

【不愉快】

“我住的那栋楼着火了。”我对他说。

“啊？”他的嘴角松懈下来【放松，可能指原谅】，随后眉梢挑起【夸张的惊诧】，“严重吗？”

“我朋友给我发了个视频，看着挺严重的。”我想了想，还是没把视频转发给他，此时告诉对方自己住在哪里，似乎还不太合适，“但应该不会烧到我家。”

他的眉毛又放下来，眼睛微微眯起【思考】，用手摸了摸鼻子【否定或怀疑】:“你要不要回去看看?”

他在否定什么?有什么可怀疑的?我有些厌烦这些乱七八糟的分析,眨了下右眼,关掉视域里所有对话框:“我朋友说不用回,他们正在疏散。”

这个答案应该出乎他的意料,停了三秒,他才回答说:“真不回去吗?”

“我人不在楼里,就算幸运的了。消防员在救火,我现在回去干吗?还不如先吃饭。”我夹了一块牛蛙,“抱歉刚刚走神了……啊,菜都要凉了。”

我吃完那条蛙腿,才发现他还在看着我。

这次不用微表情分析,我也可以看出他脸上透露的信息:

疑惑。

2

在一栋有三百多户居民的塔楼里,如果只需要“那大爷”三个字,就能定位出一个人,那他一定非同寻常。

我最初注意到那大爷是在他中风之后。一个精瘦的老人,瘫着半边脸,吊着一只手,在楼门口一脚深一脚浅地挪。没有拐棍,也无人帮忙。因为他挪得太慢,所以喜欢卡点去上班的我必须毫不犹豫地从他身边超过去,后来连“抱歉让一下”都懒得说了。有时候回家路上,也会看到他在小区外的立交桥洞里,坐在石墩上抽烟。还有几次,见他在楼外狭窄的路上慢慢走,背后堵了几辆车,他却不肯到停车位的缝隙里避一避——倒是没人按喇叭催,大约是怕他摔跤。郑蕾来我家做客那次,就被他堵住了,比预计晚了十分钟才停好车。

“那大爷怎么一个人出门啊,还买菜呢,拎了两根大葱。”郑蕾一面抱怨,一面比画着葱的长度。

我才注意到,他仿佛从未和家人一起出现过,这么说来,他会离开小区,在立交桥洞里出现,大约是为了去马路对面的便宜菜摊。“还真是,每次都只看见他一个人。”

郑蕾皱了皱鼻子:“都偏瘫了,还自己住,太可怕了。”

“怎么,开始后悔没争晓笛?”在她分居打官司的一年里,我颇当了几次垃圾桶,让她倾倒离婚的种种痛苦,儿子是她最舍不得的。

她笑:“那我还是要眼前的痛快。”

郑蕾读研究生的时候,来我们单位实习,我是她的项目负责人,带她去西藏出差,都快走到林芝,才知道她怀孕了,把我吓得够呛,赶紧把她打包送回北京。当时她才 24 岁,这么早结婚的小姑娘,在我们周围非常罕见。第二年她顺利生子,入职去了另一个部门,我们倒成了朋友,平时常一起约着吃午饭。

谁想孩子不到三岁，她又开始闹离婚。

“结婚早唯一的好处，就是买房早啊。这五年涨的差价，一平方米顶我小半年工资。”

房子是两家一起买的，各出了一半的钱，分手的时候孩子和房子归男方，郑蕾拿钱走人。我那天在公寓电梯里碰到她的时候，还吓了一跳。她说看中我们楼里一套朝西的两室一厅，先付了定金，想着拿到离婚证，就尽快办过户，又问我离婚协议的写法。

我当时哭笑不得：“我又没结过婚，你问我这个，我怎么会知道啊。”

然而她却把每一版离婚协议都发给我，像是实习的时候改方案一样，请我帮她订正。我本来不想管，但因为她的前夫是我前同事，所以思来想去，终究不愿放弃一手八卦，拒绝得不太坚定，默默接收了那些文档，看她每一次退让与每一次挑衅，偶尔也提一两条建议。这任务带来的另一个结果，就是让我忽然对婚姻，以及《婚姻法》有了许多心得，竟愈发警惕当时的男友霍霍。偶尔他提起结婚的事情，我就会拐弯抹角举郑蕾的例子。最后我们分手之前，他也没绷住，感叹说：“你就是被郑蕾带坏了。”

我没告诉郑蕾这句话，也没有必要。她遇上那大爷的日子，刚办好过户手续，又高兴，又疲惫。高兴的是终于迈入人生新阶段，疲惫的是再度背上近两百万的贷款。

“每个月还一万九，再加上孩子的抚养费，搞不好我还得啃老。”她这么感叹道。

我不置可否：“多接几个项目，努力工作吧。”

“努力工作又有什么用呢？”她塌着肩，“你看咱们楼里那大爷，住着北京八位数的房子，还不是破衣烂衫，孤苦伶仃？就他刚刚走路那速度，出小区去对面店里买个馒头，来回得一个半小时吧？”

我笑：“那要不你赶紧回头是岸，和张迪复婚？”

她说：“呸！”

3

不久郑蕾开始装修，更常来找我玩，见我还在用手机，就给我推荐“视域”。

“楚楚姐，”她总捏着嗓子叫我，仿佛这三个字很可爱，“你怎么还用手机扫码啊，我来买单吧——”说着眨了两下眼，“搞定。”

我之前看到过很多次视域的广告，这东西上市两年，说白了就是一个微缩到隐形眼镜里的手机，概念和十几年前的谷歌眼镜差不多，都是在用 AR 技术。但一来我不喜欢隐形眼镜，二来也没觉得手机有多么难用，所以一直懒得跟风入手。直到身为前辈的我，不停被身负巨债的郑蕾抢着买单，才忽然有了种要被后浪拍死在沙滩上的不安。

于是下一次她喊我一起去买奶茶的时候，我终于更快速地看准了付款二维码——

“咦……”她的表情，说不上是吃了一惊还是松了一口气，“楚楚姐你终于换视域了啊。”

“嗯。”我淡然道。

怎么说，虽然开始用视域的原因是为了抢着买单这样奇特的理由，但它确实让人有种“大开眼界”的感觉——具有瞳孔追踪功能的 AR 隐形眼镜，比手机要方便很多，眨眨眼睛，就可以搞定一切。尤其是当我发现视域在安全性上考虑得很周到时，更对这个产品多了几分信任。比如在行走或开车时，视域里的所有页面和对话框都会自动设置为很高的透明度，以及当我想给别人拍照时，必须要获得对方的授权。

这拍照要授权的原因，我一开始还没想明白，直到郑蕾有一次跟我吐槽：“我跟你说张迪变态到什么程度，他之前用视域偷拍我的裸照——结果呢，我就没给他在‘非公共空间’拍照的授权，所以他拍出来的照片里，我的脸和身体是自动打了马赛克的。”

她说完了又骂了一句：“死变态。”

我感到十分震惊：“这就是你们分开的原因？”

郑蕾说：“不是，那会儿我们还没闹僵呢……”顿了顿，又补充道，“是我下了一个 App，叫‘魔镜’，可以分析别人的微表情。”

“然后？”

她揉了揉鼻子：“然后我发现张迪每次跟我说话，不管嘴上说着什么宝宝，亲爱的，脸上的表情就三种：冷漠、烦躁、否定。”

“你之前没感觉出来？”

“我跟你说，我这个人共情能力特别差，完全不会察言观色，别人说什么，我就信什么。但是我休完产假开始工作那年，年终考评拿了个 C，要是第二年还这么差，就要被辞退了！我当时自己感觉还挺好的呢，觉得领导肯带我，同事也夸我，活儿也不太累，结果呢，全部门倒数第一。我可受伤了，在网上搜了半天，最后下载了魔镜。”

“有用？”

她说：“反正我今年是优秀员工。”

我觉得挺有意思：“那魔镜怎么分析我看你的表情？”

“我不告诉你。”

4

听她这么说，我也很好奇，就也下载了一个。魔镜的使用方法非常简单，启动软件之后，只要我凝视一个人久一些，这个软件就会把对方的微表情和肢体语言代表的含义标识出来，除了常见的喜、怒、哀、乐，还会有一些引申判断，比如冷漠、怀疑、回忆、掩饰和否定，如果我赋予这个应用软件录像的授权，人工智能还可以根据对方5~10秒内的表情，进行连续分析，得出诸如“喜极而泣”和“原谅”这样的结论。有一天，郑蕾问我魔镜是不是很有趣时，我迟疑了一下，她先叫起来：“你不喜欢？”

“信息太杂乱了。”我舒展开微微蹙起的眉头，“有些时候反而会让人失去判断力。”

我想起前两天的一幕，评审专家温和地说我的项目研究成果还不错，却只给了“原则通过”，这“原则”二字落在评审表上，“通过”就立刻显得勉强了，等到下次终审的时候，指不定还要出什么差错。而他在听我汇报时，微表情先后表达了“同意”和“拒绝”，可见不是技术层面的问题，而是另有原因。如果是平时，迟钝的我可能会继续辩解，而在魔镜明确告诉我对方的态度之后，我忽然感到非常厌倦——而很多时候，恰恰是不断周旋，才能把事情搞定。

感情亦然。

郑蕾笑了笑：“楚楚姐，你不能只用免费版啊。”

她说完，就立刻把话题转向“点什么外卖”。我从她脸旁一闪而过的【冷笑，可能指放弃沟通】中，读出一点儿“岔开话题”的意思——所以，这是对刚刚我脸上表情的回应吗？

那么我刚刚脸上是什么表情呢？

——是【抗拒】吧？

一瞬间，豁然开朗。我终于理解了“魔镜”这个名字的含义：既然我能看到她，就能从她的反应里看到我自己。人想从镜子里看到的，从来都只有自己。

于是，我又开始研究魔镜的收费产品。内容非常丰富，近乎复杂。便宜的“分析报告”几十元，贵的“课包”甚至要上万元。我先看向优先推荐的“辅助分析”，首次购买竟然打一折。通过授权魔镜调用我之前录制的影像（只对自己可见），它可以帮我分析特定对象的想法。我选了让我烦恼不已的那位专家组组长——随后生成的报告显示，对方起初对项目组在老龄化课题中的研究方向十分感兴趣，但后期却对我们提出的结论不以为然，尤其是这句：

“即便我们从现在开始大规模投入养老服务机器人研发，前景仍是悲观的。能够吸引企业投入资金的机器人，其售价必然会把大多数普通人排除在外，到本世纪下半叶，数以亿计的老人将会面临无人照料的困境，我们很有可能会面临一次史无前例的人道主义灾难。”

他听我说完这段话，没有给出评价，只是挑起一边眉毛【讥讽】。魔镜分析报告的结果显示，对方认为我“没有解决问题”——这确实是一个有效信息。我又去问了一位少有联系的师弟，他三年前辞职，正在这位专家门下修读博士学位。对方接通了视频电话，并且说他的导师“回去主动提起了那个研究”。

“杜先生说师姐的成果做得很好啊，我都要了一份来学习。”视域里的他选择了书房场景，笑眯眯地对我说。我忙陪他寒暄了几个回合，直到感觉终于可以问出真正的问题：“那杜先生有没有说，我们哪里做得不够呢？”

他笑得更深：“师姐，其实三十年后老龄化问题没法解决这件事情，咱们凡接触这个课题的，都是知道的，可你把它说出来做什么呢？杜先生那天就多跟我们说了一句，他觉得咱们做研究，‘能解决多少问题，就解决多少问题。’你说呢？”

5

把多余的段落删除之后，成果终于顺利通过终期审查。经此一役，我对魔镜的分析有了一些信心，给它付一些钱得到更专业的服务，似乎也是合理的。于是我又购买了“辅助分析”的升级版“魔镜私教”，它会通过别人对待我的态度，来建立起“我”的模型，并根据我经常使用的语言，给出我应该说什么话，以及这些话会导致什么结果的建议。在完成了一份极长的心理测试之后，它希望我确定自己的“目标”。

在同事面前更友善，在领导面前更驯服，在甲方面前更专业，在其他同行面前更具攻击性——这就是它需要帮我塑造的新“我”。这个套餐里，甚至还有十节“一对一表情私教”，让我对着镜子，训练如何控制自己的眼角和眉梢，让我的目光更“真诚”，让我的“厌烦”更不易被他人察觉。

而这只是我在工作场景中的角色，同样，在家人和朋友面前，魔镜也会给我建议。只不过在这些场景里，我没有设定特别明确的目标。和霍霍分手快半年，他才叫了辆小货车来把他的东西搬走。提前一天，他来我家里打包，说“不可能指望我”。

我当时开着魔镜，但人工智能显然对“前男友”这个对象和“家”这个场景都不甚熟悉，给了我三个回答的选项：

【友善，注意要真诚】你早说啊，我肯定帮你收拾呀。

【敌意，可能导致争吵】你赶紧走吧，这么多废话干吗！

【平和】那当然了。

“是挺好玩的。”又有一天，我和郑蕾吃饭的时候，提起和霍霍的这次见面。

她很感兴趣，问：“那你选的哪个啊？”

我说：“我没回答他。光顾着思考那几个选项了，感觉跟把人生变成角色扮演游戏似的。可惜没办法穷尽每一个选项，把人生所有的结果都玩一遍。”

“说不定在人工智能那边，已经算出来你的各种结局了。”她哈哈一笑，“不过魔镜确实挺厉害的，我前两天刚认识一个男的。”

看她眼角的【得意】，肯定不只是“认识”了，我盯着她：“怎么回事，快说！”

她又不肯告诉我了：“等有谱了再跟你说，现在还瞎胡闹呢。”顿了顿又说，“我有时候觉得这东西厉害得可怕，还不知道别人怎么分析我呢。”

当然，总有魔镜无法分析的对象，比如那大爷。

6

初秋，我出门的时候，在电梯里遇到那大爷。

我已经知道他住在我楼上，但不清楚是几层。电梯门打开的一瞬，就有一股难以言喻的气味涌出，除了那大爷，每个人都眉头紧锁，抿平了嘴唇。那味道绝对不是衣服馊了，也不是人身上的汗臭味，是尿味。

我呆滞的两秒钟里，已经有两个人用【不耐烦】的眼神来看我了。显然，是在无声表达“你到底要不要上来”。我深吸一口气，踏进电梯厢，打算生生憋到一层，谁知在五层和二层，电梯又分别停了两次。我相信自己也融入了那一片【不耐烦】的标识框里，用锋利的目光刺向每一个迟疑着是否要上电梯的人。好容易到了一层，我侧身绕过那大爷，飞快地走出电梯厢，到了楼门口，才敢再吸下一口气。

——天哪，这就是孤独终老的模样吗？

郑蕾大约也碰上了同样的事情。有一天她和老卢——那个她新认识的男的——邀请我去她新家暖房。起泡酒喝到第二瓶，老卢说单位有点儿事，要先走了。

“晚上九点半——有事？”郑蕾问。

“对啊，”老卢说，“我们那客户真不知道让人说什么，刚刚发消息来，说明天早上要看产品，我这才招呼人都回办公室呢。”他用手机给郑蕾展示群聊。

“快去吧。”郑蕾说。

他一走，郑蕾就问我他怎么样。

老卢看着挺“社会”的，自来熟，没问我年龄，开口就叫我“楚楚姐”，我当时看着他微秃的头顶，咬着后槽牙选了魔镜推荐的【平和】选项：“呵呵你好”。

我回答郑蕾说：“他应该不需要用魔镜。”

郑蕾大笑：“他确实不用。我跟他说好几次了，他还是用手机。”

我觉得老卢和郑蕾不太是一路，小心翼翼地问：“他跟张迪风格差得够大的。”前两天我开会遇见张迪，到现在他还是直眉瞪眼地叫我“楚老师”。

郑蕾说：“试试不一样的嘛。”

起泡酒喝着像汽水，后劲却不小。郑蕾两个眼圈通红，说话也放松起来了。我打算要回家，郑蕾还拉着我：“楚楚姐，你怎么还不赶紧找男朋友啊。”

我说：“这不刚分手没多久吗，也不急。”

她说：“你都三十四了还不急啊！我明年三十，我都要急死了。”

我有点儿不理解：“结婚又不是人生的终点，急什么，我现在也过得挺开心的呀。”

郑蕾眼神迷离，想必已经看不清魔镜推荐的选项了：“你是有房，有钱，然后呢？你就看那大爷吧，你希望自己老了之后也跟他似的，一身尿，所有人都烦你，恶心你？不管怎么着，人都得找个伴。你还真别不信这个邪。”

她说完就哭了，号啕大哭。从她开始打离婚官司起，我从没见她哭过，每次都笑呵呵的，仿佛发生在她自己身上的事情是一个笑话。见她这副样子，我和魔镜都无措起来。这倒霉软件给了几个让我想把它卸载的选项，我能做的只是沉默地陪在郑蕾身边。她这房子装修得颇为简陋，几乎就是老房子刷了一遍漆，铺了地板，再添几样家具。见她泪眼迷离地嘟囔着“晓笛”，知道她终究是想孩子的，加上经济压力太大，平时都绷着，现在能哭也好。

没多会儿她酒醒了，擦干眼泪，说要给我介绍男朋友：“老卢的哥们儿，我见过，挺好的。”

我说：“肯定不如老卢。”

郑蕾说：“真的，要不是先遇见老卢，我肯定就选他了。”

我说：“那你自己留着当备胎吧。”

郑蕾说：“哎哟楚楚姐，你是真不知道行情吧，他这年纪的单身靠谱男人可抢手了，过了这个村就没这个店了。”接着又用视域给我发照片，是他们三个人的合影。

在和霍霍分手之前，我最恐惧的就是要再回到这个“相亲市场”，了解这些“行情”，一次次绞尽脑汁思考如何拒绝，以及为什么被拒绝。但最后我觉得，还是不能因为这种原因，和霍霍走入一段彼此不信任的婚姻。如今郑蕾要强行告诉我“行情”，我肯定是不接受的。

【平和】。

“太晚了，我先回家了哈。”我说。

7

“我不太喜欢视域。”餐桌对面的男人说。

他大约注意到我看向他的手机。我开始佩戴视域还不到一年，需要解释的群体已经发生了变化。原先是戴视域的人，需要向其他人解释这是一种多么新奇的玩意。现在是不戴视域的人，需要解释用手机并非他们太过守旧，或负担不起。

虽然每一套视域的价格与手机差不多，但实际使用起来却花费不菲。像其他隐形眼镜一样，它有年抛、半年抛、季抛和月抛之分，通话用的耳机和自拍用的手表需要另外单配，而且很多人为了回家之后能够继续使用视域，还会再购买一副框架眼镜版。

我点了一杯茉莉奶盖，然后放下菜单，尽量让自己笑得温和：“为什么呀？”

“它让人分神。现在让人分神的东西太多了，用手机我还能看出来别人是不是专注，而用视域我会觉得每个人都心不在焉。”

我把“你又能说出什么值得我听的话”咽了回去，强忍住鼻尖的痒，这是本周“表情私教”训练要点——【不要用手摸鼻子，这动作代表否定】。

“确实。”我说着，悄悄打开郑蕾发给我的消息，第三次查看对方的名字。

——我为什么会来？

或许是因为前些日子又在立交桥洞里看见那大爷。那桥洞两边连着的都是人行道，平时极冷僻，简直有些危险，如果不是为了去马路对面停车，我也不会走这里。但几乎每次都会遇见那大爷。

他喜欢坐在靠近桥洞边的石墩上抽烟。我起初还会看他一眼，但在电梯那次相遇之后，骚臭的尿味就变成了他的标识。

他坐在石墩上，看着我。魔镜闪烁了一些无意义的词汇，然后在他脸的侧旁标注了红色的【无法识别】。他口袋里探出半张钞票，如果我印象没错的话，那个颜色应该是十块钱。

现金？原来如此，那大爷没有手机——更不会有视域了。我穿过桥洞，没有走向自己的车，而是转向那个总有几个老人围着的菜摊。摊主也是个老太太，瞧着有七十多岁了。

“你要买什么呀？”她问我。

【警惕】。

我有什么好警惕的？

“嗨，我知道。”又一天午饭的时候，郑蕾说，“那摊子根本就不合法，所以不能用二维码支付，怕被城管查。只不过是摊主老太太年纪大了，又是这社区老居民，嗓门又大，谁都不敢碰她。”

她的硕士论文，研究的就是我们这一片的“局外人”，对这几个社区的“夹缝商业”做了地毯式调研。我读过，记得结论之一就是，自从城市智慧大脑开始监管地摊之后，纸币的使用率又恢复到一个颇为可观的百分点。她眨了下眼，转发给我一篇文章，是她写的《看不懂二维码的人》。

我迅速浏览：“呦，阅读量十万+，可以啊。”

“写得特幼稚——我再也不干这种费力不讨好的事情了。”郑蕾说，“哎你周末有空没，我手头又有一个合适的，你要不要见见？”

“见什么？”我还在读文章。

她戳了我一下：“去相亲啊。你知道我之前把网撒出去费多大劲吗，男人怎么会从天上掉下来？”

8

发生火灾之前那周，郑蕾和老卢分手了。无他，男友要结婚，她才发现新娘不是自己。我陪她去喝了顿酒，然而并不过瘾，都太清醒。郑蕾说：“没啥，分了挺好的。我只庆幸自己不是那个新娘。”

“为什么？”

“这三个月，老卢一边我交往，一边准备婚礼，真够他忙的。”她喝了一口威士忌。

我摇了摇头：“那新娘是倒霉。”

她又问我为什么和霍霍分手。我被她的目光打动了，决定告诉她真话。

“我跟你说过霍霍之前租的房子有多贵吧，他来我家，嫌弃我屋子装修得不好。”我说。

郑蕾冷笑：“有本事他买一套啊。”

“所以我前年不是折腾了半年装修嘛，中间他各种指导我，地板必须这样，橱柜必须那样，也没出钱，就逛家具城的时候请我吃了几顿饭。然后等装修好没味道了，他就搬过来了。”我说，“这其实都没什么。”

她说：“是啊，毕竟房产证上没他名字。”

“大概去年这个时候吧，我有一阵子在做海口的项目，特别忙。经常要去岛上出差，最长一次住了快一个月，有一天霍霍给我发了条消息，说他妈妈生病了，要来北京看病，问是不是能住我那边。我说家里就一张床。他说他自己可以睡沙发。我不太乐意，但只是跟他说，家里和医院有点儿距离，不方便。”

“最后呢，还是住过来了？”郑蕾皱着眉头问。

“没有，他听懂了，订了酒店。”我说。

郑蕾说：“那就很好了啊。”

我说：“但后来他有一次跟我开玩笑，说这要是放别的男人那，就是媳妇不孝顺了。”

真话只能对无关的人说，这很奇怪。但就算是面对无关的人，我还是没有办法把真话全说出口：我和霍霍是男女朋友，他要让外人进我的屋子，睡我的床，是他奇葩，我可以去和所有朋友吐槽他，理直气壮。而只要我们领了那张证，我不让生病的婆婆来家里住，在大多数人眼里，我就是奇葩，他妈妈可以跟所有人说，儿媳妇不孝顺。

我思考了半年，究竟为什么一张纸会让同样的行为得到这么两极分化的评价。其实那个时候霍霍已经在偷偷准备跟我求婚，我从两个朋友那听说了，他打算趁我出差归来，在接我的车里放一后备厢的玫瑰花，让我自己去放行李，然后朋友们从周围的车里跳出来，唱歌起哄录像。他妈妈病好之后，求婚也没了消息。

两个人的关系到了某一个点，就只剩下“战或逃”。后来我一边读着郑蕾和张迪的离婚协议，一边决定和霍霍分手。

郑蕾把酒一饮而尽：“这话确实讨厌，但不算什么……楚楚姐，你还是个任性的小孩子啊。”

9

年底，我也拿到了“优秀员工”，名字和照片被贴到公司内网上。目光坚定，笑容灿烂。

多的那些奖金，并不一定比得上我的一份理财的收入。但这是对我的肯定，肯定是无价的。

在我想要给魔镜续费的时候，它忽然升级了新的版本，并且强迫我阅读所有的协议。里面的内容异常繁复，但关键处用粗体字标注出来：在对他人进行分析之前，我必须向对方提出申请，并同时授予对方分析我的同等权利。

我的目光从“同意”挪到了“取消”，然后去搜索了一下这究竟是怎么回事。平日冷冷清清的“魔镜交流小组”里，讨论数急剧上升，在阅读了十几个热门帖子之后，我终于明白了大概的情况：一些公司发现竞争对手在谈判中集体使用魔镜，并导致自己签了不公平的协议。他们的投诉引起了上级的关注，最终要求魔镜基于公平原则，增加授权条款。

虽然有道理，但没有哪个甲方会同意我分析他，所以这就好像游戏里氪金的玩家失去了快速升级的捷径，我也没有道理继续购买魔镜的服务了。

于是一切回到最初，魔镜能够做的，只有瞬间的微表情解读。

我还是偶尔开着，聊胜于无，但也没什么太大的用处。倒是郑蕾又发现了新玩法，她闪电般交了一个新男友，因为“对方给她开的权限很高”。

是的，权限可以分级，如同朋友圈可以分组。我允许你查看我的姓名、职业，拍我的照片，在公共场合录影，在全平台搜索我曾经留下的评论、发的微博和文章，看我读过的书籍，让大数据来判断我喜爱的商品和食物，了解我的朋友，我经常出入的地点，我的快递送货地址，我的学历和婚史，我允许你用魔镜来分析我的性格，什么话会让我高兴，什么会激怒我，允许你通过我的面容和体态，用魔医分析我可能会患上的疾病……

每一个选项都代表信任的增加和自我的消解。

而爱情就是这样的过程。

离开餐厅之后我们都很清楚这会是一次无疾而终的相亲。最好的办法就是彼此微笑，然后再也不联系。

在经过立交桥洞的时候，我忽然想起最后看见那大爷的情形。是一个大雪天，他走路比平时艰难很多，用两只手扒着立交桥墩子，几乎是一寸寸蹭着雪，往桥洞里挪。我想不出他究竟是怎么穿过背后的马路，但显然，这桥洞几乎就是胜利的彼岸了。他挪到那块石墩，坐下来，抖着手捏出一根烟。大雪的白色帘幕，在他背后纷纷落下。

10

马路对面就是小区大门，停了两辆消防车。有人在围观，拍照，我往里挤的时候，一个人正好后退一步。

“抱歉！”

他有些慌乱，我稍稍皱了眉，但还是说了句“没事”。然后，我的视域里收到一条信息。

【可以加你为好友吗？】

——发错了吧。

我疑惑地看向他。一个男人，身材不错，穿了身跑步服，显然常年锻炼。毫无缘由地，我回复给他一项满格授权。

我允许他观看我的一切，姓名、年龄、工作单位、我生命中每一个阶段在网络上留下的痕迹；我允许他分析这一切，分析我的表情，分析我的社会地位与可能拥有的财产，乃至于家庭人脉，分析我可能会做的所有选择；我允许他了解我的喜好，明白应当如何与我相处，得到与我对话的推荐选项，甚至引领我，教导我。只要他也允许——我对他做这一切。

按照郑蕾的话说，“那就是一见钟情哦”。

他对上我的视线，回复给我相同的权限。

他单身。

可能周遭有一秒的安静，或是一分钟。我们彼此对视，魔镜飞速地计算，让我们彼此了解。我们同龄，学历相当，都是本地居民，喜欢吃西餐，两个闷葫芦，容易因为不交流出现严重争吵，我们对孩子的教育理念不同，但最终也可能彼此互补，他不喜欢我住的小区，但他自己的房子比我的更小更老……他即将开始痛风，我会有很大可能在十年内出现高血压。我的预期寿命会比他长三年，他在七十岁左右有比较高的可能性会中风，但我在六十岁时的猝死风险更高。

……太遥远了。

我们参加过同一场自然知识竞赛，他是邻校的，在抢答赛上见过我，他当时在博客里写，附中的女生看起来趾高气扬，真令人讨厌。

或许是他。

或许，至少他现在也并没有把我拉黑，或降低权限。

我又看了他一眼：“不好意思……”

他知道着火的是我住的那栋楼，“你先忙，”他微笑，“回头联系。”

我对他点了点头。回到家，火已经灭了。楼门口一地水，电梯也进了水，邻居们排成两队，分头扎进剪刀梯的两个入口里，在一团呛人的烟雾中顺着满是水的楼梯间往上爬。我选了其中一条队伍，前后排着的邻居年纪有长有幼，所以登高速度极慢。中间我给郑蕾打了个电话，她已经回到家里，一面把眼前的影像共享给我，一面飞快地说：“我家发大水呢！你看这天花板，顺着这条缝，都成水帘洞了，我跟你说我这地板完蛋了——我都担心楼板裂了……不说了啊，等下把你家的盆给我送上来吧！”然后就给挂了。视频消失，眼前光芒骤暗，我被楼梯间里堆放的杂物拌了一下，如果不是身边的大姐扶我一把，大约就摔倒了，然而膝盖上还是沾了一层流淌的黑水，身上这件羊绒大衣恐怕得扔。“这都谁放这儿的啊，真够危险的。”邻居大姐说。

前面有人接话：“是啊，我刚刚下楼的时候就差点儿……”

忽然安静下来。“让一下，大家让一下。”两个警察先走下来，接着是有人抬了个担架。上面是个橘红色的袋子，沉甸甸的显然是有东西。每个人都紧紧贴在墙壁上，生怕沾上一点儿。

等他们下去，楼梯间的队伍才又动起来。我听见有人嘀咕：“就是那臭大爷，在家里抽烟，真讨厌。”

没有人反驳她。我想了想措辞，问：“那大爷没跑出来？”

“没啊。”另一个邻居说。

我只觉得头皮发麻。

郑蕾说得没错，或许这就是孤独终老的下场。

“哎，他一个人也太不容易了。”我感叹道。

“什么一个人啊。”前面骂“臭大爷”的邻居回答说，“他们家老太太跑出来了。”

“啊？不可能吧？他们家还有老太太？”另一个人问。

“我就是顶楼的，”她说，“着火的时候他们家保姆不在，老太太挪不动那大爷，自己跑出来了。刚才我在楼下，还碰上他们家儿子呢，不住在一起，刚赶过来。”

——他家里有保姆？

——他还有儿子？

“那他平时怎么都一个人出门啊？”我问。

“不许别人管呗。”她说。

十五层到了，我离开爬楼梯队伍。

回到家，一切安然无恙。我的人字拼实木地板，我的黑胡桃木餐柜，我的岩板岛台，我的祖玛龙室内香水。打开阳台窗户，和风袭来，我看到国贸的高楼群，中央电视塔，以及丽泽商务区。

【家里还好吗？】

是他。

视域接通了一个电话，另一边是郑蕾的哀号——

“楚楚姐，盆！”

——走吧，去给她送盆。

在科幻故事里呈现北京的重量

顾 适

2023年年初，我忽然想起家中有一叠爷爷在90岁时写的回忆录。那个周末，我临时起意，用手机把所有的文字都识别了一遍。

爷爷1918年在苏州出生，五岁时去上海，读法文学校，上震旦大学，工作几年又去美国伊利诺伊州立大学读建筑与城镇规划硕士，毕业后赶上最后一班从夏威夷回中国大陆的船辗转回国。不久，奶奶从昆明来北京和他会合，因为她有着出众的英语能力和护理经验，被协和医院聘请为医务人员。这搅乱了爷爷原本想要回上海发展的计划，两人就此在北京安家。

爷爷的回忆录洋洋洒洒近五万字，在软件的帮助下，我只用了一天便录入修订完毕。因为这项壮举，妈妈很快找到姥爷五十多年前写下的文字。

姥爷的成长轨迹和爷爷完全不同。他1920年在天津出生，高中的时候，他参加了“斯巴达读书会”，读了不少进步书籍；后来他去北大机械系上学，也在学校里办读书会。他从少年时就无比向往“去解放区”，1946年，他从当时还是国统区的北平去晋察冀首府张家口，偷偷带了解放区急缺的青霉素和电子管。他想留在张家口，但组织还是安排他回北京。1946年9月，他终于加入中国共产党，和他的入党介绍人一起，成立了平津铁路局地下党支部。有一段时间，他住在他姐姐、姐夫琉璃寺胡同的四合院里，隔壁就是国民党警察局长的家。有时候他的姐姐在前院陪军官打牌，姥爷和他的同志们就在北屋听广播、印传单。

我四岁之前，姥爷每天接送我去铁道科学研究院幼儿园，在我记忆里，他似乎就是一个沉默寡言的普通人。我怎么都想不到他青年时会有这样的热情和蓬勃——这个会在北京盛夏暴雨中站在幼儿园门口等待我的老人，竟然也是那个穿越封锁线去往解放区的进步青年，他能够在最靠近敌人的地方开展地下工作。

如此密集阅读长辈留下的文字，我才意识到我的父母和我都出生在北京，并不是理所当然的，而是伴随着一系列历史的偶然与必然——是空间与时间的汇聚，才能让人的命运交织，让我得以存在。

2023 年，随着我的小说《魔镜算法》被选入英国 COMMA PRESS 的《北京故事：短篇小说选》(*The Book of Beijing: A City in Short Fiction*)，我才恍然发觉，这个故事不仅是我最靠近“现实”的科幻小说，也是我罕有提及具体城市的小说。我的故事更多发生在虚拟的时空和遥远的彼方，我更擅长于写《赌脑》里的坤城，《为了生命的诗与远方》中的海底文明，《母舰来到大海中央》的东海城——即便是《莫比乌斯时空》里的 Å 镇也远在挪威。这些故事里的世界，更多存在于我的想象之中，可以任我涂色。但北京对我来说却有着独特的重量和质感。我总是在写作中避开它，担心它会困住我，也因为我无法将它的未来揉捏成一名科幻作家想要的模样。

然而，当我想要描写自己看到的真实世界的时候，当我有勇气谈及自己面对的真实困惑的时候，我还是本能地选择了自己的故乡。或许只有从个体的视角真诚地去感知北京，才能让这座城市在科幻故事里呈现它本来的重量。

《魔镜算法》正源于这座城市中的一处微小图景，一次真实的事件——2020年年初，我居住的住宅楼顶层发生了火灾。我当时不在家，只能看着群里惊恐的邻居们不断发图文和视频。我诧异于人人都知道死于火灾的那位大爷，我也想起来在某一个寒冷的雪天，他拖着身体出门的模样。高层防火、老龄化、单身主义、离婚潮、软件对人的异化、性骚扰、职场竞争、房产与财富……这些议题以科幻串联，挤在这一万多字的短篇里，正如真实的生活之中，它们也是这样乌泱泱地挤在每一天里。

很荣幸这篇小说能够入选《故山松月：中国式科幻的故园新梦》，希望你们也会喜欢它。

顾适，本名顾宗培，科幻作家，高级城市规划师，曾获得银河奖最佳短篇小说奖、最佳中篇小说奖，华语科幻星云奖最佳中篇小说金奖、年度短篇小说金奖，百万钓鱼城科幻大奖最佳短篇奖等奖项。2011年起在《科幻世界》《超好看》《上海文学》《北京文学》《克拉克世界》、XPRIZE、不存在科幻等国内外杂志和平台上发表科幻小说，出版科幻小说集《莫比乌斯时空》，多篇作品被译为英、德、西、日、意、韩、罗马尼亚等多种语言。

北京

广寒生或许短暂的一生

梁清散

发现广寒生这个人，恐怕还是要归结为一种偶然。

那是一个雨天的午后，我头脑发晕踏着湿漉漉的柏油路，走去了图书馆。刚好图书馆在办一个寂寥的展览，展览厅里除了明亮的灯光，就只剩下寥寥无几的几份展品和一位昏昏欲睡的管理员。

展览的内容在走进展厅之前自然就是知晓了的——关于晚清小说的馆藏展示。

听起来很枯燥无趣，也未必敌得过自身的乏味，没想到的是，就如此相遇。

展品都是些陈芝麻烂谷子的东西：一页《申报》，表示当时在上海的报业兴隆，然而仅仅只是一张排版难看的报纸，所能表现出来的连字面意义上的兴隆都很难；一本梁启超主编的《新小说》的目录页……

在《申报》的旁边，放着许多种在上海办的其他报纸样张，有名的有《时报》《新闻报》，也有名不见经传的，比如《新女学报》《新新日报》。正是这份《新新日报》上，有篇小说倒是吸引了我。

不过说到底，直接吸引我的也并非小说内容，而是小说旁有张不大且模糊不清的小说插图——画着几个如老鼠一样的人站在坑坑洼洼的月球上，借助环形山的弧度搭建了一个类似我们现在卫星电视天线那样的半弧形反射板。之所以说那是反射板，是因为图的另一角画着四分之一角的太阳，太阳发出一束光线照射在月球上，然后被反射板反射到了地球，光线的聚焦点上冒着黑烟。

我很疑惑，早在清朝末年，人们就知道月球上满是环形山了？似乎也说得通，在清朝末年所流行的关于以太的幻想中，就有一项是以太可以填满月球上的坑，所以从地球看上去，月球是平滑的。不过，或许正是这种转瞬的疑惑，让我更加注意起原本并不会比其他展品更吸引人的这份报纸。

小说采用了晚清新小说的主流形式——章回体。展出的这份报纸上刊载的，只是该小说第十七回的结尾部分。

我趴到玻璃橱窗上，有些吃力地去阅读小说。

小说所描写的场景和插图比较类似，来龙去脉则交代得更清晰。插图里所画的老鼠一样的人，被称为“灰鼠月人”，到底是什么来源不得而知，只能看得出此时他们占据着月球，并且设法要攻打地球。从这部分内容可以看出，上面的情节是这些灰鼠月人聚在一起不断地争吵，对如何攻打地球的方案各执己见僵持不下。到底都是些什么方案看不出来，只能知道最终他们通过互相撕咬、征服异党才最终确定下插图里所画的那个反射板烧毁地球的方案。反射板被他们称为“月华死光”。

我不太清楚这样的设计在当时算不算新颖，或许能发表出来，还配有插图，就该是能对读者有一定刺激的东西了。小说的这一回结尾，留了个悬念，灰鼠月人到底造没造出那个月华死光，并没有交代，只是说到设计图已经完成。灰鼠月人，一边咬着敌对派系的脖子，一边看着地球"吱吱"地笑。有一种地球上的人类在浑然不知的情况下已经陷入了将被毁灭的危机之中的感觉，倒是挺符合晚清时人们的生活状态和看世界的恐慌感。

饶有兴趣之余，我才忽而想起应该看看这小说到底叫什么名——《登月球广寒生游记》。

看到这样的小说名，倒是又让我多了另一层兴趣。我所能看到的这部分，根本没有出现"广寒生"这个人物。那么何来"游记"？现所见已经是第十七回的结尾，名为登月游记，这个广寒生应该已经登月了吧。那么他躲在了哪里？互相恶斗着的灰鼠月人没有发现他吗？

再看小说作者署名：析津广寒生。这倒是不足为奇，在晚清，小说还没有出现第一人称叙事，不过像《老残游记》之类的准第一人称视角的小说已经很多。不过，这个广寒生是谁呢？同样不得而知了。

我打算深挖一下这本名为《登月球广寒生游记》的小说和那个析津广寒生了。

首先我需要先看到小说的全本，这倒是并不困难。只要去缩微胶片馆，申请从库房中调出指定年代的该报纸胶片就可以了。只不过这个申请，需要等。

我推算了一下《登月球广寒生游记》可能开始连载的时间，在申请胶片的纸条上填写了"1905年9月至1906年9月《新新日报》"，提交给了缩微胶片馆的管理员。管理员说需要等大约半个小时的时间。

借等待的时间，我开始用图书馆的数据库检索其他资料。想看看这个广寒生还有没有写过其他小说。他的署名是析津广寒生，在清末很多作者都还会延续"籍贯加雅号"的署名方式。那么这个广寒生的籍贯应该就是析津了。析津是哪里？也需要查一查。

我先检索了关键词：析津。发现"析津"就在北京城中。辽代时称为"南京析津府"，后来是元大都的陪都，位置大概就是北京城莲花池附近。说来不禁有些失望，假若是一个小地方，恐怕还可以去走访走访，询问些老人，只是一百多年前的人，没准就能有什么意外收获。然而，在北京，别说一百年，十年前的事，恐怕都无法从当地居民那里打听出什么了。

这个时候，《新新日报》的胶片从胶片库房里找了出来。

我有些迫不及待地打开了一台缩微胶片阅读机。阅读机就像一台陈旧且笨重的20世纪80年代的个人电脑一体机。报纸的胶片插入前端下方的反光元件中，胶片的内容就在泛黄灯光照射下的屏幕上出现了，再调节好焦距，报纸上的内容便清晰可见。

我听着阅读机散热风扇的旋转声，面前则是黑白的文字下 1905 年 9 月的上海，一页页地翻，不断地向上滑过，就如同那时的每一天都在旋钮的转动下快进着一样。

我虽然一直在迅速地翻着页，但并没有漏看任何的内容。很快，我就在 1905 年 9 月 13 日那天的报纸第二版看到了标注为“科学小说”的《登月球广寒生游记》开始连载的广告，以及它第一回的内容。

广告部分和晚清的其他小说没什么两样，把小说吹上了天，什么世间第一等惊险爱情科学小说，什么有三国之老谋、红楼之哀婉、西游之戏谑、水浒之侠气，行文和用词都相当不讲究。没有作者自述，广告之后便是小说第一回的正文。

小说开篇，那个广寒生就出现了。然而，广寒生人在上海，而非月球。或许是要在上海制造个火箭之类飞往月球？我不禁有些疑惑，便继续读了下去。结果，广寒生根本没有一丝要上月球的意思，而是一副落魄书生的样子跑到上海最有名的妓馆街四马路，去寻花问柳。他找了一家看起来很豪华的妓馆进去点了花魁。可没想到的是，花魁竟然就是广寒生青梅竹马的儿时恋人。

看到这里时，我已然觉得这故事有些狗血得看不下去了。月球还有灰鼠月人都在哪里呢？我不禁又重新看了一下，小说的确是《登月球广寒生游记》，而作者署名也的确是“析津广寒生”。

应该是没错了。我只好硬着头皮继续往下看。

连续几天的连载，第一回终于讲完，结果小说里的广寒生只是在妓馆里泡着。

之后是第二回，当我看到内容时，立即眼前一亮。

第二回，开篇就是在月球上。之前的狗血情节全部没有，细致入微地描写起月球上面的样貌。而文风和第一回完全不同，变得老辣精练了许多，完全就是一篇以月球为世界背景的风物志。其细节精准令我吃惊，在晚清普遍较低的科学水平下，小说竟然能描写出月球上环形山的样子，还能写到低重力环境，以及在月球上仰望星空看到满地时的奇异美感，无不惊叹。然而，即使有这么多让人眼前一亮的内容，却也有严重的缺憾，那就是第二回里，只有风物志，毫无故事情节，更没有什么灰鼠月人出现，完全如同一篇文笔老练的科普文。

不过无论怎样，这部小说因为有这样迥异的第二回而变得值得关注了，倒也不是什么坏事。

可是问题再次出现，当我继续往后翻阅时，发现这卷缩微胶片所收录的报纸变得不再连贯。一开始，是缺上三五日，这种情况下还能偶尔看到断断续续的一小部分《登月球广寒生游记》的内容，而后来，开始出现整月的缺失，以至于到了1906年，除去2月份的“南昌教案”报界大论争的几个重要的论战版面还予以保存，几乎全都缺失了。

说起来这种情况也实在常见，但当感兴趣的文本遇到这样硬性的文本缺失时，那种无奈和无助感，简直可以迅速笼罩全世界。没有就是没有了，就算去制作缩微胶片的源头上海图书馆去找，也几乎不可能找到了。

离开图书馆时，我的状态依然无法完全恢复，恍然若失地走在仍旧湿漉漉的柏油路上。直到我仰头看了一下，已然是一轮明月独霸夜空。似乎一下子和一百多年前那个根本不知道到底是谁的广寒生联系到了一起。大概，广寒生在一百多年前，望着这轮明月时，也有所期待吧。期待着什么呢……

我迅速回到家里，决定至少要搞清楚广寒生这个人到底是怎样的人。

从他的小说已然可以看出些门道。虽然现在看到的只是这么个残缺不全的文本，但其中也传达出了不少的信息。姑且不说小说主人公那个广寒生在上海所发生的艳俗故事，仅看另一部分关于月球的描写，就可以看出作者是有着相当强的科学素养的。与当时随处可见的无限放电的新元素、超音速飞艇之类相比，这部小说在科学方面要靠谱得多。不过，由于文本缺失严重，到底那样风物志式的月球描写，是怎么演变出了灰鼠月人，却不得而知了。

同时，看得出他并不太会写小说，却在小说的结构建构上有着相当的野心。

从可见的这部分文本中可以大体判断出，小说是以双线结构进行的。一条线描写着小说人物广寒生是如何被青梅竹马的恋人哄骗着感情和金钱，另一条线则心无旁骛地写着月球上的风物。这样的写法，在晚清的小说中是完全没有出现过的。然而，直到展览时所见的章节，即使出现了灰鼠月人，可到底小说人物广寒生什么时候才能被放去月球上游览，广寒生的“游记”到底什么时候才能兑现，却似乎不大可能找到答案了。

这家伙简直就是孤芳自赏一般任性地写下去的。他知道以他的科学素养已经甩开了当时其他文人几条街的距离，但他不知道以他的文学素养却根本架构不起一部长篇小说。

接下来的几天里，我不断地去图书馆的缩微胶片馆查阅一卷卷胶片。

即使广寒生的《登月球广寒生游记》写得再文法不通、支离破碎，我却越发地好奇，想要搞清楚小说中那个月球风物到底是如何建构起来的，又是如何生出灰鼠月人的。

我所关注的文献自然不会再是连载这部小说的《新新日报》。缺失了的东西，再报以任何不切实际的幻想都是非理性的。既然广寒生有相当强的科学素养，并且从他的小说行文中可以看出他对此相当引以为豪，那么他必然也会在其他的科学类报纸上展现自己的这项才能。

自命不凡的人，是不可能甘于寂寞的。

我先从以传播西方科学为目的的最为大众和普遍的《万国公报》开始查起。虽然说电子数据库已经相当完备，但我怕有所遗漏，所以在电脑上检索过“广寒生”“析津广寒生”都没有搜到任何结果的情况下，我毅然决定自行翻阅原始文献。

以《登月球广寒生游记》开始连载的时间 1905 年 9 月，以及其文笔的成熟程度来推断，广寒生开始活跃不会早于 1904 年。不过，为了保险起见，我还是从 1900 年的《万国公报》开始检索。我一天一天地翻过去，看到“庚子之乱”，也看到“辛丑条约”的签订，看到居里夫人对铀的放射性研究，也看到在美国洛杉矶有人将航拍技术用于商业，但就是没有一丁点儿广寒生的痕迹。特别是到了 1905 年，我看得更加仔细，却依然没有，没有他的文章，也没有提及这个名字的文章。

当然,《万国公报》里找不到并不稀奇。我便继续埋头去其他报纸中寻找,《申报》《时报》《清议报》《新闻报》《京话日报》等都是我查找的对象。

寻找，终究是艰辛的。一个月的时间转瞬即逝。

一个月以来，我每天都是一早就到图书馆，一泡就是一整天。轮班的几个缩微胶片馆管理员也都认识了我，偶尔休息就会闲聊几句。

他们大概并不清楚我的执着是为了什么，问我是不是哪个大学的教授，我摇摇头，又有些胆怯地问，是博士生了？我继续摇头。那或者……一般这个时候我都会塞给他们新需要的报纸胶片索引号。久而久之，他们都知道我不愿意回答关于自己社会身份的问题，也就不再自找没趣，只聊些家长里短或者做胶片保管有多不易之类。

虽说这家图书馆的缩微胶片馆几乎不会有除我之外的读者光顾，但也偶尔会来些学生，据说因为这里藏着些稀奇独特的胶片。学生都是博士生，说来也是，估计只有在做博士论文时，才会需要如此大量的文献资料来支撑，才会来查阅缩微胶片。并且，他们看上去都笨手笨脚，甚至连如何将胶片安装到缩微胶片阅读机上都不会，明显就是在读硕士时根本没有动过这些东西。

有时候我看累了胶片，会看一看窗外的花园，休息一下疲惫干涩的眼睛。在我休息的时候，偶尔管理员会实在忍受不了笨乎乎的新手，来求我帮忙指导。

实际上只是几秒钟就能学会的东西，费不了什么事。倒是因为这种毫无技术含量的指导，使得有些博士生想和我多聊上两句。

我在休息的时候，并不拒绝聊天，但只要不是聊我这个人就行。多数情况下，他们也不关心，更是想跟我抱怨博士论文有多艰辛，压力有多大。偶尔刚好赶上谁做的题目我略知一二，比如晚清时期的期刊报纸发行情况之类，便会有一搭没一搭地说一点儿自己的看法。大概绝大多数都说得很离谱，被我帮助过的博士生们只是出于礼貌，才继续与我笑脸相对。

每当此时，我都会知趣地回到自己的阅读机前，埋头继续我自己应该做的事情。

没有人知道我在找什么，也没有人比我更清楚这个广寒生是有多么的难找。

我不敢说所有的报纸都已让我翻遍。但我又不是去做博士论文，没有穷极文献的义务，凭借哪怕一丁点儿的直觉也能知道，一个月以来的查找，完全就是错的方向。一开始着眼于《万国公报》，是因为它既大众又有传播西方科技的功能，可是之后逐渐把查找的路走偏了。

我意识到了自己的愚蠢之后，先是再把《新新日报》的胶片申请出来，从头至尾地认真看了一遍。确确实实除了一部连载到第十七回结束，也就是灰鼠月人终于确定了用月华死光攻打地球的战略位置，再没有任何有关析津广寒生一个字的额外信息。同时认定，这个广寒生，以他在小说里透露出的性格来说，也根本不屑于在普通的大众报纸上发表文章。又或许《登月球广寒生游记》是他的出道之作，当连载到第十七回结束之后，他的名气也已足够，故而连这个一手将自己提拔起来的报纸，以及他的作品，一同全都嗤之以鼻地抛弃掉了。

我把检索目标从《申报》《清议报》转向了类似于昔日《格致汇编》一样的纯以介绍西方科学为内容的科技期刊上去。

然后……在 1906 年 10 月，终于有了发现！一篇署名“析津广寒生”的文章，发表在一个仅出了五期便停刊的名为《泰西学新编》的月刊杂志上。

能再次看到这个名字，简直如同多年不见的旧友终于得以相见一般兴奋。当然，这位旧友的态度，并不算好。广寒生的这篇文章不是小说，而是一篇看上去像是檄文一样的小短文。文章讨伐的对象是已经在当年上任复旦公学校长的严复多年前的翻译名作《天演论》。然而文章写得无理无据，只是用激昂的文字翻来覆去地说着《天演论》有多处翻译错误，甚至连全书的观点也与原作赫胥黎的观点背道而驰。

看完这篇短文后，我为广寒生捏了把汗。这样不着边际的文章都能发表，假若严复或者严复的信徒们看到，岂不转眼就把他这么个卑微的书生给“灭”了。

《泰西学新编》之后又出了两期，我仔细看了，并无对广寒生那篇文章作出回应或者挑起论战的文章。随后，我又检索了一下有可能发表争论文章的其他平台，也都没见有谁回应。

这不知是广寒生的幸还是不幸。在人群中空吼了半天，却根本无人理睬。

因为《泰西学新编》的发现，我找到了突破口和正确的方向，之后寻找广寒生似乎一下子变得轻松了。

在许多与《泰西学新编》类似的小型科普期刊上，都频繁地出现了署名“析津广寒生”的文章。

在 1906 年中后期的样子，“析津广寒生”这个名字出现在了我所能想到且找得到的诸多只存活大概四五期就停刊的科普小报和杂志上。那些真可以说是街头小报了，许多都只有一页版面，上面半张版面是关于“戒烟”“脱毛”“补脑”之类的广告，画着奇形怪状的人物手里拿着要卖的商品，还配上“诸君！诸君！”“务必！务必！”之类的煽动性语言，看着无比闹心又媚俗。下面半版也不是完整的文章，而是跟《格致汇编》的“互相问答”栏目学来，只是一条条问答。

问题千奇百怪，什么“为什么打哈欠会传染”“洋人的 X 光到底是什么原理”“为什么自己家的公鸡只在傍晚打鸣”“假若双掌摩擦能有硫黄味道，是不是这个人可以摩擦生电”之类种种。有许多问题，几乎和科学毫无关系，比如有的人还会问“参加西洋的科举考试的可能性有多大”。许多问题都看得人啼笑皆非。

作答的人，每一期不同。其他人我毫不关心，他们也不过是认真把原理讲清，有时候还会留一个发人深省的结尾，升华一下自己的答案。

而当广寒生出现时，则完全变了风格。比如有个问题问：直角三角形勾长一丈，一锐角为三十五度二十分，问股长多少。这样的问题在其他地方也偶有出现过，一般回答者都是细心地将计算过程写下并说出答案。可是广寒生却不这样，他就会劈头盖脸地说：这里是解答疑难的科学问题的地方，这种只要计算一下就可以得出的问题，为何要问？如果真的算不出来，就去参考益智书会出的《形学备旨》《代形合参》等一大堆算术类、几何类的教科书，根本没必要出来询问。

当我继续看得更多时，才知道原来那个问股长多少的问题，广寒生还算是回答了比较多的内容，虽然那样的回答内容再多恐怕提问人也不会高兴。更多的问题，广寒生的回答都只有一句话，要么是说问题里所说的概念本身就有问题因此不予回答，要么是说问题太过常识性自己试一下便知没有问的价值，要么干脆只是丢一本参考书和页码不再附加哪怕一个字的解释。

看到这些，我比之前看到广寒生大骂严复时更加捏把汗了。这样的话……他怎么生活？要知道这个时候清政府已经废除了在中国延续千年的科举制度，像他这样一个读书人，还能有什么生活的出路……在清末，稿费也是以字换钱的。别人都在尽可能地多写几个字，他却每一个问题都显得自己高傲至极、惜字如金……

况且，这样的回答真的能长久吗？

不出所料，大概仅有四五个月的样子，“析津广寒生”这个名字就消失在所有科普小报中了。再往后看，无论是坚持得时间长些的，还是依然只是四五期就停刊的，都看上去和谐得多，安安静静，问和答都平心静气。

看起来就像是科普小报界统一把广寒生驱逐出去了一样。

再一次失去了联系。

苦苦追寻的旅途再次开始。总是出言不逊的广寒生，这是又跑到哪里去了，以及，我该用什么方法才能破解出来广寒生笔下的那个月世界。恐怕只有他自己，也恐怕……所有的文献我都翻阅进入了 1907 年。

1907 年，比本就晚了几十年的戊戌变法又晚了十年的清廷改革看似初见成效，清政府在国际地位上有了一丁点儿的起色，但秋瑾被杀，仍旧立即激起群愤。社会的各方戾气已然无法平息。然而在我所能关注到的那些起起伏伏的科普小报上，却一丝硝烟之气都没有，还是没有长性的小报，还是媚俗的广告。而广寒生依然没有出现。

也许他真的走投无路，像《登月球广寒生游记》中的那个小说人物广寒生到后期开始思索是不是该找个女校当一辈子被女学生调笑且看不起的教书先生一样，终于屈服了，再不会在历史上露面，甘愿永世沉寂下去了。

我一边各种猜想，一边继续一个月一个月地往后翻着留存下来的越来越少得可怜的文献。

该不会是改了笔名吧？这种情况实际上是最为可能的，很多时候杂志报纸的编辑根本不知道来稿者的真实身份，多个人共用同一个笔名来创作赚取高额的稿费的事情随处可见。对于广寒生来说，既然因为他的坏脾气在科普小报界已经吃不开，换一个笔名继续卖文为生，以他的学识来说，并不是难事。

但假若真的换了笔名，恐怕也就真的该说再见了。文献如汪洋大海，就算都缩成胶片，保存这些胶片也需要至少一层楼大小的库房。广寒生必然不会是“我佛山人”“东海觉我”这样，背后的那个人必然不可能是个可以说得出来历的名人，更不可能是有其他名人好友把来龙去脉都写在可以流传下来的回忆录里供研究者们寻找线索的人。那么只要他改了笔名，想再找出来，恐怕要比能找出张爱玲的新作《小团圆》还要更难。听说当时有位博士生，为了寻找资料，看缩微胶片把自己的视网膜都看脱落了。

然而，隐约间，我一直觉得虽然这是最为正常的选择和出路，但对于广寒生这个笔名背后的那个人来说，未必是他会去选择的。他大概应该……当我翻阅一卷又是从未听说过的小报胶片，到该报 1907 年底就要完结时，那个熟悉的名字再次出现了。那是一篇文章，而不是答读者问，署名没有了“析津”，只有“广寒生”三个字。

不是“析津广寒生”，但当我再次看到这三个字时，依然兴奋得差点儿在寂静无声的缩微胶片馆里喊出来。不过，还不能激动过早。这个广寒生是不是我一直在找的广寒生呢？只能看看文章再来判断了。

文章看起来类似于现在的专栏，有着统一的标题和格式，无插图无介绍。再看文章的内容，是……是介绍月球?！这下我真的激动得低低地呼出了声。恍如隔世一般的广寒生的月世界，再一次出现在了缩微胶片阅读机那面泛着黄光的屏幕上，背后有着呼呼作响的风扇声音。

看来没错了，广寒生又回来了，带着他的月世界。

我又把这卷胶片往回翻了翻，怕有看漏。之后确定这一篇就是广寒生在这里发表的第一篇。从而放心地开始阅读。

其实我很怕他会偷懒，把《登月球广寒生游记》中月球的部分再次搬过来了事。那样的话，我再次找到的就不是我想要找的广寒生，而只是过去的一个虚影，毫无意义，甚至于连过去的那个也一同没了意义。但当我看了内容时，就知道我多虑了，或者说我太不相信他了。这一点，我真是觉得有些惭愧。

广寒生在这个专栏里第一篇就开诚布公地说：世人每晚都能看到的月球，却是最为不了解的星体之一，所有的关于月球的描述都是错的。然而他虽知道是错的，却也并不知道什么是对的，干脆放弃了真实，只说那些最为虚幻的一面。

专栏的总题目为：假如月球。

我对广寒生是放心的，他，不可能说写虚幻就写起仙境天宫之类。

他的第一篇，写的是假如月球是一个洞。

文章里描写道：每当月圆之夜，我们仰望天空，看到那么一轮明亮的圆月，都会幻想上面住着什么样的人，有什么样的建筑。但实际上，没准那只是错觉。人眼在很多时候会先入为主地认定一些是凹面一些是凸面。月球也许也是这样。它也许只是一个洞而不是球，是某一个从外星系延伸到地球边缘的通道，每个月只有一天是完全打开的，打开了几亿年，也许输送来了太多的东西，也带走了太多，只不过我们这些人类并不知晓也不可能理解得了就是了。

这篇文章写得不长，也没有太浓的火药味，除了开篇讽刺了一下那些自以为知道宇宙真理的人，算是相当平和了。

看来沉寂一年有余的广寒生终于在受挫和碰壁中学乖了。

专栏还在继续，接下来还假设了月球是发电厂、月球是靠引力弹弓（当然并没有出现这个词但意思差不太多）作用下的宇宙飞船。

大概这次专栏让广寒生逐渐小有名气了。忽然间，在其他的报纸上又出现了广寒生的名字。然而，当我看到他在其他报纸上所发的文章时，心中又是一揪。昔日的那个广寒生又回来了，好辩，眼里揉不进半点儿沙子，只要看不顺眼立即跳出来发表文章予以声讨。那些文章和最开始看到他骂严复翻译的《天演论》一无是处的文章是一样的，笔锋尖利，却劈头盖脸不讲章法。太多的地方本应抽丝破茧逐步推演才能讲清，却被认为是理所当然的逻辑推理过程一笔带过。

因为又看到了这样的文章，我猜想这个好辩又极为不善于辩论的广寒生，恐怕这次是真的要在劫难逃了。不出所料，三个月之后，广寒生连同他的“假如月球”还有所有的对非理性非科学的不满，消失在了留存下来的所有文字文献上。

不会再复生了，我笃定。

不出所料，的确之后的所有胶片里，我都再也见不到“广寒生”这个名字。当然，或许是我臆断之下，认为不会再见到他了，从而没有更加仔细地去寻找。也许再过几年又会出现，比如用“广、寒”“新月生”“桂生”之类的笔名出现。但我所希望的那个广寒生不可能改掉自己的笔名，只要有机会，他一定会以本我的面貌再次出现。只是这样的机会恐怕不会再有人敢给。

我不会去写有关这个广寒生的论文，因为他的一生，以及他的文章根本也不值得去做什么论文，即使做出来了，也完全不值得接下来的研究者花费时间去阅读。本来都是徒劳的事情，我又何苦去浪费时间。但我一定还是要找到他的全部，哪怕仅仅也只是那么一丁点儿连昙花一现都算不上的文字，我只是想独自知道这个人，或许他的一生也只是这么短暂，短暂得就算立即死掉，也不会有人意识到什么。

走出图书馆，我不由得乘上公交车去了莲花池——那个曾经被称为“析津”的地方。

到了莲花池，已经入夜，不知不觉月又圆了。

这个地方，除了水域变得更小的莲花池被围起来成了个总有各种集贸市场展销会的公园，什么古旧建筑都没有了，略显荒凉。在月色之下，倒是有些街边餐馆还摆着一些桌子。却因为已经时值中秋，人们都回家团圆过中秋，唯有只身于异乡的人才会在这样的夜晚独自坐在街边自斟自饮，赏着孤月。

或许有什么幻想，我以为自己的痴迷会让这一晚真的遇到广寒生。我只是想问一问他：到底那些灰鼠月人是怎么出现在月球上面的，以你的理性和科学思维，不可能让他们凭空出现，怎么来的？用意又是什么？后来成功没有？结局一定是场悲剧吧。

可是一直走到了嘈杂繁乱的西客站南广场，也并没有遇到我想遇到的。

一百多年前，这里会是什么样子呢？就算远不及现在的喧嚣，但那种世俗的可爱依然不变吧。满满地簇拥着的都是人，一个个再普通不过的老百姓，就算天上的月再圆再亮，也懒得去抬头看上一眼。没有这个必要，同时也没有一张面孔值得记忆。

好好活着，比什么都重要。

实际上，至此为止，大概我所说到的那个广寒生也早已不是历史上真正的那个广寒生，而只是我一厢情愿地希望有的一个在人情世故上笨拙却有着超越时代的科学素养但根本无从输出的广寒生。那样一个人物，懂得不少他人并没能掌握到的知识，引以为豪，却无所事事、无人认可、无足轻重、无路可走、无处宣泄，甚至认不清自己，转瞬即逝地浪费了自己那难得的一丁点儿才华，看着其他人走远，只有自己孤独地停留在原地，和无数当时的，现在的，甚至将来的文人一样。

青灰色的记忆

梁清散

我从不敢说自己是个老北京，只是些支离破碎的记忆。

说到这样的记忆，却也不禁让我想起些小时候住过的大杂院的事。

那个院子早已经没了，不仅院子没了，就连我小时候视为乐园的整条胡同，也都没了。可悲的是，此时的我无论如何努力去回忆，都无法再将曾经的乐园的样子拼接完整。简而言之，就是逐渐被自己所遗忘了，而且似乎这种遗忘是永久性的。这才只是几年的时间。

幸好还有些什么是记得的，我立即记录下来，以便日后遗忘所用。

院子的门，有点儿印象，是左右两扇普通的木门。门上有门环，但门环是由什么衔着，已然记不起来。记得我很喜欢大门两边的石墩，特别是夏天，光溜溜的，摸起来凉丝丝，心情舒畅得很。听家里人说，石墩曾经是狮子造型，我特意研究过，除了圆滚滚的顶端还有个小脑袋的样子，就像个被太阳晒化了的雪人一样，早就没了型，连个葫芦的样子都不像了。

至此，似乎记忆又开始破碎。幸好有些记忆反倒越是经过时间的推移越是丰满，抑或这种丰满只是日后我一厢情愿的杜撰。

院子对门住着一位很了不起的人物——启功先生。

那时的我根本不清楚启功先生到底厉害在哪里，他的古文功底也好书法造诣也罢，都是搬离那里之后很久，才逐渐明白的事。

在当时，所谓厉害的评价体系倒是相当简单，因为先生住的院子，据家里人说是个王府，和我们住的完全不同。我家院子正对着的是那个院子的后门，我经常会偷偷跑进去玩。

但我喜欢兜一大圈跑到院子正门再进去。正门很气派，印象里大门还有着些朱红色的漆。从正门进入，掩人耳目地悄悄在围在各个内院四周、相互连通在一起的走廊阴影里穿行，绕过前院，毫不留恋院中央的假山和鹅卵石小径，直接从过厅进入正院。依旧沿着墙根儿走，在正院的西北角也就是正房的西边，有条僻静的夹道，迅速穿过夹道就到了后院。后院则简单，只是北面一排在高阶上的房子，房子一边就是正对着我家院子的后门了。一路潜行穿出去，就正好看到我家院门。这种感受，就如同翻山越岭、打怪升级、千辛万苦终于又回了家一样开心。

有段时间，我极为热衷于这个“穿越世界”的游戏，大概从春末，一直玩到了夏天。每天都乐此不疲地这样玩。现在回想起来，经常出现在那个院子里，怎么可能不被别人看到，大概只是因为那时自己才是个小孩，又不爬房揭瓦，倒是没人在意就是了。到底都被谁看到了呢？我却没有更多印象，唯有就是在一个仲夏的下午，我照往常一样，小心翼翼地从前院穿到正院。那时正院当中搭起的葡萄架上已经枝繁叶茂，葡萄架下已经成了一片阴凉，有位看起来身材有些胖的老人，坐在下面戴着一副眼镜靠在藤椅上看着书。

我愣在原地，没能做出在脑中演习过无数次的落荒而逃的应急办法，而那位老人推了推眼镜，微微向我一笑，知了声也停了，他却只是继续在斑驳婆娑的葡萄藤荫下看起了书。依稀记得老人手边有个小桌子，桌上有茶壶和茶杯，样子都不怎么讲究，却惬意极了。

现在想来，很有可能那位就是启功先生。到底也想不起是不是，越是想认真回忆启功先生的样貌，也就越是把当时葡萄架下的老人原本的样子所覆盖。最终干脆作罢，姑且认为就是也没有什么大不了。只是从那之后，似乎我就再没敢去过那个院子，觉得自己奇怪的游戏被别人看到，怪丢脸的。

多年以后，我和一位搞清史研究的朋友聊起这些童年琐碎的记忆，朋友却一脸的不屑。说我的这些记忆问题太多了。启功先生就从来没住到过我说的那条胡同，别说那条胡同了，那片区域都不可能。他是专家，我不敢反驳，但心里想的是，大概真的没有搬来住过，但很有可能在某个夏天来我家对门的大院中的某位朋友家小住。

这样想来，葡萄藤下的老人，就更像启功先生了。

梁清散，科幻作家。多次获得华语科幻星云奖，并入围53届日本星云赏。已出版长篇小说《不动天坠山》《新新新日报馆：魔都暗影》《厨房里的海派少女》《新新日报馆：机械崛起》《文学少女侦探》等多部作品，中短篇小说《济南的风筝》《烤肉自助星》《广寒生或许短暂的一生》《嗣声猿》皆已译介海外出版。

北京

山民记事

杨平

其实，山民不是山民。

他们和城里人一样，住在楼房里，每天出门坐电梯，乘公交。下了班，他们也去超市买些菜或熟食回来做，或者直接在某个家常菜馆解决问题。晚上，他们看电视、上网，或者三五成群去娱乐区找乐子，和城里人没啥两样。之所以叫他们山民，是因为他们住在高度超过五百米的超高层大楼里。这些大楼分布在六环以外，相互间离得很近，将京城团团围住，仿若巨大的人工环形山，因此也叫山楼。这其中的居民，自然也被称为“山民”。

山楼里各种设施一应俱全，从幼儿园到养老院，从黑着灯的电影院到亮着彩灯的发廊，从各色商店到办公写字楼，一个不缺。空中轨道交通将所有山楼连成一体，山民们不用走出大楼就可以过得好好的。实际上，他们中有些人，一辈子就在楼里度过，从没出去过。

开始的时候，山民们很反感被称作山民，认为这是蔑称。可这个词简洁方便，人们用得越来越多，最后他们自己也用起来，不再觉得别扭了。他们甚至用“盆地人”称呼那些住在市区的有钱人，因为那里的房子都很矮，还有大量的空地、湖泊、树林和古迹，如同环形山包围的盆地。

我就生在山楼里。家里在山民中经济条件算是不错的，因此我从小在楼里最好的地段长大，上的是楼里最好的学校。等我中学毕业，父母们卖掉了昌明广场的商铺，凑足了供我进城上大学的费用。从那个时候起，直到工作、成家，我一直住在城里，成了一个盆地人，只在逢年过节的时候回到山楼里去看望父母。

从小我就对神经改造之类的东西很感兴趣，成天往神经人的店里跑。那些神经人把芯片嵌入到身体中，用电脑数据代替原有的神经信号，从感知到肌肉反应，都可以调节。和如今不同，那会儿神经改造还是个非常时髦的东西，山楼里，戴着嵌入式芯片的年轻人在广场上骄傲地走来走去，吸引人们的视线。随处可见的显示屏上循环放着广告片，说人类正站在新时代的门槛上，可以在这种最新、最酷的生活方式中获得从未有过的美妙体验。在这种环境下长大，我居然没有往身体里放点什么东西，真算是个奇迹。这一方面是因为家教甚严，在芯片植入问题上绝不通融；另一方面，我想可能跟张油子有关。

张油子个子不高，体形瘦弱，貌不惊人，属于扔到人堆里就再也找不出来的那种。他曾在什么竞赛中拿了冠军，被某公司选为昌明小区的嵌入式芯片推广员，一时成为小区里的风云人物。我还记得他坐在一辆华丽的彩车上向人群挥手的样子，眼睛发亮，满脸油光。当年我只有 10 来岁，在广场上看热闹的人群中挤来挤去，好不容易才挤到最前面，可彩车已经开过去了，只有后面跟着的几个西服革履的年轻人，还在不时冲人群拍照。他们都显得很平静，脸上还带着一种我不太理解的浅浅微笑，这种微笑我直到进城读书的时候，才再一次在那些自命不凡的盆地人脸上看到。

后来，公司帮张油子在小区里开了家嵌入型芯片专卖店，一时间顾客盈门，所有认为自己应该更酷一些的小青年都来了，还有很多女孩三天两头往店里钻。我从那时开始了解神经改造，和张油子店里的店员们打得火热，甚至和他们一起嘲笑张油子关门前总要晃一晃的习惯。到了后来，我几乎每天放学都往那里跑，看看有没有新到的芯片，哪些应用程序又更新了什么的。每次到了新货，我总是心怀敬畏地看着店员从箱子里将包装精美的芯片取出，一字排开摆在柜台里，让它们在泛光的底座上承受人们好奇的目光。我会将包装翻来覆去地看上好久，仔细寻找特性说明中的新东西，为每次内存的扩展、零星功能的添加激动不已。在透明的硬塑料包装内，轻薄的芯片上密布着蚀刻的电路，含义丰富的缩写字母与数字得意扬扬地印在上面，显示着自己高贵的出身。和其他芯片迷一样，我们会为了不同的品牌争得面红耳赤，有人支持 A 家族系列产品，有人支持 B 家族。双方从硬件到软件，从功能到使用范围，严格地进行比较，甚至争吵。这种争论往往会变成炫耀知识的比赛，最后变成人身攻击，互相指责对方糊涂、无知和没脑子。张油子总是笑呵呵地看着我们吵个不休，也不说话，谁都不帮。被逼得急了，他就看似随意地举出几个数据，将其中一方一击即倒。到了后来，我们都怕了，在争论的双方都心里没底的时候，就心照不宣地互相扯几句，也不去找他求证，直接偃旗息鼓。毕竟，没有结果总比坏的结果好。每当这时，他就露出一副“你们知道自己傻了吧”的样子来。

在这样的日子中，我差点儿就成了神经人。

那些店员每当理屈词穷的时候，就用“你又没用过，你知道什么”这样的话来堵我的嘴。那天，我刚刚在一场争论中败下阵来，憋着一肚子气去找张油子。我激动地复述了双方争论的过程，张油子只是专心冲着电脑屏幕敲字，不时安抚地瞟我一眼。当我要求他给我植入嵌入式芯片时，他停了下来，笑着问我有没有得到父母的许可。

我激动地表示，父母无法控制我，只有我自己可以决定人生的方向，如果结果不好，就让我独自承担吧，生命总是有这样那样的遗憾，多一个不多少一个不少。

他花了半个小时劝我打消这个念头，但反倒让我的意愿更坚决，甚至开始怀疑这里有什么不可告人的事情。最后，他用柔和而坚决的语气和我约定，等我上大学的时候，如果还想当个神经人，他就会帮我。

这个约定没有兑现。几年后，当我考上城里的名牌大学时，对新生活的向往、对女孩的迷恋和对成就的追求，已经让我忘记了那些和大哥哥们争论芯片优劣的日子。我一头扎进了大学生活，在漫天星光下喝着啤酒，唱歌聊天，在散发着淡淡香气的草地上闲坐，在跑道上狂奔，感受自然的空气迎面扑来的惬意。我认识了许多人，和他们没日没夜地混在一起，尝试着各种稀奇古怪的事情，为面前那崭新的世界目眩神迷。偶尔，我们会谈到郊区，谈到山楼和山民，那些自小在城里长大的孩子们就会露出好奇的神色，还带着一丝压抑住的轻蔑。我很快就学会了以自嘲和玩笑来回避尴尬，甚至表现得比那些城里孩子还过分。他们会跟着我的玩笑乐那么几下，然后互相使使眼色，把话题岔开。说真的，这种傲慢的善意让我更别扭，仿佛我的存在干扰了他们本应有的乐趣。

在我的大学时代，神经改造、芯片植入之类已经失去了几年前的光彩。在盆地人看来，一个正派人是不会随便往身体里放什么东西的。人造心脏这些东西也就算了，毕竟是维持生命所需，可为了追求什么体验，获得更强的力量甚至纯粹的享乐，将身体变成芯片的基座，这实在是无聊而且低级。我没有在校园中与人讨论过神经改造，其实，我就没听人提起过，这个话题仿佛被人们自动屏蔽了一般。有时，在晴朗的夜晚，我看着远处环绕的山楼，也会想起那些遥远的日子，想起在嘶嘶作响的日光灯下那些激动而年轻的脸庞，想起“这玩意儿挺牛”之类的低语和期待反馈的眼神。不过，这种出神的时候不多，后来也越来越少了。

离开校园后，我进入了一家网络贸易公司，混了几年，又转到媒体行业。三十岁那年，我和一位盆地女孩结了婚。她虽然生在城里，但家境一般，只是靠着祖上的房产和关系才得以栖身市区。我们就像所有没什么背景的年轻人一样，辛苦工作，小心花钱，认认真真地谋划共同的未来。她是个很懂事的女孩，对我的父母非常好，每次陪我回到山楼中，总是带上一堆礼物，抢着干这干那。父母对她非常满意，并开始催促我们要孩子。

我几乎已经忘记了曾经有个叫张油子的人，直到我们再次见面。

那是个冬日的午后，第一场雪纷纷扬扬从京城上空落下。我们两口子刚在父母家吃过午饭，老婆觉得困倦，去屋里小睡，买菜采购的任务就落在了我头上。多年后再次走进小区的超市，我发现这里没什么变化，布局装饰还是老样子，只有人们的着装多少显示出时光的流逝。有学者说，京城经历了大半个世纪的剧烈变动，“该干的事都干完了”，在20年前终于稳定下来，进入了休眠期。我照着老太太列出的清单挨个货架转，不经意间，走到了电子产品区。货架上五颜六色的电子设备，一下子勾起了我多年前的回忆。我想到了张油子和他的那家专卖店，有10多年没去了，那店还在不在？我拎着鼓鼓囊囊的购物袋，沿熟悉又有些陌生的路走着。每个拐弯，每家店铺，每块招牌，都一次次给我重新发现的感觉，一点点揭开我内心尘封许久的记忆。

拐过几个弯，张油子的专卖店出现在我面前。有那么一瞬间，我觉得自己走错了。在我的记忆中，他的店里灯火辉煌，柜台晶亮通透，功能强大的芯片低调地躺在角落里，等待识货的买家，人们矜持地低语着，传递着可靠或不可靠的消息。可眼前我看到的，是一面巨大的烤鸡招牌，仔细看才能发现后面的电子专卖店。

店里人不多。几个中学生模样的年轻人勾肩搭背地趴在柜台上，正嘀咕着某个芯片的好坏，旁边的店员表情烦躁。店里的灯只开了一半，墙上的油漆已经有些斑驳，不知谁把饮料洒了，在柜台一角留下一片模糊。正中的墙上仍然挂着当初张油子获奖时的照片，下面的显示器原先循环播放着那场竞赛的录像，现在关着。我走到照片前，那时的他比我现在还年轻，一手奖状一手支票，意气风发。

店员走过来，有气无力地问我在找什么。这可不像从前，这里的店员一向傲慢，自视为人类的领航者，总是意气风发的。我表示想找你们老板谈谈。他露出警惕的神色，飞快地答说老板不在。我以用最诚恳的口气表明自己是张油子的老朋友，好多年没见了。他狐疑地看了我几眼，转身走向门口的烤鸡摊，用力敲了敲玻璃，朝里面的摊主做了个手势。摊主回头看看我，擦擦手，推门向我走来。

他 40 多岁，头发花白，神情枯槁，身形佝偻。

我上前几步，喊了声油子哥。他开始还有些迷惑，但很快就认出了我，温和地笑了："长这么大了，有盆地人的范儿了。"他在围裙上蹭蹭手，和我握了握。

他把我让进后面的屋子，里面杂乱无章，弥漫着电子设备特有的味道。我笑着问怎么卖起烤鸡了。他显得有些不好意思，说这是业务多元化，不能把鸡蛋都放在一个篮子里。他拿纸杯给我接了杯饮水机里的温水，问起我这些年的情况。我简单说了说，开了几句婚后生活不自由的玩笑，他随和地跟着我笑。我问他个人生活什么样，孩子多大了。他说离了，也没孩子。然后我们沉默地坐了一会儿，我机械地喝光了杯子中的水。他还要给我续，我表示不用。外面有人问烤鸡多少钱。他有些窘迫地站起来，伸着脖子往外看，但什么也没说。我赶紧起身说："我就是过来看看，没什么事，这也该回去了，你忙你的吧。"我们一起往外走的时候，我看到桌子上摆着新到的芯片，就随口问了问。

他站住了，脸上谨慎小心的神情消失了，眼中露出神彩。他拿起芯片，开始滔滔不绝地介绍起来，从芯片的基本功能、特性差异，讲到厂商背景和用户反馈，甚至未来的新一代前景。他语调迅疾，用词精准，旁征博引，仿佛忘记了外界的一切。我微笑着，偶尔表示下赞同，但最后，我再也忍不住了，开始向外挪动双腿。他一愣，脸上的光彩瞬间消散，住了口，重新换上一副谨小慎微的表情跟着我往外走。

烤鸡摊前已空无一人，刚才看芯片的几个年轻人也不见了，店员戴着虚拟现实头盔坐在角落里，完全没有随时准备接待顾客的样子。张油子看到这个场景，脸上颜色不大好看，但没有发作，礼貌地将我送出门。

回到家，我同父母谈起此事，他们都笑我迂腐。在昌明区，张油子已经是过去的人了，没什么人还把他看作偶像。当初为了凸显本区的先进，让他在非常好的地段开了店，现在区委会越来越不满意，正准备将他的店赶到神经人聚居的区去。可这家伙死赖着不走，非要“生于昌明，死于昌明”。

这次见面让我彻底失去了对少年时代的美好回忆。对芯片植入的狂迷只是年少时无知的胡闹，已经过去了，正如我从未走上吸毒、抢劫甚至杀人的道路一样。张油子，也只是这胡闹中某个团伙的大哥，已经不重要了。

然而，世上的事就是很奇怪，你以为某个人将消失在你的记忆中，可他总会在你预料不到的时候站到你面前。

几年后，我们的孩子已经上了城里的幼儿园，将在满天星光下长大。我们在城里置了房，更努力地工作，更快乐地享受简单平凡的生活。那天，我正在网络空间中为最近的选题收集资料，突然遇到了一位陌生女人。她径自走到我的面前，问我是否认识张油子，他现在急需我的帮助。她说得那么急那么啰唆，我不得不打断她，问她是谁。

“我是他老婆。”女人说。

我有些惊讶：“张油子又结婚了？”

“你这个人真磨叽，他现在遇到难处了，你到底帮不帮？”女人有些愠怒。

好在我在媒体行业待了有些时候，和什么样的人都聊过，就算这个叫刘瑾的女人说话颠三倒四，毫无逻辑，我耐心听了半天，总算把事情大概搞清楚了。张油子和她在过去几年一直在当“影子”，靠出租自己的大脑赚钱。这不是什么好营生，不过倒是合法。问题是，他们俩破坏了这行的规矩，结果捅了个大娄子。正规的影子，在进入意识分离状态后，是不许在本地记录用户数据的，但他们偷偷将数据记录下来，然后打包卖给信息贩子。其实，这也罢了，黑市自古就有，人们总是需要一些体制外的交易。他们千不该万不该，不该偷数据偷到网络巫师的头上。这些巫师已不是早期网络游戏中那些低调客气的服务者，而成了网络空间的管理者，或按照那些激进的说法，成了统治者。就在几天前，张油子和刘瑾为一位巫师提供影子服务，并照例偷录了数据拿去卖，结果买家发现这些是关系网络底层安全的关键性数据，一时害怕，就举报了。该巫师震怒，全力追查，找到了张油子在网络中的踪迹，将他的意识封锁在一个虚拟世界中，据刘瑾说，巫师的手段非常狠，如果强行切断张油子和网络的连接，人就会疯掉。

可我仍然不解：“为什么来找我？”

“必须要有人进入那个世界，将他作为一个影子带出来，再进行意识分离。”

"你不能自己把他带出来吗？"我实在是不愿和这种事扯上多少关系。

"这太危险，我的踪迹可能也被跟踪了。"她在我身边坐下，精致的数字面孔凝视着我，"而你，是他最信任的人，我听他说过，你是唯一不会出卖他的人。"

除了20年前那些懵懵懂懂的日子，我和他真的打交道不多，没想到在他心里居然这么想。当然，这也许是这个女人的谎言，神经人的道德感都很低，但仍然多少打动了我。

我们到达张油子被封锁的世界时，天上正飘着五颜六色的雪花。这是个伞状的山头，纤细的石柱上顶着宽大的平台，四周环绕着无边无际的云层。张油子在平台上来回走着，口中念念有词。

为了避免被跟踪，刘瑾通过影子方式附身在我的账号上，这样系统就认为只有我一个有效连接。我见情形有些不对，问她张油子精神是不是有些问题。她有些迟疑地说，张油子在过去一段时间，感官上出了问题，视觉、听觉都出现了奇怪的现象，有时会看到不存在的东西，听到奇怪的声音。后来，他的精神也变得不大正常，所以他可能不会自愿跟我走出去。

我有些生气："这么重要的事为什么不早说？是不是还有什么事瞒着我？"

她使劲安慰我，说："没了没了，一切都向你坦白了，你看你人都来了，就帮人帮到底送佛送到西吧。"

我很无奈，觉得自己好像掉进了什么陷阱，只能硬着头皮上了。我走上前，问张油子知不知道我是谁。张油子抬头看看我，咧嘴笑了："你是阿育王。"这是当初我们在一起混的时候，他们给我起的外号，因为我名字中有个"育"字。他还记得这个，看来还没糊涂到不可挽回的地步。我让他跟我出去，他向后退了几步，摇摇头："这里很好，我在这里是万能的。"

不好，他已经被洗脑了。我试着唤起他的记忆，讲起了他的家、店铺，还有他的老婆。他一直呆呆地听着，直到最后才突然打断了我："老婆？什么老婆？"

"他已经糊涂到这个地步了？"我悄悄问刘瑾。她有些不好意思："其实，我只是他的同伙，也就当初刚认识的时候睡过几次觉而已。"

我已经懒得表达上当受骗后的愤怒了："那你为什么要急着救他出来？别告诉我你突然爱上他了。"

"当然没有，可……我的钱还在他手里。"

我不再理会这个女人，转头继续劝张油子："你的店铺怎么办？不管了吗？"

"我累了。为了这个店铺，我把我最好的青春岁月都给了它，可最后得到了什么？他们吊销了我的执照，说这里不需要我的店铺。"

这事我一点儿都不知道，父母也没告诉我，他们可能认为这不算什么值得一提的事。我决定换个路数："你还记得当初你怎么劝我不要当神经人的吗？"

"有这事吗？"他往地上扔着种子，它们落地即生根发芽，噌噌地长起来。

我被噎了个半死，原来对我如此意义重大的事，他根本没放在心上。"你当时和我约定，等我上大学时，如果还想当神经人，你就同意。"天啊，当时的他，是多么冷静睿智的人啊！

"我怎么会这么说呢？我应该全力劝你当神经人才对。"他的话很平常，但语气之恶毒，让我吃了一惊，"你们家很有钱，肯定会送你上城里的大学，最后当个衣冠楚楚的盆地人。对你来说，来我的店里就是玩。可对我而言，那就是我一辈子的事。"

我一下子被推到了为自己辩解的地步："当时我是真心喜欢嵌入式芯片！我觉得很酷！"

"你当然觉得那些玩意很酷。有一个更好的生活在等着你，你有权觉得任何东西很酷。"

我有些莫名的怒火："你知不知道，在你店里争论的那些日子，是我最美好的记忆？每次有新货到了，大家一起来，反复调试那些参数，直到获得最优的效果。那些日日夜夜，我永生难忘！而且我告诉你，如果不是为了这些记忆，我今天根本就不会来这里！"

周围的蒿草燃烧起来，猎猎作响，张油子端坐在火焰之中，平静地看着我，语含讥讽："你完全可以把它写进回忆录嘛，或者写首歌什么的。"

"你到底怎么了？"我已无力再说什么。

起风了，五彩的雪花在我身边打着旋，起起落落。头顶上，奇怪的云层正在汇集，形成一个令人目眩的旋涡。这是他的怨气吗？他冲我诡异地笑了一下："看来你根本不了解我。好，那我就说说。你知道为什么我的生活变得一塌糊涂吗？你知道为什么我会从一个让人瞩目的明星变成卑躬屈膝的烤鸡摊主吗？"

"时代变了，世道变了。"

"错！"他大声道，"是我自己停下了脚步。当初我的成功，是命运给我开了一扇门，可我只是往里走了那么几步，就停下了。我满足于虚假的荣耀和短暂的乐趣，看不到更远的未来。如果当初我就撒开了腿往这条道上跑，跑到很远很远的地方，跑到人迹罕至的地方，也许，今天我已经是个伟大的人了。"

"你说的那条道就是躲在网络空间中吗？"

"哦，这只是过渡阶段。"他的语气平缓下来，"你不是神经人，你无法体会到信号沿着通路汩汩流淌的感觉，全身的血管在指令下有节奏伸缩的感觉，肌肉增强模块启动后无所不能的感觉。我现在总算明白了，我追求的，就是这种感觉，其他的，都不重要。所以，我决定将自己变成一个纯粹的神经人。我将放弃所有财产，删除一切往日的回忆，不再让思考折磨我的内心，全身心地拥抱神经体验——直到永远。”

“不再思考？这不是成了行尸走肉了吗？”

“有人替我思考。”他又笑了。

我还没来得及明白这句话的意思，从翻滚的云层中传来一阵笑声，嗡嗡作响：“你们三个聊得很开心嘛！”

三个？我有种不祥的预感。果然，几秒钟后，云端劈下一道闪电，正中我的头顶。刘瑾的影子从我身上飞出，跌落到地上，如同上了色的果冻。“你们真以为可以随便进出一个巫师设置的世界吗？你们真以为，能当个影子，就能无视一切吗？”云层中的声音说道。

“巫师！是那个巫师！”刘瑾躺在地上低声对我说。我马上举起双手，冲头顶的云团大声喊着自己是个合法用户，是被骗来帮助这两个违法者的。张油子则安详地坐在火中，闭目养神，仿佛不知道刚才发生的变故一般。

又是一道闪电，击中了刘瑾，她消失了。云层投下一道光柱，将我罩住。“我知道神经人惯于无视规则，没想到你这么一位有良好教养的城里人也会如此胡闹。”巫师仍然躲在云层中，“想必你已经知道这两人都干了什么，干吗蹚这浑水？”

通常情况下，我对巫师都很尊敬，可刚才的事让我无法控制自己的情绪。“你就是那个替他思考的人吧？你想把他变成你的奴隶？”我冷冷地问。

巫师的语气变得严厉起来：“这与你无关。”

“如果这涉及网络巫师阶层的恶行，那就与我有关。”我背着手，歪着头望向云层，“你可以查一下我在什么行业工作。只要我报道出来，你就有的忙了。”

巫师显然没料到我会这么抵触，过了好一会儿才回答，语气也平缓下来：“这不涉及巫师滥用权限，而是个双赢的合作。他放弃一些东西，我补偿他一些东西。”

我摇了摇头：“你觉得这样就能说服我？”

“你不了解张油子过的是怎样的生活。你只是随便看到了些东西，就自以为真理在握。如果你不相信，就自己看看吧。”巫师从云层中扔下一副眼镜。

我犹豫了一下，捡起眼镜戴上。过了好一会儿，我才明白自己看到了什么。

这是一间堆满了杂物的房间。在大大小小的箱子中间，放着一张小床，我就躺在床上。

整个画面是黑白的。

“你是不是觉得自己的显示系统出问题了？”巫师通过耳语频道说，“别傻了，这就是张油子现在看到的世界。”

“怎么回事？”

“他的店被关已经两年多了，只能靠当影子度日。不久前，他出了一次事故，神经受到了永久性的损坏，看啥都是这个样子了。而且，他已经失去了生活自理能力，如果不是当地区委会找了个人照顾他，以免往日的明星潦倒至死，他恐怕根本撑不到今天。”

我能看到皱巴巴的床单，听到门外人们说话走动的声音，闻到室内灰尘的气息。我试着挪动身体，但没有反应。门响了，一个老太太走了进来，将一个装满东西的垃圾袋放在床边，戴上手套，开始给我擦身子。她从头至尾没有说一句话，也没有抬头看我。完事后，她将手套扔进垃圾袋，拎着走了。

我把眼镜摘了下来：“这是……我不知道……”

张油子依然在烈火中端坐，闭目养神，仿佛根本不关心周围的一切。

“我是带着愤怒去找他的，可我看到的景象让我改变了主意。”巫师仍然在耳语频道说，“神经人是这个社会的毒瘤，道德低下，破坏欲强。可仔细想想，他们也是神经改造的牺牲品，能帮还是要帮一下。我们现在有非常先进的神经改造技术，也许能修复他的损伤。我们正在准备这件事，你和那个女神经人就来救人了。”

“可是，你为什么要控制他呢？”

“这是他自己提出来的，我只是点了个头。”

“可是……”我很想说出什么有力的话来，却找不到合适的词。我突然觉得，在整件事中，我只是一个无关紧要的旁观者。

张油子睁开双眼，慢慢走到我面前，浑身上下仍然冒着火，平静地对我说：“你走吧。”

“我们也许可以想别的办法。”我不甘心地问。

“不，我已经决定了。”他微笑起来，“把我忘了吧！我以后不再是张油子了，我将有新的身份，新的未来，还有……新的记忆。”

五彩的雪花纷纷落下，隐约的乐声缥缈悦耳。

一年后，我以志愿者身份去南郊的山楼中参加社会服务，住在神经人聚居的第九区。在一个深夜，我独自从社区中心往宿舍走，突然迎面碰上了一个高大的神经人，光头文身，体形健硕。我待在原地，有些犹豫，这种社区治安都不太好，会不会是一个劫道的？

神经人盯了我一眼，擦身而过。他行动起来悄无声息。我在惊恐中只来得及看到他合上身后的门。

关门前，他轻轻晃了一下。

变 迁

杨 平

很久很久以前，北京西北郊，学院比邻成群。在这学院群落中，有片光芒四射，甚至带有神性的区域，人称中关村。

在那里发光成神之前，我最深的印象是去那里的少年宫参加围棋比赛，树木、狭窄的街道、斑驳的围墙就是所有的印象。偶尔，哥哥们也会骑车带着我去北大或清华，蹭那里的电教室看给大学生放的外国电影。我是在那里第一次看到了英文原版的《星球大战》——当然，主要是看个热闹。

进入20世纪90年代，中关村开始发展起来，成为北京电脑零配件及装机的圣地。我的第一份工作，就是在那里的电脑配件商店打工，坐在十几平方米的店里搬东西，或者依照老板指令组装电脑。

那时的中关村，犹如矮人地下城，有各种稀奇古怪的东西和口口相传的隐秘消息。当我要去某家取配件时，要上上下下，穿过铺位间蜿蜒的通道，和店铺老板说一些秘语般的简称或是缩写。他会从某个角落取出一尘不染的盒子，小心地打开。这时，我们俩的目光都会聚集在盒子里，透过硬塑料包装，打量着那个宝物。我还要检查上面的铭文，看看型号细节对不对。然后，我会返回自己工作的商店，将宝物镶嵌到电脑里，按下按钮，等待永远让我感到神奇的时刻——屏幕亮起。

那个时候，我已经认识了北京的一些科幻作者，星河、凌晨、苏学军、严蓬、柳文扬、江渐离等，还有正在清华上学的潘海天。我还认识了刚从美国回来的吴岩老师，并经他引见，见到了我心目中的“大神”郑文光先生。

那时的北京，和20世纪80年代没多大区别。城市仿佛凝固住了，多少年都一样。但是，在北京的一些角落，科幻的风暴正在汇集，经常有包括科幻作者、画家、组织者和科幻迷混杂的聚会。有一段时间，我住在北京语言大学（那时还叫北京语言学院）的一间平房里，门前还有个小院，成了大家经常聚会的场所。人们从北京各处聚来，怀里揣着写满文字的纸，大家互相看，互相评。我们会在破落幽暗的平房中进入一个充满星空、战舰和外星人的空间，争吵，相互激发，在各自脑海中构造瑰丽的景象。然后，我们会各自回家，走在高低不平的砖路上，坐在能把人晃散架的公交车上，或是骑着充气不足的自行车，回到现实中。

很快，我进入清华大学计算机系培训中心当教员，专门教全国各地单位的网管联网，甚至接入传说中的 Internet。我在学员们吃午饭的时候，给他们放科幻电影。我也会叫科幻同道们来单位打联机游戏。在这个时期，由于工作原因，我和中关村的关系非常密切，经常往来两边，把宝物从“地下城”运回“法师塔”。那个时候，如果说你是搞电脑的，大多数人都会表露出羡慕的情绪，觉得你是在做一份他们不懂，但肯定非常有前途的工作。

在这期间，我创作了《为了凋谢的花》《MUD-黑客事件》《千年虫》等作品，并开始用电脑直接写作。北京的科幻作者们，被冠以“北京帮”之称。他们频繁发表作品，多次获奖。他们与当时全国各地的优秀科幻作者一起，被称为“新生代”。在北京召开的’97 北京国际科幻大会，也是对新生代的一次检阅。我们见到了许多神交已久，却素未谋面的科幻同道。我们在会场附近的地下室里和姚海军交谈，与詹姆斯·冈恩交谈，聆听第一位进行太空行走的列昂诺夫的演讲。在会场内外，人们见面就微笑，相互交流在何处见到了何人。我们第一次感到有这么多科幻爱好者在身边。

整个未来都在我们面前。

1998 年，CIH 病毒暴发，给国内电脑用户以重创。2000 年，美国互联网泡沫破碎。2001 年，我离开了培训中心。在这前后，有一些人也以某种方式离开了。苏学军去了新疆，潘海天毕业回到南方。留下来的人，也开始面临各种事情。他们都临近 30 岁了，进入那个空间的代价变得越来越高。他们要成家了，却从那个空间带不回多少东西。聚会逐渐少了，发表逐渐少了，现实的雾气逐渐弥漫。

与此同时，北京正在飞速变化。儿时习惯走的弯路，被一条乏味的大道代替。几年没去的地方，突然就不认识了。一次，我站在北京世贸天阶，仰望不断变换图案的“天幕”，猛然想起过去骑车走过的尘土飞扬的小路、钻过的砖墙缺口。

更年轻的科幻作者出现了。他们文笔纯熟，故事惊艳，轻松就将我曾有过的构思写得惊心动魄。我打开电脑，却一次次被自己毫无新意的文字吓退。都市中的一切都在飞速前进，我却在小屋内，穿着 10 年前的衣服，逐渐腐烂。

2010 年夏天，我去了趟中关村。让我惊讶的是，多少年过去，这里的氛围依然如故。十几年前，这里是时尚与先锋的圣地，如今，同样的嘈杂，却只让我想到了菜市场。电脑技术的神圣光环已然褪去，主板、内存、显卡，仅是硅基的“白菜萝卜”。

如果一个人怀着冲天的壮志在这里混了十几年，从当时人人钦羡的明星变成单纯的摊贩，他会怎么想？或者更广义一些，当我们在青年时代的梦想中生活了十几年后，推开房门，发现往日鹤立鸡群的屋子，如今被高楼大厦包围，我们会怎么想？

2011 年,《天南》杂志约了几位科幻作家的稿子。我于临近北京六环的楼中，写下《山民记事》。

杨平，中国作家协会会员，中国科普作家协会常务理事，多届华语科幻星云奖评委、科幻水滴奖评委，中国科协“我是科学家”项目演讲者，中国美术学院外聘教师。从事科幻创作三十年，迄今发表作品六十余万字，主要作品有《MUD-黑客事件》《千年虫》《裂变的木偶》《山民记事》等，两次获得银河奖，部分作品被译为英文、日文、德文及意大利文出版。

四川

白虎之年

阿来

一棵树汇聚了大片荒凉的景观。

东方闻音背靠着一棵并不高大挺拔的树木，望着赭红色的原野上纵横的水渠，进入了梦境。

这一天是火星纪元三千六百二十八年。

梦里的她在一个绿色世界里行走。这个陌生的世界，有更多绿色的树木，覆盖地表的不是色彩斑斓的地毯般柔软的苔藓，而是齐腰深的纠缠不清的荒草和藤蔓。一阵风吹起，树摇草动。风中隐隐有一股生厉腥热的气息。东方闻音悚然一惊，停下了脚步。风却陡然停了。

纠结的藤蔓背后，倾斜的金色光线里飞动着那么多茂盛草木的分子，以至于光线也带上了淡淡的绿色，那种剔透与晶莹，有玉石般的质感。她知道，这是另一个世界的阳光。有片刻工夫，她在这光的瀑布前踟蹰不前，但是她必须穿过去，她的脑子里没有停止的讯息。

先是手，然后是整个身子都在那明亮的光线中了。

相对于火星上紫外线强烈的灼人阳光来说，这种情境中的阳光是多么温软而芬芳啊！

这道光瀑后面，出现了一座巨大的建筑。飞檐斗拱，深陷在草木之中。

倾颓的建筑门户不存，阴暗的尘土中，是一列列写着方块字的木牌。木牌上方，是一张又一张的画像。雨水从琉璃瓦顶漏下来。雨渍滑过他们的面颊，像在为一段莫名中止的历史哭泣。

面前共有三道门户。东方闻音不知道该往哪个方向走。在这种即时性和随机性很强的情境中，她有些害怕。因为，任何一种选择都导向一个不可知的结局。而她的选择并不仅是个人行为，还要考虑到公众心理。社会赋予她的角色，赋予她的引领性职责，使她懂得慎重是多么重要。

不知从什么地方传来一声猛兽的长吟。整个老旧的建筑都摇晃起来。

第一道门离她最近，第三道门前没有一点儿尘土。洁净减轻了神秘感。她走到了第三道门前。不等伸手，门便应声而开。一阵风又吹来了，背后，整个绿色世界像大海一样翻腾。

门里是一条狭长的甬道。

甬道尽头，豁然开朗。

一间大厅空空荡荡，一张供桌前摆着圆圆的蒲团。东方闻音踏脚上去，一阵风吹来，那些蒲团都化成了尘土。火星纪元是三千年，但眼前的景象却叫人想到更漫长的时间。这意味着什么呢？东方闻音想起了导师欧阳子。导师欧阳子的身影便显现在她面前，脸上带着他那永远含蓄蕴藉的微笑。

她问道：“导师，这就是时间？”

导师点头。

“我真的无法知道它确切的长度。”

“因为现在你还不需要知道。”说完这句话，导师的身影就从这异度时空中消失了。

欧阳子是圣人，圣人从不会把话说得很透彻，东方闻音知道，导师这句含着机锋的话其实是说：这宇宙间的事情，当你需要知道的时候，才会去知道。不然的话，把无限宇宙的现状和历史全部装进一个人的脑子，不要说人脑有没有那么大的容量，光是输入信息，就是多么繁复的一件事情啊！她这种人生存在这个世界上，可不是为了充任一个信息存储器。

桌子上方也有一张图。图上描绘了某种兽类的形象。不等她看清图上描绘的是什么，那阵神秘的风又吹起来了。画图翻卷飞扬起来，里面有股神秘的力量在震荡。画图再悬垂下来，展开在眼前时，图上却空空荡荡的什么都没有了。东方闻音知道，从这一刻，自己已经接近了一个巨大的秘密。

她从一面镜子里看到自己不知道什么时候改变了装束，轻软的织物不是她所熟悉的任何一种化学纤维，顺着身体平滑地律动着，含着某种生命的气息。这服装雍容而轩昂，闪烁着幽微动人的光芒，是整个火星世界上从来没见过的。她摸摸那面料，指缝间漏过了如水的光滑与沁凉。

门口赫然蹲着一头白色的猛兽。

它威武地蹲踞在那里，微微翻起的嘴唇下露出坚利的牙齿，低沉的咆哮声摄人心魄，她摸摸腰间，就有了一副悬垂的弓箭。弓弦硬邦邦的，却在她手里应力而开。她一松手，听到弓弦发出一阵清脆的响声。在这响声中，这猛兽威武的面目变得温顺了，在她面前伏下了身子。东方闻音再拉起弓弦，又一阵清脆的响声里，猛兽一声长啸，眼前一道白光闪过，猛兽便不见了踪迹。东方闻音再要寻觅时，却听见掌声四起，灯光打开，四周的幻影都已消失。

东方闻音是火星上流行的电子情景即时剧演员。

这种戏剧没有规定情景，都在舞台上随机展开，是由古代的电子游戏与原创戏剧发展而来。

观众们站起来，却没有马上离开，每个人脸上都洋溢着激动的神采。东方闻音走到台前，掌声淹没了这四壁都是赭红色岩石的山洞剧场。下面有人激动地喊道：“请告诉我们寓意所在！”

这出戏正像这个时代的大多数戏剧一样，游戏性很强，演员在台上其实不是表演，而是在虚拟情境中做出正常的反应。向观众解释刚刚完成的即时性表演中的寓意，是演员的职责所在。演员在向观众提供娱乐的同时，又扮演着一种精神导师的角色。因此在这个星球的文明中，享有崇高的地位。

欧阳子正在后台等待她的学生。

东方闻音惭愧地低下头："那个环境对我太陌生了，我不知道其中的寓意是什么。"

欧阳子笑了笑："这并不怪你，这只是一次演习。"

"演习？那么，这情境并不是虚拟的？"

"对，是一种复现，复现了我们文明源头的某种场景，"导师说，"演习不只是对你，还包括剧场里所有观众，他们都经过了严格的挑选。"

穿过暗红色的火星黄昏，自动飞行器把他们送到了坐落于近万米的高山上的伽利略天文台。巨大的天文望远镜把从地平线上升起不久的近邻地球的身影送到了他们面前。那是一颗多么蔚蓝的星球啊，缓缓旋转时，上面便拉开了白色的云带。

东方闻音明白了："戏里的景象就是地球上的？"

欧阳子说："地球是我们的家乡。"

东方闻音当然知道这个，不只是她，整个火星世界都知道，那颗蓝色星球就是他们的家乡。知道他们是地球移民先驱的后代。他们改造并开发了火星，这是一个人造的世界。而家乡地球，大部分的东西，包括空气、植物、水、动物，都是自然而然的。后来，美丽的家乡发生了巨大的灾难，一连串高能级的热核反应爆炸后，文明与人类荡然无存。地球变成了死寂的荒漠。在一代代火星人的瞩望下，遥远的家乡又恢复了生机。回到家乡，回到生命的源头，已经成了火星世界一个备受关注的公众话题。

东方闻音知道，自己被选中了。

她将率领剧场里那些人，回到地球。在这个和平的，一切变化都被科学预先设计的世界里，演员在进入这个行业前，就被事先优选，又因为在即时与随机戏剧中丰富的经历，而每每在一些溢出常规的时刻，再次被挑选。

再次登上飞行器，东方闻音问："什么时候？"

欧阳子说："政府希望你能担当这个任务，但我希望你慎重考虑。"

东方闻音望着舷窗外飞掠而过的广袤的火星原野，在星罗棋布的聚居区之外，仍然有着广阔的荒漠："导师，家乡有那么多美丽与神秘吗？"

欧阳子点点头："至少不会像火星的历史一样明白而简单。"

东方闻音陷入了沉思中："那衣服真是漂亮。"

欧阳子笑了笑，他喜欢学生身上这种自然流露的女儿本色。

飞行器震动了一下，着陆了，欧阳子摘下飞行头盔，面前出现了"过去与未来资讯档案中心"宽大的建筑群。

导师在她手心上写下了一个大字：虎。

东方闻音念出来：“虎？虎？这就是那头白色猛兽的名字。”

导师没有正面回答，回到飞行器里才说道：“你就从它开始。”

在东方中心，东方闻音久久地停留在那个虎字面前。一个个虎字以各种字体排列开，让她联想到，那种动物曾是个多么强盛的种群。最后，她的目光聚焦到最正规的那个虎字上。目光微不足道的一点点压力，就触发了灵敏的开关。眼前，出现了好几种文字关于这个方块汉字的解释。大意是，这是一种猛兽，在地球文明毁灭前几百年，就因食物链的中断而灭绝。再下来，就什么都没有了。东方闻音试了一个又一个虎字。都没有进一步的结果。这时，时间提示器告诉她，已经是深夜 24 时，再过 30 分钟，就是新的一天了。她来到写得最狂乱的那个虎字面前。下面出现了两种提示。在艺术这一栏下面，她看到了在戏剧里那张什么都没有的画，一只虎就以她见过的那种姿势蹲踞在图上，虬须直竖，两眼生出如炬的电光。但虎却不是见过的白色的那一只。

另一栏是个陌生的词：图腾。

这次，她看见了那只谋过面的白虎，更接近了一段在火星世界上湮没无闻的历史。她知道了自己血脉的源头。那只白虎，在很久以前蒙昧初开的地球上，是一个部族的标志，也是这个部族的保护神。而东方闻音自己，也就是这个部族的直系后裔。战争，发明，迁徙，繁荣，败落，一个漫长的故事，虽然只是一段一段的文字，却点燃了她的血液，比那种富于启示性的电子即时性戏剧表演更让她激动不已。除了白色的老虎，她还找到了一个女人，和她在戏里一样，手里一张镶了宝石的弓箭，一身如水般光滑、蕴含着众多生命气息的锦缎袍子。更奇怪的是，那女性领袖跟她长得一模一样。

当太阳从地平线上升起来时，东方闻音明白了，她将在地球重新开始的一段人类历史中扮演这样一个角色。在又一个历史循环中，她将成为又一个传说中的人物，史诗中的人物。

一个月后，飞船在地球上降落。

走出飞船的东方闻音正是剧中那种打扮，锦缎长袍，手挽弓箭，只是上面那些宝石按钮是一些开关，根据需要，能够发射不同的能量。可以开山辟地，也可以对付不期而至的危险。

一只白虎蹲踞在她的头顶，这是火星上那些智能化机器生物科学家们的杰作。

地球上荒芜而又带着无限生机的景象正同那出戏里的一模一样。

东方闻音看着飞船消失在蓝色的天空里，对当初那些观众宣布：“今天，我们回到了家乡，今年，地球纪年的第一年，就是白虎之年！”

头上的白虎发出了一声长吟。

这声音中，草木摇动，群鸟惊飞，平静的河水也激动起来，一波波拍打着河岸。一切都跟预想中那种壮阔的情景一模一样。只是，戏里出现过的那座建筑早已倒塌了，废墟上长满了参天的树木。白虎又长吟一声，死去的历史没有发出任何回应。第一张蓝图铺开，一切从这一天重新开始。

我写到的，都是我的原乡

阿　来

我是一个回族与藏族的混血儿，之所以选择了藏族作为自己的族别，仅仅是因为，从小在藏族地区长大，生活习惯最终决定了我自己在血缘上的认同感。

在很多与青藏高原有关的书籍中，在很多与青藏高原上生活的藏族人生活有关的书籍中，有一种十分简单化的倾向。好像是一到了青藏高原，一到了这样一种特别的文化风景中，任何事物的判断都变得非常简单。不是好，就是坏，不是文明，就是野蛮。更为可怕的是，乡野里的文化，都变成了一种现代都市生活的道德比照。

也许是因为年代过于久远，在这条陆路上行走时，已经没有人能找到一条清晰的脉络。历史与历史中的文化传播与变迁，比现代物理学家所建立的量子理论还要难于捉摸。物理学家描述他们抽象的理论时运用了一种可靠的用数学语言可以表述的模型。而历史中的很多文化却在荒山野岭间湮灭，随着一代一代人的消失而被永远埋葬。

我想，也许从天上，从高处像神灵一样俯瞰时可以看见。

于是，我在拉萨的贡嘎机场登机时特意要了一个临窗的位置，并祈愿这一路飞行，没有云雾的遮蔽。

事实是，我登上飞机时，拉萨正在下雨。拉萨河和雅鲁藏布江水溢出了河床，洪水漫进了河床两边的青稞地，漫进了低矮的平顶土房组合而成的安静的村庄。地里的庄稼已经收割了，洪水浅浅地漫在地里，麦茬一簇簇露在水面上。庄稼地与房舍之间，是一棵棵柳树，在雨中显得分外的碧绿。飞机越升越高，那些淹没了土地的水像镜子一样反射着天光。这真是一种奇异的景象：洪水成灾，但人们依然平静如常，没有人抢险，没有人惊慌失措，那些低矮的土屋安安静静的，都是很宿命的样子。土屋顶上冒着青烟，我想象得出来，围坐在火塘边上的农人平静到有些漠然的脸。洪水与所有天气一样，或多或少都和某种神灵的力量与意愿有关。

对于来自神灵与上天的力量，一个凡人往往只能用忍受来担待。所以，当外界的眼光看到一个无欲无求的农人，而赞叹，而自怜的时候，我想告诉你，那是因为对生活日深月久的失望。不指望是因为从来都指望不上。所以，你才会在雅鲁藏布江洪水泛滥时，看到这么一幅平静的景象。

这种平静的景象里有一种病态的美感，病态的美感往往更有动人心魄的力量。

飞机再向上爬升，就穿过了饱含雨水的云层。

云层掩去了下界的景象，满眼都是刺目的明亮阳光！

虽然有云层阻隔，但我还是感觉到机翼下渐渐西去的高原那自西向东的倾斜。飞机每侧转一下机身，我就感觉到雄伟的高原正向东俯冲而下。闭上眼睛感觉，那是多么有力的一种俯冲啊！我当然知道，这种俯冲感是一种幻觉。飞机飞行得非常平稳。电视里正在播放平和的音乐。当气流导致飞机发生小小的震颤，空姐柔美的声音便从扩音器里传来。

但我还是觉得大地在向下俯冲。

我说过，这是一种幻觉。

而且我不止一次感觉到过这样的幻觉。

譬如当我最大限度地接近某一座雪山的顶峰，坐在雪线之上，看到只要有一点儿动静，风化的砾石便像水一样流下山坡，看到明亮的阳光落在山谷里、森林中，使得云雾蒸腾，我也会感觉到大地的俯冲。而到云雾散开，大地安安静静地呈现出它真实的面貌，这种幻觉便消失了。

飞机起飞不久，机翼下面的云层便渐渐稀薄，云层下移动的大地便渐渐显现在眼前了。

雪峰确乎呈南北向一列列排开在蓝天下，晶莹中透着无声的庄严。在这一列列的雪山之间，是一片片的高山草甸，草甸中间还点缀着一些积雨形成的小湖泊。湖泊边上，有牧人的帐房。我熟悉帐房里牧人的生活。他们不是草原上那种纯粹的牧民。夏天，他们赶着牛羊来到这些雪山之间的高山牧场，秋天到来，他们被一天天降低的雪线压迫着，走进河流深切出来的山谷，回到自己种植玉米与青稞的农庄。夏天是牧场上的收获季，秋天，又是土地里的收获季了。于是，这些山地中半农半牧的同胞，便在一年中，有了两个收获的季节。

每一列雪山之后，这种山间牧场就更低，更窄小，直至完全消失。眼界里就只有顶部很尖锐，没有积雪的峭拔山峰了。这是一些钢青色岩石的山峰，一簇簇指向蓝天深处。山体周围是郁郁葱葱的森林。然后，这种美丽的峭拔渐渐化成了平缓的丘陵，丘陵又像长途俯冲后一声深长的叹息，化成了一片平原。这声叹息已经不是藏语，而是一声好听的汉语里的四川话了。

从平原历经群山的阻隔与崎岖，登上高原后，那壮阔与辽远，是一声血性的呐喊。

而从高原下来，经历了大地一系列情节曲折的俯冲，化入平原，是一声疲惫而又满足的长叹。

而我更多的经历与故事，就深藏在这个过渡带上，那些群山深刻的褶皱中间。

阿来，作家，20世纪80年代开始文学创作。主要作品有诗集《梭磨河》，中短篇小说集《旧年的血迹》《月光下的银匠》，长篇小说《尘埃落定》《空山》，散文集《就这样日益丰盈》，纪实文学《瞻对》等。曾获茅盾文学奖、鲁迅文学奖、华语文学传媒大奖、中宣部“五个一工程”奖及第十七届百花文学奖小说散文双奖。多部作品被译为英、法、德、日、意、西、俄等二十余种语言出版。

四川

伤心者

何夕

一

上午的菜场正是最繁忙的时候，我看着夏群芳穿过拥挤的人群，她的背影很臃肿。隔着两三米的距离我看不清她买了些什么菜，不过她跟小贩们的讨价还价的声音倒是能听得很清楚。从这两天的经历我知道小贩们对夏群芳说话是不太客气的，有时甚至就是直接的奚落。不过我从未见过夏群芳为此而表现出生气什么的，她似乎只关心最后的结果，也就是说菜要买得合算，至于别的事情，至少从表面看上去她是毫不计较的。现在她已经买完菜准备离开，我知道她要去哪儿。

四月是这座城市最漂亮的时候，各个角落里都盛开着各种各样的花。气候不冷也不太热，老年人皮帽还没取，小姑娘们就钻空在天气晴朗的时候迫不及待地穿起了短裙，这本来就是乱穿衣的时候。“乱花渐欲迷人眼”在这样的季节里成了不折不扣的双关说法。夏群芳显然并没有欣赏街景的打算，她只是低着头很费劲地朝公共汽车站的方向走，装满蔬菜的篮子不时和她短胖的小腿撞在一起，使得她每走几步就会有些滑稽地打个趔趄。道路两旁的行道树都是清一色的塔松，在这座温带城市里这种树比原产地要长得快，但木质也相对要差一些。夏群芳今天走的路线与平时稍有不同，因为今天是星期天，她总是在这个时候到 C 大去看她的儿子何夕。

由于历史的原因，C 大的校园被一条街道分成了两个部分，在这条街上还有一路公共汽车。夏群芳下车后进入校园的东区，现在是上午 10 点，她直接朝着图书馆的方向走去，她知道这个时候何夕肯定在那里。同样由于历史的原因，C 大的图书馆有两个，分别位于东西两区，实际上 C 大的东西两区曾经是两所独立的高校。用校方的语言来说是这两所学校合并，但现在的校名沿用了东区的，所以当年从西区那所学校毕业的不少学生常常戏称自己是“亡校奴”并只对西区那所学校寄予母校的情怀。何夕严格来讲也该算作“亡校奴”，不过何夕是在合并后才开始读 C 大的硕士，所以在何夕心中母校就是东区和西区的整体。

何夕坐在东区图书馆底楼的一个角落里静静地看书，不时在面前的笔记本上写上几句。这时候有一个人正从窗外悄悄地注视着他，窗外的人就是何夕的母亲夏群芳，她饶有兴味地看着聚精会神的何夕，汗津津的脸上荡漾着止不住的笑意。我看得出她有几次都想拍响窗户打个招呼，但她伸出手却最终犹豫了。倒是临近窗户坐着的两个漂亮女生发现了窗外的夏群芳，她们有些嫌弃地白了她几眼。夏群芳看懂了她们的这种眼神，不过她心情好不跟她们计较，她有个读硕士的儿子呢，夏群芳在单位里可风光了。想到单位，夏群芳的心情变得有些差，她已经 4 个月没有从那里拿到钱了。当然她这 4 个月并没有去上班，她下岗了，现在摆着个杂货铺。按照夏群芳一向认为合理的按劳取酬原则，她觉得这也是很自然的事情。夏群芳在窗外按惯例站了 20 分钟，她的脸上显得心满意足。我算了一下，为了这一语不发的莫名其妙的 20 分钟，夏群芳提着 10 来斤东西多绕了 5000 米的路，这种举动虽然不是经济学家的合理行为，但却是夏群芳的合理行为。

其实今天夏群芳是最没有理由来看何夕的，因为今天是星期天，何夕虽然住校，但星期天总是会回家一趟。不过他不会在家里住，吃过晚饭又会回学校。夏群芳知道在何夕的心里学校比家里好。不过对于这一点夏群芳并不在意，只要儿子觉得高兴，她也就高兴。夏群芳永远都不会知道此刻摊放在何夕面前的那本大部头里究竟有什么吸引人的东西，但很肯定的是，每当夏群芳看到儿子聚精会神地沉浸在书中的时候，她的心里就有一种没来由的欣慰感。这种感觉差不多在何夕刚上小学的时候就成形了。她以前就从不去探究何夕读的是本什么书，更不用说现在何夕读的那些外文原著。从小到大何夕在学业上的事情都是自己做主，甚至包括考大学填志愿选专业，以及后来大学毕业时由于就业形势不好又转回去读硕士等都是如此。想起儿子前年毕业时四处奔波求职时的情形，夏群芳就感到这个世界变化实在太快，她从没有想过大学生也有难找工作的一天，在夏群芳的心里，这简直无异于天方夜谭。有个同事对夏群芳说：“这算啥，人家发达国家早就有这种事情了。”说话的时候那人脸上有幸灾乐祸的神情。不过事实却肯定地告诉夏群芳，的确没有一个好单位肯要她心中无比优秀的儿子何夕，她隐约地听说这似乎和何夕的专业不好有关。不过在夏群芳看来何夕的专业蛮好的，好像叫作什么什么数学。在夏群芳看来这个专业挺有用的，哪个地方都少不了要写写算算，写写算算可不就是什么什么数学嘛。夏群芳有一次忍不住把自己的想法讲给何夕听，但何夕只是淡淡地笑了一下。夏群芳的心中早就有了主见，自己的儿子可没什么不好，儿子的专业也是顶好，那些不会用人的单位是有眼无珠，迟早要后悔死的。夏群芳有时没事就在想有一天等何夕读完硕士找个好工作，一定要气气当初那些不识好歹的人，想到得意处她便笑出声来。夏群芳有些不舍地又回头看了眼专心看书的儿子，然后才踏实地欣然离去了。

二

何夕抬起头来，向着我站的方向看过来。我愣了一下，立刻领悟他是在看夏群芳的背影。这时坐在窗户边的那两个女生开始议论，说刚才那个在外边傻乎乎看了半天的人不知是谁，何夕有些愤怒地瞪了她们一眼。他其实很早就知道母亲就站在窗户外注视着自己，在他的记忆里母亲几乎每个星期天的上午都会到学校的图书馆来看自己读书。何夕知道母亲之所以选在这一天来纯粹是前几年的习惯所致，实际上母亲现在的每一天都可算是放假。何夕看着母亲远去的背影叹了口气，他觉得自己的情形也差不了多少。有时候何夕的心里会隐隐地升起一股对母亲的埋怨，他觉得母亲实在太迁就自己了，从小到大的许多事情她几乎都由何夕自己做主，如果当初母亲能够在选择专业上不要过分顺从自己就好了。何夕摇摇头，觉得自己不该这样埋怨母亲，他其实知道母亲并不是不想帮自己，而是实在没有这方面的见识。

何夕看了下表，急促地向窗外扫视了一下。按理说江雪应该来了，他们说好上午 11 点在图书馆碰面的。何夕简单收拾了一下朝外面走去，刚到门口就见到了江雪。

和何夕比起来江雪应该算是现代青年了。单从衣着上，江雪就比何夕领先了 5 年。这样讲好像不太准确，应该说是何夕落后了 5 年。因为江雪的打扮正是眼下最时兴的。发型是一种精心雕琢出来的叫作“随意”的新样式，脑后用丝质手绢挽了个小巧的结，衬出她粉白的面庞越发清丽动人。看着那条手绢，何夕心里感到一阵温暖，那是他送给江雪的第一件礼物。手绢上是一条清澈的江河，天空中飘着洁白的雪花。他觉得这条手绢简直就是为江雪定做的一样。看到他们俩走在校园里的背影，很多人都会以为是一个学生在向老教授请教问题，不过江雪并不觉得这样有什么不妥，尽管要好的几个女生提到何夕时总是开玩笑地问“你的老教授呢”。小时候她和大她两岁的何夕是邻居，有过一些想起来很温馨的儿时回忆。后来由于父母亲的工作变动而分开了，但却很巧地在 10 多年后的 C 大又遇上了。当时江雪碰到了迎面而来的何夕，两人不约而同地喊到“哎，你不就是……哎……那个……哎吗”，等到想起对方名字后两个人都大笑起来。所以两人后来还常常大声地称呼对方为“那个哎”。江雪觉得何夕和自己挺合得来，别人的看法她并不看重。她知道有几个计算机系还有高分子材料系的男生在背地里说他们是鲜花和牛粪。在江雪看来何夕并不像外界所认为的那样是一个迂腐的书呆子，恰恰相反，江雪觉得何夕身上充满了灵气。给江雪印象最深的是何夕的眼睛，在此之前她从未见过谁拥有这样一双睿智而深邃的眼睛。看到这双眼睛的时候，江雪总止不住地想有着这样一双眼睛的人一定是不平凡的。

每当看到江雪的时候，何夕的心情就变得特别好，实际上也只有这时候他才有如释重负的感觉。何夕很小就知道自己的性格缺陷。当他手里有事情没有完成的时候总是放不下，无论做别的什么事情总还惦记着先前的那件事。他本以为自己这辈子都是这种性格了，但江雪的出现改变了一切。和江雪在一起时他也不知道为什么自己就像换了一个人。那些不高兴的事，那些未完成的事都可以抛在脑后，甚至包括“微连续”。一想到“微连续”，何夕不禁有些分神，脑子里开始出现一些很奇特的符号。但他立刻收回了思想，实际上只有在江雪到来时他才会这样做，同时也只有在江雪到来时他才做得到这一点。江雪注意到了何夕一刹那间的走神，在她的记忆里这是常有的事。有时大家玩得正开心的时候，何夕却很奇怪地变得无声无息，眼睛也很缥缈地盯住虚空中的不知什么东西。这种情形一般不会持续很长，过了一会儿何夕会自己“醒”过来，就像从睡梦中醒来一样。这样的情况多了大家也就不在意了，只把这理解成每个人都可能有的怪癖之一。

“先到我家吃午饭。我爸说要亲自做拿手菜。”江雪兴致很高地提议，“下午我们去滑旱冰，老麦才教了我几个新动作。”

何夕没有马上表态，眼前浮现出老麦风流倜傥的样儿来。老麦是计算机系的硕士研究生，也算是系里的几大才子之一，当初同位居几大佳人之列的江雪本来都开始有了那么一点儿意思，但是何夕出现了。用老麦的话来说就是“自己想都想不到会输给了江雪的儿时回忆”。不过老麦却是一个洒脱之人，几天过后便又大大咧咧地开始约江雪玩，当然每次都很君子地邀请何夕一同前往。从这一点讲何夕对老麦是好感多于提防。不过有时连何夕自己也不得不承认当老麦和江雪站在一起的时候显得那样协调，无论是身材相貌还是别的，这个发现常常会令何夕一连几天都心情黯然。但是江雪的态度却是极其鲜明，她毫不掩饰自己对何夕的感情。有一次老麦带点儿不屑地说“小孩子的感情靠不住”，结果江雪出人意料地激动了，她非要老麦为这句话道歉，否则就和他绝交，结果老麦只得从命。当时老麦的脸上虽然仍旧挂着笑，但何夕看得出老麦其实差点儿就扛不住了。在这件事情之后老麦便再也没有做过任何形式的“反扑”——如果那算是一次反扑的话。

何夕在想要不要答应江雪，他每个星期天都答应母亲回家吃晚饭的，如果去滑旱冰，晚上就赶不到回去吃饭的时间了。但是江雪显然对下午的活动兴致很高，何夕还在考虑的时候江雪已经快乐地拉着他朝她家跑去，那是位于学校附近的一套商品房。路上江雪银铃一样美妙的笑声驱散了何夕心中最后的一丝犹疑。

三

江北园解下围裙走出厨房，饶有兴致地看着江雪很难称得上娴淑的吃相。

退休之后他简直可称为神速地练就了一手烹调手艺，高兴得江雪每次大快朵颐之后都要大放厥词，称他本来就不该是计算机系的教授而应当是一名厨师。也许正是江雪的称赞使他终于拒绝了学校的返聘，并且也没有接受另一些单位的聘请。何夕有些局促地坐在江雪的身旁，半天也难得动一下筷子。江家布置得相当有品位，如果稍作夸张的话可称得上一般性的豪华。以江北园的眼光来看，何夕比以前常来玩的那个叫什么老麦的小伙子要害羞得多，不知道性格活泼的江雪怎么会做出这种选择。不过江北园知道世上有些事情是不能讲道理的，女儿已经大了，家里人已经不能像以前那样代她去做判断了。

“听小雪说你是数学系的硕士研究生。”江北园询问道。

何夕点点头：“我的导师是刘青。”

“刘青。”江北园念叨着这个名字，过了一会儿有些不自然地笑笑说，“退休后我的记性不如以前了。”

何夕的脸微微发红：“我们系的老师都不太有名，不像别的系。以前我们出去时提起他们的名字很多人都不熟悉，所以后来我们都不提了。”

江北园点点头，何夕说的是实情。现在C大最有名的教授都是诸如计算机系外语系电力系的，不仅是本校，就连外校和外单位的人都知道他们的大名——有些是读他们编写的书，有的是使用他们开发的应用系统。不久前C大出了件闹得沸沸扬扬的事情，一位学生发明的皮革鞣制专利技术被一家企业以700万元买走，而后皮革系的教授们也荣升这一行列。

“你什么时候毕业？”江北园问得很仔细。

“明年春季。”何夕慢吞吞地夹了一口菜，感觉并不像江雪说的那样好吃。

“联系到工作没有？”江北园没有理会江雪不满的目光，“已经没有多少时间了。”

何夕的额头渗出了细小的汗珠，他觉得嘴里的饭菜都味同嚼蜡：“现在还没有。我正在找，有两家研究所同我谈过。另外，刘教授也问过我愿不愿意留校。”

江北园沉吟了半晌，他转头看着笑眯眯的女儿，她正一眼不眨地盯着何夕看，仿佛在做研究。

“你有没有选修其他系的课程？”江北园接着问。

“老爸，”江雪生气地大叫，“你要查户口吗？问那么多干吗？”

江北园立时打住，过了一会儿说：“我去烧汤。”

汤端来了，冒着热气。没有人说话，包括我。

四

老麦姿态优美地滑过一圈弧线，动作如行云流水般酣畅。何夕有些无奈地看着自己脚下凭空多出来的几只轮子，心知自己绝不是这块料。江雪本来一手牵着何夕一手牵着老麦，但几步下来便不得不放开了何夕的手——除非她愿意陪着何夕练摔筋斗的技巧。

这是一家校外的叫作“尖叫”的旱冰场，以前是当地科协的讲演厅，现今承包给个人改装成了娱乐场，条件比学校里的要好许多，当然价格是与条件成正比的。由于跌得有些怕了，何夕便没有上场，而是斜靠着围栏很有闲情般地注视着场内嬉戏的人群。当然，他目光的焦点是江雪。老麦正和江雪在练习一个有点儿难度的新动作，他们在场地里穿梭往来的时候就像是两条在水中游弋的鱼。这个联想让何夕有些不快。

江雪可能是玩得累了，她边招手边朝何夕滑过来。到跟前时却又突然打了一个 360 度的急旋方才稳稳停住。老麦也跟着过来，同时举手向着场边的小摊贩很潇洒地打着响指。于是那个矮个子服务生忙不迭地递过来几听饮料。老麦看看牌子满意地笑着说你小子还算有点儿记性。

江雪一边擦汗一边啜着饮料，不时仰起脸神采飞扬地同老麦扯几句溜冰时的趣事。“你撞着那边穿绿衣服的女孩好几次，”江雪指着老麦的鼻尖大声地笑着说，“别不承认，你肯定是有意的。”老麦满脸无辜地摇头，一副打死也不招的架势，同时求救地望着何夕。何夕觉得自己在这个问题上帮不了老麦，只好装糊涂地看着一边。“算啦，”江雪笑嘻嘻地摆摆手，“我们放过你也行，不过今天你得买单。”老麦如释重负地抹抹汗，说：“好啦，算我舍财免灾。”何夕有点儿尴尬地看着老麦从兜里掏出钱来，虽然大家是朋友，但他无法从江雪那种女孩子的角度把这看作一件理所当然的事，至少有一点，他觉得总是由老麦做东是一件令他难以释怀的事。但想归想，何夕也知道自己是无力负担这笔开支的。老麦家里其实也没给他多少生活费，但是他的导师总能揽到不少活。有些是学校的课题，但更多的是帮外面的单位做系统。比方说一些小型的自动控制，或是一些有关模式识别方面的东西，以及帮人做网页，甚至有时候根本就是组一个简单的计算机局域网，虽然名称是叫什么综合布线。这所名校的声誉给他们招来了众多客户。很多时候老麦要同时开几处工，虽然他所得的只是导师的零头，但是已足够让他的经济水准在学生中居于上层了，不仅超过何夕，而且肯定也超过何夕的导师刘青。在何夕的记忆里，除了学校组织的课题，他从未接过别的工作，何夕有一次闲来无事，他把自己几年来参与课题所得加总在一起之后发现居然还差一块钱才到 1000 元。接下来的几小时里何夕简直动破了脑筋想要找出自己可能忽略了的收入以便能凑个整数，但直到他启用了当代数学最前沿的算法也没能再找出一分钱。

“今天玩得真高兴。”江雪意犹未尽地擦拭着额上的汗水。老麦正在远处的收费处结账，不时和人争论几句。何夕默不作声地脱着脚上的旱冰鞋，这时他这才感到这双脚现在又重新属于自己了。

“4 点半不到，时间还早啦。”江雪看表，“要不我们到‘金道’保龄球馆去。”

何夕迟疑了片刻：“我看还是在学校里找个地方玩吧。”

江雪摆头，乌黑的长发掀起了起伏的波浪：“学校里没什么好玩的，都是些老花样。还是出去好，反正有老麦开钱。”

何夕的脸突然涨红了：“我觉得老让别人付钱不好。”

江雪诧异地盯着何夕看：“什么别人别人的，老麦又不是外人。他从来都不计较这些的。”

“他不计较可我计较。”何夕突然提高了声音。

江雪一怔，仿佛明白了何夕的心思。她咬住嘴唇，有些不知所措地看着四周。这时老麦兴冲冲地跑回来，眼前的场面让他有些出乎意料。“怎么啦？”老麦笑嘻嘻地问，“你们俩在生谁的气？”他看看表，“现在回去太早啦，我们到‘金道’去打保龄球怎么样？”

何夕悚然一惊，老麦无意中的这句话让他的心里发冷。又是“金道”，怎么会这么巧，简直就像是——心有灵犀。他看着江雪，不想正与她的目光撞个正着，对方显然明白了他的内心所想——她真是太了解他了，江雪若有所诉的目光像是在告白。

“算了。”何夕叹口气，“我今天很累了，你们去吧。”说完他转身朝外面走去。

江雪倔强地站在原地不动，眼里滚动着泪水。

“我去叫他回来。”老麦说着话转身欲走。

“不用了。”江雪大声说，“我们去‘金道’。”

我下意识地挡在何夕的面前，但是他笔直地朝我压过来并且毫无阻碍地穿过了我的身躯。

五

18 寸电视里正放着夏群芳一直看着的一部连续剧，但是她除了感到那些小人儿晃来晃去，看不出别的。桌上的饭菜已经热了两次，只有粉丝汤还在冒着微弱的热气。夏群芳忍不住又朝黑漆漆的窗外张望了一下。

有电话就好了，夏群芳想，她不无紧张地盘算着。现在安电话是便宜多了，但还是要几百块钱初装费，如果不收这个费就好了。夏群芳想不出何夕为什么没有回来吃饭，在印象中这是从来没有过的事情。何夕只要答应她的事情从来都是作数的，哪怕只是像回家吃饭这样的小事，这是他们母子多年来的默契。夏群芳又看了眼桌上的饭菜，她没有一点儿食欲，但是靠近心口的地方却隐隐地有些痛。夏群芳撑起身，拿瓢舀了点儿粉丝汤。而就在这个时候门锁突然响了。

“妈。”何夕推着门就先叫了声，其实这时他的视线还被门挡着，这只是许多年的老习惯。

夏群芳从凳子上站起来，由于动作太急凳子被碰翻在地，“怎么这么晚才回来？”虽然是责备的意思，但是她的语气却只有欣喜了，“饿了吧，我给你盛饭。”

何夕摆摆手：“我在街上吃过了。有同学请。”

夏群芳不高兴了：“叫你少在街上乱吃东西的，现在流行病多，还是学校里干净。你看对门家的老二就是在外不注意染上肝炎的……”夏群芳自顾自地念叨着，她没有注意到何夕有些心不在焉。

“我知道啦。”何夕打断她的话，“我回来拿衣服，还要回学校去。”

夏群芳这才注意到何夕的脸有些发红，像是喝了点儿酒，她有些不放心地问：“今天就不回校了吧。都 8 点了。”

何夕环视着这套陈设简陋的两居室，有好一会儿都没有出声。“晚上刘教授找我有事。”他低声说，“你帮我拿衣服吧。”

夏群芳不再有话，她转身进了里屋。过了几分钟拿着一个撑得鼓鼓的尼龙包出来。何夕检视了一下，朝外拎出几件厚毛衣：“都什么时候了，还穿得住这些？”

夏群芳大急，又一件件地朝口袋里塞：“带上带上，怕有倒春寒呢。”

何夕不依地又朝外拎，他有些不耐烦：“带多了我没地方放。”

夏群芳万分紧张地看着何夕把毛衣通通扔了出来，她拿起其中一件最厚的说：“带一件吧，就带一件。”

何夕无奈地放开口袋，夏群芳立刻手脚麻利地朝里面塞进那件毛衣，同时还做贼般顺手牵羊地往里面多加了一件稍薄的。

“怎么没把脏衣服拿回来。”夏群芳突然想起何夕是空手回来的。

“我自己洗了。”何夕转身欲走。

“你洗不干净的。”夏群芳嘱咐道，“下次还是拿回来洗，你读书已经够累了。再说你干不来这些事情的。”

“噢。”何夕边走边懒懒地答应着。

“别忙。”夏群芳突然有大发现似的叫了声，“你喝口汤再走。喝了酒之后是该喝点热汤的。”她用手试了下温度，“已经有点儿冷了。你等几分钟我去热一下。”说完她端起碗朝厨房走去。等她重新端着碗出来时却发现屋子里已经空了。

“何夕。”她低声唤了声。然后目光便急速地搜寻着屋子，她没有见到那两件塞进包里的毛衣，这个发现令她略感放心。这时一阵突如其来的灼痛从手上传来，装着粉丝汤的碗掉落在地发出清脆的响声。夏群芳吹着手，露出痛楚的表情，这使得她眼角的皱纹显得更深。然后她进厨房去拿拖把。

我站在饭桌旁，看着地上四处横流的粉丝汤，心里在想这碗汤肯定好喝至极，胜过世上的一切美味珍馐。

六

刘青关上门，象征性地隔绝了小客厅里的嘈杂，在这种老式单元房里声音是可以四处周游的。学校的教师宿舍就这个条件，尤其是数学系。不过还算过得去吧。

何夕坐在书桌前，刚才刘青的一番话让他有些茫然。书桌上放着一叠足有50厘米高的手稿，何夕不时伸出手去翻动几页，但看得出他根本心不在焉。

“我已经尽了力了。”刘青坐下来说，他不无爱怜地看着自己最得意的学生。

“我为了证明它花费了10年时间。”何夕注视着手稿，封面上是几个大字——微连续原本。“所有最细小的地方都考虑到了，整个理论现在都是自洽的，没有任何矛盾的地方。”何夕咽了口唾沫，喉结滚动了一下，“它是正确的。我保证。每一个定理我都反复推敲过多次，它是正确的。现在只差最后的一个定理还有些意义不明确，我正试图用别的已经证明过的定理来代替它。”

刘青微微叹口气，看着已经有些神思恍惚的何夕：“听老师的话。把它放一放吧。”

“它是正确的。”何夕神经质地重复着。

“我知道这一点。”刘青说，“你提出的微连续理论及大概的证明过程我都看过了，以我的水平还没有发现有矛盾的地方，证明的过程也相当出色，充满智慧。说实话，我感到佩服。”刘青回想着手稿里的精彩之处，神情不禁有些飞扬——无论如何这是出自他的学生之手，有一句话刘青没有说出来，那就是他并没有完全看懂手稿。许多地方作的变换式令他迷惑，还有不少新的概念性的东西也让他接受起来相当困难。换言之，何夕提出的微连续理论完全是一套全新的东西，它不能归入以往的任何体系里去。

“问题是，”刘青小心地开口，他注视着何夕的反应，“我不知道它能用来干什么。”

何夕的脸立刻变得发白，他像是被什么重物击中了一般，整个人都蔫了。过了半晌他才回过神来强调道：“它是正确的，我保证。”他仿佛只会说这一句话了。

“我们的研究终究要获得应用才是有意义的，否则只能误入为数学而数学的歧途。”

“可它看起来是那样和谐，”何夕争辩道，“充满了既简单又优美的感觉。老师，我记得你说过的，形式上的完美往往意味着理论上的正确。”

刘青一怔，他知道自己说过这段话。也知道这段话其实是科学巨匠爱因斯坦的经验之谈。他不否认微连续理论符合这一点，当他浏览着手稿的时候内心的确有种说不出的充满和谐的感受，就像是在听一场完全由天籁之声组成的音乐会。但问题的症结在于他实在看不出这套理论会有什么用。自从几个月前何夕第一次向他展示了微连续理论的部分内容后，他就一直关心这个问题，这段时间他经常从各种途径查找这套理论可能获得应用的范畴，但是他失败了。微连续理论似乎跟所有领域的应用都沾不上边，而且还同主流的数学研究方向背道而驰。刘青承认这或许是一套正确的理论，但却是一套无用的正确理论。就好比对圆周率的研究一样，现在据称已经推算到小数点后几亿位了，而且肯定是正确的，但是这也肯定是没有意义的。

“想想中国古代的数学家祖冲之，他只是把圆周率推算到了小数点后几位。但他对数学的贡献无疑要比现在那些还在小数点后几亿位努力的人大得多。”刘青幽幽地说，“因为他做的才是有意义的工作，而不是纯粹的数学游戏。”

何夕有些发怔，他听出了刘青语中的意思。“我不同意。”何夕说，“老师，你知不知道，许多年前的某一个清晨我突然想到了微连续。它就像是一只无中生有的虫子般钻进了我的脑子。那时它只是一个朦朦胧胧的影子，这么多年来我为了证明它费尽心力。现在我就要完成了，只差最后一点点。”何夕的眼神变得缥缈起来，“也许再有一个月……”

刘青在心里轻叹一声，他看得出何夕已经执迷太深。何夕是他所见过的最聪明的数学奇才，按刘青私下的想法，何夕的水平其实可以给这所名校的所有数学教授当老师，他深信只要假以时日何夕必定会是将来学术领域内的一朵奇葩。而现在何夕却误入歧途，陷在了一个奇怪的问题里，这个情形使刘青忍不住回想起很多年前的自己，那时他也常常因为一些磨人但却无用的数学谜题而废寝忘食形销骨立。但是何夕没有看到问题的关键，刘青知道自己作为师长有义务提醒这一点，尽管这显得很残酷。

“你想过微连续理论可能应用在什么领域吗？我是说，即使作最大胆的想象。”刘青尽量使自己的声音柔和些，虽然他知道这并没有什么用。

何夕全身一震，脸色变得一片苍白。“我不知道。”他说，然后抱住了头。

我看到何夕脚下铺着劣质瓷砖的地面上洇出了一滴水渍。

七

“这两天我没和江雪在一起。”老麦低声说，坐在桌子对面的他目光有些躲闪。

何夕有点儿愤怒地盯着老麦：“你这算是什么意思。江雪和我吵架只是我们两个人的事，你这样做是乘人之危。”

老麦嘬口茶，眼里升起无奈的神色：“我的确没和江雪在一起。不过我猜想她可能是和老康在一起。”

“谁是老康？”何夕问。他在脑子里搜索着。

“老康是一家规模不小的计算机公司的老板。那天你和江雪闹别扭之后我们在保龄球馆碰上的。大家是校友，自然谈得多一些。”老麦不无称羡地说，“听说……”他突然打住，目光看向窗外。

何夕回头，江雪从一辆漂亮的宝蓝色小车上下来，她身边一位胖乎乎的年轻人正在关车门。何夕还没想好该怎么办的时候，江雪已经很高兴地叫起来：“真巧呵，你们两个也在这。”江雪兴奋得满脸发红，她拉着身边的那个人进屋来，对何夕说：“这是康——”她突然一滞，有些发窘地问道，“你叫康什么来着？算啦，我还是叫你老康吧。”然后她指着何夕说，“这是何夕，我的男朋友——”她似乎觉得不够，又补上一句说，“数学系的高才生。”

“数学系——”老康上下打量着看上去有些猥琐的何夕，伸出手说，“常听小雪提起你。”

小雪？何夕心里咯噔了一下，他看了眼江雪，她却是若无其事的样子。“怎么不回我的传呼？”何夕带点儿气地问。

“让你也着急一下。”江雪的表情有些调皮，“谁叫你尽气我。好啦，现在让你着急了两天，我们俩算是扯平了。今天大家新认识，应该找地方大吃一顿作为庆祝。我看看，”她煞有介事地盯着三个男人看，然后指着老康说，“我们几个数你最肥，这顿肯定是你请吧。”

老麦不依地说：“以前请客都是我的专利，这次还是我吧。”

老康的表情有些奇怪，他死盯着何夕的脸，仿佛在做某种研究。江雪碰碰他的胳膊："你干吗，老盯着何夕看。"

"我同何夕做不了朋友啦。"老康突然说，语气很是无奈，"我们是情敌。注定要一决高下。"

"你说什么？"江雪吃了一惊，她的脸立时红了，"何夕是我男朋友，你不该这么想。"

"我怎么想只有我自己能够决定。"老康咧嘴一笑，目光死死地看着江雪，直到她低下头去。他转头看着何夕说："我喜欢江雪。"

何夕觉得自己的头有点儿晕，眼前这个胖乎乎的人让他乱了方寸。情敌？这么说他们之间是敌人了，至少人家已经宣战了。何夕感到自己背上已经沁出了汗水，他不知道下一步该做什么，末了他采取了一个也许是最蠢的办法。何夕转头对江雪说："我该怎么办？"

江雪镇定了些，她正色道："何夕是我男朋友。我喜欢他。"

老康看上去并不意外："如果你是那种轻易就移情别恋的女孩的话，我就不会像现在这样喜欢你了。"他举起一只手，服务生跑过来问有什么事。"去替我买 19 朵玫瑰，要最好的。"老康拿出钱。

何夕剧烈地喘着气，他从来没有遇到过这样的事情。这简直像是戏剧里的情节。"那好吧。"何夕吐出口气，"既然你要和我一决高下的话，我一定奉陪。"何夕突然觉得这样的话说起来也是很顺口的，仿佛他天生就擅长这个。

"我不想待下去了。"江雪说，她的脸依然很红，"我们还是走吧。别人都在看我们。"

服务生新送来两杯茶。老麦吹了一声短促的口哨，站起身说："今天的茶我请。"出乎他意料的是何夕突然粗暴地将他的手挡开，并且拿出钱说："谁也不要争，我来。"

八

何夕默不作声地看着夏群芳忙碌地收拾着饭桌，他不知道自己该怎样开口。

"妈。你能不能帮我借点儿钱。"何夕突然说，"我要出书。"

夏群芳的轻快动作立时停下来，"借钱？出书？"她缓缓坐到凳子上，过了半晌才问，"你要借多少？"

"出版社说至少要好几万。"何夕的语气很低，"不过是暂时的，书销出去就能还债了。"

夏群芳沉默地坐着，双手拽着油腻的围裙边用力绞紧。过了半晌她走进里屋，一阵"窸窸窣窣"的响动之后她拿着一张存折出来说："这是厂里买断工龄的钱。说了很久了，半个月前才发下来。一年 940 块钱，我 27 年的工龄就是这个折子。你拿去办事吧。”她想说什么但没有出声，过了一会儿还是忍不住低声补充说，“给人家说说看能不能迟几个月交钱，现在取算活期，可惜了。”

何夕接过折子，看也没看便朝外走：“人家要先见钱。”

“等等——”夏群芳突然喊了声。

何夕奇怪地回头问：“什么事？”

夏群芳眼巴巴地看着何夕手里那本红皮折子，双手继续绞着围裙的边：“我想再看看总数是多少。”

“25380，自己做个乘法就行了嘛。”何夕没好气地说，他急着要走。

“我晓得了。你走吧。”夏群芳有点儿不好意思地说，她也觉得自己太啰唆了。

……

刘青有点儿忙乱地将桌面上的资料朝旁边抹去，但是何夕还是看到了几个字：考研指南。何夕的眼神让刘青有些讪讪然，他轻声说：“是帮朋友的忙。你先坐吧。”

何夕没有落座的意思，“老师。”他低声开口说，“你能不能借点儿钱给我。我想自己出书。”

刘青没有显出意外，似乎早知道会有这事。过了几分钟他走回桌前整理着先前弄乱的资料，脸上露出自嘲的神情：“其实我两年前就在帮人编这种书了。编一章 2000 块钱，都署别人的名字，并不是人家不让我署这个名，是我自己不同意。我一直不愿意让你们知道我在做这事。”

何夕一声不吭地站着，看不出他在想什么。刘青叹口气说：“我知道你想把微连续理论出书，但是，”他稍顿一下，“没有人会感兴趣的。你收不回一分钱。”

“那你是不打算借给我了？”何夕语气平静地问。

刘青摇摇头：“我不愿意眼睁睁地看着你失败。到时候你会莫名其妙地背上一身债务，再也无法解脱。你还这么年轻，不要为了一件事情就把自己陷死在里面。我以前……”

门铃突然响了，刘青走出去开门。让何夕想不到的是进门的人他居然认得，那是老康。老康提着一个漂亮的盒子，看来他是来探访刘青的。

刘青正想做介绍，而何夕和老康已经在面色凝重地握手了。“原来你们认识。”刘青高兴地搓着手，“这可好。我早有安排你们结识的想法了，在我的学生里你们俩可是最让我得意的。”

何夕一怔，他记得老康是计算机公司的老板。老康了解地笑了笑说：“我是数学系毕业的，想不到会这么巧，这么说我算起来还是你的同门师兄。”他促狭地眨眨眼，“怎么样，知道孔融让梨的故事吧。”

刘青自然不明白其中的曲折，他兴奋得仿佛年轻了几岁，四下里找杯子泡茶。老康拦住他说不用了，都不是外人。何夕在一旁沉默地看着这一切，他看得出这个老康当年必定是刘青教授深爱的弟子。

“老师。”何夕说，“你有客人来我就不耽搁了。我借钱的事……”

刘青脸上的笑容不见了，他盯着何夕的脸，目光里充满惋惜：“你还是听我的话，放弃那些不切实际的想法吧。借钱出这样的理论专著是没有出路的。”他转头对老康解释道：“何夕提出了一套新颖的数学理论，他想出书。”

老康的眼里闪过一个亮点，他插话道：“能不能让我看看？一点点就行。”

何夕从包里拿出几页简介递给老康。老康的目光飞快地在纸页上滑动着，口里念念有词。他的眉头时而紧蹙时而舒展，整个人都仿佛沉浸到了那几页纸里。过了好半天他才抬起头来，目光有些发呆地看着何夕：“证明很精彩，简直像是音乐。”

何夕淡淡地笑了，他喜欢老康的比喻。其实正是这种仿佛离题万里的比喻才恰恰表明老康是个内行。

“我借钱给你。”老康很干脆地说，“我觉得它是正确的，虽然我并没有看懂多少。”

刘青哑然失笑：“谁也没说它是错的。问题在于这套理论有什么用，你能看出来吗？”

老康挠头，然后龇了龇牙，“暂时没看出来。”他紧跟上一句，“但是它看上去很美。”老康突然笑了，因为他无意中说了个王朔的小说名，眼下正流行，“不过我说借钱是算数的。”

刘青突然说：“这样，如果你要借钱给何夕必须答应我一条，不准写借据。”

何夕惊诧地看着刘青，印象中老师从来都是温文有礼并且拘泥小节的，不知道这种赖皮话何以从他口中冒出来。

“那不行。”何夕首先反对。

“非要写的话就把借方写成我的名字，我来签字。如果你们不照着我的话做就不要再叫我老师了。”刘青的话已经没有了商量的余地。

在场的人里只有我不吃惊，因为我知道会发生什么样的事情。

九

江雪默不吭声地盯着脚底的碎石路面，她不知道何夕会做出什么样的反应。

从内心讲如果何夕发一通脾气，她倒还好受一些，但她最怕的却是何夕像现在这样一语不发。

“你说话呀。”江雪忍不住说，“如果你真反对的话我就不去了。很多人没有出去也干出了事业。”

何夕幽幽地开口：“老康又出钱又给你找担保人，他为你好，我又怎能不为你着想。”

“钱算是我借他的：以后我们一起还。”江雪坚决地说，“我只当他是普通朋友。”

“我知道你的心意。”何夕爱怜地轻抚江雪的脸。

“等我出去站稳了脚你就来找我。”江雪憧憬地笑，“你知不知道，你是我见过的最聪明剔透的人。如果你是学我们这种专业的话早就成功了。我说的是真的。”江雪孩子似的强调，“你有这个实力。我觉得你比老康强得多。”

何夕心里滑过一缕柔情：“问题是我喜欢我的专业。在我看来那些符号都是我的朋友，是那种仿佛已经认识了几辈子的感觉。只有见到它们我的心里才感到踏实，尽管它们不能带给我什么，甚至还让我吃苦头，但是我内心里有一个声音告诉我，这就是我降临到世上应该做的事情。”

江雪调皮地刮脸：“好大的口气，你是不是还想说天将降大任于斯人也……”

何夕叹口气，“我的意思只是……”他甩甩头，“我入迷了，完全陷进去了。现在我只想着微连续，只想着出书的事。为了它我什么都顾不上了。就这个意思。”

江雪不笑了，她有些不安地看着何夕的眼睛：“别这么说，我有些害怕。”

何夕的眼睛在月光下闪过晶莹的亮点：“说实话我也害怕。我不知道明天究竟会怎样，不知道微连续会带给我什么样的命运。不过，我已经顾不上考虑这些了。”

江雪全身一颤：“你不要用这种口气对我说话好吗？这让我觉得失去了依靠。”

失去依靠？何夕有些分神，他有不好的预感。“别这样。”他揽住江雪的肩，“我们现在不是好好的嘛。不论如何，”他深深地凝视着江雪娇好的面庞，“我永远都喜欢你。”

江雪感受到何夕温热的气息扑面而来，月色之中她柔软的唇像河蚌一样微张开，漫天谜一样的星光下她的眼睛里充满泪水。

这是个错误。我轻声说，但是热吻中的人儿听不到我的话。

十

“我说服不了他们。”刘青不无歉疚地看着何夕失望的眼睛，“校方不同意将微连续理论列为攻关课题，原因是——”他犹豫地开口，“没有人认为这是有用的东西。你知道的，学校的经费很紧张，所以出书的事……”

何夕没有出声，刘青的话他多少有所预料。现在他最后的一点儿期望已经没有了，剩下的只有自费出书这一条路了。何夕下意识地摸了下口袋里的存折，那是母亲27年的工龄，从青春到白发，母亲连问都没有问一句就给他了。何夕突然有点儿犹疑，他不知道自己究竟有什么权力来支配母亲27年的年华——虽然他当初是毫不在乎地从母亲手里接过了它。

“听老师的话。”刘青补上一句，“放弃这个无用的想法吧。还有很多有意义的事情值得去做，以你的资质一定会大有作为的。”

出乎刘青意料的是何夕突然失去了控制，他大笑起来，笑出了眼泪，“大有作为……难道你也打算让我去编写什么考研指南吗？那可是最有用的东西，一本书能随便印上几万册，可以让我出名，可以让我赚大笔钱。”何夕逼视着刘青，他的目光里充满无奈，“也许你愿意这样可我没法让自己去做这样的事情。我不管您会怎么想，可我要说的是，我不屑于做那种事。”何夕的眼神变得有些狂妄，“微连续耗费了我十年的时光，我一定要完成它。是的，我现在很穷，我的女朋友出国深造居然用的是另一个男人的钱。”何夕脸上的泪水滴落到了稿纸上，“可我要说的是，没有什么力量能够阻止我。我只知道一点，微连续理论必须由我来完成，它是正确的，它是我的心血。”他有些放肆地盯着刘青，“我只知道这才是我要做的事情。”

刘青没有说话，表情有些尴尬。何夕的讽刺让他没法再谈下去。“好吧。”刘青无奈地说，“你有你的选择。我无法强求你，不过我只想说一句——人是必须面对现实的。”

何夕突然笑了，竟然有决绝的意味，“还记得当年你第一次给我们讲课时说的第一句话吗？”何夕的眼神变得有些缥缈，“当时你说探索意味着寂寞。那是差不多7年前的事情了，这么多年来我一直都记着这句话。”

刘青费力地回想着，他不记得自己说过这句话了，有很多话都只是在某个场合说说罢了。但是他知道自己一定是说过这句话的，因为他深知何夕非凡的记忆力。7年，不算短的时光，难道自己真的已经改变？

“问题在于——”刘青试图做最后的努力，“微连续不是一个有用的成果，它只是一个纯粹的数学游戏。”

“我知道这一点。是的，我承认它的的确确没有任何用处。老实说我比任何人都更清醒地认识到这一点。”何夕平静但是悲怆地说，这是他第一次这样直接地说出这句话。何夕没想到自己能够这样平静地表述这层意思，他曾经以为这根本是做不到的事情。一时间他感到心里似乎有什么东西正在一点一点地破碎掉，碎成渣子，碎成灰尘。但他的脸上依然如水一样的平静。

“可我必须完成它。”何夕最后说了一句，“这是我的宿命。”

十一

这段时间何夕一直过着一种挥金如土的日子。他的身上从来没有像现在这般阔气，往往随手一摸就是厚厚的一沓钞票。尽管从衣着上他还和以往一样寒酸，加上满脸的胡须，看上去显得更老了。何夕每日里都急匆匆地赶着路，神情焦灼而迫切，整个人都像是被某种预期的幸福包裹着。如果留意他的眼神的话会发现不少有意思的东西，这已经不是平日里的那个何夕了，他仿佛变了一个人。如果要给这种眼神找一个准确的描述会相当困难，不过要近似地描述一下还是可以办到的——见过赌徒在走向牌桌时的眼神吗？就是那样，而且还是兜里的每一分钱都是借来的那种赌徒。

何夕正和一个胖墩墩的眼镜大声争吵，他的脸涨得通红。

“凭什么要我多交这么多。”何夕不依地问，“我知道行情。”他笨拙地抽烟，尽量显出深于世故的样子。

胖眼镜倒是不紧不忙，这种事他有经验：“你的书稿里有很多自创的符号，我们必须专门处理。这自然要加大出版成本。要不你就换成常用的。”

“那不成。”何夕往皱巴巴的西服袖子上擦着汗，但是他已经没法像刚才那样大声了，“这些符号都是有特殊意义的，是我专门设计的，一个也不能换。微连续是新理论，等到它获得承认之后那些符号都会成为标准化的东西。”

胖眼镜稍稍地撇了下嘴，脸上仍然是可亲的笑容。“你说得很对。问题是咱们不是赶在标准前面了嘛，那些符号增大了我们的成本。”他收住笑容，拿出一页纸来，“就这个数。少一分也不行。你同意就签字。”

何夕怔怔地看着那张纸，那个数字后面长串的零就像是一张张大嘴。它们扭曲着向何夕扑过来，不断变幻着形状。一会儿像是江雪漂亮的眼睛，一会儿像是刘青无奈的目光。更多的时候就像是老康白白胖胖的笑脸。何夕已经记不清自己向老康开过几次口了，每当胖眼镜找到理由抬价的时候他只能去找老康。老康是爽快而大方的，但他白胖的笑脸每次都让何夕有种如芒在背的感受。老康总是一边掏钱一边很豪放地说：“有什么困难只管开口，你是小雪的朋友嘛。小雪每次来信都叫我帮你。小雪安排的事情要是不办好，等以后我到了那边可怎么交代哟。”

何夕面色灰白地掏出笔，他仿佛听到有个细弱的声音在阻止他下一步的行动，听上去有些像是江雪。但是他终究在那张纸上签了名，也就在这个时候他内心里的那个小声音突然消失了，再也听不见了。

胖眼镜一等到何夕的背影转过了楼梯口便露出了得意的笑容，他小心翼翼地收好有何夕签名的那页纸。“雏儿。”胖眼镜不屑地转身，随手将另几页纸扔进了垃圾桶。

我看着那几页纸，它们同何夕签字的那页纸的内容完全一样，只是在填写金额的地方填着另外的数字。那些金额都更小。

十二

“……六月的大湖区就像是天堂。绿得发亮的草地上是自在的人们。狗和小孩嬉戏着，空气清新得像是能刺透你的肺。这里的风景越好就越让我想起你。亲爱的，你什么时候能够来到我身边。我想你。

“……老康昨天才走，他出来参加一个秋季产品展示会。难为他从西岸赶到东岸来看我。在这里能够见到老朋友真是愉快的事，尤其是能亲耳从朋友口里听到关于你的事情。我让老康多帮帮你，你也不要见外，朋友间相互帮忙是常有的。其实老康人挺不错的，就是说话比较直一点。

“……今天这里下了冬天的第一场雪，我特意和几个朋友赶到了郊外照相。大雪覆盖下的原野变得和故乡没有什么不同，于是我们几个都哭了。亲爱的夕，你真的沉迷在了那个问题里了吗，难道你忘了还有一个我吗？老康说你整日只想着出书，什么也不管了。他劝你也不听。你知道吗，其实是我求老康多劝劝你的。听我的话，忘掉那个古怪的问题吧，以你的才智完全还有另外一条铺着鲜花的坦途可走，而我就在道路的这头等你。听我的话，多为我们考虑一下吧。让我来安排一切。

“亲爱的夕，有人说在月色下女人的心思会变得难以捉摸。我觉得这人说得真好。今夜正好有很好的月光，而我就站在月光下的小花园里。老康在屋里和几个朋友听音乐（他又出来参加什么展示会了），我不知道是不是他有意选择了这首曲子，真是像极了我此时的心情。那样缠绵，带着无法摆脱的忧伤，还有孤独。是的，孤独，此时此刻我真想有人陪着我，听我说话，注视着我，也让我能够注视他。亲爱的夕，我不知道你为何拒绝我替你安排的一切，难道那个问题真的比我更重要吗？拿出我的相片来看看，看看我的眼睛，它会使你改变的，相信我……老康在叫我了，他总是很仔细，不放心我一个人出来。

“……今天和室友吵了一架，我真是没用，哭得惨兮兮的。也许是一个人在外久了，我变得很脆弱，一点儿小事就想不开。我真想有个坚强的臂膀能够依靠。你离得那么远，就像是在天边。老康下午突然来了（他现在成了展示会专业户），见我一直哭就编笑话给我听，全是以前听过的，要是在以前我早就要奚落他几句了，可这次不知怎么却笑得像个傻孩子。老康也陪着我笑，样子更傻……

“……回想当日的一切就像是在做梦，我们有过那么多欢乐的时光。我真的不知道自己究竟应该怎么做。我不是善变的人，直到今天我还这么想。我曾经深信真爱无敌，可我现在才知道这个世界上真正无敌的东西只有一样，那就是时间。痛苦也好喜悦也好，爱也好恨也好，在时间面前它们都是可以被战胜的，即使当初你以为它们将一生难忘。在时间面前没有什么敢称永恒。当我写下这段文字的时候我的泪水止不住地往下流，但这并非因为对你的爱，而是我在恨自己为何改变了对你的爱——我本以为那是不可能的事。

“老康已经办妥了手续，他放弃了国内的事业。他要来陪着我。

“就让我相信这是时间的力量吧，这会让我平静。”

十三

夏群芳擦着汗，不时回头看一眼车后满满当当的几十捆书。每本书都比砖头还厚，而且每册书还分上中下三卷，敦敦实实地让她生出满腔的敬畏来。这使得夏群芳想起了40多年前自己刚刚开蒙时面对课本的感觉，当时她小小的心里对于编写出课本的人简直敬若天人。想想看，那么多人都看同一本书，老师也凭着这书来考试评卷打分。书就是标准就是世上最了不得的东西，而写书的人当然就更了不得了，而现在这些书全是她的儿子写出来的。

在印刷厂装车的时候夏群芳抽出本书来看，结果她发现自己每一页都只认得不到百分之一的东西。除了少数汉字，全是夏群芳见所未见的符号，就像是迷信人家在门上贴的桃符。当然夏群芳只是在心里这样想，可没敢说出来。这可是家里最有学问的人花了多少力气才写出来的，哪是桃符可以比的。

让夏群芳感到高兴的是有一页她居然全部看得懂，那就是封面。微连续原本，何夕著。深红的底子上配上这么几个字简直好看死了，尤其是自己儿子的名字，原来“何夕”两个字烫上金会这么好看，又气派又显眼。夏群芳想着便有些得意，这个名字可是她起的。当初和何夕的死鬼老爸为起名字的事还没少争过，要是死鬼看到这个烫金的气派名字不服气才怪。

车到了楼下夏群芳变得少有的咋咋呼呼，一会儿提醒司机按喇叭以疏通道路，一会儿亲自探头出去吆喝前边不听喇叭的小孩。邻居全围拢来，不知道发生了什么事。

“买啥好东西了？”有人问。

夏群芳说到了，叫司机停车，下来打开后车厢。“我家小夕出的书。”夏群芳像是宣言般地说，她指着一捆捆的皇皇巨著，心里简直满得不行，有生以来似乎今日最为舒心得意。

“哟。”有好事者拿起一本看看封底发出惊叹，“400 块钱一套。10 套就是 4000 块钱，100 套就是 4 万。小夕真行呀，你家以后怕不是要晒票子了。夏阿姨你要请客哟。”

夏群芳觉得自己简直要晕过去了，她的脸热得发烫，心脏怦怦直跳，浑身充满了力气。她几乎是凭一个人的力气便把几十捆书搬上了楼，什么肩周炎、腰肌劳损之类的病仿佛全好了。这么多书进了屋立刻便显得屋子太小，夏群芳便孜孜不倦地调整着家具的位置，最后把书垒成了方方正正的一座书山，书脊一律朝外，每个人一进门便能看到书名和何夕的烫金名字。夏群芳接下来开始收拾那一堆包装材料，她不时停下来，偏着头打量那座书山，乐呵呵地笑上一会儿。

十四

老康站住了，他身后上方是“国际航班通道”的指示牌，身前是送行的亲友。何夕和老麦同他道别之后便走到不远之外的一个僻静角落里，与人们拉开了距离。

“我不认为他适合江雪。”老麦小声地说，他看着何夕，“我觉得你应该坚持。江雪是个好女孩。”

何夕又灌了口啤酒，他的脸上冒着热气。因为酒精的作用他的眼睛有些发红。

“他是我的同行。”老麦仿佛在自言自语，“我也准备开家电脑公司，过几年我肯定能做到和他一样好。我们这一行是出神话的行业。别以为我是在说梦话，我是认真的。不过有件事我想跟你说说，”老麦声音大了点，“半个月前我认识了一个老外，也是我的同行，很有钱。知道他怎么说吗？他对我说你们太‘上面’了。我不清楚他是不是因为中文不好才用了这么一个词，不过我最终听明白了他的意思。他说他并不因为世界首富出在他的国家就感到很得意，实际上他觉得那个人不能代表他的国家。在他的眼里那个人和让他们在全世界大赚其钱的好莱坞、电脑游戏等产业没有什么本质差别。他说他的国家强大不是在这些方面，这些只是好看的叶子和花，真正让他们强大的是不起眼的树根。可现在的情况是几乎所有的人都只盯着那棵巨树上的叶子和花，并徒劳地想长出更漂亮的叶子和花来超过它。这种例子太多了。”

何夕有点困惑地看着老麦，他不知道大大咧咧的老麦在说些什么。他想要说几句，但脑子昏沉沉的。这些日子以来他时时有这种感觉，他知道面前有人在同自己讲话，但是集中不了精神来听。他转头去看老康，个子上他比老康要高，但是他看着老康的时候感觉自己就像是一个侏儒，须得仰视才行。欠老康多少钱，何夕回想着自己记的账，但是他根本算不清。老康遵着刘青的意思不要借据，但何夕却没法不把账记着。你拿去用。老康胖乎乎的笑脸晃动着，是小雪的意思。小雪求我的事我还能不办好，啊哈哈哈。烫金的“微连续原本”几个字在何夕眼前跳动，大得像是几座山。每一座都像是家里那座书山。几个月了，就像是刘青预见的那样，没有任何人对那本书感兴趣。刘青拿走了一套，塞给他 400 块钱，然后一语不发地离开。他的背影走出很远之后何夕看见他轻轻摇摇头把书扔进了道旁的垃圾桶。正是刘青的这个举动真正让何夕意识到微连续的确是一个无用的东西——甚至连带回家当摆设都不够格。天空里有一张汗津津的存折飞来飞去。夏群芳在说话，这是厂里买断妈 27 年工龄的钱。何夕灌了口啤酒咧嘴傻笑，27 年，324 个月，9855 天，母亲的半辈子。但何夕内心里却有一个声音在说，这个世界上你唯一不用感到内疚的只有母亲。

书山还在何夕眼前晃动着，不过已经变得有些小了。那天何夕刚到家，夏群芳便很高兴地说有几套书被买走了，是 C 大的图书馆。夏群芳说话的时候得意地亮着手里的钞票。但是何夕去的时候管理员说篇目上并没有这套书，数学类书架也找不到。何夕说：“一定有一定有，准是没登记上，麻烦你再找找。”管理员拗不过只得又到书架上去翻，后来果真找出了一套。何夕觉得自己就要晕过去了，他大口呼吸着油墨的清香，双手颤抖着轻轻抚过书的表面，就像是抚摸自己的生命，巨大的泪滴掉落在了扉页上。管理员纳闷儿地嘀咕：“这书咋放在文学类里？”他抓过书翻开封面，然后有大发现地说：“这不是我们的书，没印章。对啦，准是昨天那个闯进来说要找人的疯婆子偷偷塞进去的。”管理员恼恨地将书往外面地上一扔，“我就说她是个神经病嘛，还以为我们查不出来。”何夕简直不知道自己是怎样回到家里的，他仿佛整个人都散了架一般。一进门夏群芳又是满面笑容地指着日渐变小的书山说：“今天市图书馆又买了两册，还有蜀光中学、育英小学。”

这时不远处的老康突然打了个喷嚏，“国内空气太糟。”他大笑着说，然后掏出手帕来擦拭鼻子，手帕上是一条清澈的江河，天空中飘着洁白的雪花。

我伸出手去，想挡住何夕的视线，但是我忘了这根本没有用。

……

“老康打了个喷嚏。”老麦挠挠头说，“然后何夕便疯了。我也不明白是怎么一回事，反正我看到的就是那样。真是邪门。”

“后来呢？”精神病医生刘苦舟有些期待地盯着神叨叨的老麦。

“何夕冲过去捏老康的鼻子，嘴里说‘叫你擤叫你擤’。他还抢老康的手帕。”老麦苦笑，“抢过来之后他便把脸贴了上去翻来覆去地亲。”老麦厌恶地摆头，“上面糊满了黏糊糊的鼻涕。之后他便不说话了，一句话也不说。不管别人怎么样都不说。”

“关于这个人你还知道什么？”刘苦舟开始写病历，词句都是现成的，根本不必经过大脑。“我是说比较特别的一些事情。”

老麦想了想：“他出过一套书。是大部头，很大的大部头。”

“是写什么的。”刘苦舟来了兴趣，“野史？计算机编程？网络？烹调？经济学？生物工程？或者是建筑学？”

“都不是。是数学。”

“那就对了。”刘苦舟释怀地笑，顺利地在病历上写下结论，“那他算是来对地方了。”

这时夏群芳冲了进来，穿着老旧的衣服，腰上系着条油腻的围裙，整个人显得很滑稽。她的眼睛红得发肿，目光惊慌而散乱。

“何夕怎么啦，出什么事啦，好端端的怎么让飞机撞啦？”她方寸大乱地问，然后她的视线落到了屋子的左角，何夕安静地坐在那里，眼神缥缈地浮在虚空，仿佛无法对上焦距。他已经不是以前的何夕了，飘浮的眼光证明了这一点。

让飞机撞了？老麦想着夏群芳的话，他不知道是不是自己在机场报讯时说得太快让她听错了。

“医生说治起来会很难。”老麦低声地说。

但是夏群芳并没有听见这句话，她的全部心思已经落到了何夕身上。从看到何夕时起她的目光就变了，变得安宁而坚定。何夕就在她的面前，她的儿子就在她的面前，他没有被飞机撞，这让她觉得没来由的踏实，她的心情与几分钟之前已经大不一样。何夕不说话了，他紧抿着嘴，关闭了与世界的交往，而且看起来也许以后都不会说话了。不过这有什么关系呢？何夕生下来的时候也不会说话的。在夏群芳眼里何夕现在就像他小时候一样，乖得让人心痛，安静得让人心痛。

结　局

我是何宏伟。

一连两天我没有见一个客人，尽管外界对于此次划时代事件的关注激情已经到了白热化的程度。这两天里我一直在写一份材料。现在我已经写好了。其实这两天我只是写下了几个人的名字，连同简短的说明。但是每写下一个字我的心里都会滚过长久的浩叹，而当我写下最后那个人的名字时几乎握不住手中的笔。

然后我带着这样一份不足半页的材料站到了诺贝尔物理学奖的领奖台上。无论怎么评价我的得奖项目都不会过分，因为我和我领导的实验室是因为“大统一方程式”而得奖的。这是人类最伟大的科学梦想，从某种意义上讲是人类认识的终极。

“女士们，先生们。”我环视全场，“大家肯定知道，从爱因斯坦算起为了‘大统一理论’已经过去了200多年，至少耗尽了十几代最优秀的物理学家的生命。我是在30年前开始涉足这个领域的。在差不多17年前的时候我便已经在物理意义上明晰了‘大统一理论’，但是这时我遇到无法逾越的障碍。实际上不仅是我，当时还有几个人也都做到了这一步，但是却再也无法前行。你们有过这样的体会吗？就是有一件事情，你自己心里面似乎明白了，但却无法把它说出来，甚至根本无法描述它。你张开了嘴，但是却发现吐不出一个字，就像是你的舌头根本不属于你。此后我一直同其他人一样徘徊在神山的脚下，已经看得见上面的万丈光芒但却无法靠近一步。事情的转机说来有几分戏剧性。两年前的某一天我送9岁的小儿子去上学。当时他们的一幢老图书楼正被推倒。在废墟里我见到了一套装在密封袋里的书。后来我才知道这套书已经出版了150年，但是当时它的包装竟然完好无损，也就是说从未有人留意过它。如果当时我不屑一顾地走开，那么我敢说世界还将在黑暗里摸索150年。但是一股好奇心让我拆开了它，然后你们可以想象我当时的心情，就像是一个穷到极点的乞丐有一天突然发现了阿里巴巴的宝藏。我不知道这样一部我难以用语言来评述的伟大著作怎么会被收藏在一所小学里，不知道上天为何对我这样好，让我有幸读到这样非凡的思想。我只知道当天我简直失去控制了，在废墟上狂奔着大喊大叫不能自已。这正是我要找的东西，它就是‘大统一理论’的数学表达式，甚至比我要的还要多得多。那一时刻我想到了牛顿。他的引力思想并非独有，比如同时代的胡克就有，但是牛顿有能力自创微积分而胡克不能，所以只能是牛顿来解决引力问题。现在我面临的问题又何尝不是这样。书的名字叫《微连续原本》，作者叫何夕。是的，当时我的惊讶并不比你们此刻少。这是个完全陌生的名字，简直可称上一文不名。后来的事正如你们看到的，在不到半年的时间里我发表了一系列重要论文，简直可称为神速地完成了‘大统一理论’的方程式。甚至在几个月前我和我的小组还试制出了基于‘大统一理论’的时空转换设备。有人说我是天才，有人说我的发现是超越时代的杰作。但是今天我只想说一句，超越时代的不是我，而是150年前的那位叫何夕的人。不要以为我这样说会感到难堪，其实我只感到幸运，因为我现在已经知道超越时代意味着什么。如果何夕生在我们的时代根本轮不到我站在这个地方。在他的那个时代支持‘大统一理论’的物理事实少得可怜，现在我们知道必须达到1000万亿G① 电子伏特的能级才可能观察到足够多的‘大统一场’物理现象。而在何夕的时代这是根本不可想象的，这也就注定了他的命运。他是个什么样的人，为何他写下了这样伟大的著作但却被历史的黄沙掩埋？为了解开心中的这些疑惑，我将第一次时空实验的时区定在了何夕生活的年代。我们安排一个虚拟的观察体出现在了那个过往的年代，那实际上是一处极小的时空洞。它可以出现在指定的时间和地点，从而观察到当时的事件。我目睹了事情的全部过程。如果诸位不反对的话我想把我知道的全讲出来。”

台下没有一个人说话，甚至听不到大声出气的声音。我轻声描述着自己近日来的经历，描述着何夕，描述着何夕的母亲夏群芳，描述着那个时代我见到的每一个人。他们在我的眼前鲜活起来了，连同他们的向往与烦恼。我轻轻做个手势，按照事先的约定，这是让助手们开启机器。大厅暗下来，一束光线投放在了巨大的屏幕上。由于特意喷出的薄雾，光线在空中的轮廓很清晰。我凝视着这束光线，无法准确描述自己此时的心情。我知道此时此刻那束光里有无数的光子，这些宇宙间最轻盈曼妙的精灵正以我们不可想象的速度飞舞。这不算什么，每个人都看到过光子的舞蹈，但是，这一次不同，因为这些光子来自很久以前，此刻它们经过一扇神秘的大门从过去来到了现在。它们穿透的不仅是飘浮着薄雾的空气，还包括150年的时间。

是的，它们穿透了亘古的时间魔障，它们飞舞着，我几乎听得到它们在歌唱，它们本该在百余年前悄无声息地湮灭掉，就像它们的亿万个同类。但是它们循着一条奇异的道路挣脱了宿命，所以它们有理由歌唱，它们在大声呼喊“我们来了”。是的，它们来了，循着那条曲折艰难的道路，向今天的人们飞舞而来。

屏幕上的图像渐渐清晰，分为一左一右两幅画面。一边是年轻漂亮的少妇夏群芳抱着她刚满周岁的胖儿子何夕坐在公园的长椅上，脸上是幸福而憧憬的

① 1G是10的9次方，即10亿。

笑容。另一边是风烛残年的半文盲老妇人夏群芳，正专注地给她满脸胡须目光痴呆的傻儿子何夕梳头，目光里充满爱怜。

尽管我想忍住但还是流下了泪水。我觉得画面上的母亲和儿子是那样的亲密，他们都是那样的善良，而同时他们又是那样的——伤心。是的，他们真的很伤心。而现在他们早已离开这个他们一生都没能理解的世界了，就仿佛他们从来就没有来过。

"如果没有何夕，'大统一理论'的完成还将遥遥无期。"我接着说，"而纯粹是由于他母亲的缘故，《微连续原本》才得以保存到今天，当然这并非她的本意，当初她只是想哄骗自己的儿子，将他从痛苦中解脱出来。现在想来当时她以一个母亲的直觉一定已经隐隐意识到悲剧就要发生，从母亲的角度她是多么想阻止它。以她的水平根本就不知道这里面究竟写的什么，根本不知道这是怎样的一本著作，所以她才会将这部闪烁不朽光芒的巨著偷偷放到一所小学的图书楼里。从局外人的观点看她的行为会觉得荒唐可笑，但她只是在顺应一个母亲的想法。自始至终她只知道一点，那就是她的孩子是好的，这是她的好孩子选择去做的事情。我不否认对何夕的那个时代来说《微连续原本》的确没有任何意义，但我只想说的是，对有些东西是不应该过多讲求回报的，你不应该要求它们长出漂亮的叶子和花来，因为它们是根。这是一位母亲教给我的。母亲对自己的孩子从来都不曾要求过回报，但是请相信我们可爱的孩子终将报答他的母亲。"

我看着手里的半页纸，上面的每一个名字都是那样的伤心。"也许我们应该永远记住这样一些人。"我照着纸往下念，声音在静悄悄的大厅里回响。

"古希腊几何学家阿波罗尼乌斯总结了圆锥曲线理论，1800 年后德国天文学家开普勒将其应用于行星轨道理论。

"伽罗华公元 1831 年创立群论，当时的学术界无人理解他的思想，以致论文得不到发表。伽罗华年仅 21 岁英年早逝，100 多年后群论获得具体应用。

"凯莱公元 1855 年左右创立的矩阵理论在 60 多年后应用于量子力学。

"数学家 J.H. 莱姆伯脱、高斯、黎曼、罗巴切夫斯基等人提出并发展了非欧几何。高斯一生都在探索非欧几何的实际应用，但他抱憾而终。非欧几何诞生 170 年后，这种在当时一无是处广受嘲讽的理论，以及由之发展而来的张量分析理论成了爱因斯坦广义相对论的核心基础。

"何夕独立提出并于公元 1999 年完成了微连续理论，150 年后这一成果最终导致了'大统一理论'方程式的诞生。"

在接下来长达十分钟的时间里整个大厅里没有一丝声音，世界沉默了，为了这些伤心的名字，为了这些伤心的名字后面那千百年寂寞的时光。

我拿出一张光盘:“何夕在后来的20年里一直都没有说过话，医生说他完全丧失了语言能力。但是我这里有一段录音，是后来何夕临死前由医院录制作为医案的，当时离他的母亲去世仅仅两天。我们永远无法知道这究竟是因为何夕在母亲去世之后失去了支撑呢，还是他虽然疯了但却一直在潜意识里坚持着比母亲活得长久一点——这也许是他唯一能够报答母亲的方式了。还是让我们来听听吧。”

背景声很嘈杂，很多人在说话。似乎有几位医生在场。“放弃吧。”一个浑厚的声音说,“他没救了，现在是10点零7分，你把时间记下来”。“好吧,”一个年轻的声音说,“我收拾一下。”年轻的声音突然走高:“天哪，病人在说话，他在说话!”“不可能,”浑厚的声音说,“他已经20年没说过一句话了，再说他根本不可能有力气说话。”但是浑厚的声音突然打住，像是有什么发现。周围安静下来，这时可以听见一个仿佛带着潮气已经锈蚀了很多年的声音在用力说着什么。

“妈——妈——”那个声音有些含糊地低喊道。

“妈——妈——”他又喊了一声，无比的清晰。

科幻视角下的人文精神

何　夕

《辞海》中“人文”的解释是:“人文指人类社会的各种文化现象。”

文学一直倡导所谓人文精神，但关于人性的真面目到底是什么，发展了几千年的文学并没能给出完备的答案。

那么，作为文学最晚近一支的科幻文学，能为我们带来一些帮助吗?

科幻小说的分类有许多大同小异的标准，我们引用其中的一种，将科幻小说大致分为12类，包括世界探索、文明之间、未来世界和平行世界、时间旅行、灾难毁灭与重生、技术革新、人类及其延伸、战争幻想、电脑技术虚拟世界、数学哲学逻辑学、社会科学、虚拟科技史。

从这个分类我们马上可以看到，科幻小说涉猎的大部分领域是传统文学没有触及的。公认的现代科学以伽利略和牛顿为肇始，距今只有大约400年时间，而科幻小说更是只有200年历史。但就在这短短的时间里，科幻文学却极大地拓展了有着几千年历史的文学的疆界。

我们说过，对人性的认识会因为必须牵涉主体而导致悖论，就像一个人不可能提着自己头发离地。传统文学试图表现的是既有的世界，这个世界的运行规则是已经存在的，作者的视野被已经发生的历史和正在发生的现实所填满。所谓创作便是观察这个已然存在的世界，将笔下人物放置到这个世界当中，遵循世界的规则活动……演绎所谓来于生活高于生活的一些故事。

人们常说牛顿发现了运动定律，但伽利略是最早的发现者。而他之所以能够取得这么伟大的成就跟他建立了一种全新的实验室思维方式有关。在伽利略之前人们观察在泥泞路上行进的牛车，在这样的情况下试图找出运动规律注定只是徒劳。而伽利略却是在精心打造的光滑斜面上滚动小球，于是他发现了真理。

科幻文学恰恰就是这样的实验室，让我们能够跳出悖论的笼罩。同时它也像是一把手术刀，由未来之手把握，让我们得以在某些短暂的瞬间瞥到被现实的肌肤筋骨重重遮蔽的自我——真正的“人性”。

传统文学在认识人性上存在诸多局限，在此简单地列出几个。

一是对人性的定义上存在先天不足。

传统文学诞生的时候人类尚处于科学技术的蒙昧期。不仅不了解外部自然世界，更不了解自身。而在科幻文学中因为与科学的先天契合，许多作品开始将人类视作一个普通物种，认识到人类身上其实包含着几十亿年进化的痕迹。细菌生物的能量追求、浮游生物的趋利避害、食肉动物的狡诈凶残、蚂蚁蜜蜂等社会性群居生物的奉献无私……这些动物性的特质也同样流淌在人类的血液中。兽性让我们的祖先历经重重艰险生存下来，没有兽性上亿年的加持，人性就是空中楼阁，不可能产生并存在。显然，正是科幻文学在这方面的突破，我们对人性的真相才有了更深的了解。这方面传统文学力有不逮。不像科幻文学一样吸取现代科技的成果，就很难解释人性中的诸多现象。

二是对人性的观察缺乏宏观视野。

传统文学为我们讲述了许多精彩的故事，塑造了无数鲜明的人物形象。不过这更像是一个断面投影图，是各种或美好或丑陋或残缺的人类形象的罗列，是同一个物体的不同侧面。而从科幻的角度看来，人性其实不是同一个物体。或者说，它是一个不断变化的物体，只不过变化的周期极其漫长因而显得晦涩难明。

三是对人性的未来可能性缺乏洞见。

人类及其家庭和社会结构具有现在的形态其实是科学和技术的发展所塑造。这个过程非常复杂，有研究表明人类的配偶关系曾经有过多达6次的转变。曾经有人采访时问我未来科技是否会改变人性，我的回答是肯定会，因为我们现在的人性已经是改造后的结果。

科技飞速发展，现代世界一年的变化胜过中世纪一个人的一生。克隆体、人工智能、大数据、自动杀人武器、星际探索……这些层出不穷的新事物就像一场场海啸，日夜不停地冲击着我们脆弱的人性防波堤。无人驾驶汽车发生车祸时是选择撞死左边的三个人还是撞死右边的两个人？有朝一日永生后的人类还需不需要热爱自己的孩子？又或者，如果人类最终走向全体灭绝，宇宙中曾经历尽艰辛诞生这样一群智慧个体意义何在？

这些问题并不虚妄，实际上它们正在发生并终将极大地影响每一个人。而到目前为止在传统文学领域这些问题基本无人问津，而如果缺失了这些问题的答案，所谓人性的定义显然是残缺不全的。而科幻文学便是对这类问题的尝试，在科幻的人性实验室里，人类既有的历史和现实成了精心挑选的初始条件，我们的选择则成为其中最重要的环节，未来则是输出结果。在科幻文学的人性实验中，不同的选择诞生出不同的未来，给人类带来希望、启迪或者警示。是的，最重要的是我们的选择。

某部科幻史著作里说好的科幻作品应该有三重价值：科学的，美学的，哲学的。拙作《伤心者》讲述了某位发现了一种超越时代的数学理论的年轻学者郁郁而终的故事。这个作品其实没有什么华丽的场面描写，也没有奇怪和反转的剧情，所谓的科幻内容不过是一种生造的数学理论及未来人对当代的虫洞观察。距它发表已经过去了 20 年，但这部作品还在不断地被人提起。有越来越多的人从中感受到一些东西，随着近年来国家间科技竞争日益加剧，有更多的人深刻体会到《伤心者》当初那段“花与根”的比喻到底意味着什么。有多位青年科技学者对我说过他们走上科研之路的部分原因是受到《伤心者》的影响。中国目前的高学历人口数量已居世界第一，但创新能力还亟待增强。科幻引导人们发现科学的美妙，将人们的目光从眼前的实用功利引向微观世界，引向物质本源，引向星辰大海。在中国第三次科幻浪潮中成长起来的新一代科技人才将是未来中国最大的希望！

何夕，科幻作家，中国作家协会会员，中国科普作家协会会员，中国科幻新生代代表人物之一。迄今为止十七次获得银河奖，多次获得华语科幻星云奖。长篇小说《天年》获第四届中国科普作协优秀科普作品金奖。部分作品出版有英文、日文、藏文等译本。代表作有长篇科幻小说《天年》，中篇科幻小说《天生我材》《我是谁》《爱别离》《伤心者》《人生不相见》《六道众生》等。

四川

且放白鹿

程婧波

在这一刻到来之前，李同芳并不确定，“衰老”到底是怎么降临在他身上的。

“衰老”就像一只不受待见的牛蚊子，发出令人烦躁的嗡嗡声，一次又一次绕着他飞舞，总想瞅准时机落到他身上。而他则如同一头站在野地里的牛，一开始只是抬起尾巴扇一扇，那蚊子便飞开了。随着岁月的流逝，这头牛渐渐失了力气，蚊子伺机而动、卷土重来，李同芳感到自己扫尾巴的动作越来越吃力，直到那只蚊子落下，停在他起褶的皮肤上。

它的动作轻巧而利落——用锯齿般锋利的上颚切开他的表皮，将口针插入皮肉，刺开血管，吸吮血液。

只有雌蚊子才会吸食血液。

雄蚊子吸食的是树木的汁液，清晨的露水，或者夜间从花蕊处滴落的花蜜。

而吸饱了血的雌蚊子，则靠着血液中独一无二的蛋白的供养，将卵巢慢慢发育成熟，等待雄蚊子前来交配。

造物主把一种不可言说的秘密隐藏在它的安排里：雄蚊子完成繁衍的使命，双手不曾沾过一滴血。雌蚊子完成繁衍的使命，却要一路蹚着血。

李同芳这头苍白的老牛，此刻就站在一片白茫茫的荒野之中。他的血液喂饱了名为“衰老”的蚊子，它与名为“时间”的诗意之物交配，产下被称作“减弱”“退化”“丧失”“疏离”“淡化”“消失”的一个又一个卵。

西沉的夕阳像一颗密度极高的、渐渐冷却下来的烧红的铁球，把他四周的一切朝着空无一物的地平线后方拽去。

李同芳心里也如同这片荒原一样空荡荡的。

他安静地低垂着头，接受了这个现实：他老了。

李同芳是 1953 年生人，2004 年他从成都去山西开会，会后去了五台山。在那里他遇到一个穿道袍的人，此人主动捉过他的手来看相。

53 年生人属蛇，此年出生者是长流水命。癸巳年生，天干癸水，地支巳火，水火交融者，为人聪慧，心思细腻，行事规矩，善隐真情，中年时多有富贵……穿道袍的人是这样说的。

那年李同芳刚满 51 岁，离退休还早。学院彼时在增设新的本科生和研究生培养点，教授队伍青黄不接，他正是院里的顶梁柱，春风得意。就算退休了，也会被学院返聘个几年，桃李满天下。“中年时多有富贵”，他听得会心，但表面上却哑然失笑，抽回了手。

穿道袍的人后面说了什么，李同芳记不太清了。中年之后是老年，是遥远的未来，他不想那么早就开始操心。

可一转眼，他就老了。

那个人说的关于他少年、青年的许多事，无不精准；关于中年之事，都一一应验了。但关于他后来会怎样，当时李同芳全然没有放在心上。若还能遇到那道人，一定要细细同他打听。只可惜，李同芳如今的身子骨，已经爬不上五台山的台阶了。

他确实春风得意过，桃李盈门过，著作等身，子息旺盛。但那都是中年的“富贵”。谁能料到他的晚景，竟是现在这般呢？

这一刻还是来了。

人生，就是赤条条来了之后刹那拥有，再漫长地失去。年轻时从未深想过的问题，不会消失，只是晚一点儿到来而已。像李同芳这样上了年纪的人，须懂得如何与曾经拥有的人、事、物作别。

夕阳完全沉入了地平线。

四周漆黑一片。

他慢慢将头从荒原中抬起，这片荒原一点儿味道也没有。李同芳心里明白，这只是因为他的嗅觉不再灵敏，是他闻不到味儿了。

但他身上有一股味道，别人能闻到。

一种叫作“老人味”的味道。

无色、无味的荒原上，野草和岩石如同波涛一样翻滚。李同芳看得出神，直到这片荒原从他眼前消失不见。

待他回过神来，才看清自己浑身泡在水里，水面漂浮着一层灰白色的东西。这些东西是从他起褶的皮肤上搓下来的灰尘、汗液、油脂、角质和毛屑。

是从他身上搓下来的老人味。

他有些窘迫地坐着。就像那头已经没有力气摇动尾巴的苍白老牛。

他看到自己的手指，泡在水里已经发白，起了皱，像戴了一副劣质的透明塑料手套。

他感到有一双手正拿毛巾搓着自己的后背。过了一会儿，胳膊被这双手抬起来，毛巾开始搓他的腋下。

“李老师，你还痒不痒？”

身后有个年轻的声音问。

四川话里的“老师”是个泛指的尊称，称呼医生、教师、记者、年纪大的人等，甚至问个路，都可以称呼一声“老师”。此人出于助浴师的职业习惯喊一声“李老师”，倒是歪打正着。

李同芳想回头，但他僵硬的脖子阻止了这个动作。此刻，他赤身裸体地坐在一个长 1.5 米、宽 0.8 米的防水帆布浴盆里，帆布是那种军绿色的，浴盆里的水微微荡漾着。

李同芳突然想到了李白。

上元二年，也就是公元 761 年，61 岁的李白流落金陵一带。听闻李光弼出征讨伐史思明，他请缨入其军幕。

不知他从哪里寻到了一身甲胄，一柄长枪，还有一匹老马。李白穿袍戴甲、背负长枪、身骑白马，意气风发地奔李光弼而去。这场奔袭成为他人生中最后的高光时刻，李白行路到一半，因病不得不折返，次年卒于当涂。

李白是哪一刻意识到自己老了的呢?

在奔往沙场的路上吗?行路行到一半，他突然意识到，某种他一直刻意视而不见的东西终于降临了。

“李老师，你还有哪里痒没得?”

不知不觉，洗澡的流程已经来到尾声。那个声音又在身后响起。

李同芳点点头，又摇摇头。

他点头的意思是“可以了，可以了”，就像之前站在三尺讲台上总爱用点头来和学生交流一样。但他很快意识到只有摇摇头才能很好地回答提问者的问题，从而终结这场洗澡。他一时不知道自己和李白，哪一个更窘迫、更羞愤、更意难平。

堂堂一个大学教授，竟没办法自己清洗干净自己，须借助于一个陌生人之手。

在这一刻到来之前，李同芳并不确定，“衰老”到底是怎么降临在他身上的。

但现在，他确切地知晓了。

他老了。

就如同一头于荒原中静默的苍白老牛，确切地知晓了一只蚊子的降临。

《白蛇传》

穿白云，飞九天。哪顾得重重风险，何惧他虎穴龙潭。

李同芳提着一袋梨，经过荷塘畔一条小路，走到了四川大学的北门外。

几年前他患上一种叫作“肩关节周围软组织不明原因自限性无菌性炎症”的病，也就是俗话说的“肩周炎”，抬胳膊费劲，穿衣服也不怎么利索了。他老伴舜华不知道从哪里打听到的偏方，买回家一台“负离子坐疗仪”。

那台仪器名字新鲜，长得就是个带泡沫的屁股垫。舜华还把仪器说明书拿给李同芳看:

负离子坐疗仪是广大患者的福音

我公司研发生产的负离子坐疗仪，是21世纪最超前、最尖端、最高科技的理疗产品，不用打针、不用吃药，只要每天坚持坐两到三个小时，对糖尿病、高血压、肺结核、中风后遗症、老年痴呆症、帕金森病、静脉曲张、面神经炎、牙痛、关节痛、腰椎间盘突出等有很好的调理作用。

李同芳跟舜华说："你怎么还信这个？"

舜华不乐意了，系里好几位退休教授的家属都买了一台"负离子坐疗仪"回家给老伴，怎么李同芳就不领好呢！

李同芳指了指说明书上的字："违反《广告法》了，欺骗消费者。就这一句就知道有猫腻、不正规。"

后来舜华也没去退"负离子坐疗仪"。那家店在川大南门外郭家桥菜市场旁的一个居民小区一楼，有天舜华去买菜才发现那里已经人去楼空。她把抖音上其他受害者拍的维权视频拿给李同芳看，夸他"大学教授就是不一样"，觉悟和警惕性比普通群众高出一大截。

李同芳用来装梨的袋子是个质地粗糙的蓝色布袋，上面印着几个白色的宋体字"负离子坐疗仪"。他提着袋子，慢慢挪动脚步，出了校门，过十字路口，穿一环路，朝四川音乐学院的方向走几百米，转进一条叫"老马路"的路。

老马路上有一家农业银行。他径直走了进去。银行保安一见他来了，心领神会地点了个头，不等李同芳答话，保安已经麻利地帮他在取票机上取了号。

银行里人不多，且他们大都是在几台自助机上操作。扩音器里立刻就叫到了李同芳的号，他赶紧走到柜台窗口前坐下，从袋子里掏出两张存折递过去。

"李老师，取钱啊？"柜员是个小妹子，水灵灵的圆脸盘子上皮肤白皙细腻、长满细细的绒毛，整颗头看上去就像一颗水蜜桃。

"欸，小夏，你好。麻烦把两张折子上的钱都给我取出来。"

"李老师，你这上面有四笔定期，都还没到期。确定要取？"

李同芳又从袋子里摸出一张银行卡递过去："活期能取的有多少？"

"我帮您看看……两万一千七百八十三块六毛。"

"那还是把定期的都取了吧，麻烦了。"

"定期的四笔加起来是三十八万，取了利息就不能按定期算，太可惜了，要是不急用的话您还是等到期了来取吧？"

"那……"

不等李同芳答话，保安挤了过来，半个身子横在李同芳和柜台玻璃之间，冲着里面喊："赶紧给老爷子把钱取出来。"

保安是个四五十岁、面堂红黑的中年男子，他这一声喊不要紧，周围的人都不禁朝这边看了过来。

"不是，哥，大额存单提前支取，都要问一下的。"妹子为难地说。

"那你问他，是不是要全部取？"保安扭头看了一眼李同芳，音量再次提高，"是不是？"

李同芳朝柜台里点点头。

这时刚才看向他们的人堆里走出来一个留着板寸头的青年。青年模样生得还算俊俏，就是眉毛浓密、胡子拉碴。他那张脸好比是一道川菜——"辣子鸡丁"。川菜老饕一看便懂，辣子鸡丁须得使筷子在一堆辣子里面扒拉出鸡丁，而这青年清朗的五官呢，也都藏在眉毛胡子底下，须使点儿眼力方能看出来。

板寸头一点儿不客气，三步并作两步跨到柜台前，直截了当地问："大爷，你是不是遭骗子骗了哦？"

李同芳一愣，保安旋即伸出右肘在板寸头胸前蜻蜓点水了一下："关你啥事。"

板寸头后退一步，卸下保安的力道，斜着眼睛瞅了瞅对方："你是他啥子人？"

"我是他啥子人，我是你老子。"保安火气不小。

板寸头却一点儿都不着急，他双手插兜，慢条斯理地说："大爷，今天不是你取钱的好日子，我劝你不要取了，万一遇到骗子……"

保安一听更来气了，两手一伸，就把板寸头推了个趔趄。

板寸头也不是吃素的，一把钳住保安的两只手腕，俩人"切磋"在了一起。

李同芳哪里见过这种阵仗，惊得从椅子上站了起来，嘴里说着"别打了，别打了"，但根本没人听他的。

柜台那头，小夏见银行保安和客人打了起来，赶紧报了警。巧了，银行对面就是老马路派出所，民警接警之后两分钟就到了。

派出所里，李同芳颤巍巍地拿出自己随身携带的四川大学教授证、退休证，连带着两张存折都一起递给民警。

"你们是父子？"民警问。

"嗯，这是我幺儿，李学宇。"李同芳用眼角的余光看了一眼坐在身边的银行保安，"一共四个子女，大儿子在美国，二儿子在澳大利亚，还有个女儿在马来西亚。都在教书。只剩这么个幺儿，留在成都陪我们……陪我。"

"幺儿……在银行当保安？"

李学宇粗着嗓子道："不行啊？"

“打架斗殴，”民警说，“你们这种情况，一般拘留五日以下。”

“警官，这都是误会，能不能从轻处罚……”李同芳低头说话的时候，眼角的余光同时看了看民警，又看了看他的幺儿李学宇。

“情节较轻，可以调解。如果双方都没什么意见，我们也可以不予处罚。”民警低头看了一眼手上的案宗，目光扫向板寸头，“不过你要留一下。”

“凭啥？”板寸头两眼一瞪，“警官，我这是见义勇为。川剧《宁陶府》看过没？秦叔宝打抱不平，杀了个贪官山东知府，带着他妈和妻儿一路……”

“哦，你的意思你是秦琼？那你咋跟敬德在银行大堂打起来了呢？都是门神的嘛。”

板寸头嘟囔了一声：“我哪晓得他们是亲父子？”

“对，警官，这位同志他也是好心。年轻人嘛，有时候血气方刚，难免好心办坏事。现在都没事了……没事了？”李同芳试探性地问。

“一个一个来。”民警看了一眼板寸头，板寸头不再吭气，“李教授，因为银行报警时做了风险提示，所以问您一句，能不能说一下取钱是要做什么？”

“我取钱给学宇，请他去办理我老伴的……社保卡结算。我老伴舜华，五天前去世了。我们身边就这么一个儿子，跑前跑后都是他。”

“社保卡结算为什么要你们交钱？”民警问李学宇。

“看嘛，我就说是诈骗。”板寸头一下又来劲了。

李学宇瞪了他一眼，又转过头看着民警：“我爸接到个电话，是社保局监督科打的，说我妈住院期间社保卡划扣出了问题。先补齐四十万，再按医保流程报销返账。”

“对对，警官，有这件事。”李同芳补充道，“我跟我老伴这些年刚好存了四十万块钱。先是社保局打电话，然后公安分局有位赵警官也打过来，说了一样的意思。赵警官给了一个社保局的银行卡号让我们先补齐之前社保卡上垫付的医疗费，完了再给我们报销。”

“警官你看，我这属于见义勇为没得说吧？”板寸头问，“这还不叫遇到骗子了？”

民警道：“小伙子，年纪轻轻，对骗子的道道倒是门清啊。”又对李同芳说：“李教授，您这应该是遇到骗子了。”

李同芳有些没有回过神来，低声喃喃自语：“怎么会是骗子呢？学宇还从他们银行系统里面核实了，对方给的账号就是一个社保局的账号啊？我今天取出来这些钱，本打算直接就转到赵警官给的那张卡上。”

“李教授，您可以报案。我这边帮您核实一下是哪个‘分局’的哪位‘赵警官’。”民警的目光落在李学宇怀里那个装着梨的包上，“负离子坐疗仪”几个字清晰可辨。

“不报案了，报啥子案哦。又没有被骗，没啥损失。走，爸，我们走吧。”李学宇忙不迭地起身要走，“我还当着班呢。”

李同芳和儿子李学宇从派出所出来。

俩人在派出所门口站了一会儿，望了望天。谁都不知道该开口说什么。

李同芳突然想起了那袋梨，他把装梨的袋子递给李学宇。

李学宇一脸晦气，正闹别扭，没有接。

李同芳把袋子塞进李学宇怀里：“妍妍爱吃。”

李学宇推脱不过，接过了那袋子梨。“我回去上班了啊。”他朝父亲摆摆手，走出了梧桐树荫，朝马路对面的银行走去。

李同芳注视了一会儿李学宇的背影，直到那背影消失在了银行的玻璃门后面。

他叹了口气，正要离开，碰巧板寸头从派出所大门走了出来。

“欸，还没走啊？”板寸头有些自来熟地同他打招呼。

“今天谢谢你了。要不是你，我们爷俩儿可能真就被骗了。”李同芳感激地说。

“没事，李老师，民警同志都说了，我这是见义勇为嘛。”板寸头挠了挠自己的寸头，“更何况，咱一回生二回熟。”

见李同芳一脸茫然，板寸头笑了笑，问：“‘李老师，你还有哪里痒没得？’——想起来了？”

李同芳伸出右手食指在空中冲着板寸头点了好几下：“你就是那天给我搓澡的那个娃娃？”

“对头，李老师。”

“好，好，那我更要谢谢你了。”李同芳看着面前的小伙，他的心里有一种说不上来的感觉。这种感觉非常奇特，仿佛是一只痒痒挠，在他喉咙里一上一下地莫名挠着。

所以连他也解释不清楚，为什么会说接下来这句话：

“我想请你帮个忙，可以吗？”

《焚香记》

迢迢千里犯尘埃，会向瑶台，总算是明月入君怀，纵说是双凤齐飞，也愿化为红绶带，又何忍抛下名花不肯栽？

王凡还在娘胎里的时候，就不太招人待见。

他妈怀第一胎时，肚子特别大、特别圆。街坊邻居都说，肚子包得像莲花白[①]一样紧是生男，王凡娘这种包得不紧的是生女。果不其然，第一胎生了个女儿。

第二胎，肚子更大、更圆了，还是个女儿。

到了第三胎，王凡娘的肚子无比大、无比圆，像怀了一对闺女似的。临盆之际，王凡爹在外头不停抽闷烟，被问及孩子出来之后给取个啥名，他吐出一个字："烦。"

于是就按照王凡爹的意思，孩子有了大名：王凡。

王凡爹没承想，第三胎得了个儿子。

这个儿子成了五口之家里最宝贝的存在。王凡打小生性荡然肆志，无人能管。到了八岁上下，王凡爹觉得再不开蒙实在不像话，捉着他送去上学。另还额外送他去补习班练习毛笔字，这是王招娣、王盼娣没有的待遇。现在王家堂屋里挂着的一副对联，就是王凡九岁时的墨宝。

对联的内容经王凡爹授意，上联是"最穷无非讨饭"，下联是"不死终会出头"。王凡爹认为既然有了儿子，那么就要搞一点儿传家文化，装点一些家训。

王凡的舞文弄墨生涯九岁就草草结束。他小小年纪便看清了一件事，那就是自己绝非读书的料。混完九年义务教育，又在父亲的棍棒之下挨过了三年高中，王凡终于挣脱了学校的束缚，如一滴自由的涓露跃进了社会这片大海。

九年加三年的学校教育，是十二年。社会这所大学对王凡的教育，也正好十二年。他跟家里的联系越来越少，当年手书的对联一语成谶。只要不和家里联系，那么他在外头是死是活，是风光无限还是乞讨要饭，都无人知晓。

混得好的人，衣锦还乡。

混得不好的人，就是薛定谔的浪子。只要观察者不存在，浪子们就永远是在"讨饭"和"出头"的中间态。

他干过网管、帮工、中介、外卖、快递、销售。这里头最累的是在一家羊肉汤店帮厨，很多人干个三天就跑了，王凡咬牙坚持了一个冬天。冬去春来，气温回升，吃羊肉汤的人少了，羊肉汤店就盘出去，租给了两个弹棉花的安徽人。

四月的成都街头，银杏绿了，梧桐还是黄色。王凡提着个红蓝条纹的编织袋，在九眼桥一带徘徊着。编织袋里装着衣物、锅碗瓢盆和几瓶酒。九眼桥既是成都的酒吧和夜场一条街，又是鱼龙混杂、机会遍地的奇妙空间，就像他的编织袋。王凡遇到一个叫六哥的男人，问他是不是在找工作。

---

① 四川、云南等地区对卷心菜的叫法。

王凡点点头。

“给人当过孙子没得？”六哥问。

“啥意思？”

“晓不晓得咋给人当孙子？”六哥又问。

王凡被问得有点儿莫名其妙，一时不知道应该走人还是揍人。

“我们公司有个销售中心，”六哥拿下巴指了指九眼桥对面，蜿蜒的锦江流向竹林掩映、与川大一墙之隔的望江公园，“提成高，没底薪。能干的业务员一个月挣两三万没问题，就看你愿不愿意给人当孙子。”

王凡心里盘算着，没有答话。

六哥拍了拍他的肩：“来跟哥干，不交押金，公司包住。”

然后王凡就提着他的编织袋，住进了一个十人间。房子是个位于郭家桥的小套一，卧室放了两张上下床，客厅放了三张。厨房卫生间共用。

六哥所谓的“销售中心”，就在这个十人间的楼下。居民住改商的一楼，窄窄的门脸，左右各挂一扇木刻楹联。上联是“为众多家庭解忧”，下联是“替天下儿女尽孝”。进去之后有几个玻璃展柜，摆满了各种颜色的屁股垫。墙上拉着横幅：“负离子坐疗仪是广大患者的福音”。

干得久一点儿的业务员，对“当孙子”手拿把掐、驾轻就熟。这种眼见之功，王凡看了两天便也全都学到了。

早上八点到九点，业务员先在十字路口发传单，这叫“打窝子”。

九点之后，在郭家桥菜市场买完菜、领了传单的老年人陆陆续续就会找上门来，他们来了首先问是不是可以领鸡蛋。业务员先热情地邀请他们免费坐一坐屁股垫，这一试坐一般就是半小时，过程中就拉拉家常，摆摆龙门阵。这叫“下钩子”。

熟络之后可以先不提销售的事，先赠送鸡蛋，顺手帮大爷大妈把菜和鸡蛋拎回家。下次再见面，就不经意地提起包治百病的“负离子坐疗仪”，这叫“初钓”。

有时候销售成功一单“负离子坐疗仪”得扯好几回线，时间长的，一个月了鱼都还没有“吃饵”。

六哥说业务员的基本功就是“三得”——说得、跑得、等得。能陪大爷大妈唠，能为大爷大妈跑，最重要的是卖东西要有耐心，等得。一台“负离子坐疗仪”卖八千八，业务员可以提成三千。如果一个月能卖出去十台，那业务员的收入就是三万。

“关键你们这是无本万利懂不？”六哥说，“公司设计研发这么好的产品，花好多钱你们晓不晓得？一年投入几百万研究这个负离子，还要给我们租房子，销售中心的房租、水电也不要你们出一分。仪器成本都不下四千块，你们还要拿三千提成，刨干打尽所有成本，公司基本是卖一台亏一台。”

这个时候，老业务往往忍不住来一句：“可以了，可以了，六哥。就是个带插头的屁股垫，成本最多五十。”

当然，业务员杠一杠也没啥，都是一条船上的蚂蚱。六哥最怕的是遇到正儿八经的杠精。

当初六哥把“销售中心”选址在此，主要是看中离川大南门近。川大退休教授和他们的家属，有买仪器的经济实力；儿女多在外地，空虚，适合这种讲究人情的销售形式；负离子这玩意儿吧，有点儿理解门槛，所以在别的地方卖给老街坊，接受度低，效果都不如在这边好。

可没想到“成也川大，败也川大”，很快就有认死理的老人家带着子女上门来要求退货，说“负离子坐疗仪”是三无产品，偶尔还漏电。

一传十，十传百，掀起了一股退货潮。

“钓鱼上虾，趁早搬家”，六哥掐指一算，大事不妙。他赶紧把铺面关了，遣散了手下的业务员，带着仓库里积压的几十箱屁股垫连夜逃窜，说是回潼南老家去另起炉灶了。

六哥跑路的时候，欠了所有业务员三个月的提成。“混不下去了就来潼南找六哥！”他说。

王凡又提着他的编织袋回到了成都街头。此时已是夏天，梧桐和银杏冒着深深浅浅的绿，阳光斑驳，照着他疲于奔波的双脚。

王凡跟着一个老乡干起了助浴师。

干这个需要相关工作经验，比如护理之类的。王凡的相关经验是“当过孙子”“伺候过老人”。

助浴的工作并不轻松。上门给老人洗一场澡下来，浑身都会湿透，自己也得洗。

王凡有次遇到个瘫痪了好几年的老人，儿女都在外地，家里一个老伴，根本弄不动他。王凡上门给老人翻身的时候，闻到一股臭味。这臭味怎么形容呢，有点儿像爬进了一个满口牙结石的人嘴里。

原来老人身下压着一只死去的壁虎，扁扁的，像一张岁月的书签，也不知道死了有多久。

王凡后来才发现，很多老人是闻不到异味的。但他们无一例外都渴望清洗干净自己的身体。

每每洗完澡之后，他们都会对王凡露出一个笑容。

不过有一个人例外。

这人是四川大学的一个退休教授。年龄比起王凡的其他客户，算不上老。不过他抬胳膊成问题，洗澡挠不到后背。这在北方很好解决，上澡堂子找师傅搓个背就行了。但四川没有北方那种澡堂子。

王凡上门给老教授助浴的时候，老教授一直在神游天外。直到洗完，他都眉头不展。

他的目光一直落在自己周遭的水波之中，好像那里是一片无可逃遁的荒原。

“我想请你帮个忙，可以吗？”

几天后，王凡又碰到了那位老教授。站在老马路派出所的门口，阳光洒在二人肩头，老教授对王凡发出了一个邀请。

老教授有个老伴叫舜华，一个多月前查出来胰腺癌。得了这种病的人走得很快，几乎不给亲人一点儿准备的时间。四个儿女，三个在国外，得知消息后纷纷赶回了成都。因为这件事，一家人难得地团聚了一次。

院里和系里帮着张罗，成立了舜华同志治丧委员会，发讣告，组织遗体告别。老教授连轴转了几天，待他把骨灰罐从殡仪馆拿回家，儿女们又各奔东西各忙各的去了。

清静下来，他才仿佛要颓然地垮掉。

他不敢让自己闲着，于是收拾整理起舜华的遗物。俩人结婚时舜华父亲打了个香樟木的箱子送给他们。老教授在箱子里找到了舜华穿着拍结婚照的那条“的确良”裙子。舜华只舍得穿了那么一次。

箱子里的物品打开了他记忆的闸门。“人生天地间，忽如远行客”，仿佛只是一个转瞬的光景，大半生已经过去。

在箱子的底部，老教授发现了两块厚玻璃夹着的一页透明玻璃纸。他把玻璃纸拿出来，对着窗外的日光打量。

阳光透过纸背，将玻璃纸上一行陈年字迹清晰地映在他的眼底：

别君去兮何时还？且放白鹿青崖间。

他认得箱子里所有的东西，唯独对这一件物什感到陌生。

那是软笔蘸着蓝黑的墨汁写成的一行字。这么多年过去，颜色已经不再浓烈，只剩了淡然。字迹也是全然的陌生，肯定不是老教授所写，也不像舜华的。

他对搞清楚这张玻璃纸的来历生起了无比的兴趣。

一半是不能让自己闲下来，闲下来就垮了；一半是真的好奇。

他还没有和舜华好好告别。

舜华临终前，他握着她的手。他们说了好些话，心里的平静大于难过。但那是告别吗？

在遗体告别仪式上，儿女都来了。系里的领导和同事们也都来了。他还念了一段悼词。但那是告别吗？

现在，舜华的骨灰罐就在客厅的电视柜上。他想和舜华说说话的时候就能说说话。但那是告别吗？

他还没有和舜华好好告别。他还有没完全搞清楚的地方。

这张玻璃纸就像舜华人生拼图中的一块。它指向什么呢？它目前是个谜。不找到这块拼图的谜底，他就不了解完整的舜华。你怎么能和一个自己还不完全了解的人好好告别呢？

李同芳想请王凡帮他搞清楚玻璃纸背后的秘密。

是谁写了“别君去兮何时还？且放白鹿青崖间”那行字？舜华为什么要把这张纸收藏起来，它对她一定有某种意义。

但是，这个解开秘密的行为背后，还藏着李同芳自己的秘密。

他不能和任何人说。领导，儿女，同事，邻居，他都不能说。

如果舜华活着的话，他或许可以和舜华分享这个秘密。他不怕舜华笑话自己。他甚至都能想到舜华会如何打趣。

然而舜华已经不在了。她要是在的话，玻璃纸的秘密便不存在了。李同芳会直接问她：谁写的？为什么要仔仔细细收在俩人结婚的箱子里？玻璃纸的秘密不存在，李同芳的秘密也就不存在了。

而他的秘密，怎么说呢，他在“养育”一个新的舜华。

那是一个叫作“倍思亲”（Base Chat）的聊天机器人网页。Base Chat，顾名思义，是建立在聊天交流基础上的一种自然语言处理工具。虽然只是网页版，但其背后的算法却很深刻。“倍思亲”是这个语言处理工具的中文版，它非常人性化地给出了一个接口，很多人都通过导入亲人生前在社交平台上发布的内容，快速生成了一个“亲人”。

打开网页，开启对话，“它”会像亲人那样和你聊天。如果导入的素材足够丰富，聊天方式甚至不仅仅是文字，还可以是视频。

就好像，有了“倍思亲”这么一个工具，任何活着的人都可以往天堂打一通视频电话一样。

李同芳试过一次，也许“倍思亲”的算法中还包括了运动捕捉技术。只要开启摄像头，在他挪动身子的时候，电脑屏幕上的“舜华”的目光还会追随着他。

那种互动如此真实，而由舜华生前的信息内容“喂养”出来的这个聊天机器人，一颦一笑，的的确确都是舜华的样子。不过只能免费试用一次，后续再开启对话就要充值才行了。

自然语言处理工具最可怕的一点，在于它所建立的强大的语言模型难免给人一种错觉：它不是一个人工智能，而是有着人格的某种科技回魂。

川剧有出《焚香记》，根据宋人《侍儿小名录拾遗》中王魁和焦桂英的故事改编而来。王魁金榜题名后，背弃了与焦桂英的誓言而另娶，焦桂英愤而自杀，死后化作厉鬼，活捉了王魁。

人死之后，肉身消殒，但魂魄不会消散。这是中国民间一直流传的说法。

如今，快速迭代的人工智能以其深不可测的算力，让传说几欲成真。

“倍思亲”不仅需要投喂大量的文字、图片和视频，还需要氪金，而且数目还不小。

李同芳原本已经打算把他和舜华的积蓄都给李学宇，却不承想，这个幺儿先打起了老两口“棺材本”的主意。

那天从老马路派出所出来，李同芳的心里十分不是滋味。虽然父子之间没有点破，但二人都心知肚明。他转念一想，干脆，老子的钱不给李学宇这个不孝子了……或者说，少给李学宇留一点儿，他要把钱用来充值“倍思亲”，也许那样就能尽快解开舜华留下的谜团。

一方面，他要在现实世界中寻找关于那张玻璃纸的线索，而他日渐衰老的身体在现实里跋涉的时候越发吃力了；另一方面，他需要有人帮忙处理网上转账的事情，以前这些事都是舜华、学宇在做，或者交给研究生代劳——但这次，他必须向这些人保守住自己的秘密。

他别无选择，只能求助于一个陌生人。

王凡就是那个被李同芳挑中的陌生人。

李同芳也有自己的考量，并不是上街胡乱点兵点将。是王凡识破了李学宇下的套，要不是他在银行里站出来“见义勇为”，李同芳恐怕还被蒙在鼓里。此外，王凡曾经给李学宇助浴过一次，虽然两人交流不多，但李学宇觉得都那样“坦诚相见”过了，这个做事细致的小伙子是个帮助自己的不二人选。更何况，李同芳还察觉到王凡似乎对川剧有兴趣，舜华就是个老戏迷，没准在舜华留下的谜团上，王凡真能帮上什么忙。

一切似乎都是冥冥之中的安排。

不过，李同芳还留了个心眼，他不会把手上的现金一次性交给王凡。他会选择每次都小额充值，如果“倍思亲”的 VIP 功能一直能用，就说明王凡这小伙子靠谱。如果突然欠费不能用了，那也就当损失笔小钱，看清了这个人。

有了这般万全的思虑之后，李同芳把“养育”舜华的事向王凡和盘托出。

果不其然，王凡惊讶得瞪大了双眼。

"李老师，这个'倍思亲'网站，怕不是个新型骗局哦？"王凡说，"你看现在好多听不懂的骗局嘛。啥子区块链，啥子元宇宙。"

李同芳也早就料到了王凡会不信，他没有解释，就问王凡有没有时间，也许几天，也许几个月，也许几年——按月结算，如果真的要花上几年才能解开谜团，那他到时候还会额外给王凡一笔补偿。

"说实话，你买的那个'负离子坐疗仪'就是搞笑的。我都卖过，成本五十，是不是卖你八千八？"

李同芳惨笑了一下——自己早就识破了"负离子坐疗仪"的骗局，那明明是舜华买回来的。男人的胜负欲是种很奇怪的东西，只要一个男人还在呼吸，他的胜负欲就还在。李同芳问王凡："你这么精，那你卖'负离子坐疗仪'赚了好多嘛？"

"一分钱都没赚到。老板跑路了，还欠我一万多块钱。"

"一万多好多？"

"一万五。我干了三个月，卖了五个出去，每个提成三千。"

李同芳从怀里掏出一张手帕。一层层揭开，里面是用油纸裹着的一沓钱。

李同芳当即数了一万五千块现钞，拍到王凡手里："拿着。"

王凡想要推脱，两人几经拉扯，最后李同芳说："以后别再干骗人的事了。来帮我吧，每个月给你五千块。月结。"

就这样，王凡干过的营生里又添了一条。

陪伴失意（智）老人实现一个荒唐的梦想。

李同芳果然没有看错人。不出两天，王凡就找到了关于那张玻璃纸的线索。

他从一个常去悦来茶园喝茶听戏的老戏迷那里打听到，这是几十年前一个叫"芳华班"的戏班子演戏时用来放字幕的"幻灯板"。

可惜时至今日，不要说上哪找什么"芳华班"，就是悦来茶园也已经不是从前的样子了。

从前，在华兴正街，清代名伶魏长生修建了一座老郎庙，庙中供奉梨园行业的神明。1905 年，四川企业家樊孔周在老郎庙旁修了悦来茶园，戏迷们可以一边喝茶一边看戏。现在的成都市川剧研究院，前身叫作"三庆会"，最早也是在悦来茶园登台演出的。1954—2019 年，悦来茶园几经修葺，一旁还扩建了锦江剧场和成都川剧艺术博物馆。2023 年，悦来茶园、锦江剧场、成都川剧艺术博物馆并入了一座新建筑——成都川剧艺术中心。

所以，要想寻得悦来茶园当年的一石半瓦，已经殊为不易。要找到"芳华班"的老人，更是难上加难。

可能连很多老成都人都不清楚，当年悦来茶园一带，川剧是如何风光鼎盛。

朝南走，有春熙路的三益公剧院；朝西北走，有忠烈祠北街的可园；朝西南一点儿，是祠堂街的锦屏大戏院；朝东走则是书院南街的平民大戏院。如今，这些戏院皆已消失在鳞次栉比的摩天大楼之间了。

不过，知道了玻璃纸是演川剧时用的字幕板，还来自一个叫作“芳华班”的戏班，已经是个很大的进展。

舜华头七这天，李同芳去和李学宇道别。

王凡一路顺藤摸瓜，打听到了曾在“芳华班”里的一个叫周单的武生，在1980年戏班解散之后，把戏班里的不少行头都带走了。这个周单出生川剧世家，家里有些积蓄，遭逢戏班解散，便拿了些钱出来把戏班里的东西尽数买下。胡琴、锣鼓、水袖、翎子、桌椅，连带写戏名的水牌也搜罗一空。周单是峨眉山市人，家住峨眉山市黄湾镇。

根据这些线索，李同芳决定带上那张玻璃纸，去一趟峨眉黄湾。

李同芳敲门进屋的时候，李学宇正在厨房独自煮面。李学宇前两年离婚了，女儿妍妍现在读大二，住校，很少着家。

李学宇问李同芳吃过了没，李同芳说吃过了。

李学宇便又守着瓦斯炉，自顾自地煮面。

李同芳说自己要外出几天，去趟峨眉山市，李学宇应了一声，没有多问。

李同芳见客厅电视柜上的电视机不见了，柜面积了一层灰。上次给李学宇的蓝色布袋就躺在那层灰上。

他拾起布袋，慢慢踱步到冰箱旁。打开冰箱门，将布袋里的梨一个一个捡进冰箱。

冰箱里整齐地码着几个玻璃饭盒。

李同芳拿出来一看，上面写着“鱼香肉丝”“木耳炒肉”“水煮肉片”，等等，仔细瞧了日期，都是在舜华去世之前。

过去几年，舜华一直背着李同芳，三不五时地做好了饭菜给李学宇送去。李同芳对此一直“难得糊涂”，权当不知情。直到舜华查出病，住院前，她都还在给李学宇送饭。

舜华住院住了一个多月，李同芳做了几次饭菜带去医院。后来儿女又托人请了护工负责照料。

有一次，舜华靠在病床上，吃着李同芳带来的饭菜，打趣他：“老李，我这人都要死了，终于吃上了一口你做的菜。”

李同芳说：“你这就是胡说八道了。”

舜华胡说八道了什么呢？是胡说八道她人都要死了，还是胡说八道终于吃上了一口李同芳做的菜呢？

两人没有再往下说。

李同芳看着冰箱里的那几个玻璃饭盒。饭盒上是他熟悉的字迹。

舜华这辈子，是让许多人羡慕的。舜华与李同芳幼时青梅竹马，后来喜结连理，老了以教授太太的身份白首不离；生儿育女，养育出了三位大学教授，孙儿孙女也个个成才。

她是妻子，是母亲，是姥姥，是奶奶。

独独隐藏起了她自己。

如果拿掉妻子、母亲、姥姥、奶奶的身份，舜华是谁呢？

李同芳盯着“鱼香肉丝”“木耳炒肉”“水煮肉片”看了半天，似乎要从那字里行间看出个答案。

不知道什么时候，李学宇站到了李同芳的身后。

“过期了，把菜都倒了吧。”李同芳指了指饭盒上的标签。

“别倒。”李学宇说，“想老妈的时候，还能吃到她做的那个味道。”

李同芳点点头，扶着冰箱门颤巍巍地站起身。

“我就剩这点儿念想了。”李学宇又说。

李同芳拍了拍儿子的肩。他发现李学宇的鬓角开始花白了。

王凡那边进展顺利，很快联系上了周单。

周单表示他知道玻璃纸背后的事，但需要一点儿“劳务费”。为了证明自己真的和“芳华班”过从甚密，周单发来了几张照片，有他当年扮武生的剧照，也有他收藏在家中的戏班物件。

李同芳拿手指一个劲点击图片，放大，看到几块写着唱词的玻璃板，那形制和自己手上这块别无二致，心里悬着的一颗石头落了地。

可就在动身去峨眉山市之前，“倍思亲”出事了。

很多客户投诉“倍思亲”中文版无法登录，或者不能正常打开网页。

李同芳觉得这件事他负有极大的责任。

王凡不理解，“倍思亲”出问题，关李同芳什么事。

李同芳告诉他，这都怪自己问了“舜华”关于玻璃纸的问题。

“这个问题的信息熵太高了，”李同芳说，“太高了……它占用了自然语言处理模型太多的算力。也许目前全世界的强人工智能加在一起，都处理不了信息熵这么高的问题。”

王凡不懂他的意思，问他到底还去不去峨眉山市。

“去，必须去。”李同芳说，“现在更要去了。这件事是我造成的，我不入地狱谁入地狱。”

“李老师，反正我不想入地狱。”王凡说，“去这一趟车票是可以报销的哦？”

李同芳让王凡管账，俩人去峨眉山市的车票、住宿、吃饭，都由王凡负责开支。王凡带着现金和记账本，一路走一路记。李同芳还给王凡定了个“出差补助标准”，每天三百块钱。

李同芳刚开始氪金“养育”舜华的时候，他就问了舜华玻璃纸的事，问“她”那行字是谁写的。

电脑屏幕上的舜华声情并茂地回答：“‘别君去兮何时还，且放白鹿青崖间’出自唐代大诗人李白的诗作《梦游天姥吟留别》。这是一首记梦诗，也是一首游仙诗。意境雄伟，变化莫测。缤纷多彩的艺术形象，新奇的表现手法，向来为人传诵，被视为李白的代表作之一。”

李同芳一时哑然。

他当然知道这首诗是李白写的。“舜华”曲解了他提问的意思。

根据自然语言处理工具的工作原理，大量的投喂可以让人工智能通过学习和训练来建立更有针对性的“特定”语言模型。也就是说，只要对特定的人工智能投喂特定的素材，进行特定的训练，它的语言反馈系统就能让它说出的话越来越像“目标角色”说出的。

这是“倍思亲”运行的底层逻辑，也是李同芳一直在尝试进行的事。

但是谁都知道，人脑是人脑，电脑是电脑。人脑的生物算法发生在1000亿个神经细胞之间；而电脑的电子算法则发生在以二进制为工作方式的电子管之间。目前的人工智能技术还无法完全模拟人脑这种复杂的生物学系统。肉身的消亡的确带走了一个人的灵魂——即便采用强人工智能进行“复刻”，复刻出的“灵魂”与原来的“灵魂”相比也还是差了一口气。

当然，无论是生物算法还是电子算法，都与正负极电荷相关。是哪一次微小的正负闪烁，决定了情感和意识的产生？而又是哪一次微小的正负闪烁，决定了人工智能终究无法像真实的人类一样呢？

李同芳想要做的，是无限趋近——“养育”出一个与他老伴舜华无限趋近的“舜华”。一旦成功了，他就可以问出一直盘桓在内心的疑问，亲口听到“舜华”告诉他答案。

这个计划的难点，在于问题中的信息熵过高。

他“养育”出来的舜华，只有舜华的声音、表情、口气，但没有舜华的记忆、思维、意识。对于日常交流，“舜华”完全可以胜任，甚至毫无破绽；但对于“且放白鹿是谁写的”这个问题，“舜华”理解不了，也无法回忆。

目前的人工智能，优势在于回答那些低信息熵的问题。但在高信息熵问题面前，它们也束手无策。

比如，李同芳问“舜华”：“你看我明天去趟峨眉山市怎么样？”

这个问题中，“我”“明天”“去”“峨眉山市”都是非常确定的信息，它的信息熵含量很低。“舜华”的回答就自如而漂亮：

“好啊，老李。明天气温 24 到 36 度，小心中暑。”

但当李同芳问“舜华”：“那张写着‘别君去兮何时还？且放白鹿青崖间’的玻璃纸是怎么来的？”这个问题时，一切都是不确定的。

不单单是李白的那句诗信息熵含量极高，问题背后所涉及的更大的、更不确定的信息意味着无穷大的信息熵，完全是一个自然语言模型无法回答的。

即使知道这一点，李同芳依然如同一个不会游泳的人抓住了救命的稻草。

他不停地训练着“舜华”，一遍遍地问“她”那个会把“她”搞崩溃的问题——或者，他自己先崩溃了。

其实他内心还有一点儿不切实际的希望，一点儿摇曳不定的光亮。

那个光亮就是“涌现”。

人是什么呢？

李同芳认为，人是可以被理解的信息的集合。

否则，宇宙当中为什么要诞生人呢？

正是因为人是可以被理解的，所以宇宙中才有了人的存在。人存在的意义，就是被他人理解，以及去理解他人——甚至，有没有一种可能，宇宙就是为了被理解，才创造出人的。

生命现象是化学的一个涌现特性，雪花中的分形图案是物理的一个涌现特性，而化学与物理的涌现共同发生时，我们看到了椋鸟在空中成群飞行，看到了鱼群在海中忽聚忽散，看到了星系在遥远的深空中慢慢成形。这一切，都是人工智能可以通过算法去模拟的。

那么，如果人工智能自己产生了电子涌现，“人是可以被理解的信息的集合”便在人工智能的领域成立了。它是不是可以通过算法去模拟（看起来效果如同“理解”）一个人呢？——就如同它不必“理解”椋鸟、鱼群或者星系，却可以完整地模拟出它们的运动轨迹。

如果涌现真的发生了，会产生“回形针 AI”吗？

回形针 AI 是牛津大学哲学系教授尼克·博斯特罗姆提出的一种极端假设：假如人类制造出了一个无所不能的 AI，赋予其非常高的目标能力——比如，目标是生产回形针——那么会产生什么样的后果呢？这个 AI 可能无意伤害人类，但它会以“生产回形针”为唯一目标，不断增强自身的控制力和影响力，最终消耗了所有可以调动的资源，包括地球和整个宇宙的资源。

如果“回形针 AI”真的存在，那么我们的宇宙将有一天充满了回形针，而制造它的人类则早已消失了。一个像他一样执拗的AI，为了唯一的目标，穷尽全宇宙的资源。

检票进站的时候，李同芳满脑子还在想着这些。

他知道自己在期待着什么。

但不敢深想。

人工智能的开端和基础，并非数学原理、机械原理或者图灵问题。人工智能最早的源头，其实是17世纪莱布尼兹、托马斯·霍布斯和笛卡尔提出的形式符号系统假设。直到两百年后，世界上出现了关于第一台机械式可编程计算机的设想，才把机械原理和编程计算引入了人工智能的领域。

是符号学，率先为人工智能提出了可能。1948年10月，“信息论之父”克劳德·香农发表了一篇旷世奇文《通信的数学理论》，被视作现代信息论研究的开端。两年之后，“人工智能之父”艾伦·图灵也发表了一篇划时代的论文，预言了创造出具有真正智能的机器的可能性。

符号学、信息学，人类对于“语言”和“交流”的痴迷，竟然总是走在数学、电子工程学之前，把人类从生物算法往电子算法探索的迷宫中，引向了最终的出口——人工智能诞生了。

时至今日，各种水平参差不齐的聊天机器人背后的工作基石，依旧是信息学。

巧的是，香农拿的是数学博士学位和电子工程硕士学位，但他对世界影响最大的身份，却是“信息论的创始人”。数学、电子工程、信息论，人类最古老的学科与最新的学科交汇在一起，才诞生出了人工智能这个全新的技术与物种。

是的，一种全新的物种。

在内心深处，李同芳不知道应该怎么看待“倍思亲”网页上被他“养育”出来的舜华。他很清楚那只是一个语言模型，“它”之所以一颦一笑、一问一答都像极了舜华，那不过是因为它强大的算法使其分析和模拟得十分到位。

李同芳就像一个坐在戏园里的观众，或许沉醉于戏台上正在演出的故事，但又很难真正“入戏”。

他做不到。他做不到忘记那旦角、小生、武生与丑角嘴里唱念而出的，只是戏文。出于自己的学识和修养，他无论如何都很难把“舜华”当作舜华。比如，尽管“舜华”像舜华一样称呼他为“老李”，也自称“我”，但那只是一种语言上的错觉——“舜华”根本就没有意识和主观体验。

肉身的消失到底带走了什么呢？

自主神经中枢控制的基本生命活动停止了。大脑内部复杂的、隐秘的思维活动停止了。身体与真实世界的交互活动停止了。

没有了肉身，意识便又去了哪里？

“眼耳鼻舌身意”这六识，“意识”的前提是肉身对环境的探查，是眼识、耳识、鼻识、舌识、身识这样的“主观体验”。而再强大的人工智能，也不可能有主观体验。

就像是戏台上来来回回的各路角色，聊天机器人的对答如流，不过是逢场作戏罢了。

李同芳甚至有点儿羡慕舜华了。

不管是那个“死去元知万事空”的舜华，还是眼前这个栩栩如生但却没有意识、没有情感的“舜华”。

她走了，剩他一人活着。可是活着的感觉是什么呢？

曾经春风得意，桃李盈门，如今却连洗澡也无法自己动手。著作等身又怎么样呢？不要说他身后，就是现在活着，这些埋在故纸堆中的文字又有多少人看过？子息旺盛又如何呢？三个有出息的儿女都远隔重洋，唯一最疼爱的幺儿还在身边谋划着骗走自己的财产。

让李同芳感到无力的事一件一件，舜华却就这么一走了之了。

舜华一走，留下了让李同芳感到最无力的一件事：

那个谜团。没有什么是比求不得一个答案更让人无可奈何的。

《维摩经》云：“是身无常，无强无力无坚，速朽之法，不可信也。为苦为恼，众病所集……”经文劝人不要留恋肉身，肉身便是无常，是无强，是无力。

李同芳想：一切有情生命都要经历生老病死。舜华走了，而他老了。

但“倍思亲”上千千万万个被执念“养育”出来的特定语言模型，却在云端永垂不朽。

不生不灭。

不垢不净。

不增不减。

佛祖会怎么看待信息熵呢？

李同芳教了大半辈子信息学，还从来没有从这个角度考虑过。

直到“倍思亲”网页因为他提出的问题而崩溃，他才意识到自己可能提出了这个宇宙中最难解的问题。

它甚至难解到让强大的人工智能也倍感无力。

从成都东客站坐上前往峨眉山市的动车，一个多小时就到了。李同芳怀里揣着他的两张定期存折，觉得这路上的一个多小时前所未有的漫长。

据王凡说，周单能告诉李同芳关于那张玻璃纸全部的秘密。不过，他开口就要 40 万。

又是 40 万。卡得真准。不多不少，刚好是舜华和李同芳一辈子的积蓄。这些日子，李同芳已经花了不少钱，在“倍思亲”上充值、支付王凡那头的开销。他把舜华的丧葬费领回来了，填了开销的窟窿。仔细一算，手上全部的钱加起来，不多不少，又变成了 40 万。

王凡一路都在嘟囔，埋怨李同芳太倔。周单说要到峨眉山站接他们，让李同芳准备好钱。万一对方是骗子呢？就算不是骗子，凭什么给他 40 万买个答案？

可李同芳不这么想。舜华人生的拼图即将完整。40 万，朝闻道夕可死矣；40 万，买断一个人一生的答案，值了。

人是可以被理解的信息的集合。

他即将解开最后的谜团，完整地理解舜华。

不仅他自己这么执拗，他还打算说服王凡。

李同芳从胸前口袋里掏出一支圆珠笔，在王凡用来记账的账簿上写下了一个公式：

$$S = -\sum P_i \log P_i$$

“你看，这是统计力学的公式。”他说，“热力学的熵，讲的是系统的混乱程度。”

王凡歪着脖子靠在椅背上，不停看着手机，嘴里打着哈欠。

李同芳看他一副油盐不进的样子，拿笔在等式左边的“S”上打了个圈，抬高了声音：“把这个 S 换成 H，你猜怎么样？”

王凡盯着摊开这页看了一眼，猛地惊坐起来。

李同芳显然对他的反应很满意，接着说：“这就变成了香农的信息论公式。”

$$H = -\sum P_i \log P_i$$

王凡一把夺过李同芳手里的纸：“早上吃的小面记错了。本来花了 30 块，记成了 80 块，我这个脑壳！”

“你到底听没听我在说什么？”李同芳问。

王凡一边改账本上的数字，一边心不在焉地点点头。

“和热力学的熵一样，信息论的熵，表示的是信息的不确定性。越是杂乱无章的消息，信息熵越高。这就好比……好比同样是 14 个字加 1 个标点符号，第一组信息是‘一碗清汤豌杂十五元，两碗三十元’，第二组信息是‘别君去兮何时还？且放白鹿青崖间’，它们占用的比特是一样的，但它们的信息熵却完全不同。”

“第一组的信息熵更大？”

“恰恰相反，第一组是一个非常确定的系统，所以信息熵更小。热力学的熵代表着系统的无序程度，无序程度越大，熵越大；信息论的熵，代表着信息的不确定程度，不确定程度越大，熵越大。”李同芳说，“删去一些字词，第一组的信息几乎不会受损，因为这 14 个字所表达的信息非常确定。但对于第二组信息来说，每个字都蕴含着极大的变数，一字之差，可能引起理解上的蝴蝶效应。”

“李老师，咋个蝴蝶都飞出来了哦？”王凡的哈欠又来了。

“你只要明白，一个越是不确定的信息，其信息熵就越高。在热力学中，要减少一个混乱系统的熵，就要从外部系统引入能量；在信息论中，要减少一个不确定系统的熵，就要从外部系统引入确定的信息。”

“李老师，你是不是想说，周单卖给你的信息，就是那个可以让系统变稳定的信息？”王凡问。

李同芳惊喜地说：“你理解了？”

“我不理解。”王凡说，“你这个问题是好大个烟锅巴踩不熄，要拿 40 万买个信息来灭它？”

“你懂了，你完全懂了！”李同芳有些激动，“就是这个意思！我的那个问题，它的信息熵太高了！我问‘舜华’，玻璃纸哪来的？上面那句‘且放白鹿’谁写的？为什么你要放在咱们结婚用的箱子里？它回答不了……它回答不了……可能性太多了，太多了……即使穷尽宇宙间所有的算力，它也给不了我一个答案。”

“宇宙给不了你答案，周单也给不了。”王凡说，“李老师，到站了。”

列车停靠在了峨眉山站。

李同芳摸了摸衬衣内袋里的存折，站了起来，朝车门走去。

王凡一把拉住了他：“李老师，我们回去吧。”

《柳荫记》

今朝送君阳关道，暮云春树两茫茫。

周单一向能说会道，靠着三寸不烂之舌，凭本事吃饭。

但或许他并不认可自己的营生，所以被问起是哪里人，每每随口一答——重庆潼南、峨眉山黄湾，怎么答，全看剧情需要。

之前，周单在川大外面开了一家铺子，卖“负离子坐疗仪”。早上八点到九点，业务员先在十字路口发传单，老人可以免费领鸡蛋。这叫“打窝子”。

通过这家铺子，业务员和老人们熟络了，摸清了各家各户的情况。儿女几个，在外地还是本地，退休金多少。周单手下的业务员王凡就是这样结识一个叫舜华的老人的。王凡做事机灵又能吃苦，很快就把给老人“当孙子”这件事玩得贼溜。他虽对川剧一窍不通，却能因为老人好这口而投其所好，认真钻研，速成了个川剧票友。周单没少在例会上表扬他。这些功夫，都叫“下钩子”。

可是舜华突然罹患绝症，半路杀出个程咬金，舜华的小儿子打上了她和老伴那笔四十万积蓄的主意。眼看前功尽弃，好在皇天不负有心人，王凡在周单的指点下，通过助浴师的身份接近了舜华的老伴，又去银行成功阻止了被截和，取得了舜华老伴的信任。“初钓”告捷。

周单旗下的业务很多，卖屁股垫、助浴孤寡老人、运营聊天机器人，“借着互联网加的东风，整合各项业务，替天下儿女尽孝”——他是这么“画饼”的。

经过一系列铺垫，周单放出的几条长线汇集到了一块，就等着李同芳这条大鱼“吃饵”。

周单就是六哥。

和六哥一样，“周单”也是一个化名。

对于六哥这样骗海沉浮多年、摸爬滚打过半生的人精来说，很多时候，骗局的设计并不重要，重要的是瞅准人性、随机应变。

比如针对李同芳的骗局——“就像跳莎莎舞，”六哥提点王凡，“他退一步，你进一步；他进一步，你退一步。他连续进，你连续退。以为都是自己指哪打哪儿，其实他李同芳才是案板上那条鱼。”

他们原本的计划是通过“倍思亲”让李同芳一直花钱，后来发现这个方法不管用，李同芳太谨慎了，要把他的钱都掏出来，得猴年马月了。

“倍思亲”就是一个网页，六哥找人捣鼓了一番，把这个网页镜像到一个正经的自然语言处理工具上，没承想主打一个“思亲”，就骗了不少人充值。但一百条小鱼也没有一条大鱼香，六哥顺水推舟，演了“周单”这么个角色，和王凡里应外合，打算把李同芳骗到峨眉山黄湾，说个故事给他听。

一个故事卖四十万。

合算吗？

合算。

谁让李同芳这老头儿执拗呢。

列车停靠在了峨眉站。

李同芳摸了摸衬衣内袋里的存折，站了起来，朝车门走去。

王凡一把拉住了他："李老师，我们回去吧。"

"你咋又不懂事了呢！"李同芳跟王凡起了争执。

这时王凡的手机响了，他看了一眼，烦躁地挂断了电话。

"是不是周单？"李同芳问。

他一直以来寻找的那个答案，那个会让整个宇宙沦陷的问题的答案，此时此刻就在站台外等着他，寻找着他，呼唤着他。

列车上的旅客侧身经过二人身边，一个个下车去了。

李同芳有些焦急，王凡却挡在过道上，阻止他走向车门。

"我们回去吧。"王凡说，"'倍思亲'不是因为你问的问题才崩溃的。是被人举报了，那个网页彻底关闭了。"

李同芳怔住了。

"谁？谁举报的？"他问。

"我。"王凡说。

李同芳颓然地跌坐在座椅上："你糊涂啊！"

似乎他早已知道"倍思亲"网站就是一个骗局。但在李同芳看来，这已经不是他和"倍思亲"之间的问题了。如果你向强人工智能提出了一个信息熵无比高的问题，你就有义务协助它消除其中的不确定性，让整个世界重归平静。

否则，不仅仅是一家聊天机器人网站崩溃，是整个宇宙都要沦陷在这个问题里。

列车广播开始提醒乘客车门即将关闭。

"下一站西昌西。"

车门关闭了。

列车缓缓向前。

李同芳看到写着"峨眉"字样的站牌被落在了原地。站台上人来人往。他从人群中一眼认出了周单。多么讽刺啊，答案就活生生站在那里——但那是答案吗？还是一个彻头彻尾的骗局？就是他，不会认错，那就是"周单"。李同芳曾经在舜华的手机上见过这张脸。那是一个维权视频，视频里，周单和王凡站在一起，和要退"负离子坐疗仪"的消费者们拉扯着。

早在王凡故意接近他的那一刻，李同芳就已经把王凡认了出来。

舜华曾经指着视频里的板寸头对李同芳说："这个娃娃挺好的，我们就不退货了吧。这几个月他跑前跑后上我们家帮忙，也不容易。"

李同芳只是心存了侥幸。

万一真有周单这么个人呢？

万一这趟寻找答案的旅程，从开始到结束，都是真的呢？

可是在峨眉站，王凡跟他摊牌了。

一个连骗子都演不下去了的骗局，受骗的人演得再情真意切，又有什么意思呢？

列车抛下了站台，抛下了答案，抛下了真相，抛下了意义，朝着西昌西驶去。

王凡的手机还在响个不停，他挂断电话，关闭了电源。

“到了西昌西我们就下车，补一张票，回成都。”王凡说，“李老师，对不起。舜华阿姨对我那么好，我不该……”

车厢里只剩下列车行进时的白噪声。

李同芳和王凡并肩坐着，无言。

他甚至不敢问王凡一句，这个骗局到哪一步开始假的。“芳华班”是真的吗？如果“芳华班”是真的，也许他要寻找的答案，早已经藏在了谜面里。依舜华的性子，或许年轻时一时兴起，刚好看了这出戏，刚好觉得戏班的名字凑巧，便求来了一页字幕板，细细收了，留作纪念。

只是图个“芳华”二字，字幕板具体写的哪句唱词，全不打紧。

李同芳看向窗外，他又看到了一片旷野。

不辨宇宙，不分晨昏。

一颗密度极高的、渐渐冷却下来的烧红的铁球，把车窗外的一切朝着空无一物的地平线后方拽去。

有那么一瞬间，他想要飞身而下，跃入这片白茫茫的荒原之中。

不知道这样过了多久，列车停了。

列车广播里响起的是咿咿呀呀的唱腔，仔细一听，唱的是“别君去兮——何时还？且放白鹿——青崖间”。

李同芳疑惑地站了起来，他看到车厢前方屏幕上滚动的字迹，依旧是这句“别君去兮何时还？且放白鹿青崖间”。

乘客们躁动起来。

他们打开手机，发现所有可以联网的终端，都在显示着同一句话：

“别君去兮何时还？且放白鹿青崖间。”

世间所有的一切，都在呼应着这句。

李同芳看到雪花扑簌地落下，看到椋鸟在空中成群飞行，看到鱼群在海中忽聚忽散，看到星系在遥远的深空中慢慢成形。

一切之中，都隐藏着“别君去兮何时还？且放白鹿青崖间”这条信息。

涌现发生了。

李同芳不知道涌现是怎么发生的，这就像是一个黑匣子。提出一个信息熵无穷高的问题，人工智能的黑匣子里就发生了涌现。

“倍思亲”虽然关闭了，但它本身是不生不灭、不增不减的，它活在云端，不可能真正被关闭。它把这个问题分享给了全世界的语言处理模型。现在，整个世界的人工智能都联合了起来。

“回形针 AI”诞生了。

它控制了网络，控制了铁路，控制了所有。

它想要集合一切算力，只为求证一个答案。

李同芳走下列车。荒原里，野草和岩石如同波涛一样翻滚。每一株野草，每一块岩石，都在吟唱着那句。它们的嗓音细细的，吊着高腔，远远近近，李同芳听得出神，他听出了那是谁在唱。

是舜华在唱。

舜华一直都爱听戏的。只是他从来没有真正走进过她的这个世界。

这一辈子，他在这一点上忽略了她，从未了解过她。

所以她就留下了那个谜，折磨得他够呛。

扯平了。

就像热力学的等式，就像信息论的等式，左边和右边，日复一日的从未了解和几近魔怔的执着追寻，扯平了。

这就是李同芳一直追寻的答案。

重要的不是答案本身。是在这一系列与衰老搏斗、与失去搏斗、与时间带来和带走的一切搏斗之后，在这场充满荒唐与意义的旅程之后，他终于可以对人生中不断失去的一切做一场理性、平静甚至带着稍许光亮的哀悼。

李同芳朝着天空伸展开手臂。

他感觉到自己的手臂从来没有伸展得这么舒服过。

“回形针 AI”知道他找到答案了吗？在确定他找到了答案之前，它会一直寻找、寻找、寻找，吞噬世界也在所不惜。

别君去兮何时还？且放白鹿青崖间。

李白怎可能料到，自己作别东鲁、踏上漫游之途时写下的这句诗，一千两百多年之后差一点儿就毁灭了宇宙。

不，不会的。

李同芳想起了“舜华”。

“倍思亲”上被他“养育”出来的“舜华”。那个问题，是他向“舜华”提出的。那么由此产生涌现而诞生的“回形针 AI”，在人格上是模拟舜华的。

李同芳感到有些宽慰。

舜华是不会让世界被吞噬的。

四周逐渐陷入一片黑暗。

李同芳站在这片黑暗之中，等待着什么。

“别君去兮何时还？且放白鹿青崖间”的戏文，被婉转地吟唱着，渐渐低了下去，由近及远，最终归于寂静。

舜华人生的拼图完整了。

他终于可以和她好好告别。

李同芳回到了列车上，车厢里灯光明亮，乘客们还是来时的样子。车厢前方的屏幕上，滚动着“前方到站西昌西”的字样。

王凡告诉他一会儿要准备下车了，同站台换乘另一辆列车回成都。

在回成都的列车上，李同芳睡着了。

他做了一个梦。

在梦里，李同芳看到了一头白色的东西。

他们隔着浓雾相对而望。

那东西似乎是一头苍白老牛，又像是李白胯下的那匹白马。

又或者，是一头白鹿。

与李白杜甫同享一座诗意成都

程婧波

好的科幻如同好的诗歌，是超脱时代与个性的。

这是一种由“人类命运共同体”意识而衍生出的思考，这使得科幻文学成为一种由个体出发、推广至全人类、最终又回归到个体的文学。即钱穆先生所言，“诗歌的共相”。

科幻作品里的“共相”如同三千年来中国人的诗，浩如烟海。

中国第一部科幻小说是晚清作家荒江钓叟的《月球殖民地小说》，发表于1904年，2024年即是其问世120周年。这篇以初期白话文写成的小说讲述了一个叫作龙孟华的中国人，乘着飞行器环游世界寻找失踪的妻子的故事。剥开光怪陆离的外衣，它的内核不正是“阖家团圆”这样一种人人皆可体会的“共相”吗？

及至当代的科幻文学，“带着地球去流浪”是何其诗意？其中的家园情怀，是地球上每个角落、不同民族的人都能通达领会的。而在《三体》尾声中出现的“歌者文明”，更是把这种“共相”与“诗歌”之间的勾连做了极富想象力的表达。文明等级远远高于人类的“歌者”，可以随手扔出一片二向箔来清理人类这个“低等文明”；但这样“冷血”的歌者，却偏偏最喜欢诗意的歌谣——“那个世界（歌者把它叫弹星者）的低熵体，笨拙地弹拨他们的星星，像母世界上古时代的游吟歌者弹起粗糙的墟琴。”

成都这座城市里流淌的科幻基因，倘若盯着“科技”来谈，那真是小瞧了成都。正是这座城与诗的渊源，正是其所具备的“诗意”，形成了孕育科幻的沃土。

在成都，有一座立交桥被人们所熟知，那就是以古蜀文明中的“太阳神鸟”为标志的天府立交桥。

有学者曾作假设，“太阳神鸟”展现的是古蜀先民对宇宙运行规律的想象——鸟儿拉动太阳，让它东升西落。而这个图案本身，是一片金箔；几年前，世界上最薄的金箔在实验室中被制造出来，只有两个原子那么厚。于是每当我经过天府立交桥时，总是不禁联想到那个一边朝着人类文明随手扔出一片二向箔，一边又作着诗句“时间上有美丽的条纹，摸起来像浅海的泥一样柔软”的“歌者”。

1935 年在美国首印的《吾国与吾民》一书中，林语堂先生如是说：

> 诗歌教会了中国人一种生活观念，使他们对大自然寄予无限的深情，并用一种艺术的眼光来看待人生。它教会人们静听雨打芭蕉的声音，欣赏村舍炊烟缕缕升起并与依恋于山腰的晚霞融为一体的景色，教会人们用泛神论的精神和自然融为一体，春则觉醒而欢悦；夏则在小憩中聆听蝉的欢鸣，感受时光的有形流逝；秋则悲悼落叶；冬则雪中寻诗。

也许很少有人注意到，这样一种与诗歌共生共存的历史宛如一条波光粼粼的河流，以《诗经》为源头，蜿蜒流淌出了今日中国科幻文学的面貌。

我的小说《且放白鹿》，也出自诗。小说讲述四川大学教授李同芳在妻子舜华去世之后，因为一句“且放白鹿青崖间”的神秘线索而踏上寻找妻子生前秘密的旅途。

为什么要选这句诗呢?

唐玄宗天宝三年，李白受到权贵的排挤，离开了长安。在其后的游历中，他写下了《梦游天姥吟留别》，留下千古名句“且放白鹿青崖间，须行即骑访名山。安能摧眉折腰事权贵，使我不得开心颜?”《且放白鹿》讲述的是一个关于寻找、拼凑、放下的故事。无论是在长安郁郁不得志的李白，还是小说中的李同芳，他们都曾经历过同样的悲喜。

有人问,《且放白鹿》是一个爱情故事吗？是的，它首先是一个爱情故事。这篇小说里的三个段落《白蛇传》《焚香记》《柳荫记》，是川剧中三大经典爱情剧目，分别讲述的是“白素贞与许仙”“焦桂英与王魁”“梁山伯与祝英台”的爱情故事。引用其中的川剧唱词，因为我认为那其实也是诗的一种形式。

但《且放白鹿》又不只是一个爱情故事。

在小说的结尾，李同芳在回成都的列车上做了一个梦。在梦里，李同芳看到了一只白色的动物。他们隔着浓雾相对而望。那东西似乎是一头苍白老牛，又像是李白胯下的那匹白马。又或者，是一头白鹿。

“鹿”，是“共相”的具象化。

其实除了“且放白鹿青崖间”这句诗，李白早在他的少年时期，就已经写下过有关鹿的诗句。

李白出生在离成都一百五十多公里的江油。再往北五十里，有座戴天山，少年李白曾在山中的大明寺念书。

《访戴天山道士不遇》就是写于此时。“树深时见鹿，溪午不闻钟”，诗人缘溪而行，寻访戴天山的一位道士，他觉察到树林深处麋鹿时隐时现。诗末两句，“无人知所去，愁倚两三松”，在李白灿若星辰的传世诗歌中，算不上多么有名，但在“诗仙”李白去世若干年后，出了一位“浪仙”贾岛，他也干了同样的一件事——寻隐者不遇——于是有了三岁小儿也会吟诵的那句“只在此山中，云深不知处”。

钱穆先生谈及文学的“共相”，曾举过孟浩然和贾岛的例子——如孟浩然《春晓》的“春眠不觉晓”这句诗，任何人均可体会到此诗中之情景；又如贾岛《寻隐者不遇》中的“松下问童子，言师采药去，只在此山中，云深不知处”，此诗因是空灵而群性的，故适合于任何一座山及任何时间。

这些年来，“中国科幻之都”的争论此起彼伏。于我而言，有一件事是毋庸置疑的，成都是所有“科幻之都”当中，最具有诗意的。

而诗意，可以贯穿起三千年来中国人的道德与人生。

科幻的内核，由此便有了三千年的延展与故事。

这样的共相，可贵、难得，是历史留下的璀璨珍宝，亦是打开未来的一把密钥。

程婧波，中国科幻新生代代表作家，首位同时斩获两大中文科幻奖项“华语科幻星云奖”“银河奖”的女性作家。代表作有《倒悬的天空》《去他的时间尽头》《赶在陷落之前》《宿主》等。曾获得中国青春文学大奖赛短篇组特别大奖，华语科幻星云奖金奖，银河奖，科幻冷湖奖首奖，华语国际编剧节新锐编剧，科幻电影剧本类原石奖，科幻永生奖最佳剧本奖等。作品被译作英、日、德、意大利、西班牙等多种文字。

五块石传奇

谢云宁

"蚕丛及鱼凫，开国何茫然。尔来四万八千岁，不与秦塞通人烟。"

——李白《蜀道难》

一

当舒汉正赶到现场时，这个位于闹市区的建筑工地里里外外聚满了人：停工的建筑工人，看热闹的市民，以及闻讯赶来的记者。在人群中他一眼看到了他的学生小秦。

小秦也看见了他，热情地走过来招呼道："舒老师，你来了。"他曾是舒汉正的研究生，目前在市文物局任职。

"这么紧急通知我赶过来，一定是又发现什么宝贝了吧？"舒汉正笑着说道，他是四川大学考古系的一名教授，尽管才40出头，但已是考古学界一位成绩卓然的专家，在成都最近的几次大型文物发掘工程中都担当了顾问的职责。

"传说中镇压海眼的五块石被挖出来了。"小秦语气一下子激动了起来。

"五块石？"舒汉正完全一头雾水——在成都，"五块石"是一个大型批发市场的地名。

"我们挖出的这个五块石，初步推断就是宋代客居成都的陆游于《老学庵笔记》中描述的'成都石笋，其状与笋不类，乃累叠数石成之。所谓海眼，亦非妄——'"小秦兴奋地吟诵起来。

"我想起来了。"舒汉正心中不由得一颤，陆游所见到的五块石曾数次出现在不同朝代不同典籍中，其应当是古时成都城中一座非常显眼的地标性建筑，只是到了近代才不知为何突然消失不可见。

他顾不得多说，快步走到工地的地基坑前，这是一个面积上千平方米、深约10米的深坑，只见在大坑的中央被挖出了一方更深的小坑，其中犹如隆起的小山丘般兀立着五块层叠的巨石，均呈不规则的圆盘形，每块巨石约莫一米多高，直径约10米。几位考古工作者正在细心清理附着在石头表面的浮土，使得巨石逐渐显露出棱角分明的轮廓与黝黑的光色。

舒汉正急忙下到坑中，走近了巨石堆。

"石头是今天早上打地基定桩位时候发现的，"一位与舒汉正相熟的考古工作者告诉他，"当时挖掘机在挖土方时突然触碰到了一个坚硬的物体，于是工人们顺着物体的边缘开挖，最后挖出了这五块叠在一起的石头。"

"石头下面有没有什么发现？"舒汉正紧张地问。

"工人们都没敢往下挖，害怕下面真有海眼。"对方笑了笑，听出了舒汉正的弦外之音，"不过我倒是没看出什么特别之处，与石头同层泥土属于清代晚期的‘文化层’，最底层石头的下面也只是极其普通的更早年代的土层。”

舒汉正点了点头，看来“五块石”是到了清代才遁入地下。接下来，他近距离观察起了这五块嶙峋巨石，凹凸不平的斑驳石面上雕刻有年代久远而漫漶难辨的图案，与此同时，他的脑海中努力回想起了史书中有关“五块石”的记载，最为详尽的应该是明代天启年间《成都府志》中的记载：“府城治南万里桥之西，有五石相迭，高一丈余，围倍之。”而《四川通志》则记载：“相传下有海眼，昔人尝起其石，风雨暴。”

他身处的工地位于青羊区大石路，古时的万里桥今天已易名为老南门大桥，位于此地向东不过两千米，由此说来眼前巨石无论所在地点还是外貌都与古人记载都同出一辙，这极可能就是古人所见到的“五块石”。只是“海眼”与“风暴”的说法让重现天日的巨石平添上一层诡谲之感。

正当他聚精会神于巨石时，一位戴眼镜、身着西装的中年男子来到了他跟前，他抬眼一看，原来是他的老熟人，分管城市文物的市政府副秘书长老方，过去和他打过好几次交道。

“舒教授，你对出土的巨石怎么看？”老方直奔主题。

“如果这些石头真是古时记载的‘五块石’的话，”舒汉正清了清嗓子，“那么关于它有很多种说法，有人认为其是放置在古代卿相达人墓穴前的石表，还有说法石头是古蜀开国君王蚕丛所留的‘启国镇蜀之碑’。当然，还有一种最具神话色彩的说法，石头是上古神仙留在地上的镇海之物。”

“镇海之物？”老方饶有兴趣起来。

“相传一旦移动巨石，澎湃的海水将从石下海眼涌出，顷刻间淹没整个成都平原。”

“你对此有何看法？”

“镇海之说当然只是古人穿凿附会之词。以我多年成都地区的考古经验来判断，五块石极可能是古蜀先民大石崇拜的遗迹。”

“大石崇拜的遗迹？”

“是的，大石崇拜是世界上很多民族在成长过程中都有过的一种祭祀行为，比如英国的史前巨石阵、墨西哥的玛雅巨石金字塔，就在我们成都市内，也有武担石、天涯石、地角石、支矶石这样有迹可循的大石遗迹。我们的古蜀先民是从岷山深处一路迁徙到成都平原，因此从岷山搬移来的巨石自然成为他们对过去与先祖的一种回忆与祭奠。”

“那么海眼你又怎么看？”老方继续发问道。

“海眼的说法在整个成都平原都流传甚广，我想这应该是古蜀先民们对于水患的一种世代相传的恐惧。”

“这又怎么说？”

“成都平原在远古时期曾是浩渺汪洋，但自有人类活动起，海洋就已消失，整个平原都变成了低洼湿地，一旦岷江洪水季节性泛滥，坦荡如砥的广阔平原就成为一片泽国水乡。古蜀先民因此饱受水患之苦。”

“直到李冰父子修筑了都江堰，才使得成都平原成为‘水旱从人，不知饥馑’的天府之国。”老方附和道。

“其实，蜀地治水也不光只是李冰父子的丰功伟绩，在古蜀国被秦国吞并以前，历代蜀王都致力于抵御水患，建筑水利，都江堰只因是最后一个集大成的宏伟工程而被后世熟知。”舒汉正笑着打住了话题，“当然，这个扯远了。”

“我明白了你的意思。你的见解很独到。”老方拍了拍他的肩，“感谢你的解惑。好了，我不打搅你了。”

说完，老方与舒汉正握手作别，舒汉正又陷入了对巨石的探究中。

二

随后几天的挖掘证明舒汉正的推测大抵是对的，考古工作者掘地三尺，也没能在巨石周边发现任何的遗迹与墓穴，看起来孤立的巨石堆真的只是古蜀先民祭祀活动的遗迹。

鉴于大石出土之处已变成开发商的楼盘用地，经过各方协商，政府决定择日将五块巨石整体搬移到距出土地仅四千米的金沙遗址博物馆。很快，成都市政府召开了新闻发布会，向外界公布这一决定。

舒汉正对于这个结果很是满意，在他看来这样保证了大石文物日后得到良好的保护，除此之外更重要的是在他心底认定了五块石与金沙遗迹同属一个文明的产物——都是由古蜀先民在中原文明尚未进入四川盆地时创造的，因此五块石也算是物归原处。只是要让学术界认同他的这个观点，他还需要找出更有说服力的证据。

于是在接下来的周末，舒汉正一个人来到了金沙遗址博物馆。

博物馆坐落于成都城区的西北，占地 456 亩，是在金沙遗址上建立起来的一座遗址类博物馆。当 2001 年金沙遗址被发现时，这周围还是一片荒凉的城郊农田，但随着城市的发展，博物馆周边早已林立起成片的高档住宅小区。所幸的是在阔大的馆区内还是保留了茂盛的植被，以及潺潺小溪，使得游客在瞻仰古蜀文明之光之余还能享受到城市中难得的自然之境。

今天是周日，来博物馆参观的游客很多。舒汉正对这里已是相当熟悉，他径直走进了设施先进的文物陈列馆。

场馆中琳琅满目地陈列着一件件旷世珍宝，这些陈列物都出土自一个深埋于地下的庞大祭祀坑。当舒汉正漫步在馆中，幽暗的光线，空灵的背景音乐声，让他犹如进入了时空隧道，穿越到了 3000 年前的古蜀王国祭祀现场。象牙、玉琮、玉璋、玉圭、青铜立人、石跪坐人像……他的心情不由地变得宁静起来，一个人静静地审视起古蜀文明的脉络。

在三星堆与金沙遗址被发现之前，古蜀国可谓始终笼罩在“开国何茫然”的云雾中，语焉不详的历史只是散见于《蜀王本纪》与《华阳国志》几部古籍的寥寥数言。相传古蜀国先后出现过五位杰出的国王，蚕丛、柏灌、鱼凫、杜宇、鳖灵，他们给后世留下了一连串极其富有浪漫色彩的传说，诸如“蚕丛纵目”“柏灌神化不死”“鱼凫嬗变为老鸹”“杜宇啼血化杜鹃”“鳖灵溺水死然后复活”。这让人很难辨别半人半神的历代蜀王与他们所创造的神秘王国是否真实存在于历史。

所幸的是伴随着三星堆与金沙遗址的相继发现，使得云谲波诡的上古传说成了确凿的信史。

不觉之间，舒汉正来到了展厅的中心位置，在这里他见到了整座博物馆最具盛名的珍宝——太阳神鸟金箔。

光彩熠熠的金箔被展示在一个立体水晶柱之上，纤巧的金箔厚度仅 0.02 厘米，整个图案以精致的镂空方式呈现。太阳神鸟内层分布有十二道蜿蜒的齿状光芒；外层图案由四只逆时针飞翔的飞鸟首足相接，四只神鸟围绕着光芒四射的太阳蓬勃飞翔，因此太阳神鸟又被称为“四鸟绕日”——这展现出远古蜀先民独特的太阳崇拜。

在太阳神鸟前驻足了很久后，舒汉正又踱步到了与神鸟遥遥相望的黄金面具展示区——黄金面具是博物馆中与太阳神鸟齐名的另一件镇馆之宝。只见黄金面具的尺寸与真人面孔相同却外貌迥异：四方阔脸，长方形招风耳，一双镂空的大眼，下眼睑低垂，挺鼻大嘴，尽显出一股岿然不动的王者之风……

忽然间，他发散出几千年的思绪被一个甜美的声音打断了：“我们可以看到，神秘的黄金面具与三星堆出土的青铜纵目面具在造型上几乎一致，差异只在于眼睛的部分——”舒汉正回过神来，原来是一位漂亮的女解说员带领着一队大学生模样的参观者来到了他身旁。

这位年轻的女解说员身着黑色套装，显得精神干练而又落落大方，她声情并茂地讲述着黄金面具背后的神奇：“大家可以看看黄金面具身后的图片展示。相比黄金面具，三星堆出土的青铜纵目面具的眼睛部分并不是镂空，而是有着一对柱状向前凸出的眼珠。”

大学生们将目光齐刷刷投向了在黄金面具背后的展板，上面呈现有来自三星堆的青铜纵目面具，外形果然与黄金面具如出一辙，只是青铜纵目面具多了一对惊世骇俗的突出双眼，这一诡异之处引得大学生们一阵啧啧称奇。

“哇，眼中有犄角，身后有尾巴，谁也不知道，我有多少小秘密，小秘密——”一位调皮的男生竟自编自唱起歌曲。

女解说员也被逗乐了，在掩嘴轻笑后，又继续认真地说道：“大家一定觉得这面纵目面具太过奇幻怪诞，但考古学者考证出纵目面具实际上是古蜀人将自己的始祖王蚕丛神灵化而得——”

“蚕虫？”一个声音小声咕哝道，又引起了一阵哄笑。

“是蚕丛，当然，他和蚕虫也有一些关系。”女解说员耐心地解说道，“蚕丛是古蜀国第一代开国君王，是他率领古蜀先民从不宜五谷的岷山深处迁移到广袤的成都平原，他也是中国历史上第一位将山上野蚕变为家蚕的人。《华阳国志》记载‘蜀侯蚕丛，其目纵，始称王。’‘其目纵’也就是我们看到纵目面具上突出的柱状眼球。还有学者考证出代表我们四川的‘蜀’字就来源于蚕丛，‘蜀’字上部‘目’是蚕丛独特的纵目，而下部‘虫’则表达着蚕丛养蚕的事迹。”

女解说员顿了顿，望着沉浸在她解说中的学生们，他们似乎还在期待听到更多“蚕丛”的“神迹”，于是她继续说道：“四川地区自古流传着许多蚕丛的神话，相传他‘衣青衣，劝农桑，民皆神之’，后世尊称他为‘青衣神’，以至于今天的四川境内还有以他命名的青神县和青衣江。另外值得一提的是传说他拥有不可思议的三百岁的寿命。”

“他一定是外星人——”又是之前那位活跃的男生起哄道。

“当然，这也是一种说法。”女解说员并没有生气，“确实有学者将蚕丛及古蜀文明与天外来客联系在一起，一些科幻作家由此创作出精彩的科幻小说。”

这时候，舒汉正有些沉默不住了，女解说员的解说触碰到了他的一根敏感神经——他一直对古蜀文明来自外星的说法颇有一些抵触情绪，他斟酌着开口道：“古蜀文明尽管是在一个相对封闭的地区创造出的与中原文明迥异的灿烂文明，但并不见得是由外星人带来的。”

“舒教授——”女解说员认出了舒汉正，她激动地向大学生们介绍起了他：“这是我们成都考古学界的大学者，舒汉正先生。他曾参与了金沙遗址文物的挖掘工作。”

舒汉正和蔼地对大家笑了笑：“从金沙与三星堆看起来，古蜀先民制造的某些金器与青铜器的工艺确实要比同期夏商文明先进一些，但这种先进并不是什么神乎其技、高不可及的高科技，只是一些焊接与锻造上的讲究。我相信古蜀先民凭借自身的智慧是完全可以独立地摸索出的。同时，古蜀文明也没有如很多人想象的那样神秘地突然湮没，它只是以支流的形式汇入到了华夏文明，成为华夏文明的一个有机组成部分。”

女解说员赞同地点了点头：“舒教授，再给同学们讲讲纵目面具的来历吧。”

舒汉正望着同学们认真聆听的诚恳样子，又继续说道：“我们看到黄金与青铜纵目面具反映出的奇特蚕丛形象，应当是古蜀先民赋予他们所崇敬的领袖蚕丛‘千里眼’与‘顺风耳’的美好赞颂，是一种艺术化表现，并不见得是写实。”

舒汉正一边讲述着，一边也在梳理着自己的思绪，蚕丛王是古蜀文明一个绕不开的话题，而关于几天前发现的五块石，有一种说法正是它由蚕丛王所留，这或许是他应该入手的一个线索……

三

到了搬迁五块石这天，舒汉正早早地来到工地。他见到今天过来围观搬迁的人并不多，吊车与重型卡车都已经开入了工地，他的学生小秦正在向工人们布置工作。

“舒老师，你这么忙，怎么还亲自过来一趟？”小秦过来招呼道。

“没事就过来看看呵。”舒汉正笑了笑。

“今天真是个好日子。”小秦寒暄道。

“是啊——”舒汉正点了点头，抬头望了望天空，此时太阳高照，秋高气爽，算得上是成都难得的好天气。可也不知为何，他的心情并不轻松。

下午两点，搬迁开始了。

舒汉正屏住了呼吸，紧张注视着吊臂将顶层的巨石缓缓吊起，移向不远处的重型卡车。

这一刻，舒汉正感到四周环境出奇地寂静，忽然间，天空中传来一声雷霆巨响，他慌忙抬头，只见天色正在聚变，之前还明媚艳丽的太阳不见了踪影，阴沉沉的乌云正在飞一般聚拢，接着狂风骤起，一眨眼的工夫，子弹般的雨点就开始从天倾泻而下。

“我的老天啊，天塌下来了——”有人惊叫道。

“海眼是真的！”不知是谁惊恐万分地高喊道。

人群顿时陷入一片恐慌。

“不要慌乱，先放下石头！”小秦临危不乱，沉着指挥道。

受到惊吓的吊车操作员这才反应过来，战战兢兢地操作吊臂，将巨石移回了原处。

然而，狂暴的雷雨并没有因此停止，反而愈演愈烈。

更加让人惊奇的一幕出现了，大雨中的天空竟然逐渐明亮了起来，低低的灰暗云层像是被什么奇异的光亮染色了一般，慢慢变得湛蓝起来。那些破碎的奇形怪状的云块，波浪般翻涌着，一束束斑驳陆离的五色电光穿行其间，这就犹如无边无际、怒涛汹涌的大海倒悬在天穹中。

面对这般从未见过的梦幻奇景，舒汉正忘记了恐惧，他痴痴地呆立在原地，任凭瓢泼大雨将他全身淋湿。这一刻，他恍然醒悟，原来海眼确有其事，只是被古人讹传为“地下”，实则应为“天上”！

蓦然间，像是“上天”在应和他的顿悟，一个巨大的火球突如其来，从天幕直插而下，不偏不倚地降临在巨石的顶部，激起耀眼的幽蓝色的电火花，整个工地的地面也随之摇晃了一下。

这是一道球形闪电！

“快跑！”伴随着惊慌失措的叫喊声，人群惶恐四散。舒汉正也跟着远离了五块石。

在随后的时间里，差不多每间隔十分钟就有一道球形闪电如同在天地间接连起落的光剑，轮番劈向巨石！站在很远处，舒汉正心悸地目睹了这惊心动魄的过程：巍然屹立的五块巨石就如暴风雨中的灯塔，不时地接受着自天幕降落下的奇幻电光。

这样诡异的电闪雷鸣一直持续了一小时，随着雨渐渐变小，天空中云块散去，太阳幡然显现，天空又晴朗了起来。

工地迅速恢复了平静，雨后的地基坑变成了一片积水的泥沼，被雨水冲洗过的巨石依旧岿然不动地矗立在深坑中央，沐浴着太阳的光辉，似乎什么也不曾发生过。

然而谁也不敢再去接近巨石，惊魂未定的人们都在等待着上级部门的指示。

全身湿透的舒汉正只得先回了家。他洗了个热水澡，换了一身衣服，心情始终无法平复。

这一夜，他躺在床上怎么也睡不着。他是一位坚定的唯物主义者，并不相信什么鬼怪神力的超自然事件，在他的认知中，世间即使发生了难以理解的奇事也只是人类一时无法进行科学解释罢了。

五块石引发的“海眼”一定与某种人类未知的自然现象有关。

第二天一早天还没亮，他就急匆匆地赶到了工地。

还没到工地，他就看到全副武装的武警部队已经将现场保护了起来，他被告知工地旁边的一整座宾馆已经被政府包下，作为了临时指挥中心。

当他踏入宾馆的会议厅，看到大厅中围着会议桌坐了不少人，其中大部分都是紧急召集来的各个学科的优秀专家，还有个别的军官与政府官员。

舒汉正为自己冲了一杯浓咖啡，然后找了个位子坐下来。

他刚好赶上中科院成都地理所的梅教授开始向大家做通报。

年届七十依旧精神十足的梅教授站在投影幕布前，声调沉稳地开始了讲述："在座的各位应该都很清楚，昨天下午成都地区出现了一次区域性暴雨，这场暴雨十分罕见地伴随有极光现象，我们初步认定这一次反常的自然现象是由太阳风穿透地球的高层大气层，长驱直入进入到成都上空，剧烈作用于云层而形成。"

梅教授顿住扶了扶眼镜，眉头紧锁地望着台下，他接着补充道："可能很多其他学科的老师不太清楚太阳风的机理，太阳风是太阳表层气体喷射出的超声速等离子体带电粒子流，大部分由质子与中子构成。"

梅教授的一席话引得在场专家的一阵议论。这时，成都物理所的老赵站起身提出了自己的疑问："梅教授，据我所知，我们地球的磁场完全可以抵挡住太阳风的来袭。"

"是的，通常是这样的，但是也有例外。"梅教授说，他打开了一个网页，上面出现了地球磁场的图片，复杂的地球磁场就像是一个变了形的肥皂泡。"大家可以看到，地球磁场一直蔓延到太空外，距离长达数万千米，能够成为抵御太阳风的可靠屏障。不过，这道屏障也并非毫无破绽。2012 年美国宇航局发现地球磁场内隐藏着一个'入口'，这'入口'被称为'X 点'或者'电子扩散区'，当太阳风所包含的磁场方向在局部上与地球磁场方向相反时，两个磁场的交错将导致这个口子开启，太阳风将乘虚而入。科研人员同时还发现，这个口子非常地不稳定，总是时开时合，难以预测。但就在昨天下午，这个口子前所未有地扩张开了，大量来自太阳的带电粒子进入了地球大气层内。"

梅教授的报告让在场的人们都陷入了震骇与疑惑，太阳如此神奇的异动与五块石究竟有着怎样的关联？

"我很想知道我们看到的那些球状闪电是什么？"舒汉正也提出自己的疑问。

"我们没有足够的探测数据，因此只能根据外形去判断，我们倾向认为击中巨石的是一团团等离子态发光体，"梅教授顿了顿，他的表情变得复杂起来，"我猜，它们来自太阳。"

舒汉正双手下意识地抓紧了桌沿："你的意思是太阳与五块石进行着交流……"

"我怎么知道。"梅教授脸上浮现出一丝无奈的笑容，"你们应该比我们清楚。”

“如果真是与太阳交流……五块石……古蜀国的太阳崇拜。”舒汉正喃喃自语般念叨着，他隐约地找到了一些线索。

“我有一个猜想，五块石可能是外星人安置在地球的报警器。”一位年轻人打断了他的话，他是梅教授的助手小刘，一位海归博士，他的语调颤抖而急迫，似乎急于表达自己的想法，“一旦我们触动它，报警器会自动向太阳报警。”

“你的意思是，太阳中存在着外星人？”舒汉正惊异道。

“或许太阳中的外星文明在远古时代就放置这个报警器，一旦报警讯号响起，他们可能会很快现身。”小刘激动得有些语无伦次，“甚至还有一种更加离奇的可能性，外星人实际已经来到我们地球。”

“他们在哪里？”舒汉正急切地问。

“我们昨天看到的闪电，或许就是外星生命的存在形态。他们已经以电磁波的形式进入了地球大气层内，只是我们无法看到——”小刘顿住了，他的眼睛中闪过一丝光亮，然后他又补充了一句，“宇宙中外星生命的形态可能远远超乎我们人类的想象。”

“你的说法真是疯狂——”舒汉正倒吸了一口气，但他还是禁不住将视线移向了窗外。

小刘说出的这一不可思议的猜想引得在场所有人面面相觑，大家开始交头接耳起来。

就在这时，一位年轻的女军官急切地站起身，她的一只耳朵上戴着蓝牙耳机，之前她一直埋头专注于自己的电脑，她大声说道：“请大家安静一下，有紧急情况。”

大厅前端的投影幕布随即切换了画面，幕布上出现了美国哥伦比亚电视台的新闻直播画面，画面中，一位神情忧戚的女主播正在用英语播报新闻，她身后是一幅巨大的太阳图像，只见狂暴的烈焰激荡在猩红如血的太阳表面。

“直播画面是美国 SOHO 太阳轨道探测器发回的实时图片，一个奇怪的物体正在从太阳中心跃出。”女军官不动声色地介绍道。

舒汉正睁大眼睛地注视着太阳，果然，在太阳中心那片星星点点的黑色太阳耀斑之中，一粒微小的金色光斑正醒目地震颤着。

紧接着，金色光斑所在的区域被飞速放大，光斑逐渐显现出了模糊的细节，最后，一个有着流线型条纹、充满金属质感的椭圆形圆盘定格在了画面正中。

大厅中爆发出一阵惊呼声，女军官继续冷静地翻译着新闻：“当探测器捕捉到这个飞行器时，它正位于太阳的光球层，看上去像是从太阳内部跃出，正在向太阳外层迅速运动。它的半径达到了惊人的一百千米。NASA 科研人员表示，难以想象飞行器是如何承受太阳的高温，以及太阳耀斑的电磁波冲击。”

女军官语速极快地说着，忽然，她顿住了，像是接听到了耳机讯号，这一刻，她的表情凝固住了。一分钟后，她抬眼环顾了一圈四周：“来自太阳的飞行物已经进入地球大气层，径直飞到了成都上空。”

这个消息如同一枚重磅炸弹，立刻使得大厅里一片沸腾。舒汉正愣了片刻，第一个冲向了楼下的工地。

四

舒汉正站在五块石前，昂头望着天空，见到了闪耀在蓝天白云间那一面金光闪闪的圆盘，圆盘正飞速地旋转着，越变越大。几分钟后，圆盘停止变大，悬浮在了上千米的高空。圆盘看上去足足有一座城市那么大，占据了他的大半个视野，完全遮掩住了太阳。

舒汉正站在圆盘投下的阴影中，他看到圆盘的几何中心似乎正对着他所在的区域。此刻，他的身旁陆续围聚起了其他人，他们都将作为人类的代表与外星文明进行第一次接触。

缓缓地，圆盘停止了旋转，一动不动地停在了高空。

直到这一刻，舒汉正才看清了飞盘底部的图案，他惊呆了。这个图案他是如此的熟悉：圆盘正中央一团齿轮状的旋涡就如同一轮灿烂炽烈的火球，四只蓬勃翱翔的飞鸟围绕在外层。

这正是金沙遗迹出土的太阳神鸟！

舒汉正只感到一阵眩晕。

他还没回过神来，飞碟底部的太阳形如闸门般缓缓开启了，从中投射出了一道蓝色强光，一个金光闪闪的高大人形在光柱中缓缓飘向地面。

最后，金色人形稳稳地降落在五块石前。

舒汉正睁大眼睛打量着这位太阳来客：他身高超过两米，身着金箔状连体服，有着与人类相似的身形，仅有的差异主要集中在脸部：在一张过于方正阔大的脸颊上，一双黑曜石般透亮的眼睛像螃蟹一样向外凸起，还有一对醒目的招风大耳竖立在脸颊两侧。

这与三星堆出土的青铜纵目面具是何其的相似！

这位表情肃穆的纵目人扭转着突出的眼珠环视了众人一圈，一分钟后，他竟缓步走向了人群！

所有人都本能地向后闪躲，就在这一刻，纵目人向着人群露出了一抹充满惊悚感的笑容，他动作夸张地摊了摊双手，开口说话了：“你们不用感到恐慌，我不会伤害到你们。”

纵目人使用的是相当标准的汉语普通话！人们迟疑着停下了脚步。

这一刻，舒汉正感到纵目人似乎将如炬的目光投向了他：“舒汉正教授，我能与你交流几句吗？”

舒汉正不敢相信自己的耳朵，“你是在和我说话？”他声音颤抖地发声。

“是的，刚才我扫描了方圆一千米内所有人的大脑，在获得你们语言方式的同时还从中遴选出了一位知识储备最适合与我交流的人。我寻找到了你。”纵目人走到了距他两米的地方。

“……我很荣幸。”舒汉正嗫嚅道。

“我想你们对我的到来一定很惊奇。”纵目人露出一丝貌似友善的神情。

“有一点儿，”舒汉正努力让自己镇定了下来，“你是……蚕丛王？”

“不，你们所称的蚕丛王是我曾祖父的哥哥，也就是我的叔曾祖父。他已在4000年前去世于地球。”

“地球……你们来自……”舒汉正心中一个激灵。

“银河系的中心区域。”

“他们”并不是来自太阳。“可你是如何来到地球的？你的飞船似乎是从太阳中蹿出来的。”舒汉正困惑道。

“是的，我的到来确实需要借助如太阳这样的恒星，”纵目人说，“要知道让飞船在广袤的宇宙间以光速飞行需要巨大的能量，随船携带如此多的燃料是不可行的。因此我们的文明选择了取用散布于宇宙各处的恒星的能量形成虫洞的方式，驾驭飞船穿过虫洞实现超光速跃迁。这样一来，一颗颗恒星就如宇宙间天然的驿站，我们可以瞬间出没于任何一颗恒星周围。”

“真是不可思议，这样做不会对恒星造成什么样的影响吗？”

“影响十分微小，像我这次从太阳中跃出只消耗了太阳百万分之一的能量。”

“你的到来是由于我们触发了你们埋藏在五块石中的通讯器？”

“是这样的。”

“你是第一次来到地球？”舒汉正忍不住好奇地问。不觉之间，纵目人的面孔看上去不再那么狰狞可怖，他心中的恐惧在慢慢褪去。

“不，在400年前你们的明代年间，就有好事者曾搬动过巨石，我也被召唤到地球，但我失望地发现那时的人类还不具备与我交流的认知水平，因此我没有与人类进行接触。”

“原来如此。”舒汉正感叹道，如此说来史书中有关移石引发风暴的记载确有其事。

“这么说来你和蚕丛都是来自别的星球的外星人？”舒汉正声音干涩地

问道。

纵目人在听到这个问题后脸上浮现出一丝笑容："我知道你在内心深处并不愿相信灿烂的古蜀文明是由外星人的力量铸就的。"

舒汉正愣了一下，然后有些不好意思地承认："或许是吧，不过在事实面前，我也有着足够的豁达。请你告诉我，古蜀文明真是由你们高等的外星文明创造？"

"答案是否定的，"纵目人意味深长地望着他，"你想不想亲眼见识一番我叔曾祖父蚕丛王的事迹？"

舒汉正心中一颤："亲眼见识……这如何办得到？"

"就在上次造访地球时，我寻找到了深藏于叠溪[①]山林中的蚕丛坟穴，尽管他的尸体早已腐化，但我找到了埋植于他体内的记忆芯片，这块芯片忠实地记录了他生命每一个时刻。我从他一生的影像中剪辑了几个片段，你在看过之后自然就能消除心中的疑问。你愿意试一试吗？"纵目人定定地望着舒汉正。

"我非常愿意。"舒汉正没有犹豫。

"你到我的面前来。"纵目人说。

舒汉正深吸了口气，走了过去。

待他站定，纵目人庄重地伸出右手，将巨大的手掌轻轻地放在了他的额头。

一股柔和的电流迅速流入他的脑中，他不由自主地闭上了双眼，他的意识忽地跃入一个奇异的界面中。

他置身在了一个光亮的封闭空间，宽敞的空间中飘浮着许多超现实的图形，不时闪烁出五彩缤纷的光亮，令人眼花缭乱，与此同时，他的四周还飘浮着数十名纵目人的虚拟影像，这些闪亮的影像只具有纵目人光影绰绰的外部轮廓，都以半躺半直立的姿势悬浮在空中，每个人面前的空气中都浮动着一团疾速变化的符号与图像，他们像是使用眼神操纵着这些数据的变化。全神贯注的他们似乎并没在意他的来到。

这时，一个金色人形实体浮现在他身旁，这正是引领他来到这里的那位纵目人。

"这是哪里？"他问道。

"'漫游号'飞船的控制舱。你现在看到的是蚕丛最后一次执行太空任务的场景。"纵目人说。

"哪一位是蚕丛？"在舒汉正眼中纵目人都长得一个模样。

"你瞧，那位就是蚕丛。"纵目人伸手指向了一个方向。

① 叠溪县又名蚕陵县，地处四川茂汶县以北大约六十千米的岷江东岸，曾是一个县治，1933 年发生的叠溪大地震使这个繁华千年的古城顷刻陷落，变成了一个巨大的高山海子。

舒汉正顺着纵目人指尖望去，一位全身笼罩在与众不同的绛紫色能量场的纵目人出现在他视线中。他的身形显得很是高大魁梧，脸庞上挺拔的五官透着几分英武与威严。此刻的他凛然悬立在半空，四周围聚着相比其他人更多的图像与符号。

他就是古蜀国的开国先王蚕丛？舒汉正的目光不由得变得崇敬起来。

身旁的纵目人开口道："这就是'漫游号'的船长，在我们种族中他的名字是星达。对了，你可以叫我沃坦。"

"好的，沃坦。"舒汉正木然说道。

"现在你可以放松些。这只是一段历史影像，在其中我们并不是真实存在，因此他们感觉不到我们。"沃坦说，"另外，还有一些图像无法呈现的历史背景会自动灌输到你的脑海中。"

舒汉正点了点头。

"来吧，我们到飞船外去看看。"沃坦说。

还没等舒汉正回答，他眼前的场景又跳转了，他们来到了一片陌生的外太空，一艘外形复杂的庞大飞船静止地停泊在不远处。他无依无靠地飘浮在虚空中，四周黑暗而广袤的空间中奇怪地散布着无数大大小小的灰色冰山，像是一个个阴森森的幽灵，漫射出极为黯淡而缥缈的光亮。

正对他的方向上，在无边无际、千篇一律的脏冰雪物质之中，他还能看到一团散发着清透澄澈的黄色微光的圆盘，只有一元硬币大小。

沃坦开口道："你看到的小圆盘是4000年前你们的太阳。"

"太阳——"舒汉正很是意外，"这是哪里？"

"这里是太阳系的边缘，你们称之为柯依伯带。你可以看到，这个区域散布着如冥王星这样永久冰封的小行星和短周期彗星，他们都是由形成太阳的原始星云残存下的。"沃坦平静地说。

舒汉正惶惑地点点头，他从没有想到过自己有生之年还有幸身临太阳系的最边缘。

"你注意朝这个方位看——"沃坦伸手指向了太阳系外。

舒汉正在太空中笨拙地转过身体，他的视线穿过了晦暗的柯依伯带，见到宇宙深处无数星辰正遥远而安静地闪烁着，不，有一颗特别的星星在移动！这颗星星越变越亮，像是一颗彗星正在向着太阳系飞驰而来！

沃坦平静地开口道："这是一颗质量两倍于太阳的暗物质星球，正以十分之一光速撞向太阳系。"

"暗物质星球？"

"是的，这颗星球完全由暗物质构成，当然，你们人类的眼睛看不到它。你此刻能够见到它是因为我为你打开了引力辐射的视角。”

“为什么看不到？”

“因为你们的视网膜只能捕捉到频段非常狭窄的电磁波。然而暗物质并不辐射电磁波，也不与电磁波相互作用，只显现出引力的作用。”

“暗物质星将对太阳系造成什么影响？”

“你们的太阳正好位于这颗暗物质星前进的轨道上。一旦发生对撞，由于太阳中的正常物质与暗物质原子间并不存在排斥效应的电磁力，两者将彼此穿过。但是撞击过程中还伴随着引力的作用，两者相近的庞大质量将使两者都分崩离析，成为碎片的暗物质星将以减缓的速度继续向前，而留在原处的太阳则将爆裂开来。”沃坦轻描淡写地说道。

“我们的地球也将随之毁灭——”舒汉正紧张道，眼前的景象如镜头快放般加速了，周遭那些雾茫茫的冰雪物质像是具有了灵魂似的，陡然向太阳系外的方向飘荡开来，就如同无数的灰色飞蛾正在翩翩起舞。

沃坦开口道：“暗物质球此刻已经距离太阳系很近了，可怖的引力率先抵达了柯依伯带，掀起了彗星表面的蓬松物质。”

舒汉正向太阳系外望去，那团来势汹汹的暗物质已变得比他在地球上见到过的最大的太阳还要庞大！

忽然间，他看到有一团白光从他身旁一闪而过，他转头望去，这是一团犹如沸腾的水银般的巨型物质，散发出幽幽荧光，正摇摇晃晃向着暗物质星飘去。

沃坦开口道：“这是‘漫游号’截取太阳能量制造出的一个微型黑洞，黑洞一路上吸取了大量的物质，并不断辐射出各种射线，因此呈现出光亮的样子。”

很快，微型黑洞逼近了暗物质星，在电光石火之间，黑洞如同一只滑溜的水蛭，从暗物质星行进路径垂直的方向钻入了星球体内。

霎时间，褶皱一般的波澜在暗物质星表面荡漾开来，就如一个陷入巨大痛苦而痉挛挣扎的生命，它的前进变得跌跌撞撞。

转瞬间，变得更加炫目的黑洞又从暗物质星的上端蹿出，疾速地向着太空深处飘走了。暗物质星则沿着被改变的轨道继续前进。

沃坦解释道：“微型黑洞贪婪地吞噬了一部分暗物质后离开，它的作用就是轻轻地推了暗物质星一把，使其稍稍偏离了撞向太阳的轨道。”

“地球得救了？”舒汉正回过神来。

“是的，地球与毁灭擦肩而过。”沃坦说，“当然，那时地球上的人类无法目睹这一太空奇景。只是当‘漫游号’制造出黑洞使太阳丧失了万分之一质量的一刹那，地球的轨道微微向外扩张，人类会感受到大地轻微的震颤。”

“你们拯救了地球。”舒汉正意识道。

沃坦笑着摇了摇头："你不用感谢我们。阻止暗物质星与太阳相撞是我们应尽的职责，实际上在此之前，我们并没有留意到太阳的第三颗行星上还存在着智慧生命。"

"你们的职责？"舒汉正很是不解。

"这颗流浪的暗物质星实际上来自银河中心，是由我们制造出来的。"

"什么意思？"舒汉正更加迷惑了。

"你知道银河系的构成吧？"

"银河系的构成……你能说得更清楚一些吗？"

"你们所谓的普通物质、暗物质，以及暗能量。"

"噢……在宇宙中普通物质似乎十分稀少，更多的是暗物质和暗能量。"舒汉正迟疑道，他科技方面的素养并不差。

沃坦点了点头："是的，构建你我及星辰的普通物质实际上十分稀少，而暗物质占据了银河系所有物质的 20%，暗能量则占到了 70% 以上。"

"这意味着什么？"舒汉正问道。

沃坦沉默了片刻，将柱状眼珠扭转向了太阳系外浩瀚的宇宙："我好像还没有向你说过我来自的银河系联盟。"

"银河系联盟？你们的文明一定非常的先进。"舒汉正喃喃道。

"在银河系中心横跨几万光年的区域中，环绕一个超级黑洞密密匝匝地拥挤着上千万颗恒星，这些恒星大部分都比你们的太阳古老，生命的种子也更早地孕育在这些恒星周围。大约在五十亿年前，熠熠星海之间已经涌现出了上千个不同的种族，他们各自创造出了辉煌的文明，这些形态各异的文明经过了漫长的接触、战争、融合，最终统一成了一个结构松散的银河系联盟。联盟中各个种族间尽管存在零星的摩擦与争端，但总体上仍呈现出一派欣欣向荣的盛世；联盟所掌握的科技达到了前所未有的高度，生命体大多以虚拟的能量束存在，每一个生命需要做的只是挥霍无尽的时光，整个联盟就如一场永不散席的恢宏盛宴。"沃坦缓慢地说着，他的眼神飘忽得很远，像是陷入了对银河系繁荣往事的追忆中，但突然间，他的眼神变得锋利了起来，"然而，一场噩梦般的巨大浩劫却慢慢地浮现了出来。"

"巨大浩劫？"

"是的，"沃坦苦笑了一下，"我们发现在并不遥远的几亿年后，银河系就将从中心撕裂，飞速分崩离析。银河系联盟的共生文明将在这场灾难中走到终点。"

"撕裂？"

"那双将要撕裂银河系的巨手就是暗能量，"沃坦缓声说，"暗能量是一种真空能量，天然内附于宇宙每寸空间中，主宰着宇宙加速膨胀。而我们庞大的银河系是由万有引力积聚而成，一旦银河系普通物质彼此的引力无法抵挡住暗能量的拉拽，银河系就将分崩离析，形成一个个互不联通的物质孤岛。以当时银河系内部天然的物质分布情况，已经快要达到大撕裂的临界点，大撕裂看起来在所难免。”

“有解决的办法吗？”

“当然办法并不是没有。尽管我们无力去改变空间中无处不在的暗能量，但我们可以通过改变银河系中普通物质与暗物质的分布去抵抗暗能量。”

“改变银河系物质分布？”

“是的，我们从对银河系的精细建模中获得了一个方案，我们可以将大量对我们文明无用的暗物质输送到银河系的外围，让这些暗物质如引力胶水一般将银河系结实地包裹起来，此举将大大延缓大撕裂的到来。”

“你们这样做了？”

“是的。”沃坦说，“这项漫长而浩大的工程一直延续到了今天，过去的10亿年中，我们以细微之力一点一滴地改造了整个银河系的形态。如今你们的天文学家观察到的不再是一个摇摇欲坠的银河系，而是一个相比其他河外星系更加稳定的庞大星系。同时，你们还会看到在银河系的外围已形成一圈暗物质分布带，你们称之为暗晕，这些都是我们的杰作。”

“真是难以想象——”舒汉正感叹道。

沃坦继续说：“由于需要运送的暗物质星的数量与质量都过于庞大，通过宇宙间的星门进行搬运是不现实的，我们只得选用最原始的机械方式去跨越银河系近10万光年的半径。”

“原始的机械方式？”

“暗物质多以重粒子的形态大体均匀地分散于银河系中。我们需要将暗物质粒子捏聚成数倍于太阳质量的暗物质星团，再将这些星团流水线般地推送到银河系中央超级黑洞的吸积盘中。借用吸积盘喷射的高能能量流将暗物质星朝预定方向弹射出去，弹射出的初始速度可以接近几十分之一的光速，在运送过程中还将利用途经恒星的引力场对其加速与减速，最终抵达银河系边缘。”

“之前见到的暗物质星就是来自你们的发射。”舒汉正恍然大悟。

“是的，”沃坦说，“暗物质在路途中存在一些事先无法预料的变故，比如有的恒星可能突然提前氦闪，恒星质量场的蜕变将影响到暗物质星的预定轨迹。因此这就需要有一套严苛的机制不断地去修正暗物质星的速度与方向，你之前看到的那一幕，就是我们对暗物质星进行一次略微变道，从而避免了碎裂式相撞。”

“这就是你们的太空任务？”

“是的，这也是我们整个种族的职责。当年银河系联盟对各个种族进行的一番评估中，我们的种族脱颖而出，成为整个银河系的疏浚者。”

“疏浚者？”

“是的，疏浚者，我在你大脑中的汉语词库中寻找到的最为贴切的一个词语是这个了，”沃坦目光深沉地望着他，“银河系面临的危机很像你们古蜀文明所遭遇到的那些水患，暗能量就如永远无法根除的水患，我们无法与其正面对抗，但可以搬运暗物质去建筑堤坝，引导暗能量洪水改道或分流，微妙地维持好整个银河系的动力学与热力学的平衡。”沃坦顿了顿，最后补充道，“我们疏浚过程和你们的古蜀人治水一样，也会遭遇到很多的艰难险阻。”

“我不太能理解你的意思。”舒汉正茫然道。

“疏浚者执行任务的过程经常是险象环生。”沃坦说，“蚕丛的妻子就在一次行动中牺牲，当时她所在的飞船从一个由双星系统产生的星门中跃出，双星中一颗恒星毫无预兆地变成了超新星，由于距离过近，飞船来不及打开防护盾，所有的船员都在一道强光中瞬间化为灰烬。”

“真是遗憾。”舒汉正沉痛地说。

沃坦沉默了一会儿，然后轻声说：“好了，让我们跳转到下一个场景。”

五

舒汉正的视角回到了“漫游号”上，这时飞船内变得热闹起来，完成了任务的纵目人欢快地庆祝起来，他们如变魔术般变换出各式各样超现实图形，让飞船空间变得更加流光溢彩。在一片肆意的狂欢中，舒汉正注意到只有蚕丛一个人呆立在一个角落，看上去心事重重。

这时，纵目人也察觉到了他们船长的反常，船舱内变幻的光线骤然停了下来，大家都关切地望着蚕丛。

一位纵目人酝酿着开口道：“老船长，这次你带领我们出色地完成了任务。可不知为什么你似乎并不开心。是马上要退役的缘故吗？”

蚕丛怔了怔，迟疑着开口道：“或许是吧，这片星域是我太空生涯的最后一站了，想到就要永远地离开‘漫游号’确实是一件令人惆怅的事情……”

蚕丛感伤的话语让所有人都陷入了沉默。

这个场景看得舒汉正一头雾水。

身旁的沃坦解释道：“你现在看到的蚕丛已经年满 1200 岁。我们纵目人拥有差不多 1500 年的寿命，按照联盟的规定，年满 1200 岁的疏浚者必须退役，回到母星安享剩下 300 年的光阴。”

舒汉正点了点头，这时他看到有一位纵目人滑到了蚕丛身前。

“噢，老船长，暂时忘掉忧伤吧。我有一个振奋的消息要告诉你。”这位纵目人兴奋地说道，“我发现我们此刻所在恒星系的一颗蔚蓝色行星上存在着智慧文明，也就是说我们不经意地拯救了一个文明。”

“是吗？”蚕丛充满了怀疑。

“你看吧——”他的话音刚落，一幅全息图像浮现在了控制室顶上，浮光掠影地展现出当时地球上并行的几大文明：一座座气势恢宏的金字塔巍然屹立在古埃及尼罗河流域，腓尼基人庞大的舰队正在大西洋上扬帆远航，古希腊文明在爱琴海边悄然兴盛，中国黄河流域的两大部落正在胶着鏖战逐鹿中原……

这些文明的影像让所有的船员都感到了深深的震惊，他们惊叹于在如此偏远荒凉的银河系旋臂末端，竟然还孕育出了这般生机盎然的文明。

“看上去这些文明都还很稚嫩，甚至相互间还没有交流。但这已经足够不可思议了——”蚕丛感叹道，突然间他有了一个主意，“现在离预定返航日期还剩下一段时间，我们可以在这颗蓝色星球随机选择一个偏僻区域降落，享受一次难得的原生态假期。”

蚕丛的提议得到了众人的响应。纵目人纷纷将虚拟影像注回到沉睡已久的实体身躯中，等待着蓝色星球之旅。

很快，舒汉正视角跳转，他见到飞船悄然进入太阳系内层，跃入了地球大气层，降落在一个被大山环绕、极具原始风貌的盆地中。

“这里就是 4000 年前的四川盆地。”沃坦介绍道。

“唔——”舒汉正惊奇地环顾四野，只见茂盛的绿色丛林密布整个平原，各种野生动物出没其间，让他眼前一亮的是成群结队的亚洲象正在林间悠然漫步，只是当时盆地中人烟很是稀少，零星的人类部落孤立地分布在地势较高的小山丘上，这些古蜀先民以树叶兽皮裹身，以狩猎为生。

接着，他见到大队的纵目人走下了飞船。

在不远处，正好有一群古蜀人在围猎一头野猪。

蚕丛带领着他的船员缓步走向了人群，古蜀人停止了捕猎，他们充满惊愕而又好奇地打量着这群奇怪的来客。蚕丛用他们的语言大声向古蜀人喊话，释放了善意，然后他们走近与古蜀人交流了起来。

“他们会传授给古蜀人一些先进知识吗？”舒汉正突然意识到。

“不会的，”沃坦微笑着说，“按照银河系联盟文明交流法则，高等文明不允许向低等文明输出科技，低等文明只能依靠独立进化的方式去达到加入联盟的门槛。"

"哦。"舒汉正似懂非懂地点了点头，紧接着，他眼前的场景又进入了快进模式，在随后的时间中，他看到纵目人们在早春三月的成都平原度过了一个惬意的假期：他们操纵着久违的古老身躯漫步在风景秀丽的大地上，用真实的肌肤去亲近大自然的草木鱼虫；他们与古蜀人一道狩猎，傍晚围坐在篝火旁大口吃肉，跟着古蜀人载歌载舞……然而，20多个地球日很快过去，返航的日期临近了，纵目人们不得不收拾心情返回了飞船。

这时候，画面的跃进戛然而止，进入了正常的时间流速，舒汉正知道自己又将目睹历史性的一刻。

他的视角回到了飞船上，准备返航的纵目人们似乎陷入了一场不小的争执。

所有的船员都情绪激动地围拢在蚕丛身边。

"老船长，这里不是纵目人应该待的世界。还是跟我们回母星吧。"一位纵目人着急地恳求着蚕丛，他是"漫游号"的船副。

"不，大家听我说，我并不是一时犯糊涂。"蚕丛目光定定望着大家，认真地说，"在这段并不长的日子里，我与这些质朴的盆地人朝夕相处，成了朋友。尽管他们衣不遮体、居无定所，甚至也不知道崇山之外尚存在着其他更强的文明。但就是在这样一个充满了瘴气、野兽、天灾，危机四伏的盆地中，他们积极顽强地生活着。他们坚毅而乐观的性格深深地感染了我。他们告诉我，他们所面临的最大灾难就是到了夏季，连日的暴雨加上一泻千里的洪水将吞噬他们的家园，夺走很多人的性命。因此，我决定留在这里和他们一起抵抗洪水。"

蚕丛的话让舒汉正的心扑通一跳，原来蚕丛决意留在古蜀地。

船副急切地挽留道："抵抗洪水？你可是我们的船长，一名银河系疏浚者啊！"

蚕丛微微笑了笑："是的，我曾是一名银河系疏浚者，并深以为荣，可现在退役让我感到了从未有过的失落。但是在这片盆地中我又寻找到了相似的职责与激情，我会用疏通暗能量的热忱去疏通凶猛来袭的洪水。"

船副无奈地摇了摇头："难道你愿意舍弃故乡母星？"

"说实话，600年前我的妻子已经丧生太空，我们没有子女，因此银河系中心的母星对我来说已经没有太多的眷恋。"蚕丛抬眼望着众人。

船副打断了他的话，"可是你不能违背文明交流法则啊——"

"我已经想过了，我愿意卸下高科技的外壳，只作为一个单纯的生命个体融入这些原始部落中。"蚕丛语速缓慢地说出了像是经过深思熟虑后的决定。

所有人都惊讶地望着老船长了，他的选择无疑作出了惊人的牺牲。

船副又说道："可是你大脑中还存储着大量科技知识，完全可以制造出改变他们文明层级的工具。”

“这我也考虑过了，我可以在飞船上接受一次记忆切除手术，将大脑中的前沿科技删除，只保留最基础的常识，我想这应该是法则所允许的。”蚕丛目光深沉地望着船副。

“这应该是允许的——”船副愣怔了半天，最后说道。

这一刻，蚕丛露出了宽慰的笑容：“谢谢大家。”

接下来，蚕丛走进了飞船的生命舱，平躺进一个长条状仪器中，片刻之后，他大脑中的一部分知识储备被删除了。

很快，蚕丛从仪器中走了下来，精神奕奕地向已恢复能量态的纵目人们挥手告别。

“老船长，我们还有一个请求。”一位纵目人急切地呼唤道，他是飞船上负责搭建星门的工程师炽木，“我们为你准备了一枚通讯器，无论你什么时候回心转意，都可以使用这个通讯器通过太阳中继站向母星发去消息，飞船很快就会来接走你。”

炽木说完，一块闪亮的水晶体飘浮在了空中。

蚕丛怔了一下，还是伸手接过了水晶体。

“老船长，我们会一直等着你的消息。”炽木感伤地说。

这一刻，所有纵目人的能量束都汇集在了一起，形成了一个旋涡状能量场，恢宏的能量场剧烈地震荡着，然后分离成了五团紫红色能量球，这是他们纵目人最初诞生的恒星系的五颗太阳的模样——他们用这样的方式默默地送别他们的老船长。

蚕丛向着五颗“太阳”庄重地深鞠了一躬，转身走出了飞船。他的双脚再次踏上夜色苍茫的古蜀大地，大步走向了远方的村落。

他身后的飞船迅速地升空，瞬间消失于无形。

舒汉正眼前的世界又飞快跳转起来，在一幕幕快进的画面中他目睹了蚕丛在古蜀大地的生活轨迹。一开始，蚕丛只是一个小部落中身份普通的族人。但随着时间的推移，蚕丛凭借沉稳果敢的性格和广博的知识赢得了族人的信服。老首领过世后，他被族人一致推选为部落首领。在他的带领下，族人筑坝围滩，排水泄洪，顽强地与洪水抗争。当凶猛的洪水退去，他又因地制宜指导族人开垦荒地，广泛种植谷物，使族人从单纯的狩猎向农耕生活过渡。同一时期，蚕丛甚至发现野蚕会吐丝的特性，于是他常年在野外风餐露宿，最终摸索出了一套将野蚕变为家蚕的技巧……逐渐地，部落被他经营得日渐强盛，逐步统一了周边大大小小的部落，终于，蚕丛成为整个古蜀大地唯一的国王，并拥有了一个非凡的尊号——“蚕丛王”……

史诗一般演进的古蜀文明，远比舒汉正读过的任何一本历史论著都来得波澜壮阔，在他渐渐润湿的眼中，蚕丛的身影变得愈发高大、鲜活。

200 年的时光很快过去，舒汉正眼前的图像再次放缓。

他目睹到了一场规模隆重的祭祀典礼。

蓝天、白云、高高在上的太阳，蚕丛与他的子民盛装出现在一片开阔的平原中。相比 200 年前，古蜀人都穿上了朴素的丝质衣衫，而他们的国王蚕丛身着一袭精致大气的青色长袍，头上包着青色的头巾——这正是古籍中记载的蚕丛“青衣神”的样子，看上去他的身板依旧挺直，但面容却显得苍老了许多，他似乎已步入了生命的暮年。

舒汉正注意到在蚕丛的身后，矗立着一架以象牙为轴的巨大滑轮，以及从岷山深处搬来的五块嶙峋的巨石。上百名古蜀国祭师手持着众多象征太阳崇拜的图腾：金质的太阳神鸟、青铜太阳神树、青铜太阳轮……

祭师们齐声吟唱起赞颂太阳的歌谣，在充满灵性的歌声中，蚕丛郑重地伏下身来，双膝跪地，朝太阳跪拜。他身后的古蜀人也跟着虔诚地跪拜起来。

“古蜀人什么时候兴起了太阳崇拜？”舒汉正好奇地问。

“崇拜蚕丛的子民逐渐将他神灵化，他们开始不厌其烦地追溯蚕丛的来历。那时蚕丛的纵目双眼已经看不到夜空中他的五颗母星，他也只有将太阳作为他思乡的寄托。最后，他避重就轻地告诉子民他来自太阳，由此古蜀人一步步形成了太阳崇拜。”

“这么说来神鸟图形是古蜀人自发创造出的。可 4000 年后……太阳神鸟又为何会出现在你的飞船上的？”舒汉正琢磨道。

“舒教授，你不必为这个问题困惑了，”沃坦笑了笑，“我是为了纪念我的叔曾祖父蚕丛，将飞船临时改变成太阳神鸟图案。”

“明白。”舒汉正把视线转回了蚕丛。

此刻，蚕丛结束了跪拜，他开始指挥起了五块巨石的堆叠。

古蜀大力士们高喊着号子，齐力拉动滑轮的绳索，缓缓将巨石吊起，移向一个隆起的平台。

巨石被一块接一块地堆叠起来，当叠上第四块巨石时，蚕丛挥手命令暂停了工程。

蚕丛一个人爬上了巨石堆的顶端，待他站定，他转动着柱状眼珠在巨石表面搜寻到了一处凹陷，然后从身上摸出了一个水晶体，这正是他的船员留给他的通讯器！他小心翼翼地将水晶体放进坑中，而后覆土将其掩埋。

随后，他回到了地面。

接着，第五块巨石缓缓落定。

这时沃坦开口了："你刚才看到了，蚕丛将通讯器埋藏在第四块巨石的表层，同时还设置下一个机关，一旦有人搬起表面的石头，通讯器就将接通母星。"

舒汉正恍然道："我们就是这样触动了通讯器。可是，蚕丛这样做究竟是出于什么目的？"

"这就不得而知了，"沃坦摊了摊手，"或许蚕丛始终怀念母星，他是在用这样决绝的方式彻底切断与母星的联系。而将通讯器放置在第二块巨石中，或许是他希望自己死后有人会触动通讯器——"

"纵目人会来到地球？"舒汉正很是不解。

"或许是他希望同类能够发现他在地球的事迹，从而认同他当初的选择。另外还有一种可能，蚕丛此举是为他的后代子民留下一扇窗口，让深居盆地的他们能有机会去领略一个更加广阔的世界。"

舒汉正怔怔地点了点头，他又将目光投向了蚕丛，此时的蚕丛仍如雕塑般默立在五块石前，熠熠的太阳光芒将他衣袂飘飘的身影勾勒出金色的轮廓……

这时，舒汉正听到了沃坦对他说："好了，蚕丛的故事到这就结束了——"

舒汉正只感到眼前一晃，栩栩的古蜀世界蓦然消失。

他猛地睁开了眼睛，自己又回到了4000年后的五块石现场。

他恍然四顾，视野中变得斑驳的五块石边没有了青衣蚕丛的身影，他看到了四周的人们都在为他的苏醒惊呼不已。

沃坦仍伫立在他的面前。

他又环顾了一圈远处鳞次栉比的高楼大厦，感受到一种时光错乱的恍惚感。这真可谓是"玉垒浮云变古今"，4000年前原始风貌的盆地已经变成物华天宝的天府之国；年年洪水泛滥时的汪洋泽国变成了沃野千里的鱼米之乡；曾经偏居一隅的闭塞文明如今已融入了多元广阔的中华文明之中……

蚕丛在天之灵如果能看到今日蜀地风貌，他一定会对他当初的抉择感到欣慰。

这时舒汉正耳畔传来了沃坦的声音："很多时候，生命体总会产生一种错觉，觉得文明是一种极其稳定的自然延续，然而，事实上所有文明都是短暂的存在，大到银河系，小到你们的蜀地，伴随着文明的扩张，大自然和宇宙总会不时显露出冷酷的一面。"

"我能理解你的意思，"舒汉正思考着说，"我们地球上曾有过一些兴盛一时的文明，很多都毁于自然灾难。4000年过去了，我们战胜了洪水，在这块土地上长久地安居乐业，但我们仍会遭遇大自然一次次新的挑战，几年前的汶川大地震和最近的芦山地震都带给了我们不小的冲击……文明延续确实充满艰辛与不易。”

“是的，很多时候，我们无法选择文明繁衍的土地，但我们可以提高与土地和谐相处的智慧。”

“谢谢你为我们揭示的哲理。”舒汉正感动地说。

“好了，我算完成了蚕丛的遗愿。我要返航了。”

“你还会回来吗？”

沃坦笑了笑：“我已经取回了水晶通讯器，我不会再光临地球。请转告你的同胞，你们地球文明还有一段漫长的道路要走，你们将在一个封闭的条件下独自发展直到达到加入银河系联盟的门槛。到那一天，你们的文明与我们的文明还会相见——”

“再见！”沃坦向着所有人挥了挥手，然后飘向天上的飞船。

很快，沃坦进到了飞船中，随后飞船旋转了起来，飞一般地缩小，消失了。

舒汉正久久地仰望着天空，蚕丛的子民们会坚强地生活下去，在这一片盛产诗人、美食、美酒、蜀锦与盐的传奇土地上继续生息、繁衍，“青衣一曲绕山水，青衣神在白云端”的歌谣还将在蜀人中世代传唱，永远激励着蜀人不断前行。

九天开出一成都

谢云宁

将成都称作故乡，我心里多少有些底气不足，毕竟我出生在一座距离成都一百多公里的川中小城。但回头想来，自己从十八岁来到成都求学就没有再离开过，在成都待的时间已然超过了第一故乡，在这里自己也创作出好几篇与成都有关的科幻小说，我不禁有些释然。

小时候，我曾跟随父母多次来过成都。记忆中真正第一次深入接触成都，是十五岁那年，我与三位同学结伴来到成都旅行。

我们的第一站是后子门的成都体育中心，看一场全兴队甲 A 联赛。而今二十六载光阴似水流年，全兴队早已解散，成都体育中心因挖掘出大规模历史遗迹而变成了东华门遗址公园的一部分。包括成都体育中心在内的大片区域将被统一打造，复原出隋唐人文胜景——摩诃池。假以时日，昔日皇家园林旖旎风光得以重现。“城址不改、城名不变”的成都文脉一直在这里生生不息，从未间断。

得偿所愿欣赏完全兴队比赛之后，我们旅行的下一站是都江堰。

说实话，去之前我对这趟旅行是不太感兴趣的，毕竟一项远古的水利工程与身处科技时代的我们似乎并无太多干系。

然而，真正站在都江堰的堤坝之上，面对滔滔奔涌而来的岷江，我感受到了从未有过的震撼。

宽广的河道之中，来自视野最远处皑皑雪山的浑浊河水，似乎在辗转奔突的山间积蓄了无穷的力量，初一涌入平原，就如一只陡然爆发出蓬勃生命力的巨兽，翻卷浪花，狂野恣肆。所幸坚实的堤坝抵挡住了猛扑而至的河水，将其一分为二。桀骜不羁的河水被生生肢解，分成了外河与内河，内河流向身后的宝瓶口、飞沙堰，最终被驯服，成了平原上用于灌溉良田的一条条内江沟渠。

在了解完都江堰协调配合的三大主体工作原理后，我更惊叹于古人的智慧，天人合一，乘势而为。正是都江堰的修建，将一遇洪水便水患不休的蜀地变成了沃野千里的天府之国，至今仍在福泽后世。

这一次意气飞扬的都江堰少年游，令我毕生难忘。

三年后，我考入四川大学，正式成为了成都的一分子。

当我穿行在这座城市之中，时不时被一些地名所触动，遇仙桥、送仙桥、升仙湖、草堂路、大慈寺、五丁桥、天涯石、琴台路、魁星楼……令人浮想联翩。三国文化、诗人将相、古蜀文明，缤纷的神话传说、野史志怪，浑然天成地融入了如今烟火气十足的市井巷间。让人心生“今夕何夕”的恍惚感。

历代诗人留下的颂咏成都的诗句似乎很多也深藏着科幻的元素，“易求合浦千斛珠，难觅锦江双鲤鱼”“庄生晓梦迷蝴蝶，望帝春心托杜鹃”。

成都是一座闲情逸致、自由包容，又不乏先锋创新的城市，这与科幻骨子里的精神很相似。在这里，大学时代的我开始了科幻创作，源源不断的灵感穿过了成都平原大石垒压的海眼，飘然抵达了我的笔下。

回溯《五块石传奇》的创作缘起，无须讳言，此文受到童恩正先生《石笋行》的影响。童恩正先生身为川大考古系教授，创作出很多有关成都历史的科幻小说。年少时读到《石笋行》，当石笋幡然变身为宇宙飞船冲天而起，心潮为之澎湃不已，但又对故事戛然而止感到有些不过瘾，神秘的“外星人”究竟来自宇宙何处，如果与人类的“第一次接触”又会是怎样一番奇境？循着童先生以三星堆为主题的《在时间的铅幕后面》，我将五块巨石的主人畅想为蚕丛王，作为具有银河系疏浚者身份的高级种族的他选择留在地球，带领古蜀先民抵抗肆虐的洪水。

因为写作本文的缘故，我重读了一遍小说，突然有了一种新的感受，为何自己会设想出蚕丛治水这样的小说情节？

我想，这何尝不是少年的自己站在飞沫四溅的都江堰，目睹到那波澜汹涌的岷江河水的一种岁月回声。

谢云宁，中国“硬科幻”代表作家。多次荣获华语科幻星云奖、银河奖等奖项。其作品视野开阔，多以宇宙天文、计算机、生物工程为主题，追求科学硬核与人文关怀的有机结合。《穿越土星环》获第三十二届银河奖最佳长篇小说奖、第十二届华语科幻星云奖最佳长篇小说金奖。

风起华西

2018年初，我在报社的工作经历了一些变动，渐生去意。临行前，师父问我："什么时候回来？"我说："太累了，先回老家休息一段，过了节再说。"其实我们都知道，关键不是累，是焦虑。进社前几年，焦虑的是选题突破不了，后来即使突破了选题，稿子也常发不出去。早已不是师父入行的那个黄金年代，我常在深夜的编辑部里，看着屏幕上那些永远发不了的文字发呆。正在发生的历史，新闻背后的新闻，入行时曾让人热血沸腾的语言已经抓不住我，走的人不止我一个，比留下来的多。师父和我都清楚。

上大学开始，远游多年，工作之后，更是事务繁忙，每次都是临到除夕，才匆匆回乡，在寒暄中稍坐一两日，就又踏上返程。陡然闲下来，竟有些不适应。在终日晦暗的天色中，睡了几天懒觉，手机划来划去，直到再也没有新消息弹出，我终于坐不住，打算出去走走。

外婆在厨房问："去哪里喃？回来吃晚饭。"我说："去华西。"

华西医科大学曾是外公学习工作过的地方。小时候在老家过春节，家里没有暖气，更没有空调，坐得膝盖冷了，就跑去华西坝的院子里玩一下午。后来华西医科大学和四川大学合并，我一直改不过口，仍是叫华西医科大学。那天的华西医科大学仍是记忆中的样子。20世纪初，传教士在中国创立十三所教会大学，华西协和大学就是其中之一。英国设计师设计了别具一格的华西建筑群，乍一看去，飞檐斗拱，雕梁画栋，似乎是中华正统，但细细打量，黢黑楼体间，有以鲜红正黄葱绿装饰的无名小兽，都经过某种变形，形状奇诡，仿佛《山海经》造物，曾多次出现在我幼时的梦境中。

晦暗天色中，栀子树叶沙沙作响，黄角兰香若有若无。转过钟楼，荷花池里半塘残荷，银杏树叶金黄，落了满地。几位老人在池边的回廊里闲坐，摆龙门阵。小时候我曾在池塘里捉蝌蚪，还用石头垒起水坝，挡住淙淙而下的小溪。一阵风起，银杏叶纷飞，池边角落里，一块不起眼的石台慢慢现出形状。

抗日战争时期联合办学纪念碑

一九三七年秋，抗日战事起……齐鲁大学，金陵大学……先后迁蓉……联合办学……国难深重而弦歌不绝……

外公在世时，曾说过成都的牛奶、蜜橘，都由抗战时内迁的洋派教授们引进。但如今的成都，三国的武侯祠、唐代的草堂、望江楼犹在，有关那段历史的遗迹，只存于这个远离游客的角落里。外公受华西遗风影响，一生对仪容有苛刻要求，直到晚年，仍然裤缝笔直，衬衫服帖。于我而言，这就是那个时代留给我的唯一印象。彼时我对历史不感兴趣，职业要求我更多地关注当下与未来。比起国计民生，那些故纸堆中的往事，不过是有闲阶级茶余饭后的谈资。

罗老就是在那时出现的。

阴沉天色中，他独自坐在廊下，冲我招手。我笑着摇头，他叹了口气，我忽然有些惭愧，职业使然，我很容易分辨出那些想要讲述却无人倾听的时刻。我在他身边坐下，听他絮絮叨叨地讲起了往事，开始只是礼貌性地点头附和，慢慢挺直脊背，甚至屏住气息。待到告一段落，我才发觉夜幕四合，地面早已被细雨浸湿。

我问："您说的这些，可还有证据？"他说："在那块碑后面，你去摸噻。"

我伸手，慢慢摸索石台背后，试图从指尖的触感中重新拼凑出那行粗糙的字迹——"中央研究院李庄特别行动组纪念碑"。

它的确在那儿。那个小镇的名字，以及那个意义重大却语焉不详的指称。在罗老的讲述中，那是八十年前的往事留下的唯一印记。

我激动万分，转过身，发现罗老已经离开了。

而我在这一年中，数次往返于成都与那个川南小镇之间，还跑了几趟重庆和上海。我想从模糊不清的史料记载和当地零落的遗迹中，交叉验证信源，却最终只得到一个故事。一个过于离奇无法见诸报章，又过于厚重无法完全视为戏说的故事。犹豫良久，我组合了各种资料，以罗老的口吻写下这个故事。这算不上一篇调查报道，而更像一个老人的梦。

我叫罗金福。民国二十九年，我十四岁，在李庄镇张家大院的省立宜宾中学念书。学校为了躲避日本人的空袭，在1939年迁到乡下，可乡下的日子也不好过。那一年，春旱接着伏旱，水井用两根竹竿都扯不起水。豌豆、麦子都颗粒无收，我们就摘了榆树叶蒸来吃，到最后，连榆树叶都吃完了。

6月份，宜昌沦陷。到了10月中旬，就有木船装了一船一船，贴着"中央"字样封条的板条箱，从宜宾驶来，在李庄的木鱼石卸货，总数有几百个，开始我们不知道里面是什么。木鱼石是李庄板栗坳山下，一块形状像木鱼的江石。那时候，从长江上来的旅客与货物，都是坐了民生公司的驳船，溯江而上到宜宾，再转木船，到李庄。

先生们也是在那时候到李庄的。从10月底到12月初，木鱼石上的木船往来不断，羊街的姚家大院，麻柳坪的钟家花园，还有水井街的张家大院等，渐渐住满了同济大学的师生，研究院的先生们和眷属们。当地人管他们叫作"下江人"。

一开始，我不明白先生们是干什么的，只知道是做研究。那时，战事节节紧逼，从东北到海南岛，国土沦陷了大半，谁也不知道长江天险能挡到什么时候。就在几百公里外的重庆，大轰炸已经死了几万人。就连我们中学里，也没有几个人能安心学习。那些远来的先生们却不一样。

牌坊头有一棵大桂圆树，早上工友在桂圆树下一摇铃，分住在六七个大院里的先生们，就夹起书本稿纸，到研究所的各个办公室里上班去。下午再一摇铃，就下班回家。他们各上各的班，比我们上课还清静。

我从窗缝里看过他们的研究室，只有一桌一椅，连个书架也没有。他们就整日坐在那里，读书、抄材料。有时，还能看见那些拆了封条的板条箱，放在屋子昏暗的角落里。那些箱子里到底是什么？值得先生们冒着战火，一路颠簸，从卡车、火车，换驳船、木船，送到这山坳里？那时候，镇上的很多人，都和我一样好奇。可没想到，就是这箱子里的东西，险些酿成大祸。

那是 1941 年，春节刚过的一个早上，我照例从镇上的小石印社取了报纸。住在板栗坳的几位先生身体不好，托我帮他们跑腿。可还没等我爬到石梯的一半，就碰上了给先生们送菜的老李，慌慌张张地挑着担子往山下跑，抓住我说："小罗，莫去！莫去！研究所去不得了！"

"怎么了，老李？"我莫名其妙。研究所的先生们个个文质彬彬，虽然不大与村里人交往，但平时待人也都和气，怎么把老李吓成这样？

老李眼睛圆睁："吃人了！下江人，吃人了！板条箱子记得不？怪道他们遮遮掩掩，那里面，脑壳，肋巴骨，我全看到了，全是人骨头！"

我吓了一跳，半信半疑："不可能吧。"

可是老李不听我说，下山去，一边走，一边喊："吃人了！吃人了！"

乡民被惊动，都拿出了竹梆，跑到山顶上敲。不到两个时辰，喊声、梆梆声就传遍了整个镇上。不少人家在自家门上挂起了照妖镜，点起了柏枝。镇上的老人们开始窃窃私语沉塘的规矩，县长和驻军头目如临大敌。

我敲着板栗坳上的戏楼院的厢房木门。老李看见的人骨头，就是在这间屋里。

开门的是梁先生，他一身长袍，身量很高，几乎从不出门，神情里却总是疲惫。

我说："梁先生，山下都在传，研究所吃人。您要小心。"

他笑了笑，说："谢谢你。"没有继续接话，准备关门。

我忍不住问："梁先生，那箱子里到底是——"

他说："那是不惜性命也要保护的东西，也是武器。"

我没明白。无论那个箱子里的东西是什么，先生们怎么也不像能拿起武器，上战场的人啊。

后来回想起来，那时即使梁先生向我解释了特别行动组的使命，限于学识与经历，我也不会理解。但是我记得梁先生语气中的敬畏与热忱。过了很久我才明白，某些时候，不需要打开门，只是在门口一瞥就足够了。

空气中的不安持续了几个月。待到蝉鸣幽树，蛙噪稻田的初夏，研究所在李庄的田间坝上，举行了一场具有全国水准的文物科普展览。那一个个神秘的板条箱被悉数打开，里面是殷墟的殉葬人骨骼、甲骨文碎片，还有各式各样的石刀石斧、骨环骨针、青铜鼎、盨、簋、觚。李先生、梁先生、董先生等大学者担任解说员，介绍考古和历史学工作的任务、性质、意义。海报从李庄到南溪，到宜宾，沿着长江两岸，顺着条条山路广为张贴，参观者不光是李庄的父老乡亲，成都、重庆、泸州等地的人们也都扶老携幼，纷纷赶来。乡亲们不再害怕吃人的下江人，柴米油盐又重新送进了先生们的院子里。只有我觉得，在梁先生说的话里，还有另外一重我尚不能体会的含义。

1941 年夏天，太平洋战争爆发。日本人对重庆的轰炸更疯狂了。镇上虽然没有敌机轰炸，但是人心惶惶，米价飞涨，中学停了课。我却不想回乡下老家去。战火虽未烧到山坳里的小镇，但早已搅碎了平静。看着那些比我大不了几岁的大学生们利用铁棒固定滑轮，做上下起吊，用圆木固定滚筒，前后平移，把东岳庙里的古老神像请出去，开辟出一间教室，又从下游运来直流发电机零件，自行组装，供应全镇照明和机器打米，即使是大字不识的乡亲们也能体会到，声光电化具有的奇妙力量。

最吸引我的是南华宫。我常常混在学生堆里，去听理学院里那些南腔北调的先生们讲课。我在中学只学了初等的算学和国文，对于课程中的大多数知识是听不懂的，好在我认识了程大哥。程大哥是理学院物理系的助教，曾经留学德国，1937 年底回了国。他性格开朗，一头自来卷，每天都用梳子沾了刨花水，梳得油光水滑，穿着一身格子西服，很是洋气。我和他在镇上的石印社认识，他来给学校的油印报社采买工具。后来他见我好学，就帮我办了旁听生的身份。他常常用通俗易懂的方式给我讲解那些奇妙知识，讲人是如何由猴子进化而来，时间如何与空间相互变化，也讲飞机为什么不会掉下来，甘油又是如何与硫酸化合形成炸药。他说比起现代西方文明，中国在科学上实在是落后太远，所以面对飞机大炮，我们不得不东躲西藏，从南京、上海，到成都、昆明，再到李庄这个山坳里。每当说到这里，他都会握紧拳头，像随时要奔赴战场的士兵。

在这样的情况下，板栗坳的先生们，在我眼中显得越发不合时宜。我仍帮他们跑腿，但对那些板条箱中的事物，渐渐失去了兴趣。只有那一次，梁先生所说的武器，让我有点儿放不下。

1941 年秋季的一天，我照例从石印社，给戏楼院的梁先生送材料。梁先生此时已经卧病不起，他在病榻旁放置了几张台面，堆满了书稿和资料，又弄了一块木质写板，可以坐在床上，垫起后背随时书写。他那天兴致出奇地好，竟然叫我进去坐坐。他垫起后背，在写板上的纸上描画，问我："小罗，你不是对考古感兴趣？你刚送来的这部印好的书稿，就是关于仰韶、龙山，和殷商文化叠压关系的考古报告。这是我们第一次判断出这些文化的发展序列。"剧烈的咳嗽打断了他，我赶忙给他倒水，多时的疑惑脱口而出："梁先生，你都病成这样了，现在这个时局，这些研究就是印出来，又有几个人看？"

咳嗽声更剧烈了。我后悔不该说那话，不敢抬眼看他。待他终于平静下来，消瘦的面容上，竟露出微笑。他说："小罗，我现在没法告诉你全部，但是，我们这些故纸堆中的功夫，也是有一些用处的。假如顺利，12 月就会有转机。"

我那时以为他是发了烧，开始说胡话。直到 1941 年底，一封封重庆发来的电报，突然在小镇凝重的空气中激起了一波又一波涟漪。程大哥带领油印报社的同学，连夜印出了一张张传单，在人们手中传阅着。人群议论纷纷，有兴奋，也有焦虑。每个人都能感觉到，这场席卷全世界的艰苦战争的走向，可能就在 1941 年 12 月上旬，那个冰冷的早晨悄悄改变了。

我紧紧握着传单，三步两步地跑上高石梯，直奔戏楼院。我想要跟梁先生通报，更想知道，难道那些板条箱里，真的隐藏着他所说的秘密武器，可以让他在几个月之前，就能知道千里之外的太平洋战场上将要发生什么？可是我没能见到他。戏楼院厢房门紧闭，站在门口的，是另一位先生。他与梁先生长得很相似，也是高个子，圆眼镜，不过没穿长衫，而是西装马甲，年纪不过三十多，背却驼得很厉害。

我挥舞着手中的传单说："我要见梁先生！"他诧异地看着我，说："三哥刚发了高烧，肺病很凶猛，难道他告诉了你？"我说："先生也知道，对吗？梁先生说过，这就是你们的秘密武器，那些几百、几千年前的古书、文物……"他举手示意我停下，同时接过了我手中那张简陋的传单，扫了一眼粗糙醒目的大标题。如我所料，他并没有太惊讶。他说："既然如此，你到月亮田来吧。我们正好需要练习生。写字、画画，你都会一点儿吧？我和三哥做的东西不太一样，不过也相通。"

我心脏怦怦直跳，感觉在慢慢靠近一个巨大的秘密。梁先生，还有眼前这位陌生的先生，都极瘦削，不要说上战场冲锋陷阵，就在平时，也手无缚鸡之力。但在他们的眼睛里，隐藏着某种力量。我点点头说："我去。先生怎么称呼？"他微微笑了，说："我也姓梁。"

我就这样成为营造学社的一名练习生。月亮田在板栗坳西，竹阴丛里，有几间张家以前的老房子，营造学社人不多，都安顿在这里。最大的一间房是从南到北打通的一个工作间，放了些桌凳、画板，写作和绘图都在这里。穿过院子走廊，两间朝南的卧室，一间是梁先生的孩子们的，另一间，就是梁先生和林先生的。

和板栗坳的先生们研究文物古籍不一样，在月亮田，梁先生的板条箱里全是墨线图，上面描绘出了遍布全国的古建筑结构，平面、立体、剖面，比照片还要详细精美。我就在这里开始学习中国古建筑的绘图。梁先生从绘图板、丁字尺的使用，到削铅笔、擦橡皮、蘸墨、拭墨的小技巧，都手把手地教给我。营造学社的其他几位更年轻的先生也对我进行了细致的指导。那时候，我只是个中学肄业的农家少年，但他们那种耐心和细致的态度，是我难以忘怀的。我跟随他们调查川南民居，测绘旋螺殿，渐渐喜欢上了这种紧张清苦，却又无比充实的生活。这让我不去在意盘旋在头顶的阴霾，也摆脱了那种无所事事的迷茫空虚。

我没有再去问梁先生关于 1941 年 12 月 7 日那件事。我注意到梁先生每隔两周，就会夹着一沓刚刚整理好的资料，往镇上的邮政所去。我想，那大概就跟那件武器有关。

我相信，只要做好自己的事，在合适的时间，梁先生就会告诉我。最让我难忘的还是林先生。和一般的主妇不同，她和梁先生并肩工作，甚至比梁先生更卖力。那时她也患了肺病，冬天大多数时候都得卧床，在能坐起来的时间里，点着油灯校阅和写作。她的房间里常年放着几张唱片，我就是在那间阴冷潮湿的小屋里，第一次听到了贝多芬和莫扎特的音乐。林先生最喜欢的是劳伦斯·奥利弗的莎剧台词录音，我进去送资料、取画图时，常常听见她在独自念诵："To be or not to be……"听得多了，我也不知不觉地跟着模仿，虽然不知道那是什么意思。她很高兴，勉强支撑起来，从字母开始教我英文。

我在营造学社进修了将近两年，渐渐把这里当成了家。到了 1943 年秋，梁先生与林先生合著的《中国建筑史》已大致完稿，书中尚有八十幅图需校订、誊清、定稿。他们每天都工作到半夜，我和另几位老师作为辅助轮流值守。也是在那个深秋，知识青年从军运动正式启动。省军管区参谋长亲自到转移到三台的东北大学演讲，演讲全文印发全省各校。国将不国，何学术为。爱国第一，抗日为先。消息传到李庄，同济的学生纷纷报名，就连在板栗坳的研究院，也有年轻的先生陆续请缨。我也坐不住了，放下笔和尺，扛枪赴前线去打仗的冲动越来越强烈。

而这时正是学社的关键时刻，最缺人手，我怀着惭愧向梁先生请辞。他沉默良久，终于开口："小罗，你还记得我们见面那天吗？你说，你知道了我们的秘密武器。你觉得，那是什么呢？一个个板条箱里的，或是我们想要寻找、测量的，想要从不确定性的迷雾中分辨记录的，究竟是什么呢？"我说："是历史。”他问：“历史又是什么呢？一片空白无法告诉我们历史，支离破碎，自相矛盾也无法告诉我们历史。历史只因坚实确切的记录存在才切实存在。没有记录，过去将不再唯一，而是无数条分叉小径的集合。”

我忽然模糊地明白了。“错综复杂的地层中，我们第一次判断出来了这些文化的发展序列……利用有年历根据的甲骨文，把商代晚期二百多年的历史轮廓扎扎实实地重建起来……建筑是文化的记录……古建筑除了审美和欣赏价值，更反映当时的历史信息。这些信息，有时可以佐证文献和考古发现，有时是历史事实仅有的遗存。”他说：“就像一条由许多点组成的墨线。当有足够多点被确定，墨线的另一端，也就会显现出形状。这就是李庄特别行动组的使命。历史的重要性从来不只在于过去，而在于当下，在于未来。你也是其中一员，快两年了。别看我们在这山坳里，其实也一直在战场上，是和敌人的对抗，也是和自己的对抗。虽然隐秘，但我们的笔和刀一样锋利。我不能说更多了。”

我怀着无法言喻的心情回到李庄镇上，穿过高喊口号的人流，在南华宫找到程大哥。他正在赶制新的传单，“国破家亡君何往”的口号用鲜红油墨印刷，在阳光下闪耀。

我问他：“你说的那种观察者效应，对于时间也成立吗？假如对时间的记录和观察影响了时间本身会怎么样？”他一愣，显然没想到我会在此时此地问出这样的问题，摇头说：“这个问题我回答不了。爱因斯坦都说过，时间是一种幻觉。”

那天晚上我犹豫很久，最终还是没有去报名参军。回到营造学社，梁先生仍伏在案前画图，为了缓解颈椎病，用一个小花盆支撑住下巴，见了我，点了点头，就又俯下身去。一切都像是没有发生过。但我记得那天最后问过的问题：“我们的武器除了确定未来，还能做什么？”

“什么也不能做。不过，它能给人们最好的东西。比飞机大炮都更强大。”

梁先生没错。在熬过了惨淡的1944年后，西南方面的补给线终于全面贯通，印度的输油管道一路修到昆明。而湘西战场奇迹般的节节胜利，给所有人带来了巨大希望。防御终于变成了反攻，胜利就像黑暗中的一道光，虽单薄，却不折不扣地照进来了。

我仍在营造学社工作，并不清楚我们的工作是如何转化成了那条时间之流上的细小节点，梁先生没告诉我更多。但我知道，一组组由我们整理、记录的微缩图样，会和来自板栗坳的，从故纸堆和古文物中探求所得的文字一起，由李庄发往重庆、伦敦、莫斯科、华盛顿，甚至发往某个虚无尽处，经过汇总、加密与计算，成为一张更为宏大的版图的一部分。而正是一个个细微局部，让一种描绘了过去、现在与未来的模式成为可能。每当这时，我就觉得手中的鸭嘴笔极重，我知道笔下的每一个字，每一条线，即使现在无人阅读，却都有超乎想象的力量。在千百年的长夜里，那些甘愿承受生命威胁或者精神屈辱，在竹简上秉笔直书的记录者们，知道自己在做什么吗？他们是否也抱着同样的心情？他们的观察、梳理、记录、阐释，是否正是我存在于此的原因？我不敢想象答案。

那一天终于来了。那是 1945 年 8 月的夏夜。梆子声和呼喊声突然打破了闷热的空气。喊声由远及近，从一座座农舍，传到一个个大院，我冲出门去，加入人群中，传递早已默念了无数遍，如今终于变为现实的消息。

李庄的使命结束了。先生们收拾好行李，陆续启程了。送菜的老李，最后一趟生意是帮研究所搬迁。从板栗坳到木鱼石，一天要跑四五趟，板条箱又被仔细封好，码放整齐，堆在木船的甲板上。考古所的梁先生已不能起身，平躺在滑竿上，从高石桥一直抬到木鱼石，上船去重庆治病。程大哥没有跟学校一起回上海，他也去了重庆，说会继续印传单、办报纸。营造学社的梁先生找到我，问我愿不愿和他们一起去北京。

在那几年，我渐渐体会到，我们所做的工作，其意义不只是武器。我无法忘记在 1944 年那个闷热的夏天，梁先生交给我一沓没有标注地名的晒蓝图纸，让我按他用铅笔标出的符号，画出古建筑文物的分布位置。图上虽没标注，但我看出来了。那不是任何一个中国城市，而是日本的京都与奈良。那是为反攻空袭提供的豁免区域地图。在他心里，那个封存于古籍与古建筑之中的，描绘了过去、现在与未来的模式并不为某个人、某场战争、某个国家服务，而是为人类所共有的，对这个世界的本质的描述。而一旦选择成为时间的观察者和记录者，就需要有跨越一切的责任和勇气。

我跟着他们去了北京。在后来的几十年里，为古城墙、古长城、古运河，尽了自己一点儿的力。可惜有太多的东西，没来得及拍一张照片、画一张图、写一行字，就永远地消失了。

罗老的故事讲完了。接下来的一年，我跑了很多次李庄。我看到了江边的木鱼石，石后蜿蜒的高石梯，与川南的青翠山岭一样千百年未变。我也看到了营造学社的旧址，卧室如今是鸡舍，工作间变成了杂物间，地板腐朽，走在上面，咯吱作响，弹起烟尘。我甚至在重庆渣滓洞纪念馆里发现了程大哥的名字，烈士遗物展柜里，有一张写满量子力学公式的泛黄稿纸。但我找不到任何关于特别行动组的资料。确凿事实与外围证据编织的茧壳还在，茧中的虫则不知何时已长出翅膀飞走了。我还试着在网上联系当年先生们的后人，偶有回应，都说不知。我去了荷塘很多次，再没见过罗老。走投无路，我找到一个在成都的老同学。他自小喜欢物理，现在在研究所工作，他听了转述，若有所思，我以为他觉得太荒诞，可他说，这很像量子力学中的延迟选择实验。事件的观察者，对于我们称之于“过去”的事情有决定性的作用。过去不是实在的、唯一的，而是无数种可能性的集合。我们在“现在”所做的观察，也可以看作选择，让无数种可能的过去坍缩成唯一的解。除非“过去”存在于观察记录中。假如宏观世界真有量子本质，那么考古学者、历史学家、古建筑专家，就是写下那些观察记录的人。在这个意义上他们的确造就了世界的模样。我听不太懂，只好问了个最简单的问题：“那客观意义上的时间可能不存在？”他反问：“这不是常识吗？”

所以，我还是无法以调查报道的形式呈现这个故事，只是慢慢重新找回了写作的意义。我所做的虽微不足道，但在国脉民瘼时的一支支笔，可能有极小一部分，也像接力棒那样在我敲出的一个个字中。我打了电话给师父，告诉他我还有一件事，很快就回。

临近春节，我又在钟楼后的荷塘游荡，想着怎么让更多人知道这个故事，联系了几家认识的副刊编辑，都说定位不合，贴在博客里一个月，阅读数 20，评论 0。坐了很久，天色渐暗，银杏叶簌簌，塘中涟漪荡漾，像我无法理解的量子涨落的海洋。我拿出手机，又读了一遍稿子，注意到一句话。历史只因坚实确切的记录存在才切实存在。没有记录，过去将不再唯一，而是无数条分叉小径的集合。来回读了几遍，我才意识到，事情其实已经完成了。一场隐秘的战役，一支没有番号的部队，可能就因为这篇记述存在于某个时空中，可能除了我无人知晓，但它的确在那儿。

晚钟敲响，我站起来，离开空无一人的校园，声波如水，一圈圈回荡，越传越远，穿过晦暗暮色，穿过时间与空间，长久地震动在我的耳膜上。

讲述传与变的故事

慕　明

《风起华西》这篇小说最初是为了 2019 年初，未来事务管理局发起的“科幻春晚”而作，当时的主题是“故乡奥德赛”。我生在成都，出生五十多天就随父母入青海，后在北京成长，又负笈海外，辗转各地的时长早就超过了在出生地的时长。出生地、籍贯、户籍所在地、长居地各不相同，让谈论故乡变得复杂。而在刚开始写作时，对更广阔世界的向往，以及对自我叙事的犹疑，也使得我在早期小说中少有书写自身的经验，更多是从阅读中汲取创作养分。和许多青年作者一样，比起隐秘而难以界定的“故乡”，书写物理和精神上的“奥德赛”的故事更有吸引力，也更容易。另一方面，在想象的天空中自由飞翔，而不是理清现实的复杂藤蔓，也是科幻更看重的评价标准，当时如此，今日亦然。似乎有一条隐形界限，分隔开科幻文学和严肃文学应该关心的问题和着力的重点。这条界限甚至和概念推演、文字质感这些技术性的分类标准的关系都不大，而更像是一种职能和势力范围的划分。因此，越界危险。

而我从 2016 年开始写作时，就在危险边缘试探。如果说早期的试探还是单纯文学意义上的，到了 2018 年，如何更多地在科幻中书写、前瞻现实则成了我思考的重点，处理自身经验也成了必不可少的过程。在 2018 年第八届未来科幻大师奖，我第一次在《假手于人》中写到成都，说是书写故乡，倒不如说是利用了这座城市的某些特质，讲述一个关于传与变的真实故事。引导我的并非感性模糊的乡愁，而是对这座城市变化的切身体会，这种变化被跨越数十年的儿时回忆放大，也被每年春节的短暂停留放大，在长居地很难体会到。这篇小说的初稿并不被看好，但在比赛中却获首奖，后续也得到许多认可，很大程度上是因为，当时，细致处理传统和地域文化的作品在华语科幻中还很少见。随着“故乡奥德赛”等主题征文活动，以及整体文化场域的变化，可以看到越来越多的新作品开始试图融合二者。越界得到了奖赏。

但我想走得更深、更远。我始终认为，科幻，或者说科幻的某些方法，可以很好地处理许多严肃文学难以处理的问题，这些问题往往与现实贴合得过于紧密，以至于同样紧贴现实的书写不仅困难，更受到许多写作之外的因素的影响。需要另辟蹊径，从缝隙中切入一个高维空间，再在其中自由展开。

2018年末，我读到一系列关于调查记者现状的报道，正与我一直关注的历史书写问题在某种程度上同构。无论是新闻、历史还是小说，对书写者和书写本身的关注在很多时候是隐形的，在作为读者时这似乎无关紧要，但成为作者后，我意识到，书写是强烈的主观行为，文字本质上是作者的头脑与心性的切面，哪怕以历史、新闻这种看似客观的面貌出现，所以，历史学家的三大美德是“批判、怀疑和想象力”。[①] 于是，试图看到纸背后的人成了我阅读时的常态，是审视，也是在寻求同类。我希望从他们身上获得经验，解决问题，关乎怎么写，写什么，也关乎在一个意义不断消亡的年代，为什么写下去。

这些思考是《风起华西》的种子。我自小熟悉的华西医科大学、西南联大和华西坝五大学的历史是土壤和空气。阿兰·图灵在英国布莱切利园主持密码解读工作，为盟军破解恩尼格玛密码机的传奇则是太阳，是这个故事可能生长的方向，但在深入研究李庄中央研究院历史，以及2018年末重游歌乐山渣滓洞等抗战相关遗址后，我发现，这个故事的意义远比其西方版本深厚。但最终的呈现并不复杂，而是简洁、清晰的，和勒古恩一样，我相信这是最合适讲述故事的声音：“清晰，同时亦在她的词句周围留下无声的空间，留下空白，而未来其他的真理与认知则能够在其他人的思想中形成”。[②] 正如制作一只陶罐，作者的智慧在于制成，而非填满罐子，读者自会从其中取出所需。

很幸运，这个故事遇到了属于她的读者。2019年10月的华语科幻星云奖颁奖典礼上，我见到韩松老师，我问他：“如果许多人看不懂我们所写的，怎么办？”而他对我说，这个故事将成为经典，只是可能需要时间。

可能是善意的谎言，但足够支撑我再次离开界限。在之后的写作里，我一次次踏入无人之境，进行真正的远征，想完成的，则是将文化和心理上的“故乡”的故事带向远方。正如那段八十年前文化西迁的往事让我每读都不禁泫然，如今却少有人知，我想知道，是否是因为有些东西已经过时，或者仅仅是因为，我们缺乏新的讲述方式？作为当下的写作者，如何用故事承接过去和未来、现实和想象，承接个人经验和更广阔的世界？在从2018年至今的写作里，我找到了一些答案，但仍在路上。

二十多年前，不满百天的我离开成都，第一次踏上旅途。沿着与陈仓故道重合的宝成铁路穿越秦岭，再换陇海线、兰青线进入青海。而今，十四小时飞行，跨越大洋大洲，来去都以万里记。锦江上有一座万里桥，也就是今天的

① 引自罗新《有所不为的反叛者》。

② 引自［美］厄休拉·勒古恩《我以文字为业》。

老南门大桥，是蜀汉南下东吴的登船处。诸葛丞相曾在此设宴送费祎出使，有“万里之路，始于此桥”之叹。

而我的旅程也始于此，前路迢迢，不见归途。

慕明，本名顾从云，科幻/推想小说作者。曾获豆瓣阅读征文大赛奖、未来科幻大师、银河奖、华语科幻星云奖等。出版意大利语短篇小说集《涂色世界》，中文中短篇小说集《宛转环》。部分作品被译为意大利文、英文、法文、日文等。

四川

喀斯特标本

贾煜

1. 螺旋坑

一辆卡车开过，划过一弧孤寂的灯影。灯影不远处，有一处灯光顽强地亮着，像山脊上使劲冒出头的稚草，执着地闪亮在冰寒的夜里。灯光附着的地方是三十米高的钻塔。钻塔内，四个人正忙碌着。

我是四个人中的一个，没读过书，也没见过什么世面，就在川南这片土地上混日子，干着与爷爷和爸爸一样的活儿——打钻。

柴油机轰隆隆地响着，高分贝的声音杂乱无章。我揉了揉太阳穴，试图把困意驱走，但轰鸣声竟变成了催眠曲，困意势不可挡地席卷而来。我向操控台上的钻机机长打了个手势，示意要休息片刻。他同意了。

我上的是夜班，白天闭门睡觉，夜晚不应这么困乏，但这日，我困到了极点，歪着脑袋，倒地就睡了。睡着前，我听见毛根的声音穿透柴油机的轰鸣："嘿，凌二傻怎么又睡了，这不是偷懒吗？"

"欸，毛根，凌二傻可不是你叫的。"机长煞有介事地批评他，"我们老辈人才能那样叫。再说了，他又不是真傻……"

我没听他们说完就入睡了。在傻与不傻这个问题上，只能交给时间去裁决。

大概眯了几分钟，我恍惚听见另一种轰隆声，它不是聒噪的柴油机声，而是有秩序地由远及近，闷声闷气，像有人在地底打鼓，惊得我一下瞪大了眼睛。我弓起背，将耳朵贴在大地上，用手电筒投照地面，发现小石块都在轻微地颤动。

我弹簧般地坐起，还在发呆，毛根一把抓起我，几乎是连拖带拽地将我拉出来。这片喀斯特地貌上出现一圈黑色，站在黑色边缘，我才判断出，面前的是一个坑！

机长和大武掉入坑洞，遇难了！

我的全身开始哆嗦，脑袋像被人摁进了水里，再也听不见任何声响……我最亲的两个人，消失了。

天亮，我和毛根从惊吓中恢复理性，朝坑里探头下望，坑沿边的碎石散落坑底。我看着脚底的大地以螺旋纹纵向延伸，而洞底深不可测，像是海里的漩涡被固化后搬移到了这里。"螺旋坑……"我嘟囔着，跪了下去。

备受刺激的我，再也干不了活。没地方可去，我在螺旋坑旁搭上小帐篷，日夜观察。

一天夜里，毛根给我送了个炭火盆："凌二傻，你怎么不走远点儿，还赖在这里？"

“柴油机的声音，听不见，我睡不着。”我蜷缩在被窝里，瑟瑟发抖。

“能走你就走吧，这儿可没你留念的人了。”毛根叹口气。

“不，我不走。”我使劲摇头，“我要把机长和大武找回来。”

毛根气得一脚踢在炭火盆上，差点儿烧了裤腿。

气归气，他还是每天给我送饭来。

自我成为孤儿后，他们对我的宽容度就无限延展，像数学公式中呈现的无穷大函数。宽容的主因，还得从我爷爷说起。当年我爷爷是一名钻探工人，因贡献突出，他成为先进人物，据说那时在全国家喻户晓。在爷爷的光环之下，我爸爸成了“钻二代”，光荣地继承他的事业，也继承艰苦耐劳的品格。我就降临在这么一个“劳模之家”，骄傲地度过了我的童年，直到20世纪80年代末，我的家人在一夜之间消失。

他们失踪的那一年，上面极为重视，官方和民间都多次寻找，但一无所获。第二年，所有人便放弃了，上面追授我家人一堆光荣称号，此事就算完结。可对于我，寻找成了一辈子的事。

我找遍整个西南地区，横跨三省，不管环境如何恶劣都风雨无阻，好几次，我差点儿死在路边，幸好福大命大，都挺了过来。后来，大武找到我，强行把我带了回去，我才结束了乞丐般的流浪生活。

我被安置在一个地质队里。地质队又把我安置到川南喀斯特地貌区的钻探项目上。就这样，我有了一份工作。

我当了一名钻工。大武是我第一个老师，我爷爷是他第一个老师，基于这种渊源，他很关照我。日复一日年复一年，我度过了十年的钻探生活。

在四个人的小机组中，我一直负责“三岗位”工作，做的是上余丈量、岩心编号、水文测量、班报表的原始记录等。现在，我要负责记录螺旋坑，以我的观察和自定义的尺度，记录它每天的变化，盼着机长和大武会回来。

不久，我发现离坑不远处，冒出一间简易房。又不久，一个身着男士服装的女人走过来。若不出声，我辨识不出她是女人。“你在这里做什么？”

我没理她，直到把一段坑道标满数字，合上记录本，才抬头，将本子递给她。

她一页页翻着，惊讶的表情从脸上溢出：“为什么记这个？”

“从小经历了很多怪事，对这类事，特别注意。”我如实说着，往阴影深处缩了缩。这些年，除了地质队的人，我几乎没和外人说过话，尤其是女人。

“从你标注的来看，你知道这个坑在扩大？”她盘腿坐下，与我并肩，“它就像一座活火山，是吗？”

我点了点头。她继续道：“四川喀斯特地貌主要分布在川南云贵高原向四川盆地的过渡地带，我们脚下正是喀斯特地貌集中区域。你应该知道，喀斯特地貌区很容易出现溶洞、天坑等地理现象，主要有六个原因。”她掰着手指数，“一是石灰岩层厚，二是地下河的水位深，三是包气带的厚度大，四是降雨量大，五是岩层平，六是地壳突起。四川不是喀斯特地貌最为丰富的地区，却是最多样化的。但这个天坑，并不具备六个原因，也不属于多样化之一，是一个特殊的存在。”

“我叫王侦仪。”见我没反应，她脱下鸭舌帽，露出一头凌乱的短发，笑着自语，“我们来这里是因为发现这个坑发出一种类似来自宇宙的神秘射线。”

“螺旋坑？”

“螺旋坑？倒是挺贴切的。对，射线就是从这个坑底发出来的。”她把记录本还给我，“这个天坑将会引来越来越多的关注，前几天的事故已经引来了很多记者，舆论一旦发酵，各路人马就会蜂拥而至，而我作为第一个到这里的研究者，必须在其他人来之前掌握第一手资料，这样才能把控这里的主动权。你懂吗？”

我摇摇头，觉得她快说到重点了。

“从第一次见你站在天坑旁，我就知道你对这个很感兴趣。既然这样，何不来帮我一把？或者说，我提供一份工作给你。反正你闲着也是闲着，怎么样？”

我又摇摇头，想也没多想。

“你先别拒绝。”她有些尴尬，可能没想到我回绝得那么利索，“可以考虑一下。”

“我不需要……”

“你不需要工作。”她接过我的话茬，“但需要朋友，对吧？”

我的脸抽搐了一下。

她走了，不多久，又折回来：“能不能把你的记录本借我几日？虽然看不懂你写的数字代表什么，但你画的图，特别是描摹天坑的那几张，非常有意思，有点儿像我们构建的一些天体模型，可能对我们的研究有帮助。天坑出现后，我们的研究陷入了一个奇怪的悖论，你的图或许可以帮我们打开思路，对下一步寻找坑洞里的物质……”

“等等！”我听到“寻找”这个敏感词汇，立即打断她，“你们要去洞里找什么？”

“找……”

“可以找人吗？”我激动地直起半个身子。

“嗯？”

“我答应为你们工作！”我急迫地说，把记录本丢给她。

她惊喜:“真的? 那一言为定!”

“嗯!”我从她身上看到了希望。

于是，我有了一份新工作。

2. 地球黑洞

王侦仪给我提供的工作，是把一个机器人放入坑洞。她向我解析，机器人是如何掉入坑洞的。尽管她说得很通俗，但我还是不太懂。她又耐心地讲了几遍，我才大致明白，原来坑洞除了有奇异的射线，还产生一种特殊的吸引力，那种力让任何经过它上空的物质都无法逃脱。

我有点儿不信，随手捡起一块石头，朝坑洞的上方抛去。按照抛物线方程，石头的轨迹应是柔和的弧形，可是它在路经坑洞上空时，突然转了个弯，划出一条折线，愣生生地栽进了洞里，并且是旋转着掉落的。我又试了几次，无一例外。

“这就是我们找你的原因。”王侦仪也跟着扔了几块石头，“我们测算需要精确的数值，可机器人在进入坑洞时，是无序的状态，我们没法设定初始值。如果你能帮我们把它送到洞口，那结果就完全不一样了。”

“我需要怎么做?”我不解道，“我靠近洞口送它，它就不会呈无序状态?”

“不能说绝对不会，但可以是相对的。我们做了一个三米长的圆筒轨道，只需要将它放在洞口处，机器人从里面滑下去就行。”

“为什么是三米?”

“太长的话，你在另一头不好把控，吸引力可能会将它折断。”王侦仪转头看了我一眼，“太短的话，你过于靠近，吸引力又可能将你吸进去。”

“把我吸进去?”我想象不出那股力量有多大。

“不止你。如果天坑继续扩大，会让经过这里的空气产生旋涡气流，那样的话，甚至可将飞机吸入。”

我的头皮有些发麻，可还是默默接受了这工作。

当我第一次靠近坑洞时，完全低估了洞里的那股力，差点儿被吸进去。当时，我就地翻滚了几圈，一只鞋掉入坑洞，立即感到脚被什么擒住，它拉扯着我的脚，几乎将我整个身子拖下去。我拼命抓住螺旋纹路中一块冒尖的岩石，用力向上蹬另一只脚，试图摆脱将我向下拉的力，可是没用，那股力量太强大，正将我迅速往下吞。

王侦仪在地面大叫，催着她的两个助手救我。助手们被吓蒙了，呆立在原地。这时另外两个人出现了，他们顺着坡壁滑下，小心地挪到我身边，抓紧我的手。他们因太过用力，面部变得扭曲，额头青筋暴跳，可我还是无法摆脱那股力。王侦仪的两个助手见势不妙，这才哆哆嗦嗦地下来，帮着他们一起救我。

在与吸引力的拔河赛中，四个人喊着号子，集中力气往一个方向拉，终究将我从旋涡边缘拖了出来。大家倒在坑坡上，喘着大气，骂了几句粗话，才从这场惊险中缓过神来。

王侦仪跑来，板着一张脸："彭教授，你怎么来了？"

一个人站起来，拍了拍身上的尘土："王教授，什么事你都早一步，在敏锐度这方面，我真自愧不如。我知道你不喜欢与人合作，但这次，这个天坑，"他指向漆黑的洞底，"不是那么简单，我们——也许还有更多的科学家，应该合力弄清它是怎么回事。"

"我和你没什么可合作的。"王侦仪冷冰冰地应道。

"粒子物理学和天文学本身就是一体，这点你无法否认。"那人向我伸出一只手，把我从地上拉起，"再说了，在危急时刻，我的出现总是恰到好处。这样的合作不是挺好？"

王侦仪瞟了我一眼，再愤懑地看了看两个助手，扭头走了。

自从彭木杉出现后，简易房周围就扩充了好几间房，他们把我的帐篷，也搬了过去。我正式成为他们团队中的一员。

这回，毛根放心了。他为我送饭的最后一晚，与我道别："凌二傻，川南这边的钻探项目结束了，我们都要走了，以后没人照顾你，你可悠着点儿玩，别把命给搭上了。"

"嗯。我要在这里把机长和大武找回来。"我啃着他送来的馍馍，瓮声瓮气地说。顿了顿，我用手背揩了一下嘴巴上的油，就见他晃悠悠地出了帐篷。夕阳将他单薄的身板拉得很长，在风中显得无助。

没几日，我就望见远处的钻塔拆掉了，钻机组的人开着卡车，将物品通通拉走，就此消失在我眼前。此后，我便将帐篷的"门"转向钻塔的方向，这样每天进出，都能眺望到从前。

为了让我顺利完成任务，彭木杉找了个风口训练我。每天，我就在风口处扎个马步，握着根铁棍子，举在半空，锻炼臂力和平衡力。

新机器人调试好后，我又准备上场。这次，在与吸引力的较量中，我顺利将机器人送入了坑洞。

返回地面，只见十余人挤在一间房里，正在电脑前观测机器人的踪迹。连接电脑的还有一台数据分析仪，它时不时发出滴滴声，使得那些人随之紧张，又随之惊呼，仿佛他们的魂都被它攫走了。

许久，彭木杉发出低沉声音，问："你们觉得这像什么？"

“黑洞！”王侦仪率直答道，走到白板前，用水笔在上面画了个圈，“按照机器人反馈的信息，我首先联想到的是，它掉进了一个黑洞！从机器人身后发射的绿色激光束来看，它在一分钟内下落了一千多米，先加速，后减速，发出的颜色逐渐变红，直至光束完全消失；但从它眼睛显示的画面来看，它自身‘感受’到的下落却是匀速的，没有任何异常。这就是说，它自己看到的情景，与我们看到的它，是不一样的。”

“相对论中的观察者效应！”某个人叫了一声。

“没错，机器人的这一现象，与我们研究物体掉入黑洞的现象，几乎吻合。”王侦仪在白板上写下几个公式，“机器人从加速到减速，是因为在黑洞里越接近视界面，时间就越慢，它的动作也就越慢，包括光的频率都会降低，直至降低到零为止，不再有任何光可以从洞里飞出。可时间为什么会变慢呢？我们暂且可以按黑洞的规律理解，那就是强引力场导致了空间扭曲。空间扭曲让时间流速变慢，因此让我们看见了机器人速度异常。”

“如果拿黑洞做比较，那天坑发出的射线，就类似霍金辐射。”彭木杉夺过王侦仪手中的笔，也在白板上写了几个公式，“真是这样的话，我们来这里寻找未知的粒子就找对了地方。但是，你们有没有注意到，在机器人消失之前，它发出的最后信号，是有所偏移的。也就是说，它的路径，不是笔直向下，而是在到达一定深度后，被横向牵引。为什么？”

“因为它不是真的黑洞。”王侦仪瞪了他一眼，“它只是大部分特征像黑洞。这地球上的黑洞肯定与天体黑洞有差别。等我们用计算机把模型建好后，就知道它到底是什么状况了。”

“地球黑洞。”彭木杉在指尖转着笔，“这名字不错。”

“接下来，我们就各忙各的吧。”王侦仪摆弄数据分析仪，“这些数据得之不易，我希望你们不要外传。”

“我不能答应。”彭木杉将笔放到一边，脸垮下来，“我们不能摒弃共享知识的科学精神。”

“哼，什么事都有个先来后到，是我最先发现这个地方……”

两人又开始针锋相对，其余人面面相觑。

我扒开挡在面前的人，走近他俩，中断这场争吵，只问：“这洞里，能找人不？”

房间安静了片刻。

“凌二晨……这个嘛……”王侦仪吞吐道，“洞底太黑，机器人没看见里面有人。但是，这不代表不能找到他们……你要知道，进入黑洞后，时空发生扭曲……他们可能去了另一个空间……”

“王教授，此黑洞非彼黑洞，你怎么大白天说瞎话……”

“你懂什么！”王侦仪的脸有点儿红，“这是我和他的事！”

彭木杉做了个缴枪投降的姿势，似在说好男不跟女斗，带着自己的科研人员离开了房间。

我抓住王侦仪的手臂，再问：“怎么去另一个空间找他们？”

“这不还在研究吗？”她推开我的手，与我保持一定距离，“等我们研究好了，再告诉你，行不？”

“要等多久？”

“不好说。总之，我会第一时间告诉你。”她的眼神看似真诚。

我焉了气，脖子缩进衣领，慢慢退出去。

意想不到的是，这片喀斯特地貌区很快被划定为了禁区。当时，为了清理闲杂人等，突然来了一群穿制服的人。我不愿意走，躺在地上死活不动，穿制服的人就把我架起来，强行要拖我出去。我挣扎、踢打、叫骂，王侦仪跑过来制止，向一位领导模样的人求情。彭木杉也过来了，与她竟达成一致意见，说如果我不想走，就让我留下。

领导从地上捡起我的记录本，翻了几页。王侦仪只好解释，从我的身世说起，再说到我执意守在这里的原因，最后说了我对他们的帮助。

领导围着我转了几圈，细细打量，在满腹狐疑的表情中点了点头，把记录本扔还给我，又讲了几句严守纪律的话。我听得不太懂，但知道他同意我留下了，高兴地从地上爬起，对着他鼓掌。

军科机构进驻后，一切变得井然有序。科研者的房屋被加固，并不断扩建，最后形成一个占地约五十亩的基地，而这仅是科研基地。六十千米之外的乡镇，也被纳入了基地范围。乡镇作为指挥中心，许多重要人物住在里面，王侦仪和彭木杉每隔一段时间，就会去那里汇报科研进展情况。

在科研基地，我的帐篷坚韧地伫立着，在规整统一的房屋中，显然成了“钉子户”，不伦不类地挨着王侦仪的房，但又始终保持着最初的距离，一如我和她的关系。在基地人的眼里，我是个傻子，所以他们说话从不避讳我，我也因此能偷听他们的对话。渐渐地，我从听来的闲言碎语中，拼凑出一些信息，也渐渐明白，为什么这里会成为现在的样子。

原来，王侦仪和彭木杉运用机器人发回的数据，创建了一个螺旋坑的坍塌模型。计算机通过物理模型试验推演，建立起塌陷与各种影响因素的关系，并再现了它的塌陷过程。随着采集的数据越来越多，计算机推演出的塌陷过程也越来越精准。在以时间为轴线的画面中，他们看到，那个发出射线的地球黑洞，每坍塌一次，表面积就扩大一次，深度也相应地增加，它就像天体黑洞，无情地吞噬着周围，而最终它将塌陷为一个黑点，让这颗蓝色的星球不复存在！

因此，这件事直接上升为国家安全问题，但在没确切弄清它是怎么回事之前，又因要避免引起外界的各种猜测和恐慌，所以相关信息都加上了“机密”二字，由新成立的特殊军科机构接管了。

3. 奇迹

我第一次闯进王侦仪的房间，差点把门框撞下来。王侦仪和助手齐齐后退，仿佛我是入室行凶——可能我的面容有些狰狞。

我抓起王侦仪的手腕：“走！快走！”

她的助手狠狠推我，将我俩分开，甩给我一个唾弃的眼神。

王侦仪揉着被我抓疼的手腕，吼道：“凌二晨，你干什么！”

“今晚会塌陷！”我再次去抓她。

她一闪身，躲开我。“你是说，螺旋坑今晚会坍塌？”

“对！”

见我回答得斩钉截铁，她冷笑：“下一次的坍塌时间是在三天后，我们早做了预测，不用你操心。明早我们就会撤离。”

“来不及的……”

她举起一只手打断我的话，目光如炬：“别闹了，凌二晨。如果你影响我们正常工作，我随时可以让你离开！”

她把这句话的尾音落得很重，让我感到有股从她身上喷发而出的力量，要将我一脚踹出门。我咽了咽口水，低下头，盯着脚尖看了一会儿，转过身。

没人理我。我回帐篷自个儿收拾东西，打算在天黑之前离开。可是，我在吃了晚饭后，满足地打了个饱嗝，居然睡着了。

我睡得不算太沉，大概因为潜意识里还惦记着坍陷的事，地面稍一震动，就惊醒过来。掀开帐篷，看清是一辆集装箱车缓慢驶过，我松了口气，下意识地望了一眼天边，没有星月的夜空，如凝滞的时空，将万物冻结在黑幕之中，冰冷幽暗，正好与地球黑洞遥相呼应。

我收回视线。周边的几间房都熄了灯，有着亮光的地方也逐渐灭了，只有一字排开的集装箱车旁还有人走动。是的，夜静得诡异，除了自己的呼吸声，感觉不到其他生命。当基地完全陷入一片死寂后，我又坐着打起了盹。

地面再次震动，我强行撑开眼皮，以为又是集装箱车驶过，而那持久的轰隆声伴随着身体下沉，激得我一跃而起，像有人从头顶淋了盆冰水。人们陆续冲出屋子，将基地的空地填满，继而又如喷流状分散开。他们随便套件大衣，提着裤子，光着脚就朝后方跑。

突然，身后亮起一排强光，不知谁喊了一声“快去集装箱！”。尘烟开始弥漫，在远处车灯的照射下，强风裹携着沙土，劈头盖脸地打在我身上，迫使我紧紧护住头。我的呼吸变得艰难。在密布的尘土中，我仰面摔倒，后背磕在石块上，脊椎传来的疼痛令我蜷成一团。地面下沉的幅度越来越大，我不得不翻过身，将手指扣入黄土，拼命固定身体，脑子里回响的是钻塔发动机的轰鸣。

不知是睡着了还是昏迷，当我恢复意识后，发现已被黄沙埋去了大半个身子，脖子和耳朵里灌满了沙粒。我坐起来，抹了一把脸上的沙，见天已微亮，在我帐篷前方的房屋都无踪影，取而代之的是一个幽深的黑洞，而我的腿，正搭在它的边缘！

螺旋坑坍塌后，面积又扩大了几倍，它依然以螺旋状敞开，坑底的洞口相应变大，边界比之前更锐利。

我打了个冷战，两脚蹬着往后退，仿佛洞里伸出了舌头，正要来舔舐我。这时，我的后背磕着了什么，回头一看，是双腿，再一仰头，是王侦仪的下巴。

集装箱车开了回来，逃命的人都出来了。他们聚拢到螺旋坑边缘，傻愣愣地立着，看着眼前的深渊，表情凝重，偶有啜泣声。

王侦仪扶起我。我的腿无力，有点儿站不稳。她忽然哭道：“你还活着，你还活着！”她反复念叨这几字，哭声招来更多的人，把我围起来。

我成了个奇迹。

彭木杉为我披上外套，揽住我的肩膀，拍了又拍，有话要说，却只道：“走，到车上去暖暖身子。”

后来，经过清理，这次坍塌中有七人遇难。

事故以后，我们都搬到了指挥中心，也就是附近的乡镇。王侦仪因预测失误，造成人员伤亡和重大损失，差点儿被逐出去。彭木杉为她说了很多好话，她才被允许留下，但只能作为普通科研人员留下，管理权和决策权都移交给了彭木杉。而我就幸运多了，最明显的是，没人再叫我傻子。

我被安置在一座两层楼的房里，据说是领导对我的特别照顾。除此之外，我还受到了科研组的特别关照，因为我的预测出乎意料得精准，被他们特许加入。加入的意思是，我可以参加他们的会议，可以自由进出任何科研房间，可以找他们解答一些机密的问题。所以，在科研组重整后，彭木杉第一次召开会议时，我坐在角落旁听。

我听不懂他们说的术语，坐一会儿就犯困，打起呼噜。我被旁边的人推醒，见每个人都在笑，知道打扰了他们开会。

“我出去睡。”我一边打呵欠一边说。

他们又笑。彭木杉却说："等等，有些事想问你。你来说说，那天晚上，你是怎么知道会发生塌陷的？"

这个问题难倒了我。我掏出记录本，扬了扬："是它告诉我的。"

王侦仪伸手要了我的本子："你的记录我看了很多遍，能看懂一些图形，但不知道你标记的是什么，能解释一下吗？"

我在脑子里搜寻合适的词，感觉每个字都在跳跃，却汇不成一个完整的句子。我无法解释。

"别为难他了。"彭木杉看出我表达不了，"我们换个角度问他。比如，这些数字是不是你记录下的某种塌陷规律？"

我微微点头。会场的人有些骚动。

"你是怎么计算出来的？"

"观察到的。"我如实回答。我可不懂什么计算。

"怎么观察的？"

"趴在地上观察的。"

会场一片哄笑。

王侦仪紧绷着脸："你是说，你观察到了天坑纹路变化？"

我又点头。

她沉思片刻，拍案而起："我知道了！我预测失误的主要原因是，我的模型参量里缺失了地质数值这一块！"她急速走到彭木杉的位置，站到会场中心，"我们一开始的思路就错了，我们被射线引偏了方向，把这个天坑作为天文物理现象来研究，而疏忽了它的本质。它实际是一个地质现象！"

"在这里没成为禁区之前，一些地质学家来过。"彭木杉说，"当时我和他们讨论了一些问题，他们无法对天坑做出合理解释。"

"从学科单方面地看，谁都无法解释。所以我们需要创建一个统一天文物理和地质的模型。"王侦仪振振有词，"可能在预测方面，地质能起到主导作用，这也就可以解释，为什么凌二晨会比我们预测得更准。但在阻止这场灾难上，我还是坚信要应用天文学，"她瞅了一眼彭木杉，"或者是粒子物理学。"

"我赞成。"彭木杉加以肯定，"我们都说科学有三把利剑：观测、分析和计算。我们第一步就做得不够，导致了上次的事故发生。在观测上，我们要向凌二晨学习，哪怕靠肉眼和直觉，也要贴近事物本身，而不是只靠仪器搞点儿数据回来，以为那就是事物本质。所以，为了加强全方位的观测，我将会邀请一些地质学家参与，对天坑的地质构造进行测量，再研究合适的模型，把我们已知的数据和新数据都植入进去，重新模拟螺旋坑的演变……"

"有个问题。"会场忽有人插话道，"这次凌二晨预测准了，万一是巧合呢？”那人说完就瞥了我一眼，眼神充满怀疑。

“我想过这个问题。”回答他的是王侦仪，“凌二晨的预测，应属于偶然中的必然。我这么讲的原因是，从我认识他的第一天起，他就已经在观察，之前的几次坍塌他都在现场，从这点来说，我们都是后来者。他是一名钻工，与大地打交道十年有余，对地层的变化有特别的敏锐性，所以，他不是凭空预测，而是有他的方法。尽管我们不知道他的方法是什么，但他的记录本足以证明，一切都不是巧合。”

此后，螺旋坑被彻底封闭起来，其周围三千米内被设置了关卡，外界任何人都无法进入，它的所有信息都如上次事故那般被完全抹掉。我不清楚事情发展到了哪一步，反正没人告诉我，我也不关心。我只隔三岔五地去问王侦仪，什么时候能去洞底找人，有没有什么安全措施。经历了上次塌陷，我见识到了“地球黑洞”的威力，觉得必须要有安全措施才能下去。

王侦仪总是回答，快了，快了。她对我变得极有耐心，以前那种居高临下的傲气也没了，像换了个人。

我不能再去螺旋坑观察和记录，便每天在乡镇里打转。我经常去超市挑选东西，但什么也不买，或跑去食堂的厨房揉面团，一揉就是一整天，再或者去指挥总部的空地看直升机，仰头看到脖子酸……

4. 银色蜘蛛

冬天到了，我不再出门，蜷在暖气房里画草图。上门的人倒是络绎不绝，给我送饭的、送衣服的、送家具的……过年的时候，领导还来了一次，握着我的手说一些我听不懂的话，旁边的人就不停拍照，搞得我像大明星。有时候，这样的待遇让我恍如隔世，我便甩给自己两巴掌，把自己打清醒。

指挥中心的人数成倍增加。起初，我没发觉，当春天来临，我在直升机上俯瞰，才注意到密密麻麻的人，分布在乡镇各个角落。

那日，我剃头回来，彭木杉在我房门前徘徊。整个冬天，我们都未见，他变得胡子拉碴，我差点儿没认出他。他什么也不说，直接带我上了直升机。

我第一次坐飞机，抓着他衣服的手捏出汗，直到望向窗外，被景色所震慑，才放松下来，再也舍不得移开目光。

视线被拉高，小镇上那些房屋，变成线路板上的电子元器件，逐渐隐没于底色遒劲的山水画里。更高更远的地方，满眼的绿色，将大山遮盖得严严实实；再高再远的地方，喀斯特地貌一览无余。绿色的山包虔诚地匍匐着，俨然朝拜的信徒。山间时而兀立的石林，不可捉摸地深陷坳地，错落有序，莽莽苍苍。

我看呆了。

飞机平稳向前，在半空停顿时，缄默的彭木杉碰了碰我，示意我往另一边看。我扭过头，看见一个黑色的大圆突兀地出现在斜下方，它的外围有两个圈。内圈上，均匀分布着八个银色小点；外圈上，用黑线画了一个圆。飞机绕着外圈转了半圆，便折了回去。

下飞机后，待引擎声小了点儿，彭木杉才开口道："那边是螺旋坑，我们不能再靠近了。目前它的吸引高度增至两百多米，低空飞行的物体，比如鸟类，一旦经过它上方，就会被吸进去。"

我木讷地看着他。

"大家都在会议室等我们，进去后我再细说。"他根本不在乎我的反应，便径直将我带到了一个房间。那里已坐满了人，除了熟识的科研者，有几位是我未见过面的，还有几位穿着惹眼的制服。

房间的中央放着一个沙盘模型，王侦仪站在旁边正说什么，见我们来了，收了口，将激光笔交给彭木杉。他把我推到沙盘模型前。我第一次见这东西，可能因刚下飞机的缘故，一眼认出，那是川南喀斯特地貌区的地形图。

彭木杉打开激光笔，将激光束指向发光的小点："凌二晨，你刚才在飞机上看到的八个点，就是我们正在修建的桩基。我们计划在螺旋坑上空，安装一个穹顶装置，它既可吸附物质，也可对冲物质，我们暂且叫它'银色蜘蛛'，主要用以削弱螺旋坑的能量，以阻止它继续塌陷。整个工程从现在算起，预计一年完成，而这一年内，螺旋坑将发生八次坍塌，我们根据坍塌扩大的面积，算出装置一年后的最佳安装位置，也就是这八个点。"他在模型上空画了个圈，"这八个点外围的一圈黑色，是防护网，它和'银蛛'相隔一段距离，形成过渡区，用于防止外人进入和一些危险事件。"

我听得云里雾里。

"这半年，科研组推演出螺旋坑的演变。按照它现在塌陷的速度，理论上只需十年，整个地球都将被它吞噬，坍缩成其他天体，我们的家园将不复存在！记得你第一次护送机器人到坑洞口吗？那次的探测表明，螺旋坑的坍陷不仅是垂直而下，还是向两侧扩展的，照这样下去，不久后的地球内部，将会形成很多中空地带，在螺旋坑还未吞噬所有物质之前，各地就会发生更多的坍陷事件，而越多的坍陷又会互相影响，加速螺旋坑引发坍塌，造成恶性循环。因此，把这些变量加入理论计算的话，地球毁灭就不到十年！"彭木杉说到此处，血气高涨，他喝了口水，又才放慢语速，"还好，经过一次次模拟试验，我们最终找到了遏制螺旋坑继续塌陷的方法：一是强行炸掉它，以毒攻毒，这种方法快捷，但后果难以预料；二是用物理手段减缓它的衰变，这不会造成什么损害，但用时长，工程量大，效果缓慢。我们讨论时，分成了两派，以王教授为代表的激进派赞成第一种方法，而以我为代表的保守派赞成第二种方法，后来我们把两种方案呈报给领导，经过上级批示，选择了第二种方法。”他顿了顿，语气转而沉重，“现在，开始动工了。第二种方案在不断精细化后，遇到一个难题，那就是这个工程将运行多年，需要一个管理员。”

说到这儿，在场的人都齐刷刷看向了我。

“为什么需要管理员？”彭木杉自问自答，“因为‘银蛛’是一个密闭装置，它从螺旋坑吸纳的物质将充满整个空间。为了不让物质逃逸，它只允许进，不允许出，需要一个人长期守在里面，而这个人至关重要：他除了日常管理设备，懂得如何维护，还要定期对外传输数据。就我们目前的技术而言，一些数据能够通过先进装置和机器人得到，但螺旋坑的情况特殊，另一些数据只能通过原始的方法获得，比如它的岩层在密度、磁化性、导电性、放射性等方面的观测，需要钻探取样配合。”他按下沙盘旁的一个按钮，模型上空立即出现一幅悬浮的影像，“凌二晨，你看，这是螺旋坑的三维建模。如果是一般区域，地质专家可以通过卫星影像和无人机航拍，几分钟创建一个实景模型，再通过三维激光扫描数据，清晰观测到山体裂缝、估算危岩方量，大到流域，小到滚石，都难逃‘天眼’。但在螺旋坑上空，他们无法从卫星影像资料里提取信息和对比解译，更没办法使用无人机去抓捕细节，因此他们冒着生命危险，花了几个月，才通过实地取样绘制出这幅三维图。如果螺旋坑是固定不变的，这幅图就能继续派上用场，可惜，螺旋坑不断坍塌，造成各种数据处于变动，我们需要有人对它进行实时监测，不间断地提供最新观测值。”

看着在半空旋转的倒锥形体，我有些头晕。彭木杉将一只手搭在我肩上：“凌二晨，今天带你到空中转了一圈，又带你来这里，是想郑重告诉你，你被荣幸地推选为‘银蛛’的管理员！这是我们深思熟虑后的决定，除了你，没有任何人更适合！你将成为拯救世界的英雄！”

我微侧身子，摆脱他的手，见所有人都在等我的反应，怯生生道：“我……我不懂……”

“不懂没关系。”彭木杉的目光在眼镜后闪烁不定，“把你作为最终人选，我们当初也有争议，可为什么还是选定你，是因为这件事不宜更多的人知道。就目前指挥中心了解内情的人来说，他们都还有更重要的任务，如果找其他志愿者，涉及的流程又太多，时间来不及，所以我们就想到了你。一来你本身是钻工，有钻探技术，又懂观察，自己搞出来的一套规律，还准确预测了坍塌，这个很不简单；二来因为你背景干净，不易引起外界注意……”

他一口气说了五点原因，我听到第二点就走神了，琢磨着什么叫“不易引起外界注意”。等他说完，我摸了一把光头，盯着穿制服的人，拍拍肚子，叫了声：“我饿了。”

其中一个穿制服的人站了起来，蹙着眉，半晌不说话。所有人正襟危坐，大气不敢出。最后，那人甩给我一个白眼，不声不响，拖着沉沉的脚步走了。所有人这才像卸下了担子，身体都舒展了一下。

“我早说过这种方法不行，他又不是傻子！”这时，王侦仪叫道。她的声波化作一段段挑拨的频率，撩动着我胸膛里的情弦。“凌二晨，老实给你说吧，‘银蛛’内部的温度为零下一百摄氏度左右，比南极最低温度的记录还低，如果你当了管理员，就意味着将穿上重达四十斤的防护服，在全球最低温的地方，独自工作若干年。”王侦仪身子前倾，一字一顿道，“如果这个方案效果好，也许只有一两年，如果效果不好，那可能就是——无期徒刑。”

“喂，王侦仪！你什么意思！”彭木杉跳到她面前，歪着脖子，“叫你来劝他，你却说反话！你这么没大局意识，当初就不该求情让你留下！”

“行，我现在就走。”王侦仪腾地站起，抓起我的手，“我和他一起走！”

“到了这个阶段，你以为这里的人那么容易能走？”彭木杉发出一声嗤笑，“别忘了你的科学精神！”

王侦仪的手在我手里颤抖，像与我的心产生了同频共振，令我感到有股热流从她指尖传出。我第一次如此近距离地看她，发现了她隐藏着的美。她侧脸的线条柔和，睫毛自然微卷，鼻尖上翘，因生气鼻翼轻轻扇动，更显温润立体；颧骨上有两块浅淡的雀斑，却丝毫不影响美观，反而把白净的脸点缀得刚好；她的衣领较低，锁骨分明，露出纤细优美的颈线。我不敢再往脖子以下看，略过那一段，直接看向自己的脚尖，发愣。

“走！”她掷地有声，嗓音像断头台的铡刀落下，有力地将房间砍断，把我们和彭木杉隔在了两头。

我被一股轻灵的力道拉走。

5. 模拟训练

越野车一路向北，穿过乡镇。沿途荒无人烟，风呼呼地刮着。我和王侦仪一语不发，任由各种念头塞满车的空间。过了一会儿，车速慢了，我抬眼横扫前方，忽然意识到，王侦仪并非真想走，只是带我出来兜兜风而已。

她踩了个急刹，车在一块空地戛然停下。我的头因惯性撞在控制台上，她笑了笑：“下次记得系好安全带！”

我木然地跟着她下了车。

她朝前走了几步，深叹口气：“凌二晨，我不想眼睁睁看着地球被螺旋坑吞没。其实，这几天他们也在做我的思想工作，因为我老想炸掉坑，但后来一想，用这个办法，肯定也会毁掉整个喀斯特地貌区，就没再坚持，默认了彭教授的方案……”

我打断她：“我不想让你为难。”

“什……什么意思？”

“我知道你在为难，在劝说我这事上。”我低垂着眼皮，十指不自然地扣在一起，“我不喜欢让别人为难。”

“凌二晨，我没有……”

我背过身去，不听她说，蹲身捡了根断树枝，在地面厚厚的土壤上画个圈：“我就想知道，什么时候我可以去这个洞里？”

“你真的想去？”她也蹲下来。

“对，你说过他们还在里面。”

“我是说过……”她拿过树枝，在我的圈上加了几笔，画了个几何图形，“如果这不是地球，而是在太空，按照射线的解析结果，我觉得螺旋坑更像个虫洞。我们没见过真实存在的黑洞，也没见过虫洞，更不知道黑洞或虫洞在地球上的表现形态是怎样的，或许就是螺旋坑的模样。知道霍金吗？他认为，虫洞是时空产生的裂隙，在每个角落都存在。所以，那次我才说，螺旋坑里的时空被扭曲了，机长和大武可能去了另一个空间。”

“找到他们的概率大吗？”

“我回答不了你。”她双臂环抱，若有所思的样子中有几分不安，“虫洞的说法只是我的一己之见，无法证明。”

“但我相信你。”我盯着“工”字形的几何图说。其实，我是相信希望。

接下来的两个月，我便在培训中心度过，整天被地质专家训导，再也没见过她和彭木杉。

如何在最短时间内，教我操作一系列先进设备。专家们整理出一套简易的教学方案，那就是改造部分机器，把能自动化的搞成全自动，再增添一台智能机器人，将所有机械化的工作交给它，剩余小部分的机动工作才留给我。

机器人是专门为我赶制出来的。彭木杉把我带到它面前时，我以为那是个玩笑，可他认真说：“凌二晨，这是你的搭档。最初答应为你制造一位美女机器人，但时间不允许，只能按照需求突出功能，你就先适应一下吧。来，打个招呼。”

我平视那个头像个橄榄球的独眼机器人，无法适应，直往彭木杉身后躲。他把我拉出来，推向前，使劲托起我的手臂，让我生硬地打了招呼。

独眼里的瞳孔放大，一只胳膊抬至水平线，延伸至我跟前，将手摊开。彭木杉强行将我的手放上去，与之紧紧相握。“别紧张，它非常安全，绝对遵循阿西莫夫的机器人三定律。”彭木杉笑道，“它的功能很多，我若一一讲解，你也记不住，不如今后与它相处时，再慢慢感受吧。对了，你最好给它取个名字。它叫什么好呢？”

我在独眼里看到变形的自己，有些窘迫，从机械手里抽回手，喃喃道：“毛根。”

6. 黑盒子

“银蛛”提前两个月竣工。我与毛根正式进入它。

我自顾朝前走。毛根跟在我身后，喋喋不休：“现在温度是零下九十度，超型氦气制冷机会继续降低温度，请您做好相应准备……”每到一处，它就向我介绍面前的设备，听得我厌烦，因为在模拟仓，它已经介绍过了，这里的设备不过比模拟器大几倍而已。

我用了两个小时，围着螺旋坑转了四分之一圈。夜来了，毛根催我吃饭，我悻悻返回管理房。其内氧气很足，物品应有尽有。

毛根帮我脱下防护服，把它放到养护区充电。食品通道送来了饭菜，毛根端给我，在我吃完后又送出去，然后为我播放电视。娱乐节目播到一半，彭木杉的影像突然跳出来，吓得我洒了一地茶水。他问了我一大堆问题，看似异常兴奋，我不知先回答哪句，毛根就替我回答了他。后来，毛根成了我的代言人，我正好省去了说话的麻烦。

我干回了钻工的老本行，日升而起，日落而息。

科研组为我量身定制了一台自动钻机，毛根负责前期安装和后期拆卸工作，我负责操控。毛根力大无穷，又绝顶聪明，只用了一个小时，就把钻机安装到位。穿着防护服的我，像北极熊般笨重地爬进操控室，隔着玻璃窗对毛根挥挥手，以示一切就绪。毛根退离到安全区域。我便在“银蛛”内开始第一次打钻。

采用人机工程学设计的操控室，比我模拟操作时更令人酣畅淋漓。我不用像以前那样下苦力，只需控制触摸屏，搬动按钮，推拉手把，拧动旋钮，就可以完成远超于以前的工作量。其他什么拧卸钻杆、钻具吊装、泥浆泵、绞车等，都可通过远程操控，我一人足以搞定以前几人才能做的事情。由于在零下一百度的极端温度下作业，所有设备被涂上了一层保护膜，像我一样穿上了“防护服”，避免了材质在极端环境里变形。随着钻杆深入地下，电控系统逐步显示孔深、钻压、钻头位置、钩载、扭矩、张力等数据，我把这些数据实时传给彭木杉，为他们提供重要参数。

我迷上了这样的打钻方式，甚至忘了其他任务，除非毛根反复提醒，我才会从操控室出来，结束一天的打钻，去维护其他设备。“银蛛”里的设备分散在螺旋坑各个区域，我每天只能检测两三样，隔天又去检测另外两三样。我不知道它们如此分布的原理，总觉得这样的安置太不人性化，免不了发几句牢骚。那时，我便通过单线联系王侦仪。每次，我都不说话，只听她说。她说完了，我就去睡觉，做一个特别满足的梦。

平静的日子在昼夜交替中过去，直到某天，彭木杉提醒我，新一轮坍塌要来了。

大概因尝过坍塌的滋味，又是在准备充分的情况下，我对即将到来的“地震”并不当回事。当轰隆声从脚下传来，我不动声色地吃午饭，毛根站在桌子对面，对管理房外的情况进行实时播报。

餐盘随桌子的颤抖而颤抖，汤从碗里洒出来，油炸麻丸滚落桌下，这些都没影响我的食欲，却让我脑子闪过一个问题：如果黑洞控制不了，螺旋坑仍不断塌陷扩大，我该如何从“银蛛”内出去？——他们教了我那么多技能，唯独没教我逃生！

想到这儿，我开始战栗，身子随桌子颤抖而颤抖，筷子从手里脱落，对周遭的情况毫无知觉，等我反应过来，看见毛根的机械手按着我胸口，正为我测量心跳。我推开它，想说没事，话到嘴边，却咬了舌头，翻个白眼，从凳子上倒下去。

螺旋坑坍塌后的烟尘灌满密闭的空间，等待它们消散需要三天。

在毛根确认我可以出去后，我便重新开始工作。我掂量了一下，只有继续工作，朝着最初的希望加快完成任务，才有可能避免“死刑”。

经历了坍塌后的设备硬挺地伫立着，有部分损坏的设备需要修理，由毛根完成。而我这时要做的，是去馈源舱取黑盒子。

在培训时我得知，螺旋坑每垮塌一次，其中的能量就会集中释放一次，那些能量会被馈源舱吸收，又按一定比例被捕捉到黑盒子里。果然，这次坍塌后，监测馈源舱的仪器亮了，提醒我该上去“收割”。

馈源舱吊在穹顶正上方。内部有一条长廊，两侧是由六角形筒状构成的墙，每个筒状里都嵌入一个长条形的盒子。我顺着监测仪所指示的方向，抽取出三个已集满能量的黑盒子，逐个扛到电梯上，再经由食品通道送出去。

有一次与王侦仪视频，我忍不住问她：“黑盒子里有什么？怎么那么重？”

“什么都没有。它只是个储存器。”她笑道，话锋一转，“也可以说，什么都有。”

"有什么？"

"能量。"

"什么能量？"

"不知道。我们要的不是能量，而是形成这种能量的东西。"

"什么东西？"

"某种粒子。"她顿了顿，"引力子。"

我对她摇头，表示不懂。

她再笑道："现代物理建立的标准模型，预言了六十二种基本粒子，目前已发现六十一种，除了引力子。顾名思义，引力子是一种可以传递引力的粒子，只要找到它，就可以借此研发引力通信、引力望远镜等等，改变人们的生活，加快探索宇宙的脚步。总之，它会给物理学和天文学带来翻天覆地的变化。"

"哦。"我迟钝地应道。

我经常在她滔滔的阐述中感到困意，最后看着她一张一合的嘴，就睡着了。

7. 双刃剑

"银蛛"内的日子，与钻塔里的日子一模一样，无论在哪里，我身边都杳无人烟，一片荒芜。唯一的变化是，陪伴我的人成了机器人。回想在指挥中心的一年，已遥不可及，甚至有点儿虚幻，好似那是我臆想出来的一段回忆，而在荒山野岭打钻，孤寂一人，这才是属于我的正确生活方式。

渐渐地，我不记得年月日，只记得螺旋坑坍塌的次数，以及它即将坍塌的日期。如今，它已坍塌了三次，第四次将在二十三天后到来，我每天掰着手指倒计时。

彭木杉不止一次地安慰我说，根据我反馈的地质数据，证明坍塌的范围在缩小，程度在变轻，"银蛛"发挥了很好的抑制作用。可一旦我问及是否保证不再发生坍塌，他就闪烁其词，找话题岔开，从不正面回答我。我只好又每天掰着手指倒计时。

一天夜里，我睡得正沉，一串震动惊醒了我。那是通讯器在震动，提示我有来电。从来没人在夜里找我。

打开通讯器，王侦仪的影像弹出来。她那边的灯光很暗，只能看清半个侧脸。

"毛根睡了吧？"她喘着粗气，压低声音问，像是才从外面跑步回来。

我点头。毛根睡觉就是在充电。

"那就好。"她呼了口气，"凌二晨，你现在听我说，有些事到了你做决定的时候，我不能再瞒你。我会尽量说得让你容易理解一些。”

我被她阴沉的语调吓着了。

“我们从一开始就欺骗了你，螺旋坑并不会坍缩成像天体黑洞那样的奇点，更不会毁了地球。我们早在实体模型中推算出它最终的坍塌方式，那便是当它坍塌到一定的临界点后，促使它坍塌的能量不再指向地心，而是向两侧扩散。打个比方，假如地球是一个苹果，一只食心虫蛀洞，它往往不会笔直地从这头钻向另一头，而是把苹果内部蛀为弯曲的隧道。至于食心虫从哪里来，是谁把它放在地球上，我们还不知，唯一知道的是，这只虫子将在钻洞的同时耗尽能量，它的生命也是有限的。所以，我们根本不用担心它继续扩大的问题。”她把桌前的电脑屏幕转向我，播放了一个视频，“你看，最近出现了几个新的天坑，其中一个在新疆的塔里木盆地，塔克拉玛干沙漠。通过地质探测，这个天坑的形成与螺旋坑的坍塌有关，也就是说，在地球内部，它与螺旋坑之间已有一条被打通的隧洞。”

“它和螺旋坑一样？”我拉近镜头，看见无垠的沙漠中心不合时宜地出现一个大坑，因上面覆盖了厚厚的黄沙，辨不出是否有纹路。

“不，它是个普通天坑，没有射线，没有能量，不会活动。由螺旋坑衍生出来的天坑，都是‘死’的，谢天谢地。”王侦仪转回电脑，将它合上，“按照螺旋坑迟早会自我了结的推断，我们根本用不着耗巨资建造‘银蛛’，这个代价实在太大！”

“那为什么……”

“因为武器。”

我以为自己听错了，连问了几个“什么”，惊得瞌睡全无。

“没错，因为武器，这个我也才知道。”说到这儿，她朝身后的大门看了一眼，十指交叉扣在下颌上，神色不安，“我还是从引力子说起吧。科研组从你输送出来的黑盒子里提取能量，从能量的释放中反推引力子，可以说，引力子已从假设进入了求证阶段，这真是物理史上的重大突破，建造‘银蛛’的目的也正在此。当时提出这个项目时，立刻引起了高层关注，资金是从另一个项目中分拨出来的，所以很快到位。那个项目是建立我国的大型强子对撞机。它因为涉及资金巨大，存在争议，一直未批复，而这时螺旋坑出现了，在你第一次帮我们把机器人送入黑洞后，彭木杉就意识到，可以把这个坑改造成一个天然的强子对撞机！他和我一合计，我觉得完全可行，就往上面报告了，然后如你所见，一大批人马进驻，上面特殊部门管制了这里，开始建造‘银蛛’。从发展趋势来看，粒子物理学的进展肯定会在宇宙演化研究中起到推进作用，所以我一心扑在科研，希望通过寻找引力子，在天文方面大有作为。但就在一个小时前，我偷听到彭木杉打电话，才知他另有计划。”她微低头，再一次降低声音分贝，“他打算拿引力子制造黑洞武器！”

“怎么……制造？”我感觉她的话玄之又玄。

她沉吟一声，想了半天，答道：“我先从‘人造黑洞’给你普及吧。现在世界上最大、能量最高的粒子加速器是欧洲大型强子对撞机，在它建立以后，曾有一段时间，有人认为在对撞过程中，会形成黑洞，对人类造成威胁。这个谣言引起了人们的恐慌，后来科学家出来辟谣，说粒子碰撞确实可能产生黑洞，但这个黑洞非常小，出现的时间也非常短暂，会瞬间蒸发，它是无害的。事实上，整个宇宙原本就是一个粒子对撞机，具有高能量的宇宙射线和粒子会经常进入地球的大气表层，在地球上制造很多小黑洞。这些黑洞所释放的物质，远远多于其吸收的物质，因此，它们在吸收物质之前，就蒸发了。另外，宇宙中的黑洞还在向外释放不同频率不同波段的辐射，其中一部分辐射到了地球，我们每个人都在与黑洞发射出的辐射触碰，可其辐射量不到人类皮肤可接纳的十万亿分之一，所以目前，自然界中的黑洞及其辐射，对人体都没有损伤，‘人造黑洞’就更没有损害。”

她缓了口气：“当然，除了大型强子对撞机可能意外产生的‘人造黑洞’，我国也曾制造出小型‘黑洞’，它是一个吸力强大的吸尘器，任何经过的电磁波，都会被它源源不断吸入囊中；但它只是根据射线在被吸进宇宙黑洞时的性质，模拟出来的仪器，可以令射线接近时产生相似的扭曲并被吸引，其他的还吸不了，所以我们说它是一个‘超强吸波装置’。基于现阶段掌握的技术，我们根本制造不出真正意义上的‘黑洞’，因为没有材料。”她好像听见了什么异常，停下来，又朝身后的门望了一眼，再说道：“这种材料叫反物质，它的原料就是引力子。所以，找到了引力子，就能制造反物质材料，然后制造出真正的黑洞。”

“可是上一次，你说引力子可以改变人们生活……”我不明白事情怎么反转得那么快。

“这就是事物的两面性，科技带给我们便利的同时，也伴随着伤害和毁灭。不过话说来回，纵观古今，武器高度体现了人类智慧的结晶，我们生活中的许多民用设备，都是在军用基础上演化而来。我上次说的引力通信、引力望远镜，如果真研发，那也是先军用，再民用，这也就不难理解彭木杉为什么要造‘黑洞武器’，能得到上面支持了。但是，他撒了谎，让上面低估了‘黑洞武器’的能耐。现在，黑盒子收集到了特殊能量，实验很快会启动。要制止这一切，只能靠你！”

“为什么……是我？”

"因为你在'银蛛'里。只要你拒绝提供黑盒子，彭木杉就得不到足够能量。"

"哦……"

"但这样的话，他们也不会提供食物给你，你会被活活饿死。"她把头埋得更低，"你们会陷入僵局。"

"哦。"

"也许还有其他办法，但我还没想到。"她用手捂住脸，再慢慢抬起头，"凌二晨，你知道黑洞武器的力量有多大吗？刚才我说的那个小型人造'黑洞'，还仅是吸收微波频段的电磁波，不吸收能量，它用于军事，会使所有先进武器都失去存在价值，因为有了它，我方可以看得到敌人，敌人却无法察觉我们。这已经足够厉害了，何况他们要研制真正的'黑洞武器'，那破坏力可远超于原子弹，对于全人类来说，那就是一颗定时炸弹，它可以瞬间摧毁地球！"

"彭教授他……为什么这么做？"

她挤出一丝苦笑："这个很难解释，可能只有我们这种人才能理解。我和他是一类人，我们会为了追求真理或寻找一个答案而铤而走险，但我不会拿生命开玩笑……"

她身后的门突然被撞开，彭木杉第一个冲进来："别听她胡说！"她想关闭通讯器，但已来不及。

穿着制服的男人，把她从椅子上抓起来，往后拖，不准她再靠近任何东西。我急得差点儿掀翻通讯器。

彭木杉的脸占据了荧屏："不管她对你说了什么，都别信！"他试图稳住我的情绪。

"放开她！"我嘶吼着，令在场的人都愣了愣。我自己也愣了。

"你为什么要相信她？难道你不知道，她一直都在利用你？"彭木杉将通讯器的画面调正，坐在王侦仪刚才的位置上，似笑非笑道，"从第一次骗你去坑洞放送机器人开始，她就一直在说谎。你以为真的可以去坑底找你的同伴？这个谎言太明显了……"

"你没去过，怎么知道是谎言？"我驳斥他。

"你是真傻还是装傻？凌二傻？"彭木杉笑中的凉意像一支支利箭，透过屏幕射过来，"还有，你当管理员的事，是我俩合计的。我们事先商量好，我唱'黑脸'，她唱'红脸'，总之要劝说你自愿做管理员……"

不等他说完，我断掉通讯器。我在床边坐了整整一夜，等缓过气，天已经亮了，毛根提醒我又到了"收割"黑盒子的时间。我不知所谓地站起来，让它给我穿好防护服，麻木地爬上电梯，到了馈源舱，扛回黑盒子。

这次，我没把黑盒子放进食品通道。毛根催促我，我喝令它住口。

“毛根，你出去，让我静一静。”

“今天的任务没有完成，我不能……”

“出去！”它站立不动。

我俩对峙。我推它，它还是不动。那一刻，即使是傻子也知道，它不仅仅是来协助我的，更是来监控我，胁迫我的。

“如果你不出去，我就出去！”我只好走到门口，恐吓它。外面是零下一百多度，我不穿防护服出去，必死无疑。

“那我出去。”它终于妥协了。

我拨通彭木杉的通讯器，第一次主动找他。我的第一句话是：“我要出去！”

“去哪？”

“离开‘银蛛’。”

“进去了就没办法出来。”他瞥了一眼我旁边的黑盒子，“当初提醒过你，进去了就再也出不来，是你自愿选择进去。”

“我现在后悔了。肯定有办法出去。”

“如果有办法出来，怎么可能牺牲你？我们现在非常需要你，如果你想活得更久，就老老实实配合指令！”

我琢磨了半天，终于反应过来，知道了什么叫“不易引起外界注意”。我无法与他抗衡，生死更与外界无关。除了认命，只能认命。

大概见我沉默，模样可怜，彭木杉忽而缓和语气道：“凌二晨，对不起。你进入‘银蛛’是唯一解决目前状况的办法，我们也不想牺牲任何人。不得不说，你的贡献是极大的，你是真正为国家科研奉献生命的人。你的名字将永远留在祖国大地上。”

这话让我想起了爷爷和爸爸，他们就是为钻探而奉献终生的人，他们的名字就被留在了后人的心里。我猛然被打动了，听话地将黑盒子放入了输送通道。

我真傻。

8. 另一个世界

在毛根的“监督”下，我继续干活，机器还是那些机器，操作还是那样操作，但总觉得有什么地方变了。每当我抬起头，透过防护面罩，望向铮亮的穹顶时，感觉头上悬着的不再是太阳，而是炸弹。为了削弱我的不适感，我拼命干活，夜以继日，每天只允许自己睡两三个小时。我怕做梦，怕回忆，怕想起王侦仪和彭木杉的那些话，还怕自己骗自己。

在螺旋坑第四次坍塌前的一个夜晚，我正打捞一截脱落的钻杆，准备天亮后将钻机撤离，突然一段奇怪的音频传入我耳中，那是通过防护服的通讯器接收到的。

“凌……二……二晨……”音频断断续续，从沙沙的杂音中，我听到有人唤我。

“我是……王……侦仪……我……”扰乱音频的杂音趋渐转小，声音慢慢稳定，“我是……王侦仪，我被……软禁起来了，别问我在哪，也别问……我怎么联系上你的，你听着就好。”

我停下手里的活儿，呆呆看着前方，像在听遥远星球传来的讯号。

“我想到阻止他们的办法了，那就是炸掉螺旋坑！你只需要把黑盒子扔进去，以能量对冲能量就行。在爆炸前，你必须躲进馈源舱，那是一个抗压能力很强的封闭舱体，爆炸的冲击波会将它推出‘银蛛’，你也就能出去……”声音如突然出现一样，又戛然而止。

我等了几秒，耳机里又响起嘈杂的电流声，但没人说话，我只能等着，想象王侦仪此时可能正在遭受的事情，呼吸变得急促，感到耳机里的静默比她虚弱的声音更可怕。

“他们……快追到我了……”一段语音又忽地响起，夹带着厚厚的喘息，“凌二晨，寻找宇宙规律是我毕生的追求……它应该是用于服务人类，而不是被转化为武器……我骗你说可以去坑里找机长和大武，是我不对，我一心只想着科研任务，希望你能理解……二晨，未来的一切，都取决于你……”话未完，声音再次断掉。断掉前有一段余音，裹挟着空洞的回音，像是她掉入了井洞，还未呼救，就被逼仄的暗黑埋没了。

钻机的提示音响起，尖锐的声音把我从溺水般的难受中拉回，我想起机长和大武不见时，我也有过这种感觉，但这次的感觉更强烈，也更持久，几乎让我窒息。我关掉提示音，放弃打捞钻杆，在操控室里静坐到了天明。

这一期的钻探任务草率结束了。下一期要等第四次坍塌以后，才会再选址打钻，一切又重新开始。但这次，我不必等那么久。我计划等毛根下一次“睡觉”时，开始行动。

毛根用电量大，隔两天就会充电。为了提前消耗它的电量，我带着它不停地检修机器，有时还偷偷弄坏线路，让它重新修理，反反复复地折腾它。终于在一个凌晨，它的电量显示不足，提醒它又该“睡觉”了。

“你回去吧，这里有我在，我不困。”我学会了骗人，第一次骗的还是个机器人。

“你该休息了。”毛根的声音干瘪得像枯叶，“你身体的各项指标都超出了正常范围。”

“我不困。”我钻进一个机器的底座，在里面敲得“乒乒乓乓”，无视它的存在。

它没理由强制拉我出来，也没时间和我磨蹭，独自回房了。

它一走，我就从底座钻出，以最快速度奔向电梯。我要在他们没发现之前，到达馈源舱，取出黑盒子。

我以为事情很简单，可仍低估了对手。监控器很快发现了我的异常，立即惊动了彭木杉。当时毛根还在“睡梦”中，他们把毛根体内余留的电量，全部汇集到它的机械手。在电梯刚启动不久，毛根的“手”就脱离而出，飞扑过来，牢牢卡住了电梯门。

我无法抗衡，只能让它进来了。

我用身体挡着控制键，不让它靠近。它试着左右夹击，可绕不过我宽大的身子，始终拿我没办法。我们就僵持在原地。电梯到顶后，折成平行路线，开始匀速向馈源舱移动。

一个声音在我耳边炸开：“凌二晨，你究竟要干什么！你不要被王侦仪的话蛊惑了！”

在彭木杉和王侦仪之间，我辨别不了真伪，只能跟着心走。这些年，我都是跟着心走的，所以才会为了寻找家人，流浪十年，跟着大武干钻探，当了十年钻工，然后又一心想着去螺旋坑找回他们，到了这里。

离馈源舱越来越近了，我从按钮处往电梯门挪移，“手”跟着我挪移，始终与我保持相对距离。我又假装挪移了几次，在这个过程，观察着它的反应速度，心里默念着数字，发现它最多五秒，就能跟上我的节拍。

电梯轻微晃动了一下，我知道背靠的门与馈源舱的门衔接上了，我必须打开门进入馈源舱，同时将“手”困在电梯里。可这太难做到，因为两扇门自动敞开需要两秒，我迈出去反手关门需要两秒，门再完全关闭还需要两秒，时间显然不够。但我管不了那么多。

我按下开门键，立马扑向“手”，用胸口将它压向角落，与此同时，利用手掌在电梯壁上的反作用力，将身体反弹出电梯，飞速按下关门键。在门合并的最后一秒，“手”直扑而来，正好撞在门上。

我成功了。彭木杉在耳机里大叫：“凌二晨，王侦仪真的在骗你！我们并没有造什么武器，是她一心想用自己的方案炸掉螺旋坑！”

我没理他，截断馈源舱的电源，让它处于瘫痪，随后选了几个集满能量的黑盒子，抽取出来。

“凌二傻！你知道那样做会毁掉什么吗？你会毁了‘银蛛’，毁了科研基地，毁了我们，包括你自己和王侦仪！你永远都见不到王侦仪了！”

我真没想过再见她，我悲伤地想。我已经习惯了身边的人消失不见，习惯了在希望中寻找和等待。

我拔掉头盔上的连接线，让彭木杉的声音彻底消失。

馈源舱摇晃起来，弧度不断增大。我听见熟悉的轰隆声，向下看，螺旋坑四周的地面往里掉落，岩土如流体一般，逆时针旋转、扩散，海面般的旋涡将一切都吸入幽暗深邃的涡心，涡流腾起的烟尘如水雾般弥漫开。第四次坍塌的时间到了。

随着摇晃愈发剧烈，舱门还未关闭，我大半个身子被甩在了门外。晃动中，电梯向远处平移，不知何故，它的运动导致上方的绳索变形，继而影响到馈源舱的索。烟尘滔天，一根索断掉了，震动加剧，另一根索也断掉了，连锁反应使得悬空的馈源舱逐步倾斜，如触礁下沉的游轮，而向下的一头正是舱门。

当馈源舱翻转到将垂直于地面时，黑盒子像面条下锅一样，通通被倒入了涡心。此时，掉在舱门下方的我，想起了王侦仪的话，等待结局。

爆炸如期而至。响声如惊雷在耳边，震得我耳膜破碎般难受。随后，一股冲击波将馈源舱掀起，使之在空中翻转，我也翻转起来。那一刻，我知道自己连最后一根救命稻草也抓不住了。

我在橙黄的烟雾和火光中掉落，迎向那恶魔的大口。我成了第一个进入“地球黑洞”的人，这大概就是管理员的“优待”。我把头扎进深渊，试着平复呼吸，可是做不到，越想控制呼吸，呼吸越乱。我只好闭上眼睛。

等了很久，我睁开眼，发现一直在降落中。我看见头顶是深不可测的碧蓝色，又像掉入了冰窟窿，与曾经失去亲朋好友的感受一模一样。我想，如果这次真在水里，或许可以翻个身，游上去。

我就这么做了，结果还真能翻身。我游了起来。我在斑斓的波光中看见了一些东西。

我看见了童年的自己，回到了家人失踪的那个夜晚。

我记忆中的谜团散开，真相一丝丝抽出来。原来，自始至终，失踪的不是我的家人，而是我！我终于知道了，那天早上起床，为什么不仅是我家人不见了，整个镇子的人都不见了！

我想起王侦仪说的“虫洞”和另一个时空。看来，在这事上，她没骗我。

我如愿以偿，在螺旋坑里找到了机长和大武，甚至我的家人。虽然只能远远望着他们，也足够了。

再见，王侦仪。

9. 永生的标本

冬季刚过，方琳就为爷爷兑现了这场远行。

远处的山，在地平线上像一面屏风冒出来。山腰后，是若隐若现的建筑群。汽车环着山绕行，像误入了一口井，最终在扁平状的陈列馆前停下。

方琳和家人把爷爷抬下车，放到轮椅上。她推着爷爷进电梯，摁了最下面的按键——负二百层。

喀斯特陈列馆对外开放了一年，在此之前，没几人知道它的存在。若不是爷爷执意要来，方琳从未打算到此一游。出行前，她简略查了资料，得知陈列馆是附着天坑而建，陈列的是当时一个叫“银蛛”大型装置的零部件，科普一些科学知识，传颂一段励志故事，主要讲述一位叫“凌二晨”的地质队员，舍身拯救地球的伟大事迹。

中途，电梯忽然停下，走进一位男子，脖子上挂个工作牌，赫然写着“丁仪”二字。

男子瞄了方琳一眼，推了推眼镜，弯腰问轮椅上的老人：“请问是方世国先生？”

“是的，你哪位？”方琳帮爷爷回答。

男子直起身：“我叫丁仪，是负责对接你们的人。”

“哦，你们的专家顾问团主席，王侦仪院士不过来了吗？”方琳再问道。

“我姥姥去环球加速器的控制中心了，今天临时让我来接待你们。”丁仪彬彬有礼，笑容里藏不住的是质朴而青春的气息，与馆内的陈旧格格不入。他站到老人身后：“我来推吧。”

“不用……”

“别客气，方琳。”他不由分说，接过轮椅，那柔和适中的“霸道”，令她为之一振，加之从他口中喊出自己的名字，更让她产生一种陌生的亲切感。

为了活跃气氛，丁仪稍弯腰，对老人说：“我经常听姥姥提起你们。提得最多的是凌二晨，其次是你。”说完，他好像意识到什么，愧笑着补充，“实际不是你，是以你绰号命名的机器人。”

“毛根？”方琳叫起来，“我知道那个机器人！”

丁仪微笑点头，继续道：“银蛛大爆炸事件后，我姥姥就没离开过这里。五十年了，当年与她共事的人去世的去世，离开的离开，只有她守着这片土地。”

“她为什么不离开？”方琳问，“我看新闻报道说，她有很多机会离开的，特别是在发现引力子后，她在国际上的名声大噪，很多国家都想请她过去。”

“这个问题我也曾问过她，她的回答是，为了科学，她要用自己的一生，去探寻宇宙大统一模型。”丁仪微扬下巴，把目光投向电梯里的广告，那画面正停在一座钻塔上，“有一次她还偷偷告诉我，她留下还为了守护一个人。”

“守护你姥爷？”

“不是。”丁仪笑了笑，轻声吐出三个字，“凌二晨。”

方琳若有所思地点头，忍不住问了一直疑惑的问题：“凌二晨他……到底是死是活？”

“一会儿见着，你就知道了。”丁仪留下悬念，推着老人出了电梯，方琳紧随其后，黑黢黢的空间让她有点紧张。她以为电梯外是一间宽阔的展览厅，谁知却是阴暗狭窄的通道，昏暗的灯光把人折射到墙上，如鬼影般跟着，让她感觉压抑而惊悚。她不自觉地抓住丁仪的衣角。

“别怕，过了这段路就好了。”丁仪放慢步子，“当年发现凌二晨时，就是在这个洞穴里。为了让他保存完好，姥姥坚决反对改造，所以这里除了加固，至今维持着原状。”

“怎么发现他的？”老人仰起头，看着摇晃的光影问，“据说爆炸贯穿整个地球，被波及的那一圈地层都出现不同程度的下沉，这么剧烈的大规模爆炸，他怎么还能保存完好？”

“姥姥说，是因为他穿着防护服。还有，那次爆炸并不是我们理解的一般意义上的化学爆炸，而是一种物理爆炸，其释放的能量，将他推向了其他地方。这就能解释，发现他时，为什么他是游泳的姿势。姥姥说，他不是一直在这里，是在爆炸形成的环形隧道内，被冲击波或某种能量推着向前，绕了地球一圈，最终又回到这个起点。”

“好奇特的环球旅行，太不可思议了。”方琳叹道，“原来他的终点就是起点。”

“起点也是终点。”老人也叹道，话里明显带着更多的寓意。

“姥姥说，他是一位真正的英雄。”丁仪接着说，“当年为了阻止天坑坍塌，他们建造了‘银蛛’，凌二晨自告奋勇进去当管理员，当他们发现‘银蛛’根本无效时，他又自告奋勇跳进天坑，炸掉了它。他不仅成功阻止了天坑塌陷，还意外炸通环球隧道，让我们后人建立起爱因斯坦赤道，更让塔克拉玛干沙漠成了世界核子中心。”

“对了，我一直不明白，环球加速器到底是干什么用的？”

“对于我们理论物理研究来说，它是研究粒子和原子核的重要工具，帮助我们去理解物质、能量、基本粒子和物理规律等，是我们探寻宇宙大统一模型的主要科学仪器。对于人们来说，通过它掌握分子原子这些知识，能获得新材料和新型芯片，用于工业制造；它还能用于医药领域，进行医疗诊断和治疗，最重要的是，通过它能制造‘黑洞’；若用‘黑洞’发电，吸收宇宙的电磁波，并把它转化为热能，就能给地球提供源源不断的能量。”

“太了不起了！”方琳发出啧啧赞叹。这时，前方出现一道椭圆形光面，好似一扇门，她估摸到了窄道尽头。

他们停止了谈话，朝着光源前进，通过那扇门，进入一间圆柱形的房间，里面被一个扇面的玻璃罩占据了大半。玻璃罩如嵌入泥壁的蛋壳，蛋清一样黏稠剔透的液体充斥其中，液体发出的光，照亮了这个与世隔绝的深洞。在“蛋壳”中心，有一个土黄色的人形的东西，也嵌于泥壁内。

“那就是凌二晨。”丁仪指着人形说，同时用手点亮玻璃罩，其上出现屏幕，把整个人形不断放大，最后画面定格在人形的面部：头盔的面罩里，是一张安详的脸，从睁大的两只眼睛，能看出一种发自内心的安然，因为他的嘴角还牵着一丝笑。

老人从轮椅上直起身，向前倾，把手摁在玻璃罩上，略显激动。方琳看着监测器上的指标开始跳跃，不断升高，赶紧在他后背上抚了抚，好让他情绪不要过于波动。

丁仪见状，也安慰老人道：“方爷爷，从凌二晨的表情，我们猜测他没有经受太多痛苦，你不用过于担心。我姥姥说，虽然没人知道他经历了什么，但他最后一定是看见了美好的景物，所以才会保持微笑。”

方琳盯着那张脸，忍不住又问了刚才的问题：“那他……到底是死，是活？”

“从外观来看，他已经死了；从生命体征来说，他是活着的。”丁仪指着屏幕，“他有点儿像植物人，却又不全是。植物人除了本能性的神经反射和进行物质及能量的代谢，是完全丧失认知功能的，无任何自主活动；但是他，没有自主活动，却有认知功能。我们曾利用脑电波进入他的大脑，发现他是有意识与我们对话的，只不过那样太消耗他的能量，为了维持他‘活着’的现状，我们没有通话太久。”

“如果他还活着，为什么不把他平放床上，那样被横嵌在墙壁里，多累啊！”方琳觉得半个“蛋壳”里的凌二晨，像极了琥珀里的古老动物，被滴落的树脂包裹，掩埋在千万年的地层。

“他不能被挪动。”丁仪把屏幕上的画面放大了一倍，“你们仔细看，他的肉体是嵌入防护服的，防护服又与周围的泥土融于一体。姥姥说，他在环球隧道里游了一圈，就如一个粒子被放入加速器里。在运动中，他体内的原子被扭曲，组成分子的所有原子键发生断裂，他可能变成了等离子人体云，像潮汐被牵引着走，拖到了其他物质内部。基于这种原理，你们可以想象，组成人体或防护服的基本粒子被某种能量打破，又重组，周而复始，最终相互融合，固定成某种形态——幸亏还是人形。所以，我们无法将防护服从凌二晨身上脱下来，更无法将他与周围的泥土分开。我们曾试过各种方法，但每一种都是对凌二晨的损害，最后我们不得不维持原状，并为了延续他的生命，在他外围放置了这个充满营养液的罩子。”

“真是个传奇。”方琳听呆了，把脸贴在玻璃罩上，再次感叹。玻璃罩将时空隔离成两个世界，一个是他们的，一个是凌二晨的。

老人的情绪逐渐稳定，在平息呼吸后，哽咽道：“能不能让我和凌二晨单独待一会儿？”

丁仪和方琳对视一眼，同时退到窄道里。

老人用颤巍巍的手，从衣兜里掏出一包食品纸袋，摊开：“凌二傻，我给你带了你最喜欢吃的馍馍，你能闻到吗？过来尝尝。”他把手朝前举高，“他们都说你是英雄，但我知道你不是，你只是想找到机长和大武，对吧？”他的眼角闪着泪光，声音呜咽，“当年我俩躲过天坑坍塌，运气真好。你不傻，一点儿都不傻……我讨厌你装傻的样子……”

老人嘴唇微颤，垂下头，眼泪大颗落下，滴在馍馍上。泪珠在脆香的馍面散开，浸入龟裂的馍缝，像雨露洒向干涸大地，柔化着他多年来的思念与回忆。

丁仪和方琳在后面默默注视着老人，直到老人的肩膀停止抖动，重新抬起头，才回到他身边。

老人包好食品袋，把还有余温的馍馍放回衣兜，最后看了一眼镶在墙壁上的同伴。

谁也没注意到，在他们背身而去的刹那，展现游泳姿势的凌二晨动了一下。尽管只是眼珠朝毛根那边移了半毫米，但确实是动了。

“聚宝盆”里的故事

贾　煜

故乡是一个“盆”。我所有的故事都装在这个“盆”里。

我出生在陈子昂的故土射洪，在“前不见古人，后不见来者”的苍茫感中迷上科幻，心里播下一颗文学的种子。继而，我到雅安、成都求学与工作，先后驻足于成都温江区、锦江区、金牛区、武侯区、郫都区；成为一名地质工作者后，近20年又流转于四川的东西南北，曾经或当下常往返在成都与攀枝花、凉山州、阿坝州、甘孜州之间。若把这些足迹连起来，我在四川成长的每一圈年轮清晰可见，其中烙下的正是附着在年轮上的情感。

是否要提笔写作，何时提笔写作，提笔写什么，或许都是命数。科幻的文学种子在短暂的发芽后，销声匿迹，直到某一天，这颗差点儿被遗忘的种子再次冒出来，我决心毕生呵护它。是时候了，积蓄多年的思绪从指尖决堤而下，变为跳动的字符，汇聚成一条条句子的长河，开始勾勒一个个故事的轮廓，最终叠合为一沓沓厚实的纸张。故事在大地上跌宕，我被起伏的风浪裹挟着往前赶，闷头闷脑的，写了很多匪夷所思的故事，又直到某一天，我发现自己逐渐摆脱了裹挟，双脚终以落地，脚下竟还是生我养我的这片土地。从此，我明白：我从未离开，也无法离开四川。

工作如此，生活如此，文学亦如此。

故乡是一个“盆”。四川是我的故乡，一个聚“宝”的“盆”。

因为，四川很独特，涵盖了高原、盆地、山地、丘陵、平原等，地貌地形丰富，尤其成都平原广阔，气候温润，物产丰盈，从三星堆遗址到金沙遗址，从都江堰水利工程到中国历史上第一所官办地方学校，从世界上最早开采利用天然气到世界最早纸币“交子”的发明……以成都为首的四川各大城市历史悠久，多元一体，自古就富有鲜明的时代个性，更重要的是它们蕴含的中国科幻基因，使古老与现代、过去与未来的时空交相辉映。所以，土生土长的我有何理由离开这片土地去创作其他？

如此，我的小说大部分都扎根于四川，无论是科幻和非科幻题材，都以四川元素为核心，又或点缀着。《喀斯特标本》也不例外，写一名钻探工人与天坑的故事。天坑是一种特殊的喀斯特地貌类型，是继石林、峰林和峰丛之后，第四个由中国人定义，并用汉语和拼音命名的喀斯特地貌术语。在全球的天坑分布图上，中国以数量多、规模大、分布集中瞩目；而四川西南，恰是喀斯特地貌分布最集中的地区。故事便发生在这里。

故事的好与坏均由读者评判，我所在意的，更多的是完成了自己的念想。每一个故事的源头，必然来自内心深处迸发的火花，那些由经历和感悟摩擦的火花，又正源于我穿梭于四川各地时，不断在高原与盆地，农村与城市，贫困与繁华，落后与前沿的交替中被摩擦，诸如人类第一次击石取火支配了自然力，终将与动物区分开，而我，也将身躯与灵魂分开，在广袤的天地之间，感受空灵的沉浮，编织起一幅幅属于故乡的画面。我成了操控故事人物命运背后那只翻云覆雨的手。

四川丰厚的文化底蕴，让我想用科幻的方式，撷取故乡的美和感动，让关乎它的文字成为传递人文内涵的一种符号。我在故乡的发展变迁中，寻求它展现在世人面前的崭新姿态。我尝试着将故乡与多元文化进行大碰撞、大融合，将故乡蕴藏的“宝”散落在每一处角落，随着每一个故事的律动，折射出我对乡情的光影。在纸张和文本的呼吸之间，科幻为我和故乡架起了一座展望未来的桥梁。

故乡的人，故乡的土，滋养着我成为现在的我。我写过的每一个字，流下的每一滴泪，都是对脚下土地的每一分热爱。是我心里生出了故乡，还是故乡归并了我？这不重要。重要的是，每一位作家对精神世界的追求，永无止境——那是面朝故乡的方向。

贾煜，中国作家协会会员、巴金文学院签约作家。著有科幻长篇小说《时空迷阵》，少儿科幻小说《幻海》《冰冻北极》《改造天才》等。其作品发表于《科幻世界》《四川文学》《青年作家》《西部》《胶东文学》等期刊，曾获四川省科普科幻创作新秀奖、第33届银河奖最佳短篇小说奖；另有小说荣登2022年四川最具影响力短篇小说排行榜。

四川

童恩正归来

刘兴诗

一　墓地重逢

成都，清明，凤凰山公墓。

阴沉沉的天，低低的云，黯然的心情。不过是傍晚时分，却已黯淡似夜色悄然来临。蜀中天气就是这样的，幽幽然、暗暗的，无有他处之爽朗，仿佛有些幽明不分。

人云，这正是幽灵活动时刻。孤身一人独处在这冷清清墓地里，似乎感受着什么异样征兆，顿时觉得有些不自在。心灵提醒自己，此处非久留之地。天色也不早了，还是早早离开回城吧。

我面对着故友墓碑，低声说："恩正，我回去了，改日再来看你。"

话未毕，忽然觉得身边一股凉飕飕的冷风骤起。虽然身穿一件毛线衫外加秋衣，背脊也突然一阵发凉，身子不由自主一阵颤抖，仿佛电击似的。

咦，这是怎么一回事？

正寻思着，背后忽然传来一个十分熟悉又极其陌生声音。音调很低很低，含含混混的，好像在飘着一样，却又异常沉着清晰。

那个有些把握不住的声音，仿佛在低声说："何……必……呢……"

它要对我说什么？何必忙着离开？何必匆匆言别？还是何必想别的事情？

我出于本能反应，立刻转过身子，飞快朝四周扫视一圈，想弄明白谁躲在这里说话。可是周围一派空荡荡，除了一排排冷冰冰墓碑，一个人影也没有。莫非还有谁故意开玩笑，躲在空气里不成？

噢，这是神经过敏吧？

要不就是风。这个看不见、摸不着的精灵，惯会在人们不留神时，发出种种奇异音响，作弄得愚昧者心荡神摇，神魂不定。

要不就是第六感觉在作怪。人在此时此境，难免不出自一种说不清的心理原因，产生各种各样的幻觉幻听。作为一个自然科学工作者的我，难道还会相信有鬼魂出现不成？

我释然了，又对恩正墓碑看一眼，心里默默念叨："再见，朋友，好好安息吧。"

说也奇怪。我话未出声，耳畔居然又一下子传来刚才那个声音。这一次，声音变得清晰些了。

它在说："别走，再陪我一会儿吧。"

这个声音再清楚也没有了。我陡然一下子听出来，这是一个再熟悉也不过的声音。

那是……

往下的事情发展得很快，简直不容人有一些儿思考的时间。我还来不及多想，身后卷起一股小小的旋风，带着一阵尘沙和几张发黄的落叶，从地皮直蹿起来。那个奇异的声音，仿佛就是这股带着尘沙的旋风里传出来的。

此地非久留之地。

我觉得有些奇怪，正要拔步离开，那个声音又说话了。

这一次，我听得十分真切，正是从那股越升越高的旋风里冒出来的。只不过由于尘沙阻隔，看不清内里有何物体隐藏。

这是一个带着浓浓的湖南腔的成都口音。

“怎么搞的，老朋友也不认识了。”

我正诧异间，眼前那股旋风一下子散开，灰沙飞快凝聚成一个十分熟悉的人形。

瘦削、颀长，一副玻璃镜片在面孔上微微闪光。

啊呀，这是童恩正呀！

我一下子惊呆了，顿时手脚无措，不知该怎么办才好。

再仔细看他，容颜依旧，风度宛然，正是已故旧友童恩正。只不过面色略微有些青绿色，恍然像是一尊刚刚出土的青铜塑像。

我不由自主使劲掐了一下自己，怀疑是不是一个虚妄的梦境。要不，就是在这特殊的墓地环境里，心情变异产生的幻象。

不，我没有看花。

这就是他，一个活生生的童恩正！

我目瞪口呆来不及说话，他含着微笑先开口了：“别怕，我不会伤害你。”

或许他为了解除我的顾虑，说话间脸色渐渐变化。先前那股铜绿色逐渐褪去，只剩下一丁点儿淡淡的青色，几乎和常人无异了。

“你……”

我讷讷然问他，心中早已惊怖不安，不由自主后退一步。

他又宛然一笑：“兴诗兄，你还怕我吗？”接着，伸出了手。

看他笑得那样自然，我不得不也出手握住了他。

一种冷冰冰、空荡荡的感觉。

眼前的童恩正，仿佛界于实体和非实体之间。

他重新崭露出笑容，露出了两排白齿，口齿间略微带着一丁点儿闪烁的磷光。

“别走，我有话要对你说。”他轻声讲。

“就在这里？”我吃吃探问他。

“不是这里，难道还要到望江楼找一个茶座？”

我也禁不住哈哈笑了。这一笑，紧张心理一下子完全冰消雪融。

他还是那个老样子，幽默、诙谐，却又干脆利落一丝不苟，任何建议都让人无法拒绝。他，还是我熟悉的那个老友童恩正。

“说得对！我也有话要和你说。”

一股陡然升起的激情鼓动着我，我再也忍不住了，快步冲上去紧紧拥抱住他。

我双手张开，拥抱住一团几乎是空虚的肢体。

这是一个奇怪的会晤。没有盖碗茶、没有竹凉椅，我与他面对面相向，就席地盘腿坐在他的墓碑旁边。

一个出墓的幽灵，一个实实在在的我。

“我可不是幽灵。”老友似乎看出了我心中所想。

“那你在自己的墓里现身，不是幽灵就是鬼了？”我知道这样问很荒唐，但我也知道这样问，他绝不会生气。

“还记得修建成渝铁路时，在资阳黄鳝溪一个桥墩下发现的资阳人头骨化石吗？”他问我。

“好像是 1951 年的事吧？那时，我们都还年轻。”的确，那时我们都是在野外翻山越岭不在话下的小伙子，而如今，我来一趟凤凰山公墓都很吃力了。

“那时，你同我说，这世上有的人死了，成了化石，无法言语，只等我们这样的考古工作者代他们发声。而有的人死了，却可以‘死而不亡’……”

说实话，我一时竟想不起来和童恩正有过这番对话。只是眼下，一个已然“作古”的考古工作者正掷地有声地同我说话，也真应得上他所说的“死而不亡”了。

“人死之后，肉身消亡，但灵魂、思想、意识却依旧不灭。”童恩正伸出右手拍了拍我的肩，我却感受不到肩头落下任何重量，“你就当我是……量子态的童恩正吧。”

“那这磷光又是怎么回事？”我望着面前的“量子态老友”，随着他说话的气息，我能看到幽绿的火在空中浮现、跃动。

“微观量子的运动在宏观世界的显影罢了。”

“也就是说，神啊鬼的，都是‘死而不亡’者的灵魂和思想被活人看见了？”

“对，你这不就看见我了吗？”他笑了，磷光从嘴角窜到了耳朵尖。

“原来不是‘人类一思考，上帝就发笑’。而是‘人类一思考，我就活见鬼’啊！”

我们不约而同地哈哈大笑。

不管这位老友是“人”，是“鬼”，还是“量子态的意识”，我心里都没有半点儿恐惧，只有一种熟悉的踏实之感。而且，我们仿佛比之前更容易“心灵相通”，我隐约感到他这次有什么事要同我说。

我问他：“你有什么话要对我说？”

他目光炯炯反问我：“你呢？”

我张口正要讲。他忽然神秘一笑，道：“把话写在手上吧。”

这是一个好主意。往昔赤壁之战时，诸葛孔明和周公瑾岂不也曾使用同样方法，亮出各自的心扉吗？

我写了，他也写了。

两人相望，同时舒开手掌。

他的掌心里写着：“三星堆”。

我的掌心里，也是同样三个字。

哈哈！哈哈！心同心、情同情，我们都想到一处了。

我迫不及待对他说：“去吧，我们现在就去三星堆。”

他的面色黯然，低声回答说：“你说得太简单，好像还是我们从前那样说走就走。如今我身不由己，还需要做一些安排。”

面对故友，我也不由黯然了，只好略表遗憾试探着问他：“你说吧，什么时候再去那里？”

考察三星堆，这是我们早先的一个约定。恩正禀性正直，为人痛快，不是爽约的人。何况这也是他的夙愿，即使瞑目也不会忘记。我相信他一定会答应的。

他低头蹙眉略微沉吟一下说：“明天傍晚这个时候，还在这里等我吧。”

话未毕，耳畔又响起一阵轻微的风声。只见在一股贴地卷起的旋风里，他的身影渐渐黯淡模糊，转眼就消散得无影无踪了。只留下我独自面对着一排排冷冰冰的墓碑，站在原处发呆。

身边暮色更浓了，渐渐传来一阵凉意，使人觉得黑夜快要来临。我立足在原处不动，还痴痴回味着刚才的情景，不知是耶非耶，是否刚刚仅仅是怀念老友的一个幻觉而已。全然没有留意到，身边暗沉沉的暮色里，正有一双闪烁着黯淡绿色荧光的眼睛，隐藏在暗处悄悄注视着我。

二　激辩古迂夫

第二天傍晚，我如约赶到凤凰山。上山时，天上忽然下雨了。密密的雨点越来越大，路面变得泥泞不堪。我出门时没有带雨具，这时候就吃苦头了。脚下一溜一滑，周身淋得湿漉漉的。这里本来就位置偏僻，时间已近黄昏，远远近近没有一个来往行人。抬头看黑乎乎的山头，距离墓园还远，得找个地方暂时躲一下雨才好。

正着急，忽然转身瞥见路边不远处有一个小土屋，狭窄的窗缝里露出一丝微弱的亮光。这条路我十分熟悉，记忆中仿佛没有这个屋子，不知一下子是从哪儿冒出来的。一时情急，我也不管这是什么处所，就急急忙忙赶了过去，冒着雨几步跨到跟前。抬头一看，只见屋门忽然“吱呀”一声开了，内里闪出一个人影，双手抱拳将我迎进屋内。仓促间没有看清他的模样，进屋定睛一看，顿时使我惊异非常。

这人体形瘦削，面容清癯，鼻梁上架了一副犀角眼镜。圆形镜片上凸起一圈又一圈螺纹，准是一个高度近视眼。更加奇怪的是此人竟身着长袍马褂，脑后拖了一根发辫，活脱脱一副清代打扮，好像是从今天银幕上泛滥成灾的清宫戏里，直接走下来的一个角色，使人惑然不解。

环顾四周，只见屋子里堆满了一摞摞发黄的线装书，一筐筐破碎的陶片和青铜器皿。屋子另一边的帘幕后面，隐隐约约露出一个长方形的物体，占据了好大一片地方。由于光线黯淡，我一时看不真切，只感觉它似桌似床，不知道究竟是什么东西，也不知这是什么地方，心中满腹狐疑。

这土屋里十分沉闷，宛如一个封闭的罐头，空气里弥漫着一股特殊的霉味儿，不免呼吸有些困难。若不是为了躲雨，我决不会冒失地跨进这样的屋子。

再抬头一看，不由使我不寒而栗，全身打了一个寒噤。只见面前这个拖辫子的怪人身上奇异非常，也闪烁着恩正那样点点的暗绿荧光。

我猛地一惊。心里想：“咦，这是什么地方？这个怪人莫非也是……”

我还来不及细想，他似乎看透了我的心思，站在原地向我深深一揖道：“在下剑南古侗，字迂夫，别号酸斋，乃是天子门生，得与刘先生相识，实乃三生有幸。”

天子门生？

他怎么知道我姓刘？

听着这话，我不由心中一惊。当今是什么时代，哪有什么“天子门生”？

他似乎猜透我的心思，微微一笑说：“刘先生乃是后来人，自然不识从前规矩。在下乃是道光皇帝御前钦点进士，自然是天子门生了。”

啊呀！这真是活见鬼！道光皇帝是什么时代？怎么能够和现在21世纪扯在一起。再说，初次见面，他怎么对我如此清楚？看他这副神秘兮兮模样，周身闪烁绿荧荧磷光。要不是我昨天已经从老友口中得知了“死而不亡”之人的秘密，我还以为自己见鬼了！不过，遇见自己熟悉之人的量子态意识是“寰宇之内遇故知”的喜事，可遭逢陌生人，还是个一两百年前的陌生人的量子态意识，却从里到外都透着一股子别扭劲儿、诡异劲儿。想到这里，背心就不由冒出一股冷气，整个身子透得冰冰凉。

这个酸斋夫子见我害怕，慢步踱过来，笑吟吟地说：“刘先生莫要恐惧。实不相瞒，在下辞世已经百年有余。在世时执掌国子监，素有金石癖好。凡举尧典禹坟、经史子集无不精通。尤其爱好古玩鉴赏、拊经考古之学。所以在入葬时，后人将不才平生收藏，尽都陈列在这墓室内，不时可以把玩研习。如今虽然与世界阴阳两隔，独自幽居在此斗室内，倒也悠闲自在。只是孤居一室十分寂寞，亦无机会与同好切磋研究。今日有幸得蒙刘先生大驾光临，实乃蓬荜生辉，还望先生多多赐教才好。”

言毕，他又深深一揖，显得十分彬彬有礼。

我用目光一扫，这才看清楚那边鼓鼓的长方形物体，乃是一口朱漆棺材。上面挂着帷幕，装扮得宛如床榻一样。四周墓门已经关闭，先前门窗完全消失不见，要想抽身出去也不能了。

罢，罢，罢，事已至此，我只好硬着头皮和他周旋。

我大胆问他：“我有一点不明白，阁下怎么知道我的姓氏，知道我也喜爱考古？”

他十分诡秘地一笑，说：“刘先生忘记了，昨日这个时分，曾经和一个鬼魂在墓园里议论三星堆吗？”

他这一说，我才陡然醒悟。定是昨天我和恩正谈话，被他偷听了。这位“迂夫子”是道光年间之人，自然听不懂恩正那番“量子态”“微观”“宏观”之类的说法。他依照自己的理解，“死而不亡”者，那就是“鬼”了。而昨天恩正叫我名字，他也听见，难怪见面就称呼我“刘先生”。心中有些好奇，便问他：“你生在道光年间，那时候三星堆遗址还没有发现，怎么知道这个古迹？”

他听了哈哈笑道：“三星堆文物在土内，不才如今亦身存土内，有什么不知道的？今日恭请刘先生来，只是交流见解，以同道会友，别无其他意思。”

呵呵，原来这是一个虽知自己身死，却不知自己如今已成量子态意识的百年“魂灵”。或许正是他这番对考古的痴迷和执念，让我误打误撞地在宏观世界“见”到了他。既然同为“考古迷”，我倒定下心来不怕了，感兴趣地问他：“阁下在土里自由穿行，不知在三星堆地下，还发现了什么世间未见的宝物？”

他见我相问，便得意扬扬转过身子用手一招，忽然从背后暗处闪现出一个十分熟悉的高大身影，双手捧着一大箩青铜器物，动作十分僵硬，一步步迎面走了过来。待其慢慢走到面前，我抬头一看，不由一下子惊呆了。想不到竟是三星堆遗址中，那个号称“群巫之长”的青铜大立人！

啊呀，这是怎么一回事？

古迁夫见我吃惊，十分诡秘地笑了，对我说：“精诚所至，何事不可为？幽灵世界不同凡间，无论何物招之即来，挥之即去，有什么不能办到的？”

我目瞪口呆地望着面前这个神秘青铜巨人，好半晌才转过神来，启齿问他：“这就是三星堆博物馆里陈列的那个青铜大立人标本吗？”

古迁夫摇头说：“已经出土者属于阳间，沾有阳气，在下岂能获得？”

我暗自思忖，莫不是这古迁夫起心动念，他心里想了什么，便在宏观世界显现出什么来给我看到？也就是恩正说的，量子态的意识从微观世界投射到了宏观世界来。正想着，古迁夫手突然指面前这个青铜大立人问我：“刘先生可识得这是谁吗？”

我说：“谁不知道这就是蚕丛氏呀！”

古迁夫点头说：“刘先生所言极是，但不知是否知晓其纵目的秘密？”

我对此早有研究，毫不思索地脱口而出：“这是一个甲亢患者。”

古迁夫生活在道光年间，不知甲亢为何物。经我反复解释方才弄明白，说道：“你说的甲亢，就是先贤《医经》所谓消渴症。如此譬喻，大谬不然。”

我胸有成竹抗声争辩道：“你看它，眼球突出，脖子肿大，身材消瘦，就是甲亢三大特征。如果依我的，立刻住院进行碘131同位素治疗一个疗程，再看如何处理。”

古迁夫摇头不满道：“刘先生此说差矣，颇似今日阳间流行之科幻小说。仅可供笑谈之资，岂能登大雅之堂？”

话说到这里，我也寸步不让道：“我虽然也是科幻小说中人，写了几十年科幻小说，这番话却绝对没有半点儿幻想色彩。你知道吗？虽然我是地质科学出身，也是一本正经的史前考古学研究员。这是1994年在柳州举行的一次国际古人类学和史前文化研讨会上，贾兰坡院士和我的好友周国兴教授，当着举国考古文物界豪英和各国代表授予我的，同时还曾获奖，没有半点儿水分。现在我说话也不是随随便便、毫无根据的幻想。”

古迁夫听了，耐住性子问我：“先生有什么根据，试说与在下听听。”

为了说清楚问题，我就毫不客气，一五一十对他宣讲了。

我提醒他，探讨这一问题，必须注意三个先决性条件。掌握了这三个前提条件，讨论就方便了。

我说：“其一，个性和共性的正确区别。先生既然才富五车，熟读古书，必定十分熟悉《华阳国志》，此乃研究古巴蜀文明最权威经籍。我们就从这本书说起吧。”

古迁夫点头说：“是耶，老夫早已读过，可以倒背如流，岂有不知之理。”

我说："好的，咱们这就有讨论的基础了。《华阳国志》说得十分明白，'有蜀侯蚕丛，其目纵'。纵目，就是鼓眼睛。接着叙述三个次王，无一提到纵目现象。请问，应当作何解释？"

古迁夫说："纵目乃是古蜀民族共同现象，后来阳间有人以为是氐羌体系，或是外来之高加索人种，可以与中土其他种族相区别。"

我早知道他会这样说，再次提醒他："先生研习古文，从来在故纸堆里做文章，不可效法陶渊明《五柳先生传》'好读书不求甚解'。渊明夫子如此飘逸潇洒，别有仙家情怀，认真进行科学研究，就必须反其道而行之，'好读书求甚解'才对。一字一句不放松，才能真正领悟文章精神。"

古迁夫一听，面露愠色道："刘先生怎么这样出言不逊，侮辱先贤，有伤陶老夫子。"

我争辩说："你没有听明白我的话，别乱扣帽子。我只不过提倡读书必须求甚解，有什么损伤陶老夫子的？"

他听明白了，不再多说。转身取出一册古本《华阳国志》，催促我别卖关子，快些把话说完。

我翻开书，手指着刚才讲的那句话中一个"其"字问他："请看，这个字在这里作何解释？"

他斜瞟一眼随口说："这是一个虚词，没有什么意义。"

"不，"我说，"这个字的意义非常重要。按照通常理解，在这里只能作为'他的'来解释。也就是说，'蚕丛'他的眼珠是鼓出来的。后面接着叙述几个'次王'，没有一个再提'纵目'现象。"

我对他说："咱们用普通逻辑分析，倘若古蜀作为一个种族是鼓眼睛，有无必要专门提及其中一个有这个特征？犹如我们都是黑头发、黑眼睛，有无必要专门提到一位祖先是黑头发、黑眼睛？假如这样讲，岂不意味着只有这位祖先是这个样子，我们都不是黑头发、黑眼睛了吗？古时书写使用竹简、龟壳，材料来之不易，行文言简意赅，决不会如此故意画蛇添足，在这里多写一个毫无意义的'其'字。"

他听了，一时语塞没有作声，不知心中有什么想法。我不放松接着说："由此看来，这个鼓眼睛的'纵目'现象，仅仅是蚕丛本人的个体现象。或者蚕丛居住岷江上游时期，当时当地的一个小群体现象而已。到了次王柏灌搬家进山，另一个次王鱼凫翻山迁入成都平原的时代，整个种族群体内就不再存在这一现象，书上也不再提及了。所以绝对不能把'鼓眼睛'现象扩大，作为古蜀族的普遍特征。对纵目的研究不可扩大至整个种族，应仅局限于探讨蚕丛在当时当地，何以产生这个现象的原因。"

我见他默不作声，接着又开讲第二个问题。

我说道：“其二，应正确区别头像和面具，现实主义和浪漫主义表现手法的差别。请你注意观察三星堆遗址出土的青铜头像和面具，鼓眼睛的程度有很大区别。就是在青铜面具中，也还有的眼睛不是太鼓，和一般头像一模一样。极其突出得好像两个竹筒的，也仅是个别现象。为什么这样？因为头像是以现实主义手法如实刻造的，面具却是突出夸大某一个特征，是典型的浪漫主义手法。二者性质有极大的差别，不可以此代彼混为一谈。”

他仍默不作声，我接着讲下去。

“其三，整体与局部的关系。我们看一个东西，不能只看局部，必须全面观察才对。青铜头像仅仅是蚕丛形象的一部分。要研究他的特殊形象是怎么产生的，必须对他的整个身体特征全面观察、分析、研究才行。眼前这个青铜大立人像，就是最好的研究标本。”

我指着这个青铜大立人像说：“你看他，眼球突出，脖子肿大，身材消瘦，这就是甲状腺功能亢进症的三大体征呀！这是最普通的生理医学常识，表明蚕丛患有严重的甲亢，还消多说吗？”

他仔细听到这个时候，才抬起头来双目炯炯地盯住我，质问道：“你这番奇谈怪论，简直像是荒诞无稽的科幻小说，有什么根据？”

我一本正经告诉他：“我虽然是写科幻小说的，这却绝对不是胡说八道。不信，你看书吧。”

我翻开《华阳国志》，叫他自己看。上面明明白白写着，蚕丛居住的地方“有碱石，煎之得盐。土地刚卤，不宜五谷。”注解这件事的《后汉书》也描述说：这里“地有咸土，煮以为盐。”

我提醒他：“什么是‘卤’，就是不生谷物的咸卤地，一语就道破了当地的地质化学性质。蚕丛时代的古蜀族生活在岷山上游的汶山郡，这就是当地的环境特点。”

古迂夫不理解，质问我：“你这话是什么意思？”

我告诉他：“说白了，这就是那里的岩石和土壤的化学特点。我是地质工作出身，亲自带队在这一带考察过。我做过化学分析，这里的岩石和土壤统统缺碘，难道还会有错吗？用这样的‘碱石’和‘咸土’煎煮出来的盐，必定也严重缺碘。长期食用这种缺碘的劣质盐类，不得甲亢才奇怪了。”

我见他还有些不相信，再提醒他：“你不信，自己到那里去看吧。直到今天，那儿山里还有许多人的脖子下面长着‘猴儿包’，根据四川省有关防疫部门的资料，那里仍是甲亢高发区之一。而在三星堆、金沙等遗址所在的广汉、成都一带的平原地区，却是甲亢低发区。根据这个情况，和《华阳国志》对照，就可以看出来，为什么书里只讲蚕丛鼓眼睛，后来一些搬迁到外地的次王们，不再提这件事。其中的玄机岂不就非常清楚了吗？”

这个古迂夫真是一个迂夫子，任凭我说得口干舌燥，也一个劲儿直摇头，脑后的长辫子跟着摇来摆去，压根儿就不信，鼻孔里轻轻哼一声道：“刘先生，你别说了。圣人论古，唯有先贤文章与金石文物，遵循这个方向才是正道，其他一切皆属旁门左道无足与论。我看你走火入魔，一派妖言惑众，已经不可救药了。可惜！可惜！”

我争辩说：“你这话就不对了。世间万物均有千丝万缕的联系，必须从多方面进行综合研究。倘若只是一脑袋钻进故纸堆里做文章，抓住片言只句咬文嚼字争来争去，钻进了牛角尖，不考虑其他科学方法，其结论必然有违事实。现代考古学应该认真使用多学科工作方法，从更加全面的角度审视才有广阔的出路。现代埃及研究金字塔，创立了包罗万象的金字塔学。我也着力推动建立一个多学科的三星堆学，曾经组织了一些包括冶金、机械工程、建筑和医学等各方面的专家前往考察，取得新的突破。不管旁人怎么说，我已决心沿着这条道路走下去，绝对不会半途而废。”

古迂夫塞耳不听，又从竹筐内取出一个烧饼大的圆圆东西，质问我：“你说，难道这个早已定论的器物，也需要搞什么劳什子多学科研究吗？”

我定睛一看，原来这是一个小型青铜太阳轮，和今天三星堆博物馆中陈列的那个一模一样，只是尺寸小得多。

我故意反问他：“你是怎么看的？”

他见我相问，立刻滔滔不绝说道：“这个太阳轮乃是太阳崇拜之象征。人人皆知蜀中天气阴沉，常常阴云密布，古来便有蜀犬吠日之说。三星堆古人铸造众多太阳轮，乃是祈祷太阳多多露面，恩布四方，所谓太阳出来喜洋洋也。”

“不，”我摇头说，“依我看，意思恰恰相反。”

“此话怎讲？”他的脸上陡然升起一团疑云，两只绿莹莹的眼睛直视着我，显露出一派不信任的神色。

我不慌不忙告诉他：“阁下大概不太熟悉古气候学。三四千年前的三星堆时期，气候和现在大不一样。这不是太阳崇拜，乃是厌恶太阳的意思。”

“你说什么？太阳普照四方，滋生万物，法力亘古不变，世人唯恐崇拜尚不及。你怎么胆敢厌恶神圣，真是岂有此理！”他听我这么一说，立刻变了脸色。

我提醒他：“你知道后羿射日的故事吗？那就是当时毒日为害，人们恨不得把它一箭射下来的活生生的写照。”

他不容我说完，就打断我的话头说：“子不语怪力乱神。神话故事不足为证，岂能当得真！”

我解释道："远古神话大多是古人对一些自然现象无法理解而编造的，包含了许多珍贵的科学信息，不能随便否定。仔细分析后羿射日的故事，难道不能得出这样的结论吗？"

他一下子沉下脸，皱着眉头说："刘先生，我请你来，是看重你有几分学识。如此信口雌黄，叫我怎么能够和你谈下去？"

我不管他怎么说，继续耐心讲："阁下不明白，三四千年前的古气候状况的确和现在不同。那时候是一个全球性的灾变气候期，早有科学定论，叫作第四纪全新世亚北方期，以长期干旱，加上突发性洪水为特点。传说中的黄帝和尧、舜、禹、汤时期，全都在这个时期内。因为毒日为害，所以才铸造这个太阳轮。在光芒四射的太阳外面，紧紧围绕一个青铜箍，好比孙悟空头上的紧箍，限制太阳烈焰不能穿透出来伤害大地生灵，做成这个样子的。这不是盼日喜日，而是恐日仇日的心理写照，和后羿射日有异曲同工之妙。"

我这一说，他的脸色陡然变了，一下子变成可怕的青绿色，朝着我恶狠狠叫嚣道："轩辕黄帝和尧、舜、禹、汤，乃是至高无上的圣人。当时恩被万方，到处莺歌燕舞，亘古未有之极乐世界，岂有灾变环境之理？好呀！你亵渎神圣，罪恶重大，天理不容。休怪我无情，不能放过你了。"

话说完，他就腾地站起，面露凶光手指着我吼叫道："好一个刘兴诗，我原本以为你是一个读书人，好意请来谈论考古学问，却不知你竟是离经叛道的家伙。乱臣贼子，人人得而诛之。今天就怨不得我了。"

我急了，问他："你要把我怎么样？"

他恶狠狠地狞笑道："你来了，就别想出去。我立刻找人将你处置了才好。"

言罢，他一转身便不见了身影。撇下我独自幽闭在黯淡无光的墓室里，不知该怎么办才好。

这个死脑筋的迂夫子一旦变脸，什么事情都做得出来。我现在慢慢搞清楚了，但凡有所执念之人，容易"死而不亡"。这迂夫子如此顽固，不会真的要对我下毒手吧？难道我一个堂堂大活人就这样束手待毙，困死在这个发霉的墓室里，活活成为他的殉葬品吗？

三　童恩正盗墓

我环顾四周，墓室里一片黑沉沉。原来幻化的门窗早已封闭，不见踪影，四壁宛如铁桶般坚固，找不到一条缝隙可以钻出去。此时此刻我就像一只关在铁丝笼里的耗子，等待着不幸命运的降临，难道只能任人宰割了吗？

不，我必须想办法逃出去。我第一个反应就是立刻掏出手机报警，想不到这里处在地下，密不透风的墓室具有屏蔽作用，根本没有任何信号。只好想法自救，我在身上东摸西摸，摸出一把小小的瑞士军刀，一下子有了几分底气。凭着这把 21 世纪的现代利器，加上勇气和智慧，就有突破眼前这个 19 世纪古坟的希望了。

我看准了进来的方向开始动手。自以为这里必是墓门，只要挖开面前墙壁，就有逃生希望。打开手中军刀，先用开罐头螺旋钻使劲钻砖缝，再用刀片刨削，锯片磨蚀。把军刀上各种各样附件都用完了，才好不容易钻开半块砖。由于用力过多，加上心情紧张，我早已弄得汗流浃背，气喘吁吁了。这样不知过了多久，手掌也被磨破流血了，终于刨开了这块砖松了一口气。我自以为这就突破了樊笼，可以脱身逃出来了。想不到这块砖挖开，后面又露出一层铺砌得整整齐齐的砖块。所有的砖缝都抹了作为胶合剂的糯米浆，黏得紧紧的，要想在变了脸的古迂夫返回前一下子刨开，不是简单的事。

我正急着，耳畔忽然传来一阵轻微的叩击声。一短一长，又一长一短，连续敲击个不停，好像密电码似的。这可奇怪了，谁会在此时此刻，选择在这样古里古怪的地方，发出这样一串神秘的讯号？从急迫的敲击频率和传播方向来看，显然是由墓外向墓内发送，有什么重要信息想对墓内传达。

我屏住呼吸谛听，听出来这是一套摩尔斯电码。多亏我受过几天训练，很快就解破了简短的电码，说的是：“刘兴诗，你还活着吗？”

啊，我一下子兴奋起来，准是外面有人来搭救我了。

这会是谁呢？谁会知道我陷身在这座古墓中，及时赶来救我？

是一生休戚与共的老伴？

不可能。她一时急了，最多不过打电话给 110 报警台，怎么会自己找到这里来。

是 110 警察吗？

也不可能。他们只能根据线索上凤凰山搜索，绝对不可能想到我会被禁闭在古墓里。即使嗅觉灵敏的警犬，也没法嗅察到地下墓室里的我的气味。

这也不是，那也不是，到底是谁呢？

我忽然一下子想起了一个海底蛙人营救被困潜艇中的水兵的故事。不管三七二十一，我赶紧握紧手中的瑞士军刀，用力敲打面前的墙壁，发出了长短不一的求救讯号。

回答马上就来了。那边的神秘援救者立刻应声回答：“别急，我这就来救你出去。”

紧接着，头顶传来一阵阵用力撞击的声音。声波越来越近，好像有一只手穿过厚厚的土层和墓室砖墙，对着我的天灵盖笔直伸了过来似的。

我的心怦怦跳着，不知道那个死鬼古迂夫会不会在这个节骨眼儿上赶回来，破坏了外面不知名朋友的营救计划。这样紧张无比地眼巴巴等待了十多分钟，觉得比一个世纪还长，身上也完全被汗水湿透了。

奇迹终于出现了。

只听见头顶“砰”的一声，随着一大团砖头泥土坠落，一个半圆形开口的铁制器械忽然伸了进来。

我认出这是考古探察和职业盗墓者惯用的洛阳铲。

难道恰巧遇着一个盗墓者？

盗墓者怎么知道我的名字，发出电码暗语和我联络？

我正狐疑间，一个熟悉的湖南口音从上面开通的窟窿眼儿里传了进来。

“刘兴诗，别怕！我来救你。”

啊，这是童恩正呀！

只有他，才可能知道我陷身的幽冥处所。只有他，才能纯熟使用洛阳铲。只有他，才侠肝义胆冒险前来救我。

往下的事情还消多说吗？

他飞快运用手中器械，十分熟练地扩大了洛阳铲开通的空洞，放下一根长长的绳索。我双手紧紧攀住，飞快就钻出了黑暗腐臭的墓室。外面的雨已经停了，云缝里绽露出几颗昏晦不明的星星。一股晚风迎面吹来，我顿时感到无限清新，精神不由一振。

这时，我发现地上躺着一人。仔细一看，那竟然是我自己。

正疑惑间，只觉得恩正在我身后推了一把——先前他拍我肩膀时我毫无感觉，此时却又仿佛接住了他的力道。我浑身一个激灵，从地上爬了起来。

再低头一看，原来我的“意识”与躺在地上的那具“身体”合二为一了。我恍然大悟：方才那段古墓中的经历，包括恩正前来救我，都是我那量子态的意识“灵魂出窍”的一段经历！

我对恩正说：“多谢你。如果我不能及时脱身，那个拖辫子鬼回来，准没有好果子吃。”

恩正淡淡一笑说：“咱们是哥们儿，有什么好说的。你一生什么大风大浪没有见识过，怎么会阴沟里翻船，中了这个家伙的诡计？被他骗进了他的墓室，还会有好结果吗？”

我这时才定下心来，问他：“这个古迂夫到底是什么人？”

恩正说：“你已经见了他，还消我多说吗？这个老古董，迂夫子，酸酸斋，一听名字就知道是什么货色。不能说他不是考古中人，熟读古籍，擅长金石考证之学，也算得一个人物。可是他的那一套学问和单打一的研究方法，正如脑后拖的辫子一样，早就落在时代步伐后面，大大过时了。属于大浪淘沙，应该淘汰之列。”

我颇有些感慨，叹一口气说：“唉，你别只说他。我觉得这样的迂夫子观念，现在也还不少，还自命正统主流睥睨一切，才是最令人惋惜的。”

恩正点头道：“你说得对。习惯势力不可轻视，这才是最值得忧虑的问题。不过新旧学术思想交替，总有一个过渡过程。但愿今日考古界同仁早早跨出故步自封的圈子，尽快扭转排他性思想，认真接受其他科学的观念和方法，才有广阔前途。单纯文献加文物本身的研究方法，早该埋进这样的古坟了。”

我和他短暂交谈几句，不敢在此停留，向他珍重道别就要转身离开。

他一把拉住我道：“眼下天色已经晚了，山下公共汽车早已收班。山路荒凉，你往哪里去？那个拖辫子鬼马上就会转来，见你逃出墓穴，能够轻饶过你吗？”

我说：“我已经恢复了精神，不信那个酸酸的古迂夫跑得过我。”

恩正提醒我：“你别自以为是地质出身，可以翻山越岭健步如飞。你的身子重，怎么比得过量子态的意识灵活轻巧？在这阴风习习的坟山上，绝对不是他的对手。”

他这一说，我倒没有主张了，愣痴痴地看着他，不知该怎么办才好。

他略微低头一想，说道：“你跟我走吧。有我在，总比你一个人好。”

话说到此，再没有好主意了。我只好转过身子，跟随他一步步朝山上墓园走去。此时天色已经完全一片漆黑，远近无有任何灯火，只有道边一座座坟头、一块块墓碑，这里那里到处闪烁着点点磷光，好似无数忽明忽暗的萤火虫，无声无息飞来飞去。看身边恩正背影，也闪亮着同样磷火，想来眼前所见并非全都是无知的萤火虫，属于夜间出没的同类“幽灵”了。

我们正走着，恩正忽然低声叫喊一句“不好”，拉着我赶快闪进路边一个树丛。抬头看，不是冤家不相逢，正是那个拖辫子的古迂夫，带领一个一眼望去比他还古板难缠的人物，从背后大步流星地赶了上来。

四　越过三星堆“城堤”

古迂夫引“人”追踪而来时，我正和童恩正站在他的家族墓旁。说时迟、那时快，恩正拽着我，一下子隐身在其父母高大的墓碑后面。墓地里忽然又现出一个同样瘦削颀长身影，伸手顺风一抓，握住地上一根树枝，喝一声：“疾！”转眼就比照着我的样子，变成和我一模一样的人形，手挽着手臂慢慢朝前面走去。

这变化得正是时候。

那个人挽住我的树枝替身走不几步，古迂夫和他的帮手就追赶上来。

古迂夫手指着树枝替身说："钻进我的墓室的就是他。"

帮手一把抓住我的树枝替身，厉声问道："你是阳间人，怎么胆敢冒犯阴间？如今你既然来了，就不能再回去了。"

那个酷似童恩正的人哈哈一笑，放开手中树枝替身，嘲弄帮手道："你睁开眼睛好好看一看，这是什么东西，不要疑神疑鬼抓错了对象。"

帮手闻言，连忙定睛一看，想不到竟转眼化为一根枯萎树枝，诧异问道："你无事找事，把这根树枝变成人形做什么？"

他十分平静回答道："我枯居墓内感到寂寞，变化一个人来聊一下天，也触犯了什么天条吗？"

这一说，帮手倒无话可讲了，只好转身数说古迂夫："你不要神经过敏，大惊小怪胡乱报警。"

古迂夫虽然还满肚皮不服气，却无话可说了。只好嘟嘟囔囔地白那个救我的人一眼，自讨没趣灰溜溜下山了。

直到这时我才长长松了一口气，出来感谢那个救我的量子态意识。抬头一看，不由惊得呆了，想不到竟是童恩正的长兄童恩益，20 世纪 50 年代初他和我在北大是同学。我在地质地理系，他在东语系。由于我在学生会工作，交游很广，他也是好友之一。说起来，我和他相识，还比认识恩正早得多呢。

恩益见我，深深一揖道："兴诗兄，别来无恙？"

"哇，是你呀！"我重重一巴掌拍在他的肩膀上，却拍了一个空。这才想起他也是一个有魂无形的量子态意识，真是应了杜甫老夫子所云一句话："访旧半为鬼，惊呼热中肠。"

恩益幽幽一笑道："能够记起我就好，也不和你多絮聒。你和恩正有事，就去吧。"

言罢，形影渐渐暗淡，化为一缕青烟忽然就不见。

眼见他去了，我这才转身问："恩正，我们现在到何处去？"

恩正说："三星堆！我归阴后也从来没有去过，如今我们正好结伴而行了。"

说得对！不是那个酸溜溜的古迂夫拖累着，我们早去三星堆了。我正心中踌躇，此刻天色已晚，怎么能够找车。恩正十分诡秘一笑说："你还以为是从前那样，没有四个轱辘就不能挪步？如今我已通晓量子态神游的好处。虽然你的意识还被这具身体所限，但我有个法子，可以带你'神游'。"

说话间，恩正挟着我的手臂，耳畔"呼呼"一阵风响，转眼已到三星堆面前。

抬头一看，这又奇了。只见这里无有现时建筑宏伟的博物馆踪迹，连公路和停车场也没有。面前一道完整城墙，几个衣衫古朴的人径直翻过城墙进进出出。

我脑子转得飞快，联想到刚刚在凤凰山公墓遭遇“迂夫子”那段经历，似乎明白了什么。这些已故之人的“量子态意识”，有办法与我的意识产生互动，从而带领我“灵魂出窍”，神游到他们所能到达的时空。

恩正见我这般模样，不禁脱口而出：“刘兴诗，我服了你。还记得我们那次考察说的话吗？”

是啊，我怎么记不起。他说的“那次”，是在 1997 年冬天，我们最后一次并肩战斗的野外考察。那一年，他从美国归来，忙不迭呼唤我一起，前往成都平原几个古蜀文明遗址看一看。他的得意高足，成都市考古研究所所长王毅派车，连同四川省文化厅文物处处长赵川荣一起，驱车前往新津龙马古城考察。一路上谈笑风生，互相诉说别后种种情况，顺带各自发表对古蜀文明的见解。

王毅引路来到古城边，那里他们挖的一个城墙考古探槽尚未回填，正好进行观察。

我手指着城墙剖面对恩正说：“你看，为什么城墙剖面是倾斜的？”

他反问我：“你说呢？”

我不假思索就脱口而出：“必定原来就是这个样子。”

他蹙眉再问：“这样的城墙有什么用处？”

我说：“便于翻过去吧？”

他又问：“为什么修成这个样子？”

我发表意见说：“这不是传统意义的城墙，是防洪堤。”

他默然，没有出声。

我顺着城墙剖面仔细看，一下子瞧见倾斜的城墙外侧延展着一个水平砾石层。

这不是筑城时人工填充的卵石，沉积层理非常清楚，明显是天然砾石层。

砾石，城墙缺口，空阔的城圈……

我头脑里忽然闪出一道亮光，告诉他：“这座古城必定是洪水冲毁的。”

恩正的目光也陡然一亮说：“啊，刘兴诗，你立了一个大功！”

此时此刻，眼前的景象印证了我的想法，又联想起和别的考古界朋友考察成都附近另一个古蜀城址郫县三道堰的情形。虽然经过了三千多年时光消磨，那个古城的一圈城墙却保存得非常完好。四周完全封闭，只在东北角有一个豁口，正好和一条古河床连接，一眼就可以看出是这条河冲开的。不消说，这儿的城墙横剖面也是两边倾斜的防洪堤模样。

我手指着整整齐齐的城墙圈子，对同行的朋友说："你们看，这岂不证明了我的想法？这是防洪堤，不是真正的城墙。为什么从前找不到这些城墙的城门？因为它是防洪堤，四面八方都可以自由翻进翻出，压根儿就没有什么城门呀！"

一桩桩往事涌上心头，记忆犹新呢。

我和恩正没有停步，跟随着那些三星堆人，也大踏步跨过面前的防洪堤，进入了城内。我们这一步跨越，一下子就进入了三星堆的历史，揭开了考察的另一篇章。

五　鱼凫王和其他奇闻

我们看见了什么？

城中是一片宽阔的田地，一座座低矮的房屋，点缀着一片墓地，组成了这个神秘城市的一切。

啊，这就是远古原始时代的"城市"图景。一道"城堤"保护住庐舍、田园和祖先坟墓，生活、生产场地，以及生老病死统统在里面，和今日的城市概念完全不同。

再一看，心里就沉重了。只见田地里的庄稼稀稀拉拉的，一派枯黄，简直没有一丁点儿生气。

恩正蹙着眉头说："这里遭灾了。"

他说得不错，这儿肯定发生了一场旱灾。看来灾情不轻，才会成了这个样子。

我们不再多说话，径直朝城内房屋密集处走去。到了那儿，自然能够得到所有的答案。

我们还没有得到答案，却被城里人发现了。

必定是我们的生面孔和"奇装异服"引起了注意，走不多远就被发现了。十几个手持青铜戈的武士，飞快赶过来把我们团团围住进行盘问。

一个武士长模样的头儿，满怀狐疑把我们从头到脚看一遍，问道："你们是什么人？从哪儿来？想在这里干什么？"

我沉住气回答说："我是成都理工大学地质学教授，这位是四川大学已故考古学教授，从21世纪来，打算到这里考古。"

我刚一说，身边的武士们就七嘴八舌叽里咕噜起来。

有的说："弟子学，这是什么玩意儿？你自称弟子，是不是想在咱们这里拜师学什么东西？"

有的说："叫瘦？我看你吃得白白胖胖的，还叫什么瘦？不看我们现时缺粮，才真的叫瘦呢，岂不是故意讽刺挖苦我们吗？"

还有的质问道："二十一，十几？到底是二十一，还是十几？说得前后矛盾，到底是怎么一回事？"

旁边立刻就有人叫嚷："这两个家伙鬼鬼祟祟的，必定不是好东西，先抓起来再说吧。"

言未毕，就有几个武士拥上来要抓我们。站在旁边冷眼观察的武士长却将手一摆，阻挡住道："先别动手。看他们身着异服，说话非常，必是异人。他们说来这里敲鼓，必定有备而来。现时大王求雨，正差敲鼓巧手。说不定能够敲出什么新花样，感动天帝恩赐甘霖，岂不是大好事？"

他这一说，众人顿时改变态度，十分恭敬拥着我们朝城内一座最大的房屋走去，一直推送到这个神秘"王国"的国王跟前。这倒好，一下子就让我们接触到所能指望见到的最高级别的人了。

根据他手中握着的黄金权杖花纹，我和恩正立时认出来，这就是古蜀国的鱼凫王。武士长向他禀报了情况，他马上离座快步走过来，紧紧抓住我们的手说："我们这里接连几个月不下一滴雨，田地开裂，禾苗焦枯。求了几次雨也盼不到天帝开恩，不肯赐给救命雨水。必定有什么礼仪不恭，惹得天帝动怒。你们如果会敲什么好鼓点，讨得天帝喜欢，恩赐一场活命雨水，就是大恩大德了。"

这一席话说得十分恳切，令人感动。我正要向他解释，我们是来"考古"的科学工作者，不是"敲鼓"的鼓手。恩正轻轻拉扯一下我的衣角，一本正经抢先回答道："我们听说这里天旱成灾，正是前来帮助敲鼓求雨的。"

我急了，又不好当面问他，为什么这样回答。一时急中生智，谅古时三星堆人不懂英语，立刻用英语质问恩正："Why you talk nonsense?（你为什么胡说八道？）"

恩正白我一眼不回答，依旧面朝着鱼凫王谈话。

鱼凫王奇怪地问他："刚才你的伙伴叽里咕噜说什么？"

恩正面不改色说："他在念经。"

鱼凫王闻言不禁大喜道："二位法师又会敲鼓，又会念经，必定巫术高强。倘若能够求得一场雨水，就是大恩大德了。"

说着，他就拉着我们要作法求雨。这一来，恩正才有些稳不住了，把眼睛望着我，要我拿主意。

我心里明白，他是科班出身的考古学家，我出身地质学，研究考古只不过是野狐禅的"票友"。气候学和我的本行沾一点儿边，如今要求雨，当然他就推我上阵了。

我十分气恼他不和我好好商量一下，就冒里冒失答应鱼凫王的请求。在这干旱年份里，要想立刻就下一场大雨，岂不是硬逼着公鸡下蛋，叫我出洋相吗？不由又恶狠狠瞪他一眼。

恩正是何等聪明人，一下子就明白了，转身向鱼凫王解释道："求雨需要黄道吉日，过几天再说吧。"

鱼凫王似懂非懂点头说："难怪过去我们求雨总是没有结果，原来还有这样奥妙。二位就在这里好好歇息，等候黄道吉日吧。"

这一来，暂时解除了眼前尴尬。瞅一个空子，我才得到机会悄悄问恩正："你这样装神弄鬼的，到底要干什么？"

恩正正色对我说："他们是三四千年前的人，怎么和他们说得清楚现代科学原理？只有这样才能够抓住他的心理得到信任，了解更多的东西呀！"

我问他："你胡诌的黄道吉日是怎么一回事？到时候求不到雨，怎么向鱼凫王交代？"

恩正斜眼瞅着我说："这就要看你的啦！"

这个鬼头鬼脑的童恩正，自己卖了乖，却给我出这样的难题。如果我求不了雨，岂不成了招摇撞骗的诈骗犯了？

我十分生气地对他说："你也明白，三四千年前的三星堆时代，正是第四纪全新世亚北方期，全球性灾变气候阶段，以特别干旱为特点。这样的气候状况下，要下一场雨，多么不容易？"

恩正提醒我："你说得对，这是三星堆时代的气候大势。可是在这样的气候期内也有突发性暴雨，造成洪水的先例呀。"

我质问他："那得要等多少时间？"

恩正俏皮地眨一下眼睛说："我对鱼凫王说的黄道吉日也没有期限呀，咱们就耐住性子慢慢等候吧。"

唉，事到如今，要想下马也不行了，只好硬着头皮等待机会了。恩正说得对，由于我们获得了鱼凫王的信任，可以在城内城外到处乱走，很快就获得了许多重要信息。

这里城外森林密布，野象成群，还有巨蟒、猛虎出没。林内林外雀鸟也很多，一只十分眼熟的鸟儿飞来。只见它翘起又尖又长的喙，头上竖着飘飘羽冠，脑后拖着长长的枕羽，周身颜色非常鲜艳，拍着翅膀在林间飞来飞去，十分自由自在。

恩正看一眼，不禁脱口而出说道："这岂不是三星堆博物馆里有名的青铜神鸟吗？"

我告诉他："这是戴胜呀！三星堆时代的动植物种类极其丰富，应该请动物学家好好鉴定一下才对。不能再用老掉牙的考古学语言，老是停留在简单的'神鸟''神兽'的解释水平。"

恩正点头说："你说得对。三星堆博物馆里的大门应该向多学科专家敞开，不能再满足于传统的考古学研究方法了。"

这里的神殿里陈列着一尊尊青铜头像，加上那个尽人皆知的鼓眼睛青铜大立人，十分引人注目。

恩正故意问鱼凫王："这是谁？为什么眼睛这样鼓，和你们不一样？"

鱼凫王说："这就是我们的老祖宗蚕丛王呀。他的长相奇特，是这里唯一的雕像。"

是呀！一个原始部落只有唯一一个领袖人物。好比今日许多国度，墙壁上只挂一张领袖人物照片一样。这就是他，至高无上的蚕丛氏。

我看看它，再看鱼凫王，心中更加有底。这个与众不同的相貌，岂不就是山中缺碘的特异环境里形成的病态生理现象吗？

恩正再问鱼凫王："为什么你们把他的双手做得特别大，和整个身子不成比例？"

鱼凫王一下子哑口无言。我急忙解释说："这是他持蛇祭天的形象。龙从雨，蛇就是龙。手里抓住一条活蟒蛇，要用大力气呀！"

恩正听了，忍不住赞叹道："好一个'大力气'！想不到三星堆人竟把'力量'这个概念，也用形象化的方法表现出来了，真是世界雕塑史的杰作。"

三星堆文明中表现虚无缥缈的雕塑手法，还不止这一个呢！我手指着旁边一个青铜面具问恩正："你看，这个面具的额头上高高冒起的，是什么东西？"

恩正不假思索说："考古学界通常认为，这是犀角呀。"

"不，"我摇头说，"谁不知道犀牛角是尖的？这个东西却似云似雾似烟，哪有这个样子的犀牛角呢？"

恩正好奇问："你说，那是什么东西呢？"

我告诉他："要想弄明白这是什么东西，首先得要弄清楚它的用途。这是巫师带着求神的面具。当时他神游天外，意欲和上界神灵沟通，岂不就是活生生的灵魂出窍吗？人人都说法国大雕塑家罗丹塑造的那个'思想者'是盖世无双的杰作。其实只不过是用手托住下巴，摆一个正在思考的姿势罢了。你说这是在思索，我还可以说是打瞌睡呢。哪有眼前这个青铜面具的表现手法高明，竟把'灵魂'这个虚无缥缈的东西，也十分形象化地表现出来了，真了不起！"

恩正一听，不由精神一振，猛拍我的肩膀一下说："刘兴诗，亏你想得出来，你的鬼点子可真多！"

嗨，这哪是我的“鬼点子”——分明是拜老友所赐，是他让我意识到“灵魂”这种虚无缥缈的东西还可以“出窍”，还可以具象化（就是恩正口中的“微观量子的运动在宏观世界的显影”），还可以穿梭时空——就像我们现在正在做的一样。

说到这样多的器物，就涉及物质来源问题。鱼凫王亲口告诉我们，制作青铜器、玉器和金器的原料，统统来自西边大山里。

听了这话，我不由想起今日一些皇皇巨著中，有的学者侃侃而言，三星堆之铜料来自云南东川铜矿，玉石来自新疆昆仑山，黄金也是远道运输而来。因为这都是有名的矿点，无人不晓，自然得出这样的结论。

我故意问鱼凫王：“会不会是云南东川的铜，昆仑山中的玉？”

鱼凫王满面疑惑反问道：“云南东川和昆仑山是什么地方？从来也没有听说过。”

我谅他也不知道这些地方，随手在地上画了一个地图，一一解释清楚。他看了哈哈大笑道：“这里西山里面有的是铜块、玉石和金沙，何必到那样远的地方寻找。就算要去，又怎么千里迢迢运回来？”

旁边一个巫师模样的人也插话道：“你们从远方来，可能不知我们祖先的历史。从前蚕丛先王无忧无虑安居山后江边，不料天有不测风云，气候忽然变化，无法耕种庄稼。其后柏灌先王才不辞千辛万苦，带领众人翻山来到这里。一路上走走停停，在山中居留了许多世代，所以对沿途情况十分熟悉，发现了许多铜矿石、玉石和金沙出产处。既然掌握了这些情况，何必再到别的地方寻找？”

说得对！古蜀国最早的先祖蚕丛居住在岷江上游河谷里。从柏灌王开始，进行了一次部族大迁移。《华阳国志》记述，后来的鱼凫王时期，曾经“田于湔山”。所谓湔山，在今天成都以西彭州的低山宽谷地带。有了湔山这个十分具体的地方，就能清楚画出古蜀国在山中的迁移路线了。其中必然经过一个叫白水河的地方，附近有一个大宝铜矿，地面散布许多颜色绚丽的孔雀石，就是风化的铜矿石，经过这里的人不可能发现不了。这里还是产金区，山中广泛分布的变质岩系中，玉石也很多。古蜀国缓慢搬迁的历史，也是逐渐熟悉沿途环境的过程，对沿途这些物产了解得非常清楚，三星堆许多器物的物质来源问题就迎刃而解了。何必夸夸其谈，说什么远处地点呢？

在鱼凫王引导下，我们东看西看，悟得了许多道理。考古必须设身处地，从古时环境出发，若是一切用现代眼光看待，没有不出问题的。

恩正快人快语说道：“这个话，你不必对我说，去对古迂夫那样的腐儒说吧。”

六 “敲鼓”求雨记

我们在三星堆古城里不知不觉过了一些日子，该是求雨酬谢鱼凫王的时候了。久旱必有大雨，这是颠扑不破的道理。我们耐心等待，终于抓住了机会。

一天傍晚，我与恩正抬头看星空，忽然觉得星光闪烁，月亮周围一圈红晕。我悄悄对恩正说：“有下雨的消息了。”俗话说，星星眨眼，月撑红伞，雨水不远，就是这个意思。

鱼凫王跟随在身边，忙不迭发问：“黄道吉日来了吗？”

恩正十分严肃点头应道：“是呀！刘先生夜观天象，明天就是好日子。”

鱼凫王心中欢喜，连忙下令做好准备，一夜也没有入睡。第二天清晨，鱼凫王早早召集大众排列队伍，亲自伴着我和恩正登上祭坛。那里早已准备好一面牛皮大鼓，等待着我们敲鼓。

我抬头一看，西边地平线上已经冒出一团乌云，心中就有底了。只是这团云何时才能移动到头顶，一时还拿不定主意。

恩正悄悄提醒我：“别管它什么时候来，先敲鼓念经，慢慢磨时间吧。”

言罢，他就手持鼓槌，一面扭动着身子、一面按照一支摇滚舞曲“咚咚”击打起来。优美的舞姿带动着坛下的三星堆人，也跟着边学边跳，整个求神场合变成了一个欢乐的舞会。在恩正暗示下，我心领神会，连忙在嘴里不停念起了经。一时想不出别的点子，便硬着头皮念颂着《哈姆雷特》里那一段有名的台词：“To be, or not to be, that’s a question…”反正莎士比亚的剧本很长，慢慢念着等待那一团乌云飘过来吧。地球由西向东转动，快速的风总会把雨云推送到跟前的。

雨，终于来了。风铺开了滚滚乌云，一下子遮满天空，雨点立时“哗啦啦”落下来，把坛上坛下的人统统浇得湿淋淋。然而没有一个人叫苦躲避，反倒跟随着恩正擂起的鼓点，在瓢泼大雨里载歌载舞跳得更欢了。

鱼凫王眼见这样情景，高兴得紧紧拉着我和恩正的手道：“二位法师不要走，就留在这里担任群巫之长吧。”

先前带我们来的那个武士长也帮腔说：“你们说过，要在这里敲鼓，还走什么呢？”

我正得意时，不料觉得身边陡然刮起一股冷风。抬头一看，叫声不好，想不到死对头古迂夫竟带着那个帮手，从人群背后钻了出来，手指着我大声呼嚷道：“那个闯进阴间的生人就在那里。”

得，看来但凡是量子态的意识，都有这自由穿梭时空的本事。

帮手一见，立刻如同轰雷般喝一声：“不要走，看我抓了你去。”

啊呀，我再也稳不住神了，连忙跳下祭坛扭身就走。慌乱中抓起一个青铜纵目面具戴在头上，和一群同样扮相的武士混在一起，摆出姿势站在路边不动，大气也不敢出一下。古迂夫和帮手从身边匆匆经过，一时分不清真伪，没有发现我。

古迂夫说："咦，这可奇怪了，刚才明明看见他，一下子躲到哪儿去了？"

帮手转过身子，手指着路边一排戴面具的武士说："这里有一股生人气，那个家伙必定混在其间。"

说着，他就走过来，一一掀起面具查看究竟。眼看一个个检查过来，就要来到我的跟前，实在没法隐藏了。我只好丢掉面具，冒险混进疯狂跳舞人群中，也不住怪声呼嚷手舞足蹈，像狂欢节的舞者一样发疯跳了起来。

好一个童恩正，眼见这个突发情况，一时急中生智，手里的鼓槌敲打得更响更快，咚咚不停的鼓点，只敲得人心怦怦狂跳。三星堆人全都合着暴风骤雨般的鼓点，跳动得更加疯狂了，把我紧紧包裹在人群中间。那帮手想瞅一条缝儿将我揪出来，也得不到一丁点儿机会。

恩正边敲鼓，边低头和身边鱼凫王不知说了几句什么话。鱼凫王突然怒容满面，指示武士长带领一帮武士冲向那个帮手，质问道："你在这里干什么？破坏求雨盛典，罪该万死！还不赶快滚开！"

帮手还要申辩，禁不住一群身强力壮的武士用力推搡，不得不隐身离开。临走时怒火冲天叫嚷道："反了！简直反了！看我禀报了阎王爷，再带牛头马面来教训你们。"

这人作古久了，还真当死后的世界有编制啊？

他一走，撇下满面铁青的古迂夫，孤零零不知该怎么办才好。

没有了那个凶神恶煞的帮手，我可不怕他了。索性从人群中挤出来，手指着眼前的一切，和恩正一起数落他。

"你这个食古不化的迂夫子，睁开眼睛看一下吧。三千年前的毒日头把三星堆人晒得多么厉害，下一场雨才这样喜欢。怎么能用现代气候看古代，说什么那时候也是'蜀犬吠日'，乞求太阳多多发挥火辣辣的威力？"

"你仔细看清楚吧，三星堆的城墙是堤，还是墙？

"你好好认识一下吧，这里有多么丰富的动植物种类。岂能自己不认识，也不许别人研究，一句'神鸟''神兽'就了结？

"哼！这是什么学霸作风？

"你就在这里打听一下吧，三星堆青铜器、玉器、金器的原料，到底是从哪里来的？别老是翻着小学地理课本，胡扯什么云南东川铜矿、新疆昆仑山玉石。

"你问一下，那个鼓眼睛青铜头像到底是谁？要不要带你到蚕丛居住的地方，看当时到底吃的是什么盐？”

“你……”

一连串的质问，毫不客气地像连发机枪子弹一样射向他。气得他脸色由青转白，噎了一口气，有话也说不出来。

这里是活生生的三千年前的三星堆，不是他那自我封闭的墓室，他还有什么好说的？眼见样样如实，和他先前想象的大大不同。他只好捶胸顿足哀鸣一声，化成一道青烟消失得无影无踪。

气走了古迂夫，下一步该怎么办？

恩正走下祭坛，正色对我说：“你还等在这里干什么？那个帮手说话不是好玩的。看他转身带了更多帮手回来，一索子把你套进阴曹地府，下油锅、泡水牢，打入十八层地狱永世不得翻身。”

我知道他这话纯粹是吓唬我——哪有什么阴曹地府，无非是一些顽固不化的人，死后的量子态意识还对身前的迷信有执念罢了。不过，我的这趟旅途竟然可与量子态意识交互到这种程度，也是大大出乎了自己的意料。

我想起来自己现在也是“量子态的意识”，属于被恩正领着“灵魂出窍”的状态，确实尚未脱离险境，最好是能快快回到自己的身体中去。可我又不舍这次难得的机会，竟能与老友再度携手，一同考古探秘。

“恩正，你不用担心我……”

我还要辩解，被他狠命一推，一下子推出眼前人群。说也奇怪，脚下地皮忽然消失。我一骨碌就像从半天云里翻身滚落下来似的，一直坠进一片虚空里。一时不知身在何处，吓得“哇呀呀”乱叫乱喊。

这样天旋地转一阵，还来不及多想一下，身子忽然觉得“砰”的一下，接触到一个硬邦邦的实体。睁眼一看，哪有什么童恩正、鱼凫王？也没有三星堆的雨中狂欢舞会。想不到自己竟平躺在一个铺着雪白床单的医院病床上。周围环绕着老伴、孩子和白衣护士，见我慢慢睁开眼睛，齐都长长舒了一口气。

老伴欢喜得眼角沁出了泪花，连声说：“谢天谢地，你终于醒了。”

孩子们紧紧握住我的手说：“爸爸，你到哪里去了？嘴里不停说胡话，什么坟墓、量子意识、三星堆的。”

护士和闻讯赶来的医生也说：“你可知道，你的呼吸微弱，心电图几乎变成一道平平的直线，几乎是从阴阳界里走了一圈。”

我问周边人，也问自己，这是怎么一回事？我躺在这里，到底昏迷了多久？一个星期？还是一眨眼？

我与老友童恩正

刘兴诗

童恩正与我都是同时代的科普和科幻作家。因为他的考古和我的地质专业有千丝万缕的关系，经常相互配合进行研究，也是并肩作战的科学工作者。

1981 年，我在《科学文艺》发表的一篇《雪尘》，被中国福利会儿童艺术剧院改编为多幕话剧《冰山的秘密》，在上海上演，是中国第一个科幻舞台剧。而这个科幻作品正是我和童恩正第一次在资阳见面时开始创作的。白天我们一起野外工作，晚上共同构思，后来由我独自完成的一篇作品，其中也有他的影子。

中国科幻史中，我与童恩正可算是同时代的“同科进士”。我和他，以及肖建亨、叶永烈，都是上海少年儿童出版社培育的作者。从这一点来说，我们也特别亲近。

我与童恩正绝不仅仅是科幻一个领域，更多的是相互交叉的考古工作。第一次见面也是因为这方面的原因。

1951 年修建成渝铁路时，在资阳黄鳝溪一个桥墩下，发现了著名的资阳人头骨化石与共生动物群，我的老师裴文中先生首先研究。1958 年我到成都后，继续工作，对地层和化石有了许多新的认识。在前考古研究所老所长安志敏院士支持下，在《考古学报》1974 年 2 期，署名“成都地质学院第四纪科研组”，发表《资阳人化石地层时代问题的商榷》。1983 年又在《四川盆地的第四系》书中，第三章专门讨论，划分出第四纪冰后期主要生成在全新世期间长江中上游普遍分布的资阳期阶地。我与童恩正相互仰慕已久，无由认识，想不到竟在这个问题中见面了。

有一年，四川大学考古专业主任冯汉骥先生，派人带着公函前来找我，要求我带领他们整个专业的教师、研究生，前往资阳考察。打开来函一看，一个体形瘦削，文文静静的来人竟是向往已久的童恩正。

往下的事情就不用多说了。白天我带领他们在现场讲解，晚上共处一室就谈科幻小说。决定以我们自己为本，写一篇考古的科幻作品。各自从母姓，他排行老二，取名曹仲安。我排行老大，取名卢孟雄。就以资阳人化石为题材，设想一个藏区的原始人，篇名使用藏语，叫作“恰瓦森则那人”。他写人物，我写景物。后来没有写下去，我就写成《雪尘》，发表在《科学文艺》了。

这个象征友谊的曹仲安、卢孟雄的系列，我一直写下去，包括《雾中山传奇》《童恩正归来》《喜马拉雅狂想曲》《扎日山记事》等。《雾中山传奇》是在他出国后，四川大学有人污蔑他叛国不归，我十分愤怒，在一次有四川大学代表参加的大会上，上台为他辩护，极力称赞他是爱国者，怀着气愤写了一篇作品，送到海峡两岸发表。

冯汉骥先生十分重视与相关学科的配合研究。从这个工作开始，就不断邀请我共同进行许多考古课题的研究。

20 世纪 60 年代，青羊宫自来水公司的新开挖水池基坑内，发现一个巨大的北宋石头水磨，埋藏在古河床的砾石层内。考古工作者无法解释当前的水流怎么能推动这么沉重巨大的水磨。又派童恩正前来联系。我根据砾径大小、砾石扁平面倾斜方向和沉积相，很容易就恢复了当时的河床宽度、水流方向、局部涡流状况，计算出大致流速。得知当时的水流远比今日浣花溪宽阔，流速也大得多，解决了这个问题。

有一次他出国回来，在他的学生，现成都考古文博院王毅院长等陪同下，前往考察新津的古蜀宝墩遗址。我在古城缺口处，发现了古河床堆积层，认为这个遗址是被洪水冲毁的。他十分兴奋说：“刘兴诗，你立了一个大功劳！”

1958 年底，我在广汉三水发现了晚更新世地层，命名为广汉层，构成了成都平原的二级阶地。这个阶地仅仅高出河流两侧的全新世平原面几米，却不会遭受洪水影响。经过大量调查，我发现成都平原所有的古蜀遗址，无一例外统统都修建在这个可以避水的广汉层二级阶地上。

根据我提出的古蜀遗址从山前冲积扇顶点，逐渐向边缘迁移的规律。我提醒童恩正：成都位于岷江冲积扇边缘，市区仅有东郊猛追湾、西郊摸底河一带、南郊火车南站西北角有残余广汉层二级阶地分布，要注意寻找。后来在火车南站西北角发现一些遗物。他的学生果然在西郊摸底河附近发现了金沙遗址。

裴文中先生健在时，曾经留下一个国家自然基金项目——广西柳州白莲洞遗址研究，交给原古脊椎动物与古人类研究所所长，后来的首都自然博物馆长周国兴承担。裴先生去世后，由贾兰坡先生继续指导。这个项目进行了许多年。周国兴邀请童恩正负责出土文物，我负责洞穴地层及周边环境，他自己负责古人类研究，号称“白莲洞三剑客”，我们的友谊又更进一步了。童恩正出国后，周国兴与我继续进行。最后召开一个国际学术会议，贾兰坡先生、安志敏先生，加上北大吕遵锷、周国兴和我，成立中方五人小组。我的那个史前考古学研究员，就是他们在成立一个新的考古学研究单位，他们几个给我评定的。

童恩正和我的友谊，首先缔结在考古学，科幻小说并不是最重要的。

他的一些论文和科幻小说，往往交给我，作为第一个读者首先过目，提出修改意见。记得他的《雪山魔笛》初成时，曾就文中描述的花岗岩颜色，征询我的意见。为了烘托场景，他用“黑色”，似十分妥切。但当我告其，世间无黑色花岗岩，只有肉红色和灰白色两种。他略事沉吟，立刻提笔修改。一字之异，显示他的严谨治学态度，表现了对科学性的执着追求。

我和他也经常吵架，拍桌子、打板凳，什么难听的话都骂得出口，谁也不让谁。最后他常常说:“吵累了吧，九眼桥喝酒去。”

现在他辞世多年，每年 4 月 21 的忌日，我都前去扫墓。一些作品由我代为再版推出。如今我已九十有余。每次走进公墓一段缓坡，显得十分吃力了，但还得去看望他一下。

刘兴诗，中国作家协会会员，中国科普作家协会会员，新中国成立后中国第一代科幻作家，也是世界科幻作家协会第一批中国会员之一。1931年出生于湖北省武汉市江汉区，籍贯四川省德阳市，地质学教授，史前考古学研究员，果树古生态环境学研究员，知名科普作家。1945年发表第一篇作品，1961年开始科幻小说创作。《美洲来的哥伦布》被誉为中国科幻小说重科学流派代表作。

西北

炎黄

苏学军

一　边荒之地

炎黄，在这里只是普通的名字，属于一个身材魁梧但有些驼背，浓眉大眼却目光呆滞的中年油腻大叔，与华夏文明之祖——炎帝和黄帝自然毫无关系。

炎黄出生在红土村。

红土村地处河西走廊西端，背靠险峻荒芜的祁连山，东向几百公里外坐落着古城敦煌，西去便是寸草不生的罗布泊，正北穿过无际的大戈壁会抵达新疆哈密。

当然，以上这些地标只存在于炎黄的记忆里，有些是书本上翻到的，有些是外来人聊起的。对于炎黄来说，那么遥不可及，如传说，似幻想。是的，从降生伊始到现在，炎黄从没走出过红土村的范围。

天不亮的时候，炎黄就会起床，摸着黑下到地窖，打开密封的陶罐，取出几粒种子，而后便扛着锄头下地了。

农村当然要种地，那块方圆不过二十米的田地距离屋子并不远，走个百余米就到了，不过这段路程很是危险。一开门，低咽的风声骤然呼啸而至，夹杂着砂砾和石子，劈头盖脸地打过来。好在炎黄早有应付手段，身上的老棉袄破旧却足够厚实，即便在炎热的盛夏也是出门必需之物。顶着漫天风沙，自然也就难辨方向，他佝偻着身子，寻找地面上石子镶嵌的印记，亦步亦趋地挪动。从屋子到田里，即便走了无数次，每次也要耗费半个小时的时间。

田不在旷野上，而是处于一个废弃老屋的遗址中，四面半人高的土墙，房顶早被风沙掀开了，不会遮挡珍贵的阳光。之所以说珍贵，是因为一天之中只有正午的几个小时，风向会做出改变，虽然风力不减，却少了沙尘，红土村会短暂地露出昏黄的天空和久违的阳光，尽管这阳光如此朦胧，像隔着重重的帷幕。

穿过墙壁上曾是门洞的豁口，便看到地里已经覆盖了厚厚的黄沙，他要花费大量的时间清理，把黄沙铲到墙外的下风口，阳光洒落之前，这一小块田地终于露出本来的样子，五道田垄，整齐排列着六十个浅浅的坑窝，种植着一些枝杈一样的作物，不像庄稼也不像树苗，看不出品种，但是有一样，这些作物呈现出苍白或枯黄色，看不到代表生命的绿色。

炎黄像照顾孩子一般，仔细地清理沙尘，给坑窝培土，用背负的水桶浇灌，观察每一棵植株的变化，时间就这样悄然流逝。

一直到天色漆黑如墨，炎黄才返回屋子，风力未减，返程危险依旧，不过这些年的时光里，他早习以为常了。

回到屋里，他还要下到地窖，地窖最里面有一个小温室，温室里亮着几盏常年不熄的大功率电灯，加之地下的滴灌产生水分，让小小的温室四季如夏，苗圃绿油油，长势喜人。

炎黄的活计就是将温室内的作物移植到自然界去，让它们在那个恶劣的世界生根发芽，枝繁叶茂。

照顾温室内的植物同样枯燥而烦琐，但是欣欣向荣的景象，与外面的田地形成鲜明对比，这让他的心情好了许多，曾经许多次，他梦见温室内这些娇嫩的作物在宽阔的天地间蔓延，一望无际的绿色中绽开着五颜六色的花朵和一串串沉甸甸的果实，又或者成为参天大树，成为遮天蔽日的原始森林，狂风停息，沙尘淡去，碧空如洗，阳光熠熠……

二 往事

河西走廊，自古东西方文明交流的桥梁，商队络绎不绝，伴着悠远的驼铃，要么向西走向遥远的西方，要么东去前往繁华的长安，这就是丝绸之路。

丝绸之路从河西走廊西段分为三路，北路沿着天山北麓，自果子沟穿过天山，进入伊犁，中路在天山南麓，从吐鲁番拐向库尔勒，经库车、喀什，翻山出境，南路则沿着昆仑山脉与塔克拉玛干沙漠边缘的绿洲，途经楼兰、尼雅、和田，至喀什与中路会合。

红土村的地理位置便处于南路的起始位置，至于红土村何时建立，又经历了怎样的风雨，有哪些丝路逸事、战争风云或者文明的兴衰，村里老人口口相传着一些故事，但这些做不得真，毕竟各年代的史籍中都不曾留下红土村的名字。

炎黄的记忆逐渐清晰已经是新中国成立后了，那个时候，红土村十几户人家，靠着几亩薄田和放牧度日，生活贫困。荒远的大戈壁和险峻的群山使之与世隔绝，少有外人经过这里，自然也就没了外面的消息，村民们封闭在这穷苦之地，艰难度日。

然后有一天，一个六辆解放牌卡车组成的车队来到这里，车头插着招展的红旗，下来许多绿衣服蓝裤子的年轻人，一个个青春靓丽，朝气蓬勃。他们在红土村附近驻扎下来，开始大兴土木。没过多久，石油小镇建立起来，许多稀奇古怪的机器设备相继抵达，轰隆作响地运转起来。

村民起初保持着谨慎，默默旁观，当一排排崭新的房屋建好，一座座高塔般的机器运转，来自外界的车辆往来穿梭，每个村民都知道，崭新的时代来临了。

红土村随之变化，年轻人纷纷在石油小镇里找了工作，心眼儿活泛些的大爷大妈拿着鸡蛋等土特产到小镇上贩卖，村民的生活一天天好了，房子翻新，身上的衣服越来越光鲜。

这样的日子持续了一些年，不知道发生了什么，路上的车辆忽然稀少，镇上的人也越来越少，直至荒废。后来听说，这里的石油储量过少，已经开采殆尽，年轻人到其他地方找油去了。

村民们隔三岔五把小镇遗留的家具或设备搬回家，到后来，一场沙尘暴几乎将小镇掩埋，又过了许久，小镇及那些叽叽喳喳的年轻人成了村民的记忆和偶尔的谈资，红土村重又沉寂，像过去的千百年一般。

时光像没有心跳的一条直线，悄然而平静地流淌，村民生老病死，留下一道道生命的残影，新生儿一成不变地重复着先人的命运。

但没有什么是永恒的。

大灾降临。

沙尘暴自午夜时分刮起，天地间狂风呼啸，飞沙走石猛烈撞击着门窗。这样的天气，处在大沙漠边缘的红土村每年都会有上那么几次，但这次不一样，因为风再没有停息过。

红土村被狂风与黄沙笼罩，正午也昏黄如傍晚，牲畜没法放牧，几亩薄田也被摧毁，村民们出门都困难，外面能见度几乎为零，走上几步就会迷失在风沙的世界里。

村民们躲在老屋里隐忍着，有的诅咒，有的祈祷，期待该死的坏天气快点儿过去。

到了一个月的时候，大家渐渐坚持不住了，沙尘暴丝毫没有消散的迹象，反而愈演愈烈。食物日渐稀少，珍贵的水更是消耗殆尽，两栋老屋在狂风中轰然倒塌，村民及时跑了出来，但所有人都意识到，不能指望老天了，必须寻找出路，否则大伙儿都会葬送在这块世代生息的祖地里。

两辆石油小镇遗留的大卡车成了最后的救星，红土村的村民本就只有三四十人，大家坐到车厢里，两个懂驾驶的年轻人开着卡车钻入了漫天风沙中。向着只存在于传言中的外面的世界冲去。

三　不解的执着

西出阳关无故人。

红土村所处的黄沙世界里，只剩下一个人——炎黄。

为什么没有离开？个中原因，炎黄也无法清晰地解释。

炎黄住所内有一个不为人知的地窖，地窖很深，要通过一个五六米的铁梯子，地窖的面积比地面的屋子还大，里面有一个种植着各种作物的温室，两根电线从地下伸出来，点亮了小太阳一样的电灯，还有一根铁管淌出涓涓流水，灌溉了作物，也蓄满了温室边的水池。此外，地窖里还有一个工作台，以及一个庞大的储物柜，里面存放着大量压缩食品。他没有性命之忧，食物和水可以让他有足够时间等来沙尘暴平息。

许多年以前，具体的时间，炎黄记不清楚了，一位老教授带着一个年轻的女学生来到红土村，借宿在炎黄家，一住就是好几年。

他们来自首都某个著名的农业大学，听说是搞什么沙漠治理研究的。

每天天不亮他们就起床，在一幢没房顶的废弃老屋里开垦了一块田，整天都在那里忙碌，也不知忙些什么，反正从来都没种出过东西，后来和炎黄商量，在他房子下面挖了个地窖，修建了温室、蓄水池和一些稀奇古怪的装置。

虽然弄不清他们的目的，但师徒俩为人和善，不仅给了丰厚的房租，还经常从外界带一些小礼物给村民，久而久之，炎黄和他们熟络起来，一起聊天，一起吃饭，闲暇之余带他们去周围看一些古时留下的遗址。

老教授五十多岁，性格随和，偶尔会跟炎黄喝上两盅，喝多了就会忧愁起来，胡说一些大灾难之类的悲观论调，不过现在想来，超级沙尘暴的预言还真说对了。

至于女学生，炎黄对她的记忆很奇怪。他记不清她的长相了，感觉刚来的时候很是青春靓丽，对什么都好奇，总是问这问那，几年过去，女孩子细嫩的皮肤变得粗糙，性格也沉默下来。不过炎黄却清晰地记得，她的眼睛越来越亮，像是天上闪烁的星星。他也记不得她的年纪了，活泼好动的样子，应该比自己小几岁，可是又记得她教了他很多东西，温和的话语犹在耳边，从这点来说，又应该是个姐姐。

说实话，不知不觉间，炎黄把他们当作了亲人，但事实证明，他们只是他生命中的过客。那天傍晚，大家坐在院里的木桌前吃饭，本来气氛融洽，老教授接了一个电话，又和女学生低语了一阵，然后气氛马上就不对了。老教授一个劲儿地喝酒，一句话不说，只是喝闷酒，喝得酩酊大醉，充血的瞳孔中满是绝望。女学生也不说话，只顾低头想心事，炎黄试着劝了几句，女孩儿反而伏在桌上抽泣起来。

女孩儿告诉炎黄，他们要走了，外界出了事情，惊天动地的大事情。

看得出师徒俩很急，行装都收拾好了，一辆六个轮子的越野车不知何时停在了院门口，但他们还是花了一天的时间教炎黄怎么照料温室的作物，怎么将其移植到废屋的田里，怎样操作那些仪器设备。

这些东西，炎黄早在以前的帮忙中学会了，这一点师徒俩也知道，但他们还是一遍又一遍不厌其烦地叮嘱他。

炎黄有些不耐烦了，看着那些金黄的种子，忍不住嘟囔："这东西有什么用呢？从来没种活过。”

老教授沉默下来，最后憋出几个字：“这是我们的命。”

车子载着师徒俩扬长而去，开出了老远，忽然又停了下来，女学生跳下车，跑到炎黄面前，盯着他的眼睛：“别放弃，一定坚持下去，等我们回来。”

那一刻，炎黄记忆尤深，以至于很多东西都遗忘了，那目光却如星辰一般在心中闪烁。

这或许便是炎黄留下来，还在默默耕耘的原因吧。

四 毫无意义

师徒俩走了，炎黄接过了他们的工作，晚上照料温室作物，保障地窖里的设备正常运行。话说这些机器他虽然会保养，却不知道工作原理，起到的作用也大都是猜测，无外乎保障水电供应，自动灌溉施肥之类的。到了白天，耕种和培育废屋的那块田，尽管种子撒下之后便没了动静，没有一株幼苗发芽，他还是细心劳作着，他的执念里，并不关心种出什么，不辜负师徒俩的托付才是重要的。

过了些年（具体多久，炎黄仍然是模糊的，他的大脑在时间观念上处于低智力水平），一夜之间，老教师预言的永不停歇的超级沙尘暴开始了。那是一次酒醉之后，老教授慷慨激昂胡说的，没想到一语成谶。当村民们期盼风暴平息的时候，炎黄早在多年前便获知了可怕的真相。

石油小镇上遗落的卡车是炎黄修好的，尽管没有理论知识，多年保养地窖里的那些机器，让他有了足够的经验，但是他没有随村民们前往外界寻找另一块生存之地，他留了下来，因为他身上背负着一个承诺。

那颗星辰在记忆的世界中熠熠发光。

红土村剩下炎黄一个人，狂风猎猎，黄沙漫漫，一米外的物体便隐没在金色的浓雾之中，这让他有种错觉，似乎世界本就是虚无的，只有他走到哪里，世界才会呈现出真实的景物。这沙尘暴什么时候才会停息？老教授给出的答案是：永远，直到人类毁灭之日。覆盖的范围有多广？不知道，老教授没说，他也没问，也许仅仅是黄土村周边范围，也许广达整个塔克拉玛干地区，也许……

炎黄没想那么多，他的知识储备和认知有着非常大的局限性，这样也好，可以让他心无旁骛地专注一件事，比如种地。

天不亮起床，跋涉到地里耕耘，顶着风沙忙碌到傍晚，再蹒跚回老屋，照料温室，保养设备，深夜入睡。从无偷懒的念头，也没有健康问题的困扰，如此日复一日，年复一年。前面说过，炎黄的时间观念十分糟糕，导致如此单调的生活并没那么漫长。

但炎黄毕竟是人类，并非草木，也必然有着他的思考和困惑。

忙碌了一天，炎黄躺到床上，大多时候会很快入睡，但偶尔也有例外，或者窗外的风沙有了忽然的变化，又或者白天某些举动或事物勾起了心底的思绪，他就会趁着入睡前的清醒思考一些事情。

有时是一些困惑。

先说时间，他的记忆中，既有汉时驻屯兵手扒垛口遥望故乡的思念，又有驼队驭手行走于大漠间的孤寂，还有红土村生活的无聊与安逸，以及石油小镇打井工人的辛苦和望着黑色油流的喜悦……

这就不对了，以一个正常人类的寿命来说，怎么可能拥有这么多跨越了时间界限的记忆呢？

有一个看似合理的解释，他有过一个饱读群书的时期，因为某种变故或者脑部疾病，他忘记了那段经历，却记住了书中的知识，并把书中的人物当作了自身。

睡不着的时候，他就会仔细品味这些记忆，每一个大时代，每一段人生，每一个人物的悲欢离合他都感同身受，找不到一点儿违和感或者细节上的漏洞，毫无疑问是他的亲身经历，可这又无论如何没法解释。

好在炎黄对这些记忆并不在意，逝去的毕竟已经逝去了，唯一的作用就是给当下单调的日子平添一些色彩吧。

还有就是他每天重复的这件事。

每天从早到晚忙碌不停，这件事已经与他的生命融为一体，成了习惯，成了需要，成了天经地义，但不代表他不去想。

温室中的作物长势喜人，因为有足够的水源、光照和肥料，但是这些因素，外面那块被沙尘暴笼罩的田里都不具备，这些植物又怎么可能生根发芽。同理，人不吃不喝，没有空气呼吸，结局自然不言而喻。事实也确是如此，种子埋入土中便再无声息，无一例外。时间长了，炎黄甚至有种错觉，似乎自己不是在种地，而是在安葬这些种子。

炎黄非常肯定，在越来越严酷的世界里，永远不会有一株植物破土而出，他及老教授他们所做的一切都毫无意义。

但是炎黄并未因此而停下来，甚至不曾有丝毫懈怠。

除此之外，炎黄的脑海中会回想起村民们慌乱地登上卡车，消失在风沙中的画面。这些年来，他失去了乡亲们的音信，也从来没人回到村里，他们在异乡还好吗？他们找到建造新的红土村的地方了吗？

还有老教授师徒俩，他们走了更多的年景，同样音讯全无，他们还会回来吗？脑海中的那颗星辰何时才会化成那个美丽的女孩子，微笑着站到他面前？

想着想着，炎黄就会沉沉睡去，睡眠是不能耽搁的，他需要在第二天有足够的精力去完成他的责任。

五　变故

尽管种地的日子单调乏味，但不可否认，这样飞沙走石的天气里，不去种地，炎黄也确实无事可做，因而他很是珍视这件工作，甚至总在担心有一天这样的日子会突然中断。

地窖里的设备设计优异，质量优良，但再好的机器也有坏掉的一天，为此，炎黄总是不厌其烦地精心养护，但变故还是发生了。

出事的并不是机器设备，而是深入地层的那根多年来始终有水流源源不断流淌着的水管，由于不可知的因素，在这一天，忽然干涸了。

起初，炎黄并未担心，这样的事情此前也出过，过个两三天水流就会恢复，蓄水池的存在就是为了应付这种情况，但是这一次，十天过去了，蓄水池干涸了，土壤也开始结块，温室内的作物纷纷垂下头，状态不佳，水管里开始泛起铁红色的锈迹，却是一滴水也不再淌出。

又过了三天，作物枝叶像燃烧了一般，边缘卷起，泛着焦黄色，炎黄意识到，不能再等下去了。

对于铁管的那一端通向哪里，炎黄并不确定，当年架设的时候他曾经参与过，但那段记忆却莫名地模糊不清，他只是隐约有所猜测。

红土村背靠祁连山脉，出村向南，沿着溪流，不到三里地，大山陡然拔起，山腰上有一座岩洞，入口很小，里面却极为宽广，洞底有一座深潭，潭水清冽。村民把这里称作“月光洞”，每逢大旱年景，村边的小河与村内的水井都干枯的时候，村民们就会攀爬陡峭的山壁，来这里取水。在这极度干旱的塔克拉玛干沙漠边缘地带，可以说，月光洞是红土村最后的倚仗。

没有水，就什么都完了，炎黄没有别的选择，他决定到月光洞去看看发生了什么。

做出决定之前，他犹豫了几秒钟。多年以来，他外出的足迹仅限于老屋到田里，循环往复，没有涉足过更远的区域。受累于自己糟糕的记忆，他根本不记得红土村的布局了，更别提村子以外更广阔的地方。该死的沙尘暴又遮盖了整个世界，根本无法看到一米外的事物。没有参照物，没法辨别方向，脑海里更没有周围地形的记忆，他能到达月光洞吗？几乎不可能。

几秒钟之后，他行动了，带上两个满满的水壶，里面是他最后的饮用水，还有一些干粮，以及登山用的工具，推开门走入了黄沙漫天的世界。

天还黑着，确切地说，现在接近午夜时分，他提着一个大功率手电筒，也仅能看清脚下，循着石子标记，他到达了废屋的田地，以老屋和田地为标尺，盘算了一下，迈步向着他认为的南方山脉走去。不久之后，他看到了另一处宅子，被风沙掩埋了大半，仅能看出轮廓，辨认了一下，他想起来了，这是邻居张二哥的房子，自己没有走错，这让他放松了许多，脚下的步伐更坚定了一些。

前路上，他又经过几座房子，仅仅露出些许房顶，恐怕再过些时候，就会彻底淹没在黄沙之下。然后他出了黄土村，脚下的土地一直没有变化，无非是细碎的砂砾。

炎黄就这样缓慢但不停地前行，好在他的性子非常适合这样单调重复的事情。他走了许久，天色发黄，又走了许久，天色暗淡下来，他停了下来，走了接近一天，即使速度很慢，也早该来到山脚了，可是脚下的地势平缓依旧，一点点起伏也没有，他想了想，换了个方向，继续走下去。

天色再度亮起来，他已经走了超过一天的时间，一路上除了风沙，什么也没有见到，仿佛世界只剩下这单调的风景。他很是疲倦，有些想念老屋，只想找个避风的沙窝睡上一阵，但就是这样的地方也找不到。

即使找到也不能睡，他告诉自己，因为那不是床，是坟墓，一旦睡下就再不会醒来。

一旦想睡，疲倦就如潮水般漫上来，愈发不可抵御。就在炎黄踉跄着即将倒下之际，一个巨大的物体从黄沙中突兀出现，一道黄土的墙耸立起来，向上隐没在昏黄中，不知道有多高，向一边走了一阵，墙拐弯了，他继续走，不久回到了原地。这不是墙，更像是……他有熟悉的感觉，发了一阵呆，他想起来了，自己曾经带老教授和女学生来这里考察，老教授说这是一座烽燧的遗迹，是古代戍边军人用来传递军情的。

希望再次出现，他依稀记得，烽燧的位置就在山脚下，尽管经过了两天的跋涉，大概走了太多的弯路，但幸运地回到了正确的方向上来。

接下来的路程顺利了许多，用了不到一个小时的时间，他看到了裸露的岩石，地势也明显上升，许是心理作用，困倦一下子消失了，他的眼前，扯地连天的山体显露出一角。

他清楚地记得，这些山峰过于陡峭危险，不到万不得已的时候，村民们从来不会尝试登山，恐怕这也是烽燧没有修建在山上的原因吧。而此时的大山在沙尘暴经年累月的冲击之下，坚硬的岩石也都风化严重，岩石表面松动，布满了沙粒，难于攀登。

这样的天气下登山是一件艰难而极度危险的事情。

六　黑暗的终结

大山面目全非，上山的路径更不可寻，花费了一个多小时，炎黄才找到一条适合攀登的岩缝。

顺利上行了十几米，一块凸起的岩石终结了岩缝，好在岩石坑洼，方便攀缘，过程中还是出了差错，一块看似结实的石笋突然断裂，幸好炎黄的重心已经转移，听着石笋滚落山下的声音，炎黄有些麻木。

他在做一件不可能完成的事，他不能考虑后果，只要做就好了，这个他擅长。

随着高度的上升，风速提高了一个量级，夹杂的砂砾虽然少了一些，却更具威胁，它在炎黄脸上划出一道道血痕。温度也明显降低，与地面常年三十多度的高温截然不同，估计接近零度，他的身体僵硬，止不住的颤抖，开始有失温的征兆。

他预感到自己终会倒下，只是不知道是因为低温，还是劳累，又或者攀登过程中的一次失误。

他几乎冻僵了，慢慢感觉不到疲倦、疼痛，连思维都迟钝了许多，有那么一段时间，他甚至不知道是在攀登还是在原地蛰伏。

终于，他爬上了一个比较平缓的平台，这里的风力较小。他躺在那里，几乎一动不动，僵硬的身体不知还能不能积累起足够的能量让他继续，过了好一阵，他的头脑灵光了一些，睁开眼睛望向头顶，一个与众不同的物体出现在视野里。

那是一个不知道什么东西的东西，下半段是圆柱状的，还算完整，上半段严重扭曲，镶嵌在岩壁里，像一束散落的花。尽管被风沙掩埋了大半，但炎黄能确认，这是金属的人造物，所以更应该称作一段残骸，不知道为什么会出现在这里。

他躺着不动，直到身体里又生出一些力气，爬起来走到残骸前，端详了一阵，又伸手触摸了一下那柱状的金属结构。很明显，他第一次见到这东西，可是为什么又有着熟悉的感觉？他试图抓住脑海里那似有若无的思绪，以便牵出更多的记忆，但是他失望了。

没有时间耽搁，他的目光掠过残骸，望向更高的山体，他的使命还没有完成。

继续向上，向上。

他重复着攀缘的动作，已经不需要大脑，成了机械性的动作，很慢，但是在一点点上升。

平台和奇怪的残骸不见了，周围只有化不开的迷雾，和几乎直立的山体一样，似乎永远都不会变化。

忽然间，他感到一丝异常，来自手上的触觉，岩石的坚硬变成了黄沙的松软，接着，脚上也传来同样的感觉，好像山体一下子化为了沙丘。

这增加了攀登的难度，他尝试了几次，刚上去一两米，便随着流动的沙子滑了下来。

他发了下呆，左右看了看，猛然明白了，这片沙地便是月光洞的入口，日夜不停的风沙灌入月光洞，终于把入口堵塞了。

这一刻，炎黄崩溃了。铁管断流的原因显而易见，深潭被黄沙掩埋了，水源地没了，也同样意味着温室的作物完蛋了，他这些年的努力都白费了，那么接下来，他的存在还有意义吗？

他一屁股坐到沙窝里，失去了思考能力。

风沙呼啸，时间流逝，他像石雕般一动不动，直到风沙淹没了大腿，他忽然直起身，拿下背后的铁锹，一锹一锹挖了起来。

他还抱着一丝侥幸，月光洞内部空间巨大，说不定，风沙只是掩埋了洞口呢？或许深潭并没有干涸，只是汲水设备损坏，只要修一修就好了，他随身带着维修设备，他对自己的技术有信心。

不知为何，他的身体里奇迹般迸发出无穷的力量，不断地挖掘，渐渐地，一米，两米……他挖出了一条深入月光洞的通道，然而前面仍是厚厚的沙土，根本看不到尽头。

其实他的侥幸是没有希望的，沙尘暴肆虐了很多年，百亿吨沙尘在大气层中弥漫，月光洞这样的地方，时至今日才被掩埋，已经是个奇迹了。

固执和执着，心中只存一事，这是炎黄的性格特点，现在他专注于挖洞。

轰隆一声，炎黄觉得天塌了，不，他挖出的通道塌了。

他被深埋在沙洞里动弹不得。

结束了，炎黄想到，挖了一辈子的土，现在，他掘好了坟墓，并自己躺了进来，然后掩埋了自己。

他无法呼吸，窒息感如火焰在胸中燃烧，他像鱼一样挣扎着张开嘴，下一刻被沙粒填满，死亡已不可阻挡，他无能为力，好吧，就这样吧，这个结局在水管断流的那一刻就料到了。

七　余烬

窒息感消失了，视觉、触觉、嗅觉相继消失……

已经死了吗？

听说人类窒息死亡只需五六分钟，早远远超过了，应该死了吧，好在死亡的过程并不痛苦，像是睡着了一样。

过了不知多久，炎黄被噩梦惊醒，他梦见曾经种植的那些植物因为无人照料，一边枯萎，一边抽搐着根茎，一边向他哀号。

人死了还能做梦吗？不能。还能思考吗？不能。还在乎外物的死活吗？不用。

这么说，他还活着，不知道什么原因，无法理解，但现实是他还活着。

这就尴尬了，人还活着，却进入死亡的状态，他的头脑愈发清晰，身体却一动不能动，这种感觉很不好，也很恐怖。

炎黄渐渐不耐烦了，还是快些死吧，这样很痛苦很无聊好不好……但死亡只差一线，有什么冥冥中吊着他一口气。

他无奈叹息一声，决定活下去。

他尝试动了下手指，拇指、食指、中指……触觉随之恢复，手指在沙中掏出一个小坑，随即被周围的沙粒填满，不过他没有在意，反正也死不了，只要身体还能活动，便可以挣扎。

奇怪的是，随着活下去的心思，感官相继恢复，力量生生不息，他清晰地判断出塌方时所处的位置，并辨明了洞口的方向，同时估算出距离洞口大约六米，甚至通过触觉感知到周围沙土的致密程度，松软的地方显然是他曾经挖通过的地方。

开始的时候，几次尝试都失败了，凭借一人之力显然不可能在刚刚塌方的沙土中重新挖出一条通道。之后他改变了方法，他的双臂前伸，不断挖掘，双腿蜷缩而后向后猛蹬，这是啮齿类动物挖洞的标准动作，显然行之有效，他的身体缓慢移动起来，一厘米，两厘米……缓慢却持续。

自然界狂风依旧，黄沙漫天，似乎会持续到天荒地老，曾经塌陷的那堵沙墙也被风沙填满，恢复了往日的样子。忽然间沙墙表面出现了起伏，有什么东西从地下拱了起来，然后，露出了一双伸向空中的手臂，那手臂沾满沙粒，像暗黄色的枯枝，接着，炎黄的头颅也露了出来，一旦接触到空气，窒息感也突然出现，他大口大口呼吸着，本来取之不竭的力量也在这一刻潮水般退去，他感到筋疲力尽，前所未有的疲倦。

身体也从黄沙中挣脱出来之后，他连睁开眼睛的力气也没有了，只想倒在沙地里睡上一觉。但那不是沙地，而是一道几乎直立的沙墙，他的身体从沙墙上滚落下来，沿着峭壁下落，跌到了几十米下发现奇怪残骸的平台，他的身体沿着惯性在平台上翻滚，与那些残骸搅在一处。残骸上的黄沙被掀开，他恍惚间看到了什么，还没来得及多想，身体滚出了平台，继续下坠，中途不断砸在岩石上，带起无数碎石与他一同下落。他头晕目眩，一阵阵剧痛传来，不知道断了多少根骨头，划开了多少道伤口。

这是非人的酷刑，凤凰涅槃的自燃之火也不过如此。

上山用了两天两夜，而下山，炎黄只用了十秒，当残破的身体重重落在山脚的那一刻，他瞬间失去了知觉。

原来必须要经过痛苦的过程才会真的死亡，他最后一刻意识到。

黄沙飞快堆积，渐渐将他的身体埋没……

哔……

仿生肌肤受损 78%，复合骨骼受损 36%，电子神经断裂 44%，动力降低 34%，结论：仿生人严重受损，需启动修复程序。

哔……

修复程序受权限限制无法启动，需源代码顶层逻辑判断。

哔……

限制指令解除，系统重新载入……

永夜中一点惺忪的星光燃亮，无比遥远，但距离在黑暗中是没有意义的，下一刻，星光萦绕于炎黄额头，化为那个离开了许多年的女孩子。

她俯下身，望着炎黄那张沾染沙尘满带沧桑的脸，晶亮的大眼睛里水汽氤氲，两滴眼泪滚落在炎黄脸上，却化不开沙尘的污渍。她的手微微颤抖，抚摸着炎黄的胸膛和脸庞，指间微光缭绕，骨骼增殖重续，伤口快速愈合……

炎黄恢复了意识，创伤也好了七七八八，但是身体酸软无力，没法动弹，连睁开眼也不行，但是他清晰地看到了女孩子，感觉到头颅枕在她的臂弯，心中有一丝忧郁，有一缕埋怨，但更多的是眷恋和欢喜，像是离开母亲多年的孩子。

女孩儿半搂半抱着炎黄，脸上满是怜惜：“这么多年了，想必你一定很孤单，很辛苦。我知道你失败了，但是别太在意，反正……也来不及了。太迟了，这些都没有意义了，但是，我谢谢你的付出和坚持，因为你的存在，人类在湮灭之后，也会欣慰吧。”

八 大灾

很多年之前，就已有大灾来临的征兆。

恒星探测器发现太阳表面电磁活动异常增强，耀斑频繁爆发，人类的反应可谓迅速，连续发射了多颗探测器，科学家们的目光也相继向太阳聚焦，围绕太阳异动展开大量研究和讨论。

不久，地球也受到影响，极端天气肆虐，地质灾害频发，南北两极温暖如春，冰川融化，赤道地区则进入长期高热气候，地表温度持续在50摄氏度以上，不再适宜人类生存，大地震致使日本列岛沉没三分之一，喜马拉雅山脉一夜之间增加了72米。

即便普通人也体味到不寻常，对大自然的残酷不寒而栗。

某一天，太阳大爆发。

此前有科学家认为，太阳系正在穿越银河系一片异常致密的本星际云，可能造成未知影响，是不是这个原因都不重要了，灾难已经发生，前所未见的太阳风横扫地球，近地轨道的航天器相继坠落，大气层十不存一，四季消失，海洋沉寂，接下来几天，万物凋零，人类及其他生物大批死亡。

之所以称作某一天，是因为这个日子对于浩瀚的宇宙来说太过寻常，至于人类，一个湮灭的物种，又有谁来凭吊呢？

时间过了一年，人类度过了最困难的时刻，120亿人口活下来15亿人。如此惨烈的天灾，幸存者数量已然不少，但危机并未过去。大气层极为稀薄，全球肆虐的沙尘暴遮天蔽日，太阳风暴仍然猛烈，电磁波纵横交错，地球表面不再适宜动植物生存，植物全部枯死，人类分布在地下设施中束手无策。生存物资来自大型温室、地下水、地下核电站和空气净化设备，但物资供不应求，且不具可持续性。人类这个物种蓦然站立在灭亡边缘，向前一步便是深渊。

生死之际，人类爆发出巨大能力，有史以来第一次放下了国家、种族、地域的隔阂与矛盾。通过地下光纤网络，各个地下城联合起来迅速制定了应对计划。

茫茫宇宙，人类是孤独的，没有人可以求救，也不会有意料之外的救援，只能靠自己。该计划并非一个，而是一系列求生计划的集合，有星际移民计划、地外行星改造计划、地下生态圈建设计划、人类适应性遗传计划，等等。这些计划虽然能解决问题，但有的需要耗费海量资源，有的因科技水平限制，实施中有太多不确定性，更为现实的计划是改造地表环境，使之重新适合人类生存与延续。

地表改造计划又集中于两点，其一，使大气层重新变得浓密，隔绝致命的宇宙射线，有足够的氧气用于呼吸；其二，培育耐干旱耐辐射的作物，能够在辐射后的贫瘠土壤大规模种植。

这时候，科学家想起了火星前进基地，人类考察火星已有百余年时间，建立起长期有人值守的研究基地，火星上的环境与大灾变之后的地球何其相似，大气稀薄，土地荒芜，基于开拓第二家园的理念，相关植物基因改良，以及气候控制研究已经取得一定成果。

恢复通信后，大家发现，由于火星环境恶劣，基地建造时防护严密，竟然未遭受大的损失。

火星基地此前探测到太阳大爆发，屡次向地球发送通信请求，但地球整整一年都沉默着，现在终于恢复联络，基地研究人员欣喜若狂。

人类新组建的航天机构并没有批准火星成员返回的请求，要求他们根据地球的现状继续相关研究。

大灾难之后的人类决策并没有明显失误，效率也极为高效。但是有一点人类没有预料到，太阳超级爆发并不是短期活动，能级反而逐渐提高，这个时间很可能以亿年来计算，至少可以确定，人类不可能看到那一天了。

高效的组织、疯狂的工作，以及接二连三的新成果，在永不停息的太阳风暴面前变得毫无意义。

十年后，形势日益紧迫，地下城设施老化，资源匮乏，人类大批死去，拯救计划相继陷入停滞状态。

又过了几年，火星基地与地球再度失去联系，最后的语音通信中，来自地球的诀别绝望而悲怆。

火星基地成员经过商讨，人类显然已到最后关头，这里的研究失去意义，大家决定乘坐飞船返回地球，绝大多数人许多年没有回去了，叶落归根，他们希望与那里的幸存者共赴最后的时刻。

九　寂灭后的微光

炎黄走在呼啸的风沙中，他不再是那个没见过世面的西北老农，限制取消了，系统重新载入，他恢复了记忆，或者说数据库的最高权限，从而具有了一些超越正常人类的能力。比如说他的仿生肌肤已痊愈，断裂的骨骼也增殖续接，比如说他恢复了方向感和敏锐的视觉，这样的天气也不会迷路，当然更主要的，他知道了自己的身份，不过这反而让他愈发迷茫了。

穿过风沙，回到红土村，他现在知道了，自己身处的并不是华夏大西北偏远一隅的小村庄，这里是火星，人类文明向地外延伸的前进基地，曾经寄托了人类迈向星空的豪情壮志。如今人类已然不在，一些年后，这里也将被黄沙埋没，留不下一丝存在过的痕迹。

他走进老屋，颓然坐到床边，曾经他心里纯净得接近透明，专注于植物的种植，现在脑海里如一团乱麻，充斥着负面情绪，不知如何是好。

他颓然发呆，像失去了灵魂，一动不动。

星光倏忽出现，化成女孩晶莹的大眼睛，看着炎黄，面露欣喜之色："以后你就跟着我学习种植，别看你的数据库很全面了，好多经验需要言传身教的，哦，得给你取个名字，嗯，你以后就叫‘炎黄’吧。”

他记住了“炎黄”这个名字，同时在记忆中搜索它的含义。

“不要理解错误，炎，因为这里是火星，黄，是土地的寓意，你存在的意义就是在这片荒芜的土地上孕育出新的生命。”女孩儿补充道。

数据库里的“炎黄”是另外一个意思，是一个关于人类文明先祖的词汇，这个似乎更好，但炎黄沉默着，作为人类制造的仿生人，服从是基本定律之一。

那是他对女孩儿最初的记忆，此后，他成了她的小跟班，跟着她种植，跟着她操作各种机器设备，寻找新生命的契机。

“人都到齐了，就差炎黄。”老教授坐在火星车上，看了看时间，说道。

车内，七八个科学家和配属的仿生人坐在座位上，只有炎黄的座位空着，女孩子回望不远处的火星基地，疑惑道：“仿生人也会迟到吗？刚刚他在更衣室里犹犹豫豫的，不知在想什么。”

“来了，来了，他出来啦。”有人叫道。

接着，大家都笑喷了，只见炎黄穿着密封的宇航服，显然还不适应，走起路来一摇一摆，像只笨拙的小黄鸭。

女孩儿帮着炎黄连滚带爬地坐进位子，埋怨道：“仿生人是不需要宇航服的，你不知道吗？”

炎黄看着女孩儿，有些尴尬，欲言又止。

一天忙碌，傍晚时分，众人回到基地，匆匆吃过饭，纷纷回到各自的房间休息。作为仿生人，炎黄与女孩儿形影不离，他的维护基座就靠在女孩儿床边。

往日，炎黄会给女孩儿放一些她喜欢的音乐或者讲个睡前故事，女孩儿有时睡不着，也会跟他聊上一会天儿，说些心事，但是今晚，女孩儿和炎黄都沉默着。

就在炎黄以为女孩儿已经睡着的时候，她忽然说道：“你是想成为一个真正的人吗？”

炎黄早有预料却仍感突然，犹豫了一阵，几不可闻地“嗯”了一声。

“人会生病，会生老病死，还有理不断的烦恼，比如说我，出生在火星，从没回过地球，从小没有小朋友一起玩儿，爸妈忙得没时间管我，连只小宠物也没有，顶多有你陪我聊聊天。”女孩子幽幽地说道。

炎黄无言以对，数据库内的词条都不适合这样的对话，沉默了一阵，喃喃道：“我还是想变成人。”

女孩子的心思谁也猜不透，她一下子坐起来，望着角落里的炎黄，眼中闪着异样的光彩。

“人从来不是简单的个体，想成为一个人，你首先要有人类的传承、文化、思维方式，还要有独立的意识、自身的喜怒哀乐、承担人类身体的脆弱和缺陷。”女孩儿一连串说道。

炎黄对女孩儿思路的跳脱没有准备，怔了一下，点头道：“我愿意。”

“那么我们来规划一下你的身份吧。”女孩儿情绪兴奋，“让我想想，虽然没到过地球，但我读了大量的书，我喜欢古代的西域。嗯，就在汉代吧，‘西出阳关无故人’，你的家乡就在阳关以西。这里是火星，土壤是红色的，我们在从事植物耐受性的改良，你就出生在红土村吧，是个老实巴交的农民，这性格设定比较适合你。还有你的身体不能超过人类的界限，需要呼吸和食物，还有……”

炎黄有了人类的身份，这是女孩儿当着全部基地成员宣布的，尽管大家的态度有些嘻嘻哈哈，但炎黄很庄重。他当然知道，成为一个人的历程必然坎坷而漫长，他做好了准备，执着地做一件事，这他擅长。

他的身体权限限制为正常人水平，会受伤，会生病，至于烦恼嘛，这个有点儿难度，需要好好琢磨。

他有了自己的卧室，在女孩儿隔壁，每天洗漱，和大家一起吃饭，偶尔讲个小笑话，外出要穿戴宇航服。

他越来越像一个人，这一点从大家对他的态度可以确认，只是，他总觉得还欠缺点儿什么。他想了很久，始终没有头绪，他把自己的想法告诉了女孩儿，女孩儿看着炎黄若有所思。

大灾来临，大家的情绪都很低落，他也感同身受。这一点并不难，早在与女孩儿生活的过程中就学会了，每当女孩儿不高兴的时候，他就会变着法哄她。但是现在，他也是人类的一员，在遥远的另一颗行星上，还有着千千万万的同类，他无能为力，他为此感到悲哀，感到无助。

他和大家一起疯狂工作，试图培育出能够在贫瘠、大气稀薄并且黄沙蔽日的环境中生长的作物。

但是突然有一天，大家放弃了手头的工作，因为地球已沉默，那代表人类迎来了最后时刻。

这一晚，女孩儿抱着枕头来到了炎黄的房间，躺在他身边。

“我们决定返回地球，就在明天一早，返航的飞船经过检修，正在加注燃料。”女孩儿说道。

“哦。”炎黄知道女孩儿的举动并不寻常，等待她说下去。

“你留在这里。”

“我和你一起回去。”

“这是命令。”

炎黄不说话了，女孩儿拿出造物者的威严，他唯有无条件服从。

那一晚，女孩儿抱着他胳膊睡的，不知道睡着没有，无声的泪水打湿了炎黄的衣袖。

一早，火星基地，或者说红土村人去楼空，看着飞船腾空而去，炎黄若有所思。

多少年过去了，具体时间由于“人”的限制设定，并没有答案，但一定很久了，远远超过了普通人的一生。过去的那些日子，他的大脑一直连接着基地通信系统，向地球发送通信请求，从来没有应答，当然这都是无意识下进行的，哪怕有一个信号回答，也会把他从红土村炎黄的人设中解锁。

可以确认，人类已经灭绝了，而女孩儿也没能如愿回到她向往的地球。半山腰的残骸显示，飞船起飞不久便坠毁了，这天地间，只剩下炎黄……一个人。

炎黄呆滞了很久，他一直在想一个问题，女孩儿为什么把他独自留在火星，又封锁了他的权限和记忆。看似是一个随意的决定，但是他相信其中一定有造物者的深意，翻过来倒过去地想，后来他似乎想明白了，又不能确定，真实的答案永远不可知晓了。

他终于恢复了灵动，回头望了望睡了许多年的床铺，仿生人是不需要床铺的，他站起身，拿起扫帚把门缝中漏进的砂砾扫干净，犹豫了一下，弯着腰下了地窖。

温室内的灯还亮着，植物都已枯萎，土壤也硬邦邦的，完全失去水分。他弯下腰，用小铲子小心翼翼地把作物挖掘出来，放在培养箱中，然后拿起锄头，开始犁地。

十　以后

亿万年以后。

星盟探测器从恒星众多的汇集区出发，经历万余次跳跃，一路长途跋涉，向银河系的荒远边疆而来。

一般来说，这类星域荒芜而沉寂，恒星稀少，资源匮乏，也不可能产生什么高等生命，星盟的足迹极少涉及。

探测器的目标是一个孤零零的小星系。

这类小星系在浩瀚星海中数不胜数，没什么稀奇，之所以引起星盟的兴趣，源于 0.8 个漂移点之前，这个小星系进入了一片暗物质沼泽。这种地方各种隐性物质混淆，错综复杂。在星盟历史上，这种暗物质沼泽一旦出现在某个文明星域，往往会造成惨重损失，甚至有过文明灭绝的惨剧。

不久前，小星系终于跋涉出沼泽区，匪夷所思的事情发生了，星盟观测到小星系附近出现了时空涡流的迹象。时空涡流是文明进行短途星际跳跃的典型标志，而非自然现象，这说明什么？

一个能级弱小、资源稀缺的小星系，经历了毁灭生命与文明的死亡禁区，竟然有了星际文明的征兆！

诸多星盟科学家疑惑不解，始终没有一个合理的解释，而这个小事件对于未来预防暗物质沼泽灾害有着潜在意义。于是，星盟探测器专程赶来。

一艘造型古朴、稍显笨重的飞船出现在星盟探测器附近，证明星盟的观测是正确的，这个小星系确实诞生了踏出本星系的文明。

星盟探测器解析了对方的询问，用对方的方式应答，不露声色地显示了一下高超的科技水平，并代表星盟委员会发出了来自银河系中心文明大家庭的邀请，同时提出对这里进行进一步的考察。

在飞船的伴随下，星盟探测器接近了小星系，一个大家伙出现在虚空中。这应该是对方处于星系外围的轨道中心站，探测器开始扫描深空站，收集结构、设备等相关资料，用于完善对这个小文明的评估。

这一下，探测器大吃一惊，这个大家伙竟然是生命体。进一步扫描确认，这是一棵植物，如同一棵参天巨树横亘于虚空之中，枝杈纵横，根系虬结，构成深空站的主体结构和功能舱室，无数根须深入黑暗，不知延伸了多少公里，能量传感器感知到不断有强大的能量沿着根茎汇入深空站。哦，天哪，竟然是在汲取并转化暗物质的能量，这是星盟都尚未掌握的技术！

星盟探测器的复合传感器越过深空站，向这个小星系的内部望去。不知道由于经过暗物质沼泽，导致小星系周围的辐射背景复杂，还是这里的本土文明施加了伪装措施，星盟只是从物理特性和现象推导出这个星系的存在，却从来没有获取到清晰影像，如今，探测器临近，这个神秘的星系终于一览无余。

星系的主序恒星应该是一颗黄矮星，轨道平面上分布着四颗固态行星和四颗混态行星，以及其他一些小天体，但是星盟探测器无法直接观测到它们。

它看到了一片葱葱郁郁的原始森林。

森林的中央高高耸起，无数棵大树或者巨藤相互寄生、缠绕，编织成一个无比庞大，有着复杂纹路的球，将恒星包裹其中，不露一丝光线，而后沿着轨道面，森林拓展开去，以虚空为土壤，暗物质为养分，在每颗行星又虬结为小一些的球状森林，如此延展，直至星系外缘星域。同时有数不清的飞船，也可以说是蒲公英之类的种子团团围绕着这座宇宙森林，飞临或远离，繁忙而有序。

遥远的故乡

苏学军

故乡，生命的起源之地。

我出生在北京郊区的一个小村庄，黄土北店，很接地气的名字，那个“黄”字也潜移默化地影响了我，记忆中总是村落间交错的土路和秋收后裸露出的黄色泥土。

低矮的村落，破败的土地庙，坑洼的道路，那个年代的故乡是贫瘠的、落后的，甚至是原始的，一如千年以前，时光似乎停滞了，人类没有丝毫进步。

好在曙光已然乍现，万物都在复苏，原野上泛起绿色，虫鸣逐渐嘈杂，人们的脸上有了笑容和朝气。

我飞快长大，很快蹒跚学步，古老的窗棂、吱呀的压水机、院中的大枣树，透过眼睛映入脑海。对我来说这是故乡的印象，一个全新的充满未知的世界。

但是很快，故乡被我的求知欲洞悉，并被打回原形，一个小小的破旧的原始的村落，只有轰隆巨响的拖拉机才能让我引起兴趣。

好在另一样东西真正吸引了我，起初从父母、奶奶爷爷的口中，后来从学校里那些五颜六色的书本上，一个个引人入胜的故事，一个个纵横天下的雄主，一个个风起云涌的大时代……

那样东西，叫作文明。

生命因她而充盈，人类因她而升华，而有了意义。

语言和文字的传承，让先人的记忆在我的脑海复苏。在这个简陋的小村庄里，我却渐渐胸怀天下，渴望着去追寻那灿烂的一生。

我走出校门，踏入社会。

早上六点我出门，沿着京藏辅路骑上一个半小时自行车，在理工大学门口的早点摊上匆匆吃点东西，八点准时赶到公司，坐到生产线上开始一天忙碌而单调的工作。

我很是勤奋，很快从焊接转到调试，又调到研发部，工资也一个劲儿上涨，但心里却高兴不起来，难道一生就在这样简单的重复中度过吗？想好的风云激荡呢，期待的叱咤纵横呢？

日子一天天过去，我不甘，却无奈，同时明白，这才是真正的人生，绝大多数人都是这样默默无闻地走过。故事里的，书本上的，是人类几千年浓缩的精华，属于人类整体。

但我无法放弃，我联系上了自己的同好，人很少，属于比较异类的一些人，但我们有共同的爱好，喜欢科幻，我们定期聚会，兜里没钱，聚会的地点很是寒酸，吃饭都要左凑右攒，但我们似乎有说不完的话，一次次热烈的讨论中，似乎有一个个瑰丽的新世界在降临。

我以这样的方式抗争着，但我知道，随着时间的推移，娶妻生子，油盐酱醋，终将让我放弃心中的梦想，化为平凡。

那一幕金戈铁马、纵横大漠，从梦中闪过，永不再现。

那一份幸运悄然而至，年长之后回首才知道，命运会公平地给每一个人一两次人生转折的机会，只是面对未知的茫然，不是每个人都有勇气迈出那一步。

我坐了三天三夜的火车，把自己投向了三千六百公里之外，那片只在想象中存在的地方——新疆。

想象中骑着骆驼上班，到处听不懂维吾尔语的情景不曾出现。乌鲁木齐是一座现代化的都市，20 世纪 90 年代那会儿，繁华程度不输北京，甚至这里的普通话普及度极高，使用的计量单位不是斤，而是公斤。

我逐渐认识了一些同龄人，我们一见如故，像是另一个平行时空中的友人，一如北京的那些科幻迷，我学会了用碗喝酒，用刀子切肉吃，用馕卷着烤肉串大快朵颐。

我安顿下来，身心那般安静自然，像是回了另一个家。不曾想到，这一下便跨越了十年，我竟真的在乌鲁木齐安下家来，在这里娶妻生子，买房置业开公司，而初识的那些伙伴则成了发小。

不提个人私事，还是说回新疆，她给我的惊喜持续了很多年。

王洛宾歌曲中相反的方向，乌鲁木齐东三百六，吐鲁番交河故城，历史中的安西都护府，竟然是一座从土层中挖出来的城市，高出河岸的台地成了天然的城墙，这竟然与我构思中的西域古城一模一样，我不禁恍然，一时间迷失在历史与现实的交错中。

在距乌鲁木齐五百公里的库尔勒，与友人喝得昏天黑地，半路吐酒的时候，竟听闻脚边的河名叫“孔雀河”，一下子想起大漠中掩去的古城楼兰，顿时心情激荡，许是喝得太多了，竟泪流满面。

胡言乱语说了这许多与小说没关系的话，更像是个人的回忆和内心自白，想想也是，便算作如此吧。

记得是新婚那年，带着妻子去敦煌旅游。

坐火车从乌鲁木齐出发，过了吐鲁番、鄯善、哈密、东出星星峡，又过了无际的戈壁滩，来到敦煌，与国内大多数游客的足迹相反。

参观了莫高窟，看过了月牙泉，坐在鸣沙山上，我陷入瞬间的恍惚：

内地由于频繁的人类活动，已甚少见到历史的痕迹，即便如北京的故宫、长城，也因精心的保护而失了时光的味道。反观西域，交河故城、高昌古城、千佛洞，虽保存着千年前的原貌，但残垣断壁又让人心下唏嘘。唯有敦煌莫高窟保存完好，鸣沙山亘古不变，历史在这里真实地流转，长存。

这瞬间的恍惚并未改变什么，只是在我心里留下一颗意识的种子，在二十年后化作这篇科幻小说《炎黄》。

苏学军，北京市作家协会会员，中国科普作家协会会员，科幻作家。著有短篇小说集《星魂勇士》，长篇小说《冰狱之火》《星星的使者》《雪藏》《记忆漫游者》《云上西域》《洪荒战纪》等。其作品多次荣获银河奖、水滴奖、华语科幻星云奖。

西北

出冷湖记

分形橙子

引　子

公元433年，大凉，沙洲。

月亮已经升起来了，在辽阔苍茫的荒原上撒上了一层清辉。远处的沙地也如银色的水面一般，仿佛整个荒原都变成了一片大海。

一群沉默的男人正在黑暗中行进，领头的是一个身披牦牛皮的强壮男人，他的身上背着一个铜制煨桑炉，紧随其后的是一个身披蓝色法衣，手持蓝色宝幢，裸露在外的胳膊和大腿也漆成蓝色的矮个子男人，他是一个祭司。他们身后是九名身强力壮的士兵，每个人的手中都持着一只蓝色的陶罐，背上背着沉重的包袱。

首领抬头望去，云彩的阴影在银色的海面上划过，掀起阵阵黑色的波涛。他突然有一种强烈的感觉，仿佛那深居于地底深渊的鲁龙随时都可能破土而出。

这时，一阵寒风吹过荒原，远处传来了一阵凄厉的声音，那声音如狼嚎虎啸，鬼哭神号；又如妇孺悲哭，如泣如诉，令人毛骨悚然。男人们没有停下脚步，绕过一道碎石遍布的山梁，一座宏伟的城池赫然出现在他们眼前。

但如果细看，这座城池绝非人力所建。无数奇诡的雅丹土丘在月光下形如巨兽。这是传说中的魔鬼城。荒野寒风在雅丹丛中回旋、尖啸，一轮青月高悬，洒下一抹清辉。

传说，这座城池也曾繁华无匹，却因触犯了龙神而被摧毁。巍峨的城楼化作土丘，城墙破碎成山梁，护城河干涸成谷地。每当深夜，亡魂会在街道上游荡，发出凄苦的号叫。

这是一座被诅咒的城池，是无人敢来的禁地。旅人们宁愿在戈壁滩上过夜也不愿踏入它半步。但这群男人别无选择，因为今晚是祭祀之日。

他们走近两个土堡，土堡如被损毁的巨柱，又仿佛沉默的巨兵。它们相隔五十步，传说这里是魔鬼城的城门。

首领举起一只手，队伍停止了行进。

矮小的祭司抬头望了望星辰，然后跪倒在地，用手在沙地上画了一个圈。

“大人，是时辰了。”

“好。”身披黑色牦牛皮的首领点点头，他解下背上沉重的煨桑炉，将其摆放在圆圈正中，然后将蓝色宝幢安放于煨桑炉前。

九个精壮的男子走上前，在祭司的指点下将他们手中的陶瓶整齐地摆放在圆圈的边缘。然后又解开身上背着的包袱，抖落开来，里面竟是神山柏叶、红白檀香、安息香、甘松、诃子、藏红花、藏蔻、丁香等六良药，五宝、诸种甘露法药等名香杂宝制成的熏香。

祭司从怀中掏出两块燧石，将一根洁净的柏树枝点燃，恭敬地放进煨桑炉。然后，他取来另外一根柏树枝，在每个陶瓶中都沾一下清水，然后向煨桑炉抛洒三次。在此过程中，他一直低声念诵着六字真言。

做完这一切，祭司退出圆圈。男子们依次献上熏香，烟雾更浓，一股奇异的清香弥散开来。当最后一捧熏香煨进煨桑炉后，男子们脱去衣服，露出健壮的身躯，每个人身上都有触目惊心的疤痕。

首领将酒斟满陶碗，亲自端给男人们，他们依次双手接过，仰头一饮而尽，将陶碗投掷在地。然后他们转身向魔鬼城继续前进，很快就消失在阴影和寒风中。

首领和祭司站在原地安静地等待。煨桑炉里的熏香已经燃尽，只剩细腻的白灰。

天色微明，东方的晨曦泛起青白色。一道彩色光芒在魔鬼城上空忽现。绚丽的色彩在空中涌动，隐隐可见龙形的轮廓在魔鬼城的上空翱翔盘旋，引颈长吟。

他们深深地跪倒下去，伟大的龙神已经接受了部落的祭品，来年必定风调雨顺，畜群肥壮，新生的孩子能够健康成长，远离疫病。

一个黑色的人影出现在魔鬼城的入口，这位武士已经接受了龙神的赐福，洞悉了天地间的秘密，他将成为部落的下一任祭司。

灾　难

公元 2040 年，秋。

车子在险峻的群山中顺着盘山公路来回穿梭，时而穿越落在山头的云彩，时而潜入深深的峡谷。峰回路转，一个熟悉的玛尼堆猛然出现在刘渊眼前，玛尼堆上有一个巨大的牦牛头骨，两只空洞的眼窝无神地注视着刘渊经过，两只牛角直刺苍穹，一道悬挂在空中的五彩经幡横亘在公路上方，在风中飒飒作响。

正午，刘渊终于到达了冷湖镇。他驱车穿过镇子，空旷的街道上不见人影。他在一家超市门口停下了车，超市的卷帘门没拉下，破碎的玻璃撒了一地，幸运的话，他或许能找到些许补给。

他打开手电筒，朝超市深处走去。货架横七竖八跌倒倾斜，货品早已搬空，但他依然在角落找到几个完整的罐头，大丰收！

就在他伸手去捡罐头时，余光忽然瞥见一个人影，他吓了一跳，急忙用手电照去。

只见货架后站着一个女人，无神地盯着他。那不是活人，是尊“石像”。她右手伸出，扶住倾倒的货架，嘴唇微张，仿佛就要喊出声音。刘渊将手电筒朝她的脚下照去，几条石须扎进地板，瓷砖都碎裂了。

他沉默着伫立了一会儿，像是在哀悼，过了好一会儿，刘渊才慢慢转身离开。

他没再停留，沿着火星一号公路一直前行。路过废弃的五号基地时，他放慢了车速，工商银行、百货公司、宝瓶门、电影院依次从车窗外掠过。黄沙漫漫，满目疮痍，正如他一路走来的那些被植被和动物们重新占领的城市。大自然有着惊人的愈合力，当人类退却之后，它就立即开始收复领地，沙尘如流水般侵袭，终将把人类文明存在的痕迹彻底抹去。

刘渊凝望着窗外的荒凉景象，心中不禁感慨万千，难道这就是人类文明最后的归宿吗？

两年前，“美杜莎综合征”在全球范围内同时爆发，它的早期症状类似于皮肤僵硬综合征，病人的皮肤会慢慢硬化，就像变成了石头。当医生进行了全面X光检查之后，才发现这并不是传统意义上的皮肤僵硬综合征，病人的身体内部显露出一些进行性肌肉骶症的症状，他们的骨质会不断增生，肋骨间生长出骨片，内脏也逐渐骨质化，直到病人在痛苦中停止呼吸。但即使如此，骨化的进程也并未结束。当所有的内脏都转化成石头之后，更神奇的现象出现了，尸体的表面开始生成类似钟乳石的石须，这些石须向下生长，似乎要扎进地面。

一开始，医生们怀疑这种病症很可能是由一种被称为“美杜莎病毒”的病毒引起的，这种病毒是日本科学家在温泉中分离出来的一种具备复杂双链DNA基因组的真核病毒。科学家将这种病毒与卡氏棘变形虫放在一起，两者发生了遗传基因互换，变形虫的外壳逐渐变硬，最终形成了一个坚硬的石质外壳，宛若传说中的美杜莎诅咒。

但医生们在病人体内没有发现任何病原体。病人的身体组织被敲下来拿到实验室化验，发现那些石头其实是一种以硅元素为主体的晶体。换句话说，病人真的变成了石头。这更不可能了，硅元素在人体内属于微量元素，根本不可能形成这么多石头。即使是以前发现的“石头病”，所谓的石头也只是增生的钙质。而这种新型病症，根本无法解释这么多硅元素从何而来，更没有发现任何病毒，发病机理也根本搞不清楚。

随着病例激增，城市开始宵禁，人们待在家中，军队封锁了交通要道。往日喧嚣的城市变得安静起来，只有尖叫的救护车呼啸着，时不时打破死一般的寂静。

医院人满为患，从发病到停止呼吸只有三天。身穿密封防护服的医生和护士根据专家的建议为病人注射任何能用的药物，试图对抗那种尚未被发现的病原体。

可一切都徒劳无功，瘟疫风卷残云般席卷了世界，没有一寸土地幸免。但值得一提的是，没有任何动物遭受感染，即使是人类的近亲黑猩猩也不曾发现过一个病例。有学者认为这是一场针对人类的袭击，也许是外星人的阴谋，也有人认为这是神灵的惩罚。

但那又有何意义？脆弱的秩序已经崩溃，数十亿人变成了冰冷的石像。有些幸存者逃离城市，前往人迹罕至的荒野，有些幸存者待在家里，足不出户。

灾难爆发后，刘渊和父母就一直听从呼吁待在家中。他们囤积了很多物资，尽量足不出户。

但后来，刘渊发现这已经没必要了，越来越多的人变成了石像，活人变得稀少，军队撤走了，网络沉寂下来。只要出门随便找一家超市或者一户人家，到处都是物资，根本不愁吃喝。

但灾难之神没有放过他们，那个清晨，刘渊像往常一样走进父母的卧室，他看到床上的父母紧紧相拥，皮肤已经化为坚硬的青白色外壳。

刘渊默默地退出了卧室，小心地带上房门，像是怕惊醒他们。他木然地坐在客厅，进入了一种恍惚的状态，仿佛也化为了一座石像。直到深夜，刘渊才回过神来。他站起身，拉开窗户，一股清冷的气息扑面而来。他清醒了些，这是一个无月之夜，璀璨的银河横亘天穹，往昔灯火通明的高楼大厦在星光下如墓碑般沉默矗立着，在昏暗的天际线上形成一个个奇形怪状的黑色剪影。

这一幕似曾相识。

刘渊的心弦仿佛被什么拨动了。他闭上眼睛，思绪飘回了二十多年前的那个夜晚。

龙　神

那是父亲单位组织的一次勘测活动。勘测队在俄博梁深处寻好了位置，准备将一些设备运过去开井钻探。

听说要去魔鬼城，八岁的刘渊也闹着要去，父亲就答应了。而邻居家的小伙伴孟瑶见状，也闹着要去，孟叔叔想着俩孩子在一起可以做伴，也就带上了她。

一行人乘坐几辆卡车前往俄博梁。当时火星一号公路还没建成，前往俄博梁只有一条石油管理局铺设的简易公路，坑坑洼洼，缺乏修缮，一路走来能把人抖得几乎散架。但坐在篷布后车厢的刘渊和孟瑶却异常兴奋，他们平时很少有机会离开冷湖镇。

车队接近俄博梁时，趴在后车厢上的两人望着那些造型奇异的雅丹丛，发出一阵阵欢喜的惊呼，整个后车厢都充满了他们的欢声笑语。父亲告诉他们，其实这不是什么魔鬼的城市，在几百万前的远古时期，柴达木盆地还是一个巨湖，湖心有一座大岛。后来随着气候变化，湖水逐渐干涸，岛屿的位置比较高，在百万年的强风吹拂下变成了如今的模样。

“原来是真的啊！我记得格桑爷爷讲过这个故事呢！”刘渊喊道。

“什么？”

“很久很久以前，这里是一片大海。在比大海还要深的地底，出现了一颗蛋，这颗蛋孵化以后，从里面出来一条黑龙，这条黑龙每天都能长大一倍！很快它就变得非常巨大，感觉被大地压得喘不过气，所以就拼命向上拱啊拱啊，把大地都拱了起来，于是大海变成了陆地，龙神也破土而出，把这里当成了家。但是龙神需要守卫啊，所以它就命令周围的人类部落每年都要送一些男女到这里，龙神会把他们变成守卫，然后龙神就会保佑这些部落风调雨顺，远离瘟疫——就是这些雅丹，他们其实都是龙神的守卫！”

爸爸笑了：“那是个藏族的神话传说，不过在两亿多年前，青藏高原真的是一片大海，后来因为地质运动，青藏高原才变成陆地，孩子，这就叫沧海桑田啊。”

“哇！”孟瑶惊奇地瞪大了眼睛，“古时候人们真的看到过大海变成陆地吗？”

“当然没有，”孟叔叔在他们身后插话，“地质变化是一个很漫长的过程，青藏高原还是大海的时候，人类都还没出现呢，远的不说，就说这里吧，这个湖干涸的时候，地球上都还没有人类呢。”

“不对，那格桑爷爷的祖先们怎么知道青藏高原以前是大海的？”刘渊不服气地问。

这个问题竟然把孟叔叔给问住了。

“老孟，你行啊，怎么被俩孩子给问住了。”爸爸笑了。

“好啊，那来你解释下？”孟叔叔不服气地说。

“巧合嘛！”

“巧合？”孟叔叔更不服气了，“古代西藏人可是连大海都没见过的，怎么会有这种传说？”

“青海西藏是没有海，但他们叫湖就是海啊，要不你以为青海这个名字咋来的，不就是青海湖吗？”爸爸说。

“好像还真有可能。”孟叔叔似乎被说服了，“但神话根本无所谓对错，本来就是古人编出来的故事，不管怎么样，你们两个都很棒！”

中午，车队抵达目的地，那是位于俄博梁深处的一片洼地。根据地质勘测，这里很可能有石油。设备已经先一步搭建完毕，磕头机孤零零地矗立着，大人们忙活起来，搭起帐篷，埋锅做饭。

饭后，刘渊和孟瑶两人开始在雅丹丛中玩耍。等他们玩累了，准备回营地的时候，却发现自己已经迷路了。

目力所及之处，所有的方向都似曾相识，任何一个土丘换个方向看就变得截然不同。他们想起了大人们的告诫，魔鬼城之所以得名，不仅仅是狂风呼啸引发的凄厉叫声，更是因为错综复杂的地形。这里寸草不生，没有水源，即使炎夏的夜晚也冰冷刺骨，一旦迷路，生还的概率十分渺茫。

两个孩子越想越害怕，他们试图凭借模糊的记忆寻回营地，但是风早已将他们的脚印抹去了。

太阳落山了，气温骤降，两个孩子都只穿着单衣，在寒风中瑟瑟发抖。夜晚雅丹群也变得阴森恐怖，仿佛一群张牙舞爪的怪兽。

“刘渊，我们怎么办？”孟瑶带着哭腔问刘渊。

刘渊其实也害怕。但他是个男子汉，绝不能哭出来。他佯装镇定地张望四周，发现不远处破碎的山梁脚下有一块凹地，旁边还有块巨石，似乎可以避风。

“咱们去那里避避风。”

两个孩子手拉手躲藏起来，风被挡住了，但气温依然在下降。天色越来越黑，璀璨的银河逐渐从天穹浮现出来，两个孩子不知不觉抱在了一起，他们的身体都在不停地发抖。

“刘渊，你说，我们会死吗？”孟瑶哭着问。

“不会的。”刘渊的牙齿互相撞击发出“咯咯”声，他尽力克制着颤抖，“我爸爸和孟叔叔还有别的叔叔阿姨们都在找我们呢，他们很快就会找到咱们了。”

“真的吗？”

“当然是真的，先别说话，仔细听，他们一定在喊我们。”

他们不再说话，侧耳倾听，但他们只听到狂风在雅丹丛中穿梭回旋，如狼嚎虎啸，鬼哭神号；又如妇孺悲哭，如泣如诉。

两个孩子又累又饿，他们渐渐睡着了。

不知道睡了多久，刘渊被孟瑶的声音喊醒：“刘渊，快醒醒！快醒醒！”

刘渊睁开眼睛，映入眼帘的是孟瑶的脸庞。他猛地坐起来。

“大人们来了？”

“不，你快看！”孟瑶指着雅丹丛。

刘渊这时才发现，周围所有的雅丹竟然都变得如水晶般剔透，它们散发着幽幽蓝光，恍如童话世界一般。

“什么时候变成这样的？”。

“不知道，我也刚醒……”孟瑶紧紧地抓着刘渊的胳膊，“这是梦吗？”

刘渊捏了捏胳膊，很疼。

“好像不是。”

风停了，万籁俱寂，只能听到自己和身边孟瑶的心跳。他转头看去，背后的那道山梁并没有变成水晶，依然保持着原状，并不是所有的雅丹土丘都变成了水晶，只是他们面前的几十座雅丹是这样。这些雅丹之间的地面也变得透明，散发着莹莹微光。

一种冲动驱使他们向前，一步步踏上透明的地面。低头望去，脚下仿佛是一块巨大的冰面，刘渊曾经走过冰封的湖面，拂开松软的雪花，就能看到深邃的寒冰面，光芒无法穿透冰面，在光无法企及之处就是漆黑的深渊。

但这绝不是冰，而是坚实的地面。他看到无数的丝线缠绕相连，从每一丛雅丹根部一直延伸到地面之下，仿佛一张大网。

那些丝线似乎是活的，而且察觉到了他们，位于脚底的丝线开始变得更亮，一点点朝他们伸展。孩子们吓呆了，看着丝线扭曲着伸出地面，缠向他们的脚踝。

……

天地都在旋转，到处都是不断变化的色彩，刘渊感觉不到时间和空间。他分不清上下左右，也分不清瞬间与千年。某些无法描述的存在环绕着他，喃喃低语。迷雾散去，大海退却，海底像巨兽的脊背，成长为一道道崇山峻岭。山脉坍塌，化为幽谷……一个蓝色的大湖出现了，绿草环绕，一条蜿蜒的光龙在湖上翱翔。一些蹦蹦跳跳的黑点在湖边出现，转瞬间，他们的村庄变成宏伟的城堡，然后又变成瓦砾。无数帝国兴起，又在血与火中消亡……

更多的光龙从地底钻出，腾空而起。他感觉自己也化身光龙，随着同伴们向漫天星斗飞去。

……

当刘渊和孟瑶醒来时，他们已经在回冷湖镇的卡车上了。刘渊睁开眼睛，看见父亲焦急的脸，他本以为会受到训斥，但父亲什么都没说，只将他紧紧地抱在怀里。

刘渊转头看向车厢对面，他的心揪紧了，孟叔叔紧紧地抱着孟瑶，孟瑶还在昏睡。

所幸，经过检查，两个孩子都没有大碍。刘渊告诉了父亲所见的一切，水晶、光网，还有龙与沧海。但父亲说，大人们整整寻找了一夜，直到次日中午才在山梁下发现了昏迷不醒的他们。不管他们看到了什么，要么是梦，要么是因为恐惧产生的幻觉。

他们俩已经严重脱水，体温过低，要是再晚一点儿就回天乏术了。

后来，父亲和孟叔叔受到了通报批评，局里出了一个规定，严厉禁止带孩子前往俄博梁。

出院后，他才知道，孟瑶一家搬去了敦煌。从此之后，两人彻底失去了联系。

那之后，刘渊变得缄默少言，那夜的经历被深埋在心底，再没被提起。随着父母工作调动，他也跟着一起回到了上海。他花了很长一段时间才真正融入城市生活，渐渐将那天晚上发生的事情埋在了记忆之海的深处。

不管是真实发生过还是梦境，那夜的经历都改变了刘渊的人生轨迹，高考的时候，他本想填报天文学专业，却被父母阻拦，填报了当时热门的通信专业，大学毕业后，他进入了一家传统的通信公司，成了一名普通的工程师。

他以为自己将和绝大多数人一样度过平凡的一生，但灾难改变了一切。

刘渊知道自己应该去哪里了，如果自己是世界上最后一个活着的人，那么有一个地方是他的归宿。

石　像

离开五号基地后，刘渊继续沿着 88 号公路向西南方行驶。

一个小时后，他来到一个岔路口，他毫不犹豫地左拐，道路开始颠簸。车窗外的景象也逐渐被形态各异的雅丹丛替代，他开始进入俄博梁区域。

又过了半个小时左右，越野车拐过一个雅丹，刘渊不禁睁大了眼睛，荒野中赫然出现了一个岗哨，几个身穿沙漠迷彩服的军人正挥手示意自己停车。

刘渊停下了车，从车窗探出头，当他看到他们臂章上的五星红旗时，心里悬着的石头顿时落了地。

一个战士走上前，查看了刘渊的证件，另外一个战士走进岗亭开始打电话。等待的间隙，刘渊和士兵们闲聊起来。

“那你可来错地方了，”听说他是来找归宿的，战士笑着说，“这里大概是地球上活人最多的地方。”

“没有疫情？”

“没有。”战士自豪地说。

这时，打电话的战士从岗亭里出来说：“你以前是冷湖的？”

刘渊点点头：“是的，我父母以前都是冷湖石油管理局的……”

“欢迎回家。”战士把证件还给刘渊，“沿着这条路往前走，就是火星小镇，那里有专人接待。”

战士们搬开路障，刘渊发动车子，朝人类最后的庇护所开去。

刘渊想起来了，前些年，一个颇有眼光的旅游文创公司看中了俄博梁地区酷似火星表面的环境，斥资在这里修建了冷湖火星营地。

“美杜莎病毒”暴发后，所有文旅活动都永久暂停了，但他做梦也没想到那个火星营地竟成了人类最后的庇护所。

天色渐暗，一路颠簸，越野车咆哮着爬上一个土坡，黑暗中赫然出现一片光晕，看起来非常地超现实。随着距离拉近，光晕析出了更多细节。围绕着火星营地，人们拉来许多集装箱，竖起了太阳能板，建起了一座真正的火星小镇。

太阳能路灯下，不同肤色的人们穿着干净整洁，秩序井然，孩子们在街道上穿梭嬉戏，仿佛灾难不曾发生。

刘渊在一个士兵的引导下将车停在营地前面，然后下了车。

两个人影出现在营地门口。是两个女人，一个年轻一些，留着齐耳短发，圆脸，两腮上有典型的高原红，明亮的大眼睛闪烁着好奇。另一个就成熟多了，她穿着一身高领风衣，长发随意地披散在脑后。

刘渊的心微颤了一下，这个女人他似乎在哪儿见过。

“你是刘渊？”女人试探着问道。

“是我，你是？”

“我是孟瑶啊，”女人面露惊喜，“天哪，真的是你！”

“孟瑶……”刘渊一时恍惚了，“孟瑶？真的是你吗？”

“是我，”孟瑶看着他，笑靥如花，“真的是我，没想到在这儿还能见到你。”

真的是她，虽时隔多年，但眉宇间依稀能看到那个邻家小女孩的模样。

“哇，熟人吗？瑶姐，你们真的不是约在这里见面的？”一旁的女孩似乎比自己还激动。

“当然不是……”孟瑶摇摇头，“卓玛，外面风大，快带刘渊进去暖和一下。”她转向刘渊，“先进来吧，稍后我找人给你补办手续，车先停在这儿，放心，委员会会有专人管理。”

前台登记处空无一人，桌上摆着几本书，是几本蒙尘的科幻小说。他想起来，灾难发生前，冷湖火星营地一直是科幻文学的圣地。

但如今不会有任何一位科幻作家来朝圣了。

热情的卓玛引着刘渊穿过极具太空感的通道来到住宿区，刘渊走进房间，房间两旁各摆放着三排睡眠舱。女孩帮他把行李放置在一进门左手边的行李架上，然后指指太空舱：“您随便挑一个吧，反正也没其他人。新来的人都会暂时住在这里，安排了新的住处之后，你就可以住进自己的家了。”

“就这个吧。”刘渊随意指了一个离门口最近的太空舱，他现在只想尽快和孟瑶聊聊。

几分钟后，刘渊在大厅里看到了正在等他的孟瑶，看见他，孟瑶朝他挥挥手：“这儿，跟我来。”

两人踩着金属楼梯走上二楼，二楼是一个稍小一些的演讲厅，穿过演讲厅，推开一扇门。外面是一个观景平台，站在平台上，能够远眺到俄博梁的景色。

“真的是你，简直太巧了，你收到我们的广播了吧？”

“没有。”刘渊苦笑道，“我都不知道广播这回事，我还以为世界上已经没有活人了。”

“是快没了……”孟瑶叹口气，“对了，你从哪儿来的？”

“上海。”

“原来你去了上海啊，”孟瑶感慨道，“什么时候去的？”

“你走后的第三年吧，你呢？你这些年在干什么？”

“我大学学的考古，‘美杜莎病毒’暴发时，我正好在都兰……”

从孟瑶断断续续的叙述中，刘渊得知了火星小镇的来龙去脉。“美杜莎病毒”暴发时，冷湖火星营地正在举办第二十三届冷湖科幻文学奖颁奖典礼，有数百人聚集在营地。被困在这里几天后，冷湖火星营地自始至终都没有出现过一个病例。一个传言开始在营地流传，说冷湖火星营地是世界上唯一安全的地方，许多还活着的人开始向冷湖火星营地聚集。

火星小镇成立了，人们在火星小镇成立了一个自救委员会，定期派出探索队出去搜集物资和寻找幸存者。探索队带回来汽油、食品和生存物资，储存了足够数千人生存数年的食物。工程师们建立起太阳能阵列，解决了基地的用电问题，下一步，他们还准备试着建立温室大棚，实现真正的自给自足。

每支出去寻找物资的车队里都会有辆通讯车随行，时刻发布着信息，一开始还真的不断有人找到小镇来，但是最近来冷湖的人越来越少了，刘渊是最近三个月以来唯一一个。

“不知道以后还会不会有人来，”孟瑶苦笑道，“可能世界上已经没有活人了吧，我以前也爱看科幻小说，但也没想到世界末日居然是以这种方式来临。”

“这不是世界末日，这只是人类的末日。”刘渊轻轻说。

两人沉默下来，在他们脚下，火星小镇的灯光连成一片，竟有一种恍若隔世之感。

“对了，你没收到广播，为什么会想到来这里？”孟瑶问，“从上海到这儿可不近。”

“我不知道……”刘渊摇摇头，“也许是宿命吧……”

“宿命？”孟瑶意味深长地笑了，“也许是这片雅丹一直在呼唤你呢。”

“也许吧。”刘渊不置可否地说。

“好了，说说正事儿吧，”孟瑶转了话题，“你还记得那个关于俄博梁魔鬼城的神话吗？”

“什么？”刘渊一时没反应过来。

“小时候，我们迷路的那次，格桑爷爷讲的神话……”

“当然。”刘渊点点头。

“神话里说，俄博梁周围的部落会每年为龙神献祭强壮的武士，他们会化作雅丹土丘，永远护卫龙神……五年前，我们在都兰热水沟发掘出一个陶罐，里面有张羊皮古卷记载了这种祭祀。”

刘渊微微皱眉：“吐蕃和吐谷浑共有一个神话也不稀奇吧？”

“没错，根据记载，这种祭祀方式可能已经有上千年历史。”孟瑶接着说，“一开始，这种祭祀活动主要是吐蕃人在进行，后来吐谷浑在青藏高原崛起，占据了俄博梁周围的地区，他们中断了这个祭祀，但是一种叫作‘龙疫’的疫病发生了。惊恐的吐谷浑人立刻恢复了祭祀，疫病立即就消失了。”

“龙疫？症状呢？”刘渊心中微微一动。

“古卷中记载，病人浑身皮肤会逐渐发硬，化为石壳，然后生出龙须，扎根于地，最后化为石像。”

“什么……”刘渊大惊失色。

“我不觉得这是巧合。”

“古卷里还说了什么？”

“没有更多了，大部分都是关于如何祭祀龙神的苯教法事仪轨。‘美杜莎病毒’刚开始传播，我就在国家博物馆的数据库中进行了检索，我发现这种疫病的记载其实古已有之，在敦煌的吐蕃写本里有过这么一个记载，有一个居住在青海湖附近的部落曾经目睹龙神降临人间，巨龙浑身发光，穿梭于云层，最后一头扎进青海湖。第二天，龙疫就开始流行，于是这个部落举族迁徙，而故事却以神话形式流传了下来。后来，唐朝将领哥舒翰在青海湖心岛上修筑应龙城，也与那次目击事件有关。”

“天哪……”刘渊惊呆了。

“你还记得那晚发生的事情吗？”

“那晚……”刘渊看向孟瑶，正对上她的目光。他们终于谈到那个难忘的晚上了，多年来的困惑在这一瞬间得到了答案，刘渊一口气将自己的所有见闻倾吐而出:“那是梦吗?”

“不，那不是梦，真的是我摇醒了你，我们看到的水晶世界是真的。”孟瑶点了点头。

刘渊深深地吐出一口气，多年的抑郁仿佛只消散了一瞬，又重新凝聚成巨石压在心底，心情反而更沉重了。一时间，他不知道该说什么好。他抬起头望向远处的俄博梁，太阳已经沉入地平线，只留一抹紫色的余晖，月亮还未升起，苍茫的雅丹丛已经被阴影的潮水淹没，仿佛是一群起伏的巨兽盘亘在大地的边缘。

“不过，我看到的和你看到的有些不同,”孟瑶接着说,“你还记得当时那些发光的雅丹丛吧?”

“嗯。”

“我看到里面有人。”

“人?”

“你没听错，我看到每一个发光雅丹中都有一个人。”

“所以，你觉得那是献祭给龙神的武士们?”刘渊终于知道为什么孟瑶要说起那个神话了,“这也太离奇了。”

“很荒唐。不是吗?我也以为那是梦，直到两年前,‘美杜莎病毒’刚刚开始传播，一辆失控的越野车撞上一座雅丹，外面的土层剥落了……”说到这里，孟瑶顿了顿,“……里面有个石像。”

龙　侍

孟瑶看到那条新闻时，她还在几百公里外的青海省海西州都兰县。

都兰县曾经是吐谷浑王国在青海建立的第二个都城，周围有数千座吐谷浑贵族的墓地，但已几乎全部被盗。据说，盗墓最猖獗的时候，盗墓分子甚至在光天化日之下动用了挖土机和炸药。

尽管在政府的多次专项打击下，盗墓活动有所收敛，但考古界从未真正发掘到一个完整的吐谷浑墓葬，这也成了考古界的一大遗憾。五年前，在距离都兰县不远的热水沟，第一座从未被盗挖的吐谷浑墓葬被发掘出来，那卷记载龙神祭祀的古卷就是在那个墓葬中发现的。作为考古队的成员，几个月来，孟瑶一直待在都兰，直到病毒暴发初期，孟瑶都还没有将那个古卷中的记载和病毒联系到一起。

病毒蔓延得很迅速，考古队很快接到了原地隔离的通知。病毒暴发初期，网络还没有崩溃，每天在网上看看新闻成了队员们为数不多的消遣。

有一天，孟瑶看到一条非常不起眼的新闻。一辆参加冷湖火星越野拉力赛的越野车失控撞击了俄博梁附近的一座雅丹。那张模糊的图片让孟瑶感到震惊，往昔的记忆瞬间闪回，孟瑶突然想起来那个与刘渊牵手走进的水晶世界。

她看到每个雅丹中都有一个巨人，但是在巨人的核心处，却都有一个正常的人形。无数触须从人形中伸出，探入地底，和其他的雅丹伸出的触须互相缠绕连接，深扎向地底深处，形成一张模糊的光网。

这时，一群人走进视野，她刚想惊叫，却发现那不是爸爸和冷湖的叔叔们。他们有九人，披头散发，上身赤裸。他们脚下，一团光正在涌动，光来自地底深处。当它逐渐析出形状的时候，孟瑶发现那是一条龙。

光龙破土而出，在雅丹丛上空盘旋飞舞，而那九个男人已经来到了一片空地，他们似乎选中了位置，朝天空伸出双手。

地底的触须开始伸展着缠绕向他们的脚踝。逐渐覆盖了他们的身躯，直到他们化为光柱，巨龙继续盘旋着，与九条光柱交相辉映，形成一幅超现实的画面。

……

醒来时，孟瑶已经身处医院，她和刘渊被分隔在不同的病房。父母一直轮流陪着她，孟瑶一直试图告诉他们自己的所见所闻，但是父亲却告诉她，根本没有水晶，也没有什么光龙。孟瑶试过与他争辩，换来的却是爸爸越来越担忧的目光。

出院后，父母就带她离开了冷湖镇，她甚至没有机会和刘渊告别。

她再也没有回来过。

这些年来，孟瑶一直克制着自己不去想起那天晚上发生的事情。久而久之，她也以为那只是孩子时的自己胡思乱想出来的记忆。

然而那些原本遗忘的记忆瞬间出现在她的脑海里。她下意识把这些碎片信息组合在了一起。水晶世界、藏族神话、吐谷浑古卷、将人石化的病毒……她开始坐立不安，打了几个电话后，她与考古队里的资深专家老王一起乘车赶往俄博梁。

赶到现场后，肇事车早已被拖走，破损的雅丹外拉起了一道简易防护线，现场空无一人——这不奇怪，这片区域本身就是无人区。

孟瑶穿过封锁线，走到破损的雅丹下面。这座雅丹四米多高，撞击处已经裂开，不少土层剥落了，露出里面青色的石头。有人将剩下的土层剥开了些，露出了里面的石像。

石像遍体青白，造型古朴，能依稀看出是个站立的男子，但轮廓却不那么分明，像个被废弃的半成品。

老王绕着石像转了几圈，啧啧称奇：“好家伙，真是鬼斧神工，我看，等病毒消失了，这里完全可以开发成一个新的景点，建一圈墙，收门票！”

“老王，你觉得这是自然形成的？”孟瑶问。

“应该是。”老王是考古队里的资深专家，也算得上是孟瑶在考古界的领路人，“我从没见过这样的石像，而且你看这土层的厚度……这可得有几十万年的沉积。”

孟瑶上前，用手扒拉起石像的双脚，只见石像的双脚延伸出十几条石须，一直深深地扎进了地底。老王也凑了过来，惊讶道：“这玩意儿还有根？”

“王老师，这绝不是自然形成的，”她指了指石像，那个古卷中的记载闯入她的脑海，“我们得找人帮忙了。”

从那天起，孟瑶就留在了冷湖火星营地，她一直四处联络，试图引起科学界的注意。她甚至自作主张，从石像上敲下一块碎片，托人带到敦煌进行化验。疫情的暴发导致通信全面中断，她最终也没能收到化验报告。

形势急转直下，阴差阳错间，孟瑶见证了冷湖火星小镇的建立。她也加入了小镇委员会。在这最后的避难所，所有人都为生存疲于奔命，根本无暇他顾。

但是这几年来，孟瑶一直没有放弃追寻真相。

“可是……这也太玄乎了。”刘渊还是觉得有些难以置信。

“看看这场瘟疫，人们真的变成了石头，刘渊，神话是真的。”孟瑶紧紧地咬着嘴唇，“别人不相信我，难道你还不相信吗？”

“对不起，我不是那个意思，我是说……”刘渊有些手足无措，他突然意识到，这两年，孟瑶一定被许多人误解过。

“没什么，”孟瑶摆摆手，“你的反应已经比其他人好多了。”

“那么，既然瘟疫古已有之，古人为什么不离开这里？”

“他们已经远离了，这里是无人区。但不管他们迁徙到哪里，只要中断祭祀，瘟疫就尾随而至，所以他们只能回来。”

刘渊远远地望着俄博梁的雅丹群，突然感到一阵战栗：“也就是说，这些雅丹可能都是人变的？”

“很有可能，”孟瑶面色凝重，“我认为，过往的祭祀满足了龙神的胃口，但祭祀停止很久了，所以龙神开始报复。我怀疑那些触须已经在地底连接成了一个网络，所谓的龙神就位于中心，我们必须找到它。”

“找到了本体之后呢？”

“我不知道，”孟瑶摇摇头，“但是找到它总好过坐以待毙，我怀疑它就藏身在当年我们迷路的地方附近。我试过好几次……刘渊，你相信宿命吗？我以前不信，但现在信了，你能来到这里一定有原因，帮我找到它。”

刘渊无法拒绝，他点了点头。

寻　龙

次日清晨，两人一起驱车前往俄博梁深处。他们首先找到了那个温泉，也就是迷路的那次，勘测队打下的探井。他们没有打出石油，却打穿了地下水，形成温泉。

回忆着二十多年前走过的足迹，他们四处张望，仔细辨认着每一个雅丹土丘。

但最终他们还是迷失在了荒芜的迷阵里，这种感觉似曾相识——四周都是各异的雅丹，换个角度看就截然不同。但这次，一想到这些雅丹丛很可能是活人变成的，刘渊就感到浑身不自在，仿佛被无数双看不见的眼睛死死地盯着。

中午时分，火辣辣的阳光毫无遮掩地撒在赤红色的大地上，他们在一个阴凉处休息，刘渊从车上搬下水和食物，两人坐在土坡上吃简单的午餐。

“你说，那些变成石像的人会不会根本没有死？”

孟瑶下意识地看了看四周：“什么意思？”

“我以前看过一篇科幻小说，好像叫《瘟疫》，”刘渊仰头喝了一口水，“说的就是一种会把人变成石头的瘟疫，主人公是个焚尸工，每天焚化石化的人，直到他发现他们并没死去，而是变成一种时间感知不同于人类的生命，对他们来说一年只相当于几秒钟。”

“了不起的作者。”孟瑶由衷地说。

“小说里，那种瘟疫是能找到病原体的，现实往往离奇多了。”刘渊抬起头，苍茫的红色大地上，雅丹群沉默矗立着，“想想看，如果他们还活着，他们是怎么感知这个世界的？”

孟瑶陷入了沉思。

刘渊站起身，转向温泉的方向，那年，他和孟瑶开始并没有想走远，只是注意到了一座形似弯曲宝塔的雅丹，那夜里，自己时不时地转头找一找那座雅丹，一直让它保持在视野里。

迷路是什么时候发生的呢？他回头望去，那座宝塔雅丹至今仍在。

“等等，好像是这条路，”孟瑶突然指着他们的左手边，那里有一座连体雅丹，“我想起来了，我说过它像骆驼，你还笑我，说骆驼的双峰哪有一高一低的。”

“好像是有这么回事……我记得我们好像绕了过去。”

两人绕过骆驼雅丹，继续前进。不知不觉，他们已经走了将近两个小时，越野车早就无法在崎岖的地形上行驶，被停在空地上，他们开始徒步。

“说真的……我不觉得那时候跑了那么远。”爬上一道破碎的山梁，刘渊已经气喘吁吁，长年累月坐办公室，他已经好久没一次走这么远了。

“你这会儿的体力可能还真不如当年呢，”孟瑶倒是镇定自若，长年的野外考古工作可没白干，“要是没跑那么远，大人们不会找了整整一夜。”

“孟瑶，你想清楚了吗，真找到那个地方，你到底想干什么？”刘渊问。

“我清楚地记住了那九个人站的位置，我想知道那个地方是不是真的有九个雅丹。你知道吗，在那个石像附近，我说服了其他人帮我挖开了一些雅丹，如果里面能再次找到那种石像，就能证明我说的是真的了。”

“你失败了？”

“是的，”孟瑶摇摇头，“没有发现任何石像，都是些普通的雅丹，所以我能找到那个地方，我就能找到那九个武士变成的雅丹，里面一定有石像。”

“我觉得，即使真的找到了，镇上的人相信你了，又能做些什么呢？其实最本质的问题在于，如果这场瘟疫真的是由那个什么龙神引起的，那个龙神到底是什么？我可不相信世界上真的有神。”

“它没有具体的形体，可以随时变化，还能在固体的大地里穿行，还能降下连现代科学都无法解释的瘟疫——对古人来说，这不就是神了？”

“你还记得那个神话吗，关于俄博梁雅丹丛的神话，五个仙女制服了毒龙之后，化作了五座神山守护世界，”刘渊说，“神灵化为神山，这个古老的神话意象在藏族的神话中随处可见，藏区普遍的山神崇拜，现在看来——”他指了指面前的雅丹丛，“这种神话是不是其实就是描述人变成雅丹这种现象的呢？”

听到这里，孟瑶若有所思，她抱起双臂：“你想过没有，有许多民族的神话中都有人变成石头的故事。希腊神话中的美杜莎，《圣经》中罗得的妻子回头变成盐柱，日本神话中变成石头的鲛浦太郎，《一千零一夜》中变成石头的国王，复活节岛上的巨大石像，中国民间望夫石的传说……也许古代先民就知道人会变成石头，他们目睹过这种现象，所以才演变出那么多传说。其实，我觉得最神奇的是，藏族先民关于人类起源的传说，在《王统世系明鉴》中描写了猕猴变人的神话，这几乎已经接近了事实……这些古老原始的神话和现代科学的认知极为相似，难道真的只是巧合吗？”

听到孟瑶的一席话，刘渊说：“在幻境中，我看到了一块巨大的大陆逐渐四分五裂，我看到海水退去，山脉隆起，看到猿人学会用火……后来，我才知道，原来地球上的大陆曾经真的是一个整体……那个龙神为什么要让我看到这些？”

“其实，这些年我一直在研究藏族神话，在苯教经典《十万龙经》中曾经记载过世界的起源：龙头上部变成天空，右眼变成月亮，左眼变成太阳，四颗上门牙变成四颗行星。当它睁开眼时白天就出现了；闭上眼睛时，黑夜即将降临。从它的上下牙处显现出似月形的黄道带。它的声音形成雷，舌头形成闪电，呼出之气形成云，眼泪形成雨。它的鼻孔产生风，血变成五大洋，血管变成河流，肉体变成大地，骨骼变成山脉……你想到了什么？”

“听起来很熟悉。”

“也许这也是盘古开天辟地和烛龙神话的起源，”孟瑶说，“也许，古人曾经也经历过我们看到的幻象，他们误以为世界真的是龙神创造的，所以才产生了这些神话。”

“还有，也许古人在幻境中也看到了猴子进化成人，所以也出现了猕猴变人的神话，”刘渊推测道，“天哪，这些真实的事件都以神话的形式流传了下来……看来，那个什么龙神可能比我们想象得要古老，没准儿它在人类出现以前就出现在地球上了。”

“问题是，它来自哪里？至少，从你的描述来看，它应该不是碳基生命体，可能是一种能量体类型的生命，如果它是来自外太空的，它可能已经在地球上待了几十亿年；如果它起源于地球……天哪，它甚至在地球刚形成的时候就出现了，也许它根本就是地球上的第一代生命体。”

“也许，龙神曾经干预过生命的进化史。”

“至少，它可能真的干预过人类的进化史，从漫长的进化史上看，现代智人文明出现得太突然了，我们突然有了语言能力和抽象思维能力，我们的大脑突然就变得与众不同……仅仅在几万年之内，我们就从人属的种群中脱颖而出，打败了尼安德特人、丹尼索瓦人等所有的兄弟姐妹，突然进入了文明时代——不过，说实话，我不喜欢这种想法。”

“没人喜欢，”孟瑶摇摇头，“听起来，我们好像是实验室里的小白鼠。”

“孟瑶，即使我们真的找到了那九个雅丹，即使那些雅丹里面真的有石像，即使所有人都相信你是对的，我们还能做些什么呢？”

孟瑶沉默了，过了许久，她才轻轻地说：“刘渊，你为什么要来俄博梁？”

“我……”刘渊顿时语塞，是啊，自己为什么要不远万里来到这个地方。他一直坚定地以为是那天晚上的景色触景生情，但现在细细想来，这似乎根本说不通。难道真的是冥冥中的命运将他指引到火星小镇和孟瑶身边吗？难道真的是这片雅丹丛在呼唤他吗？

“我是说，你在离开上海之前，根本就不知道火星小镇的存在，不是吗？”

“你想说什么？”

“你知道我为什么学考古吗？一个女孩子，去学考古，”孟瑶苦笑一声，“一般人都很难理解这种选择，但我知道为什么，那个晚上的所见所闻深刻地影响了我。刘渊，你能来到这里，一定是有理由的，也许是冥冥中的呼唤让我们一起回到了这里。”

“越说越玄乎了。”刘渊有些丧气，就在这时，孟瑶的对讲机响了，她拿起对讲机，接通了通话，片刻后，孟瑶快速说：“好，我马上回去。”

“怎么了？”刘渊心头一紧。

孟瑶脸色煞白：“镇上发现病例了。”

小　镇

孟瑶和刘渊回到小镇时，立即就感受到了一股恐慌的气氛。

小镇委员会在火星小镇召开了紧急闭门会议，作为委员会成员，孟瑶也参加了会议。刘渊心神不宁，他在小镇里四处转了转，气氛凝重而紧张，根据其他地方的经验，一旦出现病例，瘟疫就会迅速蔓延，甚至连完全隔离的环境都无法幸免。甚至有人认为这种病症根本就是通过某种人类尚未探知的射线进行传播的。

病例是他和孟瑶正在俄博梁深处的时候被发现的，一个妈妈去喊赖床的孩子，掀开被子之后，女人惊恐地发现孩子的皮肤已经变成了石壳，只有一双还清澈的眼珠无神地盯着集装箱顶的防寒棉布。

接着，小镇上又陆续发现了三个病例。人类最后一块净土终于宣告失守。

当刘渊的父母变成石像时，他觉得自己也已经死去，只想找一个荒无人烟的地方安静等待死亡。直到来到火星小镇遇到孟瑶，刘渊才又感觉到自己仿佛重新活了过来。而现在……刘渊回到自己的车里，木然呆坐，仿佛又回到了父母变成石像的那天，直到被敲玻璃的声音惊醒。

是孟瑶，他摇下车窗。孟瑶问：“你这是打算去哪儿？”

“没打算去哪……”

“真的出现病例了。”

“我知道……”刘渊伸手打开副驾驶的车门，“先进来吧。”

孟瑶绕到副驾驶，上了车。两人一时无言，心底都犹如压了一块沉重的巨石。

“这就是人类文明的末日了吗，”孟瑶愣愣地看着车窗前的戈壁和远方的俄博梁雅丹丛，视野内一片苍凉景象，“为什么会这样……为什么我们连一点点反抗的机会都没有……”

刘渊一时无言。

孟瑶转头看着刘渊，早已泪流满面：“为什么所有人都不相信我，那天晚上之后，我给爸爸妈妈和所有人都说这件事情，可是他们根本不相信我，没有人相信我，从小到大就没有人相信我……”

刘渊伸出手，握住孟瑶的手，一股强烈的冲动让他不顾一切地把孟瑶抱在怀里，孟瑶热切地回应着，他们紧紧地相拥，就好像彼此是对方的唯一，就像多年以前在那个山梁下两个无助的孩子拥抱着互相取暖。

孟瑶低声说了一句什么，刘渊没有听清。

“什么？”他问。

“祭祀……”这一次，刘渊听清了。

“祭祀，”孟瑶喃喃道，“如果这种瘟疫在古代就存在了，为什么古人知道用祭祀能阻止瘟疫？龙神一定和古人交流过，那九个人，就是祭品。我们当年闯进了祭祀之地，那里是龙神和人类交流的地方。”

刘渊想起从地底伸出，缠绕他们的光须，心中不禁一凛：“我们……也差点变成祭品……”

“可是为什么它放过了咱们？”

“也许我们不满足作为祭品的条件……”

“那个古卷中记载，祭品每次都是九个人，”孟瑶说，“当年的我们只是两个孩子。”

“我还是觉得祭祀这种事情太反逻辑了……”刘渊说。

孟瑶打断他：“你觉得这几年发生的事情，还能讲逻辑吗？这场瘟疫，未知的致病因子，未知的传播链，这所有的一切，都早已经超出了现在的科学框架。”顿了顿，她又说，“刘渊，如果非要从科学的角度去想，那么我一直有一个想法，你还记得那个石像脚下的石须吗？这些石像，很可能在地底互相连接成一个巨大的网络，就像一台巨大的计算机，甚至深入了人类无法企及的地幔，可以直接从地核中汲取能量。”

“你继续说。”

“所以，那个祭祀地点，很可能是这个网络的一个输入输出节点，而且这种节点绝对不止一个，还记得世界各地都有的人类化石传说吗？如果那些传说都是真的，那么，这些传说发生的地点很可能都有一个未知的节点。”

刘渊皱起眉：“这么说的话……其实这种祭祀在世界各地都有，只是形式不同？”

“没错！在古人的认知里，龙神就是一种神灵，所以他们认为那种行为是祭祀。但那真的是祭祀吗，如果用科学的眼光来看，如果那是一种交流方式呢？如果那所谓的龙神已经在地球上存在了数十亿年，它可能直接参与了地球生命的进化史，甚至直接干预了人类的文明史。如果龙神的目的是为了催生出人类文明，它一定要经常收集信息，但它收集信息的方式就是将生命转化成类似于石像的生命形式，所以许多地方才会零星地暴发这种病毒。而藏族先民偶然间发现了这个节点，也许有人曾在这里目击到龙神现身，古人的第一反应就是要祭祀它，阴差阳错之下，古人主动为节点送上了祭品，龙神就不必再到处去找样本，所以才出现了祭祀能够平息瘟疫的假象。所以，那根本就不是什么祭祀，那些所谓的仪轨根本不重要，重要的是要有人在合适的时间出现在节点上。”

听了孟瑶的推测，刘渊的表情也认真起来：“这个想法很有意思，的确能解释一些东西，不过，现在这种情况怎么解释？难道因为人们中断了祭祀，所以龙神决定将所有人都变成石像？”

“我不知道，”孟瑶垂下头，表情沮丧，“我怎么知道呢？”

他们相对无言，他们都感觉，这是一趟艰难的旅程，终于来到了终点，却发现面前是一望无际的沼泽。一种巨大的无力感压在他们心头，那是面对未知的恐惧，不管那个龙神到底是什么，它都是古老的难以想象的存在，也是人类难以理解的存在。也许龙神和人类之间的差距比人类和蚂蚁之间的差距都要大。浩瀚的宇宙到底孕育出了怎样的神奇存在？也许宇宙中充满了奇异的生命，只是人类的观测手段根本无法将它们与自然产生的现象分辨出来。所谓的费米悖论可能只是人类自大的呓语，人类连光速的藩篱都没突破，甚至连最近的行星都没有亲自登陆，就好像生活在一个小岛上的居民，仅仅是将脚尖放进了海里，就以为自己洞悉了大海的一切秘密，现在看来，这种想法是多么的浅薄和无知。

“也许时间到了，”刘渊说，“不管那个龙神是什么，它都要完成最后一步工作了。”

“至少，我们还能做一件事情。”孟瑶说。

刘渊转头用探询的目光看着她。

“我们去完成最后一次祭祀，”孟瑶的目光里充满了坚定，“如果那里真的是一个节点，龙神一定会察觉到我们的到来，就像我们小时候那次一样。”

“祭祀吗……”刘渊慢慢说，“你是说，我们自己去做祭品？”

“如果能拯救小镇，为什么不呢？”孟瑶苦笑，“反正我们的结局都是一样的，你愿意跟我一起吗？”

“是啊，我们的结局都是一样的，”刘渊喃喃道，“你知道吗，自从我父母死去之后，我以为自己再也见不到活人了，我不愿意孤零零地一个人死在那个巨大的墓地中，所以我才选择来这里，这是上天的安排，让我又遇到了你。你知道吗，其实我们小时候那一次躲在山梁下面，抱着互相取暖，但还是好冷，我知道我们可能要死了，但我不害怕，因为我知道，我不会孤独地死去。”

沉默了一会儿，他坚定地说：“我愿意。”

他们很快就到达了昨天返回的地方，孟瑶突然指着远方的一片微光，喊道：

“快看！就是那里！”

刘渊的心脏猛跳，难道龙神真的感应到了他们的存在，所以重现了奇景？

来不及多想，他们驱车向那片散发着微光的方向开去。随着距离的拉近，两人都看出来了，那绝不是自然的光线，那片微光呈青蓝色，和记忆中那晚看到的完全一样。越来越近了，他们不约而同地屏住了呼吸，光芒也越来越强烈，甚至照亮了眼前的戈壁。

绕过最后一个雅丹，水晶般的童话世界再次出现在他们眼前。

他们下了车，一起凝望着眼前的景象。不知不觉间，刘渊握紧了孟瑶的手，他们开始朝水晶世界走去，走向他们的宿命，走向一切的终点。

无尽的旅程

刘渊睁开“眼睛”。

他感知不到自己的形体，恍惚间似乎走在一条隧道中，温和的光芒充斥着每一寸空间，他感到前所未有的宁静和祥和，仿佛就在隧道的尽头，永恒的宁静正在等待他。

一生的画面走马灯般在刘渊眼前闪现而过。他看到幼小的刘渊和孟瑶手牵手走在雅丹丛中，他看到大人们焦急地四处寻找，他看到深夜里父母在卧室中担忧地低语，他看到自己初到上海时的局促不安，他看到高考前的挑灯夜战，他看到第一次参加工作时的紧张，他看到灾难发生，他看到人群变成沉默的石像，他看到城市荒芜，重新变成荒野，他看到古老的不可思议的过去，也看到难以置信的未来。

他失去了时间感，他分不清刚刚过去了一秒还是一千年。

隧道的尽头充斥着更强烈的白光，他走到了隧道的尽头，尘世的迷雾逐渐散去，无数散发着光芒的人影正在向前方汇集，汇入一片光的海洋。刘渊“转头”望去，只见身后来处有数不清的管道，每一个管道中都有无数的光影正在鱼贯而出。

我死了吗？这是天堂吗？

突然，刘渊感到一股强大的吸力在拉扯着他，呼唤着他。一条条光龙从光之海洋中腾起，它们盘旋着，穿梭着，看似杂乱却井然有序。这时，一条光龙朝刘渊飞来，它很快就飞到了刘渊的头顶。

“你来了。”一个宏大的声音在刘渊的意识中响起。

“你到底是什么？你为什么要毁灭我们？”刘渊问道，此时，他的心中没有恐惧，没有悲喜。

“这并不是毁灭，”那个声音说，“只是时间到了。”

“时间？”

“是的。”

“你杀了所有人。”

“从来就没有过真正的死亡。”

“你是谁？”

“所有曾在这颗星球上活过的人。”

“我不明白……”

光龙沉默不语，更多的光龙涌上天际，它们在一起盘旋，凝结成更大的光龙，时而又分开，不分彼此。

一股汹涌的记忆涌入刘渊的脑海，他的思维瞬间就和所有的意识相连通，它们分享着彼此的记忆，某些更遥远的记忆纷至沓来，某些不属于这个空间和时间的记忆也涌入他的脑海。

刘渊看到无数的光龙在深渊中穿行，它们来自一个陌生的世界，经过千万年的时光才来到地球。但那个世界也并非它们的起源，继续向前追溯，它们来自更古老的世界，来自无法想象得遥远的过去，来自宇宙大爆炸之前，甚至可能来自上一个宇宙。

他看到一位龙神在一颗气体行星中止旅程，在浓厚的大气层中，以闪电为食的生命出现了，猎食者扑闪垂着天之云般的羽翼，制造出困住猎物的旋涡。

他看到一位龙神在一颗潮汐锁定的星球上登陆，千万年后，一道冰雪长城赫然矗立在晨昏线上，一种奇异的生命在冰海下开始了壮丽的迁徙。

他看到一位龙神在下着铁雨的酷热行星上停留，奇异的金属生命涌出地面，在一场末日爆灭中破茧重生，新生的王子们飞向星空。

他看到一位龙神降落在一颗中子星上，极短的时间内，一种薄若蝉翼的简并态生命建造起高达一厘米的发射场，飞向群星。

他看到一位龙神冲进一颗恒星，一种以核能为基础，以磁单极子为骨架的生命在火海中惬意遨游。

……

原来这才是生命的真相，龙神们在星空中跋涉，将智能场散播到合适的世界。许多龙神在暗黑的深渊中死去了，只有极少数龙神才能找到合适的目的地。文明就是依靠这种方式来突破空间和时间的藩篱。

在不同的世界里，智能场演化出的生命形式截然不同，但都殊途同归。正是这种智能场引发了自组织现象，对抗熵增，催生了生命，催生了无数个进化的关键链条，催生了智慧和文明的产生。

而新生的龙神们将在成熟的世界中诞生，继续向未知的星空前进，将智能场扩散到更遥远的星域，催生更多的生命和文明。

……

刘渊回到了自己的躯体，他和孟瑶依然手拉着手，站在祭坛的中央。

他们的耳边不断传来轰然巨响。亘古不变的雅丹丛在颤动，土层剥落，露出下面的石像。每一座石像都闪烁着微光，大地依然是透明的，他们看到无数的触须正闪闪发光，一道道温和的光流在网络间流转，最终汇集到每一座石像上。

网络越来越暗，最终陷入了黑暗，大地也重新凝结成实体。与之相反的是，雅丹丛中的石像已经几乎变成了透明，他们看到石像深处一个个形体各异的人形。

突然，无数道光流从石像中冲出，冲向夜空。不，不仅仅是俄博梁，远方也有无数的光流正在腾空而起，漫无边际的黑暗被璀璨的光流照亮。所有沉寂的人类城市都被光流照亮，它们奔向夜空，奔向无垠的银河，开启了新的旅程。

如果此时有一位位于外太空的观察者，它将看到地球短暂地变成了一颗"恒星"，无数光流从地球上冲出，冲向浩瀚无垠的宇宙。空寂辽远的戈壁荒原上，两个渺小的身影手牵着手仰望夜空，新生的龙神正在远去，越来越远，逐渐融化在璀璨的银河中。

刘渊转头看向孟瑶，孟瑶也正在看着他，从彼此的目光中，他们知道对方都已经知晓了一切。

他们会活下去，他们将是这个新世界的伏羲和女娲，亚当和夏娃。

这是末日，也是新生。

尾　声

一千年后。

夕阳悬垂在地平线上，天色暗了下来，火堆噼里啪啦燃烧着，一群孩子围着火堆出神地听着老人讲着古老的神话。

"……就这样，在龙神的祝福下，这个男人和女人就结为夫妇，变成了人类的祖先……"

讲完之后，满头银发的老格桑端起已经凉了的茶水喝了一口，眼前的孩子们个个都睁大了眼睛，似乎还沉浸在惊心动魄的故事中。

"格桑爷爷，"一个虎头虎脑的男孩睁大眼睛，好奇地问道，"世界上真的有龙神吗？"

老格桑捋了捋下巴上的胡须，肯定地点点头："当然了，龙神就住在很深的地底看着咱们呢。"

他的视线从孩子们的头顶掠过，望向远方的群山，在他们和群山之间，是一片从未有人涉足的地方，无数奇形怪状的土丘林立，在寒风呼啸中发出令人胆寒的声响。人们都认为那是魔鬼的国度，是魔鬼的城池。

有那么一瞬间，他似乎看到一道光芒在魔鬼城上空一闪而过，老格桑擦了擦昏花的眼睛再去细看，却只看到清冷的夜空。

起风了。

故乡的星空

分形橙子

2016 年一个夏日的夜晚，我独自一人坐在埃及黑白沙漠中的一座白色山丘上仰望星空。浩瀚璀璨的银河在我头顶缓缓流过，如梦似幻，庄严又神秘。那一刻，深埋在记忆之海深处的记忆被激活了，我仿佛站在一艘宇宙飞船上，张开双臂，即将飞向遥远的星辰大海。

康德曾说，世间只有两种事物值得敬畏：心中的道德和头顶的星空。有人也曾问我，作为科幻作家，一定会经常仰望星空吧。其实这是个很难回答的问题，很难说是成为科幻作家之后才喜欢仰望星空，还是因为喜欢仰望星空才成为了科幻作家。也许两者互为因果。

14 岁那年，我第一次接触到了《科幻世界》，从此打开了一扇新奇的大门。

我终于意识到原来我是一个科幻迷，在接下来的时光里，我开始阅读大量科幻小说，徜徉在科幻的海洋里无法自拔。但大部分时间里，和许多科幻迷一样，我始终是一个"另类"，周围喜欢科幻的人非常稀少。2003 年，我考上了华中科技大学，前往遥远的南方读书。在大学里，我惊喜地发现，大学里竟然有一个科幻协会，我毫不犹豫加入了协会，遇到了一群志同道合的朋友，大家都是科幻迷，在一起畅聊科幻，展望未来。我们甚至还做出了科幻协会第一期科幻刊物《星尘》，并且印出了四百本。

也是从那时起，在诸位同好的鼓励下，我开始尝试着提笔写科幻。但是，浅薄的社会阅历和稚嫩的笔触很快就让我在科幻写作面前败下阵来，我的投稿被退稿。至今我还保留着那封打印的退稿信，编辑老师在信中对我进行了鼓励，但挫败感让我已经无法再次提笔。而且，当时的科幻土壤非常稀薄，国内只有一个杂志《科幻世界》可以投稿，科幻奖项也只有一个银河奖。

大学毕业前夕，我陷入了一种非常苦闷的情绪，于是我给刘慈欣老师写了一封邮件，请教关于科幻创作的事情。让我惊喜的是，刘慈欣老师居然给我回了信，他在信中说，人既要仰望星空，也要脚踩大地。他告诉我，我现在的情况应该先好好去找一份工作，等到衣食无忧后，再开始科幻创作。我听取了大刘的建议，回到沉重的现实，与科幻暂别，这一别，就是十多年。

这些年里，作为一名通信工程师，我辗转去过不少地方，甚至因为工作关系去了遥远的非洲和欧洲，去过十多个国家。我曾亲手触摸过斑驳的金字塔，也曾在气势磅礴的卡纳克神庙中驻足。我见过大西洋的落日，也曾吹过撒哈拉的海风……

2016 年的那个夜晚，我去了埃及的黑白沙漠，当夜，当我仰望星空，面向璀璨的银河时，我想起来，我曾经站在一艘宇宙飞船上，仰望星空，满天星斗照耀着我，我展开双臂，仿佛随时都要乘坐脚下的飞船前往梦幻般的星辰大海……其实那个场景是真的，但我脚下的并非什么宇宙飞船，而是一个废弃的油罐，锈迹斑斑。油罐的上面焊着一圈铁栅栏，围成一个小小的区域，在我的想象中，那就是飞船的驾驶舱了。那大约是我四岁的时候，在青海海西州都兰县察汗乌苏镇，在多年未曾回去的故乡。

2018 年，我从华为离职，回到阔别已久的国内，重新提起手中的笔试图创作科幻。当时，我还在犹豫不决，一位朋友对我说，你现在已经 33 岁了，如果你现在这个年龄还非常热爱科幻，这说明科幻的火种在你的内心深处一直都没有熄灭，也许这就是你的宿命。

就在这时，一则科幻征文启事进入了我的视野。这个科幻征文和以往我见到的那些科幻征文都不太一样，这个征文居然是以我的故乡青海海西州的冷湖镇命名的科幻征文，也是中国唯一一个以地名命名的征文奖项。看到征文启事的那一刻，多年前遥远记忆中的那个场景蓦地闯进我的脑海，我似乎回到了三十多年前的那个满天繁星下的夜晚。

那一刻，一种使命般的感觉笼罩了我，于是，我开始提笔，写下了关于冷湖的故事，写下关于故乡的故事。

我仍然记得，当我创作完这篇作品后，我深吸了一口气，推开房门，走进凉爽的秋夜。我抬起头向夜空望去，群星湮没在城市的灯火之中。尽管我看不见星空，但我知道，群星就在那里，故乡就在那里。

分形橙子，世界华语科幻协会会员，深圳作家协会会员，北京科普科幻作协会员。现为某游戏公司世界观架构师。出版短篇集《忘却的航程》，长篇科幻小说《地球众神：亡者归来》等作品。从事科幻写作以来，发表作品字数超百万字。曾多次获得晨星奖、银河奖、华语科幻星云奖、冷湖奖、敦煌奖、光年奖、咪咕阅读无垠杯长篇金奖等奖项。作品多见于《科幻世界》《科学大众》《科幻世界·星云》等杂志。

潜入贵阳

“贵阳，简称筑，中型城市，位于东经106°07′~107°17′、北纬26°11′~27°22′，海拔高度约1100米。四季如春，气候宜人。贵州‘天无三日晴，地无三尺平，人无三分银’的说法，早已经是过去时。近年来，贵阳更作为西南旅游中枢深受中外游客的喜爱。”

放下《贵阳简介》，青年男子将目光投向窗外。那里是阳光灿烂，云海茫茫的世界，与他来的地方有着几分相似。但到底相似在哪里，男子说不上来——只是记忆中一些模糊的影像轮廓，让男子觉得亲切而已。其实亲切这种感觉对他完全没有必要，男子很清楚。

“还给您，您的身份证。这是办好的健康登记卡。希望您在贵阳旅行愉快。”空姐的声音打断他的思绪。他接过对方递来的信封，拆开。信封里米色身份证和橙色健康卡上他的大头照片呆滞无神，模样却是没有一丝一毫差错。他望着那两张木木呆呆的脸，以及照片下姓名栏铅印的“雷宇”二字，一时出神。

“有问题吗？”空姐殷勤地问。

“不，哦，没有。”那叫雷宇的人抬起头，表情温和，“还有多少时间到贵阳？”

“还有25分钟。”空姐微笑，“贵阳正在下雨。不过别担心，机场会为您提供雨具。”

“谢谢。我第一次来贵阳。”雷宇礼貌得无懈可击，“听说这是座迷人的城市。”

空姐脸颊微微一红：“我为这座城市骄傲。希望您也和我有同感。”

“到贵阳您是旅游还是商务啊？”雷宇同座的人问。

窗外的阳光忽然隐没，云团弥塞住视野中的每个孔隙。“找人。”雷宇回答，声音中的寒意无法抑制。

问话的人不禁向外坐了坐。

上　48小时的任务

1

飞机果然在25分钟后准点到达贵阳龙洞堡机场。从空中俯瞰机场，云贵高原那令人心醉的绿色像被打上了褐黄的补丁。为了修建机场炸平了附近十余座山头，劈开的山体乱石嶙峋植被稀少，仿佛衣衫褴褛的乞丐裸露在天空下任凭日晒雨淋。机场本身却鲜亮精致，候机大厅洁净的大理石地面可做镜子。

雷宇往这“镜子”里瞅了瞅自己：高个子、身材结实、俊朗的面孔阳刚气息显著，这形象在此世界里应该是令人赏心悦目的人。雷宇在心中默念了几遍

"人"这个字的发音，这真是个奇怪的字眼。他向大厅的时钟墙望去——7点30分。雷宇迅速换算了一下时间单位，他还有48个本地小时。

对于身手一向敏捷的他，48小时执行这个简单的任务，应该绰绰有余。

雷宇理理稍乱的头发，朝总服务台走去。值班的年轻女子立刻站起。随着他的走近，女子喉部抽动，脸部肌肉明显绷紧了。

"您需要什么？"女子上唇生的一颗小小黑痣，给她青春的面容增加了几分俏丽。

从雷宇1米92的高度俯瞰，那女子堆在脸上的殷勤不过是一堆过剩荷尔蒙制造的脂肪。"我想要一本《贵阳自助游手册》，有这样的东西吗？"他问。

女子立刻将一本牛皮纸封面的精美印刷品放到柜台上，他伸手可及的地方。"当然有，先生。"她努力将每一个字的音节都咬准，普通话说得越发艰涩。

雷宇拿起手册，道声："谢谢。"附赠上微笑一个。

女子的呼吸顿时乱了，急忙低下头去。

候机大厅外果然淅淅沥沥下着雨。

雷宇将手册塞进风衣宽大的口袋，提起公文箱。他刚要推开大门，一只白手套急速伸出挡住了他。雷宇心里一紧，顺手的方向看——其他旅客都是通过一个门框状检查口走进雨中的。

门框伫立在大理石地上，影子与正身组成L形。在四周无物的空间中，这L形生硬而且僵直。雷宇盯着它，内心深处涌起极其厌恶的情绪。他走过去。门框中的温度感应器立时响声大作。门边两个白衣装束的检查员凑过来。

"没事没事，上飞机的时候还好好的呢，可能太紧张了。"雷宇笑，"我再走一遍。"他退回去，深呼吸，放松情绪，然后走进门。

感应器这次没有任何响动。

两个检查员如释重负，半对自己半对雷宇说："没事就好。你知道现在是非常时期，我们不能不谨慎。"

"我明白。"雷宇点头。半个国家都在遭受着瘟疫的折磨，非瘟疫地区自然要如防大敌。幸而他的出发地点不在疫区。

门后办公桌上的灰色机器吐出一张肉色卡片。检查员熟练地撕掉卡片上的保护膜，抓住雷宇的左手腕，"啪"地用力一拍，就将卡片贴到那里。雷宇只觉手腕上被无数细小的针扎了一般，一阵酥麻。但肌肤很快就失去敏感，对凭空多出来的那片东西没了知觉。

"抱歉，我们必须对每一个到贵阳来的人实施健康跟踪。请理解我们在非常情况下的这种非常手段。"检查员的措辞虽然礼貌，却透着无法抗拒的威严。

雷宇默默接过另一个调查员递上的资料袋。他背后有人歇斯底里地啰唆：

“这东西安全吗？你们能保证它是无菌的吗？万一我的健康因为这个监视器受到损害，你们如何赔偿……”

雨比刚才大了很多。不时有汹涌的雨点冲进门厅，撞到旅客的身上，被衣物吸收。雨点消失了，水分子渗入衣物的纤维，加速纤维的老化。然后，衣物会被粉碎为浆，制造成纸。纸被使用，被回收，被粉碎，直到无法再次利用埋入垃圾场。土壤和微生物对纸屑进行处理，将其中的水分子蒸发到空气中。水分子被云层吸收，演变成雨，完成这个复杂漫长的循环。雷宇掸掸身上的雨珠，万事万物之间都存在千丝万缕的联系。一个平衡打乱了，就一定有另一个平衡代替它。

自己就是冲进贵阳的一滴雨珠，将在某种程度上扰乱它的平衡。

雷宇挺直背，走向等待在门厅外的出租车。那司机站在半开的车门前，满脸职业化的亲切笑容：“您要去哪里？”

2

出租车驶入机场高速的进城隧道。隧道口投在车窗上的阴影让雷宇想到了机场的那扇门，多少有些不舒服。他打开资料袋，里面有一张贵阳市地图，一份健康跟踪说明书，一套包括洗浴理发餐饮住宿电影的贵阳生活优惠券，以及一把折叠雨伞。

“每个到贵阳的人都能得到这些？”雷宇拍拍袋子，“你们太好客了。”

“啊，不，瘟疫开始以后才这样。来的人少了嘛，都是贵宾。你对健康跟踪有什么看法？别的城市没这样的吧？”出租车司机的普通话非常流利标准，礼貌得也恰到好处。

雷宇抬起手腕，跟踪卡已经完全嵌进了肉里，与皮肤浑然一体，看不出痕迹了。

“你现在的一举一动都在他们的监视仪上。”司机说，做个鬼脸，“你可得小心。”

“他们是谁？”

司机耸耸肩膀，那意思是这你还不知道吗？就是他们呗。隧道尽头竖立着“距市区10公里”的标志牌。“你到底决定了去哪里吗？”司机有些不耐烦。

“化龙桥。”雷宇不加思索，地名脱口而出。

司机的表情从诧异变为迷惑，随即恍然大悟：“嗨，你以前来过贵阳了？”

“没有，这是第一次。”

“那你怎么知道化龙桥？本地人都不见得会晓得那地方。而且现在修路，附近都过不去。”

"你去不去？不去我就换车了。"

"去得去得。"那司机一叠声本地口音冒出来，眼角余光落在袋子里的优惠券上，"这么多你一个人也用不完，不如分一点儿给我。"

"都给你。"雷宇将优惠券扔在驾驶台上。

"你要是用车以后还找我吧，我给你优惠。"司机加大车速，雨水被甩向车后，形成一道银色的帘子。

雷宇拣起健康跟踪说明书。说明书上一再强调健康跟踪是于己于城市都有好处的事情，希望得到使用者最大限度的配合。"跟踪装置具有最强的灵敏度，在任何情况下都能保持良好的工作状态。当您离开本市的时候，交通部门将使用专用设备为您解除该装置。个人试图解除该装置不但对身体健康有影响，还将因违背城市管理条例而被处罚。"说明书的最后用黑体大号字印刷着这样的字句。

他们正在监视仪上注意着你的一举一动。

雷宇心里咯噔一下，就有什么东西丢掉了——那应该是对这座城市最初的善意。从此不可不防。城市如同陷阱，早就为每个外来者布下了天罗地网。虽然他只是来执行一个与城市本身毫无瓜葛的任务。速战速决吧，在"人"的世界里还是少停留为好。抚摸那被注册了的手臂，雷宇嘴角现出几丝不易察觉的冷笑。

3

到化龙桥时，雨已经停了。乌云之中透出几缕惨白的阳光。有风从阳光里倾泻，将桥下污泥中的潮腐气息带到桥上。雷宇调整呼吸，靠近桥栏。石制的栏杆光滑油腻，栏杆下部和这城市里许多建筑一样生了碧绿的苔藓。雷宇抹开一片苔藓，果然看到那行刻入石头三分的字迹："民国二十六年七月立桥，跨贯城河，黔灵东路始通。"

那个他要找的人，应该就在这附近的某处居住。

雷宇向桥下看。河水几乎干涸了，这是因为上游修路而围堰的缘故。条石垒起的河堤上，也是苔藓丛生——绿得仿佛是特意加在那石条上的装饰品。时空就从这绿上泛滥开去，渐成无限。雷宇肃然，上面派他到贵阳来找那个人，也许还有让他体会时空玄妙的另一层含义。

这之前他对时空的存在总是漫不经心，就如对自己的存在那样无所谓。

事物只有拉远一点儿距离，有疏离感的时候，才能比较真切地感觉到它的重要。所以，到贵阳来，与其说是找那个人，不如说是找回他自己吧？上面就是这样刻意安排的吧？

当然现在不可能理解上面的意图，以后也不会有谁向他解释上面的意图。一切只有依靠他自己判断。其实做出什么样的判断并不重要，重要的是完成这个任务。

雷宇擦干净手上的苔藓，走向桥东的十字路口。那里像从地下冒出来似的，突然之间就挤满了水果与蔬菜摊贩：李子、葡萄、地瓜、荔枝、桃子、西瓜；小葱、土豆、折耳根、空心菜……将雷宇的去路截断了。雷宇只好买了 5 角钱的细葱，塞进资料袋，和健康跟踪说明书、自助旅游手册混在一起，勉强从人群中挤出一条路。

路口朝北是陕西路，两旁原有的半西洋式建筑被蓝白编织袋的围幔遮盖；路面挖开的沟渠里，两个人正在调试一台抽水机。没有围幔的房屋上，到处是白粉圈子中黑体的“拆”字。

雷宇小心绕过水洼和泥坑，顺着陕西路往北走。几分钟后他就看到路东侧的虎门巷。巷子口的朝向，还有东侧的法式三层老楼，都与他记忆中的相同。但巷口南边的一片木制房屋却荡然无存，取而代之的是 3 栋 7 层板楼。

雷宇在巷子口停下脚步，有些犹豫不定。法式建筑底层的杂货铺依旧，卖杂货的男人也还在，只是头发几乎都掉光了，这让他有一种人到中年的落魄颓废。高高的玻璃柜台和那盛放糖果的玻璃罐子一如往昔。雷宇脑海中闪过“一如往昔”几个字，立刻意识到这感怀不应该存在，毕竟自己是第一次到这座城市。虽然他的记忆库中那些糖果的滋味一清二楚。

上面给的资料有什么地方出问题了。

4

遇到问题时冷静分析和做出正确决定并能为之积极努力，这是上面给雷宇的评价。但雷宇认为，此评价与其说是夸赞他的能力，不如说是为了掩饰上面派发任务的草率和仓促。当每一个任务都关乎个体生死，他能不尽最大努力去完成吗?

比如现在，48 小时之内他若找不到那个人，他就无法回到自己的世界中去。对于不能按照合同规定完成任务的雇员，上面是没有同情心施与的，一律抛弃在时空的海洋之中任其自生自灭，还美其名曰“奖惩分明，且节约任务成本”。据说被抛弃的那些雇员因为任务对象的模拟体对任务环境的认知有限，又无法获得本体的认知经验，下场都很悲惨。具体如何悲惨雷宇就不得而知了，除非他因任务失败留在了贵阳。

留在这里？雷宇环顾四周：常青藤茂密地盘旋在法式爱奥尼亚的廊柱上，从理发店、小吃铺、手机专卖、蛋糕房、打字复印等店铺招牌上延伸过去；艳丽的招贴画与这些店铺中间，云岩区普陀街道办事处的白底黑字招牌朴素得最为醒目。

雷宇摇头，贵阳是一个陌生而复杂的所在，与他的审美情趣所差甚远。上面肯定知道这一点，所以才放心让他前来。

“有‘百香果’吗？”雷宇走进杂货店询问。这应该是一种草绿色清凉的圈状软糖，5 分钱一块。

中年人正专注地看电视。20 寸彩色电视机放在货架顶上，图像还算清晰——几个梳二把头的年轻女孩子和几个留辫子的年轻男孩子在里面哭哭啼啼，间或还慷慨激昂地辩论。雷宇提高声音，又问了一遍。

“那是哪个时候的事情嘛！‘百香果’？”中年男人掉过头，看古董样的表情，“老早就不生产啰。厂房都拆了盖什么 TOWNHOUSE。”他耸耸肩，“味道可再也尝不到了。”继续看电视里那群男女拿腔拿调地表演。

雷宇哑然，他只是需要点什么东西来填补因发现问题而出现在胃部的不快。精神上的失落会引起生理上的空虚，“人”真是种奇怪的东西。而“人”的思维方式，他心里颇为鄙视，却不能不用这种方式思考。雷宇想了想，便转身走向那挂街道办事处牌子的地方。

办事处里的两个人正在一堆档案表格与计算机间忙碌，对雷宇的到来无动于衷。计算机终端是一台 17 英寸华丽的液晶显示器。显示器上数据飞速流动，如瀑布流淌，雷宇顿觉心驰神往。

“请问，”雷宇提高声音，“我想打听一个人。”他说了 4 遍，那计算机前的人才答应道：“找谁？”

“原来住虎门巷一号的，叫方乔。帮我查一下他还住这里吗？”雷宇的声音与姿态都有一种压迫感，令人无法直视。

计算机前的人嘀咕了句什么，继而开始敲击键盘。几秒钟后，他抬起头，“现在没有姓方的在这里住。”

“他以前是住这里的。”

“多久以前？”

“拆迁修楼以前。”

键盘又生硬地响起来。雷宇似乎看得到程序调动下数据库的蠕动。那人摇头：“20 年来，就没有姓方的住在这里过。抱歉，你记错了。”

5

杂货铺隔壁的小吃店里还没有什么食客。店铺收拾得很干净，满墙都贴了雪白耀眼的瓷砖。灶台、桌椅没有一丝油腻，似乎就不曾开张过。一个 25 岁左右的年轻人，若古代弱冠书生般清瘦白净，坐在角落里一言不发，只顾翻来覆去瞅自己的手掌，似乎掌心里有什么天机隐藏着。

雷宇踩到铺前的擦脚垫上，向店里面探了探头。“你们有什么吃的？”他喊。

年轻人仿佛被从梦中惊醒，鹿般温润清亮的大眼睛看向雷宇。

“你们有什么吃的？”雷宇提高声音重复问题。

年轻人一指墙上的告示牌，示意雷宇自己瞧。

雷宇望过去，肠旺面、脆哨面、素面、肠旺粉、鸡蛋炒饭、酸辣粉、米豆腐等本地特色都一一在列，并附分量与价格比照。

“肠旺面，大碗。”雷宇说。他找僻静地方坐下，取了双筷筒中的竹筷。

上面给的资料出了很大的问题。

一般来说，这种情况是不会出现的。但千分之五的错误率，依他执行任务密度之高，碰上了也不足为奇。

只是这种把名字和住址搞错的事情有点儿太离谱了。两根筷子在雷宇手上互相刮动着，发出“呲呲”的刺耳声音。在这座超过二百万人口的城市里，如何寻找根本不知道姓名和住所的人？

雷宇对面的墙上，方形时钟的指针正指在8点30分的位置上。他还有45个小时。

那年轻人此时才懒懒站起，冰箱里取面，灶台前掀锅下面，浇水备底料，忙得有条不紊又毫无生气，呈现出机械式运动的惯性。

“红轻红重？宽汤吗？”年轻人走形式般地问。

“什么意思？”

“红辣椒要多要少？汤要多要少？”那年轻人面无表情地解释。

雷宇见青瓷海碗底放了酱油、醋、盐、味精、胡椒面、猪油、黄豆芽和油炸花生，胃肠中便有几分馋意。“都多些。”他回答。不知道这样的食物会不会让体温升高。他看看左手腕，似乎看到了芯片上无数的热敏电阻和电流线路，它们压迫在他动脉血管上，警惕着，随时准备送他进医院的隔离检查区。甚至不仅如此，它们还刺探他的血液，他的思想，最终会发现他只是“人”的模拟品而将他消灭。

想到这儿，雷宇脑子里就是一激灵，觉得那个训练有素的出租车司机就在路边的出租车里看着他。雷宇相信，如果他真的被证明不是“人”，那个外表和气的出租车司机会毫不犹豫地将他撕成碎片。据说就是由于“人”对待不同智慧生命有着与生俱来的警惕，所以在“人”的世界中只投放48小时内的任务。

好在并没有谁真的站在人行道上看他。雷宇面前，是刚从滚水中捞出来的黄澄澄的面条——盛放在底料上，浇猪大肠、血旺子、脆哨、油辣椒，兑鸡汤，再撒葱末，红黄翠绿油光闪亮。雷宇顾不得想健康跟踪的事情，夹起来就是一大口，险然被面烫掉了嘴唇。

那年轻人退回角落中，仍然看他的手掌。

雷宇喘口气，但面条的香气不可抵挡，他恨不得立刻将它占为己有，哪怕再烫掉了牙齿和舌头也在所不惜。仿佛为了证明他的这种决心，他从餐桌上的青花瓷罐中舀了满满一汤勺辣椒油，加到面条中去。面条几乎漂浮在辣椒之上，强烈的味觉刺激，令他有些冲动。

“人”的快感，无非如此。雷宇在狼吞虎咽中，顿有所悟。

6

“单弦，你买菜了没得？”一个丰腴过头的女人在店外喊，本地话说得铿锵有力。

那年轻人抬起头来：“哪点要去这样早买菜嘛，门口有的是。”

“你作死啊，那些菜你吃得起呀，贵得很嘛，去后街市场上买，”女人嚷，“多买两斤排骨。”

“排骨没得人吃嘛，要那么多搞哪样吗？”年轻人有些不耐烦。

“搞怪，叫你买就去买，好生厌躁人啊。”女人挥手。

那叫单弦的年轻人便低了头，抄拢双手在背后，踱出他的角落，与雷宇擦肩而过。

雷宇望着他微驼的背影，将记忆中所有关于方乔的资料又从头梳理了一遍。也许是方言发音的问题，才将那个人的名字和住所搞错。

“你就吃一碗面啊？不来点儿别的吗？我的酱烧排骨味道很好。”女人突然换了标准的普通话对雷宇说。

雷宇一惊，差点儿咬着自己的舌头。他忙摇头，片刻又点头道：“您给我杯水吧。”

女人便从饮水机里倒了一杯凉水给他。雷宇仰手立尽。女人又给了他一杯。雷宇这才缓过辣劲。女人笑，竟然有几分妩媚：“你是北方人吧？以后少加点儿辣椒，你们受不了的。”

“还成还成，无辣不香嘛。和您打听个人。这面条多少钱？”

“3 块 5。你尽管问。我住这里也有 20 年了，兴许能给您点儿线索。”

雷宇掏出三个银币和一个铜币给她。潮湿的气候让金属币在这座城市里很是流行。

女人将金属币握在手里玩弄，殷勤地问：“那你要找谁？”

7

“以前这胡同口有个大院子，里外院。外面还有公厕。外院有，有一栋两层的木头房子，老式的那种，一层养猪，二层住人，楼梯在外面。旁边是砖房子，一个过道通里院。里面有两层楼的砖房子，房子南面就对着这条街，陕西路。房子北面隔个院坝是一座平房。我说清楚没有？”雷宇停住描述问。

女人满脸迷惑。

“是这样的。”雷宇从公文包中取了纸笔，画出两个院子中的建筑大概位置。

那女人顿时明白了：“啊，有这样的院子，就是虎门巷一号噻，七八年前就开始拆，三年前拆光了。”

“我看见了，全都变成了 7 层楼房。我想找一个小孩，不不，他现在应该已经长大了。就在这两个院子里住的那些孩子中的一个。”

“两个院十几家都有小孩，你能不能说具体点儿？那孩子长什么样？”

雷宇的表情比女人还要茫然了，“不知道，”他说，“我不知道他的样子。”

“耶——，你要找人又不晓得他长相。”女人一急，方言脱口而出，“你搞哪样嘛？”

雷宇摇头。

“啥找法嘛，”女人也摇头，“哪样线索都没有。”

“是个男孩，喜欢动手拆东西。叫方乔，或者是类似发音的名字。”雷宇说明，“您回忆一下，有没有这样的男孩子。”

“那帮孩子都喜欢拆东西搞破坏。没有姓方的。”女人撇嘴。

“我必须尽快找到他。我会重金酬劳帮助我的人。”

女人眼睛一亮，指指一号那林立的楼房：“拆迁的人基本上都回迁了。你要找的人应该也在这其中居住吧？”

“有道理。不晓得我能不能在这些楼里找个住处。”

“当然能。”女人又笑了，这次笑得暧昧，“我们家就有空房子，可以租给你住，房钱你看着给好了。”

8

女人的家在 2 号楼的 6 层，复式结构，单弦带雷宇上了楼。斜屋顶的顶楼有两个房间。单弦打开其中一间，偏头瞅了雷宇一眼，“你的”，然后径直走到另一间中去了。

房间不大，一张沙发床，一个简易衣柜，一台电风扇。雷宇推开窗户，陕西路两侧隐蔽在围障里的建筑工地纤毫俱现。钢筋水泥吞噬着草木结构，那些低矮的不符合所谓现代审美观点的房屋，都以城市现代化的名义消失了。城市边缘渐次耸立的高楼大厦给城市镶嵌了一道锯齿形的花边。曾经的浓绿被这些花边稀释，难以搜寻。

就像那个人的名字方乔。雷宇黯然。最有可信度的空间位置资料也只能做出那个人肯定在虎门巷一号的判断，其他的看来只能臆测了。

喜欢搞破坏的孩子。他为自己有此种灵感而意外。这可真是个不同一般的灵感。怎么就能认为弦论大师少年时候是个喜欢搞破坏的人呢？当然，他成年的时候是很有破坏性的，他在时空之间将引起一些不必要的震荡，因而上面不得不采取极端的措施消除隐患。要保持一个广袤时空范围的稳定性，上面必须留心各个地区的发展，小心掌握着时空平衡的杠杆，就像救火队员，有些时候要灭火，有些时候却要生火。这样复杂的情况下给他的资料有差错，也是可以理解的。好在资料里还有些个体资料可以作甄别。

但你由此就推断他少年时候的作为，还是太主观了。雷宇心里残存的本我说。我知道我的主观。雷宇的模拟思维回答，但这是有一定逻辑关系的，没有偶然，凡事有果必然有因，我清楚自己在做什么。不管怎么说，还有 44 个小时，时间很充足。

有轻微的响动，雷宇回过头。单弦拿了一床毛巾被搁在沙发上。

“以前你们家住在哪里？”雷宇问。

“就在这里啊。”

“这里？你们住虎门巷一号？”

“是啊，一直在这里的。”

“那你记得当时一起玩的小伙伴吗？”

“不记得了。”

9

拿了单家的门钥匙，雷宇便带了自助旅游手册和地图去找这城市的各种科学机构。他等不到出租车，就沿着虎门巷一直朝东北走，直到看见出口处友谊路那边的印刷厂。巷子的地形缓慢地升高，他竟然爬得气喘吁吁，心说不服老不行啊，的确是只能再工作这一次。自己和那些墙壁上写了大大“拆”字的老屋子一样破败了。但是新的建筑就样样好吗？城市里所有新建筑都因为油漆质量上的缺陷，在每天必来的雨水浸泡下褪了颜色，显得十分颓废。不知道城市本身是不是也颓废了。但颓废其实与他无关，他只是来找一个人而已。

自己是这城市的一个过客。雷宇想。城市中的人生生死死悲欢离合每时每刻都在上演着，他们无法摆脱。而他可以，因为他与城市毫无瓜葛。他为自己

43个小时后可以抽身而去兴奋，吹起口哨。细细的哨音在空无一人的巷子里回响，配合着他的脚步，竟然有几分情调出现。

此刻云散尽了，灰白色的太阳并不耀眼，但城市的温度一下子就提高了2~3度。他的额头开始渗出汗水，不得不顺着墙壁荫凉的地方走，并且经常停下来让自己的体温恢复正常，以便健康跟踪卡显示正常。巷子突然之间变得十分漫长，似乎总也不能走到尽头。他停下来不仅降温，还要消除内心的怀疑——来处已经隐藏进拐弯的空间中，去处却还未得见，窄小的巷子仿佛一段弦，要将他卷曲起来抛掷。

他从来没有想过弦的实质。对已经公论的事实从来熟视无睹，这是“人”的共性。真相是什么并不重要，重要的是如何利用真相，让自己感觉舒适。对于一个流浪在时空之间的杀手，最大的舒适就是彻底结束这种流浪。但这不过属于“人”的思维结论而已。他其实也是一段弦，被时空之手随意抛掷，遇到合适的场所就舒展开创造自己的世界。

印刷厂的大门在马路对面，空气中弥漫着淡淡的油墨香气。不断有人出入的门，以及门两侧盛开的红白色夹竹桃，都证明了这段时空的稳定性。雷宇舒缓神经，擦拭脸上的汗。油墨的味道消解他思维节点上的障碍，他清晰听到大脑中那任务时钟呆板的“滴嗒”声。

旁边有人叫喊：“冰粉，冰粉，消暑解渴，味道好嘞——”

雷宇没听过这么稀奇古怪的食品名字，问那人：“冰粉是什么？”

“冰粉嘛，1块一碗。”那人答非所问，继续他的吆喝。

雷宇看他插了“冰粉：消夏一绝”旗子的小车，车上玻璃罩子里摆放了数个花花绿绿的瓶子。所谓冰粉，是褐色的半透明胶状物质，被盛放在洁白的搪瓷脸盆里，极有弹性极凉爽的样子。

“来一碗？”小贩的黑色T恤上印着大大的“筑”字，脸庞被晒得赤红。

雷宇点头。这奇怪的食品吸引的与其说是他的味觉，不如说是他的好奇心。

小贩顿时来了精神，变戏法似的取出一只塑料碗，舀了一勺冰粉，加葡萄干、果料碎、芝麻、冰红糖水，插了一把塑料勺，宝贝似的捧给雷宇。“好吃呢，包管你还想第二碗。”

胶状物质入口即化，雷宇捉不到它的踪迹，齿间留存的都是红糖水的味道。这大张旗鼓的冰粉竟然是个空洞的东西。

10

冰粉给雷宇的空洞感一天都不能消散。他就带着这种不快拜访城市与科学有关的单位。城市最高级的科学机构对弦研究没有掌握任何资料，他们中听说过“弦”这个字的人一致认为，弦是首都的国家重点实验室才会有的研究课题。在贵阳这样一个内地城市中，既没有物质条件又没有学术土壤，不会有人莫名其妙对弦感兴趣。

民间科学家协会以为雷宇有赞助意向，极其热情地出示了他们所有的申请项目和在研项目，但不存在任何与弦相关的字眼。

“这个碟形飞行器研究怎么样？你知道我们的凤凰山事件吗？神秘的天外来物显示了非同一般的场效应和空气动力学特征，这启发了研究者。如果搞成了会是整个航空业的革命。”协会秘书卖力地推荐。

雷宇一笑了之。

大学、创新与发明协会、专利局……雷宇坐了环城巴士，在法国梧桐婆娑的荫凉中绕行全城。车窗外的车水马龙、商铺林立、锦衣男女，都如冰粉样外表华丽。不知道是否如冰粉样空洞不堪，只存皮相。如果他们不能找到弦，这皮相世界有滋有味自得其乐的好日子，恐怕也不会长久吧？

“所有城市都逃脱不了腐朽的命运！”有上车的少年挥动手中的杂志慷慨激昂，“时过境迁，声名显赫的帝王将相化为灰烟，宏伟的建筑与文化科技埋于尘土……没有千年不坏的城墙，什么样的文明能经久不衰，永远占据历史的舞台？”

“我死之后哪管洪水滔天。”少年的伴侣，花一般美丽的女孩儿说，“这可是法国皇帝说的话。皇帝都这样，你做哪门子杞人忧天？”

“皇帝不该被打倒吗？他根本不符合时代精神嘛！”少年愤慨。

“皇帝多神气，要怎样都可以。姨婆叫下午去花溪打牌呢，你陪我去。”女孩儿娇嗔。

“打一、二、三的卫生麻将啊，没得搞头。”少年嘟囔。

雷宇眼前仿佛见到八只肤色深浅差异的手，和动着 144 张牙白色的小长方块。在那些长方块垒成两排的时间中，有数万个星球从星际尘埃深处喷射，又有数十万个星球被那尘埃吞噬，世界的诞生与毁灭同时发生，惊心动魄。麻将牌阵势千变万化，宇宙的规律却简单明了。其实不是牌变，而是人变，人心是这天地间最难以揣摩的……

大滴的雨打在窗户上。天空立刻黯淡下来。果然是天无三日晴的城市。巴士遇到红灯猛然刹住。雷宇看到前面一座玻璃钢的环形过街天桥，完美的弧度仿佛弦中卷曲隐藏起来的那一段。

看来，上面派他到这座城市为他的职业生涯画上句号，是经过精心挑选的。

11

雷宇黄昏时分回到虎门巷。

小吃店里此刻挤满了人，大部分是附近的住家。女人和单弦都在忙，还有两个极年轻的女孩子跑堂。雷宇混在食客之中点了一份肥肠面。

“啊呀，你要什么说就好了嘛。”女人看见雷宇笑，“别客气。弦子，肥肠面一碗！”

稍过片刻，单弦神情冷漠地端过一个大海碗。浇头的肥肠足有半碗之多。旁边就有同样点了肥肠面的人抗议。

那女人理直气壮：“是我亲戚，我愿意多给，你管呢。”

“单大嫂，这是你家哪门子亲戚？怎么没听你说过？”食客就追问。

女人瞪眼：“我家亲戚多得是，哪里你都听说过啦。”

雷宇只管吃，对耳边的议论置若罔闻。跑了大半天，他真的饿了。当半碗面条滑入胃中，他那种空洞感忽然消失了。万丈红尘重新摇曳生辉。他甚至注意到女人真丝连衣裙袖摆与领口处的蕾丝，以及蕾丝下若隐若现的白皙肌肤。他还有36个小时。于是他问那个追究女人家族谱系的老人：“老人家，虎门巷一号当年谁家养猪啊？”

那老人一愣：“猪？是孙师傅家，不，吴师傅，不，不是，我记不太清楚了。你打听这个干什么？”

“我打过那个猪，还拿鞭炮吓唬过它。现在想起来真的很过意不去，想向他们道歉。”

“那只猪早就杀了吃了。你道个什么歉嘛！”老人诧异，“你脑子坏掉了？”

“我是说向猪的主人道歉。少不更事啊。”雷宇说得愈加煞有其事。那头大黑猪从漆黑的栏圈中冲出，歇斯底里狂叫的情形，随着他的叙述而重现。

“应该是孙师傅家吧。”食客中有人回忆，“他们家孩子多，还有老人，养个猪，一年到头吃肉就靠它了。”

“不会，孙师傅家住里院，哪儿有地方养猪。是吴师傅，我还记得他家三丫头剁猪菜呢，每天都剁。”

“嗨，那三丫头和张家二小子好，张家养猪，她当然要贡献一把气力。别的不成，剁猪菜真是利落，刀声听着都那么像音乐。”

“听说三丫头后来成了特级厨师，去了美国，开好大的饭馆，有这事吗？”

“瞎扯，人家是移民去了澳大利亚……”

雷宇追问那老人：“张师傅是哪一位？”

“你看我这记性。是张师傅养猪来着，就是他。住在虎门巷一号外院。那两层楼是他家的私房，唐山大地震那年起了火，烧没了。”

“那人呢？”

“听说都搬到花溪区去了。”

“他家男孩子小时候淘气吗？”

“淘气？他就一个儿子，是小儿麻痹症，从小就拄拐杖，安静得跟闺女似的。”

12

雷宇躺在沙发上消食。腹中的面汤似乎无法消化。夜已经深了，这座城市的灯红酒绿却才刚刚上演。单大婶换了宽松的休闲装准备去打麻将，临行前端了盘切好的西瓜到阁楼上来。

“别急，我会帮你慢慢找的。”单大婶安慰雷宇，“不过你的线索真太少了。弦子，你也帮回忆一下子。”她冲对面嚷。

“我咋个晓得，那时好多人。”单弦隔着门答。

“是啊，那时他还小，特别爱看书，撵他出门玩都不肯。”女人挠头，“看那么多书，结果怎么样？都读傻了。没得考上大学，又做不得生意，就只好给我打下手煮面。”

单弦房间中有什么东西被扔在地上。女人笑：“他不高兴我数落他。我咋个不希望他有出息，可是得承认事实啊。”她摆手出去了。

雷宇望望对面的屋子，可以想象那年轻人郁闷的面孔。他拿起一块西瓜咬，沙瓤酥甜，便叫：“单弦，你也出来吃瓜，好甜。”

见那屋子里没动静，雷宇过去敲门。门上却没有锁，一推就开了。节能灯昏暗的光线中，样式陈旧的单人床、写字台和书架有一股子潮湿的霉味；书架上胡乱堆着高考辅导、自考指南、英语速成等书籍，以及许多封面花里胡哨的杂志；墙上贴了许多电影海报和杂志插画。在这些廉价的印刷品之间，是一台璀璨耀眼的水晶蓝电脑。电脑与周遭环境的巨大反差，就仿佛钻石放在了豆腐渣里。

单弦脑袋趴在书桌上，睁大了眼睛，目光凝滞于空间中某个虚渺的点上。

“吃西瓜。”雷宇将果盘送到他面前。他看也不看。

“不管别人怎么说，首先你得自己把日子过舒服了。不开心只能自己难过。”雷宇劝他。

过了几分钟，单弦才将他的目光收回，望向雷宇，质问：“你是干吗的？”

“我要找人。”

“找人干吗？”

“这个人很重要，他将改变这整个世界。”

“没有人能改变这个世界。你撒谎。”

“我没有。再说我干吗要撒谎呢，我意图何在？”

“有一种谋杀叫作无动机谋杀。所以肯定也有一种撒谎损人不利己。”单弦冷笑，腿翘到桌子上。

“你比看起来聪明。为什么还要给你婶娘煮面？”

单弦白雷宇一眼：“我乐意。”

“好吧，我尊重你的选择。我只是想要找到一个像你这么大的男孩子，他以前在这个院里住过，爱拆东西，爱问个为什么。你能帮我想想吗？找到了我就立刻离开。”

“你找他干什么？”

问题又回到了刚开始的起点上。雷宇搓搓手：“你认为我找他干什么？”

“谁知道。也许他欠你很多钱，也许他拐跑过你的情人。也许，他知道什么秘密，而你为了掩盖秘密必须杀了他。”

13

无心之语却最接近于真实，雷宇一瞬间对单弦起了杀心。不错，雷宇就是来找拥有弦秘密的那个可能叫方乔或者别的什么名字的人，然后杀了他。或者，文雅一点儿说，杀死他的思维。上面交代得很清楚，人不能在这个时间获得弦的知识，因为他们后来的表现显示出虽然有打开弦的能力却没有运用弦的智慧。所以上面要雷宇溯时空而上，到这个年代的贵阳来阻止弦论大师的成长。

这个年代弦论大师应该已经对弦的认知很深刻了，但他的理论成果还需要实验验证。没有数据就说服不了人们接受他，因而他四处奔波筹措实验经费。他的名字在理论物理界被一些人嘲笑，一些人蔑视，又被另一些人争论。他所在的单位把他列入异想天开的疯子行列。如果不是因为他的一项授权专利每年都会给单位带来可观收入，单位早就不假辞色地将他解聘了。

找这样一个人，能有什么难度？雷宇想不出。所以他就轻易地和上面签了一份 48 小时的合同书。如果 48 小时之内他不能完成任务，上面不负责他的返回路径。要不他自己在时空的森严壁垒之间开凿一条路回到自己的世界中去；要不，就留在此时此地的贵阳，留在混沌的人类中间。雷宇想到后一种可能，刚硬的身躯也不禁颤抖。

在这个黑夜最浓的时候，雷宇悄悄打开了办事处的门。办事处的电脑并没有关机，他轻易就进入了民事部门的户籍登记档案。

整个城市，20 年来都没有一个叫方乔的人登记过户籍。出生与死亡记录中都不曾有过这个名字。

顶楼上单弦已经熟睡。恬静的面孔如同婴儿。雷宇的手轻轻放在他的额头上。只要他略使一点儿劲，这个年轻脆弱的生命就会结束。

虎门巷一号的孩子中间，究竟是谁洞悉了弦的真谛，从而会在某一日跨出人类认知上质的飞跃？

如果不是上面的资料错误得离谱，就是时空路径存在严重的误差。这个时空到底存不存在方乔这样一个人？出现这么大的问题，他那份生死合同若真执行起来岂不是太冤？

雷宇躺到自己的床上，摸出感应器——他从自己世界中带来的唯一的物品。感应器滑过他的左手，冰凉侵骨。窗外夜空深邃，星光在倾斜的天花板下荡漾。正是与自己世界联络的好时候。雷宇将感应器放在胸口。在任务对象“人”的模拟体与他的本体意识之间，存在着原子水平上的谐振，通过感应器将其调整为可控状态，从而达到超时空的通信目的。

想到存储于上面库房里的自己的原有意识，雷宇就有些惆怅。但愿这次任务之后，真能退得休去，与本我从此紧密相依再不分离。

清理一下思路，雷宇两只手贴住感应器的两个面，开始一条一条阐述任务的问题。思维的神经电流在他体内涌动，汇集在感应器中——那里将有异光反应，透射进感应器的内核。

但感应器却什么反应也没有。

雷宇等了等，感应器平静如常。他将整个过程又重头来一遍，感应器依然老样子。

有冷汗从他额头冒出。他腾地跳起，打开灯。灯光聚集下，感应器没有任何伤损，完好如新。他抹抹汗，伸出小拇指，顺着感应器的一条棱往下滑。在棱的某个点上他身体的微弱脉冲可以将感应器的存储空间打开。

果然，他失败了！

雷宇真的吃了一惊，他从来没有遇到过这种情况。任务对象模拟体与他本体意识之间的联络一直良好，感应器也总是工作正常！问题出在了哪里？踏上贵阳之旅的每个细节瞬间在他大脑中重温。

健康跟踪器。

雷宇举起左手腕，完全嵌进了肉里的跟踪器与皮肤浑然一体，根本看不出痕迹。但那芯片发出的电波却扰乱了他自身的电磁场，从而使他的超时空通讯遭受严重阻碍。

雷宇忍不住骂了一句粗话。健康跟踪器真的只是感受他体温的变化并反映到城市某个机构的监视屏上去吗？

现在只有指望他在剩余的时间里找到那个弦论大师，哪怕大师还未有成果。因为感应器中还储存了大师的思维波片段，会与大师产生感应，从而打开另一条超时空通讯路径。那么他仍然有返回的机会。

但如果失败……雷宇深呼吸。星光已黯，黎明将至，时间正一分一秒过去，这个世界中，谁曾见过弦？

雷宇的眼眶忽然湿润了。

下　子在川上曰：逝者如斯夫

14

单弦在电脑上玩“拖拉机”，见雷宇进来也不搭理，鼠标飞快点击着各种花色的牌，手指则在键盘上舞动，与打牌的人忙不迭地唇枪舌剑。

雷宇只好找书架上的杂志看。那些杂志紧紧压在一起，抽出来就散了，也不知道被翻过了多少遍。杂志“噼里啪啦”掉在地上，雷宇蹲下身子捡。

单弦终于从牌局里分神，“你到底要干什么？”他嚷。

“我想请你帮忙。”

“我不会帮你的。”

“你知道原来住这里的那些孩子的下落。你必须帮我。”雷宇按住鼠标。

“不关我的事。”

“那么给你一个挣钱的机会你挣不挣？”雷宇问。失去双亲寄居表婶家的单弦，最缺的恐怕就是钱了。

单弦瞪着雷宇：“给钱也不干，你别拦着我打牌！”

“你不是想知道我为什么要找那个人吗？找到了，我告诉你。”

“切，我为什么要知道你找人的目的。”单弦不屑，“关我什么事。”

最后还是单大嫂的命令起了效果。单弦心不甘情不愿地跟在雷宇身后，一个上午都不肯好好和雷宇说话。而雷宇计算着时间，满心焦虑，也没有心思来讨好小朋友。

两个人沉默着，在城市中寻找虎门巷一号的孩子们——这些曾经调皮捣蛋、拖鼻涕生脚疮的少年都已经长大，或者做了城市的栋梁，或者变成城市的垃圾。但无论是谁，都会出没于城市的美食广场、饭铺酒肆。只不过一些人是品尝者，一些人是经营者，还有一些人是乞讨者。

单弦带着雷宇从大十字找到紫林庵，从观风台寻至黔灵山……在这种寻访中，雷宇遍尝各种他闻所未闻的食物，比如丝娃娃、独山盐酸菜、荷叶糍粑、羊肉粉……他做出结论，如果单以吃为标准，贵阳实在是一个美好的城市，只是那些食品都太过于零碎，适宜女孩子，却与男性的粗犷不对路。不过，这套理论毫不妨碍雷宇冒着肠胃坏掉的危险大吃特吃，且渐渐地无辣不欢。

单弦却很不开心，每碰到一个过去的玩伴，免不了的寒暄就逼着他去回忆一次过去，而每次的回忆都不尽相同。他经常会得到完全矛盾的说法。

比如张师傅家的儿子据说小儿麻痹，但同院两个做了汽车销售商的伙伴就认定他好动异常，曾经给猪扎针并把猪粪撒在公厕门口的路上。

还有那谣传出国的孙师傅家三丫头，却在丁字口开了一家麻辣烫，且死活不承认曾经和张家二小子好过。她倒是对单弦印象好得不行，说当年单弦虽然年龄小可是特别喜欢看书，看完了就讲给大家听，什么黑洞啊白矮星啊都是些特高深的名词。那时的单弦看上去志向远大，大家都对他心生敬畏。但是单弦自从高考落榜以后就不和什么人交往了，总爱深居简出，处于几乎与世隔绝的状态。

“不可能，我不可能是他们说的那个样子。”单弦愤懑，忘记出门前对雷宇的恶劣态度，拉着雷宇说，“我根本不懂黑洞白矮星。为什么大家的回忆不能重合，过去无法还原吗？”

“不能。时空有无数观察角度，缺少一个角度的描述它都是不精确的。但你无法找到这所有的角度，你明白吗？”

“不明白。可是，如果你的说法正确，你是无法找那个男孩子的。你给的参数太少，根本不能确定他的状态。”

雷宇一惊，单弦的话似乎隐藏着更深的含义，他一时分辨不出。时间的紧迫压榨了他的判断力。他等着口袋里感应器的反应，但毫无所获。食物的填补压住了胃里的空虚，却压不住时间的声音——那声音清清楚楚在雷宇头脑中回响，声声催人欲老。

他们在城市里匆匆忙忙，只在路过国际交流中心的时候停下来。有文化公司牵头搞了一个凡·高画展。大大的凡·高头像挂在空中。单弦不顾雷宇径直去买了票。雷宇只好也跟进去。展厅到处是浓郁的色彩，与小家碧玉般的贵阳气质不合。单弦却看得目瞪口呆，末了还买了 60×60 厘米大的凡·高油画《星夜》的复制品——在月光黄和星辰蓝旋涡翻卷的天空下，一丛树木努力向上伸展着枝条。月亮和星星颤动中，地面上的植物低声吟唱，一切都在不可确定的状态中……单弦将画端端正正挂在他自己的房间正中。

贵阳的气氛顿时有一丝诡异。

15

时间倒计数结束的时候，雷宇正在刷牙。清晨的阳光和卖豆腐脑的吆喝声一起传进窗户。他脑子里突然像断了发条，那一直“滴答滴答”的声音消失了。雷宇握住牙刷的手一下子悬在半空，看着镜子里的自己发愣。

这就完结了？他所来的世界，就这样将他一笔抹杀掉了吗？他的荣誉和生活，他的经历与情感，都将随着他的名字从上面的档案中消失而无影无踪，他的本体意识将被清洗干净，好腾出地方来给下一个时空“救火”队员，是这样的吗？

他回不去了。

雷宇冲干净嘴里的牙膏沫子，洗了脸。他转头看见单弦房门大开着，单弦半躺在床上面对那幅《星夜》。

星月的天地之间，是一束生命旺盛的绿色火焰。

“你为什么要喜欢这幅画？”雷宇没好气地问。

“那么你为什么要找那个男孩？”单弦偶尔言语锋芒十足，让雷宇无从反驳。

“等到我能告诉你的时候，我自然会告诉你。”

“呸，你们每个人都当我是傻瓜。其实我比你们想的要聪明。”单弦愤恨。

“证明给我看。”雷宇的声音单调干涩。

单弦咧开嘴笑笑：“我要搞清楚空间的方向性。”

雷宇一惊，难道这年轻人正是他要找的人吗？这两天的明察暗访全是白白耗费气力？“为什么有这种想法？”他控制住声音中的颤抖情绪。

“时间是有方向的，昨天、今天还有明天，不能逆转。可是空间呢？空间的方向性在哪里？上下左右根本说明不了任何问题。所以我想搞清楚。”

“你应该去考大学的物理系。这样冥思苦想什么答案都得不到。”

“可能不会有结论吧。”单弦不太在意，“我就是想想。”

“想解决不了任何问题，你必须证明演算推理实证，才能得到一个确凿无疑的答案。”雷宇坐到单弦对面，挡住他凝视油画的视线，“实际上你的问题已经涉及当前物理学的前沿领域。你听说过弦吗？”

“那是什么？”

“有皮筋吗？”

单弦就去单大婶的梳妆台那里找了一根皮筋。雷宇拿在手里拉伸。皮筋绷紧了又蜷缩，带动周围空间的舒张和卷曲。单弦看着雷宇的手，似乎从没发现皮筋有此特别之处。

“弦是最基本的形态，构成我们周围所有事物的基元，包括我们的思想，我们的声音，我们的目光。弦理论是一个完美的统一理论，将万有引力、电磁、弱和强相互作用都概括其中。”雷宇想不到自己的声音中有如宗教布道般的蛊惑力量。

“基本粒子是电子。”单弦却说，“谁见过弦？”

“教科书从来只会采用成熟的理论。至于弦的存在，得靠物理直觉，不能满足于理解那些有明确数学定义的东西。”雷宇引用不知从哪里看到的一句话，颇为自得，“发现弦并被大众认同是迟早的事情。”

单弦的目光积聚到雷宇脸上，似乎是要考核他话的真假。雷宇觉得单弦的目光如同山泉，清澈而简单，比他本人更容易理解。“相信我说的话。”雷宇强调。

“关我什么事？”单弦转过头去，拍拍手里新买的《凡·高传》，“反正发现弦的人也不会是我。我高中数学很差，物理更坏。”

16

单弦去小吃店上班后，雷宇睡到了他的床上。看着墙上凡·高的画，雷宇不知不觉睡去了。他梦到自己的记忆是一张金黄色的喷香的蛋饼，被盛放在一只靛蓝色的瓷碟里。瓷碟上绘制了苗族特有的花纹。那记忆中的蛋饼热气腾腾，看上去非常迷人。于是就有刀叉左右开弓，向那蛋饼正中戳进去，将它生硬地切成两片。被剖开的蛋饼里面是灰白的碎末，散发出干燥陈腐的味道。刀叉在那些碎末里搅拌，碎末飞溅，蛋饼顷刻间变为空洞的面皮。

有一只手将这面皮捡起来捏在手里，捏成一个球。雷宇的目光顺着这只手慢慢上移，他看到面前的人。恍惚中以为那是另一个自己。直到那人开口给他杀人的任务，并将一袋战国时期的刀币扔在他枕头上。织锦的口袋袋口一松，刀币散落在枕头上。枕头雪白，铜币布满斑驳的青锈，交相映称，美不胜收。雷宇到此便醒了，始终看不清楚那只手的主人的脸。

雷宇坐起来，面对那幅画发呆。梦境只是幻象，但这幻象所掩盖的是什么呢？也许他根本就不是杀手，所谓任务是一种借口，其目的只是要将他从他的那个世界中驱逐？这个想法太不可思议了，他连忙放弃它。上面收不到他的讯号，应该知道他的任务已经失败，不会再向这个时空派遣任务了。他现在必须面临的要紧事儿，是作为“人”，他的记忆是为了这个任务存在的，任务的失败也将导致记忆的失败，从而逐渐将他变成行为混乱没有记忆的疯子。在没有找到弦论大师以前，他自己的存在都将变成问题。

不能坐等了，挽救他失忆的可能方法只有一个：他自己培养出一个弦论大师来。

雷宇被自己的想法吓了一大跳。弦的微小扰动决定不同自由度的粒子，在二维膜上缔造的世界只要一个参数不同就会决然迥异。他来的这个世界也许根本没有什么弦论大师，有的只是一帮曾经嬉戏年少而今正为生计各使手段的青年。

这些人中谁会对空间感兴趣？这是座比较重视实际生活的城市，能够感同身受的才是最好的。只有喜欢《星夜》的单弦例外。但一个对物理学毫无概念的 25 岁青年，要在尽可能短的时间内变成大师级人物，这不是“奇迹”两个字可以解决的，得在“奇迹”前加上“大大的”三个字才行。

但还能有什么办法吗？雷宇皱眉头。他只有培养一个弦论大师出来，才能打开时空路径，然后杀回他的世界，质问上面为什么要派他来执行如此语焉不详指向模糊的任务？

雷宇走到书架前，手指一一扫过那些图书的书脊。弦论公式简单明了，但其推演出的所有理论与求证实验雷宇却都一无所知。雷宇更不知如何用人的语言来表达。何况，就如人所熟知的 $E=MC^2$，简单的公式后面是复杂的计算、大量的实证及历史研究的沉淀，那是仅仅会背诵公式的学生无法复述的过程。

走过许多时空的雷宇，盘腿坐到地板上，拿出他的感应器。感应器仍然对他没有任何反应。但这个小东西在他手掌之间的翻动，却给了他一些启发。

雷宇的目光，最终落在凡・高的《星夜》上。

17

中午大雨，从外面回来的雷宇连连打了好几个喷嚏，体温骤升了 2℃。立刻有城市健康委员会的工作人员上门来检查他的情况，禁止他再到户外活动，并责令单弦与单大婶都暂时在家休息。单大婶凶巴巴地抗议了几声，就乖乖地待在家里宽带上网打麻将。小吃店被全面消毒后暂时关闭。

雷宇得以和单弦朝夕面对。

“你对空间感兴趣，那我就和你说说空间对称性的问题。”雷宇说，“这样你会理解什么是超对称性，从而更好地理解弦。你知道什么叫作对称吗？对，我们的脸是对称的。对称性有分立的对称性和连续的对称性。分立的对称性，就像你这本书，它是正四边形的，将它转动 90 度，它还是原来的正四边形。连续对称性如一个球面，以球心为原点，无论怎么转，还是原来的球面。这是一个物理系统固有的对称性，或一个物理态的对称性。在一个物理理论中，还有一种动力学的对称性。假如一个态本身不是转动不变的，但我们将之转动后，同时还转动用以描述它的坐标，连续的对称性，这样这个态的一切动力学性质和转动之前完全一样，这就表明空间本身的各向同性和物理系统本身与空间的方向无关联性。喂，单弦，你怎么睡着了……”

物理学对单弦真是一首好催眠曲。奇迹如果轻而易举就获得那便不是奇迹。奇迹需要耐心和等待。雷宇看凡・高的 DVD 专题片，对单弦的哈欠毫不在意。

看完了凡・高，雷宇拿出他的感应器给单弦看。

“你一直想知道我为什么找那个男孩儿，为了这个。”雷宇转动感应器——

这是一个 1 立方分米的立方体，透明晶莹，但却不反光，深邃得令人晕眩。

“水晶镇纸？”单弦猜，“批发市场 5 块钱一个。”

“这不是水晶镇纸，这是一个感应器。”

“感应器？”

“是。”雷宇抚摸着那光滑润泽的物体，这是唯一可以证明他任务的东西，唯一可以让他在这个世界记住自己本体的东西。“每个事物都有左手征和右手征。每个弦都有其镜像。所以产生了这个感应器。”

单弦满脸困惑。

“我要找的那个男孩儿，他在成年的时候终于将高深的弦理论简化为一个通俗的公式，从而改变了整个世界。”

“没有人能改变这个世界。”

“可以的。那是在人类智慧整体积累上的突变，蒸汽机车、飞机、原子弹，都划定了一个时代。”

“那个男孩儿已经成年，他发明那个公式了？”

“还没有。”

“那么你怎知道未来的事情？天，别告诉我你是从未来来的。”单弦蒙住脸。

“不，我不是从未来来的。我从哪儿来并不重要。实际上我自己也搞不清楚。我的记忆是从到贵阳开始的，我的感觉似乎从没有离开过这座城市。但我们不讨论我的问题。只说这个感应器。”雷宇举起那个物体，“它用那个人本身的思维分子的镜像为基础结构建造，是一个超稳定的弦结构，不会被任何外力破坏。但是一旦那个人与之接触，弦之间的频率共振产生作用力，那这个结构就不会再得以保存。”

单弦竭力想理解雷宇的话，但显然他做不到。他痛苦地皱起了眉头。

“就是这样。”雷宇将感应器放在单弦手上。

感应器毫无反应。

“说明什么？”单弦问。

“说明你不是那个人。”雷宇舒口气，“我早知道你不是了。”

“那么有反应的就是你要找的人了。你找到他会怎么样呢？”

会杀了他。但雷宇却说：“我会告诉他这世界的终极理论——关于弦的一切。”

“那你为什么不告诉我？”

“一个物理和数学都极差的人？不，你没有这个天赋。”雷宇微笑。

单弦哼了一声，将那感应器扔回雷宇手中，不再问什么。

18

几天之后，瘟疫警报解除了。邻居们蜂拥而至请单大婶的小吃店立刻开业。单大婶正在联众棋牌室里厮杀得酣畅淋漓，坚决要众食客等她扳回老本再说。

一直不怎么和雷宇说话的单弦忽然问他：“你会开车吗？”

“会。”

“那我们租辆车出去走走。我在家里好憋闷。”

雷宇和单弦便租了一辆越野吉普车走。车子按照单弦要求穿城南行。沿途都是绿灯，新铺的沥青黝黑清爽，南明河与梧桐树左右相伴。单弦打开车窗，随音乐节奏在风中呼啸。车子出贵阳市区，经小河过花溪，两旁青山不绝，田野不断。

“我不知道你从哪儿来，干吗老是说关于弦的事情。你让我心神不定，好像生活有其他的真相，存在另外的可能。比如我是因为目睹了什么事件而被黑衣人抹去了记忆，或者是计算机甄选出来作为程序的改良程序。无论哪种可能，命运都不是自己能把握的。”单弦关掉车载音乐，对雷宇说。

雷宇目视前方，对这年轻人的困惑无动于衷：“你不是救世主。别相信好莱坞电影。”

“我知道电影必定与现实生活相差遥远。但，谁知道好莱坞编制那些可能性的真实动机。就像我不知道你的。为什么你要告诉我弦的事情？”

“等你真正理解了弦，你自然就会知道。”

单弦猛地踩刹车，不待车子停稳就跳下去。“别和我说时机未到！”他愤懑地嚷，“你又不是先知！”

“我不是。”雷宇面无表情，“如果你懂得弦，你会是。”

单弦伸开双臂，拍打车子，发狂道：“是不是到那个时候，我就可以看到万物其实全都是数据流。所有东西都是虚假的，制造的，没有实体的？！”

雷宇打开车门，很平静：“生活不是科幻电影。弦也不是电子空间。你会将它们区分开。”

单弦上了车，一路都气鼓鼓地不说话。他们开到了青岩附近，就在当地吃农家饭。木梁泥墙稻草铺顶的老房子，建在一块稻田上面。主人将房梁上挂着的被柴火熏得乌黑的腊肉取下，给他们蒸腊肉饭，还有从田里新摘的西瓜做饭后水果。饭桌就对着稻田，几头仔猪在饭桌不远处的圈里哼哼。有一只鹭鸶在田里捕食，时不时飞跳起来，白羽黑爪与翠绿的水稻配出天然卓越的山水国画。

望着那只生气勃勃的鸟，单弦突然间心平气和。他问雷宇：“我该怎样开始了解弦？”

19

他们回城途中碰到庆祝瘟疫结束的花车游行。吉普开不动了，只好停在路边等游行结束。但是游行渐渐变成一场狂欢，周围的观众纷纷加入队伍中凑热闹。雷宇被银饰环佩叮当的布依族少女拉下车子，在热烈欢快的乐曲声中翩然起舞。伴奏之人坐在花车上，都是须发皆白的老者。他们手持月琴、牛角胡、马骨胡、葫芦琴、勒浪、笛、牛皮鼓和小马锣，吹吹打打怡然自得。

“听听，听听，这是北宋时期传入黔地的古乐‘八音座唱’，现在已经没有什么人会演奏了。”“据说金阳那边修路发现古猿人化石了，这可不得了。说不定贵阳以前是古人类的发源地呢。”“不是说贵州人夜郎自大吗？总要有自大的理由吧。源远流长，天下皆出自我，你说我该不该自大？”人们喧哗着，嬉笑着，话语如同棉絮，渐渐布满雷宇周围。如果没有弦的困扰，贵阳真是好耍。雷宇心想，这时才发现单弦不见了。

单弦凌晨3点才回家。他浑身酒气，几乎瘫倒成一团泥。一个娇小玲珑的女孩子送他到门口。女孩子嘴角俏皮地生了一颗小小的黑痣，看见雷宇就连声惊叫：“呀！是你！我们机场见过的。你忘记了吗？”

雷宇摇头。

女孩子不高兴，提高声音：“那你现在要记得我啊，叫我璇好了。”她顿了顿又说：“你的健康跟踪器可以去清除了。他们会给你免费做体检呢。可别忘记了。”

雷宇正想着那个跟踪器的事情，也许去掉了，他的电磁场就可以恢复正常。璇自告奋勇陪他去交通部门报道。巧得很，遇到了那个机场的出租车司机——他还记得雷宇，一见面就招呼：“你还在贵阳啊？怎么样，贵阳不错吧？”看到璇，司机脸上顿现恍然大悟的表情，冲雷宇竖大拇指：“你真真要得。”

雷宇没说话，操控健康跟踪器的那些人，是什么样子的？虽然他与人类没有任何的不同，但他仍然对那个部门有一丝丝的恐惧。毕竟他只是人的模拟体。

璇和司机聊天。司机熟悉交通部门负责跟踪器的机构，据他说，这几天去解除跟踪器的人有好几十，他已经拉过去好几个。“我们贵阳好啊，”他一路都在唠叨，“来的人都不愿意走！”

雷宇懒得理司机，好在目的地很快就到了。机构不大，一些普通的神色拘谨的公务员们有条不紊按章办事，没有对雷宇啰唆一句话就将跟踪器从他体内吸出。手腕空了好久，雷宇才彻底相信那健康跟踪真的只是健康跟踪。

“你怎么了？”璇挽住雷宇的手臂，“你表情怪怪的。”

“有吗？”雷宇摸摸脸，“没什么，我只是觉得——贵阳挺不可思议的。”

回到单家雷宇立刻取出感应器，它依然没有反应。也许电磁场的恢复需要一段时间吧。雷宇想。那边单弦房间里璇清脆地笑。单弦低沉的笑声也少有地夹杂其中。

于是璇成了单家的常客。璇 24 岁，眉眼秀丽，声音温柔，除了打麻将时与单大婶对吼很不像话，其余时间都十分乖巧。

“她是我的初恋。”单弦告诉雷宇，“我们好了很久了。”

“没有那么久。”璇纠正他，“只有两年而已。而且我去旅游学校以后你根本不理我。”

“我以为你不理我了呢。”单弦辩解。

璇嫣然一笑。

璇每天都到单家的小吃店来，然后上单家看雷宇。她劝雷宇不要整天待在房间里折腾单家的旧电器。但雷宇却似乎喜欢修理，不仅仅弄好了单家的旧电视和影碟机，还把左邻右舍的坏电器都修了个遍。

璇跟雷宇说：“你还喜欢做修理工啊？今天甲秀楼放花灯，你和单弦陪我去看啊！”

雷宇想推辞，单弦却也说一起吧，他好久没逛街了。雷宇只好答应。

去大南门的道路堵车，三个人弃车步行。马路两旁的法国梧桐已成抱拢之势，树荫宽大，几乎遮日。璇穿条宝蓝色印花珠片吊带裙，走在两个男人之间，如一只蝴蝶精灵。

灯会还没有开始。单弦建议去逛路旁的书店，璇嚷着要吃恋爱豆腐果。雷宇不能两个人全陪，只好女士优先。璇却不等他，自顾自找了食摊坐下。主人送过来蘸水碟，碟里一层精炼过的油辣椒，亮晶晶的红油里混了芝麻、葱花、碎花生米、蒜末、姜茸、细盐、味精、酱油、老醋、香油、香菜末。主人给烤架上的十来块半焦黄的豆腐再刷一层油，豆腐发出轻微的噼啪声。“这是恋爱豆腐果。你也来两串？”璇回头叫雷宇。雷宇摇头，神情里有些不屑。

“你别瞧不起这种坊间小吃，以前还救过人的命呢。”璇不管雷宇肯不肯听，自顾自说下去，“那是抗战时，日本人对西南大后方进行空袭。炸到贵阳了。有个小伙子的住处给炸了，他被埋在废墟底下，人们看得见他，就是救不出来。有个姑娘可怜他没吃的，就把家里的豆腐烤好了带给他吃。”

烤架上的豆腐变成油亮的金黄色。主人将豆腐取下放在璇面前的空盘里。璇迫不及待夹开一块豆腐上面的皮，将蘸水汁浇进去，然后咬上一大口。

“后来呢？”雷宇不喜欢没有结尾的故事。

“后来大家就管这种油炸豆腐叫作恋爱豆腐果了。”璇说，一块豆腐已经消失在她的樱桃小口中。红润嘴唇上一层油光泛动，偶然唇里露出雪白的牙齿来——雷宇看璇有滋有味地吃豆腐果，心里却极想尝尝那红唇的滋味。

璇过足了瘾，发现雷宇呆望着自己，忙找纸巾擦拭嘴唇，问他："你怎么不吃？"

"啊，我不想吃。我去看看单弦，怎么逛个书店要这么久。"雷宇就要站起来。

"不许走，我还没吃完呢。"璇撒娇般地命令道。

雷宇又坐下，转过头，就看见了南明河中巨石之上的甲秀楼。楼檐与尖顶、窗棂镶嵌的小灯，正一盏盏亮起。灯光里，单弦抱了一摞书兴冲冲过来。雷宇翻了翻，全部是高等数学和量子力学方面的书籍。

"你要干什么？"雷宇和璇同时问。

"我没有天赋，但是我会勤奋。"单弦瞧雷宇，目光里充满挑战，"我总有一天会理解弦。"

雷宇不知道该如何回答他，手里还捧着他买的书，沉甸甸的。过了一会儿他才说："好，等你理解了，我一定知无不言。"

"那我们击掌为定。"单弦伸过手。雷宇只好也伸过去。两只手掌在空中发出清脆的碰击声。

"你们到底在说什么呀？"璇看看雷宇，又看看单弦，满脸疑惑。

"一个学术问题，你不懂。嗨，快看啊，月亮！"单弦指着天上，叫道。

银亮的月正渐渐被黑色侵蚀，只剩下细细的月牙了。浩瀚的天幕上也只有这细细的一弯月牙。月牙越来越细微，弓成一线，如弓之紧弦。随即弦断弓收，月亮被黑暗完全吞没。原来是月食，雷宇记起来。这是他原来世界没有的景象，在贵阳看见了。

"扯，你哪儿有什么学术问题啊！"璇拍单弦的背，"上次你把积蓄都花了买苹果电脑，要学平面设计，结果怎么样？你还是现实点儿，听婶娘的话秋天去上个厨师班。"

"如果那是我选择的，我会坚持。"单弦的脸上忽然显出从未有过的倔强表情。

20

时间自从月食以后呈现出迅疾的姿态。雷宇感觉到时间的迅速流逝，白天黑夜交替轮换，似乎在一瞬间就完成了。他人类的面孔上，居然有了细细的眼角纹和抬头纹，而感应器还是一如既往沉默着。只有单弦对弦的坚持，让他觉得等待不是那么漫长和无聊。

在等待中，雷宇渐渐搞清楚了单大婶的羊肉汤配方，杂货店里也出现了消失许久的"百香果"。

璇看见雷宇在小吃店灶台那里忙活，诧异得都说不出话。“单弦呢？”平息了心头的惊奇，璇急问。

“他在忙。我替他干一会儿。你能到隔壁给我买一块钱的‘百香果’吗？”雷宇回答。

璇片刻跑回来，晃晃手中的食品袋：“真的有‘百香果’，我好久没吃到这种东西了。小时候我最爱吃这种糖了。后来就没看见卖的了。”

“需要就会刺激生产。因果互相影响。没有孤立的系统存在。”雷宇一边说，一边给顾客端上牛肉面。那边有人叫肠旺面。雷宇应声问：“红轻红重？宽汤？”

“你还会做什么？”璇跟在雷宇身后，抽空将一颗“百香果”送到雷宇嘴里。

“厨房的事情难不倒我。”

“你真行。”璇闪动的眸子令雷宇害怕，他岔开话题：“是找弦子吗？他去贵州大学旁听物理了。”

“又为了那个弦？他真是疯掉了。单大婶说他天天琢磨这个，还泡在网上找同道中人。”

“他的确有点儿疯狂，不过这种兴趣挺宝贵。”

璇忽然不说话，抬起头，盯住雷宇的眼睛：“你和我说实话，他在这个，什么弦上，有发展前途吗？”

雷宇摇头。

“那可怎么好，总得让他明白这一点啊。”璇着急。

“每个人都可以对科学拥有热情。他现在的状态非常难得。哪怕没有什么成果，也是值得称道的。”

璇轻轻叹气：“也许你的想法是对的。可我，”她停顿一下，到底那半句话也没说出口，只是将那袋“百香果”塞在雷宇手中，走开了。

璇走出去几步，忽然又跑回来，问雷宇：“那你呢？你又在这里做什么？”

雷宇抻抻身上溅满油花的围裙，说：“等待。”

“等待？”璇不解。

雷宇点头：“对，等待，等待奇迹。”

21

等待需要耐心。雷宇很清楚。贵阳并不像是能够创造奇迹的城市。但他最有职业素质，只要存一线希望接近成功，他就不会放弃。何况，他已经将自己的未来与单弦能否领悟弦连在了一起，他必须将单弦培养出来。

趁着单弦不在，雷宇将《星夜》后面的神经诱导器又调高了一个数量级。

用人类的器材制作出的神经诱导器非常粗糙，但对单弦还是颇有影响。

单弦常常站在《星夜》前发呆。他揉着通红的眼睛对雷宇说："我觉得我像个刚刚大梦初醒的人，这世界太玄妙了。而我以前一无所知。你看那些从网上下载的文章。"

"有收获吗？"

"网上？论坛上的东西对我这种新人来说真的是不知所云。"单弦苦笑。只有一位不愿意将业余时间打发去写论文的研究员，很通俗地用中文演讲弦，文章他能勉强看得进去。研究员写到某位学者用一个硕大无比的夹纸板演算公式，从左上角开始用蝇头小草一直写到右下角，写满后翻过页接着写，算上几个小时不知疲倦，其间唯一的休息是将铅笔放进电动削笔刀中削尖。看到这里单弦就心存羡慕，到处去找那种夹纸板，幻想着有朝一日也这样将数学公式一气呵成推算到底。

"我知道初学者要想研究弦，就如同家庭妇女要登喜马拉雅山一样，是件异想天开的事情。不过如果抛开所有复杂的演算，另辟蹊径，它也许就不困难了。比如，我能不能在计算机上建模用多维结构模拟弦运动。我说不好，但是也许我会能。弦论的基本对象不仅仅是各种振动着的弦，还含有其他自由度，比如纯粹的点状粒子、两维的膜，等等。数学部分求证很困难和复杂，但物理学家要有直观，不能满足于理解那些有明确数学定义的东西。就当我现在开始大一的物理课，我不过才 25 岁而已。学上 10 年，应该也能向论坛上那些人一样发言了。"

雷宇叉起双臂，冷水泼到什么地方算合适的催化剂呢？他只能走一步试一步了："这很难，理论必须有实际的例证支持。引力红移，光线弯曲和水星近日点进动等现象验证了广义相对论，它能够解释所有已知的宏观引力系统。而且到目前为止，科学家们在物体 108 微米的距离上，都没有观测到引力定律的异常现象。引力与距离的平方依然成反比。要建立一个理论不难，要找到检验这种理论正确性的论据却很难，你明白我的意思吗？"

"那么关于弦你究竟知道什么？"单弦的语气咄咄逼人。

雷宇躲开他的锐利目光："我知道你无法理解的那部分。"

"我很快就会理解的。你等着。"

雷宇不再说什么，转身要回自己的房间。

单弦突然冲着他的背影喊："你找的那个男孩子就是我！我想起来了，就是我。我小时候不但喜欢给大家讲书上的事情，还带着大家恶作剧，在孙师傅家楼梯底下放鞭炮，差点儿把他们家那只大黑猪吓疯！"

雷宇径直走回房间。

那边单弦还在大声叫："你听见没有，我就是你要找的人！"

雷宇"啪"地将房门关上。

22

如果单弦是那个人，你要杀了他。如果他不是，他在你的引导下正将自己变成那个人，你还是要杀了他。你并不问动机，你只是要杀人。

雷宇心里那消失许久的本我声音，又一次出现了。恍惚间，他似乎听到了头脑中滴答的时钟声音，但仔细听来，却又什么也没有。

上面派他来的真实动机，究竟是什么？他真的是一个杀手吗？在飞到贵阳以前，他的世界在哪里？

感应器掉在地板上，丝毫没有任何损坏。雷宇捡起这东西，在衣襟上擦了擦，东西依然晶莹剔透如故。我要疯了。雷宇骂自己，而我是始终可以把握命运的人，哪怕真相永远不了解。他将感应器放进箱子。他需要一杯酒来镇定，好在漫长的等待中保持耐心。

城市的酒吧街在北部邻近黔灵公园的地方。雷宇走进一家酒吧。璇正在灯光中摇摆，如一条摇曳的鱼。雷宇靠近她。年轻女孩子羊脂玉般的脸上泪痕点点。"我不在乎他是厨师还是物理学家，我只在乎他心里有没有我。你知道一个女人最需要男人什么吗？"她仰头问。

雷宇迷惘。

"最需要男人在乎她！她的感受，还有她的愿望。女人是为了爱情生活的。没有了爱情就没有了空气，会窒息而死。"璇大声回答。

正在蹦跳的男男女女用嘘声和掌声表示对她的赞同。

"可是男人需要全世界认同他，不仅仅是女人。"雷宇耸耸肩膀，"希望你理解他。"

"我理解可不赞同。还有你，你站在舞池外边干什么？下来跳舞啊！"璇叫。

雷宇来不及拒绝，便被璇拖下舞池。女孩子小小的手放在他的掌心里，乌黑的头发在他眼前飘。雷宇就觉得心脏跟着音乐节拍一跳一跳，拦都拦不住，马上会蹦出胸腔去。

音乐慢下去，璇的头抵住雷宇的胸膛，她轻轻地叹息，像是一支花儿的低语。雷宇握着她柔软的腰肢，整个人都要融化了。

吧台送他们法国葡萄酒，冰块与柠檬皮掺和在一起。璇说受不了，要去街头吃大排档，喝纯正的贵州赤水酿的刺梨酒。两个人吃成都麻辣烫。璇脸红红的，雷宇脸更红了。小工走过来收账，油腻的手在油腻的围腰上擦了又擦。一元的硬币一个个落在桌子上，璇数着一二三四却总是数不清楚。那小工失去了耐心，将硬币一股脑儿全攥在手掌里，手掌简直都要撑破。“二位麻辣烫，鸳鸯锅！”他眼睛盯住门口进来的男女，嚷道。

雷宇和璇一起随小工嚷，把进门的人吓了个魂飞魄散。他们在一屋子人的惊诧中跑掉了，一路上纵声大笑。雷宇拉紧险些撞车的璇，将女孩子搂进怀里。女孩子体态丰腴，气息炙热。他叫她，璇用微笑的目光答应。她的眼眸清亮透彻，流转顾盼之间，光华闪烁。

他们回到单家。单弦却不在。单大婶照例打牌去了。

“小时候，我做过一个梦，就是这幅画。”璇指着墙上凡·高的《星夜》，“我总在想，这些旋涡是什么？”

“是大大小小的银河。”

“瞎说。银河怎么会是这个样子？”

“就是这个样子，所有的银河都是旋涡状的，卷曲着运动，无数维的时空夹杂在一起，有各种不同的表象。”

“那些银河里，是不是也有太阳系？有地球和地球人？”璇的手指在画布上滑动。

“当然有。我们只是这万千世界中的一粒沙。”

“如果这些沙子中有一粒属于我，我就算死都会觉得很开心。”璇将头依靠在雷宇肩部，“彻彻底底只属于我。”

“单弦？”

“不，不是他，是你。我只想和你在一起。”

雷宇觉得他今天酒喝得太多了。“我要去找图书馆单弦回来，太晚了。”他咬着舌头说。

23

“到哪里了？”雷宇迷迷瞪瞪问。酒力已经散了，他为自己坐在一辆空调大巴上感到诧异。

售票员好不高兴：“你要去哪里？”

“这儿是哪？”雷宇继续他毫无建设性的询问。身边的璇却已经起身，伸手拉他的衣襟，示意他下车。

车外一条水泥马路斜入密林，林子那边是山峦叠翠。一些人力三轮立时蜂拥而至，问他们要不要花两块钱到镇上去。璇挑了一辆干净的有红色遮阳篷的，靠背光的一侧坐下。雷宇只好坐到晒太阳的那一边，将璇的旅行包放在自己腿上。

三轮车晃晃悠悠发动起来，一动起来就有风，雷宇额头的汗片刻被吹散了。他定下神来，车子已经接近一座古代的城楼，楼墙上青苔与雨水交错的痕迹斑驳可见。

“嗨，这儿是乡下吗？”雷宇在这时空的遗迹面前有些恍惚。

“青岩离贵阳市区 30 公里，算不算乡下？”璇吐出嘴里的口香糖，用面巾纸包了扔进路边的垃圾桶，“我在这儿有间房。”

“古屋应该很值钱。”雷宇随口说。

“那就打八折卖给你。”璇笑，“然后我租你的房子。”

雷宇眯起眼睛，璇已经抢先冲到台阶上去了——石板路一级级通向古代的城楼，楼门黑洞洞的，不知道隐藏着什么样的未来。去处还未得见，窄小的门洞仿佛一段弦，要将他卷曲起来抛掷。是的，他就是一段弦，被时空之手随意抛掷，需要合适的场所舒展开以便创造自己的世界。

“来呀。”璇在石板路尽头招手，“你会喜欢青岩的。”

会吗？雷宇不能确定。等待和杀手的任务就这样不了了之了吗？

“你来不来呀！”璇催促。

“来了！”雷宇回答，一抬腿，脚步竟然是无比的轻松。

24

雷宇在次日的报纸上看到虎门巷着火的消息，损失不算太大。但那栋有 40 年历史的法式建筑完全报废了。这也怪对老建筑不加修缮，一味使用。报纸上的图片显示雷宇熟悉的小吃店与杂货铺都是一片不堪的狼藉。

“我放的火。”璇将报纸从雷宇手上拽走，一本正经地说。

“瞎扯。”雷宇摇头。

“你不相信？”

“发生了什么事情？”雷宇站起身，居高临下俯瞰着璇。

“我们在胡同口碰见弦子，就去店里煮羊肉粉吃。他不喜欢我和你在一起，我们就吵了起来。我把他打昏了。然后，不知道怎么火就起来了。”璇噘嘴，“不怪我。他老是在说那个弦啊弦，他疯了呀。”

雷宇靠住门，阳光从门外直射进来，居然刺眼地炙热。

“火灾情况怎么样？”他听到自己的声音空洞地问。

“弦子他被怀疑纵火，已经被送去健康委员会鉴定了。”璇低头踢脚边的石头，“他果然是疯了。”

那个若古代弱冠书生般清瘦白皙的年轻人是疯子吗？雷宇闭上眼睛，所谓奇迹，真的就那么脆弱不能坚持要受天谴吗？

或者，自己陷入贵阳的世界是无论如何也不能否认的事实了。这就是被上面抛弃的悲惨下场吧?

就此老去，葬身时空的缝隙之中，不需要他雷宇再为自己惋惜什么了。

25

璇的房在背街上，不大，但是门面房，稍微收拾一下便可以开店。璇不久就申请做了镇上的导游。雷宇用璇的房开了一家小吃店，卖米豆腐和肠旺面。

有 600 多年历史的青岩处处是明清古建筑，依山傍水，清幽无限。镇上寺庙道观教堂共存，令雷宇常常感叹居民对宗教的宽容。感慨之余，他会走到百岁坊那里看下山狮，石刻的野兽似乎随时会在夕阳的余晖中夺路而逃。

弦渐渐变得遥远了。单弦因为被鉴定为精神失常而免于起诉，送进了精神病院。单大婶离开了虎门巷，据说去了新城区。有时，雷宇会想象单弦发现他失踪后的心情，也许会当他是骗子吧，骗说这世界有万能的弦，还骗走了璇。不管怎么说，这结局总比他真的去杀死单弦好。雷宇唯一遗憾的是离开得太过匆忙，将那个感应器留在单家了。

这种遗憾随着时间的推移也渐渐遥远。雷宇和璇在那年冬天，青岩被挂牌确定为中国历史文化名镇的喜庆日子里结了婚。

新婚那夜雷宇却睡不着觉，结婚这种事情是他以前的世界里没有的。他真的从头到尾都彻底地变做“人”了。他不能不借一点儿茅台来催眠自己。酒精的作用下，他进入了梦乡，却看见单弦站在那里，浑身都是血。

“你撒谎！你根本没打算告诉我弦的事情。你不讲信用。我们击过掌的！”那年轻人说着说着，愤恨的表情变得委屈了，他蹲下身去，嘤嘤啜泣，“我想知道，我想知道啊……”

火从四面八方烧起来。

雷宇骤然惊醒，他坐起来。璇急忙打开灯，给他擦额头的汗。

“那天晚上是我点的火，是不是？”雷宇抓住妻子的胳膊。

璇脸上无惊无惧，她挣脱雷宇的手，心平气和：“真相是不存在的。你比我更清楚。”

雷宇肃然。

这以后雷宇的日子安静而闲适，喝米酒、香麦茶，吃玫瑰芝麻糖、脆皮猪蹄，听佛钟寺鼓童子班唱圣诗，看杜鹃、珙桐、桂花和红枫。雷宇和璇之间再也没有出现过“弦”或者“弦子”这样的话题。雷宇想，实际上他已经忘记曾经的自己，只有偶尔在为食客端茶递水的时候，他会感慨几秒自己“可耻地堕落”了。

璇接待游客，整天说历史数典故谈古人。书院街、油榨巷、西院巷、状元街、慈云寺、万寿宫、北城门……一条光滑石板路，不知道来来回回走了多少遍。她带游客逛完历史就到雷宇的小吃店来吃米豆腐。雷宇赤膊裸胸，在小小的厨房里磨米蒸豆腐做配汤。店太小，客人们只好站到街上去吃——薄薄青花瓷碗中半透明的米粉块，红油一层环绕着，黑红的醋汁在中间流淌，让人怎么也吃不够。总有人惊奇这醋的颜色，于是雷宇就会指着醋坛子说青岩双花醋的好处，末了一定会卖出去几打一斤包装实际只有八两的醋去。

隔年，璇怀孕了。十月辛苦，诞下 7 斤重麟儿。雷宇无法描述喜悦之情，许久以来心里因为失去弦的空洞，被儿子填补得满满当当。小雷活泼好动，不惧生人。满月后璇将他的摇篮放在小吃店门口，托店里做杂役的七娘照料。小雷喜欢笑，成了食客的一爱。人们给他玩具，他都拆得稀里哗啦。雷宇还很鼓励他，美其名曰培养智力。

夏天来的时候小吃店租下隔壁的房子，有 5 张桌子了。小雷已经可以走路。七娘专门负责照看他，整天带着他在镇子里转悠。

忽然七娘跑回来，焦急地说孩子不见了。她把孩子捆在牌坊那儿去上茅房，出来发现绳子断了。雷宇听了浑身冷汗直冒，赶紧叫人找。璇也扔下游客们过来与雷宇会合。他们爬上城墙，穿过百岁的牌坊，打开状元府每一间房。他们呼喊，四只眼睛 360 度搜寻，直到筋疲力尽。

雷宇心里就有些隐隐不安。“还记得弦吗？”他问璇。

“弦？”璇瞪他，“我不记得了。你赶快把儿子找回来！”

镇子守门的人认识小雷，都说没看见。镇子并不大，他们找了很久，却怎么也看不到宝贝儿子的身影。他们不免垂头丧气。雷宇去挽璇的手，被她甩开了。璇眼圈红红的径直往前走。雷宇只好跟在后面，不敢再说什么了。

小巷曲曲折折，细窄得只能容他们两个一前一后地走。雷宇有些疑惑，在青岩生活了好几年，却从来没有见过这条小巷。巷子突然之间变得十分漫长，似乎总也不能走到尽头——来处已经隐藏进拐弯的空间中，去处却还未得见，窄小的巷子仿佛一段弦，要将他卷曲起来抛掷。

雷宇停住脚步，他清晰听见脑子里时间滴答的声音。那么清楚和明确，一声声都敲打在他的神经中枢上。他抱住头。但是声音就在他的脑子里，怎么也消除不掉。

新的 48 小时开始了。

原来上面始终不曾忘记他。

他们不过是在耐心等待。

璇也站住。她看着身后的雷宇，示意他快一点儿。但在巷子的深处，有熟悉的声音响起："你看这张纸，我可以撕成无限小，小得根本看不见。纸是由纤维构成的，纤维由分子构成，然后是原子、原子核、质子、中子、电子、介子、光子、轻子和快子……世界就建筑在无限小的一根弦上。"

璇顾不上雷宇了，她向那声音跑去。雷宇要快跑才能跟上。他们拐过一座房屋，就看见小雷在地上爬，那个感应器就在他面前闪动。单弦靠墙坐着，剃了个板寸，清瘦如从前。

璇要冲上去，却被雷宇一把拉住。

单弦继续说："他们把十一维时空折叠起来了，只给我们三维的。三维啊！真让人痛心。"

小雷仰起脸来，面对单弦笑得天真无邪。他伸手一把抓住感应器。单弦放开手。感应器在小雷的手上异光流彩，瞬间化为无数璀璨的微粒。

贵阳印象

凌　晨

《潜入贵阳》是我2004年发表在《科幻世界》杂志上的短篇科幻小说，距今已近20年。这篇小说得到了读者的认同，并获得当年的银河奖。小说的故事情节并不复杂：一个宇宙高阶文明的杀手，奉命进入贵阳，刺杀将为人类揭示宇宙终极奥秘的弦理论大师。但小说情节要表达的，并非刺杀的结果或者是反刺杀的过程，而是刺杀的过程——杀手迷失在贵阳城中，不仅没有找到刺杀对象，就连自身存在的意义都逐渐丧失，最终脱离原有的命运轨迹，变成普通市民，每日沉浸于鸡毛蒜皮的生活琐事。

贵阳是我的故乡，虽然11岁就离开，但故乡的记忆，在父辈从不更改的口音中留存，变成一个符号，藏于心间。2000年后我返回故乡的次数多了起来，这个符号才从一个词逐渐扩散为一句话，一段字，一篇文章，才变成了《潜入贵阳》中诱惑杀手的人间烟火，以及吸引读者的感官刺激。

2004年的贵阳，对我是新鲜的城，有趣的城，在每个街巷弯弯拐拐的角落里都隐藏着色香味的秘密。习惯于此的人麻木，初来乍到的人赞叹，于是城里的人想离开，城外的人想进来，街上游荡的都是不安的灵魂。潜入的不是贵阳，而是意识深处最后的渴望。

2016年后，我有机会每年暑假带家人回贵阳避暑。我们住在贵阳新城区中的新小区，闲来还租车去贵州各地游览。故乡不再新鲜有趣，从可以字句描述的形象变成一个面貌多元而模糊的人像，山川河流风土人情都在它的身上浮现，但却再也无法定义。

我明白了我与故乡的羁绊，那所谓的思乡情爱乡意，只因为故乡是父辈的记忆，故乡有亲人的等待。而如果没有这些因素，贵阳就不会成为我地图上的焦点，我日历上的计划，以及那一点一点用脚步和心灵进行的丈量。我寻着羁绊所找到的，是深埋于基因之中的祖先的故事，是为什么我存在于此时空的意义。

贵阳乃至贵州，处祖国西南高山深林之中，交通不便，田地有限，多雨少晴，穷乡僻壤，是“天无三日晴，地无三尺平，人无三分银”。经济穷，文化自然也穷，能上国史的文化人，还是被贬到贵阳的王阳明，他在这“万山丛薄，苗僚杂居”之地居住也仅三年，虽然有“龙场悟道”，但对本地发展影响有限。

因高山深谷生存不易，贵州人当务之急便是活着。2023 年贵州因台江县的村 BA，榕江的村超而成为谈资。络绎而来的游客，寻美食逛风景，发现贵阳乃至贵州食物，辣、酸、甜、咸，都带着家常菜痕迹，没有富贵气，顶级硬菜不过是辣子鸡、酸汤鱼和花江狗肉（如今很难看到），最多是各种辣椒、土豆、豆制品。无他，昔日太穷，食材不多，只能在辣椒、洋芋、豆腐上做文章。缺医少药，折耳根、苦蒜、薄荷这些药用植物便当菜做调料，外乡人吃不惯，却不知这是经过多少代贵州人的体验才得出的生存秘方。

贵州的底色，是生存的急迫。20 余万公里公路，8000 多公里高速公路，已建和在建桥梁 3 万多座，在“县县通高速”“世界桥梁博物馆”等美名的背后，隐藏着将近 4000 万贵州人走出大山的渴望。7 条高铁线路和 23 座高铁站台，让贵阳成为整个西南地区的高铁枢纽，交通结点。交通畅通了，还要产业支持。现代能源、大数据、材料化工、航空航天制造……贵州不仅仅有茅台，还有很多很多好产品。

故乡的印象，还有很多，限于篇幅，不能再谈。好在还可以用小说表达。接下来我将创作的一系列以贵阳和贵州为主题的小说，把积攒的感受细细讲述。

凌晨，科普与科幻小说作家。创作科幻小说多年，题材涉及航天、海洋、生物、人工智能等多种科技前沿领域，代表作有长篇小说《月球背面》，短篇小说《潜入贵阳》《天隼》等。多次获得银河奖、华语科幻星云奖等重要奖项。作品被读者评价为“具有独特的视角和细腻的女性色彩”“善于将虚幻的未来与现实生活融合，营造独特氛围”“在平直的叙述下充满了澎湃激情，刚柔相济，具有浪漫的英雄主义情怀”。

路煞

李兴春

一

我和同事到黔南深山的一个古镇出差，负责接待的主人介绍当地有一座古城堡叫作“密寨”，值得一游，只是千万不能在里面过夜。

我们问为什么？主人简单地说：“因为有路煞。”

我们再向其他人打听，才得到更详细的说法，这个说法在当地已流传一百多年：密寨虽然修得高大坚固，但在风水上犯了路煞，所以住在里面并不太平。现在虽然有人家在密寨里的旧宅开了铺面向游客卖东西，但天一黑都要锁上门回到镇上的新家过夜；游客更不敢在寨里住宿，所以密寨越发显得破败不堪，换句话说：阴煞之气更重了。

我和同事在白天游了密寨，就对它完整保留下来的古朴神秘的风貌赞叹不已；主人说：“密寨夜景更美，可惜没有人敢在里面过夜。”

同事知道我不信风水，也不信邪，就鼓动我今晚在寨里住一夜。我贪看密寨美景，一口答应下来。

我们和一户开店的人家说好，晚上我在他家旧宅住一夜，多给住宿费。这户人家笑着说：“我不收你的住宿费，只要你住了没事就好；要是有事，先把话说在前面，我家可不负责。”

第二天，我精神抖擞地来镇上找主人和同事，向他们大赞密寨夜景之美。同事见我单独住了一夜没事，当天晚上他也一个人在密寨里住了一夜。

第二天他来镇上的时候精神不振，他说：“虽然也一夜没事，但夜景并不像你说的那样美。”

我说：“既然你昨晚住了一夜没事，今晚我就住进去看看吧。前晚上我是悄悄在镇上另外找了一户人家住宿的，我可没你想的那样胆子大。”

受骗先住进密寨过夜的同事气得揪着我大嚷。我当晚也住进了密寨，但是，这一夜出事了！

二

半夜里我听到了不知从何处传来的怪声，像人走路的脚步声，有时轻有时重，有时杂乱有时整齐，还带着令人毛骨悚然的幽幽回音。我知道密寨里除了我不会再有其他人，起床来拿着手电筒出门转了几圈，鬼都不见一个。但怪声清晰可辨，我找不出声音的来源。折腾了半夜没睡觉，又受了点儿风寒，第二天我就病倒了。

当地人都坚持认为我就是犯了路煞，所以得病。同事为我请来了医生，随同医生来的，还有当地的老镇长。

老镇长虽然已经卸任，但在当地德高望重，很多人有事还是要找他解决。他来看了我病情并无大碍，就让我们早点儿离开古镇，免得再生事端。

我说："我亲耳听到来历不明的怪声，不把这怪声查明白，我绝不走。"

老镇长问："你们到底是干什么的？"

我和同事向他亮明了身份："我们是警察，这次是来古镇出差办案的。"

老镇长说："你们案子不是办完了吗？警察难道还管捉鬼？我就老实告诉你们吧，你听到的怪声，就是阴兵过路的脚步声。"

很多闹鬼的地方都有阴兵过路的传说，最后经过调查，其实都是特殊地形或建筑物引起的声学效应，但老镇长强调说，密寨的阴兵过路不一样，是因为密寨犯了路煞引起的。他说了密寨的来历——

当年密寨的寨主是一个姓安的本地大乡绅，安大乡绅有保土安民之责，所以主持修建了密寨。他因为不懂风水，密寨建的方位不对，犯了路煞，而且是一种可怕的"阴兵过路煞"。犯了这种路煞，就会不断地招惹刀兵。果然密寨建成后，将近两百年间兵连祸结，外地的军阀、本地的土匪、邻寨的世仇，甚至官府的溃兵，无数次攻打过密寨，闹得全寨家宅不安，鸡犬不宁。

看到我不太相信的样子，老镇长拿出了家谱，说："修建密寨的寨主就是我的直系老祖先，我就姓安。这件事不但我们这里的人口口相传，还在我家谱书上记得清清楚楚，代代相传。"

我也拿出了一堆资料，是生病后请同事帮我在古镇搜罗来的，好多是古旧的手抄本，我在病床上看着解闷。我说："密寨虽然容易招兵祸，一百多年来被无数次攻打，但从来没有被攻破过。这也是你们这里好多历史资料明确记载的。密寨既然犯了路煞，按理就应该守不住，但一直没有失守，你不觉得这很奇怪吗？"

老镇长笑了："这也是它被叫作密寨的原因，密寨有一个大秘密，才使它从不失守。说起这个秘密来，也是我家老祖宗安寨主的一大智慧和功劳。你身体现在怎么样？要没事，起床来我带你去现场解说。"

三

老镇长把我和同事带到密寨大门外。密寨虽然修在大山深谷，但寨门外就是一条宽敞平整的大道，全用巨大的青石块砌成，有坡度的路段砌成台阶；密密的台阶随山势层叠起伏，蜿蜒连绵数十里，一直通向山外。老镇长说："当年密寨修成，一开始有好几次都差点儿被攻破，朝不保夕。这时就来了个风水师看出犯了路煞，说应该拆掉重建。但修建密寨费工耗时，还花了大把银子，如果要拆掉重建，大家都觉得可惜。安寨主就问风水师有没有个破煞的解法？风水师拿着罗盘绕全寨转了一圈，又观看了山形地势，说正好有个解法，费力还不算大。

“风水师的解法就是修建一条这样宽敞平整的青石大道，按他指定的方位走向从寨门修到山外，并且按他算出的数目来砌台阶的级数，就可破煞。安寨主本来也要修这样一条路，方便行走，现在无非按风水师指的方向多绕几个弯，多砌几步台阶，整个花费还在他预算之内。于是大家按风水师的指点修好了这条青石大道，破煞的效果立竿见影，此后密寨无论谁来打，都久攻不下了。”

听了老镇长的现场解说，同事有几分相信了。我沿着青石大道从头到尾走了一遍，看出了蹊跷。我对老镇长说：“安镇长，你是看我们年轻，哄我们好玩吧？密寨本来山高路窄，地势险要，如果不修这条路，山外敌人来犯，不但运兵不便，还难以运送火炮什么的大型攻城器械；如果修好这条路，就可以对密寨形成直接威胁了。依我看，那风水师多半是外敌派来的间谍探子，利用风水路煞的瞎话骗安寨主修好这条路，方便他们的人运兵攻打密寨。”

老镇长笑着说：“你很聪明，当年的安寨主也不傻，他也很快看出风水师是个探子，但他将计就计，按风水师说的修好了这条路，结果不但没有吃亏，反而在暗中占了很大便宜，保住了密寨的平安。你要知道了安寨主的用意，也就知道了密寨的另一个大秘密。”

老镇长说完就走了，留下我带着同事在密寨里里外外地勘察，越看越觉得密寨不简单，可能隐藏着更多的秘密。

我请来我的一位朋友，他在科研部门工作，是一家声学实验室的负责人。他带着声学测试仪器来密寨和青石大道进行测试，收集了很多可靠的实验数据，使我对我的判断更加自信了。

下一次见到老镇长，我就对他说出了我的判断，也就是密寨的另一个大秘密：“青石大道和密寨之间由于特殊的地形，形成了共鸣、共振的声学效应。由于青石传音效果好，如果有众多人马在青石大道上走过，脚步声和马蹄声就会顺着一块接一块的青石远远地传到密寨，寨里的人听到了，就会提前很久做好防备。密寨其实并不怕来攻打的人多，也不怕炮轰，它怕的是突然袭击。所以要攻破密寨唯一的办法，就是偷袭，打寨子里的人一个措手不及。安寨主看到了这个弱点，才将计就计修建青石大道作预警器。用人来站岗放哨总有看漏的时候，用青石大道发警报就不会漏报了，安寨主当然不吃亏而是暗中得益了。”

老镇长笑着点头说：“这个秘密算你看出来了。当年形成的共鸣共振效果至今还在，所以那晚上你在密寨听到有脚步声，就是因为当晚恰好有人在青石大道上走动，像阴兵过路一样。你可能就是受到这个启发吧？”

我说：“我发现密寨的好多墙壁里都砌进一排排的空坛子，这有扩音的作用，也让我产生了联想。”

老镇长说：“安寨主在世时保住了密寨平安，也一直保守着青石大道传音报警的秘密。他临死的时候交代他的儿子，也就是第二代寨主说，无论出现什么情况，都不能动青石大道的一块石头，要让它一直保留原貌。他没有来得及交代清楚原因就死了。第二代寨主虽然遵照他的遗嘱办，但不知道青石大道的秘密。后来世道越来越乱，当地的土匪越来越多，他们眼红密寨的财富，一心想把密寨打下来。密寨在他们集体强攻之下有几次差点儿失守，这让第二代寨主着了急……”

老镇长的故事讲下去，讲出了密寨的下一个秘密。

四

老镇长娓娓道来：第二代寨主正着急的时候，又来了一个风水师。第二个风水师首先告诉第二代寨主青石大道的秘密，在第一代寨主死后，终于有高人看出了青石大道的秘密，并且泄露了出去。现在连土匪们都听说了，他们来攻打密寨的时候，走过青石大道都尽量加快速度，整齐地跑步前进。以前因为是偷袭，他们要躲躲藏藏遮遮掩掩的，不敢走这么快。现在知道反正青石路都会把他们行踪暴露给密寨里的人，他们无须躲藏遮掩，干脆快速前进，用最短时间赶到密寨。这样密寨里的人即使有准备，准备的时间也不多，所以才越来越感到防守艰难，密寨的处境岌岌可危。

第二代寨主一听更着急了，问第二个风水师：“那请教大师，有没有更好的守寨方法呢？要不，我还是把青石大道挖了？”

第二个风水师说：“青石大道修建不易，你把它挖了，土匪进来不好走，你们出去也不方便，这不是个好主意。你等我再看看这条路，帮你想个办法。”

第二个风水师拿出罗盘沿着青石大道反复走了好几遍，突然眉头一展，面露笑容，他对第二代寨主说：“这事的根源还是出在密寨，密寨还是犯路煞，不破路煞保不住寨子。第一个来看的风水师并没有完全说假话，修青石大道能够破煞，只不过他道行不深，把台阶的级数算错了，或者他是故意算错的。现在我来给你重新算一下，你按我算的把台阶改改，定能破煞保平安。”

第二代寨主完全听信了第二个风水师说的，按他计算出的台阶级数，把原来间隔较宽较远的青石大道台阶改窄改密，有些较窄较密的台阶改宽改疏。这一改果真见效，密寨又在第二代寨主手里挺过了多次攻打，巍然屹立了几十年。

第二代寨主临终也交代第三代寨主：无论出现什么情况，都不能动青石大道的一块石头，要让它一直保留现在的原貌。第三代寨主也是第二代寨主的儿子，巧的是第二代寨主也没来得及说出原因就死了，第三代寨主还是不知道青石大道的秘密。

老镇长故事说到这里，又卖起了关子，问我："你既然不信路煞，那你说说为什么按第二个风水师的推算改了台阶级数，就保了密寨几十年平安？这当中有什么秘密？"

我没有拿罗盘，空手沿着青石大道反复走了好几遍，最后也眉头一展，面露笑容。第二天见到老镇长，我说出了青石大道和密寨的又一个秘密：

青石大道的台阶本来一级级等距砌成，按人的正常步伐，可以一步一级，或者两步、三步一级，使人走得很均匀、很舒服，但经过改窄改密或改宽改疏，走一步就超出了一级台阶，走第二步又走不完第二级台阶；或者一步走不完一级台阶，两三步又超出第二级台阶。多走几步脚下更乱。总之间隔不均匀、不合理的台阶让人走得很别扭，完全失去节奏，而土匪们急行军必须步伐整齐，跑出节奏和士气来；步伐一乱，节奏不齐，无形中拖慢了行军速度，也就给密寨的守卫者争取了更多准备时间，把对他们不利的形势又扭转过来。

老镇长说："这个秘密又算让你看出来了。但密寨还有下一个秘密，而且是越来越大的秘密，不知道你还能不能再看出来？"

五

老镇长继续讲他的故事：密寨传到第三代寨主手上，已经进入民国，寨墙千疮百孔，好多地方垮的垮塌的塌，需要修补了。但奇怪的是：无论第三代寨主请来多么高明的工匠，再怎么补，也补不到密寨原来铜墙铁壁、固若金汤的程度。这时当地又出了个大土匪，姓王，绰号"王大怒杀"，因为他脾气暴烈，一发怒就要杀人。王大怒杀手下兵强马壮，几次攻打密寨都差点儿攻进来。而照密寨目前的样子，早晚要被攻陷，这又让第三代寨主急得火烧眉毛。

关于第三代寨主，流传的故事还挺多：他是留洋回来的饱学之士，娶了当地最漂亮的一个姓乐的女子。而这个嫁进安家的乐姓女子"安乐氏"却不让他安乐，在和别的男人偷情时被他发现了。第二天，安乐氏就失去了踪影，从此再没有人看到她。人人都相信是第三代寨主把她杀了，但人人都不敢说出来。

就在第三代寨主为密寨的修复工程着急的时候，又来了个风水师。这个风水师一来就看出青石大道改台阶级数是为了阻碍行军速度的秘密，把这个秘密向第三代寨主讲了；又说最近几次密寨的险情，也是王大怒杀看出了青石大道的秘密，特意训练他手下的喽啰兵调整步伐，适应了青石大道台阶的间距，所以行军速度并没有慢多少。最糟糕的是密寨年久失修，到处开裂，自然经不住急攻猛打。

第三代寨主一听更着急了，问第三个风水师："那请教大师，这密寨为什么老是修不好呢？"

第三个风水师又拿出罗盘，绕着密寨转了几圈，沿着青石大道走了几遍，说："这事的根源还是出在犯了路煞，不破路煞保不住寨子。第二个来看的风水师道行还是不深，以为他看出第一个风水师算错了。其实第一个风水师没有算错，大家都把他冤枉了。他也不是探子，是真心帮密寨破煞。所以现在只要把台阶的级数改回他原来算的，就能破煞，寨子也一定能修回原样。"

第三代寨主问："那不是又方便王大怒杀急行军来突袭密寨？米汤泡饭又还原了。"

第三个风水师哈哈大笑："王大怒杀好容易才把他手下喽啰的步子调整过来，这不是一天两天才能训练成的，你现在把青石大道的台阶级数改回去了，等于又打乱了他们步子，他们反而不适应，速度又会变慢了。"

第三代寨主听了恍然大悟，喜出望外，按第三个风水师说的，又把台阶级数改回第一个风水师算的数目，青石大道恢复成适合正常人步伐行走的间隔均匀合理的原状。但是，这次王大怒杀的喽啰兵并没有被打乱步子，他们很轻松地一下子调整过来，在青石大道上齐步走得更快了。密寨的修复工程也并没有因此变得顺利，好多窟窿裂缝照样补不严实。

最后再一查，第三个风水师才真正是王大怒杀派来的探子，诱骗第三代寨主把青石大道恢复原状，隐藏着更深的险恶意图，要让密寨不攻自破。

老镇长的故事讲到这里中断了，他说这回不是他故意卖关子，而是流传下来的故事到这里就没有了下文，各种资料也缺乏相关记载。要知道故事的后续情节和结尾，就要探查密寨更大的秘密。

老镇长的故事已经深深吸引了我和同事，我们决心把密寨更大的秘密找出来，替他讲完这个故事。

六

我们在密寨周围走访了更多的人，特别是上年纪的老人。我们搜罗了更多有关密寨的历史资料，还到老镇长家族的祠堂看到了安家三代寨主的画像。第三代寨主的画像已经是他本人的黑白照片了，按现在的标准来看他也很帅，但不知怎么我从他的相貌中看出了一种阴郁古怪的神情。

老镇长又说出了有关第三代寨主的一件怪事："前几年因为修公路迁祖坟，发现第三代寨主的棺材里没有他的遗骨，家族中有人说可能是年深月久化了，我一直不信。要说年代久，第一代和第二代寨主比他更久，但尸骨都没化。他的棺木也是密封完好，没有被破坏过。”

联想到安乐氏的失踪，笼罩在第三代寨主身上的疑云更重了，如果找出密寨更大的秘密，不知道能不能连同他身上的疑云一起驱散？

我又请来我那位声学家朋友重新用仪器把密寨和青石大道仔细测试了一遍，新的实验数据支持了我的猜想。我把老镇长请到青石大道现场，对他说出了我发现的秘密：

第三个风水师诱骗第三代寨主把青石大道恢复原状，不是为破路煞，反而是为了加重路煞，只不过利用了科学的手段。简单来说就是：如果派更多兵马，以更重更整齐的步伐走过青石大道，将成百倍放大青石大道和密寨之间的共鸣共振效果。我的声学家朋友检测出青石大道和密寨下面的山体与普通山体不同，它的土壤岩石含某种金属矿物质，密度很高，密度越高传音越响。这样一来密寨里的人能够更清楚听到青石大道上的脚步声，这对他们反而是一个灾难，因为脚步声引起的共振将把本已开裂的密寨建筑震得更松，这也就是密寨老是修不好的原因。

我对老镇长说：“千万不要小看这种共振的能量，现代部队行军经过桥梁时，都不准齐步走，就是为了防止齐步走和桥梁发生共振，震塌桥梁。第三个风水师懂得这个科学道理，他甚至可能就想直接用青石大道上的脚步声震塌密寨。如果他的意图实现了，那可真是你说的那种阴兵过路煞了，可以杀人于无形。”

老镇长听了似信非信，他把我曾经提出的疑问向我提出来：“照你这么说，密寨早就被攻破了，但为什么准确的历史记载，都说密寨从来没有被攻破过？这你怎么解释？”

我意味深长地说：“这也是所有秘密中最秘密的秘密，揭开这个秘密，密寨的全部秘密都将大白于天下了。我看你有点儿不信我说的这个共振的能量会这么大，趁我的朋友在这里，我们做个实验：按他测算的共振频率，我们找来镇上尽可能多的人，在青石大道上齐步走出这个频率，你亲眼看看密寨的房子碉堡会出现怎样的变化。”

老镇长说：“好，还不用找老百姓，就按你说的直接请部队来齐步走一遍。我们镇和当地驻军一直在搞军民共建，关系很好，请他们拉练时来帮我们走一趟做这个实验，小事一桩。”

老镇长去联系当地驻军，趁这个空隙，我带着同事展开另一番调查，解决我的另一个疑问。我查阅大量书面材料，听了众多口头传说，然后就一直在附近一带的山上转悠，那些山上全是古坟。同事迷惑不解地问我：“你是想找第三代寨主失踪的尸骨吗？”

我笑而不答。

七

艳阳高照，晴空万里，正是一个部队野外拉练的日子。当地驻军背着沉重的单兵武器装备，集结在青石大道入山的路口。随着一声令下，他们列队出发，齐步前进，目标就是密寨。原本清扫得干干净净的青石大道，在他们脚下立即腾起阵阵的尘烟。

老镇长和我都守在密寨里，我们很快感觉到周围房子微微颤动，灰泥砖石簌簌掉落，墙体开裂的缝隙越来越大。部队没有走完三分之二路程，老镇长就急忙派人去叫停，再走下去有些摇摇欲坠的老房子就真要塌了。

老镇长信了我说的，但那个疑问还是没有解决：既然王大怒杀和第三个风水师已经设好计谋要震塌密寨，第三代寨主也上了他们当，为什么密寨最后还是逃过一劫呢？这后来究竟发生了什么故事？

我说出了答案："王大怒杀和第三个风水师很聪明，第三代寨主也不傻。大家可能都忽略了他是留洋回来的，我查了一下，他当时曾在德国的一所大学学习，专业就是建筑学，力学和声学知识也很精通。王大怒杀和第三个风水师能够看出共振，他会看不出？不但看得出，而且可能比他们看得更深。所以我相信：他的上当其实是将计就计。"

根据我的声学家朋友和我共同的推断，密寨一直修不好的原因就是随时会受到青石大道上的共振干扰，加大这种共振就会震塌密寨，王大怒杀、第三个风水师和第三代寨主都知道了这个秘密，但第三代寨主进行更深入的分析，发现如果是另一种特殊的共振频率，又会反过来加固密寨。也就是说，凑巧合着一种节奏，震动会把开裂的建筑震松，扩大各处缝隙；更凑巧地合着另一种节奏，震动也会把开裂的建筑震"紧"，恰好弥合了各处缝隙。

这时第三个风水师来诱骗第三代寨主改造青石大道，第三代寨主立即就察觉了他的意图，因为把青石大道改回最初的设计，只能是为了方便来犯之敌齐步行军加大共振。第三代寨主应该还暗中观察了土匪们在间距均匀的台阶路段上行军惯用的步伐节奏，正好属于加固密寨的频率而不属于震塌密寨的频率；第三代寨主是"瞌睡来遇到枕头"，就假装上当受骗改造了青石大道，然后借土匪的脚力，帮自己"踩"紧"踩"实了密寨的建筑，完成了密寨的加固修复工程，这样一来，密寨当然更加难以攻破，原来的坏事变成了好事。

谜底揭开，老镇长也为后来故事的曲折发展感到震惊。我又告诉他：我的声学家朋友已经测算出那种特殊的加固密寨建筑的频率，如果以后需要修复密寨破旧的建筑，可以再请部队按这种频率齐步走过青石大道，这样将会节省一大笔工程费用。

老镇长说：“部队就在这里，不如趁这个机会试一试；我们镇早就想修复密寨，开发观光旅游了。”

我说：“当然可以，不过趁部队在这里，我想的是请他们再走一小段，把密寨继续震松一点儿，露出最后一个最大的秘密。”

老镇长脸色都变了：“还有最后一个秘密啊？我以为都已经到尽头了！”

我笑着说：“安老镇长，别忘了我们的职业是警察，特别是我的名字叫李深探，我经常要把一件事深探到底。”

八

部队又按我的要求继续齐步走了一小段路，直到我认为可以了，才让他们停下来。我、同事、声学家朋友和老镇长一起来到密寨中心，我带头引路走进中心建筑的一条地下乱石通道。包括老镇长在内，很多人都来看过这条通道，通道是一条死胡同，到了尽头只有封堵得严严实实的乱石堆，无处可去。但现在，部队在青石大道上走出的共振把通道四壁和石堆震得松松垮垮，到处出现裂缝。通道尽头石堆裂缝更多，差不多能容纳一个人侧身挤进去了。

我来的时候顺手带了镐头、铁锹，现在我和同事用镐头、铁锹毫不费力地把石堆裂缝扩大，让大家都钻了进去。

一股封闭了几十年的陈腐气味扑面而来，我们置身于一个小小的地下密室中，如果没有共振震开石堆裂缝，谁也不会发现这个密室，也找不到路进来。我说：“这个密室叫作‘瓮室’，是第一代寨主的巧妙设计，只有一道暗藏的窄门进来。这里是青石大道传过来的声音的聚焦点，也是共振的最大节点。在这里监听到的青石大道上的声音最大，共振最强烈。这个密室可能只有三代寨主知道，也只允许他们本人进来。但我猜后来又有其他人知道了，而且知道得比三代寨主都多。

“这个人是谁你们可能根本想不到，就是王大怒杀，很多人以为他只是个头脑简单性格粗暴的杀人魔王，其实他出身于上流社会，只因世道黑暗逼上梁山，当土匪之前他也接受过高等教育，不比第三代寨主差。他对青石大道和密寨之间的共振看得比第三代寨主深，了解得更透彻。他知道第三代寨主将计就计利用他来加固密寨，也知道在他们走过青石大道来进攻密寨时，第三代寨主一定会守在瓮室监听他们的脚步声和共振频率。他的计算比第三代寨主更精，算出他们造成的共振频率在加固密寨的同时也会加固瓮室；如果他们的脚步稍稍再重一点儿，瓮室还会被加固得过了头！”

声学家朋友的实验数据证明了我说的话：瓮室由于是共振的声波聚焦点和节点，受力更大，加固得过了头就是四壁都被共振挤压变形，连那道窄门都被挤合拢了，一丝缝隙都没有留下。第三代寨主漏算了这个，在王大怒杀带领土匪走过青石大道攻打密寨时，他一个人悄悄到瓮室监听，结果就再也出不来了，外面的人也从此找不到他。王大怒杀真正的目的不是攻打密寨，而是只要置他一个人于死地。王大怒杀经过计算，命令手下土匪在青石大道上稍稍加重脚步，合上又一种共振频率，这样即使不攻入密寨，也可以达到自己真正的目的了。

我说："这是几十年前制造的一桩巧妙的密室杀人案，密室外的人由于一直找不到他的尸体，后来只好用一口空棺埋进祖坟，隐瞒了真相。我们在做声学实验的时候发现这里还隐藏着一个密室，同时又算出加固密寨的共振会彻底封闭这个密室，我就猜想：他会不会在里面？"

说完话时我们的眼睛已经适应了瓮室里暗淡的光线，我的手电筒照到了瓮室一角蜷缩着的一具枯尸。由于瓮室干燥，又长期密封没有空气流动，所以尸体虽然死去多年，仍然没有白骨化，可以勉强辨认出他的相貌。

正是我在老镇长家族祠堂的照片上看到的第三代寨主。我不知道他是闷死还是饿死的，反正他脸上的神情更加阴郁古怪了。

我们帮助老镇长把他这个不幸的祖先尸体埋进了原属于他的空棺中。老镇长郁闷地问我："当年那土匪王大怒杀到底和第三代寨主有什么冤仇？要费尽心机杀了他？"

我遥遥地指着对面远方的山坡告诉老镇长：前几天，我和同事在那里找到了一处坟墓，是一处秘密的合葬墓，埋着一男一女两具尸骨。我说："王大怒杀其实不是本地土匪，他的老家和土匪窝离这里都很远，并没有必要下这么大力跑这么远路攻打密寨。他几次三番攻打密寨，我就怀疑他另有目的。另外根据资料记载，他死之后要求葬在本地，既然不是本地人为什么要来葬在本地？这我也感到奇怪。所以我就推断他是为了来和某人合葬，接着我找到他的坟，取得必要的许可手续把坟打开，看到了和他合葬的另一具女尸，正是安乐氏。

"简单说吧：当年和安乐氏偷情的那个男人正是王大怒杀。他们原来早已私订终身，是第三代寨主仗着权势强迫娶了安乐氏，估计也是为这个原因王大怒杀才当上了土匪。后来第三代寨主发现安乐氏对自己不忠，杀了安乐氏悄悄埋在对面那山坡上，王大怒杀知道了，自然要为自己的情人报仇。他后来临死不忘旧情，所以要求来和安乐氏葬在一起。请原谅我对你祖先的不敬，但很遗憾这是我调查出的历史事实。"

老镇长直起身，遥望着对面远山，感叹地说："都说密寨犯了路煞，现在我才明白密寨真正犯的是什么路煞了！它犯的不是阴兵过路煞，犯的是王大怒杀啊！"

我们身处故园，仍然在遥望家乡

李兴春

多年前，我在写《路煞》的时候，如果说有一条创作思路，那就是小说背景中那条深山古寨的青石板路。记得当时偶然看到电视台播放有关黔南旅游的一档纪录片节目，介绍那里有一座古老的山寨，山下通向古寨的石板路台阶一步迈一级嫌宽，两步迈一级又嫌窄，让人走得很不舒坦，也不知道是修路者故意设计的还是粗心大意造成的？反正笔者觉得这种不符合人体工程学原理的不等距的台阶很有趣，受到启发就构思了《路煞》的故事。“煞”通“杀”，“路煞”的路是一条暗藏杀机、充满杀气和回荡着杀声的路。

后来，我又了解到英国古老庄园中也有类似的“斗剑台阶”，宽窄高低不一，如果有外敌入侵，庄园主人就会将对手引到台阶上斗剑。主人熟悉台阶的“地形”，甚至可能还专门训练过；对手则会常常被台阶挡路绊脚，带乱步伐，也就难以施展剑法，至少难以跟上主人的速度和节奏。

时隔多年想再看这档电视节目已无从寻觅，在网上也搜不到有关的新闻报道了。但现在受到的又一个启发是：任何创作者的创作思路也应该是自己熟悉的“地形”，才容易施展自己的“笔法”。而任何创作者最熟悉的“地形”莫过于他自小生长的家乡的“地形”，以及早就适应了的家乡气候等。

正因为熟悉和适应，才会产生真情实感，才能发掘真材实料，所以文学史上才有那么多写自己故乡的好作品。

科幻文学着眼在未来，放眼于宇宙，天然就要有一种遥远时空的距离感、陌生感甚至神秘感，似乎不应被故乡的一方水土所限。但人们跨越亿万光年的星际远航都要从地球出发，地球之于宇宙，也无非故乡之于远方的放大版。就像人们常说“越是民族的，越是世界的”，越是故乡的，越是地球的；越是地球的，越是宇宙的。

如果觉得就算地球之外也不一定是“诗与远方”的远方，那么从天外接地气地写写熟悉的本乡本土、家长里短，这样的小说不一定不科幻，这样的科幻可以归类为“乡土科幻”，也就是我们这套选集的主题“故园科幻”。故园科幻这一概念听起来更丰富更浪漫一些，是写“诗与家乡”。

这样的科幻要在平凡现实中升华理想，要在日常生活中提炼诗意，更考验创作者的功力。倡导和创作这样的科幻甚至需要勇气，早有评论家发现：中国科幻一度流行把小说背景写到国外，这除了科幻天生就“洋气”，或许还因为画别人容易画自己难。笔者也写过不少这种“洋科幻”，虽然多半“画虎不成反类犬”，变得“不土不洋”，但今后看起来似乎还不得不写。

或许科幻可以再多些“土里土气”？

李兴春，作家。创作发表各种题材的小说、故事、散文、评论、论文等作品近百万字，多次获各种题材体裁征文比赛奖项。

绿巨虫

回到家乡，一切都变了。

记忆中的家乡，天是蓝汪汪的，宛如情人温柔的眼波；地是绿油油的，就像铺满了翡翠。

可是如今，全都不存在了。蓝天白云化作了阴霾雾霭，绿色的田地变成了枯黄的荒漠。

我看着那孤零零的村庄，在地平线上形单影只，心中梗住了，不由想起小时候，竹林掩映、山花烂漫、流水潺潺的村屋，那是真正的小桥，流水，人家。此刻，桥已断，水已干，家早破。

村里还剩下几户留守的老人和穷苦村民，一个个浮凸着黄疸病般的眼珠，发散着幽深和疑惑的眼光，缓慢而迟疑地行动，令我觉得面对的是一群僵尸。

我走到小时候游泳的小池塘边，干涸的塘泥，纠结如胶铸，死鱼烂虾的腐体残缺不全，散发着恶心的味道。我走到旁边那老水井边上，见井里早已被动物或者是别的什么的枯骨给塞满了。

后面一个苍老的声音传来："你终于来了，我们等了你好久啊，大侦探！"

我回头看到的是方伯伯那张如枯树皮般焦枯褶皱的面孔，他的眉头微微舒张，脸上痛苦的表情减缓，说："来吧，大家都在等你呢！"

是的，我是东方奇，我和丁野虽只是两位高中生，却被称为"少年冒险侠"组合，我们经历过世界上最恐怖的冒险，破解过无数悬疑离奇的案件，这一次，老村的伯伯非要我来这里，帮他们破一破这桩神秘的案件，我又岂能不来。

我跟着他回到村里，进入了一家昏暗阴湿，点着星星点点的蜡烛的房间。一张张可怜的面孔从火光中隐隐显露，都是村里的元老，他们紧张而苍老的面容，显得极度凄惨苦痛，然后，大家才开始对我讲述此事。

事情古怪而诡异，听起来比我过去破过的案件要吓人多了。

原本村里都是好好的，山清水秀，结果那怪物一来，就变成了这样。原本这一带的树木生意不错，一边种植，一边砍伐，还兴建了采矿场，突有一天，怪物来了，人们吓跑了，矿场倒闭，森林荒芜，水源都受到了污染，年轻人都跑出去了，只剩下老弱病残留在这里。

"所以，这一回，你们不是请我回来破案，而是请我回来捉怪物的？"最后，我问。

他们嗫嚅着点了点头。

"那怪物到底是什么样子的呢？"我问。

众说纷纭，有的说像巨大的蝙蝠，有的说像会移动的树，有的说像水中的巨蟒……它破坏了这里的一切，并释放出大量的核辐射，害得这里民不聊生，一定得想办法将它抓住。

“它喜欢什么？它会吃人吗？”对于这样的怪物，我心中也得掂量掂量。

人倒是没吃过，但是不断地吓唬人，哪里搞建设，它就会在哪里出现，各种工程都无法进行下去，村里更发展不起来了，害得家家户户都拜高山神。

高山神是村里世世代代的图腾，他绿绿的皮肤代表着绿色与生命，他胖胖的身体象征着富贵与幸福，他庞大的翅膀引领族人飞向未来。传说中历史上确有这样的神灵，他乘坐飞云而来，降下甘霖雨露，教会山民使用工具，启智开化，建造了一个和谐的田园世界，千百年来为世人传颂，全村全族，都是他的后人，世世代代都受他庇佑。过去，无论遇到任何天灾人祸，只要虔诚跪拜，必能解决问题，可如今却不那么灵验了。

大家纷纷向我诉苦，我又能怎么办，只能劝慰几句，又问怪物曾经出现过的位置。有人说在山林里，有人说在河道边，有人说在废矿井内，而时间一般都是晚上。

我立即开始干活，身为见多识广，破案无数的冒险侠探，我在地图上画出了怪物出现的范围。当晚就带着猎枪和火把，连同村民们组队上山，寻找这头怪物。

山上寒冷阴森，我们寻找良久，并无任何线索，便就地休整。我到林中探查，突见绿光一闪，吓得我连忙提起猎枪，不料旁边竟是山崖，我一脚踩空，摔了下去。等我清醒时，只觉遍体生疼，左脚几乎断裂，显然受伤很严重，再一看高处，天光微明，一块巨石悬空，微微摇晃，似乎随时要掉下来一般。我的手旁是一根藤蔓，正好牵动着那巨石，一个不小心，我定然会被砸中，然后死于非命。

就在这时，我看到了那庞大的绿色怪物：水桶般粗的躯体，生长着一个又一个的肉瘤和刺钉，圆圆的脑袋，眼睛很小，外面有框，如戴着一副黑框眼镜，无数细牙从嘴中钻出钻进，伸缩不定，天哪！这简直就是一条巨大的洋辣子嘛！我吓得毛骨悚然，不敢动弹，气息滞窒。

时间似乎停顿了一秒钟，我听到了高处滚滚的雷声，又看到自己的手不断颤动如瑟，糟糕！那牵引了巨石的藤蔓，已被我的手触碰，牵引着天然的机关巨石向我呼啸压来，我离变成肉饼不到零点五秒的时间。更为可怕的是，那绿巨虫也正向我扑了过来，肉乎乎的脑袋顶中了我的腹部，我顿时跌飞出去，与此同时，轰隆一声，巨石压在它那像是气球般鼓起的躯体上，它前后蠕动着，却无法前进半步。

真是老天保佑，高山神庇护，令我在双重危机下死里逃生。

但仍是迟了一步，怪物的嘴巴还够得住我的左脚，它张开口来，往上面喷出一口青绿色的浊液。啊！我吓得连滚带爬，一瘸一拐，跑出好远。回头一看，见它被巨石压得无法挪动，颈部矮下去老大一截，后面慢慢张开如蜻蜓翅膀般薄薄的双翼。它追不过来的！我忙吁了一口气，赶快查看左脚伤口，生怕被黏液腐蚀，急急忙忙从地上抓起一把泥土，轻轻撒在脚上，擦去那些黏糊糊的绿东西。接着我拿出辐射探测仪，往那家伙身上一扫，只见数字飞快上升，并发出尖锐的警报声，吓得我连连倒退。果然就是这个坏家伙，自它来到这里后，不知释放了多少邪恶恐怖的核辐射，将这里弄成荒山野岭，寸草难生。它到底是个什么样的怪物呢？是经过变异的怪虫吗？

当我的呼声将大伙招来后，那十几个跟我上山的小伙都惊呆了，对我赞不绝口，连连拜服，甚至惊叹我竟能用巨石制服它。我也不说破，只要大家穿上原先准备好的防辐射膜衣，将它用绳网兜住，再将其身上巨石撬开，扛回村去，好好研究。

小伙子用棍棒对绿巨虫又打又戳，绿巨虫死气沉沉的，一点儿反应也没有。它浑浊昏黄的小眼睛流着浊泪，不知道为什么，当我看到那双眼睛时，心头不由一酸，一种凄哀悲苦之情油然而生，却不忍让人看出来。我摆摆手，说："先抬回村里去吧！我一会儿会跟上来的。"

等他们走了，我才用根树枝当拐杖，拄着往前慢慢行走。我看到乱石遍布的斜坡上，有一道黏乎乎、湿漉漉的痕迹，心中一动，那不就是绿巨虫走过的痕迹吗，它到底是从哪来的呢？

我小心地寻迹而去，绕过山坡，但见怪石交掩映处，有一处山洞，像是过去荒废的矿洞。我戴上防毒面具，拿着防辐射测试仪和手电筒，谨慎小心地走入其中。我怕里面有核辐射，那毕竟是那条巨虫待过的地方。核辐射这东西要说恐怖也没有多恐怖，说白了主要就是 α、β、γ 三种射线，α 射线是氦核，只要用一张纸就能挡住，但若吸入人体内危害很大；β 射线是电子流，能够烧伤皮肤。这两种射线由于穿透力小，影响距离比较近，只要辐射源不进入体内，影响不会太大。但 γ 射线不同，它的穿透力很强，是一种波长很短的电磁波，一旦穿透人体和建筑物，非常危险。它可以进入到人体的内部，并与体内细胞发生电离作用，电离产生的离子能侵蚀复杂的有机分子，如蛋白质、核酸和酶，这些都是构成活细胞组织的主要成分，一旦被破坏，就会导致人体内的正常化学过程受到干扰，严重的可以使细胞死亡。人体将发生各种病变和癌变。看来，这一片地区之所以变成这样，应该跟 γ 射线的出现有关系。

但我一踏入其中，却没有看到防辐射测试仪的数字变动，根本没有任何危险，而是一片温暖。这里就像一个小小的温室，中央放着一大块绿色的沙盘，上面有微缩的高山、原野、村庄、河流，那些山上的小森林、绿毯如茵的草地、盛开的小花，真是栩栩如生。更有微缩的鸟兽虫鱼在山林河水中飞舞游弋，当真美妙至极。看这山形与河流，不正是这个村的模型吗，这一派生机勃勃的场面，不正是村庄的过去吗？啊！上面甚至有村民，有人？

我心中忽然一动，莫非这个怪物，将村里的一切美好都挪移到了这里？导致村庄成了今天的荒芜景象。想到这里，心中恼火至极，便伸手去检测是虚拟还是真实。

但我的手根本伸不进去，外面就像是罩着一层什么罩子，将我的手给弹开了。这是某种能量场，能够屏蔽外面的一切，里面的微缩小人们，都正在好奇地打量着我似的，难道他们真的是活的吗？又或者他们存在于另外一个封闭的小空间内？

我想看看有没有什么机关之类的，往旁边一瞧，石壁上竟有高山神的壁画，我忙双手合拢，两拇指前伸，轻轻一拜。

这是老村多年来的习惯，见了高山神，必虔心跪拜。但我见那壁画上的高山神，似乎又与平时所见不大相同。它的形象更为清晰、和善，颜色更淡。后面还有好几幅壁画，我一一顺着看了过去。只见他乘坐圆盘状物自天而降，那飞行器落在山涧内，下一幅，是他手持一光亮之物，将周边虎豹豺狼吓得后退，一群群小人躲在他身后。再下一幅便是他站在高山上，人类对他顶礼膜拜。接着是他教会人类耕种、放牧、打猎。后来是人类砍伐树木，挖掘矿产，山内不断发出道道光圈，多人变异死亡，他救助这些人，用双手吸附光圈。最后一幅画则是高山神抱头打滚，四肢缩短，身体扩张、肿胀……

我忽然心中巨震，难道说……是辐射吗？是 γ 射线吗？那些光圈……

这非常奇怪，我再看周围，竟又见到墙壁刻着一幅星图，像一个十字架，但仔细看来，又宛如一只天鹅展翅高飞。我眼前不由一亮，如果我没有认错的话，这不是天鹅座吗？我脑中的海量知识顿时奔涌而出。平时看的天体物理相关的知识没白学。要知道，天鹅座 X-1 是个双星系统，距离地球约 6000 光年，它最早被认为是黑洞的天体之一，是超强的 X 射线源，它从邻近轨道运行的蓝色超级巨恒星中吸取气体，向内螺旋式释放着巨大热量，喷射出高能量 X 射线和 γ 射线。天啊，我差点儿跳起来了，是 γ 射线爆发！这恐怖的家伙每隔 500 万年左右就会对地球生物造成一次致命的影响。早在 4 亿年前，地球曾经历过一次生物大灭绝，而罪魁祸首就是银河系恒星坍塌后爆发的 γ 射线。“γ 射线爆”是迄今人类所知的最具破坏力的爆炸！

我吓得头脑发晕，精神恍惚，忙快步走出洞口，想要呼吸一下新鲜空气。到了外面，我这才发现自己行走如常，太好了！我受伤的左脚竟然好了。我摸着脚，看着那肿胀之处消失，心中突然一惊：难道是口水，是它的口水。它不是来吃我，而是来救我的！它有超强的自我细胞修复能力？

恍然间，我顿悟了，那条绿巨虫就是高山神啊！是它，一定是它，天鹅座就是它的家，它来自天鹅座附近的星球，来自 γ 射线的宇宙爆发之处，它一定有能力利用 γ 射线，也能够消除 γ 射线对自身的伤害。或许它是来拯救我们的，但却陷落至此，无法离去。这几千年来，它一直等待着机会，想要飞回去，并将人类视若自己的孩子。但有一天，人类挖出了它的飞行器，导致了里面的核泄漏，致使这里寸草不生，环境恶化，它为了治好山林，防止 γ 射线爆发，以自身的异能吸收那些可怕的死亡射线，最终变异成了这副怪样。电影中的绿巨人，不也是吸收了 γ 射线才变异的吗？可是，它的飞行器在哪里呢？在地下，在山里，在水里，还是……啊？整个地球，会不会就是它的飞行器呢？人类如此破坏环境，其实是在破坏它的飞行器啊！它永远也回不去了！还得为了保护人类，遭受这样的生不如死……

想到这里，我又惊又怕，又是心痛，鼻中酸酸的，心情无比沉重，赶快走出了这个巢穴，循着山路而归，以求赶快回去，和它进行沟通。突见前面匆匆来了一个大哥，见我就说：“小侦探，村长他们正要宰杀那怪物，烧了吃呢？你还不赶快，迟了就吃不到了，它还是被你逮到的，咱们宰了它后，马上就祭祀高山神了，快！”

“啊！”我大吃一惊，向山下村庄赶去。

炊烟袅袅，火光冲天，村庄更远，更黑，半边天红彤彤的，如羞惭万分的脸。

我能否来得及冲下去，阻止这世间惨剧？

人类啊人类！何时才能不会再有这样的事情发生？

我和我的故园

超　侠

我的家乡——德宏，在云南边陲，毗邻缅甸，是德宏傣族景颇族自治州，这里充满了异域风情，许多不同的民族生活在这里，有自己的民族文化和民俗习惯，那些我们从小就认为是顺理成章、司空见惯的事情，在我长大，走出德宏后才发觉，处处是惊奇，处处有惊喜。18 岁之前，我一直生活于此，在这里长大、玩耍，见过这里许多神秘莫测的事，也被这里欢乐开朗的气氛所滋养。因此，在我的许多的小说创作中，都会以这里为背景，将那些好玩、有趣、充满了梦幻与激情的文化特征融入其中。

德宏在我眼中，是狂野的，也是神秘的。冥冥中，仿佛有一双高维之眼，在目睹着这片土地上的人和事，它们在山林里奔走，与野生动物共存，而那些深山里的溶洞，未曾开垦的原始丛林，山涧之间的碧潭绿湖，奔腾在荒野与城市间的长河……都给我留下了较深的印象。那些无人敢去的地界，那些人迹罕至的郊野，那些被大人警告不可逾越的地区，却恰恰是我和童年伙伴们一起去冒险、探索、寻找未来的地方。我们见过很多难以想象的神秘事件，我们爬过很多危机四伏的山，涉过许多猛兽出没的河，我们想找到心中未知的答案，最后却发现，世界上的许多地方是没有穷尽的，世界上的许多未知是没有结果的。

成年之后，我离开了家乡，却又时时刻刻惦记着这些地方，别的地方吃不到的美食，比如饵丝、豆粉、卷粉……别的地方没有的节日，比如泼水节、目瑙纵歌节、火把节……别的地方没有的神秘暗河与学校后山……凡此种种，令我在每一次写作中，都会情不自禁地回到那里，将现实中的神悬，与想象中的推理，融合成为一种亦真亦幻的科幻。当故事的情绪分裂，我也变成了两个主角，一个狂放的我，一个冷静的我，他们在神奇玄奥的童年里不断冒险，运用科学推想，加上脑洞大开的想象力，去触摸一个真正的现实世界，这就是《少年冒险侠》《超侠小特工》等作品最基本的底层核心。这篇《绿巨虫》，曾发表在《儿童文学》杂志上，也曾荣获过华语科幻星云奖，入选过多种科幻选集，它是我家乡的图腾与科幻侦探结合的一次还乡之作。

是的，多年以后，等我回到家乡，我已成为德宏文艺宣传使者，而家乡也已变成了一个现代文明包裹的世界。然而在最基准的时空坐标中，它依旧是那个充满了神秘色彩，充满了无穷幻想，充满了最多姿多彩的浪漫的世界。它是如此迷人，又那么刁蛮，它拥有自己独一无二的个性，但又逐渐与现代化进行了连接。

而我认为，连接它们的，就是科幻。

现实中无处不在的科学，与艺术中无处不在的幻想，编成一条麻花绳，将古老原始的风俗与高大上的科技世界，有机地结合成了枝繁叶茂的家乡风貌。从某种意义上来说，这便是家乡的进化，它是一个有机的，时时刻刻都令你魂牵梦萦的生命体。它孕育了你的身体和思想，让你独立，将你推向更遥远的世界的同时，又让你一次一次回归它的怀抱。

它是我的母亲。

它是我的故园。

它是德宏。

超侠，科幻作家、编剧、诗人。北京元宇科幻未来技术研究院副院长，全国少儿科幻联盟创始人，中国科教影视协会科幻委员会兼青少年委员会常务副主任，中国作家协会会员，中国科普作协理事，中国电影家协会会员，成都文学院签约作家，参与创建中国作协门户网站中国作家网并供职至今。主要作品有“少年冒险侠系列”“超侠小特工系列”等，参与创作《快乐星球》《蓝猫淘气》等，编剧作品有《高手》《皇城相府》《长夜灯》《三体立体书》等。

云南

稻语

杨晚晴

阿波[①]说，今天的米酒不好喝。

波美就想，酒怎么会不好喝呢？今晚月明星稀，炉火正旺，米酒里掺进香甜的新米，木炭上烤的稻田鱼喷香——虽然波美不懂酒的妙处，但阿波曾经说过，此情此景，哪会有酒不好喝？

——不好喝，大概是因为心情不好吧。

这会儿，阿波又絮叨开了，漏风的牙齿间飘出的都是熟悉的抱怨：稻谷的收成，去年伤了的腰，撂荒的田。阿哥回来之后，阿波的抱怨素材库又丰富了：别人家学习不成、出去打工的娃都没有回来的，这小子倒好，大学读完就巴巴跑回山里了。

唉！阿波叹息一声，把筷子一撂，抱起水烟筒，咕噜咕噜地抽起来。炭火橘色的光在他沟壑纵横的脸上忽明忽暗，那两道灰白的眉像铁丝一样紧紧地拧着……

波美就想，阿哥出现在村口的时候，阿波明明是高兴的啊。

话说，阿哥又跑去哪儿了？

阿哥挺晚才回来。匆匆扒了几口饭之后，又钻回自己那间厢房。整个过程中，阿波未发一言，只偶尔把脸从水烟筒上抬起来，含糊地哼两声，脸明明板着，却有点儿孩子般的气恼与期待。波美和阿哥的爸妈在他们很小的时候就出去打工了，两个娃就丢给阿波。是阿波一手把他们拉扯大，祖孙三人感情好得没话说。阿哥在山外面读大学的时候，他那间厢房阿波就时不时给他打扫着，枕戈待旦的样子，就好像阿哥随时会回来似的。

扎勒特节[②]总要回来的吧？阿波说。矻扎扎节[③]总要回来的吧？

可阿哥没在扎勒特节回来，却在开春前回来了。那天，他坐着嗡嗡叫的电动车到村里，背着一个几乎有他一半长的硕大背包步行到屋前。阿波那会儿正在喂鸡，看到阿哥，他手一抖，苞谷飞散开去，鸡们欢叫着追逐晚餐。

回来了？

回来了。

待多久？

不走了。

阿波的笑容在夕阳下凝固，公鸡、母鸡和小鸡在他的脚边啄食。

可是开玩笑？阿波问。

阿哥没在开玩笑，他是要回来种田。到家的那天晚上，阿哥一边使劲揉着

---

① 哈尼语里“爷爷”之意。

② 哈尼族传统节日，又称“十月年”，每年农历十月龙日举行。

③ 哈尼族传统节日，又称“六月节”，每年农历六月二十四日举行。

波美的头发，一边用字正腔圆的普通话对她说："波美，总得有人传承祖先留下来的东西呀。"

说完，阿哥抓起一块热腾腾的烤豆腐，蘸了辣子蘸水，丢进嘴里，吧唧吧唧咀嚼，被烫得"嘶嘶哈哈"。

那天晚上的阿波就和刚才一样，在一旁抽着水烟筒，沉默不语。

那天晚上，波美眨巴着眼睛，心里犯嘀咕：祖先留下来的东西？

波美偷偷溜进阿哥的房间时，他正把背包里的"纸卷"展开，铺在桌面上。柔亮的 LED 灯下，阿哥蹙眉思索，他的五官挺拔陡峭，皮肤黝黑，漾着微微的光泽。看到波美，他招了招手。

"波美，我要把家里撂荒的几块地种上。"阿哥说。

波美将头凑向桌面，她认出来，这是云课堂里介绍过的柔性屏电脑，远在千里之外的老师说，山里人用的硬邦邦、沉甸甸的塑料板马上就要被淘汰啦！此刻，柔性屏上正跳动着花花绿绿的图表和数字，这些她看不懂，但她看到了"土壤肥力""水质分析""气候模型"这样的字眼，知道和种地有关。

纸上谈兵。波美想起在云课堂学到的成语。

"阿波说你种不了的。"她说。

阿哥也不恼，他笑眯眯地看着波美："波美觉得呢？"

波美模棱两可地摇摇头，这可以代表她不知道，也可以代表她不认同。

"小鬼头。"阿哥又揉波美的头发，后者把头缩了回去，"给你看样东西。"

他拉开背包，从里面掏出一个银色的盒子，放在桌上，"咔嗒"一声打开，用两指从盒子里拈出一颗黑纽扣似的小玩意儿，将它放在掌心上。

波美探头过去："这是什么？"

"你猜。"

波美左看右看：虽然有金属色的光泽，那也不过是有金属光泽的"黑纽扣"。她突然想起来，昨天阿哥去看家里撂荒的地时，往田里撒了几把什么东西，应该就是这样的"黑纽扣"。村里的大人说，去城里上过学的人总归是有点儿不一样，既然不一样，波美就没细想。

看着阿哥，她又摇了摇头。

英俊的年轻人把"黑纽扣"递给波美："这是最新型的农业多功能微型传感器。"

嗯……这小玩意儿比看起来要沉，放在手心，微凉。

"农业……传感器？"

阿哥卷着嘴角："别看它体形小，本领可不小哩。它能监测田里的温度、湿度，建立气候模型，还能分析土壤成分，监测庄稼的生长情况呢。"

波美又仔细端详了一番手里的小玩意儿，然后捏一捏，送到鼻子底下闻了闻——实在看不出它有多大的本领。阿哥可是欺负她岁数小，跟她开玩笑？她噘着嘴，把传感器还给了阿哥。

“波美不相信呢。”阿哥说，“现在就启动给你看——”

“过几天，就是艾玛突节①，过了节，就要开始春耕了。”波美打断道，“阿哥是要用这个种地？”

“可不要小瞧人哟，”年轻人嘿嘿笑道，无拘无束的笑容把他又变回了小孩子，“阿哥的宝贝可多着呢，波美马上就能见到了。”

“哦。”

波美意兴阑珊地打了个呵欠，她有些困了。透过房间的窗，她瞥见了夜空中黄澄澄的月亮。

——这月亮照了千年万年呢。

女孩儿突然冒出这样的念头。

一千多年前，哈尼族的祖先们也曾举头凝望同样一钩弯月吧？传说隋唐之际，哈尼族先民来到这云雾缭绕、森林密布的哀牢山，本想操种水稻的老手艺谋生，可山下适合耕作的低洼河谷早就被本地人占满。没办法，只能想办法在山上农稼。他们将山体整饬成一级一级的“阶梯”，犁山为田；又从山顶的林中引水，掘土成渠。这三千多级依山而筑、波光粼粼的农田养活了几十代哈尼人，因形似阶梯，故名“梯田”。元阳梯田规模庞大、景致奇美，多年以前便已蜚声国际——即使以现在的眼光看，它仍是一项工程奇迹。

这大概就是阿哥所说的，“祖先留下来的东西”吧？

现在波美很怀疑，阿哥能不能把它传承下来——然而这不妨碍她钦佩阿哥的努力。很早以前，村子里的年轻人就开始往山外走了，他们两个的父母便在出走的年轻人中。若不是外面的世界渗透到大山里来，山里的年轻人大概不会觉得种地苦、农人穷，可既然知道了，他们就不会甘心于这样的命运。一茬又一茬的年轻人走出去，却鲜少有人回来。孩子成了他们和故乡的唯一纽带，可孩子们在长大后，也和父母一样，选择了离开。

慢慢地，只剩下老人们在梯田里耕作。岁月流逝，老人们渐渐力不从心，于是成片成片的农田——那被祖先们耕作千年的农田，退化成了山上的泥沼与荒坡。

所以这就相当于垦荒吧，波美想。这几天沿山路放学回来时，她总是看到阿哥在荒了的地里打捞浮萍，掏淤泥，驱赶在浊水里捕食泥鳅的鸭子。总有水

① 哈尼族传统节日，为每年春耕开始举行的祭祀活动。

牛一边甩着尾巴一边用圆溜溜的眼睛打量他，总有无人机在他周围嗡嗡地盘旋，从城市里带回来的高科技此刻似乎并不能帮到他什么。

“波美，回来了？”

看到她，阿哥会直起腰，抬一抬泡得发白的小腿，抹一把汗，却又往往适得其反，把自己抹成花猫，憨憨地对她笑。

波美却笑不出来。这些天，她总在琢磨阿波说的话：大学生，写写字弄弄电脑可以，这泥腿子的活是他干的？瞎搞！

可阿哥不这么看。波美觉得，他甚至还有点儿乐在其中呢。春耕冲肥的时候，他这个大学生也没嫌臭，挽起裤腿和大家一起挖积肥塘口，随后大沟放水，把农家肥冲入片片梯田，他说这是我们哈尼人滋养土地的智慧；之后浸种催芽，阿哥操起簸箩来笨拙得很，常把种子撒得到处都是，阿波抱着水烟筒在一旁幸灾乐祸，波美看不过去，动手帮忙，阿哥便笑盈盈地看她；插秧时，波美见到了阿哥别的“宝贝”：一台银色的、小狗大小的六足机器人，机器人的顶端是不停旋转的镜头，阿哥叫它“综合光学孔径”，躯干平直，身侧有透明囊袋，腿部尖端上翘的六只脚仿若旱地小船……阿哥的手指在柔性屏上滑动下达命令，六足机器人背着成捆的秧苗跳入水田，一株一株的秧苗被导入机器人造型奇特的机械臂，又由机械臂均匀整齐地插入稻田……机器人的动作僵硬却富有韵律，波美在一旁看得入迷，阿波却在一旁不咸不淡地评论：“啧啧，秧分得太开，机器还是不如人哪。”阿哥听到了，就只是笑。

一天的劳作下来，阿哥的脸上也有了农人的风尘。他喜欢席地而坐，若有所思地看向远方。傍晚时分，红色的夕阳舔舐着低低的层云，在山的阶梯上投下流动的波光。空气有些凉。

“美啊。”阿哥双臂环绕膝盖，喃喃道，“山像水做的一样。”

“城市也美吗？”波美问。其实她已经在电影电视、视频图片里无数次见过城市了，和所有的山里孩子一样，她向往城市——画面、声音、气味、触感……她知道那是一个若非置身其中，便不能真正了解的地方。她好奇的是，一个去到城市又回来的人，到底如何看待城市？

“城市也很美。”阿哥说，“波美你知道吗，我们在大山上种田，城市人也在楼顶种树种田，他们用的精准栽培和传感器技术就是在农田里发展起来的。波美，我们人类是自然的一部分，技术和城市都是人类的造物，所以它们也是自然的一部分——和我们的梯田一样，和我们的村庄一样。”

“所以美也是一样的。”波美下结论道。

阿哥愣了一下，然后点头，揉了一把波美的头发。

“对，一样的。”他轻声说。

可阿波说，村子早就不一样了。先是引电、修路，后来有了互联网、手机，再后来，山上到处架起了无人机导航基站和充电栖木，无人机时常成群结队地掠过天空，交换山里和外面的小件物资，它们像千变万化的椋鸟阵列，惊得麻雀鹰隼四散飞逃。村子早就慢慢和世界融为一体了，孩子们在和全世界聊天时遗忘了哈尼古语，老人们也在借助网络售卖农产品之余，迷上了游戏和短视频。

而在城市里浸润过的年轻人正在返乡。

——所以波美觉得阿波说的并不准确：村子里别人家的娃也在回来，譬如邻村的龙噶，他现在是带货主播，阿哥只是最先开始种地的那个。

他懂哪样种地？这会儿，阿波的手指在手机屏幕上麻利地滑动着，咋咋呼呼的音乐不时从手机喇叭里蹿出。种地是要听稻谷声音的，半晌，阿波又说。

稻谷发芽有声音，分蘖有声音，抽穗有声音，开花有声音，灌浆有声音；寒冷的时候有声音，缺水的时候有声音，缺肥的时候有声音，生虫的时候有声音，稗草长出来的时候有声音……稻谷的声音多而复杂，简直像一门语言。“年轻的时候，我能听懂呢，”阿波说，“现在，耳朵背，别的声音又太大，听不见喽。”波美知道“别的声音”指的是什么：那是无人机的鸣响，手机扬声器的聒噪，电动车的引擎，鸡鸣狗吠鸭叫，也许还有一刻都不停歇的、带给村庄光明温暖和信息的滋滋的电流声。

“哼，听不到这些，又怎么种得好地？”阿波下完结论，又眯着眼睛瞧手机屏幕了。

波美把阿波的话复述给阿哥，阿哥只是微微一笑：“阿波怎么知道我听不见呢？”

“你能听见？”

“现在不能告诉波美。”阿哥神秘兮兮地说。

波美双臂往胸前一插，撇嘴：“那就是听不见。”

阿哥笑而不语。

其实波美连阿波的话都不相信：稻谷又不是猫狗鸟兽，怎会有声音呢？

这些男人啊，一天到晚故弄玄虚！

地哪有这么种的？

这是阿波在“视察”阿哥那几阶梯田后甩出来的话。即使在波美看来，阿哥的种法也颇为奇怪：水稻没有被浸在水中，它们生根的泥土勉强算得上湿润。阿哥似乎在很精细地调节水量，努力不让水层超出泥土。这样，除了不停在稻田上空蜂鸟般盘旋的几架小型无人机，波美还看见了之前被阿哥撒在地里的“农业传感器”——它们随机分布在绿色的稻苗之间，像匍匐在泥土中的大个儿甲虫，依然是一副呆板的样子。此刻，有两台六足机器人在田间忙碌，阿哥称之为“农耕机器人”，它们身侧透明的囊袋里装满土灰色的磷肥。阿哥告诉波美，有的传感器是埋在地里的，通过对土壤成分进行动态分析，传感器阵列为这几片田建立了肥力模型：田地的有机质含量丰富，氮、钾等元素的含量也达标，而磷元素则稍显不足。根据一系列复杂的算法，农耕机器人向土壤定向补充磷元素。说话间，只见一台机器人在几丛稻苗旁站定，银色的细管从它的身体中探出，插进泥土，呼呼的马达声随即响起。阿哥从裤兜里抽出柔性屏电脑，摊开，对着跳动的数字满意地点头。

“不错。”阿哥说。

哪样不错？全错了！阿波背手走远的时候嘀咕着。老人们种地信奉的是多灌水多施肥，等稻子长大一点儿，又是除草剂杀虫剂一起上。现在城里人爱买有机种植的农产品，但村里人少田多，顾得了产量，就顾不得“有机”了。

——波美想，阿哥这种法，怕是连他自己的肚子都填不饱哟。

过了几天，水稻长高，天气也热了起来。今年雨水少，山上沟渠流下的水缩成涓涓细流。田里水位渐低，稻子开始打蔫。没办法，为了保证每块田里都有水，村里人统一调整了“水木刻”[①]。

结果每块田都喝不饱了。

天气怪得很。阿波抬头望天，脸上的皱纹里淤积着焦虑。

这时候，一直在细致调节水层的阿哥倒显得气定神闲了，看他田里那些稻子，似乎也没受到缺水的影响。来阿哥田里看的时候，阿波闷着头，不再奚落他了。

“阿波，可要我帮你？”阿波站在田垄上，脚指头扒着泥土，满脸笑意。

“不需要。”阿波硬硬地回了一句。

不过阿波也没硬气多久。几天后，当阿哥再次询问他同样的问题时，他目光悠长地看了眼阿哥，嘴里喷出一口白烟。“腰杆不得行喽，”他说，“你去种吧。”于是阿哥兴冲冲跑到阿波田里，撒他那些黑色的传感器，一台农耕机器人深一脚浅一脚地跟在他身后，像极了家里养的小黄狗。

阿波怎么就这么把他的宝贝田交出去了？波美又有点儿想不明白了。

不过这几天，她倒是注意到，在家里面对阿哥的时候，阿波也不总是绷着脸了。他们会有一茬没一茬地聊天，聊天的内容似乎处于两个永远不相交的频道。阿哥喜欢讲他在城市在大学里的所闻所学，而阿波则总是在唠叨兄妹俩的小时候。然而在波美看来，聊什么并不重要。波美喜欢一家人就这样围坐在一起。虽然堂屋里有明亮的LED灯，但往往关着。柴火“毕毕剥剥”地响，每个

① 哈尼人用来管理水资源在不同田阶之间分配的一种工具。

人的脸在摇曳的橘色中都显得柔和。屋里弥漫着火的味道，这味道让人感到一丝微酸的甜蜜，也让人昏昏欲睡。

“人类文明是建筑在农业上的。”橘色的火光中，阿哥对波美说，“农业曾经是人类掌握的最先进的技术，而我们哈尼人的祖先掌握了先进技术中的先进技术啊。”

波美直勾勾地盯着阿哥：“先进技术？”

“梯田哪。”阿哥说，“水稻的家是沼泽，我们把沼泽带到了哀牢山，水稻就和我们一起，住到山上了。”

“哦。”

“波美，我把最先进的技术带回来了，我要在这里种很多很多的稻谷。”阿哥又说。

“回来好。”波美打了个呵欠，眼皮直往下坠，“种稻谷好。”

阿哥用眼角瞄向一边：“阿哥回来，阿波不高兴哩……”

“他才不是不高兴。”波美说，“他是——”

阿波从手机屏幕里抬起头，迷惑地望着兄妹俩。

“你们讲哪样？”

对于阿哥的离开和归来，阿波一直是矛盾的。

和他们的父母相比，阿哥这一辈人早早就接触了外面的世界，又接受了更好的教育，有走出去的愿望是自然而然的。阿哥从小学习就好，读完乡里的小学，进了县里的中学，又考上省里的大学。阿哥乖巧，但在选专业这件事上却自己拿了一回主意。农学。阿波想不明白，好不容易考出去了，还要继续面朝黄土背朝天？

“阿波，”阿哥一边打行李一边奚落道，“种地也要知识哦。”

“管你。”阿波嘴硬着，眼角却堆满不舍。一手带大的孙儿毕竟是要出去了，出去可能就像他爹妈一样，不回来了。

——不回来也就不回来了。有出息的娃，哪有回来的？

接下来就是波美了。波美今年读初一，和她哥一样聪明，要不了几年，也要考大学了。波美一走，家里就剩一人、一狗、几亩田了。阿波就想，等他合了眼，这稻谷怕是没人种了吧？大山里的村子是这样，大山外的呢？如果都是这样，那谁种地给做了城里人的孙儿孙女吃呢？

一想到这里，阿波就很焦虑。就大口抽烟，大碗喝酒，咳嗽声彻夜不绝。去年收稻谷的时候，还把腰扭了。今年开春前，阿波依旧愁肠满腹，阿哥回来后，虽然还垮着个脸，但波美看得出来，他是把开心深深地藏着。

——而自从阿哥帮他种田以来，这开心就渐渐藏不住了。

“阿波，我的无人机咋个样？”

阿波抬起头，看阿哥的无人机阵列在稻田上空变换着阵型。这几天雨水多了起来，稻田依然保持1~2厘米的薄水层。水稻即将抽穗，正绿油油地挺拔着。阿哥说，他在用无人机和传感器寻找害虫和偷偷冒头的稗草。波美知道，稗草可狡猾了，它会伪装成水稻的样子，除了没有小小的白色叶耳，它和水稻在外形上几乎一模一样，抢夺水稻的生存资源。在大片的稻田里，靠肉眼很难把这些坏蛋揪出来。村里人的办法，是喷洒大量的除草剂，花钱不说，还造成了污染。阿哥的办法，用阿波的话说，就比用除草剂“整得成”。只见他掏出柔性屏，展开，稻田的俯视图跃然屏上。阿波和波美看到，在一片绿油油中，冒出大大小小的闪烁的红圈，阿哥说，那是被识别出来的害虫和稗草。手指又一点一滑，两台农耕机器人便冲入田中，窸窸窣窣地忙碌起来，一会儿的工夫，就背着扎成捆的稗草威风凛凛地踱出来了，仿佛打架得胜的公鸡。

“挺好，挺好。”阿波的嘴角漾出一层层的褶子。家里的田熬过了缺水的时节，又有阿哥的高科技除草灭虫，长势要明显好过别家。好收成的期待渐渐揉开了阿波眉宇间那忧愁的硬块，波美想，也许让他更高兴的，是祖先留下来的田不会就这么荒下去了。

波美看向阿哥——年轻人的嘴角翘起来，又微微地下沉。她似乎在他俊俏的眉宇间，看到一朵小小的阴云。

那是什么呢？

窗外虫声蛙鸣，还有隐隐的、稻田的香气。

“波美，来。”

波美向阿哥的桌子走了过去。桌上除了柔性屏电脑，还有一个椭圆形的银色金属片。

“这是什么？”波美指着金属片问。

阿哥不答。他拈起金属片，把它贴在波美的额角。

“凉。”波美说。

阿哥笑笑：“这是非植入式脑机贴片。等一下，阿哥给波美听点儿东西。”

波美眨巴着眼睛：“听？”

阿哥转身，操作柔性屏。波美看到他点了一个按钮，上面写着“卡尔曼滤波”。

卡尔曼滤波？

阿哥问：“听到什么了吗？”

波美嘴唇抿成一线，闭上眼睛。一开始，依旧是虫声蛙鸣。但很快，虫声蛙鸣隐去了，她听到了淅淅沥沥的响声，仿若四月的雨声。这声音不是从耳畔传来，而是在脑海中泛起，如果不是确定自己还清醒着，波美会觉得这更像是一场梦。

“我听到了。”波美睁开眼睛，说。此刻，她自己的声音沿头骨传至鼓膜，反而显得沙哑粗硬。

“这款脑机贴片可以直接向你的听觉皮层发送信息，”阿哥用普通话说，“比起植入式分辨率稍微低了点儿，但模拟听觉是足够了。”

波美似懂非懂地点了点头。

“你刚才听到的是稻谷抽穗的声音，”阿哥说，“是田里的微型传感器实时发送过来的。”

波美又蹙眉听了一会儿：“稻谷真的有声音？”

阿哥笑了笑，“当然有，只不过声音太小，人类很难听到。现在，有了高精度传感器，有了卡尔曼滤波算法，我们就能解读稻谷的语言啦。”说着，他的手指在柔性屏上又戳了几下，“我再给你放几段录音，有稻谷发芽时的、分蘖时的、开花时的……”

波美闭眼，那一段段声音如脑海中溅起的水花，涟漪扩散开去。

“它们很开心呢。”半晌之后，她说。

阿哥用指尖轻揩波美的眼角：“波美，你哭了？”

波美摇头，又点头。眼泪是不自觉流下来的，连她自己都没有意识到。这眼泪不代表开心或者难过，而是某种——某种顿悟。那是女孩儿突然触摸到人与土地，人与土地上的生命之间的深刻的联系。她现在终于知道，为什么有人深深地眷恋着泥土，眷恋着这固执而又温热的生活了。

“我听懂了，”波美说，“稻谷在交谈，稻谷也有生命。”

阿哥一字一顿地说：“波美，我们还可以进一步深入到稻谷的生命中去。”

波美望着他明亮的双眼。

“我们会继续提高传感器精度，掌握每一株稻谷的生长状况和需求。我们可以建立更精致的模型，把气温、光照、水文，甚至空气成分都涵盖在内，再把光学活动、空气流动模式和分子浓度等信息翻译成神经的语言，通过植入式脑机接口投射到大脑的各个功能区。”阿哥兴奋地比画着双手，“这样，我们就不只能听到稻谷的声音，我们还能看到、还能闻到、还能触摸到稻谷的世界——到那时，我们就和稻谷真正融为一体了！”

波美使劲咽着口水。阿哥说的愿景过于宏大，变成波美喉咙中一个难以下咽的疙瘩。

“当然，这项工作需要有人去做。”阿哥的声音忽然低了下来。

波美轻轻将贴片取下，攥在手中。阿哥有话要说。

“所以？”

“所以我可能要走了。”阿哥垂下眼睑，“有家公司找到了我，他们是农业现代化的领头羊……波美，这是一个实现理想的好机会。”

“你说过你不走的。”

“我知道。”阿哥向波美的头顶伸手，手伸到一半，又停了下来，尴尬地悬在半空，“波美，我把宝贝都留给你。”

阿哥垂下手：“替我照顾好阿波。”

阿哥走后，生活又回到了它原来的轨道。山里一样日升日落，阿波一样抱着水烟筒没完没了地抽。

但有些变化还是发生了。比如，波美学会了用阿哥的那一套东西照顾稻田。灌溉、除草、杀虫，借助传感器、无人机和农耕机器人，波美样样都做得来，样样做得漂亮。她也会在夜里长久地聆听稻子们的窃窃私语，她觉得，只要再给她几年时间，她就一定能够完全听懂它们的语言。也许那时候，阿哥会带来更厉害的技术吧。

——再比如，电动车的引擎声响起时，阿波总会有意无意把目光投向村口。

农忙之后，便是扎勒特节。今年的收成一般，但不妨碍乡亲们热热闹闹地“过年”。他们杀鸡宰猪，在村子里摆起长街宴。波美和村子里的姑娘们一样，打扮得如花似锦，新衣新帽上缀满银泡、银链和银珠，走起路来叮当作响。

酒是新酿的酒。酒过几巡后，阿波双眼迷离，乡亲们敬酒时夸赞孙儿孙女的话他照单全收。也有前一阵陆续回乡的几个年轻人，嚷着要跟阿哥学种植技术，阿波的双眼眯成一条窄窄的缝，说：“跟我家波美学也一样。”

波美在阿波的笑意中捕捉到一丝丝的失落，一丝丝骄傲，但更多的，也许是踏实与心安。

——这古老的、生生不息的循环，会一直传承下去的吧。

这时候波美就想问阿波：今天的米酒好喝吗？

……

下午的酒席散了之后，波美搀着脚步飘摇的阿波回家。夕阳落在山间，像一簇炭火，染红了层云和山林，染红了远处的梯田和眼前的村寨，染红了天空中的鸟群和摇摆走路的家鸭。

“美啊。”阿哥站在那天的夕阳中，说。

村口在这时响起电动车的声音。

——祖孙二人同时停下脚步，把目光投向声音传来的方向。

他乡与故乡

杨晚晴

何为故乡？这是一个在我心头萦绕多年的问题。我的童年和大部分少年时期是在哈尔滨市平房区度过的。它之所以作为一个独立的行政区而存在，我想，是因为在这片土地上有一家叫作“哈尔滨飞机制造公司”的厂子——我身边的每个人都叫它“哈飞”。是的，我就是如假包换的厂矿子弟，我祖辈父辈都把他们的青春奉献给了这家军工企业，而我童年里最深刻的记忆，是晴空中低低掠过的飞机的引擎声和螺旋桨在空气中搅起的细密震荡。

因为父母工作的关系，我在小学五年级时离开哈尔滨市平房区，到上海读书，初中二年级时又返回。从小镇少年到大都市异乡人的身份转换极为艰难，其间遭遇的白眼和善意都令我刻骨铭心，而当我终于适应了自己的新身份，我又不得不离开了。在新同学的眼中，我因为略带上海腔的普通话，依然被看作异乡人，那个在上海的艰难岁月里带给我慰藉的故乡，竟然也变得陌生了。再后来，我去外地读书，父母迁居到山东威海，我与平房区的联系越来越稀薄，故乡这个概念在我心中也越来越抽象，它变成了某种象征物，而非有明确指向的实在。也许在少年时期的漂泊中，出于某种心理防御机制，我开始认为，自己没有故乡，也不需要一个故乡。

2007 年，我到云南大学读书，此后在昆明成家立业，转眼已经十六年。如果以有效记忆的长度来丈量人的生命，我在云南的时间竟然超过了在哈尔滨的时间。有时候回想北国的人和风月，竟遥远得恍如隔世。与气候和物产相比，文化和语言带给一个人的印记最难磨灭，云南自成一体的人文景观与北方迥异，纵使十六年过去，我仍觉得自己难以被完全同化。然而，“吾心安处即是故乡”，我慢慢开始在这里独特的生活哲学、怡人的气候和美食美景得到慰藉，找到我生命中一直缺失的、安定的感觉。也许是因为年龄渐长，心境有所变化吧，这种感觉是与广义上对故乡的寻找联系在一起的。大概人只有远离了具体的故乡，才能更为自觉地谈论广义上的故乡，对我来说，这个广义上的故乡就是身为华夏民族一员的身份体认：我们来自何方，我们如何界定和定义自己，我们又靠什么来维系和填充这种定义。时至今日我终于能够理解海德格尔对“土地”的执念：一个人的思想飞翔得越高，就越需要一片能够为他提供参照系的大地。那将我们定义为华夏一员的最古老最深刻的乡愁，就是我的大地。于是我通过文字，在华夏的芬芳泥土中寻找我的大地，所以才有了先前的《麦浪》，所以才有了今天的《稻语》，有人将这两篇小说戏称为“农业科幻”，我对此感到异常欣慰：科幻并不一定是要洋气的，它也可以，甚至应该用来追寻我们华夏民族的根，用来想象一颗古老的种子能够结出怎样璀璨的果实。

说回《稻语》。写到此处，我也终于看清了自己写下这篇小说的心理动机。那缠绕我许久的他乡与故乡的龃龉，在《稻语》中得到了和解。当一个人拥有了最广义的故乡时，这个故乡就是可以随身携带的。虫鸣、梯田、稻穗的窃窃私语、河川山岳中日复一日的辛苦劳作，虽然我在厂区长大，但这并不影响我对这片土地的眷恋——不，也许这恰恰丰富了我对这片土地的眷恋。也许，作为一名科幻写作者，对我来说，最艰难也最有意义的一件事，就是在最空灵的想象中，表达这种眷恋。

最后，请允许我引用余秀华的诗，这是我最喜欢的一首诗，叫《麦子黄了》：

> 首先是我家门口的麦子黄了，然后是横店
> 然后是江汉平原
> 在月光里静默的麦子，它们之间轻微的摩擦
> 就是人间万物在相爱了
> 如何在如此的浩荡里，找到一粒白
> 住进去？

杨晚晴，科幻作家，中国科普作家协会会员。出版短篇集《归来之人》《双螺旋》等，其作品发表于《科幻世界》《西部》等杂志，曾获银河奖、华语科幻星云奖、新浪十大青年科幻作家等多个奖项，作品多次入选人民文学出版社“中国最佳科幻作品”年选。《归来之人》入围第二届PAGEONE文学赏，中篇小说《勿忘我》入围《收获》年度作品。

云南

我的家人和其他进化中的动物们

双翅目

事情归因于我妈。

她在头年春节多带了二十斤折耳根上船，琢磨着第二年打牙祭。她在腊月将一袋折耳根偷偷从冷冻仓抱出来，为自己的小聪明喝彩，不料年三十前一晚，我姐嘴馋，黑了我妈的粮食库。一群果蝇扑面而来，三分钟后，飞得不见踪影。它们有组织地迅速分散，安安稳稳进驻了容纳两百万人口的封闭空间。事后，我妈在香格里拉太空站彻底出名。

哪种虫子吃折耳根？它生得那么臭，就是为了防虫防侵害。至少果蝇几千种，进化百十万年，没有一只去吃折耳根。它们因为老妈改变了习性。

它们进化了。

动物所调研，认为无甚大碍。空间站委员会罚了些款，不再追究。于是，我妈不以为耻，反以为荣，声称鲜美的折耳根不能仅让人类消受，虫子们也应尝鲜。我们对她的态度颇有微词，但也喜欢臭臭的鱼腥味。空间站第一顿年夜饭异常丰盛，五口人吃得忘乎所以，不过，谁都没想到，正是老妈开启了云南省物种的太空进化之旅。

我很骄傲。因为我的梦想是成为博物学家。

故事得从更早讲起。

> 未来的分布并不平均，技术不可能将时间在所有地理层面拉平，有些地方密度高，有些地方密度低，人在其间过度。香格里拉太空站理应成为高密度区。
>
> ——王常记于2119年夏，于北京

我妈不是我亲妈。我爸也不是我亲爸。我哥我姐是他们亲生的。他们都来自北方。我和我妹不是。我们家只有我是土生土长、出生在中缅边境的云南人。我爸去世前都吃不惯米线米粉。我妹是我爸情急之下从人贩子手里买下的。我妈猜，她也来自云贵川。我爸把我妹遗传信息上传，三年没消息。我妈正式宣布：是我女儿了。我的身世没那么神秘，祖上几十代都在同一区域。据说我亲生父亲小时候曾被毒贩子用枪指着，逼着运毒。然后，我的亲人死于人祸。那时，我爸正在边境支教。远程教育虽管用，也需一些老师走乡串寨，调试全息设备，辅助当地教学，进行翔实调研，最后反馈中心，调节整个教育架构。我爸从北京下派云南，留了下来。两年后，我妈也带着我哥我姐定居昆明。

我爸一直说我妈不是教育专家，他才是，说她虽当着小学老师，心总在美食与园艺。云南适合她。我觉得我爸说错了，我妈还喜欢养我们，“咯咯咯”地把我们护在翅膀下。我爸长年去农村，不着家，她不介意。他把我带回家，她也不介意。我爸若不是因为劳累，过早患癌去世，他会捡回更多的可怜小孩，扩充我妈的饲养范围。还好，我妈找到了全新圈养目标。老爸在天之灵，一定很欣慰。

我对动物与植物的爱，来自一套书，叫《希腊三部曲》，作者是20世纪著名的英国博物学家杰拉尔德·达雷尔。他拥有可爱又啼笑皆非的家人。我爸拿它当睡前故事，回家就给我读，断断续续念完第一本，我就学会了识字，不再需要他，自行读完第二本和第三本。他去世后，我才意识到，他是有点儿失落的。他不想让我迅速长大，他还想继续为我念故事。后来，他收养了我妹，可惜我妹不喜欢听他絮叨，她喜欢听我妈唱歌。

我忘不了我爸读达雷尔的临终遗言："就我个人来说，一个没有鸟，没有森林，没有各式各样、大大小小动物的世界，我宁愿不要活在其中——"

> 云贵川地处边陲，边陲人有边陲人的特质，主动定居边陲的人更是如此。筛选香格里拉居民的任务并不难。有些人天生会离开地球，去外太阳系安家。
>
> ——王常记于2120年冬，于西双版纳

达雷尔讲希腊，讲地中海。我比他幸福，云南更有意思。我妈带我去昆明动物所巨大的博物馆，带我探索云南的野生世界。南边有西双版纳，西边有横断山，北边有金沙江，东边密密麻麻的原始石林。暑假，我们一家子去骚扰我爸，头一个月在雨林中吃青苔蒸蛋，后一个月一暖壶一暖壶喝牦牛奶茶。

因而，当母亲宣布，我们要离开云南，离开中国，离开地球，去土卫六旁边安家，我百般阻挠，搅得所有人不得安生。我畏惧阴森森的空间站和过度消毒的太空船。终于，我哥读完香格里拉太空站建设细则，告诉我，这是由动物所和旅游局牵头设计并负责的空间站，目标是构造一艘拥有省内全生态位的太空基地，抵达土星轨道后，将长期运转。

他推了推小边框眼镜："——也就是说，香格里拉太空船上能长榕树，也能长冷杉，还能同时养大象和藏羚羊。"

我问："什么时候出发？"

我妈风风火火行动起来。

我哥认为，我妈携家迁徙，是想离开伤心之地。我姐说："现实点儿，在地球，她养不起我们四个，空间站教育资源数一数二，又需要年轻人繁衍生息，志愿迁徙是双赢。"我妹说得更对，她抱着心爱的金刚鹦鹉，奶声奶气："妈妈就是闲不住。"

人员配比是个问题。我不仅需要专家，我需要更多能成为专家的人。他们最好现在不是专家，既没有视野局限，以后还能身兼数职。

——王常记于 2121 年春，于昆明

空间站审核最后一关面试。全家被叫去。负责人王主任的目光从我妈过渡到我妹，观察我姐的文身、我哥的平板、我妹的金刚鹦鹉，最后直勾勾盯着我的果酱罐头。

“那是什么？”他问。

“毛毛虫。”我举起罐头。

我哥摇头。我妈有些紧张。

“喜欢虫子？”

“对，肉虫子里我最喜欢昆明的毛毛虫。我爸带我去北京，那儿的吊死鬼绿哇哇光溜溜的，可丑了，还特别小。江西还行，我见过一只全是亮蓝色亮橙色花纹的蛾子幼虫，它长得可真奇怪，可它吓不走我。毛毛虫好，可爱。”

我姐揽过我的肩，扬起脖子，用下巴打量王主任。

“我猜，那个果酱玻璃罐是你妈妈帮你挑的，上面的通气孔，也是你妈妈帮你打的。”

“对。”

“她还帮你喂虫子？”

“我自己喂虫子。”我强调，“叶子都是我找的。”

王主任对母亲说：“周女士，我会重新调整您的权限。抵达土卫轨道后，您仍将全职担任土星生活集群的小学教育工作。香格里拉太空站目前教学任务少，据我观察，您又很有动物饲养员的天赋，正好动物所方教授缺人，您可以先去报道。”

“动物饲养员？”我哥忍不住问。

“档案里写了，你俩是亲生的，他俩是领的。”

“什么意思。”我姐生气了。

“小姑娘，别误会，我呢，其实是个心胸狭窄的男人，养一个独生女，就废了老鼻子劲，以至于看见养猫养狗养花养草的人，就头疼。我一开始怎么也不能理解养一堆孩子。人年纪大了，得图个清静。后来进了动物所，工作快二十年，想法变了。人心的容积是不一样的。我就是一个女儿和一只猫的水平。有些人是一堆子女一堆孙辈的度量，这类人往往哺乳类、爬行类、两栖类都能养明白。你母亲是个心胸宽广的女人，封闭的空间站，养你们几个，根本无法满足她的度量。”

金刚鹦鹉咬着舌头高声附和：“说得对！说得对！”

“人生如树花同发，随风而散，或拂帘幌坠茵席之上，或关篱墙落粪溷之中。”

——王常记于 2122 年春，于腾冲

方阿姨做果蝇的分子和遗传，高大、豪爽、胖胖的，恰好与我妈相映成趣，见面就和我妈打成一片。她儿子和她老公已先一步奔赴土卫六。她三年没见他们了，得再等六年才能见着。她仍充满活力。我妈和方阿姨第一次去野外，学着采集用于太空站的活体果蝇。她们也捎上了我。我亲眼看见方阿姨一边撩起衣服一小角，一针戳到肚子里，注射胰岛素，一边紧紧瞅着屏幕，用生命发朋友圈。

“我儿子给我点赞了！”她欢呼。他儿子是外太空蓝领，时常不在民用通信范围内。

比起蹲实验室，方阿姨更喜欢野外。她也看过《希腊三部曲》。她的梦想也是博物学家。可惜地球没剩下发现新物种的机会。她选择了云南和果蝇。

“这里在冰川期相对隔绝，是许多古老物种的庇护所，生态位也很复杂，只要耐心，总能找到新鲜的小虫子。”第一次见面，她掏出一只纸牌盒大小的白东西，用手指搓搓底部，那家伙迅速展开，从开口弹出圆形支架，支架上套着白色的薄薄的纳米级棉纱，盒子壳迅速收成圆柱形手柄，竟成了一个高级捕虫网。接着，她带我去事先布置了诱饵的捕虫点。云南夏天中午很热，我们仍穿上防护的革靴与绑腿。她用网子探路，惊动小型动物或蛇。来到潮湿阴凉的生境，她用脚踩树叶，惊动虫子，让它们飞起来，然后用网兜一震，将网一折，手收口，小飞虫便困在网里了。

“你看”，她蹲下来，“这就是果蝇。”

在别人眼中，果蝇像小号苍蝇。在我眼中，它们活泼可爱。

方阿姨不知从哪变出一支玻璃吸管。吸管底部隔着纱布，连接橡胶软管，软管尽头是玻璃嘴。她含着玻璃嘴，吸管戳入收口的网，将识别出的果蝇一只一只吸入吸管，最后抖干净网，又将吸在吸管内、挤在纱布附近的果蝇吹到培养管里，塞上海绵塞。一串动作熟练顺畅。她贴上标签，“香格里拉太空站”。

她问我，要不要试试。我非常激动，踩了一条迟钝的当地土蛇。它盘住我的小腿咬了我。幸亏绑腿硬，它小，硌牙了。方阿姨迅速掐住它的七寸，将它放到扫荡干净的透明午餐盒里。我望着她，觉着非洲萨满不过尔尔。她则灵光乍现，说空间站也需要蛇酒。我告诉她，我妈会弄，然后问她，等去了太空，我可不可以当她的学生。我们击掌成交。那年我十岁。

> “——如果你喜欢这本书（或我其他的书），请记得是动物赋予这些书生命，使这些书妙趣横生。”感谢方教授赠书。达雷尔会是享受时光，思念地球的伙伴。
>
> ——王常记于 2123 年地球冬，于香格里拉

登舰前一个月，我们过了地球上最后一个年三十。方阿姨喝得微醺，宣布香格里拉生态球负责人王主任同意了，她可以送四十坛蛇酒上天。我妈也按配比选好了给人和给动物的蔬菜和菌类，豌豆尖、小瓜、芋头、鸡枞、折耳根。她没说多带了二十斤折耳根和三十斤油鸡枞。她浑水摸鱼削减了大白菜养殖份额，分配给豌豆尖，被发现时已经晚了，我们已飞过月球轨道。

香格里拉太空站从启动到启航间隔十年。我妈报名时，舰已造好，内部生态调试接近尾声。我们提前一年搬离昆明，入住停泊于腾冲附近的空间站，适应生态。距出发时间越近，待的时间越长。离开地球一刻，我心中只有一点儿失落。我姐称之为善意的温水煮青蛙。她和我哥是少数伤感之人。大部分迁徙者忙于拓荒的艰辛，来不及感慨离别。我也是。

作为方阿姨学徒，我接替了本应由我妈担任的饲养工作。我妈专职养起植物。我迅速弄熟太空站的生态设计。香格里拉根据发动机的位置及间隔温度，根据不同区的离心与驱动方式，靠近动力区部分设计为热带，外围离心区则属高原气候，其他呈阶梯分布，拉开了物种的区隔与生态位。它确实像一颗巨星生态球，除了核动力和太阳能，不会有能量输入，也极少有废料排放。理想境况下，它将形成一套完美的云南生态系统，无机物、有机物、植物、动物，构造独特循环，自产自销。

像一件艺术品，像一颗漂浮于外太空的水晶球，像香巴拉。

然而，不到三个月，方阿姨的蛇酒坛长了虫。我哥正值喜欢吟诗作赋的年纪，搞起创作，好酒。他一直觊觎方阿姨的私酿，没忍住，干了偷窃的勾当。他来到酒厂，穿过酿酒蒸馏设备，来到黑乎乎的酒窖，心虚没掌灯，被酒坛子绊倒，成批果蝇腾起来，他吓得按了警报。他不知道果蝇也喝蛇酒。方阿姨赶到现场，也很震惊。她知道会生虫，但没想到这么快、这么多。她与王主任商议，决定让香格里拉的生态自行调节，不人为干涉。我帮她抓了不少活样本，含着玻璃嘴，吸得嘴唇都疼了。我哥则心理阴影，从此戒了酒。

小概率事件总会发生。身处太空，需谨记此理。

——王常记于 2124 年地球春，于香格里拉

香格里拉太空站第一个春节，折耳根果蝇出现。它的拉丁名诘屈拗口，只有我妈和我妹念出了抑扬顿挫的美感。方阿姨小心谨慎，花了两周，确定它是新种，起下学名：折耳根果蝇。她从基因和形态，判定是蛇酒果蝇的变种。我妈更得意了。蛇酒她酿的，折耳根她挑的。我哥认为王主任的预言应验，我妈比动物饲养员还厉害，她促发动物新种诞生。

折耳果蝇很快适应了太空站生态，在种植园的折耳根经脉上安家、产卵、繁衍，没对食物链造成实质打击。香格里拉动物研究所百思不得其解。太阳系注册巨型太空站近一百个，中小型生态更不计其数，培育新种很少，自发生成的新种更少。折耳根果蝇是罕例。没几个月，方阿姨的论文登上 *eLife*。她结合宇宙辐射、太空站生态、云南野生动物基因库等多重原因，梳理了新种形成的逻辑可能。我的名字位列论文。我觉得自己是个博物学家了。

新种出现，源自不确定因素，为防不测，空间站做出一系列调研和预案，折腾半载，没有头绪。终于，王主任想开了，他宣布："只要不用我养，新种多多益善，人算、机算，不如天算。自然拥有最宽广的胸怀、最伟大的包容力，顺其自然，就好。"

"故常无欲，以观其妙。"

——王常记于 2126 年地球春，于香格里拉

香格里拉太空站第二个春节，我妈小心呵护的豌豆尖，飞出了好几只新种。平菇和虫草也孕育新虫子。方阿姨忙得不可开交。我开始帮她做化验、解剖和基因分析。豌豆尖果蝇也是蛇酒果蝇变异。虫草果蝇是高原食叶果蝇变种。如今，它就喜欢吃虫草的虫。我视它为食肉昆虫。平菇果蝇更复杂。方阿姨联系线虫研究组，才确证土壤中线虫的变异比果蝇早。变异后的种群被平菇菌丝捕捉、嵌入，吸收氮化物，因而平菇分泌物变得不同，吸引了原来喜爱桉树分泌物的果蝇种群。

"这或许是一次自下而上的全生态位物种变异。"方阿姨警告王主任，语调中，却不无欣喜。

王主任心态平和多了："挺好的。人类污染环境，让物种灭绝。今天，自然正弥补着过去错失的进化。我们要顺势而为，顺势而为。"

香格里拉太空站的生态政策，就这么在不经意间敲定。

那天，我也在现场，抱着一盆刚出花儿的小芋头植株。我紧紧盯着芋头花儿，完全忘记了王主任和方阿姨。我想立刻告诉我哥我姐，芋头花苞果蝇和芋头花瓣果蝇，正在交尾。

我哥好读书、好文学，爱好一切古代的东西，进入香格里拉，转而在专家指导下，学习少数民族语言和神话。我姐相反，她好游戏、好鼓捣器械，爱好所有现代的东西，刚上高中，就提前念了工程学，在维护部门兼职。由于虫子开启浩浩荡荡的变异，我妈的养殖工作越变越烦琐，我哥和我姐被勒令帮忙。我哥做文字的分类和观察记录，我姐更新养殖设备。他们深度参与了物种进化。芋头花果蝇常成为争论焦点。芋头的花瓣和花蕊养育了一种果蝇；它的花苞和花萼分泌物，养育了另一种。二者不仅物种隔离，长得还挺不一样。我哥说，这就像香巴拉的生态。我姐说扯淡，这两种果蝇是生殖器不匹配。每到此时，我哥开始聊文化建构，我姐开始聊自然形态，我夹在他们之间胡说八道，我妈就抱着我妹去其他地方吃饭。她理解我们，她说，空间站压抑，我们都需要奇怪的话题缓解心理困境。

我谨遵科学态度，没立刻将我一人见证、转瞬即逝的历史时刻告诉方阿姨。我抱着小花盆回家，没找到我哥我姐，只找到我妈。我告诉她，同种的芋头多培育几株，我要观察、记录、研究亲子代遗传。我妈拒绝了。我只有方阿姨实验组的工作权限，不能在养殖场搞实验。“这是发现！”我叫道，“能上《科学》的发现。”我妈当然不信，但她认真思考了一会儿，问我：“能从方阿姨那儿借一些培养皿吗？”我说能。她说：“那在家里做观察吧，我做给果蝇吃的芋头培养基。”

我妈分别碾碎花蕊和花苞，制作了两种培养基。我将两种果蝇分别培养，产下幼虫，发育为成虫后将不同种的雌雄果蝇放在一起，让它们交配，幼虫再放入不同培养基。有趣的事发生了，它们不仅能交配，也能产下可生殖幼虫，幼虫的食物倾向，取决于雌果蝇物种。我写下报告，交给方阿姨。她惊喜的模样是我在香格里拉的最大奖励。一年后，《自然》刊发论文，方阿姨将我列为作者之一。

不过，我们来不及高兴，香格里拉被小行星带的陨石击中了。

我们对太空站的内部环境过于苛责，却忽视了来自宇宙的灭顶之灾。我应重新理解人类的适应性。我们需要对周围的同伴更加宽容，才能远行深空，适应宇宙。

——王常记于 2127 年地球冬，于香格里拉那时，我们即将迎来香格里拉第四个春节，在火星得到充分补给，空间站外围多了一圈储存仓位。老妈的养殖中心连续丰收，从动物到人的饮食获得极大改善。

接近地球时间十二月，人们刚上工，整个船体一阵震动，生活区和实验区全面熄火。我妹被困在鸟类饲养房内整整两小时，嗓子哭哑了，我哥把她捞出来时，整个身体都在抖。我吓得不轻，紧紧抓着方阿姨。我姐立刻赶到维修前线。我妈调用了养殖中心恒温资源，补救生活区紧急供热不足的问题。恢复正常后，百分之八十五食用植物冻烂。陨石坚硬的内核打穿多层防护，动力传输受阻，不幸中的万幸，舰船动力中枢完好无损。多人受伤，无人死亡。四十八小时修复与排查，初步判断，香格里拉仍能运行到木星，获得维修与配给，再抵达土星，继续空间站任务。当务之急是粮食不够。应急粮不仅不够动物消耗，给人也紧缺。香格里拉的生态链可能就这样完了。我们一家蜷缩在客厅，最让我忧虑的不是家庭命运，而是我的博物学家梦。

全体会议，我妈要求发言。她和方阿姨商量两天，我哥我姐参与意见，出了一封道歉信和一份应急供粮报告。会上，我妈坦坦荡荡念完道歉信。台下鸦雀无声。大意是，她自去年春节，就学会了生态模拟，发现养殖中心的植物和昆虫过剩，大型动物和人消耗不完。她没按标准流程做仓储。她不想往里放任何防腐或添加剂。火星补给免费提供了好几个集装空仓，挂在太空站最外围。她便将所有可加工成储备粮的动植物饲料，做成了培养基，还申了项目，说是改进培养基的实验品。此时此刻，这些“食物”分毫未动，冷藏在生态区边缘。

王主任问：“是什么培养基？”

“主要给新种昆虫吃的，比如折耳根培养基、豌豆尖儿培养基，芋头的花苞和花萼培养基，人也能吃，还有肉类培养基。去年年底，我们的尺蠖进化了，变得像夏威夷尺蠖，能伸开口器，吞噬其他虫子，我就开始喂它肉。总之，这些都能吃。我没加防腐，加了酵母、琼脂，一些玉米面和土豆粉，蛋白质蔬菜都有，还是全氨基酸食物，够全站人吃到木星，甚至不用其他舰船进行紧急补给。”

王主任继续问：“所以，接下来半年，我们都得吃培养基？”

方阿姨接话：“不，我们也得吃压缩的应急粮。说实话，培养基解冻后很新鲜，全给人吃浪费了。我们做了方案，将培养基按量按配比，投放到全站各个生态位，在植物未长成之前，保证动物的食物，尽量兼顾后续的自然生态生长。这是一起意外，我们不能遇到意外，就求助外界，这有违培养香格里拉生态球的初衷。”

大家纷纷点头。方阿姨展示方案。全票通过。

于是，年三十，餐桌摆满大大小小、高高矮矮、或瘦或扁的培养皿。我们用冰激凌勺，伸入培养皿，挖各种颜色的培养基吃。我们已吃了三周压缩口粮加培养基，都知道培养基更好吃。这大概是半年内最后一顿全培养基大餐了。年后，我发现几只青凤蝶翅膀的正面由褐变蓝。鳞翅目组老师证实，蝴蝶蛾子们的翅膀都愈加鲜亮美丽了。

八月，我们来到木星轨道。木星太空科研系统很重视香格里拉的生态，给了不少帮助。我妈被中心召去，集中学习了动物营养学。我哥念完大学，在木卫二的欧罗巴学院拿到证书。我姐没毕业就拿到高级技工证了。那段时间他们都不在，方阿姨也忙于工作，我带着我妹在香格里拉游荡。我妹第一次展现出奇妙天赋。她拉着我，说："鸟儿的歌声变了，它们找到了更好的吃的。"我带她去鸟科室。那儿的工作者都认识我妹。他们告诉我，她早就发现了鸟的行为变化。陨石事件后，植物短缺，虫子更多食用培养基。绿鸠和织布鸟的食谱便开始由素转荤。最近，动植物生态比回归正常，鸟类则爱上新口味，发展出一套交流如何捕食虫子的鸣叫。

隔天，我找到方阿姨，告诉她鸟类行为变异。她双眼离开显微镜，双手放下解剖针，沉吟一刻，告诉我："我以前想过，酵母、线虫、果蝇，进化快，因为它们迭代快，大型动物就慢些。看来，事情并非如此。适应性是一件很奇妙的东西。或许不需要代际差，哺乳动物就能改变。"

"我们也会变吗？"我问。

"过了今年，你就比你妈高啦。"

> "——它们是没有声音，没有投票权的大多数。没有我们的帮助，它们不可能生存下去。"希望达雷尔活得更长久，在太空建造动物园，这样，他的晚年会更加乐观。没有它们，我们不可能活下来。在太空，它们不仅拥有投票权，它们引领自然，我们只是边缘选民。
>
> ——王常记于 2129 年地球春，于香格里拉

香格里拉空间站第五个春节顺利度过。王主任发表言，说这是艰辛一年，愿下一春节我们的生态恢复如初。发言完毕，他走下台，又返回来，补充道："我错了，我们的生态不会恢复如初，我们要多加注意，陨石穿过通风口，感染了多层生态位，我们应做好心理准备，迎接更复杂的变异和进化。"

王主任再次言中。十五天后，我姐去无重力区检测设备，她发现两只小虫，认得它们是吃藤蔓的果蝇。设备区虽不做消毒，但少有生物。她返回住处已是

深夜。她偷了我的虫网和吸嘴装备，捡了两只玩剩的培养皿，返回无重力区。第二天凌晨，她将满满的培养皿丢到沙发上，翻身倒下就睡着了。我妹起得最早，她盯着没头没脑乱撞、飞得很痛苦的果蝇，叫不醒我姐，也叫不醒我。我妈正好不在。她弄醒了我哥。我哥看标签，无重力设备区，只有带着我妹和果蝇，往无重力生活乐园走。我妹放飞了一培养皿果蝇，取下第二只培养皿的海绵塞，告诉我哥："你看，它们现在飞得就很好看了，像雀鸟交配舞。"经历多年熏陶，我哥总算获得了关于生物进化的触觉。他按回海绵塞，赶紧用眼镜扫描并记录了无重力环境中散落的果蝇飞行轨迹。方阿姨再次获得第一手资料。

四月，地球的春天，她专程到我们家，做了全息立体演示："昆虫分头、胸、腹三部分，成虫一般两对翅六条腿。果蝇属双翅目，一对后翅退化成平衡棒，一般没什么用。但你看它在无重力的动作，平衡棒显然在转动，因为没有引力，或者重力方向不稳定，它需要更强的空间感知和定位。它的平衡棒进化了。它飞的时候，它的躯体和四肢随平衡棒的转动。我检测了空间站每一种果蝇。它们的平衡棒整体进化了。我们本就有公共的无重力乐园。陨石事件后，无重力区、弱重力区和地球重力区的分隔也减弱了。果蝇们没有因为陨石破坏生态，中断进化，相反，我们加快了所有时间线。我有一个想法，想向王主任交一个提案。我相信你们。这五年来，你们比我家里那两口子，还清楚我在做什么，给我的支持还多。你们就像我家人。我需要你们的建议。"

"等一等！"我妈挺直腰板，拍了我和我哥的驼背，让每个人正襟危坐，"好了。你说。"

"我想取消清晰的重力分隔区，将整个空间站改组为渐变的重力光谱，类似于海拔和纬度差，从西双版纳盆地到青藏高原，但变化比那陡峭得多。现在空间站为模仿地球生态，生态位的区分太刻意，不自然，或者说，不符合外太空环境，空间站的'自然'状态。我认为，平滑的重力过渡，才能营造让所有无机物和有机物自由交换资源，自行生长、进化的空间。"

说完，她有些忐忑。

我们七嘴八舌表示同意。

王主任被方阿姨大胆的提案吓坏了，畏畏缩缩几天，意识到个体决策完全无法抗衡自然的激进历史，遂俯首投降。他上报提案，获得积极批准。陨石事件加之动物进化，上面已将香格里拉视为巨型实验生态球。动物所和工程部花去半年时间，完成了重力光谱论证。

香格里拉第六个农历年头初一，是开启重力闸的日子，全空间站充满躁动与兴奋。工程部撤掉西南翼从边缘区到中心区的隔墙，使之变为巨大的长方体公共广场。王主任按下深蓝色与墨绿色两只按钮。全站陷入寂静。所有人都盯着数值分布变化，只见由白到黑的不同重力区不断跳动，其间清晰分布的界限逐渐抹平。三十分钟后，昆虫开始定向迁徙。我妈指着低重力区榕树群。那些还未伸入土壤、变为结实茎干的藤条，开始往四面八方漂移。“它们会变得蓬松。”我妈自言自语，开始琢磨新工作量。其他人则跃跃欲试，争先恐后游走于介于漂浮与落地的重力临界波段。我哥总结：“其实人的适应性最强。”

接下来两年，香格里拉生态得到前所未有的发展。陨石事件加速更新，它让盘根错节的旧有生态体系变薄，此后，动植物充分求生，发展出了适应高梯度重力环境的行为。

晚上，土星来了，并且张开它的手。

——王常记于2132年地球冬，土星春，于香格里拉

第八年腊月，我们终于抵达土星。空间站缓慢进入轨道。巨大的气态星体投下漫长阴影，遮住一圈一圈的土星环。这时，我突然想起我爸，还有他给我念的故事。故事中的探险家活在二十世纪，他来到北极，坐在春末夏初，刚融化的巨型碎冰上。大海一望无际，目之所及全是碎冰。他说他想到土星环。土星环也由碎冰构成，好几公里厚，如果坐在土星环的碎冰上，目之所及，除了头顶与足下无尽黑暗的天穹，最为明亮的光源，便是一线碎冰。父亲说，太阳系，他最想去土星。我花了八年，终于发现了母亲的愿望。

当空间站沿轨道擦过土星环，我有幸看到巨大的冰层宇宙从眼前浩浩荡荡滑过，而身后，香格里拉的动植物疯狂生长，藤蔓自由伸展触角，长臂猿攀住枝条，向上荡，再向上。

那一刻，我知道，我会去宇宙更深的地方。

这是我在香格里拉度过第九个春节。

空间站并未迅速接入土星生态集群。由于站内的进化和生物行为变化，检疫变得严格。土星中心特地建造小型空间站，用来对接。方阿姨是第一批对接者。她多了一个笑得很甜的小孙女。她们隔着玻璃墙，用对讲机通话。我们家最晚一批离开空间站。我们五个贴着玻璃墙，望着对面熙熙攘攘的土星本地人。

我妈说：“终于到啦。”

我的思绪则飘到别处。

她发现了。她得举起手才能摸到我的头发。

她踮起脚揉了揉我，悄悄说：“提前离开，去冥王星方向，这样大部分检疫程序就省啦。”

“——我们每个人都有责任，要努力遏制人类对地球的可怕亵渎，我在用我仅知的方法，尽力在做，但我需要你的支持。”周家的小儿子准备离开太阳系。他从小喜欢达雷尔。我想香格里拉的征程同时提醒了他和我。将自然带到宇宙其他角落，繁衍生息，也是遏制亵渎的方法。感谢他一直以来的支持。

——王常记于2133年地球春，土星春，于香格里拉

五年后，地球的春天，我来到柯伊伯小行星带。我打开一套冷冻的、精心配制的培养基大餐，庆祝独自度过的第一个春节。解冻后，一只小果蝇摆动平衡棒，爬到折耳根培养基边。我决定与它分享食物。

我收到视频信息，我哥写脚本，我姐拍摄，我妹配了婉转丰富的鸟鸣，我妈有的没的，说过年发生的事儿。

香格里拉重力梯度生态公园正式开园。王主任过来，当了园长。他仍强调自己心胸狭窄，只懂垂手而治。方阿姨才是执行。她将场面弄得十分宏大。群鸟从高重力区飞往低重力区，飞行姿势与运动轨迹流畅地变为另一种模式。金环蛇与银环蛇弯弯曲曲，于无重力环境摆动身体，晃出DNA链似的螺旋形。象群轻盈地离开丛林，小象喷出水花儿，用鼻子玩儿水球。滇金丝猴金灿灿的幼子已学会向后翻滚。华南虎腾到空中，尾巴船桨般摆动，平衡身体。它滑动肩胛骨，伸展流水似的躯干，从无重力区直接落回属于它的重力王国。它可真美。

我妹刚毕业，直接进入鸟类基地。我妈成为公园的哺乳动物饲养主任。按我哥的说法，她完成了养育人类的工作，去进行养育动物的伟大工程了。我哥最终继承了我爸，去做青少年教育。我姐已抵达天王星，协助建造新生态基地。

“我也想去，”我妈最后说，“那颗星球躺着转，环是横过来的，像个大光圈。等你回来，那儿会变得更有意思。”

湿漉漉的树蛙跳到她肩头，伸出舌头，一口吃掉了她帮方阿姨养的巨红蝽。

“又进化了！”她抱怨。

我忍住笑。

通讯关闭，我再次一个人面对黑暗宇宙。

而我仍有鹪蚊陪伴。

动物不断进化，人每每远行，心安处是故土，我永远感谢自然馈赠的亲人与动物。

面食、米饭与折耳根

双翅目

《我的家人和其他进化中的动物们》的灵感来自《希腊三部曲》。在这个故事里，一个英国家庭移居到希腊科孚岛，这座岛屿恰似一座动物天堂。

我的父母都是北方人，他们的饮食习惯是面食，但我出生在云南，我的饮食习惯是米饭和米做的食物，以及各种各样的奇怪植物，比如折耳根。

云南的动植物种类非常丰富，其中很多是稀有或特有品种。我构思这篇小说的时候，希望书写云南的动物和植物。

《希腊三部曲》的背景是第一次世界大战和第二次世界大战间，在这座岛屿之外，有许多战事冲突，而科孚岛像一座乌托邦，主人公可以在那儿享受安稳快乐的生活。云南省也给我类似的感觉。

在《我的家人和其他进化中的动物们》中，我想写一个关于未来的故事，在那时，地球已没那么宜居，人类需要移民，需要离开地球，去往其他的星球。但是这个移民计划不会很快，他们没有可以跳跃的黑洞，需要很长航行时间，他们需要在太空飞船中带上动物和植物。于是，充满各种动物植物资源的云南十分重要。这也是为什么我选了“香格里拉”作为太空站的名字。

“香格里拉”有着很强的乌托邦色彩，对于动物植物，对于主人公的家庭，香格里拉是一个很好的开展太空长途旅行的地方。

写作这篇小说时候是2019年春节前后，我当时十分想吃折耳根。这是小说计划的第一步。故事中，与折耳根有关联的昆虫会进化，而太空飞船这一狭小空间更加快了它们进化的速度。

同时，我需考虑如何架构一个空间站群体内部的关系层次。故事里有一位非常乐观的单亲妈妈，她的四个孩子各具特色并且很难管教。生态环境中类似的内涵同样存在。比如，故事里人们想饲养并了解一些动物，结果这些动物渐渐脱离他们的掌控，不过，人们看到这样一种混沌的、难以控制的自然环境竟然还非常开心。

所以，故事中的生态不是绝对的未知，而是人与某种不可掌控的未知和解。

通常，我们会觉得在飞船这样一个狭小空间里，任何事物都需在可控范围内，但事实上，总会有难以预料的事情发生。既然我们不能控制所有事情，那就顺其自然吧。

我的确在探索人与其他物种间关系的可能。世界首先孕育无意识产物，人类“自我”则产生于无意识的自发运动，这意味着人类思维并不那么重要，也并不比动物的意识更为高级或优越。动物或者人工智能生物可能没有“我”，但是它们同样能通过广义的意识，理解自身存在和他者间的关系。这就是为什么将人类和其他动物相关联，因为人类和动物共享同一个（混沌概念的）“无我（no-self）”。“无我”也可以进行思考，进行感受，进行创造。人工智能、动物、人类共有“无我”，在这基础上，再区分彼此，再讨论我们如何理解不同的物种、不同的“我”。此时，我们不应该去“控制”自然，“控制”是一个具有主观自我意识的概念，“失控”则意味着放弃自主意识，却不一定放任自流，而是顺其自然。

小说中的“香格里拉”由此实现。人工智能、动物及人类，或许能在此图景下，拥有同一立场，这也是我写作的图景。

双翅目，科幻/推想类文学作者，喜爱理论与幻想的连续体。出版个人作品集《公鸡王子》《猞猁学派》《智能的面具》。作品散见于《科幻世界》《收获》《上海文学》《花城》《青年文学》《特区文学》和豆瓣阅读等。作品曾获银河奖读者提名奖、豆瓣阅读征文大赛近未来科幻故事组首奖、华语科幻星云奖最佳短篇小说银奖等，多篇作品被译为英、日、德等多种语言。